芥川龙之介全集

第②卷 小说

五卷装

高慧勤 魏大海 主编

山东文艺出版社

芥川龙之介全集

作者像(约一九二五年)

于我鬼窟

一九一七年夏于田端的家

于新潮社接待室

《竹林中》插图

《六宫公主》插图

《海市蜃楼》插图

《河童》插图 《河童》插图

# 目录

小说

秋山图 …………………… 艾　莲译　3
山鹬 ……………………… 罗　嘉译　12
奇异的重逢 ……………… 杨　伟译　22
火神阿耆尼 ……………… 杨　伟译　54
奇妙的故事 ……………… 杨　伟译　66
奇遇 ……………………… 杨　伟译　73
往生画卷 ………………… 杨　伟译　83
母亲 ……………………… 杨　伟译　89
好色 ……………………… 杨　伟译　102
竹林中 …………………… 艾　莲译　118
俊宽 ……………………… 杨　伟译　127
将军 ……………………… 杨　伟译　150
诸神的微笑 ……………… 杨　伟译　173
斗车 ……………………… 杨　伟译　185
报恩记 …………………… 艾　莲译　191
仙人 ……………………… 唐先容译　206
庭院 ……………………… 杨　伟译　211
一夕谭 …………………… 杨　伟译　219
六官公主 ………………… 艾　莲译　228

鱼市的河岸 ……………	唐先容译	236
阿富的贞操 ……………	罗　嘉译	240
阿吟 ……………………	唐先容译	250
百合 ……………………	唐先容译	257
三件珍宝 ………………	唐先容译	264
偶人 ……………………	唐先容译	276
猿蟹大战 ………………	唐先容译	291
两个小町 ………………	唐先容译	295
志野 ……………………	唐先容译	305
保吉的手记 ……………	唐先容译	311
小白 ……………………	艾　莲译	324
孩儿的病 ………………	唐先容译	333
鞠躬 ……………………	唐先容译	341
"小儿乖乖——" ………	唐先容译	347
一块地 …………………	唐先容译	357
神秘的岛屿 ……………	唐先容译	370
丝女纪事 ………………	艾　莲译	380
三右卫门的罪过 ………	宋再新译	388
传吉报仇 ………………	宋再新译	397
金将军 …………………	宋再新译	403
来自第四丈夫的信 ……	宋再新译	407
一篇恋爱小说 …………	宋再新译	411
文章 ……………………	宋再新译	418
寒意 ……………………	宋再新译	427
少年 ……………………	宋再新译	432
一封旧信 ………………	宋再新译	451
桃太郎 …………………	宋再新译	457

十元纸币 ……………………	宋再新译 464
大导寺信辅的半生 …………	宋再新译 474
早春 …………………………	宋再新译 489
马腿 …………………………	宋再新译 494
春天 …………………………	宋再新译 507
温泉来信 ……………………	宋再新译 519
海边 …………………………	宋再新译 526
尼提 …………………………	宋再新译 535
死后 …………………………	宋再新译 538
湖南的扇子 …………………	宋再新译 543
年末一日 ……………………	宋再新译 555
卡门 …………………………	宋再新译 560
三个疑问 ……………………	宋再新译 563
春天的夜晚 …………………	宋再新译 568
点鬼簿 ………………………	宋再新译 572
悠悠庄 ………………………	宋再新译 578
他 ……………………………	宋再新译 581
他 之二 ……………………	宋再新译 589
玄鹤山房 ……………………	宋再新译 597
海市蜃楼 ……………………	宋再新译 612
河童 …………………………	宋再新译 619
诱惑 …………………………	宋再新译 663
浅草公园 ……………………	宋再新译 682
胤子的烦心事 ………………	宋再新译 701
古千屋 ………………………	宋再新译 706
冬天 …………………………	宋再新译 711
信 ……………………………	宋再新译 718

三扇窗子 ………………… 宋再新译 725

齿轮 …………………… 宋再新译 735

暗中问答 ………………… 宋再新译 765

梦 ……………………… 宋再新译 776

一个傻瓜的一生 …………… 郑民钦译 783

小说

秋 山 图

艾 莲译

"……提起黄大痴,可曾见过他那幅《秋山图》?"

一个秋夜,王石谷走访瓯香阁,与主人恽南田品茗之间,问起这话。

"哦,没见过。您见过?"

大痴老人黄公望,同梅花道人、黄鹤山樵,乃元画中之圣手。恽南田一边答,一边想起曾见过的《沙碛图》和《富春卷》①,仿佛还在眼前。

"唉,那究竟算不算见过,我都有些茫然。"

"算不算见过?"

恽南田疑惑地望着王石谷的面孔。

"难道见的是摹本吗?"

"不,不是摹本。倒确是真迹,而且,见到的还不止我一人。说起这幅《秋山图》,烟客先生(王时敏)和廉州先生(王鉴)与此画都有过一段因缘。"

王石谷又呷了一口茶,意味深长地笑了笑。

"要是不嫌啰唆,我就讲讲?"

"请请!"

恽南田将铜灯上的火挑亮,殷勤地催促客人。

---

① 均为黄公望之杰作。《富春卷》一幅,全名应是《富春山居图卷》。

那时元宰先生（董其昌）还在世。有一年秋天，先生同烟客翁论画，忽然问及，见没见过黄一峰的《秋山图》。您知道，烟客翁在画事上，一向师从大痴。大痴的画，只要留存于世的，不妨说，他全都见过，但唯独那幅《秋山图》，却始终无缘得见。

"没有，非但没见过，甚至连名儿都未曾得闻。"

烟客翁这样回答，不知怎么的，觉得有些难为情。

"倘有机会，请务必一睹为快。同《夏山图》和《浮岚图》相比，那画更见出色。依我看，恐怕是大痴老人画中的极品了。"

"竟有这样的杰作？那可非看不可。这画现在谁手里？"

"在润州张氏家中，去金山寺的时候，可登门求见。我给您写封荐书。"

烟客翁得了元宰先生的手简，当即动身去润州。张氏既然家藏如此绝妙好画，此去，除黄一峰的画外，必定还能看到许多历代精品——想到这里，烟客翁在他西园的书房里，便急不可待，一刻也待不住了。

可是到了润州，高高兴兴奔到张家一看，房子果然挺大，却是一片荒芜。墙上爬着藤蔓，院里长满杂草。鸡鸭跑来跑去，好不稀奇地看着来客。也难怪烟客翁一时怀疑起元宰先生的话：这种人家，真会收藏大痴的名画么？但既然来了，总不能过门不入，这当然不是他的初衷。于是，向出来应客的小厮说明来意，为一睹黄一峰的《秋山图》，特地远道而来，并递上思白先生的荐书。

不大会儿工夫，烟客翁给请进厅堂。厅里摆着红木桌椅，倒也整洁，却透着一股灰尘味儿，显得冷冷清清——青砖地上，好似流溢着一缕荒凉之气。幸而出来待客的主人，虽然一脸病容，却不像是坏人。苍白的脸色，纤巧的手势，显出高贵的气质。烟客翁同主人寒暄过后，随即提出求观黄一峰的名画。据说，烟客翁当时也不知为什么,有些迷信,觉得要是不马上看,那画似乎就会烟消云散。

主人很爽快,当即答应。原来厅堂里光秃秃的墙上,便挂着一幅画。

"这就是您要看的《秋山图》。"

烟客翁抬眼看去,不由得一声惊叹。

画面设色青绿。溪水蜿蜒而流,星布着几椽茅屋和小桥。背后,主峰突起,半山腰上,秋云悠悠,蛤粉或浓或淡,渲染得层次分明;层峦叠嶂,或高或低,点描出新雨初霁的翠黛;其间点点朱红,映出丛林处处的红叶,美得简直无法形容。这画看似华丽多彩,却布局宏伟,笔墨浑厚——在绚烂的色彩中,自是蕴含着空灵淡荡的古趣。

烟客翁看得出了神,简直入了迷,越看越觉得神奇。

"如何?还中意么?"

主人望着翁的侧脸,含笑问道。

"神品!元宰先生曾赞不绝口,实不过分,或可说,尚嫌不足。迄今所见众多名画,与此件相比,都要甘拜下风了。"

烟客翁即使说话的工夫,眼睛也没离开《秋山图》。

"是么?果真是如此杰作么?"

烟客翁不由得吃了一惊,眼睛转向主人。

"怎么?我的话,您不信?"

"不,不是不信,其实……"

主人疑惑的脸像少女似的红了起来,随后寂寞地微微一笑,怯生生地望着墙上的画,接着说道:

"其实,每次看这画,都觉得像睁眼做梦一样。不错,《秋山》是美的,但这美,是不是只有我才觉得呢?在别人眼里,会不会只是一幅平庸之作?不知为什么,这疑团始终缠着我。难道是我疑心太重,抑或是这画在这世上实在太美的缘故?我不知道。总之,觉得很奇妙,所以,听您称赞,才叮问了一句。"

不过,当时烟客翁对主人的辩解,没大留意。不仅因为看画看得入迷,也因为烟客翁认为主人完全不懂得鉴赏,故作内行,随便说说而已。

过了一会儿,便告别这座荒宅一般的张家。

但那令人眼目一亮的《秋山图》,却怎么也不能忘怀。实际上,烟客翁师承大痴法灯,对他来说,什么都可以舍弃,唯独这幅《秋山图》,一心想要弄到手。再说,翁是收藏家,家藏的墨宝中,那幅李营丘的《山阴泛雪图》,据说花了二十镒黄金才求得,但较之《秋山图》的神趣,就不免相形见绌。所以,烟客翁身为收藏家,看到这幅稀世的黄一峰,志在必得。

为此,翁在润州逗留期间,几次托人去同张氏协商,望能出让那幅《秋山图》,但张氏无论如何也不肯答应。听所托的人讲,那位脸色苍白的主人说:"既然先生那么中意这幅画,可以借予,但要出让,却碍难从命。"这让心高气傲的烟客翁多少有些不快。什么话,现在且不找你借,总有一天,定入我掌中,等着瞧吧。翁心里这样盘算着,终于没去借《秋山图》,便离开了润州。

过了一年,烟客翁又去润州,重访张家。墙上的藤蔓和院里的青草,都一如往昔。可是,听应客的小厮说,主人不在家。翁说,不见主人也行,只求再看一眼那幅《秋山图》。求了几次,小厮一味以主人不在挡驾,不让进院,最后竟关上大门,理都不理了。翁也无可奈何,心里只管想着藏在这荒宅中的名画,怅然而回。

后来又见到元宰先生,先生对翁说,张家不仅有大痴的《秋山图》,还藏有沈石田的《雨夜止宿图》、《自寿图》等杰作。

"上次忘了告诉你,这两幅同《秋山图》一样,可谓画苑的奇观。我再写封荐书,务必去看一看。"

烟客翁当即差人赶到张家。去的人除了带上元宰先生的手札，还带了一笔求购名画用的款子。但张氏同前次一样，唯有黄一峰这幅画，无论如何不肯脱手。至此，翁对《秋山图》，唯有断念，已别无良策。

说到此处，王石谷停了停，又说：
"上面这些，是我听烟客先生说的。"
"那么，只有烟客先生，是见过《秋山图》的了？"
恽南田一面抚弄胡子，一面瞅着王石谷叮问道。
"先生说他见过。是不是真见过，那就谁都不清楚了。"
"但照方才的话……"
"还是先听我往下讲吧。等听到后来，或许会另有高见。"
王石谷连茶都没顾上呷一口，便娓娓地继续说道。

烟客翁同我提起这话，距他第一次见《秋山图》，已相隔近五十年的星霜了。其时，元宰先生早已物故，张家也不知不觉到了第三代。所以，那幅《秋山图》如今藏在谁家，是不是还完好如初，亦无从知道。烟客翁讲起《秋山图》的神韵，如数家珍，然后不无遗憾地说：

"这黄一峰的《秋山图》，好比公孙大娘的剑。有笔墨，而不着痕迹。唯有一股莫可名状的神韵，直逼你的心头……如同看神龙驾雾，人剑合一而两不见。"
一个月后，春风乍起时节，我告诉烟客翁，将独自南下一游。翁说：
"这正是好机会，可打听一下《秋山图》的下落。倘能再度出世，实画苑之大幸。"
我当然也这么希望，当下便请翁修书一封。上路之后，拟游之地颇多，一时还无暇径去润州张家。直到子规声啼，我仍揣着翁的荐书，没去打听《秋山图》的下落。

这期间，偶然听说，那幅《秋山图》已落入贵戚王氏手中。想来，我游历途中，把翁的荐书示人，其中便有认识王氏者。大概王氏从那人处，得知《秋山图》现藏张氏家中。按照坊间说法，张氏之孙一见来使，立即献上大痴的《秋山图》，连同传家的彝鼎和法书。据说，王氏大喜，将张氏孙奉为上宾，设盛宴款待，搬出家中歌姬舞娘，张乐助兴，还礼赠千金。我听后，兴奋之极。这《秋山图》历经沧桑五十载，依旧安然无恙，而且，落入相识的王氏手中。想当年，烟客翁煞费苦心，想重睹这《秋山图》，也许为神鬼所不容，终究事与愿违。而今，王氏得来全不费工夫，这画竟如同海市蜃楼一般，自然而然，横空出世。这只能说是天意。我当下火速赶到金阊王氏府，一睹《秋山图》为快。

现在还记得很清楚，那是初夏的午后，没有一丝风，王府院里的牡丹，正在玉栏边盛开。一见到王氏，不等作完揖，就先笑了起来。

"《秋山图》已是贵府之宝物。烟客先生为此画曾煞费苦心，这回该可以放心了。如此想来，真是不胜快慰。"

王氏也面带得色，说：

"今天，烟客先生、廉州先生都要到舍下来。不过，先到者为尊，请先观赏吧。"

王氏马上命人把《秋山图》挂到侧面墙上。坐落溪边的红叶村舍，笼罩山谷的朵朵白云，远近屏立的青山翠岭——大痴老人创造的这方小天地，比天地更加灵秀，立刻展现在眼前。我的心不禁怦怦直跳，凝神看着墙上的画。

这云烟丘壑，毫无疑问，确是黄一峰的手笔，加上如许的皴点，愈发见出用墨之妙——设色如此浓重，而又不收敛笔锋，除却痴翁,无人能及。可是——可是这幅《秋山图》,同烟客翁往日在张家一度见过的那幅,的确不是同一黄一峰的手笔。比起那幅,这恐怕是等而下之的黄一峰了。

王氏和一座食客,都在周边注意我的脸色。须得小心,脸上绝不能露出丝毫失望的神情。尽管我十分小心,不屑的表情,不知不觉还是流露了出来。过了一会儿,王氏不免有些惴惴,问道:

"觉得如何?"

我连忙回答:

"神品,果然是神品。难怪烟客先生大为倾倒。"

王氏的脸色略有缓和,但眉宇之间,对我的赞赏,似有些意犹未尽。

这时,向我描述过《秋山图》神韵的烟客先生恰巧到来。翁与王氏寒暄时,露出高兴的笑容。

"想我五十年前,看这幅《秋山图》,是在荒凉的张家;今天,得与此画重逢,却在华贵的尊府,真是意外的缘分。"

烟客翁说着,便举头去看墙上的大痴。这幅《秋山图》,究竟是不是曾经见过的那幅,烟客翁心里当然比谁都清楚。所以,我也和王氏一样,注意端详翁看画时的表情。果然,他脸上渐渐笼上一道阴影。

沉默有顷,王氏越发不安了,怯生生地问翁:

"觉得如何?方才石谷先生大加赞赏……"

我怕正直的翁说出实在的话来,心里不禁感到一丝寒意。毕竟翁也不忍心让王氏失望吧,看完了画,郑重回答王氏道:

"能得到此画,真是好大的福气。给府上的珍藏,可谓锦上添花。"

可王氏听了这话,忧虑的神色反倒更浓了。

要不是廉州先生这时赶到,我们准会尴尬得很。正当烟客先生期期艾艾，不知如何措辞时，幸而有廉州先生快活地加入进来。

"这就是提到的那幅《秋山图》么？"

先生顺口打过招呼，就去看黄一峰的画，一时没有作声，只管咬他的胡子。

"听说，烟客先生五十年前就见过此画。"

王氏更加忐忑不安了，便又添上一句。廉州先生从没听烟客翁说过《秋山图》神韵缥缈。

"照您的鉴赏，意下如何？"

先生只是吁了口气，仍然看着画。

"不必客气，尽请直说……"

王氏勉强笑着，一再催问先生。

"这幅画么，这幅画……"

廉州先生又闭上嘴了。

"这幅画，怎么样？"

"当是痴翁首屈一指的名作……请看，这云烟的浓淡，气势有多磅礴！林木的设色，堪称浑然天成。瞧见了吧，远处有一峰突起？整个布局因此而显得那么灵动！"

一直没开口的廉州先生，回头向王氏一一指出画的妙处，同时还发出大大的赞叹之声。不消说，王氏听了，神情渐渐开朗。

这工夫，我悄悄与烟客先生碰头，小声问：

"先生，这是那幅《秋山图》么？"

翁摇摇头，奇怪地眨了眨眼。

"一切恍如梦中。那张家的主人，兴许就是狐仙之流吧？"

"《秋山图》的故事，就是这些。"

王石谷说完，慢慢饮了一杯茶。

"这故事果然离奇。"

恽南田凝视着铜灯台上的火焰。

"后来,听说王氏还热心地问了许多话。除了《秋山图》,痴翁还有什么画,听说连张氏也不知道。所以,烟客先生从前见到的那幅,要么是藏在别处,要么是先生记错了。究竟怎么回事,我也不明白。总不至于先生到张家看《秋山图》,压根儿就是一场幻梦吧……"

"可是,那幅奇妙的《秋山图》,不是明明留在烟客先生的心里么?而且,你心里也……"

"青绿的山石,朱红的红叶,即使现在,也历历如在眼前。"

"那么,即使没有《秋山图》,又有何可遗憾的呢?"

恽王两大家,不禁拊掌一笑。

大正九年(1920)十二月

山 鹬

罗 嘉译

一八八〇年五月的一天日暮时分。Ivan Turgenyef（伊万·屠格涅夫）再次来到阔别两年的亚斯纳亚·波里亚那，和主人 Tolstoi（托尔斯泰）伯爵一起，到伏尔加河对岸的杂木林去打山鹬。

同行的除了两位老人，还有风韵尚存的托尔斯泰夫人，和牵着狗的孩子们。

去往瓦伦加河的路，大多在麦田中穿行。与日落同生的微风，拂过麦尖，轻轻送来泥土的气息。托尔斯泰扛着枪，一路走在众人前面，不时回过头，和走在托尔斯泰夫人身边的屠格涅夫说句话。这位《父与子》的作者，每每稍显意外，抬起眼睛，欣喜机智地回答，有时则又耸耸宽阔的肩膀，发出一声沙哑的笑声。与粗鲁的托尔斯泰相比，他的答话显得文雅，同时又带点女性化。

路过一处缓坡，对面跑来两个村童，像是两兄弟。见到托尔斯泰，一度停下来注目而视，然后又像原先一样，亮出赤裸的脚底板，快速跑上山坡。托尔斯泰的孩子中，有一个在后面冲他们大声喊了几句。可是两个孩子好似什么也没听见，转眼之间便消失在麦田深处。

"村里的孩子很有趣。"

托尔斯泰的脸上映着夕阳的余晖，回头对屠格涅夫说：

"他们说的话，我们想不出。这教会我一种直接的表达方式。"

屠格涅夫笑了笑，他已今非昔比，在托尔斯泰的话里，一旦听出类似孩子式的感动，常会不由自主地脱口讽刺……

"最近给他们上课——"托尔斯泰接着说道，"突然，有个孩子要跑出教室，于是问他去哪儿，他说，'去咬一段粉笔来'。既不说'要点儿'，也不说'掐一段'，而是说'咬一段'。能说这种话的，大概只有咬粉笔的俄罗斯孩子了，我们大人是说不出来的。"

"不错，只有俄罗斯的孩子才会这么说。也只有听到这样的话，我才真觉得是回到了俄罗斯。"

屠格涅夫仿佛这时才发现周围的风景，放眼望着麦田。

"是啊。在法国那种地方，小孩子难保不抽点烟什么的。"

"说起来，您近来似乎不吸烟了。"托尔斯泰夫人从丈夫恶意的戏谑中，巧妙地给客人解了围。

"可不是，完全戒了。您知道，在巴黎遇到两位美人儿，怪我嘴里有烟味，不让我吻她们。"

这回轮到托尔斯泰苦笑了。

不久，一行人过了瓦伦加河，来到打山鹬的猎场。那是一块潮湿的草地，离河不远，杂木林稀稀落落。

托尔斯泰把打鸟的最好位置让给了屠格涅夫，自己则在一百五十步外草场的一角选好地方。托尔斯泰夫人守在屠格涅夫身旁，孩子们各自散开，远远躲在大人身后。

天上晚霞绯红。交织在空中的枝头上，朦朦胧胧一片，准是密密匝匝、清新扑鼻的嫩芽。屠格涅夫举起猎枪朝林中观察，林木幽暗，时而轻风微拂，窸窣作响。

"知更鸟和金翅雀在叫呢。"

托尔斯泰夫人侧耳倾听，自言自语道。

渐渐地，已静默了半小时。

这时，天空似水。远远近近的白桦树，看上去是一片白。听不到知更鸟和金翅雀的叫声，偶尔传来五十雀的几声啼鸣。——屠格涅夫再次守视着稀稀落落的树林。此时，林木深处已全然沉入苍茫的暮色之中。

忽然，一声枪响，响彻林间。回音尚未消失，等在后面的几个孩子，已和狗儿争相去拾猎物了。

"您先生捷足先得了。"

屠格涅夫微笑着回头对托尔斯泰夫人说。

不一会儿，二儿子伊里亚从草丛中跑来告诉母亲，父亲打到了山鹬。

屠格涅夫问道：

"谁找到的？"

"朵拉（狗的名字）发现的——当时还活着呢。"

伊里亚又转向母亲，两颊泛着红润，叙说发现山鹬的经过。

屠格涅夫的脑际，闪现出《猎人日记》中一个小品的场景。

伊里亚走后，一切又恢复了原先的静寂。幽暗的林木深处，散发出不知是春枝的嫩芽味儿，还是潮湿的泥土气息。其中，间或远远传来几声倦鸟的啼叫。

"那是——"

"青斑鸟。"

屠格涅夫立刻回答道。

青斑鸟突然停止啼叫。随后，暮色笼罩的林间，所有鸟鸣戛然而止。空中连一丝风也没有，在毫无生气的林木上，蓝色愈见深沉。——一只灰头麦鸡孤寂地叫着掠过头顶。

等到枪声再起，划破林间的寂寞，已是一小时之后了。

"即便打山鹬，列夫·尼古拉耶维奇也胜过我。"

屠格涅夫眼带笑意，耸了耸肩。

孩子们的追赶声，朵拉不时的吠叫声——等这一切再度静下来，已是满天的点点寒星，灿然烂然。此刻，极目望去，林中已悄然弥漫着夜色，树枝纹丝不动。二十分钟、三十分钟——随着时间沉闷地推移，掩映在暮色里的湿地，不知不觉自脚下漫然升起一层薄明的春霭。他们周围，连一只山鹬的影子也没看见。

"今天是怎么回事？"托尔斯泰夫人的自语，带点同情的意味，"很少有这情形。"

"夫人，您听，夜莺在叫呢！"

屠格涅夫有意岔开话题。

黑暗的林子深处，的确传来夜莺欢快的叫声。二人沉默了片刻，各自想着心事，一面静静地听着夜莺的歌声……

刹那间，照屠格涅夫自己的话说，"能感知这刹那间的，唯有猎人"。就在这刹那间，对面草丛里，毫无疑问，随着一声啼鸣，有只山鹬飞了起来。山鹬白色的羽毛，在低垂的枝叶间若隐若现，行将消失在夜色中时，屠格涅夫迅速举起枪，扣动了扳机。

枪声伴着一抹尘烟和短促的火光，久久回荡在寂静的林间。

"打中了吗？"

托尔斯泰走过来大声问道。

"当然打中了，像石头一样掉了下来。"

孩子们领着狗已经聚到屠格涅夫身边。

"去找找。"

托尔斯泰吩咐孩子们。

孩子们抢先于狗，四处寻找。可找来找去，始终没找到死山鹬。朵拉也没完没了地转悠着，有时趴在草丛里，不满地哼唧几声。

最后，托尔斯泰和屠格涅夫也帮孩子们一起找，可是连根山鹬毛都没看见，不知哪儿去了。

"好像没有。"

二十分钟后，托尔斯泰站在黑暗的林间，对屠格涅夫说。

"怎么会没有呢？明明看见像石头一样掉了下来……"

屠格涅夫一边说，一边巡视着草丛。

"打是打中了，打中的或许是鸟毛。这样，掉下来后，就逃掉了。"

"不会，不会只打中鸟毛，我确实打中了。"

托尔斯泰皱起粗重的眉毛，满脸疑惑。

"这样的话，狗该找得到。只要打中，朵拉就能叼在嘴里找回来……"

"真的是打中了，我也没办法。"

屠格涅夫抱着枪，做了一个焦躁的手势。

"打没打中，这点事小孩子都看得出来。我一直瞧着呢。"

托尔斯泰嘲弄似的盯着对方：

"那，狗怎么样？"

"狗怎么样，我管不着！我只是把我所看到的告诉你。总之，像石头一样掉下来了……"

屠格涅夫从托尔斯泰的目光里，看到一种挑战的神情，不觉尖声说道：

"Il est tombé comme pierre, je t'assure！（就像石头一样掉下来了，我敢说！）"

"但朵拉不可能找不到！"

这时，幸好托尔斯泰夫人笑着向两位老人走来，若无其事地为他们调解。夫人建议，今晚就算了，还是先回家的好，等明早再打发孩子们来找。屠格涅夫立刻表示赞成。

"遵命，明天就真相大白了。"

"是呀，明天就真相大白了。"

托尔斯泰仍不甘心,不怀好意地扔下一句反话,猛地转身离开屠格涅夫,径自走出林子。

屠格涅夫回到卧室,已经是夜里十一点多了。总算一个人静了下来,便颓然坐在椅子上,茫然环视着四周。

卧室是托尔斯泰平日使用的书房。在烛光的映照下,高大的书架,壁龛中的半身像,三四个相框,挂在墙上的鹿头——这些东西围绕在左右,毫无半点色彩,一片冷冰冰的气氛。但无论如何,对今晚的屠格涅夫来说,一人独处,反觉得高兴,真是奇怪。

——回到卧室之前,和主人一家围着茶桌闲谈,消磨时间。屠格涅夫尽其所长,谈笑风生,而托尔斯泰仍是一脸阴沉,很少开口。这令屠格涅夫既恼火,又不安,所以对一家大小比平时更加殷勤,故意不去理会主人的沉默。

每逢屠格涅夫妙语连珠,一家人便发出愉快的笑声。尤其是孩子们,看他生动地模仿汉堡动物园里的象叫、巴黎咖啡馆侍应生的举止,更是笑得前仰后合。可是,大家越是高兴,屠格涅夫心里越是感到尴尬窘迫。

"最近出了一个有希望的新作家,你知道吗?"

话题转到法国文学界时,这位浑身不自在的社交家,终于忍不住,故作轻松地向托尔斯泰问道。

"不知道。叫什么名字?"

"莫泊桑——居·德·莫泊桑。至少是现时少有的一位具有犀利洞察力的作家。我包里有他的一本小说,《La Maison Tellier》(《戴家楼》),有时间可以看看。"

"莫泊桑?"

托尔斯泰只是狐疑地睃了他一眼,至于小说,究竟看还是不看,却不置可否。这使屠格涅夫想起儿时受大孩子欺侮的事——此刻，涌上他心头的，正是这种受屈辱的滋味。

"说起新锐作家，这儿也来过一位特别人物呢。"

看到他尴尬的样子，托尔斯泰夫人赶紧说起这位奇特人物——一个月前，有天傍晚，来了一位衣衫不整的年轻人，说是非要见主人不可。一进门，张口便对初次见面的主人说："先给我一杯伏特加，再来一碟鲱鱼尾巴。"这足以叫人震惊了，谁知这位古怪青年，还是位小有名气的新锐作家呢，就越发叫人不能不惊讶了。

"这人叫迦尔洵。"

听到这个名字，屠格涅夫又想把托尔斯泰拉进谈话圈里。对方不肯和解，只会更加不快；再说，当初也是自己把迦尔洵的作品介绍给托尔斯泰的。

"是迦尔洵吗？这人小说写得不错。不知你后来还读过他什么作品……"

"似乎还不错。"

托尔斯泰依旧冷冷的，随便应了一句……

屠格涅夫费劲地站起来，晃了一下白发苍苍的头，静静地在书斋里踱起步来。随着他走来走去，小桌上的烛光，将他映在墙上的影子一忽儿变大一忽儿变小。他背着两手，无精打采的眼神，始终默默地打量那张空无一物的床。

二十年来的友情，在屠格涅夫心里一幕幕鲜明地回忆起来。——冶游放荡，只有睡觉才回到彼得堡的家里，那个军官时代的托尔斯泰；——在涅克拉索夫的客厅里，曾傲然望着屠格涅夫，把乔治·桑批判得体无完肤，自己全然忘记这回事的托尔斯泰；——漫步在斯巴斯科耶林间，驻足感叹夏日流云之美，写《三个轻骑兵》时的托尔斯泰；——还有，最后在费特家，两人怒目相视，紧握拳头，数落对方一切不是的托尔斯泰。——这些回忆里，无论哪一件，都可看出托尔斯泰的倔强，在他眼中，别人真实的一面,一点都看不到。别人的所作所为,他总认为是虚伪的。这倒不限于别人与他行事上发生矛盾的时候,即便别人和他同样放浪成性,他可以原谅自己,却不肯宽恕别人。倘如有人像他一样感叹夏日流云之美,他当即就会表示怀疑。他之所以憎恶乔治·桑,也是因为对她的真诚抱有怀疑。他和屠格涅夫曾一度绝交——包括这次,屠格涅夫说打中了山鹬,而他托尔斯泰,马上觉得嗅到了谎言的味道……

屠格涅夫深深叹了一口气,忽然在壁龛前停住脚。壁龛中的大理石像,在远处烛光的映照下,影子摇曳不定——那是列夫的长兄,尼古拉·托尔斯泰的半身像。与自己情谊深重的尼古拉,已成为故人,不知不觉二十多年的岁月逝去了。如果列夫能够体谅别人,哪怕只有尼古拉的一半呢——屠格涅夫寂寞地一直凝视着昏暗的头像,全然不觉春夜已深……

翌日清晨,屠格涅夫提早到二楼的客厅,那是他们家特定的餐厅。客厅的墙上挂着托尔斯泰祖先的几幅肖像,托尔斯泰坐在其中一幅下面,正对着桌子看当天的信件。孩子们还没来,除他之外没有别人。

两位老人打了招呼。

这工夫,屠格涅夫察看着对方的脸色,只要托尔斯泰略表好意,就准备立即和好。可托尔斯泰依旧那么不随和,说过三言两语,便又像先前一样闷声不响,看他的信件。屠格涅夫无奈之下,就近拖了把椅子,坐下来默默地看报。

沉默的客厅里,除了茶炊沸腾的声音外,一切都静悄悄的。

"昨晚睡得好吧?"

看完信,不知托尔斯泰想起什么,这样问了屠格涅夫一句。

"睡得很好。"

屠格涅夫放下报纸，等着托尔斯泰再开口。可主人拿起镶着银把儿的茶杯，从茶炊里倒了些茶，又闭上了口。

一两次之后，屠格涅夫又像昨晚一样，看着托尔斯泰不愉快的表情，心情渐渐沉重起来。尤其今天早上没有旁人，他心里更加无所依托。要是托尔斯泰夫人能在场——他焦急地一再这么想着，可不知怎么回事，到现在还没一点来人的迹象。

五分钟、十分钟过去了，屠格涅夫终于忍无可忍，扔开报纸，趔趄地站了起来。

这时，客厅外，忽然传来很多人的说话声和脚步声，他们争先恐后，咚咚地跑上楼梯——同时，门被一把推开，五六个孩子边喊着，边冲进了客厅。

"爸爸，找到啦！"

伊里亚站在前面，得意洋洋地晃动着手里拿的东西。

"是我先找到的。"

长得酷似母亲的塔吉亚娜毫不逊于弟弟，大声说着。

"可能是掉下来的时候给挂住了，挂在白杨树枝上。"

最后是大儿子谢尔盖这样解释说。

托尔斯泰吃惊地望着几个孩子。听说昨天打中的山鹬终于找到了，满是胡须的脸上，蓦地绽开爽朗的笑容。

"是吗？挂在树枝上了？那狗自然是找不到的啦。"

托尔斯泰从椅子上站了起来，走到和孩子们拥在一起的屠格涅夫身旁，伸出粗壮的右手。

"伊万·谢尔盖维奇，这下我放心了。我这人是不说谎的，要是鸟掉在地上，朵拉准能找得到。"

屠格涅夫有些难为情，紧紧握着托尔斯泰的手。他找到的是山鹬呢，还是《安娜·卡列尼娜》的作者呢？——这位《父与子》的作者，一时无法判断，激动得快要落下泪来。

"我也不是那种说谎的人。瞧瞧这双手,难道不能一发即中吗?枪声一响,鸟就像石头一样掉了下来……"

两人相对而视,不约而同,大笑了起来。

大正九年(1920)十二月

奇异的重逢

杨　伟译

一

阿莲作为小妾被包养在本所的横纲，还是在明治二十八年（1895）的初冬。

妾宅是一间在御藏桥附近临着河流的平房，显得格外狭窄。但从庭园前面朝河流对岸放眼望去，御竹仓一带——尽管如今已变成了两国车站——竹林和树丛遮蔽住了时常有阵雨造访的天空，所以，倒也不乏与闹市中心格格不入的闲静景色。但也正因为这样，在主人不来的夜晚，不免让人觉得周遭过于冷清。

"大妈，那是什么声音啊？"

"您是说这个声音？不就是鹭鸶的叫声吗？"

阿莲和眼睛不好使的老女佣一起，有时候就这样守候着一盏孤灯，心情黯然地进行着诸如此类的对话。

主人牧野隔不了三天，就会在大白天从官厅回家的路上，身穿陆军一等主计的军服，威风凛凛地驾临此地。当然，即便在日头西沉之后，有时也会从厩桥对面的本宅出来造访这里。牧野不仅已经结婚成家，膝下还有一男一女两个小孩。

这阵子，头发梳成椭圆形扁平发髻的阿莲，几乎每个晚上都会隔着长方形的火盆，陪着牧野喝上几杯。在他们俩中间的炕桌上，摆放着各种小巧玲珑的碟子和盘子，里面盛满了咸鱼子干、咸海参肠等等。

每当这种时候，过去的生活就会清晰地浮现在阿莲的脑海里。一想起那热闹非凡的楼院，还有一个个姐妹的面孔，孤身流落到遥远异乡的虚幻和无助就会加倍侵袭她的心灵。此外，牧野那比以前愈加发福的身体，也常常会在她的心中蓦地点燃起一种奇怪的厌恶感。

牧野自始至终显得心满意足，只顾着一点点地舔舐酒杯，而且，不时地开开玩笑，打量打量阿莲的表情，然后再发出一阵洪亮的笑声，这已俨然成了他喝酒时的一大癖好。

"怎么样，阿莲？东京也还不算是个太坏的地方吧？"

即使听到牧野这样说，阿莲也大都只是面带微笑，专注地烫着酒。

因为有公务在身，所以，牧野很少在此留宿。只要一看见枕头边的座钟快要指向十二点，他就会立刻重新穿上针织衬衫。而阿莲总是半蹲半跪着，怔怔地斜眼看着牧野急匆匆地准备回去。

"喂，去帮我把短外褂拿来！"

牧野有时还一边在半夜三更的灯光里映照出油光满面的脸，一边发出烦躁的吩咐声。

送走牧野之后，阿莲几乎每个晚上都不由得感到一阵精神上的疲惫。与此同时，对变成只身一人又多少觉得有些寂寞和凄凉。

无论是刮风还是下雨，那隔着一条河川的竹林和树丛，都很容易发出惊悚的响声。阿莲一边把冰凉的脸颊埋进散发着酒臭的衣襟里，一边凝神细听着那些响动。而不知不觉之间，她的眼眶里竟盈满了泪水。不过，平常那种抑郁的睡意——其本身就是一种噩梦般的睡意——很快就沉沉地罩在了她的心上……

二

"那道血痕,是怎么回事?"

在某个阒寂的雨夜,阿莲一面给牧野斟酒,一面把目光驻留在他的右脸颊上。只见在他那刮过脸后有些泛青的胡楂中间,有着一道不小的血痕。

"你是问这个呀?不就是被老婆抓伤的呗。"

牧野说这话时,脸色和声音都显得满不在乎,让人觉得他不过是在说笑而已。

"这样说来,尊夫人倒真是蛮讨厌的呢。干吗又做那种事呢?"

"哪有这样那样的道理可讲啊?反正就是生气了呗。既然对我都这个样子,那就更别说你了。不信,你自个儿去见识见识吧,要不了多久,你的喉头都会被她咬断的。一言以蔽之,她简直就是一只疯狗。"

阿莲吃吃地笑了起来。

"这可不是什么好笑的事儿哟。要是知道我在这里,没准她明天就会冲到这儿来闹事呢。"

牧野的一席话带着格外严肃的口吻。

"如果真是这样,那就只有事到临头,才知道如何应对了。"

"嘿,你还真有胆量呢。"

"这倒不是什么胆量的问题。说起来,咱老家那边的人……"阿莲若有所思,把视线投向火盆的炭火,说道,"咱老家那边的人啊,把什么都看得很开呗。"

"那就是说,你不吃醋?"刹那间,牧野的眼睛里掠过了狡黠的神色,"不过,俺们老家那边的人,可没有几个不吃醋的,特别是我……"

正在这时,女佣从厨房里端来了烤鱼串。

那天夜里,牧野决定在妾宅里过夜。说来,这可是很久不曾有过的事情了。

上床以后,外面开始演变成了那种雨雪交加的声音。在牧野入睡之后,不知为什么,阿莲却一直难以成寐。不曾谋面的牧野夫人竟变幻出各种身影,出现在阿莲清醒的眼底。阿莲的心里没有涌起憎恶或是妒忌的情感,更不用说同情了,但却多多少少有种好奇心伴随着那种想象。比如,他们夫妻之间为什么会吵架呢?——阿莲一边留意着户外那些竹林和树丛被雨雪叩打的响声,一边认真地思量着诸如此类的事情。

尽管如此,在听到时钟敲响了两点之后,她终于有了睡意。——不知不觉之间,阿莲和众多的旅客一道进入了幽暗的船舱。透过圆形的窗户向外望去,在翻卷着黑色波浪的远方,有一个不知是月亮还是太阳的球体,正奇妙地迸射出红色的光芒。同船的人们全都端坐在阴影里,没有一个人开口说话。阿莲渐渐觉得,这种沉默居然是那么可怕。不久,好像有人走到了她的背后。她情不自禁地回头一看,原来,站在身后的竟然是那个与她分了手的男人。他一边露出悲凉的微笑,一边目不转睛地俯瞰着她……

"阿金!"

阿莲被自己的叫声从黎明的梦乡中惊醒了过来。牧野还在她旁边继续发出轻轻的鼾声,但阿莲却无从知道,背对自己的牧野此刻是否真的还在酣睡。

三

阿莲曾经有过一个男人,这一点牧野似乎也心知肚明,但却没有表现出任何耿耿于怀的样子。事实上,就在牧野开始迷恋上阿莲的时候，那个男人突然间疏远了阿莲。所以，牧野不曾感到什么嫉妒，也是顺理成章的事。

但在阿莲的脑海里，却始终盘踞着那个男人的影子。那与其说是恋情，不如说是一种更加残酷的情感。那男人为什么会突然消失呢？——对其中的缘由，她百思不得其解。当然也曾有好多次，阿莲试图从世间变化无常的男人心中找出所有的答案。但考虑到男人失踪前后的种种情形，似乎又很难简单地归结于此。尽管这样，就算是男人那边出现了某种迫不得已的事态，但从他们俩当时那种深笃的交情来看，也不至于不辞而别吧。那么，或许是什么意想不到的灾难降临在了那个男人身上？——对于自己做着如此残酷的想象，阿莲既感到恐惧，又感到欣慰……

当梦见那个男人两三天之后，阿莲在去澡堂洗完澡回家的路上，蓦然看见一栋格子门结构的房子前面，悬挂着一面"占卜算命——玄象道人"的白旗。那面旗子让人颇感新鲜，不是通常那种画着占卜用具标志的旗子，而是在白底上画着一个红色的铜钱图案。阿莲打那儿经过的时候，忽然萌生了一个念头，想请玄象道人算个卦，看看那男人的近况。

阿莲被带进了一间日照很好的屋子。或许是讲求风雅吧，主人在屋子里陈列着中国的书橱、栽有兰花的花钵，以及俨然煎茶室般的种种装饰，从而营造出一种舒适典雅的氛围。

玄象道人是一个头发剃得短短的、体格健壮的老人。不过，他镶着一口金牙，还不停地吧嗒着卷烟，这些都使他透出一种不像是道人的粗鄙。阿莲对老人说，自己的一个亲戚在去年突然失踪了，想请道人占卜一下他如今的去向。

于是，老人迅速从房间的角落里搬出一个紫檀茶几，放在两个人的中间，然后毕恭毕敬地把青瓷香炉、金线织花的锦缎口袋一一摆放在茶几上。

"你的那位亲戚多大年龄?"

阿莲说出了那个男人的年龄。

"哈哈哈,还很年轻呢。人在年轻时,总是不免想犯错误,可一旦到了我这把年纪……"

玄象道人瞪大眼睛望着阿莲,还发出了两三下鄙俗的笑声。

"出生何年也该知道吧?不,不用说我也知道了,看来是卯年生的一白①。"

老人从锦缎口袋里掏出了三枚带孔的铜钱,每一枚铜钱都被分别包裹在浅红色的丝巾里。

"我的占卜叫作'掷钱卜'。据说'掷钱卜'是由汉朝的京房②发明的,以此来取代筮卦。或许你也知道吧,所谓的筮卦,在'一爻'中就存有三变,而一卦里更是有着十八变,所以,很难判定是凶是吉。而这恰恰是'掷钱卜'的长处……"

说着说着,道人点燃的线香从香炉里冒出一缕缕青烟,开始在明亮的房间里袅袅上升。

四

道人解开浅红色的丝巾,把里面的铜钱放到香炉的烟雾里熏过之后,又朝悬挂在壁龛上的挂轴煞有介事地低俯下头颅。挂轴上的画似乎是狩野派③的作品,描绘着伏羲、文王、周公和孔子这四大圣人的肖像。

"玉皇大帝,宇宙之神圣,闻到此香后,恳求您大驾光

---

① 一白在阴阳道术语中乃是九星之一。九星(一白、二黑、三碧、四绿、五黄、六白、七赤、八白、九紫)配上方位,再结合出生年份,进行占卜。
② 曾跟随梁人焦延寿学习《易经》,并当过魏郡太守。著有《京氏易传》。
③ 室町时代由狩野元信结成的日本画派之一。

临。——此刻我犹豫不决,难以定夺,只能向神灵乞教。求您赐予皇悯,昭示吉凶。"

在念罢上述祭文之后,道人又把三枚铜钱一一投掷在紫檀茶几上。三枚铜钱中,有一枚掷到的是文字一面,而另两枚则是波浪纹路的一面。于是,道人马上提起笔,在卷纸上记下了它们的顺序。

用投掷钱币的方式来决定阴阳——如此这般重复了六次。阿莲一直把忧心忡忡的目光锁定在铜钱的顺序上。

"好啦——"

在投掷钱币结束之后,老人依旧凝眸注视着卷纸,好一阵子都只是默默地思考着。

"这个卦就叫做雷水卦,上面写着:诸事不顺。"

阿莲战战兢兢地把视线从三枚铜钱挪到了老人的脸上。

"看来,你再也见不着那个年轻的亲戚了。"

玄象道人一边说着,一边开始再次把铜钱一枚一枚地包裹在浅红色的丝巾里。

"那么说来,他已经不在人世了吗?"

阿莲感到自己的声音在瑟瑟发抖。"喔,果然如此!""不,绝不可能!"——这两种截然相反的心情交织在一起,不由自主地化作了上面的疑问。

"到底是还活着,还是已经不在人间了,这很难判定——但你只能这么想,那就是再也见不着他了。"

"无论如何都见不着他了吗?"

在阿莲三番五次的追问下,道人合上了织花布袋的袋口。他那油亮的双颊附近,闪过了一道像是讥讽的表情。

"也有一种说法,叫做'沧桑之变'。倘若有朝一日,这偌大的东京变成了一片森林,没准你们还能重逢吧——这卦上就是这么说的。"

与来时相比，阿莲陷入了更加孤立无援的心境中。在付过了昂贵的占卜费以后，她急匆匆地回到家里。

那天晚上，她支着脸颊，茫然地趴在火盆前，出神地倾听着铁壶发出的响声。玄象道人算的卦，其实就等于什么也没有说。不，毋宁说倒是粉碎了她悄悄抱着的一线希望——那是一种渴望世界发生万一的期许。无论它显得多么虚幻和脆弱，但毕竟属于希望的一种。莫非就像道人所暗示的那样，那个男人已经不在世上了吗？说来，她先前居住的那个城镇，确实是兵荒马乱的。或许就在他像往常那样去见阿莲的路上，遭遇了什么不测吧。否则，怎么会像突然失去了记忆一般，销声匿迹了呢？——阿莲感到，自己那施过粉黛的半爿脸颊已经被炭火炙烤得滚烫发热。与此同时，她发现自己不知不觉地鼓捣起了火筷子。

"阿金，阿金，阿金……"

"阿金"这两个字，被她无数次写在炭火的灰烬上，又无数次一抹而去。

五

"阿金，阿金，阿金"——阿莲就这样不停地写着。这时，待在厨房里的女佣忽然发出了一声轻轻的尖叫。虽然那儿被称作厨房，但事实上，却与客厅只隔着一层纸门。只要一拉开那扇纸门，隔壁就是铺着木板的所谓厨房了。

"什么事呀，大妈？"

"喔，夫人，您来看看！瞧，我还以为是什么来着，结果竟是……"

阿莲走到厨房那边一看，只见在被炉灶占去了一大块的空间里，那些映照在纸拉门上的灯光竟然造就了一片静谧的黑暗。女佣正在那片黑暗中佝偻着身穿马褂的腰身,用手抱起一只白色的动物。

"是猫吗?"

"不,是条狗呢。"

阿莲把双手交叉在胸前,目不转睛地打量着那只狗。狗就那样任凭女佣搂抱着,不时动弹着一双水灵灵的眼睛,用鼻子打着呼呼。

"这就是那只今天早晨在垃圾场里汪汪叫的狗——怎么会跑进这里来了呢?"

"你一点都不知道吗?"

"是啊。不过,刚才我一直在这里洗碗呢——人的眼睛不好使,倒也真是拿它奈何不得。"

说着,女佣打开进水口附近的格子拉门,打算把小狗扔回到外面的黑暗中。

"喂,等等,我也想抱抱它呢。"

"还是算了吧。把你的衣服弄脏了,如何了得?"

阿莲不顾女佣的劝阻,用双手抱住了那只狗。小狗的身体在她的手中直打哆嗦,这在一瞬间里将她的心带回到了往昔的世界。当阿莲还在那热闹非凡的楼院里时,就曾收养过一只白色的小狗。在没有客人光顾的夜晚,她就和那只小狗一起进入梦乡。

"多可怜呀!——干脆就收留了它吧。"

女佣有些奇怪地眨巴着眼睛。

"喂,大妈,就收留了它吧,不会给你添麻烦的。"

阿莲松开双手,把小狗放到铺着木板的厨房里,脸上露出了天真无邪的微笑。就像是急于给狗找点小鱼或者别的饵食一样,她伸出手来,开始在厨房里翻箱倒柜。

从第二天起,那只套着红色颈圈的小狗就出现在了妾宅的草席上。

有洁癖的女佣当然对这一变化很不高兴。特别是看见小狗下到庭院里，然后又迈着沾满泥土的双脚重新爬回房间里时，她甚至会恼怒一整天。然而，无所事事的阿莲却像对待孩子一样宠爱着小狗。即使在吃饭的时候，那只狗也从不例外地守候在案桌旁。而且，几乎每个夜晚都能看见那只狗偎依在穿着睡衣的阿莲脚边，安然地打着盹。

"从那个时候起，我就觉得怪讨厌的。要知道，有时候，那只狗还在昏暗的灯光下，目不转睛地打量着夫人熟睡的面孔呢。"

据说一年之后，女佣曾对我那个当医生的朋友 K 发过这样的牢骚。

六

对这只狗感到恼羞成怒的，并不只是女佣一个人。当看见小狗俯卧在草席上的时候，牧野也会悻悻然地紧蹙起粗黑的眉头。

"是在干什么呀，这家伙？——畜生，快滚到一边去吧！"

身穿陆军主计军服的牧野，恶狠狠地用脚猛踹着那只狗。等他一走进客厅，那只狗就倒竖起脊背上的白毛，开始拼命地狂吠起来。

"对你喜欢狗这一点，我也已经受够了。"

即便已经在晚酌的案桌旁坐了下来，牧野还余怒未消地瞪眼瞅着那只狗。

"以前你不是也养过这么大的一只狗吗？"

"嗯，那也同样是一只白色的狗呢。"

"说来，我倒是想起你说过，再怎么也不肯和那狗分开。对此，当时我真是束手无策呢。"

阿莲一边抚摸着膝盖上的小狗，一边流露出无可奈何的微笑。其实，那时候她也并非不知道，既然要搭乘轮船和火车出远门，那么，身边带着狗肯定会有诸多不便。可是，自己已经和那个男人分了手，而现在又要撂下爱犬，只身前往一个陌生的国度，无论怎么想，都是一件凄凉而落寞的事情。因此，在启程出发的前夕，她不由得抱着那只狗，将脸颊紧贴在它的鼻尖上，不停地啜泣着……

"那只狗可乖巧和机灵了，而这只狗却好像笨得要死呢。首先，瞧它的人相——不，不对，不是人相，而是狗相，就显得平庸至极。"

已经有些酩酊大醉的牧野，恍若已经忘记了先前的不快一般，甚至把生鱼片之类的东西都扔给狗吃。

"瞧，不是和那只狗长得很像吗？唯一不同的是鼻子的颜色。"

"什么？鼻子的颜色不同？真是在一些奇妙的地方显得不同呢。"

"这只狗鼻子的颜色是黑的，对吧？可那只狗呢，鼻子的颜色是红的呀。"

阿莲一边陪牧野喝着酒，一边涌起了这样一种感觉：仿佛以前那只爱犬的鼻尖，已经栩栩如生地浮现在了眼前。它那总是被涎沫濡湿了的鼻尖，就如同婴儿母亲的乳房一般透着棕色的斑纹。

"嘿，那么说来，在狗当中，或许倒是红鼻头更具美人相了。"

"不是美人，而是美男子呢，那只狗。可这只狗鼻头是黑的，所以就是丑男子了吧。"

"原来两只都是公狗呀。我还以为到这个家里来的，就只有我一个雄性呢——这可真是岂有此理。"

牧野一边轻轻捅了捅阿莲的手，一边开怀大笑起来。

但牧野不可能总是保持那样的心境。当他们上床以后，狗就在只隔着一道陈旧纸门的对面，不断地发出煞是悲凉的叫声。不仅如

此,它还把前脚爪搭在纸门上,折腾出嘎吱嘎吱的响声。牧野在深夜的灯光下,一边露出奇妙的苦笑,一边忍不住对阿莲说道:

"喂,干脆把纸门拉开得了。"

等她一拉开那扇纸门,狗就迈着出乎意料的缓慢步子,朝他们俩的枕头边踱了过来,然后,恍若一道白色的影子般匍匐在地上,开始滴溜溜地盯着他们看。

阿莲总觉得,那眼神就像是某个人的眼神。

七

两三天之后的某个夜晚,阿莲和溜出本宅的牧野一道,去附近的曲艺场观看演出。

魔术、剑舞、幻灯、杂技——专演此类节目的曲艺场观众盈门,水泄不通。两个人被迫等了好一阵子,最后在一个远离舞台的角落里找到了座位。他们刚一坐下,周围的客人便不约而同地向梳着椭圆形发髻的阿莲投来了好奇的目光。这让阿莲既感到有些害臊,又有些莫名的落寞。

在舞台上那明亮的吊灯下,一个缠着白色头布的男人挥舞着一把长剑。接着从后台传来了吟诵诗词的琅琅声音:"踏破千山万岳烟。①"台上表演的剑舞自不用说,就连吟诵的诗歌也让阿莲感到百无聊赖。但牧野却点燃卷烟,津津有味地观赏着。

剑舞结束之后上演的是幻灯。在从舞台上方垂落下来的幕布上,不断映现出甲午战争的种种画面,还出现了"定远"轮扬起巨大的水柱,缓缓沉没的场面。还有樋口大尉怀抱着敌人的婴儿,指挥部下冲锋陷阵的镜头。一旦看见画面中碰巧出现了太阳旗,众

---

① 引用自斋藤一德《题儿岛高德书樱树图》一诗的第一句。

多的观众就会大声地喝彩。其中还有人发疯似的高喊着:"帝国万岁!"但真正参加过实战的牧野,却只是一个劲儿地嗤笑着,对那帮人的起哄不屑一顾。

"战争要真是那样,可就轻松多了……"

看到牛庄的激战画面时,他对阿莲这样说道。其中也不乏说给旁边人听的意思。但她却仍旧热心地关注着银幕,只是微微点了点头。当然,不管是什么样的画面,对很少看到幻灯的阿莲来说,都肯定是趣味横生的。不过,除此之外,那些画面上的景色——比如白雪皑皑的屋檐、拴在枯柳上的毛驴、垂着发辫的中国军人,也自有打动她的理由。

演出结束,已经是十点了。两个人肩靠着肩,在阒寂无人的街道上徜徉着。周围到处是已经歇业的商店,半轮月亮朝家家户户打了霜的屋顶上流泻着寒冷的光芒。牧野抽着烟卷,不时对着寒光吐出一缕缕青烟。就仿佛刚才的剑舞还留在脑子里一样,他开始轻轻吟诵起古老的诗句:"鞭声肃肃夜渡河。①"

然而,刚一拐过某条胡同,阿莲就像是吃了一惊似的,扯了扯牧野的衣袖。

"吓我一跳,你这是干吗?"

他没有停下脚步,只是回头看了看阿莲。

"好像有人在叫我似的。"

阿莲更紧地偎依在牧野身上,脸上是一副惊恐的表情。

"有人在叫你?"

这一次牧野情不自禁地停住了脚步,竖起耳朵仔细倾听着。然而,凄清的街道上甚至听不见一声狗的吠叫。

"是幻觉吧,怎么可能有人在叫你呢?"

---

① 赖山阳《题不识庵击机山图》一诗的第一句。

"或许是心理作用吧。"

"没准是因为看了那种幻灯片的缘故吧。"

八

去曲艺场看了演出的第二天早晨,阿莲嘴里衔着牙签,来到套廊上洗脸。就像往常一样,在套廊上洗手的地方,已经备好了盛满热水的带耳铜盆。

冬季草木枯萎的庭园显得凋零而凄清。而在庭院对面延展着的景色,与倒映着阴霾天空的河水一起,更是显得不胜荒凉。一看见这样的景色,阿莲就不由得一边漱口,一边想起了昨天晚上那个被遗忘了的梦。

在那个梦里,她独自一人在幽暗的竹林和树丛中四处奔走。她一边走在狭窄的羊肠小道上,一边不断地寻思着:"啊,我的念力终于应验了。这不,极目远眺,东京已经变成了一片渺无人烟的森林。肯定很快就能见到阿金了。"果然,走着走着,不知从什么地方传来了大炮的轰鸣和步枪的声音。与此同时,被树木遮蔽的天空就恍若映衬着火灾的现场一般,渐渐带上了浑浊的血红色。"战争爆发了!战争爆发了!"——她就这样想着,试图撒腿逃跑,但不管憋足了多大的劲儿,就是跑不动……

阿莲洗完脸之后,为了擦洗身子又脱掉了衣服。不料就在这时,一个冰凉的东西紧紧地黏附在了她的后背上。

"嘘——"

她并不觉得特别诧异,而是用娇媚的目光瞅了瞅身后。只见小狗摇晃着尾巴,来回舔舐着自己那黑色的鼻头。

九

那以后又过去了两三天,牧野比平时更早地来到妾宅,同行的还有一个叫做田宫的男人。田宫是一家有名的御用商人店铺的掌柜。在牧野包养阿莲这件事上,他也曾给过各种各样的关照。

"这不是很奇妙吗?一旦盘成这种椭圆形的发髻,无论怎么看,都与过去那个阿莲判若两人了。"田宫那张带着浅浅麻窝的脸,在明亮的灯光下一片通红。他朝牧野举起酒杯,说道,"喂,牧野。听我说,如果阿莲当时梳的是岛田发髻,或者戴的是红色卷毛发套,也不至于现在看起来如此不同吧。不过,以前归以前,所以……"

"听着,这儿的女佣虽说眼睛不灵敏,但耳朵却不背哟。"

牧野用嘴巴提醒着对方,但脸上却仍旧乐滋滋地嗤笑着。

"没事的——她能听懂我们的话外音吗?对吧,阿莲,一想到那时候的事情,不就恍若是在梦中吗?"

阿莲避开对方的视线,只顾逗弄着膝盖上的小狗。

"我也是因为受了牧野的委托,才肯斗胆应承下来的。不过,直到平安登上神户港为止,我的心都一直是七上八下的,心想,要是万一败露了,那可就惹上大祸了。"

"哼,对于走那种险象环生的独木桥,你恐怕早已是如履平地了吧……"

"这可开不得玩笑哟。帮人偷渡,我也就只干过这一次罢了。"

田宫一边把整杯酒喝下肚里,一边故意做出一副阴沉的面孔给牧野看。

"不过,阿莲能够有今天,也真的全是托你的福呢。"

牧野伸出粗壮的手臂,又给田宫斟满了一杯。

"这么一说，真是让我诚惶诚恐。不过，用一句话来说，那时候的我真是害怕极了。而且，当搭乘的轮船逼近玄海①时，还遭到了暴风雨的袭击呢……对吧，阿莲？"

"嗯。当时我甚至想，轮船和所有的一切是不是马上就要沉没了。"

阿莲一边为田宫斟酒，一边终于让思绪跟上了大家的话题。她的脑子里甚至闪现过这样的念头：若是那条船真的沉没了，没准比现在还好呢。

"既然能够像现在这样，那我们不都还算是幸运的吗？——不过，牧野你说说，当阿莲适应了这种椭圆形的发髻之后，难道你就没有想过，再让她恢复以前的装束来看看吗？"

"虽然也并非没有想过，但不也是无可奈何的事情吗？"

"说什么无可奈何呀，莫非她以前的衣服就一件也没有带到这边来吗？"

"别说是衣服了，就连梳子和簪子都好好保存着呢。无论我怎么劝阻，她就是不听，照带不误。"

牧野透过长火盆，瞅了瞅阿莲的脸。就像是没有听见他的话一样，阿莲只是全神贯注地看着烧烫的铁壶。

"那岂不是正好。怎么样，阿莲？过些时候，能不能请你换一身装束来给我们斟酒？"

"那样一来，你也就会触景生情，想起过去的某个老相好了吧？"

"哎，提起我过去的那个老相好，倘若她也长得像阿莲这样标致，或许倒还值得一想吧，可是……"

田宫一边在带有浅浅麻窝的脸庞上浮现出难为情的笑容，一边

---

① 指福冈县西北面的大海。

用筷子夹起山芋泥……

那天晚上田宫回去之后，牧野对毫不知情的阿莲说，不久他将辞去陆军的官职开始经商。一旦辞呈得到批准，如今雇佣田宫的那个有名的御用商人就会出高薪来聘请自己。

"那样一来，就不用再住在这里了。我们是不是搬到某个更宽敞的房子里去呢？"

牧野就像是非常疲惫似的，倒在火盆前躺了下来，顺势抽起了田宫带来的礼物——马尼拉烟卷。

"这个家本来就够宽够大的了，因为也就只有大妈和我两个人。"

此刻，阿莲正忙着把残羹剩饭拿给嘴馋的小狗。

"如果是那样的话，我也会和你们住在一起的。"

"可是，您不是有尊夫人吗？"

"你是说我老婆呀？不久也该和她分手了吧。"

从牧野的语气和表情来看，这个意外的消息不像是在说笑。

"您还是少做那种作孽的事情吧！"

"这有什么关系呢？始于自我，又归于自我呗。又不是只有我一个人才是坏蛋。"

牧野流露出凶狠的目光，大口大口地抽着烟卷。阿莲一脸寂寞的神情，好一阵子都一声不吭。

十

"那只白狗染上病，还是在田宫老爷来过后的第二天呢。"阿莲的女佣对我那个当医生的朋友 K 讲述了当时的情形。"恐怕是食物中毒或者别的什么吧，最初每天都只是呆呆地睡在火盆前，但不久就开始在草席上乱尿一气了。因为是爱若孺子的小狗，夫人还特意拿牛奶给它增加营养，拿宝丹①放在它嘴里，真可谓百般疼爱。尽管也不是不能理解，但不是仍旧觉得厌烦吗？谁知当狗的病情恶化之后，夫人竟然开始和狗聊起天来。这样的事也渐渐变得屡见不鲜了。

"说他们是在聊天，可实际上，也就是夫人对着小狗一个人喋喋不休地说话罢了。夜阑人静的时候，你不妨也来听听吧。就仿佛狗也跟人一样可以开口说话似的，总觉得怪吓人的。记得有一天，天空中刮起了干燥的寒风，我受命外出办事。说来也就是到附近的算命先生那儿，请他给小狗看看病而已。可回到家时，听到夫人在纸门嘎吱作响的客厅里说着话。我以为是主人驾到了，于是透过纸扇的缝隙朝里一看——原来那儿只有夫人一个人，正把小狗放在膝盖上。只见她的影子忽而清晰无比，忽而幽暗难辨。当然，也可能是因为寒风吹动云层，搅乱了光线的缘故。但如此毛骨悚然的情景，就算是到了我这把年纪，也还是第一次碰到呢。

"所以，当小狗死去的时候，尽管这样说对不住夫人，但我确实是如释重负。当然，感到高兴的，并不仅仅只有我这个不得不为狗收拾屎尿的佣人。记得听到狗死去的消息，主人也像是除去了什么包袱一般，一个劲儿地嗤笑着。你是问狗吗？狗一大早就倒在梳妆台的前面，口吐青色的东西，一命呜呼了。当时连我都还没有起床，更不用说夫人了。算起来，它躺在火盆前面一动不动，也已经有半个月了……"

正好那天是药研堀举行集市的日子。阿莲在硕大的梳妆台前面发现了早已咽气的小狗。就像女佣所说的那样，小狗冰凉的身体就横陈在一大摊发青的呕吐物中间。而这也是她早就预料到了的结局。与前一只狗是活着分手的，而与这一只狗就该算是死别了。养

---

① 由守田宝丹本铺销售的含片，属于芳香剂的一种。

不了狗，或许就是自己与生俱来的因缘吧——这些念头只是给她的心灵带来了一种绝望的平静。

阿莲坐下来茫然地端详着小狗的尸体，然后抬起忧郁的眼睛，凝望着寒冷的镜面。镜子里映现出了倒在草席上的小狗，还有她自己。阿莲目不转睛地打量着小狗的影子，突然，就像是遭到眩晕的奇袭一样，她一下子用双手掩住自己的脸庞，发出了轻声的叫喊。

瞧，镜子里的小狗尸体！那原本是黑色的鼻头竟然在不知不觉之间变成了鲜红的颜色。

十一

姜宅的新年煞是冷清。即便在门上竖起新竹，在客厅里装饰上蓬莱仙境，阿莲也依旧只是在火盆前支着脸颊，将抑郁的目光投射在纸扇那渐渐暗淡的日影上。

自从年前死了小狗以来，她那本来就沉郁的心情更加频繁地遭到了忧郁症的袭击。不光是小狗的死亡，还有那男人至今不明的去向，以及从不曾见过的牧野夫人的命运等等，都让她陷入了思量和烦恼。与此同时，各种奇妙的幻觉也开始纠缠住了她。

有时候，她上床以后，好不容易就要进入梦乡，这时，就像有个东西突然压在身上一般，感到睡衣的下摆陡然变得沉甸甸的。小狗还活着的时候，常常跑过来躺在她的被褥上——就跟那种感觉一模一样，有某种轻柔的重量匍匐在她的身上。阿莲立刻从枕头上悄悄抬起头来，可是，除了薄棉睡衣的格子花纹映照在灯光里，就无从想象还有什么其他的东西了。

并且，阿莲对着梳妆台梳理头发时，时而会有一道白色的东西倏然间从照着镜子的阿莲背后一掠而过。有时候她没有留心到这个细节，而只是继续向上挠起水灵灵的鬓发。于是，那白色的东西就会再次循着相反的方向，一溜烟似的飞蹿而过。阿莲手里攥着梳子，终于回过头来看了看背后。但明亮的客厅里，却看不到任何生物活动过的迹象。恐怕还是眼睛在作祟吧——她就这样思忖着，重新掉过头面对镜子。可过不了一会儿，那白色的东西又第三次从她身后溜了过去。

　　还有，当阿莲独自面对火盆而坐的时候，偶尔会从外面遥远的大街上，传来呼唤她名字的声音。夹杂着大门口那些竹叶发出的嘈杂响声，唯有一次她是真的听见了那种呼唤。不用说，肯定是那个男人的声音，就是那个在她来到东京后也一直惦念不已的男人。阿莲就像是屏住了呼吸一样，小心翼翼地竖起了耳朵。这一次，从大街上又传来了那个男人令人眷念的声音，并且比上一次显得更加迫近逼真。可刚一这么想着，那声音却又变成了在寒风中四处飘零的狗叫……

　　另外，有时她从睡梦中醒来，还会看见这样的情景：就在她躺着的同一张床上，居然睡着一个不可能在此现身的男人。高高的额头、长长的睫毛——所有的这一切，在夜半的灯影下，都与过去没有任何改变。对了，他的左眼角上还有一颗黑痣呢——对此也一一进行了查证，结果发现果然是他。阿莲与其说对此感到不可思议，不如说因兴奋而怦然心动，一下子死死搂住了那男人的脖子，就仿佛她的整个身体也从此溶解消失了一样。但那个睡眠遭到搅扰的男人，只是有些厌倦地嘟哝着什么。出人意料的是，那嘟哝着的声音，竟然是牧野的嗓音。不仅如此，就在那一瞬间里，阿莲还发现了一个事实：自己正把双手紧紧地缠绕在散发着酒臭的牧野脖子上。

　　除了这些幻觉之外，在现实世界中，也发生了让阿莲无法平静的事件。在新年的贺岁松树尚未拆卸之际，常常在背地里念叨的牧野夫人，竟然真的不期而至。

十二

　　牧野夫人突然来访，恰恰是在女佣外出办事的时候。听见有人求见的声音，阿莲不由得大吃一惊，只好欠起慵懒的身体，来到了天色昏暗的大门口。透过朝北的格子窗户，可以隐约看见屋檐前的装饰。就在那儿站着一个戴着眼镜的女人。她搭着一块有些陈旧的披肩，低着头。

　　"请问，您是谁？"

　　阿莲问道，但凭着直觉她已经猜到了对方的身份。她目不转睛地审视着眼前的这个女人。她有一张轮廓黯淡的面孔，梳着椭圆形的发髻，将穿着碎花短外褂的袖口交叉在胸前。

　　"我是……"

　　女人在稍事犹豫之后，依旧低着头，说道：

　　"我就是牧野的内人，名字叫阿泷。"

　　这一次轮到阿莲语塞了：

　　"是吗？我是……"

　　"不用说了，我都知道了。据说牧野经常承蒙您关照，我也应该过来谢谢您才是。"

　　那女人的话语显得平静而稳重，甚至没有掺杂半点讽刺的口吻，让人倍感意外。正因为这样，阿莲更是不知道该如何与对方寒暄了。

　　"所以，趁着今天乃是新年伊始之际，我想斗胆过来请求您一件事……"

　　"有何贵干，就请尽管吩咐吧，只要是我力所能及的事情。"

　　阿莲还不敢掉以轻心，但也大致能猜出对方会"请求"些什么。与此同时，她又不禁思忖道：一旦对方说出她的"请求"，恐怕自己的回答也不可能只有三言两语吧。但直到听见低着头的牧野夫人开口说话，阿莲才发现，原来自己的预想完全是捕风捉影。

"其实我所说的'请求'，也并不是什么大不了的事情。事实上，据说不久整个东京就要变成一片森林，因此，到时候请您务必像对待牧野那样，把我也收留在您的府上。我所谓的'请求'就只有这一点。"

对方慢悠悠地说着，就好像全然没有察觉到自己的话有多么疯狂。阿莲一下子愣住了，只是久久地凝视着她那背对着阳光的阴郁身影。

"怎么样？能不能请您收留我？"

阿莲就仿佛舌头已经僵直了一样，一句话也没有回答上来。不知什么时候，对方已经抬起头来，一边慢慢睁开冷冷的眼睛，一边透过眼镜审视着阿莲——这更是让阿莲觉得毛骨悚然，就恍若所有的一切乃是一场噩梦一般。

"我自己怎么着都无所谓，可万一在半道上迷了路什么的，那我的两个孩子不就可怜了吗？所以，即便是很难为您，也务必请您把我们收留在您的府上。"

牧野夫人刚一说完，就把脸庞埋进陈旧的披肩里，抽噎了起来。于是，一直缄默无语的阿莲，也陡然陷入了悲凉的心境中。可以见到阿金的时刻终于来临了。多高兴啊！太高兴了！——她就这样琢磨着，看见自己的眼泪潸然而下，滴落在穿着春装的膝盖上。

几分钟以后，阿莲才猛然注意到，在光线昏暗的北门边已经没有了人影。不知什么时候，对方已经悄然无声地转身离去了。

十三

正月初七的晚上，牧野一来到妾宅，阿莲就把牧野夫人来访的整个过程告诉了他。谁知牧野显得格外平静,一边听她的描述,一边悠然地抽着马尼拉烟卷。

"尊夫人有些不对劲呢。"说着说着,阿莲不禁变得亢奋起来,一面焦灼地蹙紧眉头,一面执拗地说道,"如果不赶快想想办法,就会造成不可挽回的局面呢。"

"哎,到时候再说到时候的话吧。"牧野透过烟卷冒出的烟雾,眯缝起眼睛,打量着她说道,"你与其在这儿为我老婆操心,还不如关心关心自己的身体呢。这阵子我来看你,你不是总显得很悒郁吗?"

"我怎么着倒是没什么,可……"

"那怎么行呢。"

阿莲阴沉着一张脸,好一阵子都缄口不语。忽然间,她抬起泪眼婆娑的面孔,说道:

"求求您,求求您不要抛弃尊夫人。"

或许是被惊呆了吧,牧野一句话也没有回答。

"求求您,真的,求求您……"就像是为了掩住自己的眼泪一样,阿莲把下巴埋进了黑色绸缎的衣襟里,"对尊夫人来说,在这个世界上您比什么都重要。您如果不为她着想,那未免也太薄情了。即便在咱老家那边,女人也是……"

"行了行了,你说的我都明白,所以,你还是别操那份心的好。"牧野像是哄小孩似的说道,以至于忘记了抽烟,"这栋房子到底还是阴暗和晦气了一些,再说前不久又死了一只狗,所以,也就难怪你心情郁闷了。过些时候,等找到了好地方,我们就赶快搬家吧!那样一来,就可以生活得更加开朗快活吧……哎,只要再过十天左右,我就可以辞掉公职了。"

整个晚上,无论牧野如何安慰,阿莲的脸上都一直是那副沉郁的表情。

……

"对夫人的情况，主人也很是担心，但……"当 K 问起各种各样的问题时，据说女佣就是这样来描述当时的情形的，"无论怎么说，这一次的病，在那个时候便已经出现了征兆。所以，主人和其他人也就只好死心了。其实，在本宅夫人突然登门造访的那一天，我办完事回来时，看见这边的夫人还呆坐在大门口呢——而那边的夫人则从眼镜后面盯着她，根本没有进门的意思，只顾在那儿喋喋不休地说着一大通可怕的客套话。

"在暗地里听见别人指桑骂槐地中伤自己的主人，是不可能有好气的。但如果我真的冲上去和她理论，恐怕事情就会变得更难收拾吧。之所以这么说，是因为我四五年前也在本宅当过佣人。一旦被本宅的夫人发现，那事情可就糟糕了，没准更是会惹得对方一肚子气。如果是那样的话，不就麻烦了吗？因此，直到本宅夫人奚落完这边的夫人转身离去，我都一直躲在门口的纸扇后面，没敢抛头露面。

"不料这边的夫人一看见我，就说道：'大妈，刚才夫人来过了。就算是到这儿来，她也没有说半句恶意的话，看来真是一个蛮不错的人呢。'接着，她又一边笑着，一边说道：'她还说什么，不久整个东京就要变成一片森林呢。怪可怜的，看来她有些不对劲啊。'"

十四

进入二月后不久，阿莲就搬到了本所松井町一间位于二楼上的宽敞屋子里。但阿莲的忧郁症却仍旧没有好转的迹象。她也不和女佣说话，而大都独自待在客厅里，执拗地倾听着铁壶烧开后发出的响声。

乔迁后还不到一周的某个夜晚，已经在其他地方喝过酒的田宫，又醉醺醺地来到了妾宅。刚刚喝了一杯的牧野，一看见这个酒伴的面孔，马上就把手中的小酒杯递了过去。在接过酒杯之前，田宫从衬衫敞开着的怀里摸出了一个红色的罐头。他一边接受阿莲的斟酒，一边说道：

"这是礼物，阿莲夫人。是我带给你的礼物。"

"这是什么呀？"

当阿莲道谢的时候，牧野拿过罐头看了看。

"瞧这上面的标签。这是海狗呢，是海狗的罐头哟。听说你是因心情郁闷而害病的，所以，就特意带给你的呗。不管是对妇女产前、产后，还是妇科病，反正都有疗效——这还是一个朋友告诉我的，他刚开始做这种罐头的买卖。"

田宫舔了舔嘴唇，然后又来回瞅了瞅他们俩。

"海狗什么的，你能吃吗？"

尽管牧野采取的是激将法，但阿莲却只是在嘴角强装出了一丝笑容。倒是田宫挥了挥手，一下子接过了话茬。

"没问题的。当然没问题，对不对，阿莲？说来海狗这东西也真是有趣，常常是一只公海狗身边就聚集了好几百只母海狗呢。哎，若是论人的话，就相当于牧野那样的家伙吧。说来，连长相都蛮像呢。所以说嘛，你就当作是牧野，对，就当作是可爱的牧野，将它一口吞下去好啦。"

"你都胡诌些什么呀？"牧野无可奈何地苦笑着。

"在一只公海狗身边有那么多……喂，牧野，这点是很像你，对吧？"田宫那带有浅浅麻窝的脸上堆满了笑容，不顾周围的反应，兀自继续唠叨着："今天听我的朋友，也就是那个罐头商人说，海狗这种动物呀，一旦雄性之间争夺某个雌性，就会……算了算了，与其谈什么海狗，今儿晚上，还不如让阿莲换身过去的服装给我们瞧瞧。怎么样,阿莲?虽然如今叫什么阿莲,可实际上,那不过是为了蒙骗世人而取的假名字罢了。说来,这才是我最想和阿莲一起在音羽屋①表演的精彩部分呢。"

"喂,喂,雄性海狗争夺雌性海狗,其结果如何?我倒是更想听这个呢。"牧野说道,脸上是一副为难的表情。他想用海狗的话题来取代危险的话题,谁知偏偏事与愿违。

"争夺雌性?据说一旦争夺雌性,雄性之间就会大动干戈,争执不休。不过,却来得光明正大,不像你那样,在背后放人暗箭。对不起,失礼了。不是有句俗话,叫做什么'禁句禁句,还数金字招牌的甚九郎'吗?②——阿莲,就让我敬你一杯吧。"

田宫看见牧野脸色骤变,盯视着自己,于是,为了掩饰困窘,赶紧给阿莲递上了一杯。但阿莲只是看着他,无意伸出手来接过酒杯。

十五

阿莲从床上起来,是在那天夜里的三点过后。她跑出二楼的卧室,悄悄走下昏暗的楼梯,摸索着来到了梳妆台前面,然后,从抽屉里摸出了装有剃须刀的盒子。

"牧野,牧野这个畜生!"

阿莲一边啜嚅着,一边静静地抽出了盒子里的东西。一瞬间里,剃须刀的气味——就是那种打磨得铮铮发亮的钢铁的气味,一下子轻扑着她的鼻腔。

不知什么时候,一种狂暴的野性在阿莲的心中发作了。那是卖

---

① 歌舞伎演员尾上家的屋号(堂名)。在一出戏中有个贵族姑娘隐姓埋名,化妆成别人,最后才说出真名。
② 出自河竹默阿弥作歌舞伎《金看板侠客本店》的一句俏皮话。

身之前,在与狠毒的继母不断抗争中养成的野性。就像脂粉遮住了真正的肌肤一样,那种野性也被这几年的生活掩埋在了底层。

"牧野,牧野这个恶鬼!我决不让他再见天日!"

阿莲将剃须刀藏在花哨的汗衫袖口里,从梳妆台前面霍地站了起来。

这时,一个微弱的声音不知从何处传进了她的耳朵:

"快住手!快住手!"

她不由自主地屏住了呼吸。但那阻止她行动的,原来不过是时钟的秒针在黑暗中轻轻摆动的响声。

"快住手!快住手!快住手!"

就在她刚要拾梯而上的时候,那声音又一次攫住了她。于是,她伫立在原地,穿越客厅的黑暗,朝四处察看着。

"是谁呀?"

"是我。就是我,我呀。"

那声音肯定来自某个曾经过从甚密的姐妹。

"是一枝小姐吗?"

"嗯,是我。"

"好久不见了。你现在身在何处呀?"

不知何时,阿莲已经像白天那样坐在火盆前。

"快住手!快住手!"

那声音并不回答她的问题,而只是不厌其烦地重复着同一句话。

"为什么就连你也要来阻止我?杀了他,有何不妥?"

"快住手!因为他活着,他还活着呢。"

于是,开始了一阵漫长的沉默。可即使在这漫长的沉默里,时钟也从不间断地晃动着钟摆,发出一阵阵响声。

"你说谁还活着?"在沉默了半晌之后,阿莲又再次问道。

于是，在她的耳畔，那声音开始呢喃起一个备感亲切的名字："阿金，阿金——阿金。"

"真的吗？如果是真的，倒的确让人喜出望外……"

阿莲用手支着脸颊，一副若有所思的神情。

"倘若阿金真的还活着，不是会来看我吗？"

"会来的，当然会来的。"

"会来吗？什么时候？"

"就在明天，到弥勒寺来见你。在弥勒寺哟，明天晚上。"

"弥勒寺？就是弥勒寺桥，对吧？"

"到弥勒寺桥。晚上来，说好要来的。"

那以后，就再也听不见任何声音了。但只穿一件长汗衫的阿莲，却久久地呆坐着，甚至忘记了黎明前的寒冷。

十六

到了第二天正午以后，阿莲还一直蜷缩在二楼的卧室里。直到四点左右，她才从床上爬起来，开始比往常更加精心地化起妆来。然后，就像是要出门去观赏戏剧似的，上上下下一身盛装。

"喂，喂，干吗如此精心地打扮自己？"

那天，牧野一整天都没有去店里做事，而是待在妾宅里，足不出户。这时，他一边打开《风俗画报》浏览着，一边有些不解地向阿莲问了一声。

"因为我要出去一趟……"阿莲冷冰冰地回答道，还一边在梳妆台前系着白色斑点的装饰衣带。

"去哪儿？"

"去弥勒寺桥一趟。"

"弥勒寺桥？"

牧野与其说是感到惊奇，不如说是越发不安了。可这反倒在阿莲心里催生了一种难以言喻的喜悦。

"去弥勒寺桥，有什么事吗？"

"至于说什么事……"她一边朝牧野的脸上投去轻蔑的目光，一边平静地扣上金属的带扣，"尽管如此，你大可不必担心，因为我决不会投河自尽的。"

随着啪的一声，牧野把《风俗画报》扔到了草席上，并咋着舌头，恶狠狠地说道：

"别说那种蠢话！"

……

"据说就是在那天晚上的七点左右，"在讲述了上面的经过之后，我的医生朋友K又继续缓缓地说道，"阿莲不顾牧野的劝阻，独自一人走出了家门。尽管女佣出于担心，决计陪她一起去，可阿莲却俨然小孩一样，威胁着说，如果不让她一个人去，她就当场死给大家看。对她这种耍赖的方法，谁都一筹莫展。不过，又不能让她只身前往，所以，就只好让牧野若即若离地跟踪在后。

"可走到外面一看，那天晚上，恰好在弥勒寺桥附近举行药师如来的庙会，所以，不管天气多么寒冷，第二条大街上照样是人声鼎沸，拥挤不堪。对于跟踪阿莲来说，这倒是蛮合适的。牧野紧跟在阿莲后面，却没有被她发现，当然都是多亏了庙会。

"大街的两侧排列着庙会的商摊。在煤油提灯和电灯光的映衬下，糖果店铺的涡形招牌和大豆食品店的红色阳伞等等，在街道两旁熠熠闪烁。但阿莲对这一切根本就不屑一顾，只是微微低着头，快步穿行在拥挤的人流中。为了跟上她的步伐，牧野不得不花费了九牛二虎之力，可见她是在怎样匆匆赶路。

"不久，来到了弥勒寺桥前面，阿莲这才终于停下了脚步，茫然地环视着四周。在拐向河岸的地方，到处是经营盆栽的花店。因为只是庙会的应景之物,所以,并没有什么特别像样的盆栽。可是,唯有在这人烟稀疏的街道上,那些松树和扁柏才会长出水灵灵的枝叶。

"到这种地方来也未尝不可,但她究竟想干什么呢?——牧野疑虑重重地思忖着,躲藏在桥头的电杆背后,观察着爱妾的动向。但阿莲却仍旧只是呆呆地伫立在那儿,打量着周围的盆栽。牧野蹑手蹑脚地悄悄走到对方的身后。于是,他听见阿莲兴高采烈地反复嘟哝道:'啊,变成森林了。整个东京都终于变成一片森林了。'……"

十七

"如果仅仅是这样倒还好,可是,"K继续说道,"正好这时,一只白雪般的小狗穿出人群,出现在阿莲的面前。于是,阿莲伸出双臂,一下子把小狗抱了起来。以为她会说些什么呢,谁知她竟像说梦话似的念叨道:'喔,原来你也来了呀?到这儿来,路程也真够远的吧。不管怎么说,一路上有高山,还有大海呢。说真的,自从和你分手以后,我没有哪天不在哭泣。再说,作为你的替身而饲养的小狗,不久前也死掉了。'或许是因为不认生吧,那只小狗既没有大声地吠叫,也没有张口咬人,只是不停地用鼻子打着呼呼,用舌头舔舐着阿莲的手和脸。

"这样一来,牧野再也看不下去了,终于走到了阿莲面前。但无论他怎么劝告,阿莲都说,只要阿金不出现,她就绝不回家。因为正好是赶庙会,所以不一会儿,周围便聚集了一大堆人。其中还有些家伙大声地起哄道:'瞧,是一个疯子美女呢。'对于喜欢狗的阿莲来说,事隔很久之后,又能够再次把小狗抱在怀里,或许也算是一种慰藉吧。经过一番争执,最后总算是说好了:先照牧野说的那样回家去。可一旦真的要动身回家,那些凑热闹的围观者就是不肯让条路出来。而阿莲又挣扎着，要回到弥勒寺桥那边去，所以，当牧野连哄带骗，终于把阿莲带回到松井町的家里时，他的外套里面早已是大汗淋漓了……"

阿莲一回到家里，就抱着白色的小狗径直上了二楼，而且，把这可怜的动物悄悄放到了漆黑的客厅里。狗一边摇晃着小小的尾巴，一边喜滋滋地来回转悠着。它的步履，跟以前收养的那只狗从阿莲床上飞身跳向石阶的模样如出一辙。

"喔，对了——"

就像是这才想起客厅的光线过于昏暗似的，阿莲有些不可思议地环顾着四周。不知什么时候，一盏琉璃灯已经点燃了火苗，从天花板上垂吊下来，悬挂在她的头顶上方。

"哇，太美了。就仿佛回到了过去呢。"

她久久地凝眸注视着那璀璨炫目的灯光。但不久，她便从那灯光中找见了自己的身影，以至于不由自主地晃动了两三下脑袋。

"我已经不是过去的那个惠莲了，如今我是名叫阿莲的日本人。阿金也是不可能来见我的，但是，只要阿金肯来见我……"

突然，阿莲抬起头来一看，不禁再次发出了惊讶的叫声。只见刚才小狗待过的地方，竟然躺着一个中国人。他把手拄在四方形的枕头上，优哉游哉地抽着鸦片！高高的额头，长长的睫毛，还有左眼角上的黑痣——所有这一切都表明，他肯定就是阿金。不仅如此，一看见阿莲，他不是还一边叼着烟斗，一边在那双没有变化的凉幽幽的眼睛里，浮现出了一丝淡淡的微笑吗？

"你瞧，无论从哪里看过去，东京都变成了一片森林呢。"

是的，在二楼那些亚字形的栏杆外面，无数不曾见过的树木已经延展出茂密的权桠。而好些长着刺绣花纹的小鸟，正站在上面轻快地鸣啭着——阿莲凝视着这样的情景，一整夜都神思恍惚地端坐在亲爱的阿金身边。

"那以后过了一天或者两天，阿莲——本名为惠莲——便成了这家 K 精神病院的病人。据说甲午战争期间，她曾在威海卫的一家妓院里以接客为生……什么？你问她是个什么样的女人？请等等，这儿正好有张她的照片呢。"

在 K 拿给我们看的陈旧相片上，有一个身穿中国服装、神情凄然的女人，旁边还有一条白色的小狗。

"刚进这家医院时，不管谁说什么，她都不肯脱去那身中国衣裳。而且，只要那只狗不在身边，她就会大声地叫唤着'阿金，阿金'。想来，牧野也是一个够可怜的男人。尽管娶了阿莲为妾，但作为帝国军人的一分子，竟然在战争结束后不久，把敌国的女人带入国内，想必其间也颇费了一番周折吧——哎，你是问阿金怎么样了吗？问这个问题，也未免太愚蠢了吧。我甚至怀疑那只狗是否真的是死于疾病呢。"

大正九年（1920）十二月

火神阿耆尼[①]

杨　伟译

一

故事发生在中国上海的某条街道上。这是一栋即使在大白天，也显得昏暗无比的房子。二楼上，一个面相狰狞的印度老妪和一个商人模样的美国人正起劲地商谈着什么。

"说实话，我这次来，是想请您给我算一卦……"说着，美国人重新点燃了一支香烟。

"算卦？眼下我已打定主意，不再给人算卦了。"老妪像在嘲弄人，眼睛滴溜溜地盯着对方的脸，继续说道，"这阵子呀，那号人可是越来越多了。就算你好心好意地给他算了命，他也不会好好报答的。"

"可我当然会酬谢您的。"美国人毫不吝啬地把一张三百美元的支票放在了老妪面前，"暂且先收下它吧。如果您的卦应验了，到时候我还会另付谢礼的。"

老妪一看见那张三百美元的支票，态度顿时变得热情起来：

"接受如此丰厚的酬谢，反倒让我觉得很难为情呢——不过，话又说回来，您究竟想算什么卦呢？"

"我想请您算的是……"美国人嘴上叼着香烟，脸上浮现出狡

[①]　Agni，印度神话中的火神。在婆罗门教中，是地上的最高神。

點的微笑，说道，"日美之间究竟几时会爆发战争。如果对此胸有成竹，那我们这些商人就能在转眼之间发上横财的。"

"那么，请您明天再来吧，我会在此之前占卜停当的。"说着，印度老妪得意洋洋地挺起了胸膛，"说起我算的卦，近五十年来还从没有出现过偏差。要知道，是火神阿耆尼亲自赐予我神谕哩。"

待美国人回去以后，老妪走到邻屋的门口高声地喊道：

"惠莲！惠莲！"

应声而出的，是一个漂亮的中国女孩。但或许是饱经磨难的缘故吧，其上窄下宽的脸颊显得一片蜡黄。

"你在磨蹭什么呀？还真是从未见过像你这样厚颜无耻的女人呢。刚才你又在厨房里打盹偷懒吧？"

无论老妪怎么斥责，惠莲都只是一动不动地低着头，缄口不语。

"你给我好好听着，今天夜里，我又有事求教于火神阿耆尼，你就先做好准备吧。"

"是今天夜里吗？"

"是的，今天夜里十二点。你都知道了吗？千万别忘了哟。"印度老妪就像在威胁人一样，举起了手指，"如果这次，你还像前不久那样给我找麻烦的话，那你可就没命了哟。要想杀死你，还不比勒死一只小鸡更容易吗？"

说着，老妪又蓦地蹙紧了眉头。等她留神一看，不知何时惠莲已经走到了窗边，正从微微开启的窗户眺望着外面凄清的街道。

"你在看什么？"

惠莲的脸色变得越发苍白了。她再次抬起头来看着老妪的脸。

"好啊，好啊，既然你敢糊弄我，那就说明还教训得不够。"

老妪瞪着一双杀气腾腾的眼睛，猛地操起了放在旁边的扫帚。

而就在此时，好像有什么人来到了房间外面。果然，忽地响起了一阵粗暴的敲门声。

二

几乎是在那天的同一时刻,一个年轻的日本人正从这栋房屋的外面踯躅而过。刚一看见中国女孩从二楼窗户里探出的脸,他就像是惊呆了一样,久久地伫立在原地。

正在这时,一个上了年纪的中国人力车夫恰好经过这里。

"喂,喂,你知道那二楼上住的是谁吗?"日本人突然向人力车夫打听道。

那个中国人手里紧握着车辕,往高高的二楼上瞅了一眼,不无恐惧地回答道:

"你是说这上面吗?那儿住着一个叫什么来着的印度老太婆呢。"

说完,他就想匆匆地转身离开。

"请等等。那老太婆,是做什么买卖的?"

"是一个占卜师。不过,听附近的人说,她还善于施魔法呢。哎,如果想保命的话,你就最好别去招惹她吧。"

当人力车夫离开以后,那个日本人还抱着双手,思考着什么,但不一会儿就下定了决心,向那栋房子里面快步走去。于是,传来了那个中国女孩的哭声,间或夹杂着老太婆的谩骂声。一听见那哭声,日本人就三步并作一步,沿着昏暗的楼梯跨级而上,然后使出全身力气,猛敲着老妪的房门。

门立刻打开了。但日本人进去一看,却只有印度老妪一个人站在那里。或许是藏进了隔壁的房间吧,这儿根本就没有中国女孩的踪影。

"您有何贵干?"老妪满腹狐疑地审视着对方的脸。

"你是占卜师吧?"日本人交叉着双臂,回望着老妪。

"是的。"

"那么,不用问,也该知道我的目的吧。我来,也是想请你算一卦的。"

"你要算什么卦呢?"老妪越发露出了怀疑的神色,观察着日本人的动静。

"我主人家的小姐在去年春天就失踪了,能不能请你给算个卦。"日本人的每句话都说得铿锵有力,"我的主人是驻香港的日本领事,他家小姐的芳名就叫妙子。而我嘛,则是一介书生,名叫远藤。怎么样?请问,小姐她现在何方?"

远藤一边说着,一边把手揣在上衣口袋里,掏出了一把手枪。

"难道不是在这附近吗?据香港警察调查的结果,掳走小姐的好像是一个印度人——倘若故意藏匿不报,是不会有好处的。"

但印度老妪没有露出半点胆怯的神情,不仅如此,嘴上还浮现出了那种轻蔑的微笑:

"你说什么呀?那样的千金小姐,我可是从来没有见过。"

"你撒谎!刚才从窗户里探出头来,朝外面张望着的那个人,肯定就是妙子小姐。"远藤用一只手紧攥着手枪,另一只手指了指隔壁房间的门口,说道,"不要再胡搅蛮缠了,快点把里面的中国人带出来吧!"

"那是我的养女啊。"老妪仍旧像是在嘲弄人一样,兀自嗤笑着。

"是不是养女,只要看一眼就会明白的。如果你不把她带出来,那就只好我自己进去看了。"

远藤试图闯进隔壁的房间。但说时迟那时快,印度老妪已经站在门口挡住了去路。

"这是本人的家,怎么能让你这个陌生人擅自闯入!"

"快让开！不让开的话，我就开枪杀人了！"

远藤举起了手枪。不，准确地说，是试图举起枪来。可就在那一刹那，老妪发出了如同乌鸦一般的叫声。与此同时，就像遭到了电击一样，日本人的手枪陡然从手中滑落到了地面上。或许是备受惊吓的缘故吧，在那一瞬间里，就连英勇无畏的远藤也只能迷惑不解地环视着四周。但很快他就恢复了勇气，一边骂着"你这个滥施魔法的女妖"，一边像猛虎似的扑向老妪。

但那老妪可不是好惹的。只见她掉转身子，迅速抓起旁边的扫帚，将地板上的垃圾扫向扑过来的远藤脸上。顷刻间，那些垃圾化作了火花，纷纷扬扬地撒落在远藤的脸上，炙烤着他的眼睛和鼻子。

这下，远藤终于招架不住了。被火花的旋风追逐着，他跌跌撞撞地逃到了房屋外面。

三

那天夜里将近十二点的时候，远藤一个人伫立在老妪的房子前面，心犹不甘地注视着映照在二楼玻璃窗上的火光。

"好不容易找到了小姐的下落，但却不能把她营救出来，这真是太遗憾了。索性去报警吧？不，不成。中国警察的行动之迟缓，在香港也是众所周知、让人头痛的事情。万一这次又被她逃掉了，那要想再找到她，可就费事了。但话又说回来，对那个擅施魔法的女巫，即便动用手枪也是白搭呀，所以……"

远藤就这样思索着。突然，从高高的二楼上飘下来一张纸条。

"哇，飘下来一张纸条呢——没准是小姐写的信吧？"远藤自言自语道。

于是，他一边捡起那张纸条，一边摸出了悄悄藏在衣服里的电

筒。借助电筒射出的圆形光晕,他看见上面果然有铅笔写成的模糊字迹。他断定,这就是妙子的手迹:

远藤君:
  这个巫婆是一个会施魔法的可怕家伙,常常在夜半时分,将名叫"阿耆尼"的印度火神附在我的身上。在火神附体的那段时间里,我就像是死去了一样,所以我根本不知道发生的一切。但据巫婆说,火神阿耆尼会借助我的嘴巴,说出种种预言。今夜十二点,巫婆又要让火神阿耆尼附在我的身上。如果按平常的惯例,我会不知不觉地昏迷过去,但今天夜里,我想在昏迷之前,故意佯装成已经中了魔法的样子。然后,我会告诉她,如果不把我放回阿爸那儿去,火神阿耆尼就会要了她的性命。巫婆对火神阿耆尼言听计从,因此,听到上面的话,肯定就会放我回去吧。求求你,明天早晨再来一次。除了这个计谋以外,再也找不到办法可以逃出巫婆的魔掌了。再见了。

  远藤读完这封信,又看了看怀表,时针正好指向十二点零五分。
  "马上就要到时间了。敌人是一个擅施魔法的女巫,而小姐却还是一个孩子,如果不是运气特好的话,事情恐怕……"
  不等远藤的话音落地,魔法便已经开始了吧。只见二楼上刚才还一直亮着灯光的窗户,倏然间变得漆黑一团。与此同时,不知从什么地方,静静地飘来了一股神秘的线香气味。不仅如此,那气味甚至还渗透进了沿街的路石里。

四

这时,那个印度老妪正在黑灯瞎火的二楼上,一边在桌子上摊开魔法秘籍,一边不停地念诵着咒语。尽管周遭一片黑暗,但在香炉的火光映照下,魔法秘籍上的文字还是依稀可见。

忧心忡忡的惠莲——不,是穿着中国服装的妙子——正一动不动地坐在老妪前面的椅子上。刚才从窗户上飘落下去的信件,是否已经平安地抵达了远藤的手中?当时大街上的那个人影,想来应该就是远藤,可谁又能保证没有看错人呢?——想着想着,妙子不由得坐立不安起来。倘若一不留心,在老妪面前露出马脚,那么,从这个可怕巫师家里逃离的计划,就会顷刻间败露无遗吧。所以,妙子只能把战抖的双手紧抱在一起,就像事先预谋的那样,迫不及待地等待着那一刻的来临,以便佯装着火神阿耆尼已经附着在自己身上。

老妪念诵完咒语,然后,一边围着妙子转圈,一边做出各种手势。时而伫立在妙子前面,将双手朝左右两边高高举起,时而转到妙子身后,就像是在玩蒙眼游戏一般,将手悄悄罩住妙子的前额。倘若此刻有人从房间外面瞧见老妪的这副模样,肯定以为是一只硕大的蝙蝠或者别的什么,正在香炉青白色的火光中左蹦右跳呢。

妙子就像往常一样,感到睡意开始渐渐攫住了自己。但如果真的就此睡去,那么,好不容易制订的计谋就会化作泡影。而一旦计划流产,自己就再也无法回到父亲的怀抱了。

"日本的诸神啊,请你们务必保佑我保持清醒!如果能让我再见到父亲,哪怕是只有一面,我也会死而无怨的。日本的诸神,请你们赐予我力量来蒙骗过这个巫婆。"

妙子在心中重复着热切的祈祷,但睡意却越来越强烈地裹挟着她。与此同时，妙子的耳畔传来了一种微弱而奇怪的音乐声，就仿佛有人在叩击着铜锣一样。而这就是火神阿耆尼从空中降临时必然响起的声音。

此刻，无论怎么忍耐，都无法抗拒那睡意了。这不，眼前香炉发出的火光，还有那印度老妪的身影，都在转眼之间消失殆尽了，就恍若一场令人发憷的噩梦倏然退隐了似的。

"火神阿耆尼，火神阿耆尼，求您答应我的请求！"

不久，巫婆就匍匐在地面上，发出了嘎哑的声音。这时，妙子坐在椅子上，不知不觉地酣然睡去了，压根儿不知道自己是生是死。

五

妙子自不用说，就连巫婆也肯定以为，没有人会看见自己这大耍魔法的场面。可事实上，有一个男人正透过房门的锁孔窥伺着里面的动静。他是谁呢？——不用说，就是书生远藤。

远藤在读了妙子的信以后，也曾经一度想过，是不是就那样站在大街上等待黎明的降临。但一想到小姐的命运，就再也无法保持镇静了。于是，他像个盗贼一样溜进了老妪家里，跑到二楼上偷窥里面的光景。

不过，虽说是偷窥，但锁孔毕竟大小有限，所以，就算使出万般解术，也只能从正面看到妙子的脸庞。香炉发出的青白火光照射在她脸上，她就恍若死人一般。而除此之外，桌子、魔法秘籍、匍匐在地板上的老妪，全都无法收入远藤的视野。唯有巫婆那沙哑的嗓音传了过来，清晰得就仿佛执于手中一样。

"火神阿耆尼，火神阿耆尼，请您答应我的要求！"

巫婆刚一说完，就听见双目紧闭的妙子——她端坐在椅子上，恍如已经停止了呼吸——突然开口说话了。但那分明是男人的粗鲁嗓音，很难想象是出自于妙子这样的少女之口。

"不，我才不会答应你的要求呢！你背叛我的教诲，尽做不义之事，我打算从今天夜里起就摈弃你这个家伙。不，不仅如此，还琢磨着要对你的不义之举加以惩处！"

或许是被惊呆了吧，老妪好久都一言不发，只是发出喘息般的声音。但妙子不顾巫婆的反应，继续庄严地说道：

"你从一位可怜的父亲那儿抢来了这个女孩。倘若你还想保全自己的性命，那就别拖延到明天，而就在今天夜里把她归还给父亲。"

远藤全神贯注地把眼睛对准锁孔，等待着巫婆的回答。原以为巫婆会惊讶得目瞪口呆，谁知她竟发出一阵狰狞的笑声，蓦地欠起身来，威风凛凛地站在妙子前面。

"就算你作弄人，也该有个限度吧。你把我想成什么啦？我想，我还不至于昏聩到被你诓骗的地步吧。让我马上把你还给你父亲——火神阿耆尼又不是警察局长，哪有工夫管这种闲事呢？"

也不知是从什么地方掏出来的，只见老妪拿起一把匕首，向双目紧闭的妙子脸上径直捅去。

"喂，还是老实招来吧。是你在装神弄鬼，假扮火神阿耆尼的声音，对吧？"

尽管一开始就在观察着房间里的情形，可远藤也不可能知道，实际上妙子已经进入了睡眠状态。所以，见此情景，远藤当然不由得心惊胆战，以为计谋已经败露。但妙子依旧纹丝不动，像是在嘲弄人似的回答道：

"看来，你也离死不远了。难道我的嗓音在你听来，就等同于凡人的嗓音？要知道，我的嗓音无论多么低沉，也是火焰在天上熊熊燃烧的声音。难道你连这也不明白？如果不明白，那就随你的便好啦。我只是想问你一句：你是立即把这孩子归还回去，还是违背我的命令，一意孤行？"

巫婆似乎踌躇了一瞬间，但很快又打起精神，一只手握着匕首，另一只手则抓住妙子脖颈后面的头发，朝自己身边猛拽着，骂道：

"你这个小巫女！莫非还想抵赖不成？好吧，那就像事先说好的那样，要了你的这条狗命！"

说着，巫婆高高地举起了匕首。哪怕是再拖延一分钟，妙子也会难逃一死的。想到这里，远藤跳起身来，拼命撞击着，想打开锁闭的房门。但房门却不是那么轻易就能撞开的，无论他怎样使劲敲打，都只能是徒增手上的伤口而已。

六

过了一会儿，在黑暗的房间里突然响起了某个人哇的一声叫喊，然后又传来了有人摔倒在地板上的声音。远藤就像是疯子一样呼唤着妙子的名字，将所有的力气凝聚在肩膀上，一次又一次地朝房门撞击而去。

响起了木板断裂的声音、铁锁崩开的声音——房门终于被撞破了。但远藤最关心的乃是房间里面的情形：香炉里仍旧燃烧着青白色的火焰，而周遭却一片阒寂，就俨然了无人迹一般。

借着火光，远藤战战兢兢地环视着四周。

于是，妙子霍然映入了他的眼帘。只见她依旧端坐在椅子上，像死人般一动不动。不知为什么，她的脑后就恍若笼罩着一团圆光一样，在远藤心里唤起了一种庄严肃穆的感觉。

"小姐，小姐！"

远藤走到椅子旁边，将嘴巴凑近妙子的耳朵，拼命地叫喊着。

但妙子只是紧闭着双眼,一句话也不说。

"小姐,你一定要挺住呀!我是远藤。"

妙子这才如梦初醒似的微微睁开了双眼。

"是远藤君吗?"

"是的,我是远藤。已经没事了,你就放心好啦。喂,我们还是赶快逃跑吧。"

妙子像是还处在半梦半醒中似的,发出了微弱的声音:

"计划失败了。因为我没有挺住,睡了过去……请你原谅我吧。"

"计划败露,其实不是你的错。就像和我约定的那样,你不是已经成功地做到了——佯装着被火神阿耆尼附体的样子吗?——不过,现在怎么着都已经无所谓了。喂,还是赶快逃跑要紧。"

远藤心急火燎地从椅子上抱起了妙子。

"你骗我!因为我睡着了,所以根本不可能知道自己说了些什么。"妙子把头偎依在远藤的怀里,啜嚅道,"计划已经失败了,我是不可能逃出魔掌的……"

"怎么可能呢?和我一起逃跑吧,这一次可再也不能失败了。"

"可是,巫婆不是还在吗?"

"巫婆?"

远藤又一次来回打量着房子里面。桌子上跟先前一样摊开着魔法秘籍——而瘫倒在桌子下面的,就是那个印度老妪。出人意料的是,那个老妪竟然把匕首插在自己的胸口上,躺在血泊之中一命呜呼了。

"巫婆她怎么啦?"

"她已经死了。"

妙子抬起头看着远藤,皱了皱美丽的娥眉。

"我什么都不知道呢。莫非是远藤——你杀死了这个巫婆?"

远藤的目光从老太婆的尸体移到了妙子的脸上。就是在这一瞬间里，远藤豁然明白了：今夜的计划确实是失败了——但倘若老妪因此而丧了命的话，那么，妙子不是就可以平安回家了吗？——命运的力量乃是多么神奇啊！

　　"不是我杀的。杀死这个巫婆的，是今夜降临这儿的火神阿耆尼。"远藤搂抱着妙子，神情肃穆地呢喃道。

大正九年（1920）十二月

奇妙的故事

杨 伟译

一个冬日的夜晚，我和老友村上一起，在银座大道上信步溜达着。

"前不久千枝子还来过一封信，让我向你问好呢。"

村上突然想起了什么似的，把话题转到了他那如今居住在佐世保的妹妹身上。

"千枝子她身体还好吧？"

"嗯，这阵子倒像是挺好的。说来，当初她待在东京的时候，似乎害过严重的神经衰弱呢……那时候，你也是知道的，对吧？"

"对，知道。不过，到底是不是神经衰弱，那就……"

"原来你还不知道呀？说起那时候的千枝子，简直就跟精神病人没什么两样呢。她忽而号啕痛哭，忽而又破涕为笑。明明刚刚还在大笑，转眼间又说起了什么奇妙的事情。"

"奇妙的事情？"

不等回答我的问题，村上已推开一家咖啡馆的玻璃门。然后，我们在一张能够望见外面街道的桌子旁，面对面地坐了下来。

"刚才不是提到了什么奇妙的事情吗？还没来得及讲给你听呢。不过，这还是她在去佐世保之前告诉我的事儿……"

你也是知道的，欧洲大战[①]期间，千枝子的丈夫曾经被派遣到

[①] 指第一次世界大战（1914—1918）。

地中海的"A——"舰上担任将校。丈夫不在期间，她一直是住在我那儿的。不料在战争接近尾声的时候，她突然害上了严重的神经衰弱症。追溯其主要原因，或许是因为此前每周都邮来一封信的丈夫，竟突然之间杳无音信了。不管怎么说，千枝子是在新婚不到半年的时候就与丈夫分离的，所以，对丈夫的来信自然是翘首以待的吧。而大大咧咧的我却老是奚落她，想来也未免太过残酷了。

恰好在那段时间里，有一天——对了，那天是什么纪元节来着，一大早天上就飘起了雨来，而到了下午，更是寒气逼人。千枝子忽然说，她要去久违的镰仓玩一玩，因为她学生时代的同窗，如今已是某个实业家太太的好朋友就住在镰仓。——天上下着偌大的雨，就算是出门去玩，也犯不着专门跑到那么偏远的镰仓去吧？不消说这样想的我了，就连我内人也再三劝她说，还是明天去的好。但千枝子执拗地坚持说，无论如何都要今天去。最后，她气冲冲地稍事准备之后，便跑了出去。

出门时她留下话说，没准今天要在那里留宿，所以，很可能要明天早晨才会回来。可没过多久，也不知为什么，浑身湿透的她竟带着一张苍白的面孔跑了回来。她说，她伞也没打，便冒着雨从中央车站走到了护城河畔的电车站上。干吗会做出那种傻事呢？说来，其间恰好发生了一件奇妙的事情。

千枝子刚一走进车站——不，不对，此前还发生了另外一件事情。她一跨进电车车厢，就发现里面的座位上早已坐满了乘客。于是，她用手抓住吊带，看见眼前的玻璃窗户上隐隐约约地映现出了大海的景色。可当时电车正奔驰在神保町一带，所以，显然不可能出现什么大海的景色。谁知车窗上不仅可以望见外面的街道，还能看到波浪的涌动。雨点飞溅在车窗上，甚至能模模糊糊地眺望到烟雨迷蒙的水平线。——由此看来，千枝子的神经在那个时候已经出现了混乱吧。

接着,她刚一走进中央车站,门口就有一个红帽子①冷不防向她打了声招呼,说道:"您丈夫还好吧?"这本来就够奇妙的了,可更加奇妙的是,千枝子对红帽子的问法竟然并不觉得奇怪。"谢谢。只是不知为什么近来音信全无。"——千枝子居然还这样回答了红帽子。于是,那红帽子又说道:"那么,我就去看看您丈夫吧。"说是去看看,可自己的丈夫分明还在遥远的地中海呢——想到这儿,千枝子才恍然大悟,这个陌生红帽子的话无异于痴人说梦。就在她试图问个究竟的时候,红帽子点过头,便悄无声息地消隐在拥挤的人群中。这下,无论千枝子怎么寻觅,都找不到他的身影——不,与其说是找不到他的身影,不如说千枝子的脑子里根本就想不起他长着怎样一副面孔,尽管他们刚刚还面对面地说过话。想来真是不可思议。也正因为找不到那个红帽子,结果,所有的红帽子在她眼里都化作了那个男人。而且,尽管千枝子压根儿就没有看见,但却总是不能摆脱这样一种感觉:那个诡异的红帽子一直在周围监视着自己。这样一来,别说是去镰仓,就算是待在车站里,也让她觉得毛骨悚然。于是,她顾不得撑开雨伞,便冒着大雨,像梦游一般逃出了车站。——当然,千枝子的这番话无疑可以归咎于她的神经混乱,但话又说回来,当时她也确实是患了感冒吧。从第二天开始,大约有三天她都高烧不止,一直说着梦话,就仿佛是在对丈夫嗫嚅着什么一样:"你可要饶恕我呀!""你怎么还不回来?"不过,镰仓之行的副作用还不仅限于此。即使在感冒治愈之后,只要一听到红帽子这个词,千枝子就会一整天情绪抑郁,变得沉默寡言。说来,还发生过这样的滑稽事情呢:有一次她途经某个水路运输店,看见招牌上画着红帽子的图案,于是不等去到目的地,就转身折了回来。

---

① 车站里为乘客提供搬运服务的人,因戴红帽子而得名。

但过了一个月之后，她对红帽子的恐惧也渐渐烟消云散了。"嫂子，在一个名叫什么镜花的作家所写的小说里，不是出现过一个长着猫脸的红帽子吗？我之所以会碰上那些奇怪的事情，或许是因为读了那篇小说的缘故吧？"——据说千枝子当时还一边笑着，一边对我内人说过上面的话呢。但在三月的某一天，她却又被红帽子给惊吓住了。从那以后，直到丈夫回来为止，无论有什么事，千枝子都再也没有去过中央车站了。你出发去朝鲜时，她没有来送你，据说也是因为对红帽子心有余悸的缘故。

在三月里的某一天，她丈夫的同僚从美国回到了阔别两年的日本。——为了迎接他，千枝子一大早就出门去了，但正如你也知道的一样，那一带因为地理位置的关系，即便在大白天也行人寥落。在凄清的道路旁边，像是被谁遗忘了似的，丢弃着一个贩卖风车的货摊。恰好那是一个刮着狂风的阴天，那些插在货摊上的彩色风车全都耀眼地旋转着——仅仅因为看见这样的光景，千枝子也感到了一种莫名的胆怯。她猛然扫视了一下过往的行人，只见一个头戴红帽子的男人正背对着她，蹲在路边。不用说，是卖风车的小贩在那儿抽香烟吧。但刚一瞥见那顶红色的帽子，千枝子就被一种预感牢牢地攫住了，仿佛只要一走进车站，就又会突发什么奇怪的事情一样，以至于一度生起了转身回家的念头。

但幸运的是，从她走进车站到接到客人为止，什么也没有发生。只是当他们一行——丈夫的同僚走在头里，大家紧随其后——正要依次走出昏暗的检票口时，突然有人从她的背后搭讪道："据说您丈夫右手受了伤。没有给您写信，就是因为这个原因。"千枝子立刻回过头去，却发现身后一个人影也没有，当然也就不会有红帽子了。走在身后的，分明只有熟识的海军将校夫妇。毋庸置言，这对夫妇是不可能唐突地说出那种话来的，所以，如果说这一切很奇妙，也的确真够奇妙的。不过，无论如何，没有看见红帽子的身影,对千枝子来说,也不失为一件值得欣慰的事情吧。她就那样走出了检票口,与其他的伙伴们一起在车站门口的台阶上目送着丈夫的同僚坐上汽车。这时,又有人从背后清晰地搭讪道:"夫人,据说您丈夫下个月就会回来了。"千枝子又回过头去看了看,只见身后除了迎接客人的男女之外,再也找不到任何红帽子的踪影了。尽管身后没有,可前面却有两个红帽子,他们正在把行李搬运到汽车上——也不知为什么,其中一个红帽子一面扭头看着这边,一面古怪地笑着。目睹这幅情景的那一瞬间,千枝子的脸色陡然发生了变化,以至于连周围的人也都有所察觉。然而,等她镇静下来再度观察的时候,刚才那看似两个人的红帽子却只有一个在搬运行李了。而且,他和刚才那个笑着的红帽子根本就不是同一个人。这样一说,似乎意味着她对刚才发笑的那个红帽子形成了某种记忆似的,可事实上,也不过是些依稀模糊的记忆罢了。不管怎样拼命地试图回想起来,可在她的脑海里,除了戴着红帽子的面孔——而且是没有耳鼻的面孔之外,就再也记不起任何别的来了。而这就是从千枝子嘴里听到的第二件奇妙的事情。

  那以后又过了一个月左右,我想,恰恰就是在你出发去朝鲜的前后,她丈夫果真回来了。奇怪的是,因右手受了伤而好久都不能写信,竟然是事实。"因为千枝子满脑子都在想着丈夫,所以,也就自然可以通灵吧。"——我内人当场还用这句话来取笑她。那以后又过了半个月左右,千枝子夫妇便去了她丈夫任职的佐世保。刚一抵达那儿,她就给我们寄了封信来。令人吃惊的是,上面又记叙了第三件奇妙的事情。当千枝子夫妇离开中央车站的时候,一个为他们搬运行李的红帽子,或许是想和他们道别吧,朝着业已开动的火车车窗探过头来。一看见那张脸,丈夫当即露出了奇特的表情,然后有些害臊地说道——他在马赛港离船上岸时,曾和几个同僚一起走进了一家咖啡馆。突然,一个头戴红帽子的日本人走到桌子旁边，亲昵地打听丈夫的近况。不用说，怎么可能有当红帽子的日本人在马赛的大街上来回游荡呢？可不知为什么，丈夫竟然不觉得有什么异样，而是不加保留地把自己右手受伤以及近期即将回国的事情告诉了对方。这时，一个喝得醉醺醺的同僚打翻了白兰地酒的酒杯。于是，受惊的丈夫这才看了看四周，发现不知不觉之间，那个红帽子日本人已经从咖啡馆里消失不见了。他究竟是什么人呢——如今回想起来，尽管当时丈夫的确是清醒的，但也很难说清那究竟是梦境，还是现实。不仅如此，从同僚们脸上的表情也能看出，他们没有谁注意到红帽子出现过这件事。所以，丈夫也就只好把这件事埋藏在心间，没有对任何人说起。但回到日本以后，听千枝子说，她曾经两次邂逅奇怪的红帽子，于是，他也不禁琢磨道，自己在马赛看到的会不会就是那同一个红帽子。但这种想法未免太像天方夜谭，很有可能遭人讥笑，说他竟然在与荣誉息息相关的远征中，满脑子想着老婆，所以，直到今天为止，他都一直保持着沉默。但一看见那个朝车窗探过头来的红帽子，他就发现，那家伙跟闯进马赛咖啡馆的男人活脱脱就是一个人。——丈夫说完之后，好一阵子都噤口不语了，但过了一会儿，又惴惴不安地压低声音说道："但是，你不觉得奇妙么？尽管长相分毫不差，可为什么，我就是没法清晰地回忆起那个红帽子的长相呢？而只有在透过车窗看见那张脸的瞬间，才恍然大悟，就是他……"

村上刚刚讲到这儿，咖啡馆里又进来了三四个像是他朋友模样的人。他们一边走近我们就座的桌子，一边异口同声地跟他寒暄着。于是，我起身站了起来。

"那么，我这就告辞了。反正在回朝鲜之前，我还会再去拜访你一次的。"

一走出咖啡馆，我就情不自禁地发出了一声长长的叹息。正好是在三年前,我和千枝子约好在中央车站里幽会,不曾想她两次都爽约了,并且事后还寄来了一封简短的信函,说她想做一个永远都保持贞节的妻子。而直到今夜,我才终于明白了其中的原委。

大正九年(1920)十二月

奇　遇

杨　伟译

编辑　听说您要去中国旅行。是去南方，还是北方？

小说家　我打算由南至北周游一圈。

编辑　都准备停当了吗？

小说家　是的，已经大体就绪了。只是原本应该一读的纪行和地志等等尚未读完，有些不知所措。

编辑　（显得无精打采地）那种书有很多吗？

小说家　远比想象的多。单说日本人写的，就有《七十八日游记》、《中国文明记》、《中国漫游记》、《中国佛教遗物》、《中国风俗》、《中国人气质》、《燕山楚水》、《苏浙小观》、《北清见闻录》、《长江十年》、《观光纪游》、《征尘录》、《巴蜀》、《湖南》、《汉口》、《中国风韵记》，还有支那……

编辑　您全都读了吗？

小说家　哪里，还一本都不曾过目呢。如果再列举中国人写的书，更是有《大清一统志》、《燕都游览志》、《长安客话》、还有帝京……①

编辑　行了，那些书名已经够多的了。

小说家　我想，我还尚未提及任何一部欧洲人撰写的书呢……

编辑　反正在欧洲人撰写的中国游记里，也没有什么值得一读的东

---

① 可能是指明朝刘侗、于奕正撰写的《帝京景物略》。

西，对吧？与讨论这些话题相比，更重要的是，您的小说能否赶在出发之前杀青。

小说家 （突然垂头丧气地）哎，总之，我是打算在出发之前写完它的……

编辑 那您究竟几时出发呀？

小说家 不瞒你说，我计划今天就出发。

编辑 （不胜惊讶地）就在今天？

小说家 嗯。想来应该乘坐五点钟的快车吧。

编辑 那么，离出发时间不是只有区区半个小时了吗？

小说家 算来就是那样的吧。

编辑 （面带愠色地）那么，小说该如何是好？

小说家 （越发沮丧地）我也正琢磨着该如何是好呢。

编辑 如此不负责任，可真让人为难啊。不过，区区半个小时，也不可能让您来个急就章吧……

小说家 是啊。倘若是维德金德①笔下的戏剧，那么，在这半个小时里，倒很可能突然冒出某个怀才不遇的音乐家，或是让某个地方的某某夫人自寻短见，从而引出各种各样的突发事件——对了，请等等，没准在抽屉里还有什么尚未发表的文稿也说不定。

编辑 倘若如此，那倒敢情好……

小说家 （一边在抽屉里东翻西找，一边说道）论文不成吧？

编辑 是什么论文？

小说家 题目叫做《新闻报道对文艺的毒害》。

编辑 那种论文可不成。

小说家 这个怎么样？若是论体裁的话，也该算是一篇小品吧……

---

① F. Wedekind（1864—1918），德国剧作家，表现派戏剧的先驱。

编辑 题目叫《奇遇》呢。写的何种内容?

小说家 你是不是读读看呢?只需要二十分钟,就可以读完的……

故事发生在至顺年间。在濒临长江的古金陵城里,有一个名叫王生的青年。他不仅天资聪颖,多才多艺,而且相貌英俊。人们都称他为"奇俊王家郎",由此可以推想其骄人的风采。他年方二十,尚未娶妻成家,而家境又殷实丰厚,拥有一大笔父母留下的遗产。若是想穷尽诗酒之风流,他眼下的身份乃是再合适不过了。

实际上,王生也确实与好友赵生过着放荡不羁的生活,有时两个人结伴去听戏赏角,有时候则聚在一起豪赌一场,抑或是围坐在秦淮河畔某家酒肆的餐桌旁,通宵达旦地开怀畅饮。每当这种时候,沉静的王生就会对着陶瓷花瓶,出神地倾听着从某个地方传来的歌声。而开朗的赵生则一边夹起醋拌螃蟹,呷着满杯的美酒,一边大肆对青楼名花品头论足。

不知为何,打去年秋天以来,王生就像是忘却了美酒的甘甜一般,突然不再开怀畅饮了。不,不仅不再开怀畅饮,甚至对吃喝嫖赌等诸多嗜好也都一概敬而远之。以赵生为代表的朋友们,无不对他的这种变化感到不可思议。有人说,或许是王生已经厌倦了诸如此类的乐趣。也有人说,很可能他在某个地方有了自己的意中人。但再三追问,王生都只是莞尔微笑,不言究竟。

这种情形持续了大约一年有余。某日,赵生到久违的王生家登门造访,王生拿出元稹①体的会真诗三十韵,称其为昨夜新作之诗。在华丽斑斓的对偶句里,全诗不时流露出嗟叹之意。若非恋爱中的青年,无疑不可能成就如此诗句。赵生把诗稿归还给王生,一

---

① 元稹(779—831),唐代诗人,也是小说《莺莺传》(另一名字为《会真记》)的作者。小说中的主人公张生曾创作了会真诗三十韵。而在构成本小说素材的《渭塘奇遇记》中,主人公王生也仿效着作了一首会真诗。

边狡黠地瞅着对方,一边说道:

"请问,你的莺莺①身在何处?"

"我的莺莺?哪里有呢?"

"你撒谎!比雄辩更加确凿的证据就是那只戒指。"

赵生指着眼前的桌子说道。只见翻开的书页上,有一只紫金碧甸的指环。那指环的主人显然不是一个男人。王生用手拿起那指环,尽管脸上的表情黯淡了些许,但却格外平静地缓缓道来:

"其实,压根儿就没有什么我的莺莺。不过,倒也的确有一个我中意的女人。自去秋以来,我不再和你们举杯痛饮,确实是因为那个女人的缘故。但她和我的关系,远远不是像你们所想象的那种司空见惯的才子佳人之间的恋情。如果只如是说,你们仍旧难以理解事情的原委吧。不,如果仅仅是难以理解倒还罢了,你们甚至很可能怀疑所有的一切不啻无中生有。所以,尽管我也并不情愿,但还是把整个事情的经过全盘告诉你吧。即便感到百无聊赖,也敬请听我道完那个女人的事情吧。

"你也知道,我在松江一带是拥有田产的。每到秋天,为了收取年租,我都会亲自前往。恰好是在去秋下到松江后回来的途中,木舟驶近渭塘一带时,我看见一家店头悬挂着青旗的酒肆。它掩映在柳树和槐树丛中,朱栏曲槛,缥缈如画,足见其规模不小。而在栏杆外生长着几十株芙蓉树,往河水里投落下片片树影。我的喉咙干渴得厉害,遂吩咐舳公泊舟岸侧。

"上岸一看,果然不仅店堂又宽又大,主人也气宇不凡。并且,不仅上来的酒是竹叶青,就连下酒菜也是鲈鱼和螃蟹。你可想而知,我该何等心满意足。我忘记多时的旅愁,心旷神怡地喝起酒来。过了一会儿,我才注意到,有个人正从帷幕背后不时地朝我偷

---

① 即元稹《莺莺传》中的女主人公。此处代指"你的恋人"。

觑。但我刚一把目光挪向那儿，那人就又立刻躲回到帷幕的后面。而一旦我掉回视线，那人又开始滴溜溜地瞅着我看了。我总是感到，有翡翠簪子和纯金耳环在帷幕附近若隐若现，但又很难确定那种感觉是否属实。有一次好像那儿还掠过了一张如花似玉的脸庞，但当我回过头仔细打量时，却只有帷幕不胜忧郁地奄拉在那儿了。反而复之，我也渐渐觉得喝酒有些无聊了，于是，撂下几枚铜钱，怏怏地返回到木舟上。

"可是，那天晚上，当我独自在木舟上昏昏沉睡时，又在梦中再次去到那个悬挂着青旗的酒肆。虽然白天造访时没有留心，但这时却发现，穿过数重房门，在最靠里的房舍背后，有一小小的绣阁。绣阁前是漂亮的葡萄架，架下凿有水池。水池方圆盈丈，砌以文石。我记得，当我来到清澈的泉水边时，甚至能数清水中的一尾尾金鱼。水池左右栽种着两株垂丝桧，绿荫婆娑，恰好与墙垣结成一片翠柏的屏障。屏下是用石头砌筑的假山，真可谓巧夺天工。而石山上长满了金线、绣墩之类的青草，即使在料峭的寒意中也没有枯萎。我还记得，窗户间挂着一个雕花笼子，笼内饲养着一只绿色的鹦鹉。那鹦鹉一看见我，就忙不迭地招呼道：'晚上好！'而屋檐下垂着一对小木鹤，嘴里衔着青烟袅袅的线香。再看看窗户里面，只见桌上立有一古铜瓶，中间插着几根孔雀的尾巴毛。而放在旁边的毛笔和砚台等等，无不显得朴素而雅致。就像在等待着某个人一样，还悬挂着碧玉的洞箫。壁下贴着四幅金花纸笺，题诗于上。诗体模仿苏东坡的四时词，而书法则师承的是赵松雪①。那些诗我都一一记得，只是现在没有必要背诵出来罢了。更重要的是，我想请你听我讲述那玉人般的女人。她就那样独自端坐在月光皎洁的房间里。我从没有像看见她时那样，如此深切地感受到女人的美

---

① 赵松雪（1254—1322），著名儒学家，也擅长书画，特别是草行书。

丽。"

"这就叫作'有美闺房秀，天人谪降来'①吧。"

赵生微笑着，振振有词地吟诵起了刚才看见的那首会真诗的头两句。

"嗯，正是如此吧。"

尽管说是想悉数道来，可刚一说到这儿，王生就又缄口不语了。赵生急不可耐地悄悄捅了捅王生的膝盖。

"那以后又怎么啦？"

"然后我们在一起说了话。"

"说完话以后呢？"

"那女人又吹响了玉箫给我听。我想，她吹的曲子就是《落梅风》吧。"

"仅此而已吗？"

"然后，我们又在一起说了话。"

"那以后呢？"

"那以后我就突然醒了过来。睁开眼一看，就像刚才一样，我还睡在木舟上。从船舱望出去，只见皓月当空，到处是一望无际的浩渺江水。当时那种凄凉的心境，即便告诉天下之人，恐怕也没有一个人能够理解吧。

"那以后，我心里一直惦念着这个女人。就是在回到金陵以后，每晚只要我一进入梦乡，神奇的是，那栋房屋就必定会出现在我的梦中。而且，前天晚上，当我把水晶的双鱼扇坠赠送给那女人之后，她竟也拔下紫金碧甸的指环回赠于我。就在这时，我醒了过来，发现扇坠的确是不翼而飞了，而不知什么时候，我的枕头边却多出了这只指环。看来，见过女人这件事并非完全是在做梦呢。但

---

① 见《渭塘奇遇记》原作。

设若问我,这不是梦,那又是什么呢?——我也顿时会哑然失语的。

"就假设那是一场梦吧,可除了在梦中,我还不曾真的见过那家的千金小姐。不,那家是否真的有一个千金小姐,其实我也并不清楚。不过,即便世上并没有那样一个姑娘存在,我也很难想象,自己对她的爱慕之心会发生改变。我想,只要我还活着,就不能不怀念那个与水池、葡萄架,还有绿色的鹦鹉一起翩然出现在我梦中的姑娘。我要说的就是这些。"

"的确,是与那些司空见惯的才子佳人之间的爱情大相径庭呢。"

赵生不无怜悯地把目光投落在王生的脸上。

"那么,从那以后,你就再也没有造访过那家酒肆了吗?"

"嗯,一次也不曾去过。不过,只要再过十天,我就又要下松江了。途经渭塘时,我打算让木舟在那家酒肆的岸边稍事停泊。"

那以后又过了十天左右,王生按照惯例,备好船只下松江去了。当他回到金陵时,看见那个与他结伴下船的少女竟然如此美丽,以赵生为首的友人们不禁惊讶万分。据说少女经常梦见王生的身影——就是去年秋天,她在闺房的窗际一边喂养绿色的鹦鹉,一边从帷幕背后偷偷窥见的王生的身影。

"说世上有神奇的事情,倒果真是有呢。据说少女的枕头边,不知什么时候也多出了一个水晶的双鱼扇坠呢。"

关于王生的奇遇,赵生逢人便会大讲特讲。最后,这件趣闻传到了钱塘文人瞿佑①的耳朵里。于是,瞿佑据此写下了美丽的《渭塘奇遇记》②……

---

① 明朝人,精通经史诗词,有各种著述。
② 收录于《剪灯新话》中。芥川的本篇小说即取材于这篇《渭塘奇遇记》

小说家 怎么样，照这样写下去的话？

编辑 非常富于浪漫情调，这一点非常可取。我就姑且要了这篇小品吧。

小说家 请等等，后面还剩下了一小部分。对了，我是读到这里了吧——据此写下了美丽的《渭塘奇遇记》。

但是，钱塘的瞿佑自不用说，就连赵生等众友人都蒙在鼓里：当搭乘着王生夫妇的彩船离开渭塘的酒肆之际，在王生和少女之间曾有过这样一段对话：

"戏终于平安地演完了。我对令尊大人说，我每天都梦见你。当我说出这种小说似的谎言时，内心不知打了多少个寒战。"

"我也对此好生担心呢。你对金陵的朋友也撒谎了吧？"

"嗯，也撒谎了。最初我什么都没有说，但偶然被朋友发现了这只指环，才不得已把本该对令尊大人说的谎又对朋友说了一遍，说我在梦中什么什么的……"

"那么说来，还没有任何其他人知道事情的真相呢，也就是去年秋天你悄悄溜进我房间的那件事……"

"我知道，我知道！"

两个人大吃了一惊，循着声音望过去，不禁笑了起来。只见吊在帆柱上的雕花笼子里，绿色的鹦鹉正机灵而诡秘地俯瞰着王生和少女……

编辑 这分明是画蛇添足嘛。读者好不容易激发起的兴趣，不是被它一下子浇灭了吗？如果是在杂志上发表这篇小品的话，请无论如何允许我删掉这最后一段。

小说家 还没读完呢。再有一小段就结尾了，请你再忍耐一下听完它吧。

但是，钱塘的瞿佑自不用说，就连充满幸福的王生夫妇也无从得知，当彩船驶离渭塘之后，在少女的父母之间曾经有过下面的对话。父母伫立在水边那些杨柳和槐树的树荫里，用手搭起凉棚，目送着船影渐渐远去。

"孩子他妈!"

"孩子他爹!"

"戏演到这儿，也算是平安无事地结束了吧。想来，没有比这更值得庆幸的喜事了。"

"的确，再也不可能有比这更值得庆幸的喜事了。只是当我听到女儿和女婿勉为其难地撒谎时，那真是莫大的痛苦啊。只因你吩咐我保持沉默，装着什么也不知道，所以我才拼命地忍住了。其实，事到如今不撒那种谎，他们不是也同样能缔结良缘吗?"

"哎，你就别再啰唆了。是女儿和女婿觉得难为情，才绞尽脑汁编出了那种谎言的。而且，站在女婿的立场上，或许会觉得，如果不那么说，我们是不肯轻易把独生女儿嫁给他的吧。孩子他妈，你这是怎么啦？在如此大喜的婚礼上，竟老是哭个不停，这不是对不住人吗?"

"孩子他爹，你自己不是也在哭吗？还责怪别人……"

小说家 再有五六页就结束了，是不是把剩下的几页也一起读了？

编辑 不，下面的部分已经不用了，请把原稿给我一下。看来，倘若保持沉默，作品会变得越来越糟糕的。我觉得，倒是在中途戛然而止还要精彩得多——总之，这个小品我要定了，你就先有个思想准备吧。

小说家 如果从那儿就删掉后面的话，我可不答应……

编辑　哇,你再不抓紧时间,就赶不上五点的快车了。至于稿子的事情,你就别记挂在心了,还是赶快叫辆车来吧!

小说家　是吗?那可真够麻烦的。这就再见了,还请你多多关照。

编辑　再见了!祝你一路顺风!

大正十年(1921)三月

往生画卷①

杨 伟译

孩童 哇,那儿来了个奇怪的法师呢,你们大家看啊!你们大家看啊!

寿司女贩 果真是一个奇怪的法师呢,居然一边敲着铜锣,一边大声地叫喊着什么。

卖柴老翁 或许是因为耳背吧,我压根儿就听不清,他在喊些什么?

锤箔男人 喊的是"喂,喂,阿弥陀佛"呢。

卖柴老翁 哈哈——那么说来,倒真是个疯子。

锤箔男人 哎,恐怕就是那样吧。

卖菜老妪 不,没准是尊贵的上人呢。我还是趁现在先拜为敬吧。

寿司女贩 话是那么说,可他不是分明长着一张怪吓人的面孔吗?长着那种面相的上人,就是打着灯笼也找不到吧。

卖菜老妪 瞧你,都说了些什么造孽的话呀!若是遭了报应,看你如何担待得起?

孩童 疯子!疯子!

五位入道 喂,喂,阿弥陀佛!

狗 汪汪——汪汪。

拜神之妇女 瞧,前面来了个滑稽的法师。

---

① 把与佛结缘,最后走向极乐世界的经历绘成画卷。

同伴 那种混蛋，一看见女人，难保不动邪念啊。趁他还没有靠近，你赶快换到这边的道上来吧。

铸件工匠 哇，那不是多度的五位殿下吗？

水银商贩 尽管弄不清他是五位殿下或者别的什么，但有一点我倒是知道，他是突然放下弓箭出家入道的，这事还在多度引起了轩然大波呢。

青年武士 果然是五位殿下。他的妻室儿女一定在喟然长叹吧。

水银商贩 据说，他的妻室儿女一直是以泪洗面。

铸件工匠 不过，既然甘愿舍弃妻室儿女，也决计要遁入佛门，想必是胸怀勇志吧。

干鱼女贩 这算什么勇志呀？若是站在妻儿的立场上想，不管是佛陀，还是其他女人，只要夺走了自己的男人，就无疑是其仇恨的对象呗。

青年武士 哇，居然这也能成为理由之一。哈哈哈哈哈。

狗 汪汪——汪汪。

五位入道 喂，喂，阿弥陀佛！

马上之武士 哎？怎么连马都受到了惊吓？驾！驾！

身背木柜的随从 对疯子可是一筹莫展啊。

老尼姑 如你们所知，那个法师曾是个杀生成性的恶人，但如今却出家信佛了。

小尼姑 的确，曾经是一个可怕之徒呢。不光上山打猎，下河捕鱼，还远远地向乞丐发射弓箭。

手拄木屐蹭行的乞丐 真算是在好时候遇见了他。要是再早个两三天，没准我的身上已经被他用箭射了个窟窿吧。

卖板栗和核桃的商贩 像这种杀人不眨眼的恶鬼，怎么也会想到削发为僧呢？

老尼姑 嗯，这倒确实是有些不可思议，但或许也是佛陀的旨意吧。

卖油商贩 我琢磨着，肯定是被天狗或别的什么附体了吧。

卖板栗和核桃的商贩 不，我猜想是被狐狸精附了体。

卖油商贩 可天狗不是很容易修炼成佛吗？

卖板栗和核桃的商贩 你说什么呀？能够修炼成佛的，又不是只有天狗。据说狐狸也能立地成佛呢。

手拄木屐蹭行的乞丐 哎，还是趁着这工夫，去把板栗偷过来，藏进脖子上的口袋里吧。

小尼姑 也许是被那铜锣声吓住了吧，瞧那些鸡，不是全都飞上了屋顶吗？

五位入道 喂，喂，阿弥陀佛！

钓鱼的贱民 哇，是那个吵死人的法师过来了。

同行者 那是怎么回事？瞧，那个在地上蹭着行走的乞丐也跑过去了。

披着薄帛的女旅行者 我的脚都走得酸痛了，真想借那乞丐的脚来用用啊。

身背皮箱的随从 只要一跨过这座桥，马上就到城里了。

钓鱼的贱民 真想瞧一眼，那斗笠面纱里面的人究竟是个啥模样。

同行者 哇，就在你左顾右盼的时候，鱼饵已经被叨走了哟。

五位入道 喂，喂，阿弥陀佛！

乌鸦 嘎——嘎——

插秧的妇人 "子规啊，你呀，你这个坏东西呀，只因你叫了，我们才下田里呀！①"

同行者 瞧，这不就是那个奇怪的法师吗？

乌鸦 嘎——嘎——

---

① 此为《枕草子》第227段中的插秧歌。

五位入道　喂，喂，阿弥陀佛！

　　人声暂时歇息了。周遭只传来风中的松涛声。

五位入道　喂，喂，阿弥陀佛！

年迈的法师　小僧，小僧。

五位入道　您是在叫鄙人吗？

年迈的法师　当然是。请问，小僧前往何处？

五位入道　前往西方。

年迈的法师　西方乃是大海。

五位入道　纵然是大海，也在所不辞。鄙人将一直西行，不见到阿弥陀佛绝不罢休。

年迈的法师　这就着实奇怪了。那么，小僧是认为，立刻就能亲眼见到阿弥陀佛了？

五位入道　如果不是这样想，鄙人又怎么会如此大声地叫唤佛陀的名字呢？鄙人之所以削发出家，也是为了这个目的。

年迈的法师　其间是否有着什么隐情？

五位入道　不，并不存在什么隐情。只是在前天狩猎归来的途中，听见某个讲法者正在宣讲佛法。据他说，无论是犯有何种破戒之罪的恶人，只要承蒙阿弥陀佛的知遇，就都能进入西方净土。听闻此言，鄙人蓦地因渴念阿弥陀佛而周身热血沸腾……

年迈的法师　那以后，小僧又是如何行事的？

五位入道　鄙人立刻把讲法者拽将过来，掀倒在地。

年迈的法师　什么？你把他掀倒在地？

五位入道　然后拔出大刀，抵住讲法者的胸口，追问他阿弥陀佛的下落。

年迈的法师　这种问法也真够稀奇古怪的。想必讲法者一定是瞠目结舌吧。

五位入道　他痛苦地向上翻着白眼，连声说道："在西边，在西边。"——瞧，说着说着，都已经日落西山了。哎，路途上耽搁得越久，在阿弥陀佛面前就越是诚惶诚恐。所以，我还是打住话头，就此赶路吧！——喂，喂，阿弥陀佛！

年迈的法师 哎，万万没有想到，竟然遇上了一个疯子。算了，我也就此打道回府吧。

再度传来了松涛的声音。还有波浪的声音。

五位入道 喂，喂，阿弥陀佛！

波浪声。时而还有各种鸟类的声音：唧——唧——

五位入道 喂，喂，阿弥陀佛！——怎么，这海滨就连一艘船影也看不到。映入眼帘的，唯有滚滚波涛。阿弥陀佛居住的圣所，或许就在那波涛的对面吧。倘若我是一只鸟儿，便可以纵身飞渡而去……可是，既然那个讲法之人说了，阿弥陀佛的慈悲是广大无边的，那么，只要我一直呼唤佛陀的名字，那他就不至于不理不睬吧。否则，我便只能一直呼唤他的名字，直到死去。所幸的是，这儿的枯木已经又抽出了新枝，那就姑且先登上枝头吧。——喂，喂，阿弥陀佛！

再次传来了波浪声。哗啦——哗啦——

年迈的法师 自从遇见那个疯子以后，今天已经是第七天了。他还说，他要去亲眼谒见阿弥陀佛的肉身呢。那以后，他又去了哪儿呢？——哇，有人爬在这棵枯树上呢。不用说，他肯定就是那个法师了。喂，小僧，小僧……他一声不吭，也没什么可奇怪的，因为不知什么时候，他已经断了气。瞧他身上，居然连只食品袋也没有，想必是饿死的吧。真是可怜啊。

三度传来了波浪声。哗啦——哗啦——哗啦——

年迈的法师 就这样把他丢在树枝上不管，没准会被乌鸦叼食吧。或许一切都是前世的因缘。我是不是该把他安葬了呢？——哇，这是怎么回事？瞧这法师的尸体！他的嘴巴里，竟然绽放着一朵雪白的莲花呢。怪不得一到这里，就觉得周围弥漫着一股异样的芳香。如此说来，那个我以为是疯子的家伙，其实乃是一个尊贵的上人吧？我一无所知，竟然说了好些无礼的话，实在是罪过。啊，南无阿弥陀佛，南无阿弥陀佛，南无阿弥陀佛。

大正十年（1921）三月

母　亲

杨　伟译

一

　　在房间一隅的穿衣镜里，清晰地映现出了旅馆二楼的一部分。这是那种上海特有的洋房，墙壁是粉刷过的，而地上却又铺着日本式的榻榻米。首先映入视线的是天蓝色的墙壁，然后是几张崭新的榻榻米，最后是一个梳着西洋发式的女人，此刻正背对着镜子。这一切映照在镜子的寒光中，无不清晰得令人窒息。那女人好像从刚才起就一直在那里做着针线活儿。

　　她穿着丝绸的和服外褂，因为是背对着镜子，所以，只能从其蓬松的额发下面微微窥见她那张苍白的侧脸。当然，还可以看见一道微弱的光线从她纤美的耳廓上穿透而过，让略长的鬓发在耳根处形成一缕缕光晕。

　　在这个备有穿衣镜的房间里，除了隔壁婴儿发出的啼哭声之外，再也没有一样东西来打破眼前的沉默了。就连窗外久下不止的雨声，也只是给这种沉默平添一种单调的氛围而已。

　　"喂！"

　　就在时间如此流逝了几分钟以后，女人一边继续鼓捣着手上的针线活儿，一边突如其来地朝谁叫了一声。显然，那声音里透着一种不安。

　　房间里除了这个女人之外，还有一个男人。他身上披着一件便衣，舒展着身体趴在远处的榻榻米上面，而手里则摊开报纸浏览着。但或许是没有听见女人的叫声吧，他只是把香烟灰弹入手边的烟灰缸里，甚至不曾让目光从报纸上挪开。

"喂！"

女人又招呼了一声。而她自己的视线也一直锁定在缝衣针上别无旁顾。

"什么事？"

男人有些不耐烦地抬起了头。他有着一个浑圆的脑袋，留着短短的胡须，俨然一个非常活跃的人物。

"我说，咱们是不是应该换个房间？"

"换个房间？可我们不是昨天晚上才刚刚搬进来吗？"

男人露出一副万般诧异的表情。

"即便就算是才搬进来也罢——先前住的那间想必还空着吧？"

一瞬间里，男人的眼前又蓦然浮现出了三楼上那个老是晒不到阳光的房间，正是在那里他们度过了近两周倍感郁闷的日子——窗边的墙壁上油漆已经剥落，但挂着印花布做的窗帘，从上到下一直垂落到业已变色的榻榻米上面。而窗台上，光秃秃的天竺葵则蒙上了一层薄薄的灰尘，也不知有多久没有浇水了。凭窗外眺，只见杂乱无章的胡同里，头戴麦秸草帽的中国车夫正无所事事地在那里来回踯躅着……

"可是，不是你自己成天闹腾着，说讨厌住在那样的房间里的吗？"

"是的。但一搬到这里，我就又立刻讨厌起这个房间来了。"

女人停下手上的针线活儿，神情抑郁地抬起头来。她眉头紧锁，眼角修长，一张脸显得不胜敏感。但只要瞧瞧她眼圈的黑晕，就不难想象出——她其实在忍受着某种痛苦。这不，她的太阳穴青筋暴绽，活脱脱一副病人的模样。

"喂，你肯答应吗……难道不行？"

"可是，你瞧，这儿比以前的房间宽敞多了，住起来也更加舒服，没有什么可抱怨的呀——是不是发生了什么让你感到不快的事情？"

"那倒没有……"

女人稍事犹豫，但却没有进一步回答。然而，就像是要再度叮咛一样，她又重复了一遍：

"不行？再怎么都不行吗？"

这一次男人不置可否，只是一个劲儿地抽着香烟，并把烟雾吐向手中的报纸。

房间里又鸦雀无声了，只是从外面仍旧传来无休无止的雨声。

"春雨潇潇……"过了一会儿，男人又转身仰躺着，像是自言自语似的说道，"一旦搬到芜湖去住，索性动手写点俳句吧。"

女人一句话也没有回答，依旧做着手中的针线活儿。

"芜湖倒也不是什么坏地方。首先，公司职员的住房很大，院子也很宽敞，正好适合用来栽花种草。不管如何，听说那儿原来叫做什么雍家花园……"

男人蓦地噤口不语了。不知什么时候，在阒寂的房间里传来了轻轻啜泣的声音。

"喂！"

哭声突然消失了，可不一会儿，又断断续续地响了起来。

"喂，敏子。"男人欠起半个身子，用一只手拄在榻榻米上，脸上露出了困惑的表情，说道，"你不是向我保证，以后再也不发牢骚，再也不流泪了吗？"

男人稍稍抬起眼睑，继续说道：

"除了那件事以外，抑或你心中还有其他伤心的事情吧？比如说很想回到日本去，或者说就算留在中国，也不愿意到乡下去什么的?"

"不,不是的。才不是那么回事儿呢。"只见敏子眼泪潸然而下,同时,又用坚决得出人意料的语气否定着对方的问话,"不管你去到哪儿,我都会陪伴到底。尽管如此……"

或许是想抑制住盈满眼眶的泪水吧,敏子低着头,一直咬紧薄薄的下嘴唇。看上去,她那苍白的脸颊上笼罩着某种紧迫的表情,就如同燃烧着肉眼看不见的火焰。战栗的肩胛、濡湿的睫毛——男人注视着这一切,俨然已经从眼前的气氛中超脱了一样,蓦然惊觉于妻子的美丽。

"尽管如此,我还是讨厌这个房间。"

"所以,所以我刚才不是也说了吗,只要你肯告诉我,为什么会那么讨厌这个房间,我就……"

说到这儿,男人发现,敏子的目光一直一动不动地盯在他的脸上。在那双噙满泪水的眼睛深处,闪动着某种凄切的光芒,很容易被人误解为复仇的火焰。为什么会这么讨厌这个房间呢?——这不仅是男人的疑问,也是敏子在缄默中投向男人的反问。男人和敏子面面相觑,不得不打住话头。

然而,谈话也只是中断了几秒钟的时间而已。转眼间,男人的脸上又浮现出了若有所悟的表情。

"是因为那个吗?"就像是为了掩饰自己的感情一样,他故意用冷淡得有些奇妙的口吻说道,"其实,我也留心到了那件事。"

经男人这么一说,敏子的眼泪更是扑簌簌地滴落在了膝盖上。

不知什么时候,天色已经黑了下来,让窗外的景色更是显得烟雨迷蒙。这时,从天蓝色墙壁的另一边又传来了婴儿无休无止的哭声,就恍若要驱赶走窗外的雨声似的。

二

　　早晨明丽的阳光照射在向外凸出的窗户上。窗户的对面耸立着一栋背对光线的三层楼建筑，其红色的泥砖上生长着不多的青苔。如果从这栋房子幽暗的走廊上眺望过去，那向外凸出的窗户就俨然一幅以房子为背景的大型绘画，而坚实的橡木窗棂则恰如一只镶画的镜框。在那幅绘画的正中央，一个女人侧着脸，正编织着小小的袜子。

　　那女人好像比敏子要年轻一些。只见经过雨水洗涤的朝阳，将光线清晰而大量地倾泻到她丰满的肩胛上，最后又反射到了她微微低俯着但却气色很好的脸庞上，以至于能够看见微厚的嘴唇上生长着的淡淡汗毛。

　　上午十点到十一点之间是旅馆一天中最寂静的时辰。无论是来做买卖的商人，还是前来观光的游客，几乎所有住店的客人都出门外游了，而那些长期寄宿在旅店的公司职员们也当然是不到下午不会回来的。在长长的走廊上，唯有穿着拖鞋的女仆来回走动着，不时发出一阵阵脚步声。

　　随着那脚步声由远而近地响起，只见一个四十上下的女佣端着红茶茶具，如同剪影画般地走过面向凸窗的走廊。如果不是被叫住，或许女佣压根儿不会注意到那个女人的存在，而径直走了过去吧。可是，刚一看见女佣的身影，那女人便不胜亲热地招呼道：

　　"阿清啊。"

　　女佣微微点头致意之后，便朝凸窗那边走了过去，说道：

　　"哇，您真是勤快呀！……少爷还好吗？"

　　"你是问咱家的宝宝吗？他还没睡醒呢。"女人停住手中的编织棒针，恍如孩子般地微笑了，然后又说道，"喔，对了，阿清。"

"什么事呀？瞧你一本正经的样子。"

女佣也沐浴在窗前的阳光里，身上的围裙显得格外清晰耀眼，同时在浅黑色的眼角流露出淡淡的笑意。

"隔壁的野村先生——是叫野村吧？他的夫人呢？"

"叫野村敏子。"

"那么说来，和我是同名了。她已经搬走了吗？"

"不，好像还要待上五六天吧。然后，据说他们要去芜湖什么的……"

"可是，方才我从她家门前路过，发现隔壁一个人也没有呢。"

"是呀，因为昨天晚上他们又突然搬到三楼上去了……"

"是吗？"

女人歪斜着圆圆的脸蛋，一副若有所思的样子，问道：

"就是她，对吧？搬到这儿的当天，便死了孩子……"

"没错，真是怪可怜的——尽管当场就把孩子送进了医院。"

"那么说来，孩子是在医院死掉的？难怪我们什么都不知道。"

女人那头发分向两边的前额上浮现出了些许的忧郁，但很快就又恢复了原样，露出了快活的微笑，带着顽皮的眼神说道：

"我已经问完了，你可以走了。"

"你真够坏的。"女佣情不自禁地笑了起来，"你要是再说这种刻薄的话，那么，往后茑家打电话来，我可就偷偷告诉先生了哟。"

"行啊。你就快点走吧，瞧，红茶不是都凉了吗？"

当女佣消失在凸窗那边之后，女人便重新拿起了编织的东西，还一边轻声哼起歌来。

上午十点到十一点之间是旅馆一天中最寂静的时辰。正是在这个时候，女佣会走进所有的房间，取下花瓶里凋零的花朵一并扔掉。而男佣似乎也是在这个时候去擦亮二楼和三楼上的黄铜栏杆。

这种沉默向四周蔓延着,唯有街道上的喧哗声与阳光一道,从所有敞开的窗户漫入房间里。

突然,毛线团从女人的膝盖上滑落到了地面上。线团咚地滚动着,拽曳起一根红线,骨碌骨碌地朝走廊上翻滚而去。碰巧这时有个人路过那里,一声不吭地捡起了线团。

"太谢谢您了。"

女人从藤椅上欠起身来,有些害羞地点头寒暄道。谁知仔细一看,才发现——帮忙捡起线团的人,恰好就是隔壁那个瘦削的太太。刚才还和女佣在闲谈中提起过她呢。

"哪里的话。"

毛线团从纤细的手指间转移到了雪白如脂、缠着毛线的手指上。

"这里真暖和呀。"

敏子走到窗前,像是有点目眩似的眯缝起了眼睛。

"是啊,怪不得即便这么坐着,也忍不住犯困呢。"

两个母亲伫立在那里,煞是幸福地相对微笑着。

"哇,多可爱的小袜子呀。"敏子用漫不经心的声音说道。

可一听到这句话,女人便情不自禁地悄悄挪开了视线,说道:

"已经有两年没有动过棒针了,还不是因为无聊才又拿起来试试的。"

"可是,像我这样的人,就算是再无聊也只会无所事事的。"

女人把编织的东西扔到藤椅上,露出了无奈的微笑。敏子的话虽然是随口说的,但却再次叩击着女人的心扉。

"府上的少爷——是少爷,对吧?他是什么时候出生的?"敏子一边用手拢着头发,一边望了望女人的面孔,问道。

昨天夜里,敏子对隔壁婴儿的啼哭声感到忍无可忍,可现在,恰恰就是这个婴儿比什么都更加引发起敏子的兴趣。而且,她还深知这一点：一旦兴趣得到满足，反而会使痛苦愈加剧烈。就像小动物在眼镜蛇面前一动也不敢动一样，或许敏子的心在不知不觉之间已经被痛苦本身的催眠作用牢牢地攫住了吧。抑或是另一种病态心理的典型例子？——就像是手臂负伤的士兵故意打开伤口来寻求一时的自虐快感一样，从而不得不承受更大的痛苦。

"今年正月出生的。"说完以后，女人露出了一丝逡巡的神色，但马上又扬起视线，不胜怜悯地补充道，"听说府上遭受了飞来的横祸。"

敏子那潮润的眼睛里漂漾着强装的微笑。

"唔，因为得了肺炎——真的仿佛是做了一场梦。"

"而且是初来乍到就发生那种事，我真不知道该怎样安慰你才好。"不知不觉之间，女人的眼眶里业已闪烁着泪花，"要是这种事发生在我身上，唉，我该如何是好呢？"

"有一阵子真可谓悲痛欲绝，但——不久也就认命了。"

两个母亲伫立在那里，凝视着朝阳不胜凄寂的光线。

"最近这一带流行恶性感冒呢。"

女人若有所思地开始继续一度中断的对话。

"日本可就好多了，气候也不像这儿那么反常……"

"尽管我初来乍到，对情况也不是很了解，不过，这儿确实是一个多雨的地方呢。"

"尤其是今年——哟，孩子又哭了。"

女人侧耳倾听着孩子的哭声，脸上浮现出了判若他人的微笑。她对敏子说道：

"对不起，我失陪了……"

话音未落，只见先前那个女佣早已趿拉着室内穿的草屦，一边发出吧嗒吧嗒的声响，一边抱着大声哭泣的孩子走了过来。婴儿被包裹在漂亮的薄毛呢和服里，只露出一张眉头紧蹙的脸来，而胖墩墩的双下巴更是显得健康而可爱。敏子内心决不愿意看到这样一个婴儿!

"我一过去擦窗户,宝宝就醒了。"

"麻烦你了。"

女人不甚熟练地把婴儿轻轻抱进怀里。

"哇,真可爱呀!"敏子把脸凑近婴儿,顿时闻到了一股刺鼻的乳香,说道,"喔,喔,真是胖乎乎的!"

女人的面孔微微有些涨红,上面始终荡漾着微笑。并不是说她对敏子就不同情,但是……但是,从她的乳房下面,对,从丰腴的乳房下面,确实有一股洋洋自得的情愫喷发而出,直往上涌,让她自己也遏制不住。

三

雍家花园的槐树和柳树在午后的微风中摇曳着,朝庭院、草丛和泥土上播撒着阳光和阴翳。不,不光播撒在草丛和泥土上,还有悬张在槐树上的那张和整个庭院显得极不协调的淡蓝色吊床,以及仰卧在吊床上的那个微胖的男子身上。他下半身穿着一条夏天的裤子,上半身则只穿了一件背心。

男人手里点着一支雪茄烟,眼睛则注视着挂在槐树下的一只中国式鸟笼。笼子里像是文鸟之类的小鸟吧,只见它也在斑驳的日影中顺着栖木踱来踱去,还不时打量着笼子下面的男人,一副好生奇怪的神情。每当这种时候,男人要么微笑着把雪茄烟送进嘴巴里,要么像是与人说话似的朝鸟儿搭讪道:"喂,你怎么啦?"

庭院里树影婆娑,在四周蒸发出淡淡的草香。遥远的天空中曾经响起过一声轮船的汽笛,而此刻却又是一片沉寂了。或许那轮船早就驶离得远远的,正在长江浑浊的水面上拽拉出一条条耀眼的波纹,向东或者向西疾驶而去了吧。而在江边的码头上,有一个近乎赤身裸体的乞丐正在啃噬着西瓜皮。没准还有一群小猪崽正簇拥在母猪的肚子上争夺着乳房吧。而母猪则懒洋洋地横躺在地面上——已经看腻了文鸟的男人,此刻正沉浸在上述幻想中,不知不觉地打起盹来。

"喂。"

男人睁大了眼睛一看,原来是敏子站在吊床旁边。她的脸色比客居上海的旅馆时有所好转,也没有搽粉施黛。不管是头发、腰带,还是齐膝的浴衣,都沐浴在斑驳的光影中。男人瞅了瞅妻子的脸,毫不客气地打了个大哈欠,随后像是不胜吃力地从吊床上欠起身来。

"瞧,给你的信呢。"

敏子眼睛里含着笑意,将几封信交给了男人。与此同时,从浴衣的胸前掏出装在粉红色信封里的小小信笺纸,说道:

"我今天也收到信了。"

男人坐在吊床上,一边咬着业已烧短的雪茄烟,一边草草地开始读起信来。而敏子也伫立在那儿,目不转睛地凝视着那和信封同是粉红色的信笺纸。

雍家花园的槐树和柳树在午后的微风中摇曳着,将阳光和阴翳撒落在这祥和宁静的两个人身上。就连文鸟也几乎停止了鸣啭。唯有一只嗡嗡呻吟的小虫豸飞落在男人的肩膀上,但很快就又振翅飞走了……

沉默了一阵之后,突然,敏子眼睛也不抬起来,就发出了一声尖叫:

"哎呀,隔壁的那个婴儿死了……"

"隔壁?"男人竖起耳朵,问道,"你说的隔壁是指哪儿?"

"就是隔壁呗。喏,就是上海××旅馆的……"

"哇，是那个孩子啊？真够可怜的。"

"一个看上去那么健康的婴儿……"

"他得的什么病啊？"

"据说还是被感冒害的。信里说，最初以为不过是睡觉时着了凉……"敏子似乎有点亢奋，吐字很快地继续往下念道，"'送到医院时，已经为时晚矣'——喏，这不是非常相似吗？'又是打针，又是吸氧，尽管想尽了办法，但是……'接下来的是什么字呀？喔，对了，是'哭声'。'哭声一点一点地衰弱下去，最终在当天夜里十一点零五分咽了气。我当时的那种悲恸，想必您也能够体谅'……"

"真可怜啊。"男人再次将欠起的身体轻轻躺回到吊床上，而嘴里却重复着同样的一句话。在男人脑海的某个地方，一个垂死的婴儿还在继续发出轻轻的呻吟。而顷刻之间，那呻吟又陡然化作了一阵哭声，化作了那健康男婴发出的哭声。此刻这哭声正穿行在雨声的罅隙里——男人一边这样幻想着，一边凝神倾听着妻子读的信：

"'想必您也能够体谅……这不禁让我回忆起当初与阿姐你相见的情景，那时阿姐肯定也……'唉，世事沧桑，人生多变，想来都令人厌倦。"

敏子扬起忧郁的眼睛，随即又神经质地颦紧了浓眉。可瞬间的沉默过去之后，敏子的目光又投落到笼子里的文鸟身上，并喜滋滋地拍打着纤美的双手，说道：

"喔，我想起了一个好主意！不妨把这只文鸟放掉！"

"放掉？放掉这只你的宝贝鸟儿？"

"对呀，对呀，即便是宝贝鸟儿也没什么在乎的，因为我想替隔壁的婴儿祈求冥福。喏，不是有放鸟祈福的说法吗？为了那个婴儿就放掉文鸟吧。我想，文鸟也肯定会乐意的——我的手够不着吧？如果真是够不着的话，就请你帮我取下来吧！"

敏子走近槐树的树根，踮起软底拖鞋，拼命地伸长手臂，可是，压根儿就别想够着悬挂鸟笼的树枝。文鸟就仿佛发疯了一般，吧嗒吧嗒地振动着小小的翅膀。如此一来，就连鸟食罐里的玉米粒儿也都撒落到了鸟笼外面。但男人却一副妙趣横生的样子，只顾着观察敏子。只见妻子扬着头，挺着胸，浑身的重量都支撑在脚尖上。

"好像是够不着吧？——哎，真的是够不着呢。"敏子依旧踮着脚尖，转身对着丈夫说道，"你帮我取下来呀！"

"能够得着吗？如果有个脚踏子的话，那倒是另当别论——就算是决定放掉它，也不一定非要现在不可呀。"

"可我就是想马上放掉它。喂，你就帮我取下来吧。如果不帮我取下来，我是不会饶了你的。怎么样？不然我就要解开吊床了哟！……"

敏子瞪大眼睛盯着男人，但不管是她的眼睛，还是她的嘴唇，无不充溢着微笑。而且，那是一种幸福得几乎丧失了平静的微笑。这时候，男人甚至从妻子的微笑中感觉到了某种刻薄而冷酷的东西。它与那种隐藏在阳光下的草木深处，一直监视着人类的可怕力量是那么相似。

"别做傻事了！"男人扔掉烟卷，半开玩笑地告诫着妻子，"首先，你这样做，不是对不起隔壁那个叫什么名字的太太吗？明明人家死了孩子，我们这边却又是嬉笑，又是欢闹的……"

话音刚落，也不知为什么，敏子的脸一下子变得一片苍白，并且，就像是一个闹别扭的孩子一样，低俯下睫毛很长的眼睛，不容分说地撕碎了粉红色的信笺纸。男人露出了有些苦涩的表情。或许是为了排解眼前的尴尬吧，他突然又快活地继续说道：

"不过，话又说回来，能够这个样子，也无疑是一种幸福吧。

想想我们住在上海的那段日子，真是够受的。住进医院里吧，只会更加烦躁，可不住进医院吧，又担心不已……"

男人忽然噤口缄默了。只见敏子低头看着脚下，背阴的脸颊上不知不觉之间早已是泪光闪烁。男人有些困惑地扯了扯短短的胡须，再也没有对这件事发表意见了。

"喂！"

在一阵令人窒息的沉默之后，敏子对男人叫喊道。即便这时，她还依然板着一张脸，背对着丈夫。

"什么事呀？"

"我，我是不是很可恶？对那个婴儿的死……"敏子陡地转身凝视着丈夫的面孔，眼睛里散发出一种奇异的热能，说道，"我对那个婴儿的死竟然感到高兴。虽然我知道那是值得同情的——但我确实感到高兴。感到高兴，是不是很可恶？很可恶，是吧？你说呀！"

敏子的声音里带着一种前所未有的狂暴力量。而炫目的光线给男人的衬衫肩头和背心涂抹上了一层金色。他什么也没有回答，仿佛有一种远非人力所能企及的东西正巍然耸立在面前一样。

大正十年（1921）八月

好　色

杨　伟译

平中①身为好色之人，对宫中侍女自不待言，就是对良家闺女也无不染指。

《宇治拾遗物语》

平中暗自发誓，不得到她绝不罢休，最后竟病魔缠身，因相思而死。

《今昔物语》

所谓好色之人，正乃如此作为也。

《十训抄》

一　画姿

在与太平盛世颇为吻合的、优雅而醒目的礼帽下面，一张上窄下宽的脸正朝这边打量。胖乎乎的脸颊上，之所以泛着一层鲜艳的红晕，倒不是因为擦了胭脂，而是他那男人鲜有的光滑肌肤自然渗透出好看的血色罢了。在雅致的鼻子下面——不如说是在薄薄的嘴唇两侧——蓄着几许胡须，就恰如刷上了一层淡淡的黑墨。可在那富有光泽的鬓发上，恍若是不见一丝云霓的天空略微映现出青蓝的

---

① 即平贞文（？—923），《古今集》的歌人。流传有很多关于他的风流韵事。有以他为主人公的《平仲物语》。

色彩一般。鬓发的尽头,只能看见一对略微上翘的耳垂。它们之所以呈现出文蛤般的暖色,似乎是多亏了那些并不强烈的光线。他那双比一般人更细长的眼睛里,总是漂漾着微笑,漂漾着那种晴朗而灿烂的微笑,让人不禁觉得,在那瞳孔的深处,是不是浮现着樱花常开的枝梢。但只要稍微留神一看,就会知道:那儿并不一定只驻留着幸福这一样东西。那是对某种遥迢的事物感到不胜惝恍的微笑,同时也是对身边的一切抱着轻蔑感的微笑。与脸庞相比,毋宁说他的脖子未免显得过于纤细。他穿着一件用香熏过的、油菜花颜色的绸子礼服。这礼服的衣襟和白色汗衫的衣襟,在他的脖子上显得泾渭分明。而在他脸庞后面隐约可见的,到底是织有仙鹤图案的屏风呢,还是在闲静的山脚画着赤松的拉窗呢?总之,那儿弥漫着一片如同灰暗的水银般的鱼肚白……

这就是从古老的故事中浮现在我眼前的,所谓"天下第一好色之人"平贞文的肖像,也就是有着"平中"这个诨名(据说平好风膝下有三个公子,平贞文因生为次子而得名)的我的唐·璜①的肖像。

二　樱花

平中倚靠在墙柱上,漫不经心地眺望着樱花。看来,延伸到屋檐下的樱花,业已错过了盛开的佳期。花瓣的红色已经消褪,漫长晌午的阳光在纵横交错的枝头上,投落下了错综复杂的阴翳。然而,尽管平中的眼睛盯着樱花,可心思却不在樱花上。从刚才起,他就一直漫无边际地思忖着侍从②的事情。

---

① 西班牙传说中的风流才子,经常出现在西方的歌剧和诗歌中。
② 左兵卫佐在原栋梁的女儿。是侍奉左大臣藤原时平的女官之一。

"第一次看到侍从，是在……"他就这样回想着，"是啊，第一次看到侍从，是在什么时候呢？对了对了，既然说是去参拜稻荷神社，那肯定是在二月的第一个午日喽。当时，那女人正要躬身钻进车里，而我碰巧从那里经过——说来，这就是整个事情的开端。她把扇子举在头上遮阴，所以只能隐约窥见她的脸庞。她在大红和黄绿的和服上披了件紫色的上衣，漂亮得简直难以言喻。而且，当时她正要钻进车里去，所以，用一只手提着裤裙，微弓着身子——这情景同样是美妙绝伦。尽管本院大臣的府上有不少的侍女，但此等美人却绝无仅有。若是这样的绝色美女，就算说我平中陷入了情网，又何尝不可……"突然平中的表情变得严肃了起来，"可我真的是陷入情网了吗？如果说是如此，就好像真的如此似的，但如果说并非如此，就又好像并非如此似的……这种事是越想越糊涂的，所以就权当是那样吧。不过，既然事情是发生在我身上，那么，无论怎么为情所困，也绝不至于神魂颠倒吧。记得曾与范实那家伙一道聊起侍从的闲话，他装模作样地说，曾听人说起，侍从的头发太过稀疏，乃是一大遗憾。其实，我第一眼就注意到了。范实之类的家伙，尽管是会吹一点笙篥，可一涉及好色的话题，他就……哎，算了，还是别管那家伙了吧。因为眼下我的全部心思都只在侍从一个人身上……不过，倘若要吹毛求疵的话，可以说，她的脸也未免显得过于凄寂了一点。但如果说仅仅是过于凄寂，那么，脸上的某个地方理应有着如同古画般的优雅吧，可却并非如此，相反，隐藏着某种近于薄情的镇定。无论怎么想，都让人有些放心不下。即便是女人，大凡长着那种面孔的人，都格外目中无人。再说，她的肤色也算不得白皙，即便不能说是黝黑，但至少也接近于琥珀色。不过，无论什么时候看上去，那女人都让你产生一种冲动，想冲上去把她抱在怀里。这的确是任何女人都无法仿效的特殊才能吧……"

平中一边双膝跪地，一边出神地仰望着屋檐外面的天空。只见天空在簇拥着的花丛中投落下柔和的淡蓝色彩。

"可是,近来不管怎样传递书信,她都不置一词。人再固执也该有个限度吧。哎,凡是我追求的女人,大都在捎去第三封信的时候向我俯首称臣。即使其中偶尔有倔强的女人,也没有超过五封信的。比如那个名叫慧眼的法师之女,仅凭一首和歌就坠入了情网。并且,那还不是我作的和歌呢,而是别人——对了,是义辅作的和歌。据说义辅曾把这首和歌送给一个愣头愣脑的小女官,结果对方根本就不理不睬。即便是同一首和歌,倘若出自我的手,恐怕结果就大相径庭了吧——得了得了,就算是我写的,侍从不是也照样没有回信吗?看来,人是不能过于骄傲了。不过,凡是我发出的情书,女人都必定会给我回信的。一旦有了回信,就可以见上一面了;而一旦见了面,就不免会一阵骚动;而一阵骚动之后——也就立刻厌腻了。这就是整个事情的必然过程。然而,一个月以来,我已经给侍从写了近二十封情书,她却只字未回。单说情书的文体吧,也不可能永无止境地变化呀,没准不久就该文思枯竭了吧。但在今天写给她的情书里,我是这样写的:'至少请你回我二字——已阅。'想必今天总该给我回个音信吧。怎么,还是没有?倘若今天还没有回音的话,那该如何是好呢?——哎,迄今为止,我都不是那种没有出息的家伙,会为这种事丧失骨气。据说丰乐院的老狐狸变成了一个女人,想必她就是那狐狸精的化身吧,所以才会这样的。即便同样是狐狸,奈良坂的狐狸变成了足足有三抱粗的杉树,嵯峨的狐狸变成了一辆牛车,高羊川的狐狸变成了一个女童,而桃园的狐狸则变成了一个硕大的水池——好啦好啦,狐狸的事情怎么着都行啊。哎,我刚才都想了些什么呢?"

平中抬头仰望着天空,悄悄遏制住欲打的哈欠。从掩映在花丛中的屋檐上,可以看见不时有白色的东西在开始西斜的日光里翻飞而来。什么地方还有鸽子在鸣叫。

"总之,在那个女人面前,我恐怕只有投降认输了。即使不肯答应和我见面,但只要说上一次话,我就可以让她束手就擒,更别说如果厮守一夜的话……不管是那个摄津,还是那个小中将,在不认识我的时候,都一直对男人讨厌有加。可一旦经过我的调教,不是都变得风情万种了吗?就说这个侍从吧,也远非什么用金属打造的佛像,所以,不可能自恃清高,刀枪不入吧。不过,一旦真的到了那一步,她该不会像小中将那样感到害臊吧,也不会像摄津那样故作矜持吧。只等我把袖口凑近她的嘴巴,她肯定会一边用目光微笑着,一边……"

"大人……"

"事情反正都是发生在晚上,所以,那儿肯定点着那种低矮的灯台或者别的什么吧。只见灯光照在她的头发上……"

"大人……"

平中这才惊慌失措地把戴着礼帽的脑袋掉向身后。一看,侍童不知何时已经站在背后,一动不动地低着头,掏出了一封信来。看得出他正拼命地忍住笑。

"是捎来的信吗?"

"是的,从侍从那儿。"

侍童刚一说完,就从主人面前匆匆地退下了。

"从侍从那儿?此话当真?"

平中战战兢兢地摊开了一张薄薄的蓝色信笺。

"会不会是范实、义辅之流的恶作剧?他们是最喜欢这样捣蛋的闲人了……不,这的确是侍从写的信呢。肯定是侍从的信——可是,这叫什么信啊!"

平中把信撂在了一边。在捎去的信上写了"至少请你回我二字——已阅",结果,回信果真只写了"已阅"两个字。而且,这两个字还是从平中的信里剪下来,贴在信笺上的。

"唉，号称天下第一好色之人的我，居然也被如此作弄，真是脸面丢尽啊。虽说如此，这个侍从不也是一个够讨厌的女人吗？等着瞧，看我怎样收拾你吧……"

平中抱住膝盖，茫然仰望着樱花树梢。在茂密的绿叶上面，被风吹落的花瓣正星星点点地凋零着。

三　雨夜

那以后又过了两个月，在一个下着绵绵细雨的夜晚，平中一个人悄悄溜进了本院侍从的房间。雨点发出凄厉的响声，仿佛夜空就要溶化殆尽，陷落下来一般。道路与其说是泥泞不堪，不如说是就跟爆发了洪水别无两样。在这样的夜晚还特意出门，不用说，再绝情的侍从也会大动恻隐之心吧——打着这样的算盘，平中悄悄溜到侍从的房间门口，一边摇响镶着银边的扇子，一边清了清喉咙，催促里面的人开门。

于是，马上出现了一个十五六岁的女童。她早熟的脸上略施粉黛，一副困倦的表情。平中凑近她，小声地央求她向侍从通报自己的来访。

女童一度退进屋子里，然后又回到门口，依旧是小声地回答道："请在这边稍事等候，据说等大家歇息之后再来见您。"

平中不由得微笑了。于是，按照女童的吩咐，在与侍从的房间紧挨着的拉门旁边坐了下来。

"我不愧是一个神机妙算之人。"

女童退走之后，平中兀自发出了嗤笑。

"看来，这一次就连侍从也终于被折服了。总之，女人这种尤物，就是特别容易被哀愁所打动。只要恰到好处地对她们表现出好意，她们就会马上落入圈套。正因为不懂这些要领，所以，义辅和范实之流才会……不，且慢！如果说今夜就能见到她，似乎想得太美了吧。"

平中渐渐变得不安起来。

"可是，如果不见我，也就不可能答应说要见我吧。莫非是我太多疑了？要知道，前前后后一共给她写了六十封情书，可一封回信也没有收到，所以，变得多疑也是情有可原的吧。不过，倘若不是的话——再转念一想，又觉得并非自己多疑。此前一直不理不睬的侍从，今天无论怎样碍于我的好意，也不至于如此爽快就……话虽这么说，可这次的对象是我呀。想到自己受到平中如此的厚待，或许就连她那封冻的心灵也在顷刻间融化了吧。"

平中一边整理着衣服的掩襟，一边惴惴不安地打量着四周。然而在他的周围，除了黑暗就再也看不见任何东西了，唯有雨声敲打着扁柏树皮的屋顶。

"如果认为是自己太多疑，那就是吧，而如果认为不是，那么也就不是吧——不，如果认定是自己太多疑，或许反倒会变成不是多疑了吧。而如果认定并非自己多疑，或许反倒会真的以多疑而收场吧。所谓的命运有时就是这样捉弄人。看来，还是要把什么都拼命想成并非自己太多疑才好。这样一来，侍从就会马上……咦，大伙儿不是已经开始睡觉了吗？"

平中侧耳倾听着周遭的动静。果然，与淅淅沥沥的雨声一起，传来了一阵嘈杂的人声。看来，聚集在大臣夫人那里的女官们已经分头回到了各自的房间。

"现在是最考验耐力的时候了。只要再过半个小时，我多日的相思就会轻松地得到排解。但不知为什么，在内心的底层，总觉得不能掉以轻心。对了，这样好啦，就认定自己见不到她吧，如此一来，或许反倒能够神奇地见到她了。但是，捉弄人的命运没准会看穿我的如意算盘。那么，就认定能够见面吧？可这又显得过分精于算计，所以，反倒不会如我所愿了……啊，我的胸口都在发痛了。还不如索性想一些与侍从无关的事情吧。这不，所有的房间都变得安静下来了，能够听见的就唯有雨声了。那么，干脆闭上眼睛，想想雨什么的吧。春雨、五月的雨、黄昏的骤雨、秋雨……有秋雨这个词吗？秋雨、冬雨、屋檐上的雨、漏雨、雨伞、祈雨、雨龙、雨蛙、雨罩、避雨……"

就在这样思忖着的时候，一阵出乎意料的响声震惊了平中的耳朵。不，不仅仅是震惊。听见这响声之后，平中就像是某个拜谒了佛陀的虔诚法师一样，脸上洋溢起了喜悦的神情。因为从拉门的对面清楚地传来了有人打开锁扣的声音。

平中试着拽了拽拉门。就像他预想的那样，拉门顺着门槛一下子滑开了。拉门的对面一片黑暗，弥漫着一种不知从哪里传出的香味，让人觉得颇有些神奇。平中静静地关上了拉门，用膝盖拄在地上，摸索着向里面移动。但在这萦绕着娇媚气氛的黑暗中，除了天花板上传来的雨声之外，便再也感觉不到任何其他事物的存在了。偶尔觉得自己的手触摸到了什么，也不外乎衣架和梳妆台之类的东西。平中感到自己的心正跳得越来越剧烈。

"莫非她不在？倘若在的话，总该吭吭声吧。"

就在这样琢磨着的当口，平中的手偶然地触摸到了女人的纤纤玉手。然后他又用手继续摸索，摸到了像是丝绸质地的上衣袖口，还有衣服下面的乳房，接着是圆圆的脸颊和下巴，最后触摸到了比冰块更冷彻骨髓的秀发——就这样，平中终于摸索到了躺在黑暗中纹丝不动的侍从，那个令他梦魂牵萦的女人。

这既不是做梦，也不是幻觉。侍从就那样只披着一件上衣，不加修饰地躺在平中的鼻子跟前。他蜷缩在那儿，情不自禁地战抖起来，但侍从仍旧没有表现出要动弹的迹象。平中感到，这情景好像曾经出现在某部草子作品中，要不，就是出现在几年前借助点燃的油灯在正殿里所看见的某幅画卷里。

"谢谢,谢谢。迄今为止,我还一直以为你是一个冷酷的女人呢。但从今以后,我决定,与其把自己的性命奉献给佛祖,还不如托付给你呢。"

平中一边把侍从拽向自己身边,一边想这样在对方的耳畔轻声低语。但不管他如何心急火燎,舌头都被紧紧粘附在上颚上,无法发出像样的声音来。不久,侍从头发上的气息,还有温暖肌肤的气息,都一股脑儿向他裹挟而来——就在他这么思忖着的时候,侍从发出的轻微呼吸又扑打在了他的脸上。

一瞬间——这一瞬间一旦过去,他们就必定会浸润在爱欲的暴风雨之中,以至于忘却了雨声,忘却了不知从哪里传出的香味,忘却了本院的大臣,还有就在附近的女童吧。可就在这节骨眼上,侍从欠起上半身,用羞怯的声音说道:

"请等等。那边的隔扇好像还没有上闩呢,我这就去上了闩再回来。"

平中只是点了点头。于是,侍从在两个人的褥子上留下散发着宜人气息的温暖,站起身悄悄走开了。

"春雨、侍从、弥陀如来、避雨、从屋檐流下的雨滴、侍从、侍从……"

平中一直睁着双眼,思索着种种连自己都懵然不懂的事情。这时,从对面的黑暗中传来了倒上门闩的咔嚓响声。

"雨龙、香炉、雨夜鉴花、'暗中迷惑甚,真面识何曾,不及中宵梦,依稀尚可凭'①、'梦里应相见……'② 怎么回事?门闩不是早就倒上了吗?可……"

平中抬起头一看,只见周遭和刚才一样,弥漫着不知从哪里传

---

① 引用自《古今集》恋歌第三卷的第647首和歌。
② 此处为《古今集》恋歌第四卷中的第681或第767首和歌的第一句。

来的香味，此外，就只有津津诱人的黑暗了。侍从去了哪儿呢？甚至听不到她的衣裳相互摩挲的沙沙响声。

"她绝不可能就此……不，没准她已经……"

平中这才爬出褥子，像刚才那样用手摸索着来到了对面的隔扇处。只见隔扇已经被人从房间外面牢牢地倒上了门闩，再怎么侧耳倾听，都没有任何脚步声。所有的女佣房间都在大雨中无声无息地安睡着。

"平中，平中，你还算什么天下第一的好色之人呢？"平中倚靠在隔扇上，神思恍惚地嗫嚅着，"你的姿色早已衰败，你的才气也今不如昔。你就是一个比范实和义辅还更让人瞧不起的窝囊废……"

四 好色问答

平中的两个朋友——义辅和范实在无聊的闲谈中，曾有过如下一段问答。

义辅　据说就连平中也在那个侍从面前败下阵来。

范实　是有这种传说。

义辅　对那家伙而言，也算是一个教训吧。除了女御更衣①之外，他不惜染指所有的女人，还是惩戒一下为宜。

范实　哎！莫非你也是孔夫子的弟子？

义辅　尽管对孔夫子的教诲我一无所知，但却知道有多少女人为平中而痛哭流涕。顺便再补充一句，有多少丈夫为他伤透脑筋，又有多少父母为他勃然大怒，还有多少家臣因他怨声载道，这些我都并非一无所知。对这种殃及众人的男人，理应义正词严地加以谴

---

① 平安时代的女官之一。

责。你不这样认为吗？

范实 也不是那么简单吧。诚然，因平中一个人，整个世间都不胜困惑。但是，那些罪孽难道只应由平中一个人来承担吗？

义辅 那么，还应该由谁来承担呢？

范实 应该由女人来承担呗。

义辅 让女人来承担，未免太过可怜吧。

范实 全盘归咎于平中，不是也很可怜吗？

义辅 要知道，是平中去引诱那些女人的。

范实 男人是在战场上拔剑张弩，公开交战，而女人则是趁人不备，进行暗算。可杀人之罪，有何殊异？

义辅 哇，你还袒护平中呢。不过，有一点应该是确切无疑的吧——我们不让世间蒙受痛苦，而平中却让世间蒙受痛苦。

范实 这一点究竟如何，也很难断言啊。我们人类，也不知是因为什么报应，只要活着，一刻都不会停止相互伤害。只是平中比我们给世间带来了更大的痛苦而已。这一点对于天才而言，也是无可奈何的宿命吧。

义辅 你开什么玩笑！倘若将平中与天才混为一谈，那么，这水池里的泥鳅也会摇身变成蛟龙吧。

范实 平中确实不愧为天才啊。你不妨瞧瞧他的那张脸，听听他的声音，再读读他的文章。倘若你是个女人，不妨和他厮守一个夜晚。他和空海上人①、小野道风②一样，从离开母胎的时候起就被赋予了非凡的才能。如果这还不算是天才的话，那么，天下将没有一个天才存在。在这一点上，我等之辈毕竟不是平中的对手啊。

义辅 但是——但是，天才并非像你所说的那样，仅仅制造罪

---

① 空海上人（774—835），即弘法大师。
② 小野道风（894—966），擅长书法，特别是草书。

恶吧？比如，看看道风的书法就会知道，那是在微妙笔力的驱使下才可能诞生的奇迹。而再听听空海上人念诵的经文吧……

范实　我可没有说，天才仅仅制造罪恶，而只是说，天才也会制造罪恶。

义辅　那么，不是和平中大相径庭吗？因为他制造的就只有罪恶而已。

范实　那可不是我们所能理喻的东西。比如，对于一个连假名都写不好的人来说，道风的书法不是也无聊透顶吗？对于一个完全没有信仰的人来说，比起空海上人念诵的经文，或许倒是傀儡作的和歌更加有趣吧。要想了解天才的功德，我们还必须具备相应的资格。

义辅　尽管你也说得不无道理，可若论平中尊者的功德……

范实　平中不也一样吗？那种好色之人的功德，唯有女人才深谙其妙。你刚才不是说过，不知有多少女人为平中以泪洗面吗？现在我想反过来说，不知有多少女人因为平中而咀嚼到了无上的欢悦，不知有多少女人因为平中而体验到了生存的价值，不知又有多少女人因为平中而学会了牺牲的可贵，不知还有多少女人……

义辅　好了好了，这已经足够了。倘若像你那样强词夺理，牵强附会，那么，稻草人也会变成一身戎装的武士呢。

范实　如果像你那样喜欢嫉妒，那么，一身戎装的武士也会被当作稻草人的。

义辅　你说我喜欢嫉妒？嘿，这可是出人意料啊。

范实　你干吗不像谴责平中那样，去谴责那些淫乱的女人呢？即便你在口头上谴责她们，可内心却为她们网开一面，对吧？这是因为彼此都是男人，所以不知不觉地掺入了妒忌的成分。不管是多是少，其实我们都潜藏着一种野心：如果可能的话，都希望成为平中那样的人。也正是因为这样，平中比密谋造反的人更让我们憎恨。想来，也真够可怜的。

义辅 那么，你也想成为平中了，对吧？

范实 你说我吗？那倒并不完全如此。所以，在对待平中的时候，我能够比你更加公平。一旦征服了某个女人，平中很快就会厌倦那个女人，并立刻为另外的女人而神魂颠倒，以至于达到可笑的地步。这是因为在平中的心中，总是依稀萦绕着某个如同巫山神女般美妙绝伦的女人形象。平中总是试图从世间的女人身上寻觅到那样的美丽。在他为对方神魂颠倒的时候，他以为自己已经捕捉住了那样的东西。但见过两三次以后，那样的海市蜃楼却顷刻间坍塌了。为此，他不得不辗转于一个又一个女人之间。而且，在当今这个末法世界里，根本不可能有那样的美人存在，所以，平中的一生最终不能不以不幸而宣告结束。在这一点上，毋宁说你和我要幸福得多。但平中之所以不幸，无非因为他是个天才的缘故。这也不限于平中一个人，空海上人和小野道风其实也与他有着近似之处吧。总而言之，要想获得幸福，至关重要的，必须是一个凡人……

五 为粪便之美而感叹的男人

平中一个人不胜落寞地伫立在离本院侍从房间不远的套廊上，四周看不见一个人影。太阳照射在走廊的栏杆上，只要看看那如同炸油一般的光线，就知道今天的暑热又平添了能量。但在厢房外面的天空中，一棵棵抽绿的松树正静静地守护着眼前的荫凉。

"侍从对我不理不睬，而我也就索性对她死心了吧……"平中依旧是一张苍白的面孔，茫然地思考着，"可是，无论怎样死心，侍从的身影都必定恍如幻影一般萦绕在我眼前。自从那个雨夜以来，只为了忘记她的身影，我不惜四方拜佛，虔诚地祈祷。但一走进加茂神社，那神体里就栩栩如生地映现出了侍从的面庞。而一踏入清水寺的正殿，观世音菩萨的身影竟然原封不动地化作了侍从的模样。倘若这身影一直这样纠缠住我的心，那我肯定会焦躁而死吧……"

平中长长地叹息了一声。

"但是，要想忘记那身影——便只有一个办法，那就是找出她的鄙俗之处。侍从又不是天仙下凡，想必也自有不洁之处吧。只要发现其中一点，那么，就像变成女官的狐狸被人抓住尾巴一样，侍从的幻影就会自然而然地土崩瓦解。而也只有在那一刹那里，我的生命才会重新归属于我自己。但她究竟什么地方是鄙俗的，又在什么地方隐藏着不洁，是不会有谁来告诉我的。啊，大慈大悲的观世音菩萨，求您昭示侍从的可鄙之处，昭示她与河岸上的女乞丐别无两样的证据……"

平中就这样思忖着，无意中扬起了他那慵懒的视线。

"哇，朝这里走来的，不正是侍从房间里的那个女童吗？"

这不，那个长着一副聪明模样的女童，身着一件瞿麦图案的薄衣，下面穿着一条色彩浓艳的裙裤，正朝着这边走过来。只见她将一个匣子模样的东西藏在一把红色画扇的背后。想必是走在路上，赶着去扔掉侍从拉下的粪便吧。见此情景，一个大胆的决定像闪电一般划过平中的心里。

平中眼神一变，一下子站到女童的前方，挡住了去路，然后一把抢过女童手上的匣子，一溜烟似的奔向走廊对面一间无人的房子。不用说，遭到突然袭击的女童一边哭喊着，一边紧跟在他的后面。但一跑进那个房间，平中就一把关上拉门，迅速倒上了门闩。

"是的，只要瞧瞧这里面，不用说——百年之恋也会在一瞬间里化作烟雾，一散而去的……"

平中用瑟瑟战抖的手揭开了搭在匣子上的染香绫罗。出人意料的是，匣子上竟然涂抹着崭新而精巧的泥金画。

"这里面就藏着侍从的粪便，同时也左右着我的性命……"

平中伫立在那儿，目不转睛地盯着那只美丽的匣子。而女童还在房间外面低声抽噎着，但不知什么时候，那哭声被一阵抑郁的沉默吞噬殆尽了。与此同时，拉门和隔扇也开始像雾霭一般消失了。不，平中甚至闹不清，此刻究竟是白天还是夜晚。他的眼前，唯有一只画着杜鹃鸟图案的匣子清晰地浮游在空中……

"我的性命能否得救，还有能否与侍从彻底诀别，全都维系在这只匣子上了。一旦打开这只匣子的封盖——不，这可得好好想想。到底是忘掉她的好，还是让自己的生命苟延残喘的好，我可答不上来。不，纵然焦灼而死，也还是别打开这匣子的封盖吧……"

平中憔悴的脸上闪烁着泪花，此刻更是倍感困惑。但在沉吟了片刻之后，他的眼睛突然迸射出光芒，心里声嘶力竭地叫喊道：

"平中，平中！你多没出息呀！难道你忘记了那个雨夜吗？没准侍从现在还在嘲笑着你的痴迷呢。你要活下去！而且是好好地活下去！只要看见了侍从的粪便，你就肯定能够旗开得胜……"

平中几乎就像是疯子一般揭开了匣子的封盖。不料匣子里只是盛着一半淡淡的丁香花颜色的液体。有两三块什么东西，带着浓浓的丁香花颜色，沉淀在液体的底部。与此同时，就像是在梦境中一样，一阵丁香花的气味徐徐飘来，扑打着平中的鼻子。莫非这就是侍从的粪便？不，不可能。即便是吉祥天女，也不可能排泄这样的粪便。平中紧蹙着眉头，随手抓起了漂浮在最上面的近两寸大小的东西。然后，他几乎是凑在自己的胡须附近，反复地嗅着它的气味。没错，这肯定是最上等的沉香才会发出的气味。

"这个又如何呢？这液体好像也发出一种香味呢……"

平中把匣子倒过来，悄悄啜吸了一口其中的液体。那液体也散发着丁香花的芬芳，无疑是沉淀后的清汁。

"那么说来，这也是香水吧？"

平中又试着把刚才抓起来的那两寸大小的东西放进嘴巴里咀嚼。原来，它有着那种浸透牙齿的、夹杂着苦味的甘甜味道。顿时，他的嘴巴里弥漫着一种比柑橘花更加清凉的绝妙气味。也不知侍从计从何来，为粉碎平中的谋略，竟然特意制作了香水工艺的粪便。

"侍从，是你杀死了平中！"

平中呻吟道。只见泥金画的匣子吧嗒一声滑出了他的手中，而他的整个身体也跌倒在了地面上。在紫摩金的圆光照耀下，他那半死的瞳仁里又浮现出了侍从朝他嫣然微笑的倩影……

大正十年（1921）十月

竹林中

艾 莲译

推官审讯樵夫供词

是呀,发现那具尸体的,正是小的。今儿个早上,小的像往常一样,去后山砍柴,结果在山后的竹林里,看到那具尸体。老爷问在哪儿吗?那地方离山科大路约摸一里来地,是片竹子和小杉树的杂树林,很少有人迹。

尸身穿一件浅蓝色绸子褂,头上戴了一顶城里人的细纱帽,仰天躺在地上。虽说只挨了一刀,可正好扎在心口上,尸体旁的竹叶子全给染红了。没有,血已经不流了,伤口好像也干了。而且有只大马蝇死死叮在上面,连我走近的脚步声都不理会。

没看见刀子什么的吗?——没有,什么都没看见。就是旁边杉树根上,留下一条绳子。后来……对了,除了绳子,还有一把梳子。尸体旁边没别的,就这两样东西。不过,有一片地里,荒草和竹叶给踩得乱七八糟的,看样子那男子被杀之前,准是狠斗了一场。

怎么,没有马?——那地方,马压根儿进不去。能走马的路,在竹林外面呢。

推官审讯行脚僧供词

贫僧昨日确曾遇见死者。昨天……大约是晌午时分吧,地点是从关山快到山科的路上。他与一个骑马女子同去关山。女子竹笠上遮着面纱，所以贫僧不曾得见她的容貌，只看见那身紫色绸夹衫。马是桃花马……马鬃剃得光光的，不会记错。个头有多高么？总有四尺多吧……贫僧乃出家之人，这些事情不甚了然。那男子……不，佩着刀，还带着弓箭。特别是黑漆箭筒里，插了二十多支箭，要说这点，贫僧至今还历历在目。

做梦也想不到，那男子会有如此结局。真可谓人生如朝露，性命似电光。呜呼哀哉，贫僧实无话可说。

推官审讯捕快供词

大人问小人捉到的那家伙吗？他确确实实是臭名远扬的大盗多襄丸。小人去抓的时候，他正在粟田石桥上哼哼呀呀，大概是从马上摔下来的缘故。什么时辰吗？是昨晚初更时分。上次逮他的时候，穿的也是这件藏青褂子，佩着这把雕花大刀。不过，这一回，如大人所见，除了刀，还带着弓箭。是吗？被害人也带着刀箭……那么，行凶杀人的，必是多襄丸无疑。皮弓、黑漆箭筒、十七支鹰羽箭矢……这些想必都是被害人的。是的，正如大人所说，马是秃鬃桃花马。那畜生把他摔下来，是他的报应。马拖着长长的缰绳，在石桥前面不远的地方，啃着路旁的青草。

这个叫多襄丸的家伙，在出没京畿一带的强盗中，最是好色之徒。去年秋天，鸟部寺宾头卢后山，有个像是去进香的妇人连同丫鬟一起被杀，据说就是这家伙作的案。这回，这男的若又是他下的毒手，那骑桃花马的女子，究竟给弄到什么地方去了，把她怎么样了，就不得而知了。也许小人逾分，还望大人明察。

推官审讯老妪供词

是的,死者正是小女的丈夫。他并非京都人士,是若狭国府的武士,名叫金泽武弘,二十六岁。不,他性情温和,不可能惹祸招事的。

小女么?闺名真砂,年方十九。倒是刚强好胜,不亚于男子。除了武弘以外,没跟别的男人相好。小小的瓜子脸,肤色微黑,左眼角上有颗痣。

武弘昨天是同小女一起动身去若狭的,没料到竟出了这样的事,真是造孽哟!女婿死了,认倒霉罢,可小女究竟怎样了?老身实在担心得很。恳求青天大老爷,不论好歹,务必找到小女的下落才好。说来说去,最可恨的便是那个叫什么多襄丸的狗强盗,不但杀了我女婿,连小女也……(余下泣不成声)

多襄丸的供词

杀那男的,是我;可女的,我没杀。那她去哪儿啦?——我怎么知道!且慢,大老爷。不管再怎么拷问,不知道的事也还是招不出来呀。再说,咱家既然落到这一步,好汉做事好汉当,决不隐瞒什么。

我是昨天过午,遇见那小两口的。正巧一阵风吹过,掀起竹笠上的面纱,一眼瞟见那小娘儿的姿容,可一眨眼就再无缘得见了。八成是这个缘故吧,觉得她美得好似天仙,顿时打定主意,即使要杀她男人,老子也非把她弄到手不可。

什么?杀个把人,压根儿不像你们想的,算不得一回事。反正得把女人抢到手,那男的就非杀不可。只不过我杀人用的是腰上的大刀，可你们杀人，不用刀，用的是权，是钱，有时甚至几句假仁假义的话，就能要人的命。不错，杀人不见血，人也活得挺风光，可总归是杀手哟。要讲罪孽，到底谁个坏，是你们？还是我？鬼才知道！（讽刺地微微一笑）

当然，只要能把那小娘儿抢到手，不杀她男人也没什么。说老实话，按我当时的心思，只想把她弄到手，能不杀她男人就尽量不杀。可是，在山科大道上，这种事是没法动手的。于是，我就想法子，把那小两口诱进山里。

这倒不是什么难事。我跟他们一搭上伴，就瞎编了一通话，说对面山里有座古墓，掘出来一看，竟有许多古镜和宝刀，我不想让人知道，就偷偷埋在后山的竹林里。若是有人要，随便哪件，打算便宜出手——不知不觉间，男的就对我这套话渐渐动了心。这后来嘛——你说怎么着？人的贪心真叫可怕！不出半个时辰，小两口竟掉转马头，跟我上山了。

到了竹林前，我推说，宝物就埋在里边，进去瞧瞧吧。男的财迷心窍，自然答应。可女的，连马也不肯下，说，我就在这儿等。那竹林子密密匝匝，也难怪她要说这话。老实说，这倒正中咱家下怀。于是便让那小娘儿留下，我跟她男人一起钻进了林子。

开头林子里净是竹子，再过去十多丈地，才是一片稀疏的杉树林——要下手，那地方再合适不过了。我一面拨开竹丛，一面煞有介事地骗他说，宝物就埋在杉树下面。男的信以为真，就朝看得见杉树的地方拼命赶去。不大会儿工夫，便来到竹子已稀稀落落，有几棵杉树的地方——说时迟那时快，我一下子便把他摔倒在地。还真不愧是个佩刀的武士，力气像是蛮大的呷。可是不意着了我的道儿，他也没辙。我当即把他绑在一棵杉树根上。绳子吗？这正是干我们这行的法宝，说不准什么时候要翻墙越户，随时拴在腰上。当然啦，我用竹叶塞了他一嘴，叫他出不了声。这样，就不用怕什么了。

对付过男的，回头去找那小娘儿，慌说她男人好像发了急症，叫她快去看看。不用说，她也中了圈套，便摘下竹笠，由我拽着她的手，拉进竹林深处。到了那里，她一眼就看见了——丈夫给绑在杉树根上。说时迟那时快，她从怀里掏出一把明晃晃的匕首来。老子从来没见过那么烈性的女人。当时要是一个不小心，没准肚子就会挨上一刀。虽说我闪开了身子，可她豁出命来一阵乱刺，保不住哪儿得挂点彩。不过，老子是多襄丸，何须拔刀，结果还不是将她的匕首打落在地。一个再烈性的女子，没了家伙，也就傻了眼了。我终于称心如意，用不着杀那男人，也能把他小媳妇儿弄到手。

用不着杀她男人——不错，我本来就没打算杀。可是，当我撇下趴在地上嘤嘤啜泣的小娘儿，正想从竹林里溜之大吉，不料她一把抓住我胳膊，发疯似的缠上身来。只听她断断续续嚷道，不是你强盗死，便是我丈夫死，你们两个总得死一个。让两个男人看我出丑，比死还难受。接着，她又气喘吁吁地说，你们两个，谁活我就跟谁去。这时，我才对她男人萌生杀机。（阴郁地兴奋）

听我这么说来，你们必定把我看得比你们还残忍。那是因为你们没看到她的脸庞，尤其没看到那一瞬间，她那对火烧火燎的眸子。我盯着她的眸子，心想，就是天打雷劈，也要娶她为妻。我心里只转着这个念头。我绝非你们大人先生所想的，是什么无耻下流，淫邪色欲。如果当时仅止于色欲，而无一点向往，我早一脚踢开她，逃之夭夭了，我的刀也不会沾上她男人的血。可是，在幽暗的竹林里，我凝目望着她的脸庞，刹那间，主意已定：不杀她男人，誓不离开此地。

不过，即便开杀戒，也不愿用卑鄙手段。我解开绑，叫他拿刀跟我一决生死。（杉树脚下的绳子，就是那时随手一扔忘在那里的）他脸色惨白，拔出那把大刀，一声不吭，一腔怒火，猛地一刀朝我劈来——决斗的结果，也不必再说了。到第二十三回合，我一刀刺穿他的胸膛。请注意——是第二十三回合！只有这一点，我对他至今还十分佩服。因为跟我交手，能打到二十回合的，普天之下也只他一人啊！（快活地微笑）

男人一倒下，我提着鲜血淋漓的大刀，回头去找那小娘儿。谁知，哪儿都没有。逃到什么地方去啦？我在杉树林里找来找去。地上的竹叶，连一点踪迹都没留下。侧耳听听，只听见她男人临终前的喘息声。

说不定我们打得难分难解之际，她早就溜出竹林搬救兵去了。为自己想，这可是性命攸关的事，当即捡起大刀和弓箭，又回到原来的山路。小娘儿的马还在那里静静地吃草。后来的事，也就不必多说了。只是进京之前，那把刀，给我卖掉了。——我要招的，便是这些。横竖我脑袋总有一天会悬在狱门前示众的，尽管处我极刑好啦！（态度昂然）

一个女人在清水寺的忏悔

那个穿藏青褂子的汉子把我糟蹋够了，瞧着我那给捆在一旁的丈夫，又是讥讽又是嘲笑。我丈夫心里该多难受啊。不论他怎么挣扎，绳子却只有越勒越紧的份儿。我不由得连滚带爬，跑到丈夫身边去。不，我是想要跑过去的，但是，那汉子却冷不防把我踢倒在地。就在那一刹那，我看见丈夫眼里，闪着无法形容的光芒。我不知该怎样形容好，至今一想起来，都禁不住要打战。他嘴里说不出话，可是他的心思，全在那一瞥的眼神里传达了出来。他那灼灼的目光，既不是愤怒，也不是悲哀——只有对我的轻蔑，真个是冰寒雪冷呀！挨那汉子一脚不算什么，可丈夫的目光，却叫我万万受不了。我不由得惨叫一声，昏了过去。

过了一会儿，我才恢复神志，穿藏青褂子的汉子已不知去向，只留下我丈夫还捆在杉树根上。我从落满竹叶的地上抬起身子，凝目望着丈夫的面孔。他的眼神同方才一样，丝毫没有改变，依然是那么冰寒雪冷的，轻蔑之中又加上憎恶的神色。那时我的心呀，又羞愧，又悲哀，又气愤，简直不知怎么说才好。我晃晃悠悠地站了起来，走到丈夫跟前。

"官人！事情已然如此，我是没法再跟你一起过了。狠狠心，还是死了干净。可是……可是你也得给我死掉！你亲眼看我出丑，我就不能让你再活下去。"

我好不费劲才说出这番话来，但是我丈夫仍是不胜憎恶地瞪着我。我的心都快碎了。我克制住自己，去找他的刀。也许叫那强盗拿走了，竹林里不仅没大刀，连弓箭也找不见。幸好那把匕首还在我脚边。我挥动匕首，最后对他说：

"那么，就请把命交给我吧。为妻的随后就来陪你。"

听了这话，我丈夫这才动了动嘴唇。嘴里塞满了落叶，当然听不见一点声音。可我一看，立即明白他的意思。他对我依然不胜轻蔑，只说了一句：杀吧！我丈夫穿的是浅蓝色的绸褂，我懵懵懂懂，朝他胸口猛一刀扎了下去。

这时，我大概又晕了过去。等到回过气来，向四处望了望，丈夫还绑在那里，早已断了气。一缕夕阳透过杉竹的隙缝，射在他惨白的脸上。我忍气吞声，松开尸身上的绳子。接下来——接下来，怎么样呢？我真没勇气说出口来。要死，我已没了那份勇气！我试了种种办法，拿匕首往脖子上抹，还是在山脚下投湖，都没有死成。这么苟活人世，实在没脸见人。（凄凉地微笑）我这不争气的女人，恐怕连大慈大悲的观世音菩萨都不肯度化的。我这个杀夫的女人呀，我这个强盗糟蹋过的女人呀，究竟该怎么办才好啊！我究竟，我……（突然痛哭不已）

亡灵借巫女之口的供词

强盗将我妻子凌辱过后，坐在那里花言巧语，对她百般宽慰。我自然没法开口，身子还绑在杉树根上。可是，我一再向妻子以目示意："千万别听他的，他说的全是谎话！"可她只管失魂落魄，坐在落叶上望着膝头，一动也不动。那样子，分明对强盗的话，听得入了迷。我不禁妒火中烧。而强盗还在甜言蜜语，滔滔不绝："你既失了身，和你丈夫之间，恐怕就破镜难圆了。与其跟他过那种日子，不如索性嫁给我，怎么样？咱家真正是爱煞你这俏冤家，才胆大包天，做出这种荒唐事儿。"——这狗强盗居然连这种话都不怕说出口。

听强盗这样一说，我妻子抬起她那张神迷意荡的面孔！我从来没见过妻有这样美丽。然而，我这娇美的妻子当着我——她那给人五花大绑的丈夫的面，是怎样回答强盗的呢？尽管我现在已魂归幽冥，可是一想起她的答话，仍不禁忿火中烧。她确是这样说的："好吧，随你带我去哪儿都成。"（沉默有顷）

妻的罪孽何止于此，否则在这幽冥界，我也不至于这样痛苦了。她如梦如痴，让强盗拉着她手，正要走出竹林，猛一变脸，指着杉树下的我，说："把他杀掉！有他活着，我就不能跟你。"她发狂似的连连喊着："杀掉他！"这话好似一阵狂风，即使此刻也能将我一头刮进黑暗的深渊。这样可憎的话，有谁说得出？这样可诅咒的要求，又有谁听到过？哪怕就一次……（突然冷笑起来）连那个强盗听了，也不免大惊失色。妻拉住强盗的胳膊，一面喊着："杀掉他！"强盗一声不响地望着她，没有说杀，也没有说不杀……就在这一念之间，他一脚将妻踢倒在落叶上，（又是一阵冷笑）抱着胳膊，镇静地望着我，说道："这贱货你打算怎么办？杀

掉么？还是放过她？回答呀，你只管点点头就行。杀掉？"——就凭这一句话，我已愿意饶恕强盗的罪孽。（又沉默良久）

趁我还在犹疑之际，妻大叫一声，随即逃向竹林深处。强盗立刻追了过去，似乎连她衣袖都没抓着。我像做梦似的，望着这一情景。

妻逃走后，强盗捡起大刀和弓箭，割断我身上的绳子。"这回该咱家溜之大吉了。"——记得在林中快看不见他身影时，听见他这样自语。然后，四周是一片沉寂。不，似有一阵呜咽之声。我一面松开绳子，一面侧耳谛听。原来呜呜咽咽的，竟是我自家呀。（第三次长久沉默）

我疲惫不堪，好不容易才从杉树下站起身子。在我面前，妻掉下的那把匕首，正闪闪发亮。我捡起来，一刀刺进了自己胸膛。嘴里涌进一股血腥味，可是没有一丝痛苦。胸口渐渐发凉，四周也愈发沉寂。啊，好静啊！山林的上空，连只小鸟都不肯飞来鸣啭。那杉竹的梢头，唯有一抹寂寂的夕阳。可是，夕阳也慢慢暗淡了下来，看不见杉，也看不见竹。我倒在地上，沉沉的静寂将我紧紧地包围。

这时，有人蹑足悄悄走近我身旁，我想看看是谁，然而，这时已暝色四合。是谁……谁的一只我看不见的手，轻轻拔去我胸口上的匕首。同时，我嘴里又是一阵血潮喷涌。从此，我永远沉沦在黑暗幽冥之中……

大正十年（1921）十二月

俊　　宽①

杨　伟译

　　俊宽曰：世上别无神明，只系于吾人之一念。……唯有修炼佛法，方能超度生死。

　　　　　　　　　　　　　　　　　　《源平盛衰记》②

　　（俊宽）思虑良久，更是感触弥深："愿吾有友人，尽览海边之茅庵。"

　　　　　　　　　　　　　　　　　　　　　　　　同上

一

　　你是指俊宽的故事吗？说来，像俊宽这样被世人以讹传讹的事例还真是鲜而有之呢。不，不单单是指关于俊宽的传闻。就说关于我——有王③这个人吧，不也照样是谣言满天飞吗？就在不久前，还听见一个琵琶法师④说，俊宽因为太过悲愤，以至于头撞山岩，疯狂致死，而鄙人则扛着他的遗骸，一道投河自尽了。而另一个琵

---

① 天平末期的僧侣。1177年曾提供京都东山的住所作为讨伐平家的密议场所，但被告密，遂和藤原成经一道被流放至鬼界岛。但不久，成经等人被召回，而他则被独自转移到白石岛，37岁时死于孤岛之上。
② 记叙平清盛的荣华以及源平之战经过的48卷军记物语。此处引用自第9卷。
③ 俊宽的仆从。从幼时起便侍奉俊宽，并去往鬼界岛，在俊宽死后，将其遗骨供奉于高野山。
④ 始于平安末期，弹着琵琶唱说平家物语的盲僧。

琵法师更是煞有介事地说道,俊宽和某个岛上的女人结为连理,生下了一大群孩子,度过了比他在京城时还要快乐的余生。单凭鄙人——有主还好端端地活着这一点,你就不难知道,前面那个琵琶法师的话纯属无中生有,而后面那个琵琶法师的话,也不啻一派胡言。

几乎所有的琵琶法师都自以为是地信口开河。他们撒谎的本领之高,足以让我也不得不啧啧赞叹。听到法师讲起俊宽和孩子们在用竹叶葺就的小屋里幸福地嬉戏时,我的脸上也会情不自禁地漾起微笑。而听到俊宽在涛声骇人的月夜疯狂至死时,我又会不由自主地潸然落泪。我想,即便琵琶法师的所言乃是弥天大谎,也注定会像琥珀里面的昆虫一样流传百世吧。与此同时,正因为流传着那样一些谣言,所以,如果不趁现在道出事情的真相,那么,琵琶法师的不实之词不知何时就有可能演变成真话——你是这样说的,对吧?此话倒是一点不假。好吧,所幸的是黑夜漫漫,我就把自己千里迢迢前往鬼界岛追随俊宽的前前后后讲给你听吧。不过,我可不像琵琶法师那样能说会道,我的优势只在于可以说出自己亲眼见到的那种不加粉饰的真实。那么,就请不吝少许的时间,听我从头道来吧,哪怕会感到无聊也罢。

二

我渡海去鬼界岛,是在治承三年(1179)五月末一个阴霾的下午。琵琶法师也曾提到过,刚好是在那天黄昏将近的时辰,我终于见到了俊宽大人。而且,那地方恰恰是一个渺无人烟的海滨——唯有灰色的海浪在沙滩上起起落落,显得格外凄寂。

至于俊宽大人当时的模样,流传于世的说法是——"若说是孩童,未免又像耄耋老人;若说是法师,可却一头长发朝上而挽,且白发多多。身上粘着尘埃和藻屑，也不思掸打。脖子细长，腹部外凸，肤色黝黑，手足枯瘦。似人非人。"① 其实这也属于无稽之谈。特别是说他脖子细长，腹部外凸，这分明是受到所谓地狱图的影响而凭空捏造的吧。换言之，是从鬼界岛这个地名联想到了饿鬼的形象吧。诚然，当时的俊宽大人头上确实是长出了头发，肤色也晒得有些黝黑，但除此之外，与过去并没有任何改变——不，岂止是没有任何变化，看起来甚至比过去更加健壮结实了。他一边听凭海风静静地扑打着袈裟的下裾，一边独自徜徉在海边的汀线上。仔细一看，他手上还提着一条串在竹枝上的鱼儿呢。

"僧都宝刹②！原来您平安无恙啊！是我——有王来啦！"我不由自主地飞奔过去，兴奋地大声叫喊道。

"喔，是有王呀！"

俊宽大人不胜惊讶似的端详着我的脸。而我则只顾着紧紧抱住主人的膝盖，高兴得抽噎起来。

"你来得正好，有王！我还以为今生今世都再也见不着你了。"

有那么一会儿，俊宽大人也是泪眼婆娑的，但很快就把我扶了起来，像慈父一般安慰我道：

"别哭，别哭。即便只是今天重逢，也理应看作佛陀和菩萨的慈悲吧。"

"是的，我再也不哭了。请问，僧都宝刹——僧都宝刹的居所就是在这附近一带吗？"

"居所？我的居所是在那座山的背后啊。"俊宽大人用提着鱼的手指了指附近海边的那座山丘，"虽然称之为居所，但却远非那种用扁柏树皮盖成的屋子哟。"

---

① 此处引用自《源平盛衰记》。
② 僧位的一种，仅次于僧正。

"是的，这我知道。因为不管怎么说，这儿毕竟只是一个荒凉的小岛啊。"

刚一说完，泪水就差一点噎住了我的喉咙。于是，主人又像过去那样，面带慈祥的微笑说道：

"但那儿住起来，感觉还不错呢。睡觉的地方，也保管你不无方便。好吧，就随我一道去看看吧。"

他表情轻松地给我当着向导。过了不一会儿，我们就从涛声震天的海滨进入了僻静的渔村。在鱼肚白的大路两旁，只见榕树低垂的枝头上，有无数厚实的叶片正熠熠闪光——散落在那些树木之间的用竹叶葺就的房屋，就是这孤岛上那些土著人的家屋。从那些房屋中，能看见炉灶冒出的红色火苗，还有直到刚才为止都还鲜为所见的憧憧人影。于是，让人顿时涌起了一种久违的安心感：终于进了村落。

主人不时回过头来给我讲着眼前的一切，比如，眼前这家的主人是一个琉球人，而那边的栅栏里则养着一头猪什么的。但最让人欣慰的是，那些连礼帽也不戴的土著人只要一看见俊宽大人，就会低下头来向他鞠躬。特别是一个在房门前追逐着小鸡的女孩，竟然也向俊宽大人行了个鞠躬礼。不用说，我在感到欣慰的同时，又觉得有些不可思议，于是悄悄向主人打听其中的原委：

"据成经大人和康赖大人的说法，这个岛上的土著人都跟恶鬼一样冷酷无情呢，可是……"

"是啊，待在京城里的人肯定都是那么想的吧。尽管现在被称作流放者，但过去我们也是京城人呢。无论世道如何变化，边土的庶民只要一看见京城人，都会低头鞠躬的。不管是业平，还是实方，其境遇不都大同小异吗？那些京城人或许也和我一样，觉得被流放到东国或陆奥乃是一次格外舒心的旅行吧。"

"但人们不是传说，实方即使在退隐之后，也一门心思地想念着京城，以至于最终变成了宫中的一只麻雀吗？"

"散布这种流言的，都是和你一样的京城人呗。就是那些一提到鬼界岛的土著人，便马上联想到恶鬼的京城人。看来，这些东西也是不可相信的。"

这时，又有一个女人朝主人行了个鞠躬礼。她恰好站在榕树的树荫下，怀里抱着一个年幼的孩子。或许是因为被树叶掩住了的缘故吧，她那身穿红色单衣的身影在黄昏的余晖中若隐若现。于是，主人也向那女人慈祥地点了点头。

"那是少将的妻室呢。"

主人随即轻声告诉我道。

我不禁惊讶得瞠目结舌，问道：

"既然说是妻室——那么说来，成经大人当然是和她结下了百年之好的，对吧？"

俊宽淡淡地一笑，随即又朝我点头道：

"她怀里抱着的，便是少将的骨肉呢。"

"听您这么一说，她确实有着一副有别于这片边土的美丽面容呢。"

"哎？她有一副美丽的面容吗？所谓美丽的面容，究竟是什么样的面容呢？"

"怎么说呢，我想，应该是眼睛细细的，脸颊要丰满，鼻子不能太高，而整体则要显得温文尔雅。"

"那不也是京城人的品位吗？在这个岛上，首先眼睛要大，脸颊应该窄窄的，鼻子也得比平常的人略高一点——要这种五官紧凑的脸蛋才会备受推崇呢。所以，刚才你所说的那种模样的女人，在这里是没有人说她漂亮的。"

我不由得笑了起来，说道：

"说到底，土著人的悲哀就在于不知道何为美丽，因此，就算是让京城的贵妇人翩然出现，恐怕也会被他们嗤笑为丑妇吧。"

"不，并不是这个岛上的土著人不知道何为美丽，而只是审美观各自有别罢了。但所谓的审美观，也没法保证亘古不变。作为佐证，只要瞧瞧各个寺庙的佛像就知道了。看看三界六道的教主、十方最胜、光明无量、三学无碍、引导亿亿众生的能化、南无大慈大悲的释迦牟尼如来吧。其三十二相八十种姿势，每个时代无不有所变化。就连佛像尚且如此，那么，所谓美人的标准不也理应在每个时代都有所变化吗？事隔五百年或者一千年，当美人的标准变化之后，别说这个岛上的土著女人，甚至像南蛮北狄的女人那种可怕的面孔，也很可能在京城风靡一时，成为时尚呢。"

"不可能有那种事吧。无论到了哪个时代，我们国家都理应有着自己崇尚的独特风格和趣味吧。"

"可是，我们国家独特的风格和趣味，也并非在所有的时间和场所都一成不变呀。比如说，当世这些贵妇人的长相其实就跟唐朝的佛像如出一辙，这难道不是京城人在美人相貌上的趣味一味仿效唐国的证据吗？所以，在几个朝代之后，很难说就不会对红发碧眼的胡人女子情有独钟呢。"

我情不自禁地露出了微笑。主人过去也常常这样赐教于我等之辈。"不变的岂止是他的身影，其心灵也一如往昔。"——想到这儿，一种感觉不禁油然而生：仿佛遥远京城的钟声又开始萦绕在了我的耳畔。但主人只是一边朝着榕树的树荫下徐徐移动着脚步，一边说道：

"有王，自从我到了这个岛上，你知道什么最让我高兴吗？那就是不用每天都听啰唆的内人抱怨个没完没了了。"

三

　　那天夜里，我在油灯下和主人一起，享用着他赐予我的饭菜。这原本有些僭越本分，但既然是主人的命令，且主人旁边还有一个长着兔唇的男童一直伺候着他，所以，我就恭敬不如从命，坐下来给主人作陪了。

　　房间的四周环绕着一道竹廊，整个构造就俨然一座僧庵。除了竹廊边上挂着帘子以外，庭院前面还栽种着茂密的竹林，所以，即便是用山茶油点燃的灯光也无法照射进去。房间里不仅有一个皮箱，还有橱柜和桌子。皮箱是他离开京城时就带在身边的，而橱柜和桌子却是这个岛上的土著人送给他的礼物，尽管做工有些粗糙，但却听说是一种名叫琉球红木的手工艺品。在那个橱柜上放着一本经文，还有一尊阿弥陀如来像。只见它端然而立，散发出璀璨的金光。我记得主人说，这是康赖大人返回京城时留下的纪念品。

　　俊宽大人惬意地坐在圆形草垫上，用各种各样的美味佳肴来款待我。因为毕竟是在这样一个小岛上，所以，什么调味的香醋呀、酱油等等，味道当然是抵不上京城了，但若论食物的珍奇，不管是汤汁、生鱼肉丝、还是炖煮的食品，抑或水果等等，几乎全都是我连名字也叫不出来的新鲜玩意儿。主人看见我惊讶得连筷子都一动不动，一边喜滋滋地笑着，一边向我推荐道：

　　"怎么样，这个汤汁的味道？这可是本岛的名产，是用一种名叫'臭梧桐'树的嫩叶来烹制而成的。你再尝尝这边的鱼吧。这是一种名叫'永良部鳗鱼'的特产呢，是用热带海洋里的毒蛇来烹调的。而那个盘子里的白颈鸽——是的，就是那盘烤肉——也是京城里从没看见过的东西吧。这种鸟，背上是蓝色的，腹部却是白色的，而形状则酷似鹳鸟。这个岛上的土著人认为，只要吃了它的肉，就能祛除湿气。那种番薯也格外好吃哟。你是问它的名字吗？就叫做琉球番薯呗。梶王每天都靠那种番薯来当饭呢。"

所谓梶王，就是刚才提到的那个长着兔唇的男童的名字。

"无论什么东西，都随意地夹来吃好啦，以为只要光喝稀粥，或许就能超度生死之苦，这种想法是沙门中常有的误解。就连世尊在成道之时，不是也还接受了牧羊人难陀婆罗①之女用乳汁做的稀粥——'乳糜'吗？倘若当时的他饥肠辘辘地就坐到了毕波罗树②下，那么，第六天的魔王波旬或许就不会派遣三个魔女去诱惑他，而是将六牙象王③的酱腌食品、天龙八部的酒糟腌菜，还有天竺的山珍海味放在他面前来诱惑他了吧。不过，酒足饭饱思淫欲，乃是我们这些凡夫俗子的习性，所以，波旬才会把三个魔女派遣到喝过乳糜的世尊面前。由此可见，波旬也是一个令人敬仰的才子。然而，魔王的愚蠢就在于忘记了一点，即供奉出乳糜的乃是一个女人。牧羊人难陀婆罗之女向世尊奉献乳糜，这对于世尊进入无上之道而言，甚至比雪山上的六年苦行都更加意义重大。'取彼乳糜如意饱食，悉皆净尽'——即使在《佛本行经》七卷里，像如此精彩的地方亦并不多见。'尔时菩萨食糜已讫从座而起。安庠渐渐向菩提树。'怎么样？'安庠渐渐向菩提树。'就此，世尊那一边看着女人，一边喝足乳糜之后的端严身影，难道不是栩栩如生地浮现在我们眼前了吗？"

吃完晚饭之后，俊宽大人一边高兴地把圆形草垫搬到凉爽的竹廊附近，一边催促我道：

"现在肚子也填饱了，你就给我说说京城的消息吧。"

我不由得低下了头来。尽管早就做好了思想准备，可一旦真的

---

① 佛陀的弟子之一。
② 印度的一种常绿乔木。据说释迦就是在这种树下开悟的，所以后来又叫菩提树。
③ 普贤菩萨乘坐的六牙白象。

要说出口来，还是不禁有些胆怯，难以启齿。但主人手拿着芭蕉扇，再次催促我道：

"怎么样？内人还是像过去那样，总是唠叨个没完没了吗？"

我只好就那样埋着头，把主人离开后发生的种种变故告诉了他：

"自从主人被捕之后，身边的侍从全都逃离而去，而在京极的宅邸和在鹿谷的山庄也遭到了平家近侍的掠夺。夫人在去年冬天已经过世，贵公子也因染上天花而跟随夫人去了他界。如今在主人家中，唯有小姐一个人藏身于奈良的姑母家里。"

说着说着，眼前那盏油灯的光影，不知何时已经变得朦胧难辨了。还有屋檐下的帘子、橱柜上的佛像——也都变得依稀模糊了。最后，我终于在说到一半时号啕大哭起来。但主人始终默默地凝神倾听着，只是在听到爱女的消息时，脸上才陡然间露出了担忧的神色，一下子把穿着袈裟的膝盖挪近了我。

"女儿她怎么样了？已经习惯姑母家了吗？"

"是的，想必相处得非常融洽吧。"

我哭着向俊宽大人转交了小姐的手书。因为听说在坐船经过门司和赤间关时，到鬼界岛的人会遭到严格的盘问和搜查，所以我是把此信藏在发髻里捎来的。主人立刻在灯光下展开爱女的手书，还不时地读出声来：

"……世事沧桑多变，令人抑郁黯然……三人同时流放孤岛，为何父亲被独自留下？……而今之京城，众叛亲离，如草木皆枯……女儿寄身于奈良姑母篱下……尽管差强人意，但生活之清寒，想必也不难推想。……近三年来，您是何等坚强，隐忍负重啊！……唯盼火速回京。啊，女儿思念父亲心切，可谓朝思暮想。……女儿敬具。……"① 俊宽放下书信，叉起双手，大声地叹息道：

---

① 此处引自《源平盛衰记》第11卷。

"女儿也该满十二岁了吧——对京城我别无依恋,唯有女儿,我是多么想见上一面啊!"

我设想着主人此刻的心情,只能一个劲儿地揩拭着眼泪。

"不过,既然见不了,也就……有王,别哭了。不,如果想哭,你就尽情地哭吧。但是,在这尘世间,不是有着无以数计的悲惨之事,让人泪流不止吗?"

主人把身体缓缓倚靠在背后的乌木柱子上,然后不胜凄凉地微笑道:

"内人死了,爱儿也死了,而爱女也很可能一生都难以谋面。房屋和山庄,也都不再属于我了。我只有孑然一身地在这个孤岛上等待着老死——这就是我眼前的境遇。不过,忍受这种痛苦的,并不仅仅只有我一个人。认为唯有自己一个人被淹没在了苦海里,这是与佛陀弟子极不相称的'增上慢'①。'增上骄慢,尚非世俗白衣所宜。'自诩承受了太多的困苦,这种心理也当数邪恶的罪孽。一旦驱逐了此等邪念,也就不难明白:即使在这粟散边土②之中,和我承受同等苦难的人也远远多于恒河沙数。不,只要是降生在人界,那么,即便不是被流放到这样的荒岛,也必定和我一样,喟然长叹着孤独之苦。作为村上御门第七之王子、二品中务亲王六代之后胤、仁和寺法印宽雅之子、京极源大纳言雅俊卿之孙子而出生的,诚然只有我俊宽一人,但天底下却有一千个俊宽、一万个俊宽、十万个俊宽、上百亿个俊宽正在遭到流放……"

这样说着的时候,俊宽大人那双眼睛的某个地方竟然掠过了一丝明朗的神色。

"在一条和二条两条大路的交叉口上,如果只是徘徊着一个盲

---

① 原文为"增长慢",疑为"增上慢"之讹,故译为"增上慢"。即以为得到了最上的法悟而自鸣得意。
② 指日本。

人，这或许是一幅悲悯至极的景象吧。但如果看见偌大的京城里充斥着不计其数的盲人——有王，请问你会作何感想？如果是我，恐怕会立刻捧腹大笑吧。而我被流放到孤岛上这件事，也可作如是观。遍布于四面八方的无数俊宽，无不痛哭流涕，每个人都认为，只有自己一个人遭到了流放。一想到这儿，又怎能不噙着泪水暗自发笑呢？有王，既然知道三界一心，那首先就要学会微笑。为了学会微笑，首先就得摈弃'增上慢'。世尊之所以来到这个世间，乃是为了教会我们微笑。即便在大般涅槃的时刻，摩诃伽叶不是也露出了微笑吗？"

这时，我们脸上的眼泪不知不觉已经干了。于是，主人一边透过帘子眺望着遥遥的星空，一边若无其事地说道：

"你回到京城以后，请转告我的爱女：与其对天哀叹，不如学会微笑。"

"我才不回京城去呢。"我的眼眶里再次涌上了新的泪水。这是我憎恨主人说出那种绝情话的眼泪，"我打算就像在京城时那样，守在您身边伺候您。我抛下年迈的母亲，瞒着兄弟姐妹，千里迢迢地追随到这个荒岛，难道不就是为了这个吗？莫非我看起来真像您所说的那样，怜惜自己的生命吗？难道我看起来就像是那样一个忘恩负义的小人吗？难道我真的就那么……"

"我并没有把你想得那么愚蠢，"主人又像刚才那样莞尔微笑着，说道，"但倘若你留在这个岛上，那么，又让谁来传递信息，通报爱女的平安呢？我一个人也没什么不便的，更何况还有梶王这个侍童——这样说，不至于引起你的嫉妒吧？他是一个无依无靠的孤儿，说来，也就是被流放到荒岛上的小俊宽罢了。等什么时候来了便船，你就赶快回京城去好啦。不过，作为带给爱女的手信，今夜我就把岛上的生活讲给你听吧。哇，你还在哭啊？好吧，那你就一边哭一边听我讲好啦。而我呢，就只好一个人笑着，随着性子讲下去了。"

俊宽大人一边悠然自得地摇着芭蕉扇，一边开始讲起了岛上的生活。或许是循着灯光而来的吧，这时，从挂在屋檐下的帘子那边，传来了虫豸在上面轻轻爬动的声音。而我依旧耷拉着脑袋，出神地倾听着主人的讲述。

四

"我被流放到这个孤岛上，是在治承元年（1177）的七月初。说实话，我从不曾和成亲大臣密谋过什么天下大计。我是在被囚禁到西八条之后，突然给流放到这孤岛上来的。最初我因为过于愤懑，以至于不思茶饭。"

"可京城里却谣传说，"说到这儿，我陡然语塞了，"僧都宝刹也是谋反的主谋之一呢……"

"他们肯定是那么想的吧。据说成亲大臣的确有意将我列入主谋之一，所以也就怪不得别人那么想了。不过，我确实不是主谋。就连到底是净海入道①的天下好，还是成亲大臣的天下好，我都无从知道。不过，成亲大臣的性情比净海入道更加乖戾偏执，或许更不适合于执掌天下之政吧。我只是说过，平家的政治与其有，还不如无的好。不过，不管是源、平、藤、橘何者的天下，都是与其有，还不如无的好。你不妨看看这岛上的土著人。无论是平家的天下，还是源家的天下，都同样在吃着番薯，同样在养育着后代。尽管所有的官吏都以为，缺了他们，天下就将灭亡，其实，那不过是他们自命不凡罢了。"

---

① 平清盛（1118—1181）的号。成为太政大臣，作为皇室的外戚而掌管着当时日本的政治。1168年因病辞官出家，取号为净海或平相国。

"但如果换作是僧都宝刹的天下,或许世间就不会有什么不满了吧。"

这时,在俊宽大人的瞳仁里,不仅映现着我的微笑,也浮现出了他自己的微笑。

"不,也和成亲大臣的天下一样,或许比平家的天下还要糟糕。这是因为俊宽我比净海入道更加看破红尘,而一旦过于看破红尘,不是就不可能全神贯注地投入到政治中去吗?而只会不辨是非曲直,成天沉溺在无可奈何的梦幻里——但这一点却正好是高平太①所擅长的。小松的内府②就是因为过于聪明,所以,一旦真的治理天下,反而比净海入道还要倍加糟糕。据说内府也一直有病在身,但若是为平家一门着想,他还是早日死掉为好。并且就说我吧,在离不开食色二性这一点上,就与净海入道别无两样。这样一种凡夫俗子所治理的天下,毕竟不可能有益于众生。归根结底,人界要想变成净土,就只有静等佛陀来料理天下了。——因为我一直抱着这样的想法,所以,从来就不曾萌生过觊觎天下的念头。"

"但那时候,您不是几乎每天晚上都到中御门高仓的大纳言那儿去吗?"

就像是责备主人的粗枝大叶一样,我瞅了瞅他的脸。说真的,当时主人就像是对夫人的担忧不屑一顾似的,夜里甚至很少回到京极的宅邸就寝。但此刻,主人依旧是一副漫不经心的表情,摇晃着手中的芭蕉扇。

"这就是凡夫俗子的可耻之处吧。恰好那时,在大纳言府上有一个名叫鹤前的侍女。也不知道她是何方天魔的化身,我竟成了她的俘虏。可以说,都是因为她的存在,我一生的不幸才从天而降

---

① 平清盛少年时代的诨名,意思是"穿着高足木屐的平家太郎"。
② 平重盛(1138—1179),平清盛的长子。其宅邸位于京都市左京区的小松。

的。不管是被内人扇了耳光,还是被其他人抢走了鹿谷的山庄,抑或最终被流放到这个孤岛上,桩桩件件都是因为她……可是,有王,你还是为我高兴吧。尽管我的确为鹤前而神魂颠倒,但却并没有成为谋反的主犯。为女人而喜怒哀乐,这在古今的圣者那儿,都是不足为奇的。在大施幻术的摩登伽女①面前,就连阿难尊者也被迷惑住了。而据说龙树菩萨②在出家之前,也曾为了劫持王宫的美人而修炼隐形方术。可是,无论天竺、震旦,还是本朝,都还从未听说哪个圣者成为谋反之人的。想来,从未听说过有那样的圣者,也没什么不可思议的。因女人而生喜怒哀乐,不啻释放五根之欲。可为了策划谋反,却不得不具备贪嗔痴这三毒。圣者即使释放五欲,也绝不接受三毒之害。由此看来,尽管我的智慧之光因五欲而变得黯淡了,但却并没有彻底消失——这些都暂且不说了吧。总之,在我刚刚被流放到这个岛上时,的确是每天都郁郁不乐呢。"

"想必您非常痛苦吧。吃饭自不用说,恐怕就连身上穿的衣服也有诸多不便吧。"

"不,说起衣食这两样,每到春秋两季,都有人从肥前国的鹿濑庄送到少将这儿来,因为鹿濑庄属于少将的岳父平教盛的领地。过了一年左右,我已经习惯了这个岛上的风土人情。但要想忘记心中的怨愤,身边有那两个一起流放到岛上的伙伴,实在是大为不利。就说丹波的少将成经吧,他要么整天闷闷不乐,要么就一直昏昏欲睡。"

"成经大人年轻气盛,一想到父亲大人不幸的命运,就禁不住唉声叹气,这也没什么可奇怪的吧。"

---

① 释迦牟尼在世时,摩登迦女曾施幻术诱惑阿难,但被释迦牟尼的法力化解。
② 公元3世纪印度大乘佛教的倡导者。

"你说什么呀！其实，少将和我一样，乃是一个天下怎么着都无所谓的男人。只要弹弹琵琶，赏赏樱花，给贵妇人写写情诗，就觉得已经是极乐世界了。所以，只要一见到我，他就尽是抱怨他那谋反的父亲。"

"但我听说，好像康赖大人和僧都宝刹关系非常亲近……"

"不过，这反倒让人为难啊。康赖认为，只要许愿，天地之神和诸佛菩萨全都会按照他的意志，赐福于他。总之，在康赖眼里，神和佛就等同于商人，只是不像商人那样用金钱来沽售冥佑而已。所以他念诵祭文，供奉香火。在这后山上，原本栽种着很多造型漂亮的松树，但都被康赖砍伐光了。原以为他砍来派什么用场呢，结果他做成了上千块舍利塔形状的灵牌，在上面一一写上和歌，然后一起扔到了大海中。我还从没有看见过像康赖那样贪图现世报的男人。"

"但也不是完全白搭呀。京城里的人都说，那些舍利塔形状的灵牌在海里顺水漂流，其中一块漂到了熊野，还有一块漂到了严岛呢。"

"在一千块灵牌当中，有一两块漂流到日本的土地上，也不值得大惊小怪吧。如果真的相信苍冥的保佑，那只漂流一块灵牌就已经足够了。而且，康赖即使在煞有介事地漂流一千块灵牌时，也始终在考虑着风向的问题。他嘴里念念有词地祷告道：鄙人顶礼膜拜的熊野三所权限①，特别是日吉山王②暨王子③一族——总而言之，上有梵天帝释，下有坚牢地神，特别是内海外海的龙神八部，求求你们保佑鄙人。听他不厌其烦地念诵，我忍不住在一旁加上了一

---

① 权限是说日本的神道原是佛菩萨随缘应化，临时显现在日本的化身。这样神佛就融为一体了。
② 滋贺县大津市的日吉神社。
③ 从京都到熊野神社去参拜的途中所有的分社和下院。

句：还有西风大明神和黑潮之神①,也求求你们保佑他!"

"您这不是在奚落人吗?"

就连我也情不自禁地笑了起来。

"于是,康赖勃然大怒了。瞧他恼羞成怒的样子,别说什么现世的神佑了,就连是否能够往生净土也令人担忧。——然而,不久就发生了更让人为难的事情:少将也和康赖一起开始信仰神灵了,而且不是参拜熊野、王子等有着历史渊源的神灵。说来,在这孤岛的火山上,或许是为了镇妖驱邪吧,建有一座名叫岩殿的小小寺庙,而少将参拜的就是这个岩殿——提到火山,我倒是想起了一件事:你还不曾见过火山吧?"

"是的。只是刚才透过榕树的树梢,看见光秃秃的山峰上缭绕着浅红色的烟雾呢。"

"那么,明天就和我一道登上山顶去见识见识好啦。只要一登上山顶,不光这个孤岛,还有整个大海的景色全都可以尽收眼底。而岩殿那座小小的寺庙也就坐落在去往山顶的途中。康赖去参拜的时候,总是让我一起前往,可我从不轻易答应。"

"京城里的人都说,僧都宝刹是因为没有去参拜神灵,所以才被一个人留在岛上的。"

"怎么说呢,或许吧。"俊宽大人一副严肃的表情,随即又轻轻摇了摇头,"倘若岩殿真有神灵的话,那肯定就是祸津神②了吧,所以,才会满不在乎地撂下俊宽我一个人,而帮助另外两个人返回京城去。你还记得我刚才告诉你的那个少将夫人吗?她也每日每夜地前去参拜,祈求神灵不让少将离开这个孤岛。然而,这个愿望却一点也没有应验。由此可见,岩殿的神灵是一个比天魔有过之而无

---

① 在日本人信仰的神当中,没有这些神,此处乃是俊宽的戏言。
② 引发凶祸的神。

不及的蛮横家伙。从世尊出世时开始，天魔就立下戒行，实施诸恶。但如果是天魔化作了岩殿之神，寄居在那个寺庙里，那么，少将在回京的途中，肯定要么从船上掉入大海，要么就染上热病，反正是难逃一死。因为这才是让那女人和少将同归于尽的唯一途径。但岩殿就和人一样，既不只行诸善，也不尽施万恶。当然，这也并非仅限于岩殿。奥州名取郡笠岛的道祖①，原本是居住在京城加茂河原以西、一条以北那个出云路道祖的女儿。但她在父神尚未把她许配以人的时候，便擅自与京城一个年轻的商人立下了夫妇之约，因而流落到了奥州的山坳里。如此看来，与凡夫俗子有什么两样呢？实方中将从此神跟前通过时，因为既没有下马表敬，也没有磕头作揖，所以最终落马而死。既然神灵与人如此接近，没有脱离五尘，那么对于他的举措就绝不可掉以轻心了。从这个事例中不难得知，所谓的神，只要他还没有超越人性，那就不必盲目参拜——不过，这都是一些细枝末节。还是回到康赖和少将身上吧。他们一直坚持参拜岩殿，还把岩殿比作熊野，把附近的海湾叫作和歌浦，把那个坡道也取名叫芜坂，从而一一冠之以美名。他们所谓的'狩猎童鹿'，其实只是指追逐小狗罢了。唯有'音无瀑布'倒是比原来的瀑布要壮观许多。"

"据京城里的人说，尽管如此，竟然还是神奇地出现了吉祥的兆头……"

"其中一个吉祥的兆头就是，在结愿的当天，当他们俩在岩殿前面念诵经文时，突然吹来一阵山风，刮倒了大片的树木。就在这时，地上掉下了两片山茶树的树叶，在两片树叶上都残留着虫豸啃噬过的痕迹。据说其中一片的痕迹像是'归雁'这两个字，而另一片的痕迹则像是'二'这个字，合起来就读作'二归雁'——

---

① 位于现宫城县名取郡笠岛的神社。道祖即保佑旅途平安的神灵。

或许是为此喜不自禁吧，第二天康赖就把树叶拿给我看。的确，从树叶上虫蛀的痕迹来看，也不是就不可以看出'二'字来，但要找出'归雁'两个字，却不免牵强附会。因为觉得太过滑稽，所以，第二天我从山里回来时，特意捡回了好几片山茶树的树叶。如果把树叶上虫蛀的痕迹连成一气，那才不只是什么'二归雁'呢。其中有的写着'明日归京'，有的写着'清盛暴死'，还有的写着'康赖往生净土'。我想，康赖一定会很高兴吧，不料……"

"他该生气了吧？"

"康赖在生气时也是不失要领的。他的舞蹈可谓名冠京城，而动起怒来，则更是巧妙。他之所以加入谋反，想必也是因为受到了嗔恚的左右吧。若论其嗔恚的根源，恐怕还是在于'增上慢'吧。平家，以高平太为首全都是恶人，而自己这边，以大纳言为首全都是善人——康赖就是这样想的。而这种蛮横骄矜的情绪对他毫无益处。刚才我也说过，我们所有的凡夫俗子其实都和高太平没什么两样。不过，究竟是康赖的勃然大怒好呢？还是少将的喟然长叹好呢？我也说不清楚。"

"据说只有成经大人身边带着妻儿，想必多少能够排解一下他心中的郁闷吧？"

"可他却总是铁青着一张脸，喋喋不休地发一些无聊的牢骚。比如，在观赏峡谷间的山茶花时，他会抱怨说，这个岛上竟然连樱花都不开。而看见火山山顶的烟雾，他又说，这岛上就连绿色的山峦都没有。他就是不提这儿有的东西，而专挑这儿没有的东西来加以抱怨。有一次，他和我一起去海边的山上采撷大吴风草，不料他说，怎么办啊？这儿连加茂川的水流都没有。当时，我之所以没有扑哧笑出声来，肯定是多亏了我家一带的守护神和日吉守护神的保佑。然而，我觉得这不免太过荒唐了，所以忍不住鹦鹉学舌地说道，这儿既没有福原的监狱，也没有平相国入道净海，真是难得，太难得了。"

"您那么说话，恐怕就连少将也会生气动怒吧？"

"不，毋宁说让他生气动怒，倒是我所希望的。谁知少将看着我的脸，一边不胜悲哀地摇着头，一边说道，你什么都懵然不懂，真是一个幸福之人呀。这种回答甚至比勃然大怒更让我不知所措。我——说实话，恰恰那时候我的情绪也非常低落。如果真像少将所说的那样，我什么都懵然不懂，或许倒能幸免于跌入情绪的低谷吧。但我却并非懵然不懂。说实话，我也曾像少将那样，为眼眶中的泪水而感到自豪过。透过泪水，那死去的内人也不知会化作多么美丽的女人——一想到这儿，我不禁蓦地怜惜起少将来了。可就算是怜惜他吧，荒唐的东西毕竟还是荒唐的，对吧？所以，我一边笑着，一边一本正经地试图安慰他。而少将竟然对我大发脾气，这不管是在此前还是以后，都是唯一的一次。只见他陡然露出可怕的表情，说道：'你在撒谎！就我的真心而言，与其被你安慰，还不如被你讥笑好呢。'也就在这一瞬间——你说奇怪不奇怪？我竟然扑哧笑出声来。"

"少将他后来怎么啦？"

"那以后的四五天里，即使见了我的面，也爱理不理的。但又过了些日子，见到我时，也只是神情忧伤地摇着头，不停地嘟哝道：'啊，真想回京城啊，可这儿竟然连牛车都不通。你这个人倒是比我幸福多了。'——不过，不管是少将，还是康赖，有他们在身边，总比没有的好。他们俩刚回京城去的那段日子，我每天都陷入难以忍受的寂寞中。"

"据京城里的谣传，说您岂止是寂寞难挨，甚至差一点悲愤而死。"

我尽可能详尽地讲述了京城里的种种传言。借琵琶法师的话来说，就是："僧都仰天伏地，悲愤至极，但最终无济于事。……僧都紧拽着缆绳，被拖进海里，开始时海水齐腰，渐渐没至腰肋，终于拖到将要没顶的地方。……僧都无可奈何，只好游回岸上，高声叫喊着：'让我上船，带了我去呀！'可是，这驶去的船只像往常一样，留下的踪迹只有滔滔白浪而已。①"我转述了关于他几近狂乱的那一段。俊宽大人只是颇为好奇地听着我的话。当我讲到他对着远去的船只不停地挥手这一人所皆知的逸闻时，他诚恳地点着头，说道：

"那倒也不全是假话，我确实是挥了好几次手呢。"

"那么，就真像传言所说的，跟松浦的佐用姬②一样，是用那种方式在依依惜别了，对吧？"

"毕竟是和两年来厮守在同一个岛上的朋友分别呀。依依惜别，不是也在情理之中吗？不过，我无数次挥动手臂，却并不仅仅是为了惜别——当时，通报有船抵达的，乃是岛上的一个琉球人。他从海滨飞奔过来，气喘吁吁地说道：'船，船。'船这个词我倒是听懂了，但其他的话却无从听懂，比如来的究竟是什么船等等。这个琉球人因为过于惊慌，以至于交替使用着日语和琉球语。反正说的是船的事情，所以，我索性赶到海滨去看个究竟。不知不觉之间，在海滩上聚集了大量的土著人。而上面矗立着高高帆柱的东西，不用说是前来接人的船只。当我看到那艘船的时候，感到整个心都在怦怦直跳。少将和康赖比我更快地冲向了船舷边，可见心中的喜悦也非同一般，以至于在场的琉球人都以为，两个人是被毒蛇咬噬后精神陷入了癫狂所致。不久，从六波罗③派来的丹左卫门尉

---

① 引自《平家物语》第3卷。
② 传说中居住在长崎县松浦海边的美女。与前去平定朝鲜的大伴狭手比古订下婚约，在离别时，爬上山丘挥动披肩依依惜别，最后就此化作一块石头。见《源平盛衰记》第9卷。
③ 京都市鸭川东部五条与七条之间的地方。这儿有平家一族的居馆六波罗殿。

基安向少将转交了赦免书。但听少将一读，才知道上面并没有我的名字。原来只有我一个人没有获得赦免——想到这儿，刹那间，我的脑海里掠过了种种画面：爱女和爱儿的面孔、内人的责骂声、京极家中的庭院景色，还有天竺的早利即利兄弟①、震旦的一行阿阇梨②、本朝的实方朝臣——简直是数不胜数。至今都还觉得可笑的是，其中居然出现了一头拉车的红牛屁股。但当时我还是尽力装出一副毫不慌乱的样子。当然，少将和康赖出于同情，也不停地安慰着我，还请求使臣允许俊宽我也一起上船。但没有被赦免的人，无论如何也是上不了船的。我一边尽量保持镇静，一边左思右想着，为什么唯有自己一个人没有被赦免。是高太平憎恨我吧？——这肯定没错。但高太平不仅仅恨我，还打心眼里怕我呢。我是法胜寺③的执行④，当然不可能熟谙兵器之道，但天下或许会出人意料地验证我的见解——高太平害怕的正是这个。一想到这儿，我就不禁苦笑起来。为山门⑤和源氏的武士精心提供有利的论争，乃是西光法师等人最贴切的角色。但是，我还不至于昏聩到为区区一个平家而劳心费神的地步。刚才我也说过，天下掌握在谁的手里，其结局都大同小异。只要身边有一卷经文，再加上鹤前的陪伴，我便会感到心满意足。但净海入道这个人，因过于才疏学浅，竟然对俊宽我也百般提防，真是可悲至极。由此看来，没有被砍掉脑袋，而只是被一个人留在孤岛上，已经算是幸运的了。——就在我这样思忖着的

---

① 古代印度波罗奈国月盖王的两个太子。哥哥因伤害了弟弟的眼睛，被取消了继承权，并遭到放逐。但最后由一只鹰送来了怜惜其命运的母亲的音信。见《源平盛衰记》第9卷。
② 唐代的僧侣，真言宗的鼻祖。据《源平盛衰记》记载，他因蒙受不白之冤而沦落为被流放者。
③ 白河天皇建立的寺院，位于京都左京区冈崎。俊宽的墓即在此处。
④ 寺院管理总务的僧职。
⑤ 比睿山延历寺的别称。

时候，已经到了那艘船扬帆起航的时刻了。只见少将夫人抱着孩子，哀求道：'求您让我也上船吧！'我觉得她怪可怜的，心想女人总不至于受到苛求吧，于是便代她央求使臣基安。但基安根本就不予理睬。他是一个除了自己的使命之外一无所知的傀儡，我大可不必去责备这样的男人。但罪孽深重的，却要数少将本人……"

俊宽大人愤怒地使劲挥动着手上的芭蕉扇，继续说道：

"那女人就像疯子似的，不顾一切地想要爬上船去，船夫们就是不肯让她上船。最后那女人拽住了少将礼服的裤脚，不料少将板着一张面孔，恶狠狠地甩开了女人的手。女人猝然摔倒在沙滩上，从此打消了上船的念头，而只是在那儿失声痛哭着。那一瞬间，我义愤填膺，心中的怒火远远超过了平时动辄发怒的康赖。少将简直就是畜生！而康赖也只是在一边袖手旁观，这也不能算是佛陀弟子的所作所为。而且，除了我以外，再也没有人肯出面为那女人说情。——想到这儿，所有的詈言骂语全都从我的嘴巴里脱口而出，让我至今想起来都觉得不可思议。不过，我接二连三说出口的，可不是那种京城小孩骂人的脏话，而全部是八万法藏十二部经中的恶鬼罗刹的名字。可是，转眼之间，船已经驶远了，那女人还在低头哭泣着。我在沙滩上一边气得直跺脚，一边挥动着双手，大喊着：'回来，回来！'"

尽管主人非常生气，但在我聆听他讲述的过程中，却一直面带自然的微笑。接着，他又一边笑着，一边露出无可奈何的表情，说道：

"我不停挥手的那一幕已经到处传开了，看来，这也是嗔恚的报应吧。当时，如果我没有动怒，那么也就自然不会有人说，俊宽因回京心切，终致神经错乱了。"

"但是，莫非那以后，就再也没有什么特别让您感叹的事情了吗？"

"感叹又有何用呢？而且，随着时间的流逝，寂寞之情也逐渐消退了。如今除了想谒见真正的佛陀，我的心中已不再有任何的欲望。如果抱着'自土即净土'的想法，那么，欢快的笑声就必然如同火山喷发的火焰一般，自然地奔泻而出。我永远都是一个自我力量的信徒——喔，我还忘了一点。那女人一直埋头哭泣着，一动也不动。不久，围观的土著人也渐渐散去了，而船也在蓝色的天际隐没了。因为太过可怜，我不由得想安慰安慰那个女人，于是悄悄伸出手想从背后抱起她来。你猜那女人怎么着了？她猛然间用手把我使劲一推，于是我在一阵晕眩之中倒在了地上。想必寄居在我肉身中的诸佛诸菩萨诸明王，也都大吃了一惊吧。可是，当我好不容易爬起来一看，发现那女人已朝着村子那边无精打采地走远了。她干吗要把我推翻在地呢？其中的缘由只有去问那女人了。或许是她认为，我想趁着四周没有人而对她图谋不轨吧？"

五

第二天，我和主人一道登上了这座孤岛的火山。接着，我又在主人身边待了一个月左右。然后，我怀着恋恋不舍的心情回到了京城里。"愿吾有友人，尽览海边之茅庵。"——这就是主人作为离别留念馈赠于我的和歌。俊宽至今仍旧在孤岛上那用竹叶葺就的房屋里，一个人优哉游哉地生活着吧？或许今夜他又会一边嚼着琉球番薯，一边思考着佛陀之事，思考着天下之事吧？关于这些，我也听说了不少，看什么时候再讲给你听吧。

大正十年（1921）十二月

将军①

杨 伟译

一 白襷队②

这是明治三十七年（1904）十一月二十六日的拂晓时分。第X师第X联队的白襷队为了夺取松树山上的备用炮台，从九十三高地的北麓启程出发了。

道路沿着山阴逶迤而行，因此，今天的队形也格外特别，排成了四列纵队蜿蜒前进。在寸草不生的昏暗道路上，一队士兵手持步枪并肩行进着。他们一边发出轻轻的脚步声，一边依稀露出袖口上的白色布带。这无疑是悲壮的一幕。现任指挥官M大尉从站在队伍的前列时起，就像变了一个人一样，阴沉着面孔，陡地变得沉默寡言了。但出人意料的是，士兵们并没有失却往日的气势。这首先得归功于所谓日本国民精神的力量，其次则多亏了酒精的威力。

在前进了少顷之后，队伍从岩石叠嶂的山阴来到了处在风口上的河床地带。

"喂，你转身看看背后！大伙儿都在朝我们这边敬礼呢！"田口一等兵对从同一个中队选拔出来的堀尾一等兵说道。据说前者原

---

① 文中的将军（N阁下）暗指日本陆军大将乃木希典（1849—1912）。日俄战争期间，他不惜牺牲众多士兵的生命攻克了旅顺口。后于明治天皇逝世的当天剖腹自杀。
② 襷是日本古代过节时或到高官显贵面前时用来挽和服长袖的带子，斜系在两肩上，在背后交叉。这里是敢死队的标志。

来是开纸店的,而后者则是木匠出身。

堀尾一等兵回过头来一看,果然就像田口所说的那样,在黑黢黢的高高隆起的山冈上,以联队队长为首,好几名将校正背对微微泛红的天空,向这队奔赴死亡之地的士兵致以最后的敬礼。

"怎么样,该是很了不起吧?能成为白襷队队员,不也是一种荣耀吗?"

"有什么可荣耀的?"堀尾一等兵面带苦涩的表情,把肩头上的步枪往上颠了颠,"俺们不外乎全都是去送死呗。如此看来,××××××××××××××①,世上哪有这等便宜的好事呢?"

"那可不对!你说那种话,可对不住×××啊!"

"胡说!哪有什么对得住对不住的!即便是到小酒店打一合酒,如果仅凭敬个礼,人家也是绝不会白给你的!"

田口一等兵噤口不语了。这是因为他已经对对方的脾气了如指掌的缘故,知道只要一杯酒下肚,他就会满口都是风凉话。这不,堀尾一等兵还在执拗地唠叨着:

"我又不是说要凭敬礼去换个什么。什么×××××啦,什么×××××啦,不是尽说些冠冕堂皇的话吗?但那全都是胡说八道呀。喂,兄弟,你说是不是?"

堀尾一等兵的这话是对同一个中队的江木上等兵说的。江木是个老实憨厚的人,据说曾经当过小学教师。可不知为什么,就是这个老实憨厚的上等兵恰恰在这时候露出了一副凶狠的模样,朝着对方散发着酒气的脸上,抛出了一句尖刻而恶毒的话语:

"你这个混蛋!难道俺们的天职就是送死不成?"

这时,白襷队已经翻过了河床地带。那儿有七八栋中国百姓的泥巴墙房屋,正悄无声息地迎接着拂晓……在这些民房的屋顶上,

---

① 表示被检察官删除的字,下同。

茶褐色的松树山露出如同石油的颜色般冷冰冰的岩褶,霍然耸立在眼前。队伍一离开这个村落,就立即解散了四列纵队的队形。不仅如此,队员们还个个都全副武装,匍匐在几条道路上,向敌人跟前靠近。

不用说,江木上等兵也夹杂在中间向前爬行。"即便是到小酒店打一合酒,如果仅凭敬个礼,人家也是绝不会白给你的!"堀尾一等兵的这句话,同时也道出了他的心声。但沉默寡言的他只是把这种想法埋藏在心底罢了。也正因为如此,战友的话更是在他心中唤起了一种令人愤懑的悲哀,就恍若揭开了他身上的疮疤一样。他一边在封冻的道路上像野兽一般匍匐而行,一边思考着关于战争和死亡的事情。然而,他却没能从那些思考中获得一星半点的光明。即便死亡是××××,可归根到底,毕竟是一种令人诅咒的怪物。战争——他的脑子里甚至缺乏这样一种概念:战争乃是罪恶的。与战争相比,因为罪恶植根于个人的热情,所以,反倒还有可以×××××××的余地。可战争却不外乎是×××××××××××。更何况他——不,不仅仅是他,从各个师团选拔出来的两千多名白襻队成员,仅仅为了那伟大的×××,不管你愿意与否,都不得不去送死……

"来了,来了。你是哪个联队的?"

江木上等兵这才环视了一下四周。原来,队伍不知不觉地已经抵达了位于松树山麓的集合地。这儿早就聚集了不少各个师团的士兵。他们全都身穿土黄色的军服,袖口束着古色古香的带子——正是那帮人中的某个士兵朝他打了声招呼。只见那士兵坐在石头上,在早晨熹微的光线中挤弄着半边腮帮子上的粉刺。

"第×联队。"

"原来是饭桶联队呀!"

江木上等兵依旧板着一张脸,没有搭理对方的这句玩笑话。

几个小时之后,在这步兵阵地的上方,敌我双方的炮弹开始你来我往,发出一阵阵尖厉的叫声。就连耸立在眼前的松树山,也因我方驻扎在李家屯的海军所展开的炮击,而无数次扬起了黄色的尘烟。在尘烟飞扬的间隙里,还迸射出一道道浅紫色的亮光,这在大白天里显得尤其悲壮。但两千人的白襷队就是在这样的硝烟炮火中等待着战机,丝毫也没有丧失平日的威风。而事实上,为了不向恐惧投降,他们也只能强装出一副快活的样子。

"打得真他妈厉害!"

堀尾一等兵抬起头,望着天空说道。而就在这时,一道长长的炮声再次撕裂了他头顶上的空气。他不由自主地缩起脖子,朝田口一等兵搭腔道:

"这次肯定是二十八厘米的!"

或许是为了遮挡住纷扬的尘土吧,田口一等兵一直用手巾掩着鼻孔。现在听他这么一说,不禁向他送来了一个笑脸,并且,为了不被他发现,还悄悄把手巾藏进了荷包里。说来,这还是田口出征时,那个相好的艺妓送给他的花边手巾呢。

"二十八厘米炮弹的声音,才不是这样的呢……"

田口一等兵话音刚落,就忙不迭地端正了姿势。与此同时,就像是听到了什么无声的号令一样,众多的士兵一个个全都在原地重新站好了姿势。原来,是军部司令官N将军带领着几个幕僚,朝着他们这边一副威严的模样走了过来。

"喂,不要吵!不要吵!"将军一边环视着阵地,一边用微微嘎哑的嗓音说道,"这地方够窄的,就不用敬礼什么的了。你们是第几联队的白襷队呀?"

田口一等兵感到,将军的目光正一动不动地投落在自己的脸上,那目光足以让他变得像个处女似的羞涩不已。

"报告将军,是步兵第×联队的。"

"是吗？那就好好给我干吧！"

说着，将军握了握他的手，然后，又把目光转向了堀尾一等兵。这一次，他同样伸出了右手，重复了一次刚才的话：

"你也好好给我干吧！"

听到这话，堀尾一等兵就仿佛全身的肌肉都僵硬了，一下子直立不动了。宽宽的肩膀、大大的手、高高的颧骨、红红的脸膛——他的这些特征，似乎至少给这个老将军留下了不错的印象，觉得他就是帝国军人的楷模。将军站在那里，继续热情洋溢地说道：

"现在攻打的那个炮台，今晚你们就要把它夺过来！这样一来，预备队就可以跟随你们，将那一带的炮台全数攻下了。你们必须抱着一举攻克那座炮台的决心……"说着说着，不知何时，将军的声音里竟然多少带上了一种演戏式的激奋腔调，"行吗？决不要在途中停下来射击，要把自己的五尺身躯当作是一枚炮弹，冷不防向敌阵猛冲上去。那就拜托你们了，你们一定要好好干呀！"

将军就像是要传达出"好好干"的含义一样，紧紧握了握堀尾一等兵的手，然后从那儿走了过去。

"也没什么可高兴的……"堀尾一等兵面带狡黠的表情，一边目送着将军的背影，一边朝田口一等兵递了个眼色说道，"喂，跟那样一个老头子握手，有什么稀罕的？"

田口一等兵露出了苦涩的微笑。看见他的这副表情，不知为什么，在堀尾一等兵的心中竟萌生了一种莫名的歉疚。与此同时，对方的那种苦笑又引发了某种近于憎恶的情愫。正在这时，江木上等兵突然从一旁搭讪道：

"怎么样，一握手就××××了吗？"

"跟着别人鹦鹉学舌，这可使不得，使不得哟。"

这次堀尾一等兵也忍不住苦笑了。

"正因为想到×××，所以，我才气不打一处来呢。我可是豁出这条命了。"

江木上等兵刚一说完,田口一等兵也开口说道:
"是啊,大伙儿谁不想为国捐躯呢?"
"也不知道是为了什么,反正我只是豁出这条性命来罢了。要是把××××××××对准了你,你恐怕也会豁出去吧?"江木上等兵的眉宇间跃动着一种阴郁的亢奋,"说来正好就是那样一种心情呗。强盗一旦抢走了钱财,是绝对不会说××××××的吧。而我们是注定要送死的,是××××××××××××的。倘若注定要送死,那何不死得干干脆脆?"

听着听着,在堀尾一等兵那酒意未消的眼睛里,竟然平添了一种光芒,那是对眼前这个温厚战友的轻蔑表情。"豁出性命,算得了什么?"——他就这样在心里嘀咕着,抬起头凝眸仰望着天空。并且,他暗自下定决心,为了报答将军的握手之恩,今晚一定抢在众人前面充当炮灰……

那天夜里八点刚过几分,江木身中手榴弹,被炸成焦黑的一团,倒在了松树山的山腰上。这时,一个系着白布带的士兵一边断断续续地叫喊着什么,一边穿过铁丝网跑了过来。一看见战友的尸体,他就用一只脚踏在尸体的胸膛上,突然大声笑了起来。那笑声是如此巨大,以至于在敌我双方的激烈炮火声中,它引发了一阵令人毛骨悚然的回音。

"万岁!日本万岁!降服恶魔!击退宿敌!第×联队万岁!万岁!万万岁!"

他用一只手挥动着步枪,不停地高声呐喊着。手榴弹划破眼前的黑暗,发出一阵阵爆炸声,也没能引起他的注意。透过亮光可以看见,那个人就是堀尾一等兵。因为头颅中弹,他似乎已经在突击中精神失常了。

二　间谍

明治三十八年三月五日的上午，驻扎在全胜集的 A 骑兵团参谋，正在司令部某个昏暗的房间里审讯着两个中国人。他们是因为有间谍罪嫌疑，而被临时编入这个旅团的第×联队的哨兵捉获而来的。

在这栋屋脊低矮的中国式房屋里，不用说，点燃的烟火今天也同样飘漾着快慰的暖意。但不管是马刺碰击地砖路面的声音，还是脱下来放在桌子上的外套的颜色，到处都可以管窥到战争的悲凉气氛。特别是在张贴着红纸对联的灰扑扑的白墙上，竟然用图钉端端正正地钉着一幅束发艺妓的照片，这既显得滑稽可笑，又显得不胜悲惨。

除了旅团参谋以外，还有一位副官和一位翻译围坐在那两个中国人身边。中国人按照翻译的提问，一一给予了明确的回答。不仅如此，那个稍微年长的、脸上蓄着短胡须的男人，甚至对翻译尚未问及的事情，也大有主动说明的架势。然而，他的回答越是明确，似乎就越是在参谋的心中唤起了一种近于反感的东西，认定他就是间谍。

"喂，步兵！"

旅团参谋从鼻子里发出一阵声音，对着那个将两名中国人捉获归案的步哨叫唤道。事实上，这个站在门口的步兵，就是加入了白襷队的田口一等兵。他背对着卍字的格子门，一直把视线投射在艺妓的照片上，这下却被参谋的叫声吓了一跳，于是大声回答道：

"是！"

"把他们抓来的人，就是你吧？抓住他们的时候，情况是怎么样的呢？"

性格敦厚的田口一等兵就像是在朗读什么似的,说道:

"我站岗的地方,就在这个村子土墙的北端,也就是通往奉天的街道上。这两个中国人从奉天的方向走了过来,于是,爬在树上的中队长就……"

"什么?爬在树上的中队长?"参谋稍稍抬起了眼皮,问道。

"是的。中队长为了便于瞭望,特意爬到了树上——就是中队长从树上命令我,要我抓住这两个人的。可是,我刚想抓住他们,那边的那个男人——对,就是那个没有胡须的男人,突然想拔腿逃跑……"

"仅此而已吗?"

"是的,仅此而已。"

"好的,我明白了。"

旅团参谋那张肥胖的脸上露出了多少有些失望的神情,随即向翻译表述了自己想问的内容。翻译为了不让人看出他的无聊,故意在声音里倾注了力量,问道:

"如果不是间谍,那干吗要转身逃跑?"

"想转身逃跑,也是理所当然的吧。因为不管怎么说,毕竟是突然看见冒出来一个日本兵呢。"另一名中国人——一个皮肤呈铅色、俨然像是鸦片中毒的男人——毫不胆怯地回答道。

"可你们,不是走在即将变成战场的街道上吗?倘若真是良民,又怎么会没事跑到这里来?"

能说一口中国话的副官用不怀好意的目光瞅了瞅中国人那张没有血色的面孔。

"不,我们是有事而来的。就像刚才也说过的那样,我们是到新民屯来换纸币的。你瞧,这儿不是纸币吗?"

那个蓄有胡须的男人泰然自若地打量着将校们的脸。参谋用鼻腔哼了一声。看见副官踌躇逡巡的样子,他的内心不免有些幸灾乐祸……

"换纸币？冒着生命危险？"副官露出了不甘示弱的冷笑，"总之，先脱光他们的衣服搜搜看吧！"

刚一把参谋的话语翻译过去，两个中国人就毫不畏葸地马上脱掉了衣服。

"肚子上不是还系着腹带吗？把那玩意儿也解掉吧！"

当翻译官接过对方解下的腹带时，不知为什么，那白色棉布上残留的体温让他涌起了一种不洁的感觉。在腹带中间扎着一根近三寸长的铁针。旅团参谋借助窗口的光线，三番五次地检查着那根铁针。然而，除了扁平的针头上带有梅花的图案之外，就再也没有什么蹊跷的地方了。

"这是什么？"

"我是针灸医生。"

蓄着胡须的男人没有露出一星半点的犹豫，从容不迫地回答着参谋的问题。

"顺便把鞋子也脱掉吧！"

他们几乎是毫无表情地照办着，甚至不曾想遮蔽那些应该遮掩的部位，只是等候着检查的结果。裤子和衣服自不用说，就是对鞋子和袜子仔细查看，也没有发现任何构成罪证的东西。接下来就只剩下把鞋子剖开来看了——副官这样思忖着，正要想告诉参谋。

可就在这时，突然从隔壁的房间里走过来一大帮人。前头是军部的司令官，还有司令部的幕僚和旅长等人。原来，为了协商某件事情，恰好将军与副官、军部参谋一起，前来约见旅长。

"是俄国的间谍吗？"

将军这样问了一声，然后就那样在中国人跟前停住了脚步。只见他把锐利的目光一动不动地投落在那两个赤裸的身体上。后来曾有一个美国人毫不客气地评价道,在这个著名将军的眼睛里,有着某种近似于 Monomania(偏执狂)的特征——那种近于偏执狂式的眼神,在这种场合下更是平添了一种令人不寒而栗的光芒。

旅部参谋简要地向将军报告了整个事件的始末,但将军只是不时地点点头。

"事到如今,就只能用严刑拷打来迫使他们招供了……"

参谋刚一这样说完,将军就用拿着地图的手指了指中国人脱在地上的鞋子,说道:

"把那鞋子剜开看看!"

转眼之间,鞋底就被掰开了。于是,被缝缀在里面的四五张地图和秘密文件一下子散落在了地面上。见此情景,就连那两个中国人也不由得大惊失色,但却依旧一声不吭,固执地注视着砖砌的地面。

"我就估摸着会是这样吧。"将军一边回过头看着旅长,一边得意洋洋地露出了微笑,"不过,在鞋子上做文章,倒的确是很有心计呢。——喂,快让这两个家伙穿上衣服吧!这样的间谍还是第一次见到呢。"

"司令官明察秋毫,让人不胜敬佩。"

旅部副官一边把两个间谍的罪证交给旅长,一边露出了谄媚的笑容——就仿佛业已忘却了自己早在将军之前便已经怀疑到鞋子这件事一样。

"不过,倘若一丝不挂都没有找到罪证的话,那么,除了鞋子以外,还能藏在什么地方呢?"将军还处在亢奋之中,"所以,俺一下子就认准了那鞋子。"

"这一带居民的良心实在是大大地坏也。当我们进入此地时,他们还故意挂出太阳旗来迎接我们,可到他们家里去一搜查,发现大都藏着俄国旗子呢。"

不知为什么，旅长也是一副喜不自禁的表情。

"总而言之，就是奸诈无比呗。"

"是的，是一帮很难对付的刁民。"

在这番对话继续进行的过程中，旅部参谋还在和翻译官一起搜查着两个中国人。突然，他把一张极不高兴的脸转向田口一等兵，恶狠狠地命令道：

"喂，步兵！既然这两个间谍是你抓来的，那就由你来毙掉他们吧！"

二十分钟以后，在村子南端的道路旁，两个中国人被人把发辫捆绑在一起，就那样坐在了干枯的柳树根上。

田口一等兵首先用刺刀捅开了他们的辫子，然后，端着枪站到了那个年轻一些的男人背后。但在杀死对方之前，他琢磨着，至少得先跟对方打个招呼。

"我——"他开口说道，但却不知道"毙"用中国话该怎么说，"我——毙了你们！"

两个中国人不约而同地回头望着他，但脸上却并没有流露出半点惊慌的表情，而只是朝着各自的方向开始接二连三地叩头。"他们在向故乡告别呢。"——田口一等兵一边做出动手杀人的架势，一边如此解释着叩头的意义。

在叩头大致结束之后，就像是已经豁出去了一般，那两个人大义凛然地向前伸出了脖子。于是，田口一等兵举起了手中的刀枪。可一看见他们那奇妙的样子，却怎么也无法下手。

"我——毙了你们！"

他不由得又重复了一遍。就在这时，一个跨在马上的骑兵从村子那边飞驰而来，在脚下卷起了一阵阵尘土。

"步兵！"

那骑兵——靠近后一看，原来是曹长。一看见那两个中国人，

他便一面放缓马蹄,一面趾高气扬地朝田口一等兵说了声:

"是俄国间谍吗?对吧?让我也来动手斩掉一个吧!"

田口一等兵发出了苦笑,说道:

"你说什么呀?把两个都交给你好啦。"

"是吗?你可真是慷慨!"

骑兵从马上翻身而下,并绕到中国人的背后,拔出了腰间的日本刀。这时,伴随着雄壮的马蹄声,又有三个军官从村子那边策马而来。但骑兵却不顾这些,当头举起了手中的大刀。可不等那大刀落下,三个军官便已经优哉游哉来到了他们旁边。 "司令官!"——骑兵和田口一等兵一起,一边抬头仰望着马背上的将军,一边恭恭敬敬地行了个举手礼。

"是俄国间谍呀。"将军的眼睛里倏然掠过了偏执狂式的光芒,"斩掉!斩掉!"

骑兵当即挥动大刀,一下子朝那个年轻的中国人头上砍去。只见那个中国人的脑袋翻滚着,飞落到干枯的柳树根下。瞬时间,鲜血在发黄的泥土上漫延出一个个巨大的斑点。

"很好!干得不错!"

将军一面喜形于色地点着头,一面驱赶着马儿走远了。

骑兵目送着将军离开之后,又提着沾满鲜血的大刀,站到了另一个中国人身后。他的一举一动给人一种感觉,似乎比将军更喜好杀戮。"如果是这个××××的家伙,我也敢杀呢。"——田口一等兵这样思忖着,坐到了干枯的柳树根上。这时,骑兵又举起了手中的大刀。可那个留着胡须的中国人却只是默默地伸出脑袋,连眼睫毛也没有动弹一下……

跟在将军身后的军部参谋之———穗积中佐,这时正在马鞍上眺望着春寒料峭的旷野。然而,不管是那些遥远的枯木,还是倒立在路旁的石碑,都没有进入他的视线。因为他的脑子里总是浮现出一度爱不释手的司汤达①作品中的一句话：

"一看见那些戴满勋章的人，我就禁不住想，他们为了得到那些勋章，做了多少××的事情……"

——他忽然回过神来，发现自己的马儿早已远远地落在了将军后面。中佐轻轻地打了个寒战，然后催着马儿向前赶去。只见马缰上的金属在微弱的阳光下熠熠闪亮。

三　阵地上的演出

明治三十八年五月四日，在驻扎于阿吉牛堡的第×军司令部里，上午刚刚举行了招魂祭，又决定下午召开余兴表演大会。会场用的是那种中国乡村常有的露天戏台。说来，不外乎是在突击搭建的舞台前面悬挂了一层大幕而已。可是，在预定的开演时间——一点钟之前，一大批士兵便早早地聚集在了这个铺着草席的会场里。这些士兵穿着有些肮脏的土黄色军服，腋下挎着一把刺刀。他们无疑是一帮太过可悲的看客，以至于即便把他们叫作观众，也让人觉得不无讽刺的意味。但正因为如此，看见他们脸上浮现出快活明朗的微笑，不免更给人一种可怜的感觉。

以将军为首，司令部和军需部的军官们，还有外国的随军武官们，全都并排坐在后面的小山丘上。在这儿能看见那些参谋的肩章，还有副官们袖口上的带子。哪怕只凭这一点也能感到，这儿飘漾着一种远比一般士兵的观众席更加华贵张扬的气氛。特别是那些外国的随军武官，就连他们当中某个愚蠢得臭名昭著的家伙，也能为助长这种华贵张扬的气氛，起到比司令官更加有效的作用。

将军今天也是神清气爽，一边和某个副官聊着什么，一边不时

---

① Stendhal（1783—1842），法国作家，代表作有《红与黑》、《帕尔玛修道院》等。

翻开节目表仔细打量着——在他的那双眼睛里，也始终荡漾着如同阳光般和蔼可亲的微笑。

不一会儿，就到了开演的时间——一点钟。在巧妙地描绘着樱花和太阳的幕布后面，响起了几次沙哑的梆子声。与此同时，幕布在负责余兴节目的少尉手中，被一股脑儿拽向了舞台的一侧。

舞台被装饰成了日本的室内景色。堆积在房间一隅的米袋向观众们预示着，剧情发生在一家大米店里。扎着围裙的米店老板拍着手连声叫道："阿锅！阿锅！"于是，走出了一个比他个子还高大，扎着银杏卷发型的女佣。接着——一出情节不足挂齿的滑稽小品就这样拉开了序幕。

每当舞台上开始一场闹剧，从坐在草席上的观众那儿，就会爆发出一阵阵哄笑。不，甚至后面的那些军官们也大都发出了笑声。而就像是与这种笑声较着劲一样，演出越来越增添了滑稽的成分。最后，终于出现了穿着丁丁形兜裆布的主人与只穿一条红内裙的女佣扭揪在一起，进行相扑的场面。

笑声变得越发高亢了。军需部的一个大尉为了迎接这一滑稽的场面，甚至已经做好了击掌叫好的准备。可就在这时，一阵粗暴的斥责声恍若抽动着鞭子一般，压住了鼎沸的笑声。

"这种丑态算什么玩意儿？快拉上幕布！赶快拉上！"

这声音分明来自将军。将军将戴着手套的双手搭在粗大的刀柄上，表情严峻地盯着舞台。

掌管幕布的少尉按照将军的命令，仓皇地拉上幕布，掩住了那些惊慌失措的演员们。与此同时，除了轻微的叫声以外，草席上的观众们也全都静悄悄地噤口不语了。

和外国的随军武官们一样，坐在同排席位上的穗积中佐，也不禁对眼下的这片沉默深感同情。尽管滑稽小品在他的脸上没有引发出笑容，但却并不妨碍他对观众们的盎然兴趣抱着同情的态度。那么，在外国武官面前表演赤身裸体的相扑，是否适宜呢？——若是论注重体面，不能不说，曾在欧洲留学数年的他对外国人的心理所知甚详。

"怎么啦?"法国军官就像是不胜惊讶一般，回头看了看穗积中佐，问道。

"将军下令停止演出。"

"为什么?"

"因为过分粗俗呗——要知道，将军讨厌粗俗的东西。"

就在这一问一答之间，舞台上的梆子声又响了起来。或许是因为这响声恢复了元气吧，刚才还死一般寂静的士兵们此刻竟拍起手来。穗积中佐也如释重负地环顾着四周。而坐在周围的军官们则多少有些顾忌，忽而把视线对准舞台，忽而把视线从舞台上挪开。——其中唯有一个人依旧把手搭在军刀上，目不转睛地盯着刚刚拉开幕布的舞台。

接下来的一幕与此前的内容恰好相反，乃是一出人情味十足的老戏。舞台上除了屏风，还摆放着一盏点燃的方形纸罩座灯。那儿，一个颧骨隆起的半老徐娘正和一个脖子短粗的商人把酒对饮。半老徐娘不时用尖厉的嗓音叫那个商人"大少爷"。——而穗积中佐压根儿就没有看舞台，而是沉浸在自己的回忆中：一个十二三岁的少年倚靠在柳盛座①二楼的栏杆上。舞台上有樱花的垂枝，还有灯火阑珊的街道布景。被戏称为两文钱之团洲②的和光③所扮演的不破伴左卫门④正手持草笠，来了个绝妙的亮相。少年屏住呼吸，

---

① 明治时代东京的一座面向大众的歌舞伎剧场。
② 团洲乃是歌舞伎名优市川团十郎的别称。所谓"两文钱之团洲"（原文为"二钱の团洲"）则是指坂东又三郎，因其表演擅长模仿团十郎且价钱便宜而得此戏称。
③ 即坂东又太郎。幼名为方四八，在柳盛座演出时改名为和光，后在宫户座时改名为坂东又三郎。
④ 歌舞伎演员市川家传的十八出拿手戏之一。

如痴如醉地凝视着舞台。是啊，他也曾有过那样的时代……

"停止演出！怎么还不拉上幕布？快呀，快拉上幕布！"

将军的声音就恍若一颗炸弹，把中佐的回忆爆成了碎片。中佐重新把目光掉向舞台。只见少尉张皇失措地拽着幕布，在舞台上奔跑着。可以看见男女的衣带依稀悬垂在屏风的上面。

中佐不由得露出了苦笑。"演出的负责人也未免太不识相。既然将军连男女相扑都禁止演出，那么，对男欢女爱的场面当然更是不可能袖手旁观了。"——他一边这样思忖着，一边朝发出斥责之声的席间放眼望去，只见将军正一脸不高兴的神情，与负责演出的一等会计员在那儿说着什么。

这时，中佐无意中听到那个说话刻薄的美国武官对邻座的法国武官说道：

"N将军也真够累的，因为既要当司令官，又要当检察官……"

最终第三幕剧开演，是在又过去了十分钟以后。这一次即便开场时同样敲响了梆子，士兵们也不再拍手叫好了。

"真是可怜！就好像是被人监督着看戏一样。"

——穗积中佐就仿佛不胜怜悯似的环视着那帮身穿土黄色军装，连话也不敢大声说的人。

第三幕剧的舞台在黑色幕布的前面设置了两三棵柳树。或许是从什么地方砍伐而来的吧，只见那些树上还长着鲜活的柳叶。一个满脸胡须、像是警部①模样的男人正在那儿欺负一个年轻的巡警。穗积中佐有些疑惑地看了看节目表，只见上面写着：《持枪盗贼清水定吉在大川端被捕之一幕》。

待等警部一离去，年轻的巡警就一边夸张地仰望着天空，一边叹息着开始了漫长的独白。大意是说他一直跟踪持枪的盗贼，但却

---

① 日本警察的职称之一。

总是没能把对方缉拿归案。就在说着的当口，他看见有人影晃动。为了不被对方发现，他决定跳进大川的河水中躲藏起来。他匍匐着，把脑袋藏进了背后的黑幕里。可无论怎么看，那模样都不像是藏进了大川的河水里，毋宁说倒像是钻进了一顶蚊帐里。

好一阵子，空旷的舞台上都只有那种让人联想到波浪滔滔的大鼓声。突然有一个盲人从舞台的一侧走了出来。盲人拄着拐杖，正要径直走进舞台的另一侧——就在这时，刚才那个巡警从黑幕后面跳将出来，大声呵斥道："持枪盗贼清水定吉，你被捕了！"话音未落，他就冷不防朝盲人猛扑上去。盲人立刻摆好迎战的架势，与此同时，蓦地睁开了眼睛。"只可惜眼睛太小。"——中佐一边微笑着，一边在心里作了一番孩子气的评价。

舞台上已经开始了格斗。持枪盗贼不枉诨名所示，果然携带着一把手枪。两枪、三枪——手枪不断吐出火舌。但巡警英勇无畏，终于用绳子套住了这个伪装的瞎子。这下，士兵们也不由得群情激奋了，但却仍旧没有发出任何声响。

中佐把目光转向了将军。将军依然全神贯注地注视着舞台，但他的那张脸已经比刚才显得柔和了许多。

在这时的舞台上，警察署长及其部下突然从一侧冲将出来。而巡警在与假盲人的搏斗中，因被枪弹击中而昏迷不醒。署长立刻进行急救，而部下们则当即把持枪盗贼绑了起来。然后，舞台变成了署长和巡警像旧式戏剧那样大肆悲叹的场所。署长就如同对以前的奉公英雄那样，问巡警是否有什么遗嘱留下。巡警说，自己在家乡还有一个老母。署长说，令堂的事，你就不用担心了。此外，弥留之际是否还有其他事情让你牵肠挂肚？巡警说，我别无牵挂了，能够抓住持枪盗贼，我已经死而无憾。

——这时，在鸦雀无声的场内三度响起了将军的声音。不过，这一次可不是斥责之声，而是感佩万分的叹息之声。

"了不起的家伙！正因为如此，才堪称日本男儿啊。"

穗积中佐再次把目光悄悄投射到将军身上。于是，他看见将军那被太阳晒得黧黑的面颊上竟然闪烁着泪痕。"将军乃是善良之人呢。"——除了轻微的蔑视，中佐也开始对将军萌发了一种明朗的好感。

这时候，在盛大的喝彩声中，帷幕慢悠悠地拉上了。穗积中佐趁机从椅子上欠身起来，走到了会场外面。

三十分钟以后，中佐叼着烟卷，和同是参谋的中村少佐在村头的空地上来回彳亍着。

"第×师团的表演真可谓大获成功，N阁下也非常高兴。"

即便这么说的时候，中村少佐也还在用手捋着自己那威廉二世式的胡须。

"第×师团的表演？喔，你是指那出持枪盗贼的戏吗？"

"倒不仅仅是指那出戏。后来，阁下又叫来了演出的负责人，让他们再临时追加一幕。这一次演的是赤垣源藏①。对了，那出戏叫什么来着？是叫《把酒话别》吧？"

穗积中佐用微笑着的眼睛眺望着广袤的荒原。只见阳光照射在长满绿色高粱的土地上，升腾起一股股不起眼的热浪。

"而这出戏也同样是大获成功。"中村少佐继续说道，"据说，阁下又让第×师团的演出负责人今天晚上七点再去张罗一台曲艺表演呢。"

"曲艺表演？莫非是想让人表演单口相声？"

"哪里呀，据说是表演评书呢。《水户黄门巡游诸国》……"

穗积中佐露出了苦涩的微笑。但对方却毫不介意，兀自用兴奋的语气继续说道：

---

① 忠臣藏狂言中的人物。原型据说是赤穗浪士中的赤垣源藏。

"据说阁下喜欢水户黄门。他曾说道,俺作为人臣,对水户黄门和加藤清正怀有最大的敬意。"

穗积中佐没有回答,只是仰望着头顶上的天空。天空中那些细碎的云母模样的云彩,在柳叶中间听凭风儿的吹拂。中佐有些如释重负地吁了口气。

"虽说是中国东北,可眼下也已经是春天了呢。"

"国内或许已经穿夹衣了吧。"

中村少佐想到了东京,想到了擅长烹调的妻子,想到了正在上小学的孩儿。于是——他多少变得有些忧郁起来。

"那边开着杏花呢。"

穗积中佐指着开放在远远土墙上的一大笼红花,兴高采烈地说道。Ecoute,Madeline①……不知不觉之间,中佐的脑海里浮现出了雨果的诗句。

四 父与子

大正七年(1918)十月的某个夜晚,中村少将——当年他还只是军部参谋中村少佐——嘴上叼着点燃的哈瓦那雪茄烟,茫然地倚靠在西式客厅的安乐椅上。

二十多年的赋闲岁月将少将变成了一个令人爱戴的老人。特别是今夜,或许是因为穿着和服的缘故吧,在他那光秃秃的脑门周围,还有肌肉松弛的嘴角上,都萦绕着一种氛围,使他越发显得像是一个大好人。少将倚靠在椅子的后背上,悠然地环顾着周遭,然后——他突然发出了一声叹息。

室内的墙壁上到处挂满了画框,里面的影印画似乎全都是西洋

---

① Madeline 应为"Madeleine"。意思是"玛德莱娜,请听我说"。

画的复制品。其中一幅乃是倚窗而立的寂寞少女的肖像画，还有一幅则画的是阳光透过柏树枝叶的风景。在电灯光下，它们给这间古色古香的客厅平添了一种寒峭得有些古怪的肃穆气氛。但不知为什么，那种气氛对少将来说并非是愉快的。

沉默了几分钟之后，少将突然听到从室外传来了轻轻的敲门声。

"请进！"

话音刚落，一个身穿大学制服的高个子青年翩然出现在房间里。青年一站到少将跟前，就把手搭在那儿的椅子上，劈头盖脸地问道：

"有什么事吗，父亲？"

"唔，你先坐下吧！"

青年顺从地坐下了。

"什么事？"

少将在回答之前，有些纳闷地瞅了瞅青年胸前的铜纽扣。

"今天你这是——"

"今天举行了河合的——想必父亲不知道这个人吧，他是和我一样的文科学生——对，我参加了河合的追悼会，刚回来。"

少将点了点头，先吐出一口哈瓦那雪茄的浓郁烟雾，然后才勉强地切入正题道：

"这些墙壁上的画，都是你给换上的，对吧？"

"是的，还没有来得及告诉父亲，这是我今天早晨刚换的。有什么不妥吗？"

"那倒不是。尽管没什么不妥的，不过我琢磨着，唯独那幅N阁下的肖像画，至少还得挂上去吧。"

"挂在这些画中间吗？"

青年情不自禁地微微一笑。

"不能挂在这些画中间吗?"

"也不是说不行——可是,那不是显得颇为滑稽吗?"

"那儿不是也挂着肖像画吗?"

少将用手指了指壁炉上方的墙壁。镶在画框里的五十多岁的伦勃朗①,正从那面墙上悠然自得地俯瞰着少将。

"那又另当别论,是不能和N将军混在一起的。"

"是吗?那就没办法了。"

少将轻易地就放弃了自己的主张。但他却又一边吐着烟圈,一边静静地继续说道:

"你——不如说你们这辈人,究竟对阁下作何感想?"

"也说不上什么感想。大体说来,也还算是个了不起的军人吧。"

青年发现,父亲的眼神显然带着晚酌后的醉意。

"阁下是一个了不起的军人,但又不乏长者的风范,待人和蔼可亲……"

少将几乎是不无感伤地讲起了将军的逸事。那还是在日俄战争之后,少将前往那须野的别墅拜访将军时的事情。那天到别墅去一看,守门人告诉他,将军夫妇刚刚到后山去散步了。少将知道路该怎么走,便决定马上到后山去。刚一走出两三百米远,就看见身穿棉袄的将军与夫人一道伫立在那里。于是,少将就和这对年迈的夫妇站在原地,聊了起来。可是,过了很久,将军也不肯离开那儿。于是少将问道:"您在这儿有什么事吗?"——不料将军立刻笑了起来,说道:"是这么回事,刚才我老伴想解个手,于是,同来的学生们就分头去找地方了。"说来恰好就是现在这个季节吧,当时路边还到处散落着毛栗子呢。

---

① 伦勃朗(1609—1669),荷兰画家。

说到这儿，少将眯缝起眼睛，独自快慰地露出了微笑，然后接着讲了下去。

这时，四五个精神抖擞的学生们同时从色彩斑斓的树林中跑了出来。他们并不介意少将在场，只顾着把将军夫妇包围起来，七嘴八舌地报告着各自为夫人找到的地方，并且为了让夫人选择自己找到的地点，竟然天真地争执起来。"好吧，那就请你们用抽签来决定吧！"——将军这样说道，然后又再次对着少将笑了……

听到这儿，青年也不由自主地笑了，说道：

"这倒是一个无伤大雅的故事，但是，却不适合于讲给西洋人听。"

"就是这样。即便是十二三岁的中学生，只要说是 N 阁下，就会像对待叔叔那样亲近他。阁下决非如你们想象的那样，只是一介武夫。"

少将欣慰地说完之后，又把视线转向了壁炉上的伦勃朗肖像。

"他也是一个人格高尚的人吗？"

"是的，是一个伟大的画家。"

"和 N 阁下相比，又如何呢？"

青年的脸上不禁浮现出了困惑的神色。

"这就很难说了——不过，就内心的感觉而言，较之 N 将军，我们倒是对他更加亲近一些。"

"你说阁下与你们有距离，这是指……"

"该怎么说才好呢——哎，姑且就归结为这么一点吧：比如说，我们今天为河合举行了追悼会。河合他也是自杀的，可在自杀之前——"青年一本正经地看着父亲的脸，说道，"却好像没有那种闲情逸致去拍什么照呢①。"

---

① 指乃木夫妇在自杀之前，曾将摄影师请到家里拍照留影一事。

这一次轮到心情正好的少将眼里浮现出困惑的神色了。

"拍照有什么不好的呢?其中也包含着留作最后纪念的意思……"

"为谁呢?"

"也说不上是为谁——首先,我们不都渴望看到 N 阁下最后的英容吗?"

"可我认为,那至少不是应该由 N 将军来考虑的问题吧。对将军那种想自杀的心情,我倒是多少可以理解一些,但对他为什么会拍照,却觉得很难理解。不至于是想到死后在每家店铺的门口都展出这张遗照吧……"

少将几乎是义愤填膺地打断了青年的话语:

"这么说未免太残酷了。阁下绝不是那样的世俗之人,而是一个彻彻底底的至诚之士。"

但青年的神情和语气都依然非常镇静:

"当然不是什么世俗之人吧。关于他是至诚之士这一点,确实也不难想象,只是他的那种至诚让我们感到颇为费解。可以设想,我们的后辈会感到更加费解吧……"

有好一阵子,在父子之间一直保持着令人尴尬的沉默。

"这就是时代的差异吧。"少将终于补充了一句。

"是啊,说来就是这样吧……"说到这儿,从青年的眼神中可以看出,他在倾听窗外的动静,"下雨了,父亲。"

"下雨?"少将伸着两只脚,像是有些喜不自禁似的赶快转换了一个话题,"但愿椋梓果不要再掉才好……"

大正十年(1921)十二月

诸神的微笑

杨 伟译

一个春天的傍晚，Padre Organtino① 曳着袈裟长长的下摆，独自在南蛮寺②的庭院里款款而行。

庭院里到处是松树和扁柏，中间还栽种着蔷薇、橄榄、月桂等西洋植物。特别是刚刚绽放的蔷薇花，更是在夕暮那黯淡了树木的光线中散发出甘美的幽香，给这庭院的静寂平添了某种有别于日本的神秘魅力。

沃尔甘迪诺一边落寞地在铺满红沙的小径上信步溜达着，一边沉浸在朦胧的追忆之中。罗马的 San Pietro 大教堂、里斯本的港口、雷别克琴的乐音、巴旦杏的味道，还有那"主啊，我灵魂的镜子"的歌声……不知不觉之间，所有这些回忆在这个红发沙门的心里悄悄抹上了乡愁的悲戚。为了拂去那一层悲戚，他默默地念诵着天主的名字。可是，悲戚非但没有就此消失，反而在他的胸口里延伸出比刚才更加沉闷的空气。

"这个国度的风景是那么美丽……"沃尔甘迪诺反省道，"是啊，这个国度的风景是那么美丽，而且气候也温和宜人。只是这儿的土著人——与他们这些黄面侏儒相比，或许倒是那些黑鬼还

---

① 沃尔甘迪诺神父（1530—1609），意大利人。葡萄牙耶稣会传教士。1570 年到日本京都传教，并于 1581 年在安土建立日本最早的神学校，后移居长崎。
② 于 1568 年（一说为 1575 年）在京都和安土修建的教堂。因丰臣秀吉禁教，于 1585 年被毁。

好对付一些吧。不过,从性情上看,他们还是容易亲近的。而且,近来信徒也已多达数万人之众。瞧,在这京城的中央地带不是也建起了这样的寺院吗?由此看来,居住在这里,即便算不上特别快活,但也不能说不快活吧。但不知为什么,自己动辄就陷入忧郁的泥沼,还常常盼望能够离开这个国度,回到里斯本。难道这仅仅是因为乡愁所致?不,自己不是甚至想过,即便不回里斯本,只要能够离开这个国家,那么,去任何地方都无所谓吗?无论是中国、暹罗,还是印度,都不在话下——总之,乡愁并没有涵盖自己的全部忧郁,自己只是想早日逃离这个国家罢了。但是——但是,这个国度的风景是那么美丽,而且气候又是那么温和宜人……"

沃尔甘迪诺发出了一声长长的叹息。这时,他的视线无意中落在那些灰白色的樱花上,对,就是那些凋零在树荫下青苔上的樱花。啊,樱花!沃尔甘迪诺不胜惊讶地注视着幽暗的树丛。只见在四五株棕榈树中间,有一棵枝头低垂的樱花树挂满了花朵,迷离扑朔得恍若梦境一般。

"主啊,求您保佑我!"

蓦地,沃尔甘迪诺甚至想靠画十字来降服恶魔。事实上,有那么一刹那,暮色中盛开的垂樱在他眼里,竟化作了令人毛骨悚然的存在。不,与其说是令人毛骨悚然,不如说这棵垂樱本身就变成了使他莫名不安的日本国的象征。但很快他就发现它没什么神奇的,而不过是一株普通的樱花树。于是,他一边害臊地苦笑着,一边迈着乏力的脚步,静静地沿着来路踅了回去。

三十分钟以后,他来到南蛮寺的正殿向天主祈祷。在那儿,唯有从圆形屋顶上垂吊而下的灯盏。而在灯光的照耀下,正殿四周的湿绘壁画上，圣米格尔①正在和地狱的恶魔争夺着摩西②的尸骸。不过，或许是因为今夜朦胧的月光吧，威武的大天使自不用说，就连咆哮着的恶魔也比往日增添了几分优美。当然，也可能是得益于那些娇嫩欲滴的蔷薇花和金雀花吧。它们供奉在祭坛前面，散发出一阵阵的幽香。他伫立在祭坛后面，屏息静气地低垂着头颅，全神贯注地开始了祈祷：

"南无大慈大悲的天主如来！自乘船离开里斯本，我就把自己的性命托付给了您。因此，为了弘扬十字架的光辉，无论遭遇何等险阻，我都毫不胆怯地走了过来。当然，这绝非鄙人力所能及之事，而全都是天地之主——您的恩宠所致。然而，居住在日本，使我渐渐明白了自己的使命有何等艰难。无论是这个国家的山峦和森林，抑或是人烟稠密的城镇，无不潜藏着某种神秘的力量。而且，它们总是在冥冥之中阻挠着我的使命，否则，我就不可能像近来这样毫无理由地陷落于忧郁的深潭了。可那种力量又是什么呢？——我却懵然不知。总之，那种力量就恰如地下的泉水一般，渗透到了这个国家的每一处细枝末节。啊，南无大慈大悲的天主如来！倘若不打破那种力量，那么，沉溺于邪门歪教的日本人或许就永远也不会降服于天界的庄严吧。这几天来，我为此倍感烦闷。求天主赐予您的仆人——沃尔甘迪诺以勇气和耐心！"

这时，沃尔甘迪诺觉得，耳旁仿佛传来了一阵雄鸡的啼鸣。但他毫不在意，只是兀自继续祈祷：

"为了履行自己的使命，我不得不和潜藏在这个国家山水中的魔力——很可能是人所看不见的幽灵——进行战斗。过去，我主曾将埃及的军队淹没在红海之底③。而这个国家的幽灵之强大，绝不

---

① San Miguel，大天使的名字。
② Mose，《圣经》旧约中出现的古代以色列民族的领袖。被誉为犹太教的立法者。
③ 典故出自《圣经·旧约·出埃及记》。指摩西带领犹太人逃出埃及的传说。

亚于埃及的军队。求主保佑,也让我像古代的预言家那样,在与幽灵的搏斗中……"

不知何时,祈祷的话语从他的唇边消失了,而在祭坛的周围却蓦地传来了喧闹的鸡鸣。沃尔甘迪诺有些迷惑不解地环顾着四周。只见在他身后,一只耷拉着白色尾巴的雄鸡正挺着胸脯站在祭坛上,俨然迎来了黎明一般,高声地打鸣。

沃尔甘迪诺一下子飞身跳将起来,张开袈裟的双臂,于惊慌中试图赶走这只雄鸡。但他刚跨出两三步,声嘶力竭地叫了声"我的主",就愣在原地一动也不动了。原来,在这昏暗的正殿里,不知不觉之间飞来了无数的雄鸡——它们要么在空中飞来飞去,要么在地上东奔西跑,以至于沃尔甘迪诺的视线此刻早已被淹没在了鸡冠的海洋里。

"主啊,请您保佑我!"

他又想在胸前画十字了。但奇怪的是,他的手竟然就像是被老虎钳死死夹住了一样,根本无法自由地动弹。不久,在正殿里,不知从什么地方流泻出恍若炭火一般的红色光芒。与此同时,沃尔甘迪诺一边喘息着,一边看到无数憧憧的人影在朦胧中浮游过来。

转眼之间,那些人影就变得清晰起来了,原来是一群从未见过的朴素男女。他们的脖子上全都悬挂着用丝线穿缀起来的玉佩,煞是兴奋地闹腾着。等他们的身影现出清晰的轮廓,聚集在正殿里的无数雄鸡就更是提高了嗓门,开始齐声打鸣。与此同时,正殿的墙壁——就是那描绘着圣米格尔战斗场面的墙壁——便蓦然间如同烟雾一般,被黑夜吞噬殆尽了。而在同一个地方,此刻是日本的 Bacchanalia① 恍若海市蜃楼一般飘浮在瞠目结舌的沃尔甘迪诺眼前。他看见,在红色的篝火映照下,那些身着古代服装的日本人正

---

① 拉丁文,即酒神狂欢节。但下文描述显然参照了日本神话中"天之岩户"的传说。

围坐在一起，相互举杯豪饮。中央的一个女人——属于那种在日本尚未见过、体格健硕的女人——正在匍匐着的巨大木桶上疯狂起舞。木桶的后面，是一个壮实得如同小山丘一般的男人，他正把玉佩和镜子之类的东西悠然地放到连根拔起的杨桐树枝上。在他们的周围，数百只雄鸡相互磨蹭着尾巴和鸡冠，从不间断地发出兴奋的鸣叫。而更让沃尔甘迪诺难以置信的是，对面有一块巨大的磐石巍然矗立在夜雾之中，俨然就像是这石窟之屋的大门。

站在木桶上的女人一直不停地跳着。她头上的发蔓在空中飘舞着，挂在脖子上的玉佩相互摩擦着，发出冰雹般的碰撞声。她手握竹枝，纵横挥动着，生出一股股冷风。对了，还有她那裸露的胸脯！被篝火的红光一照，两个光艳动人的乳房在沃尔甘迪诺的眼里，简直就化作了情欲本身的代名词。他一边默念着天主的名字，一边试图把头扭向别的地方。但不知是受到什么神秘力量的作用，他竟无法挪动自己的身体。

不一会儿，沉默陡然降临在那群梦幻般的男女身上。就连那个站在木桶上的女人，也仿佛如梦初醒似的停止了疯狂的舞蹈。不，甚至那些竞相啼鸣的雄鸡，也都只是伸长着脖子，一齐变得鸦雀无声了。而就在这片沉默之中，不知从什么地方传来了一个女人庄严的声音——那种永远也不会失却美丽的声音。

"只要我一藏匿到这儿，世界不是就变得一片漆黑了吗？瞧，诸神正幸灾乐祸地闹腾着呢。"

就在这声音消失于夜空中的同时，站在木桶上的女人环视了大伙儿一眼，沉静得出乎人意料地回答道：

"那是因为新来了能够打败你的神明，大伙儿正兴高采烈地庆祝呢。"

所谓新来的神明，或许就是指的天主吧——正是被这个念头驱使着，沃尔甘迪诺才略有兴致地关注着眼前这奇特梦境所发生的变化。

好一阵子，那种沉默都没有被打破。但忽然之间，就在那群雄鸡开始齐声打鸣的同时，对面那块阻挡住夜雾的、恍若岩屋大门似的磐石，竟然朝左右两边徐徐地打开了。而且，正是从那磐石打开的罅隙中，成千上万道美妙的霞光如同决堤的洪水一般倾泻而入。

沃尔甘迪诺差一点就要惊叫起来，但舌头却怎么也动弹不了。他试图抽身逃遁，可腿脚却被钉在了原地。在眼前那些强光的刺激下，他感到自己的大脑开始晕眩得厉害。而且他听见，在那片霞光中，众多男女的欢笑声正气势磅礴地升向天空：

"大日霎贵①！大日霎贵！大日霎贵！"

"根本就没有什么新来的神明！根本就没有什么新来的神明！"

"所有逆你者必亡！"

"瞧，黑暗正在消失。"

"放眼望去，到处都是您的山峰、您的河流、您的城镇、您的海洋。"

"根本就没有什么新来的神明！他们无一不是您的仆人。"

"大日霎贵！大日霎贵！大日霎贵！"

在此起彼伏的欢呼声中，沃尔甘迪诺出了一身冷汗。他刚一发出某种痛苦的叫喊，就猝然昏倒在地上……

那天夜里，接近三更时，沃尔甘迪诺才终于从昏迷的深渊中恢复神志。诸神的叫喊似乎还回荡在他的耳畔。但环视周遭，只见在万籁俱寂的正殿里，唯有圆形屋顶上的吊灯还像方才一样朦胧地照射在壁画上。沃尔甘迪诺一边呻吟着，一边缓缓地离开了祭坛后面。那种梦境究竟意味着什么，他无从知道，但唯有一点是确切无疑的：那梦境的制造者，绝不会是天主。

---

① 日本的太阳之神，即天照大神，被信为日本天皇的祖先。

"和这个国家的幽灵战斗……"沃尔甘迪诺一边走着,一边情不自禁地自言自语道,"和这个国家的幽灵战斗,远比想象的还要艰难呢。到底是会赢,还是会输呢?……"

就在这时,一句轻轻的啜嚅声传到了他的耳边:

"会输的!"

沃尔甘迪诺有些惊惧地循着声音望了过去,但和先前一样,那儿除了幽暗的蔷薇和金雀花以外,不见一丝人影。

第二天傍晚,沃尔甘迪诺也同样在南蛮寺的庭院里悠然漫步。但他的蓝眼睛里,却流露出某种快活的神色。因为在今天一天里,就有三四个日本武士加入了信徒的行列。

庭院里的橄榄树和月桂树悄然无声地耸立在黄昏的幽暗中。搅扰这片沉默的,就只有寺院的鸽子返回屋檐上的巢穴时,在空中振动翅膀的声音了。蔷薇的芳香、沙粒的潮润———一切都是那么祥和,就仿佛回到了古代的某个傍晚,有着翅膀的天使们嚷嚷着"瞧那女孩多美啊",从而降临人间,逐爱求婚。

"看来,在十字架威严的光辉面前,污秽的日本幽灵也难有胜算。但是,昨天夜里的幻觉呢?——对了,那不过是幻觉罢了。恶魔不是也曾经在圣安东尼奥①面前制造过那样的幻觉吗?其证据就是,今天一天之间就又增加了好几名信徒。不久,在这个国家的每个地方,都将建起天主的教堂吧。"

沃尔甘迪诺就这样一边思忖着,一边沿着铺满红沙的小径信步溜达着。突然,有人从背后悄悄拍打着他的肩膀。于是,他回过头往身后看去,唯见夕阳的余晖淡淡地飘漾在小径两旁那些梧桐树的嫩叶上。

---

① Antonio de San Bondventura(251?—356),埃及人。修道院制度的创始人。

"主啊,请你保佑我!"

他就这样喏喏着,把头徐徐掉了回来。不料,不知何时身旁出现了一个老人。就像在昨夜的梦境里所看见的那样,老人的脖子上挂着一串玉佩,身影有些模糊,正在他身边缓缓移动着步履。

"你是谁?"

沃尔甘迪诺吃了一惊,不由得停住了脚步。

"我是谁都无所谓吧。我只不过是这个国家无数幽灵中的一个。"老人面带微笑,和蔼可亲地回答道,"喂,我们一起散散步吧,我来只是想和你聊聊罢了。"

沃尔甘迪诺在胸前画了个十字,但老人对他的这个动作没有表现出丝毫的恐惧。

"我并不是什么恶魔。请看看这玉佩,还有这柄剑。倘若它们会受到地狱之火的焚烧,就不可能如此洁净。你还是停止念诵什么咒文吧。"

沃尔甘迪诺面带难色,不情愿地叉起双手,和老人一起向前走去。

"你是来传播天主教的,"老人静静地开口说道,"或许这也不是什么坏事吧。但即便天主来到这个国家,最终也是必输无疑的。"

"天主是万能的主,所以……"沃尔甘迪诺开口回应道,就像是突然恢复了神志一样,他换成了平常在这个国家的信徒面前说话时的郑重口吻,"理应没有任何东西能够战胜他。"

"可事实上,就是存在着那样的东西。且听我细细道来:不远千里跨洋而来的,并不只是天主。孔子、孟子、庄子——除此之外,从中国还来了无数的哲人。而且,当时这个国家才刚刚诞生。中国的哲人们除了道以外,还带来了吴国的绢丝、秦国的玉石等种种东西。不,甚至带来了比上述珍宝更加贵重的灵妙之物——文字。但中国是否就因此而征服了我们呢?比如,就看看文字吧!文字不仅没有征服我们,反而被我们征服了。在我过去认识的土著人中,有一个名叫柿本人麻吕①的诗人,他创作的七夕和歌至今还在这个国家代代流传,你不妨读一读吧。其中歌咏的不是牛郎织女的故事,而是彦星和棚机津女的爱情。响彻在他们枕畔的,就恰如这个国家的河流一样,是那种清澈的银河所发出的潺潺水声,而不是像中国的黄河和长江那样的滚滚涛声。但比起和歌,更值得讨论的应该是文字吧。人麻吕为了记录下那些和歌,而使用了中国的文字。但与其说是利用了文字的意义,不如说只是利用了文字的发音。即便在'舟'这个文字传入之后,'ふね'还是一直读作'fune'。否则,我们的语言也就变成了中国话吧。这便是保佑了人麻吕,不,应该说是保佑了人麻吕之心灵的吾国神明的力量。不仅如此,中国的哲人们还把书法传到了这个国家。空海、道风、佐理、行成——我常常悄悄走近他们身边,看见他们手里的字帖无不是中国人的墨迹,但从他们的笔下却渐渐诞生了一种崭新的美。他们的文字不知不觉地演变成了既非王羲之,亦非褚遂良的日本人自己的文字。然而,我们取胜的并不仅限于文字。我们的呼吸甚至就像海风一样调和了老儒之道。请看看这个国家的土著人吧。他们相信,因为孟子的著作容易触犯我们,所以,一旦船只装载了孟子的著作,那它肯定会覆没在大海里。尽管科户之神②还不曾干过这样的恶作剧,但从这样的信仰中,也可以朦胧地感受到这个国家的神明所拥有的力量吧。你不这样认为吗?"

沃尔甘迪诺茫然地回过头,凝望着老人的脸。他原本就疏于了解这个国家的历史,此刻对老人的一番雄辩更是一知半解。

---

① 日本7世纪末到8世纪初的诗歌人。《万叶集》中收有他大量的和歌。
② 即风神的异称。

"在中国哲人们之后,接踵而至的是印度王子悉达多……"

老人一边继续说着,一边用手摘下路边的蔷薇花,愉快地凑近鼻子,闻着花儿的芳香。不过,在蔷薇花被摘掉后的枝头上,依旧残留着其他的花朵。老人手里的花儿虽然颜色和形状都与树上的花儿看似一样,但不知为什么,却让人总觉得像雾霭一般扑朔迷离。

"结果,佛陀的命运也如出一辙。不过,一一讲述这种事情,或许只会徒增您的无聊罢了。只有一点想提请您注意,那就是有关本地垂迹①的教诲。这一教诲使本地的土著人把大日霎贵和大日如来看作了同一个神明。那么,这算是大日霎贵的胜利呢?还是大日如来的胜利呢?就让我们做这样的假设吧——就算现在这个国家的土著人不知道大日霎贵,而有不少人知道大日如来,可是,他们在梦中所看到的大日如来,与其说长着印度佛像的面容,不如说带着更多大日霎贵的影子吧。我也曾和亲鸾、日莲一道,去菩提双树②的花丛后面散步。他们所仰慕的,并不是被圆光笼罩着的黑人,而是温柔而威严的上宫太子③的兄弟——还是履行我的诺言,停止唠叨这种话题吧。总之,我想说的就是,即便天主来到这个国家,也是不可能获胜的。"

"请等等。尽管您那么说,"沃尔甘迪诺不由得插嘴道,"可今天还有三个武士皈依了天主教呢。"

"还会有很多人皈依的吧。如果仅仅是指皈依的话,那么,这个国家的大部分人不是都皈依了悉达多的宗教吗?但所谓我们的力量,并不是指那种破坏的力量,而是指改造的力量。"

老人一下子扔掉了手中的蔷薇花。花儿刚一离开他的手掌,就

---

① "本地"即佛、菩萨的本体,而"垂迹"则是指佛、菩萨为教化众生而临时现身。
② 释迦牟尼升天时,在他卧床的四周,据说各有两棵彼此相生的菩提树。此处即源于这一传说。
③ 即圣德太子(574—621),用明天皇的皇子,推古天皇的皇太子。佛教的保护者。

倏然消失在了夕暮的夜色中。

"您是说改造的力量吗？可那并非你们特有的力量啊。无论哪个国家——比如被称之为希腊诸神中的那些恶魔，不是也……"

"伟大的潘神①已经死了。不，或许什么时候，潘神也会重新复活的吧。但是，我们却还一直这样好端端地活着呢。"

沃尔甘迪诺有些好奇地乜斜着老人的面孔。

"你居然知道潘神？"

"你说什么呀？在西国大名②之子从西洋带回来的洋文书里，不是就有他吗？——还是再回到刚才的话题吧。即便那种改造力不是我们独有的力量，但也千万不能小看哟。不，毋宁说正因为如此，你们才更应该引起注意吧。要知道，我们毕竟是古老的神明啊，是像希腊诸神一样，亲眼目睹了世界黎明的神呢。"

"但不管怎么说，天主都会取胜的。"

沃尔甘迪诺再一次倔犟地重复着同样的话语。但老人就像是充耳不闻似的，继续慢慢说道：

"四五天之前，我无意中碰到了在西国海滨上岸的希腊船夫。那个船夫并不是神，而不过是一个普通人罢了。我和他坐在月光下的岩石上，听他讲述各种各样的事情。比如被独眼神抓住的故事，女神将人变成野猪的故事，还有音色甜美的美人鱼的故事等等——你知道那个船夫叫什么名字？告诉你吧，从遇见我的时候起，他就变成了这个国家的土著人。据说他如今取名叫百合若③。所以，你也要当心哟，千万别说天主就一定能够取胜。无论天主教如何弘

---

① 即 Pan，希腊神话中森林、畜牧、狩猎之神。被称为喜欢舞蹈和快乐的神。
② 即日本九州的天主教徒大名，指大友、大村、有马三人。1582 年曾派遣东佑益等少年使节团前往罗马，1590 年回国。
③ 引用自百合若的传说故事。据说是源于荷马史诗《奥德赛》，百合若则是仿效其主人公尤利西斯而创作出来的人物。

扬光大,都不能断言它一定能够取胜。"

老人的声音渐渐小了起来。

"没准天主本人也会变成这个国家的土著吧。中国和印度不是也都变了吗?西洋也不能不变。我们在树林里,在浅浅的水流里,在掠过蔷薇花的微风里,在残留于寺院墙壁上的夕照里。总之,我们无时不在,无处不在。你得当心哟。你得当心哟……"

这声音刚一结束,老人就像影子一般蓦地消失了。与此同时,从教堂的塔楼上传来了"万福马利亚!"的钟声。这钟声也飘落在了紧蹙着眉头的沃尔甘迪诺身上。

南蛮寺的沃尔甘迪诺神父——不,并不只限于沃尔甘迪诺。一个高鼻子的红头发洋人正悠然地曳着袈裟的下摆,从飘漾着黄昏余晖的、悬空的月桂树和蔷薇花中间,回头走向陈列着一对屏风的地方。那是一对三个世纪以前的屏风,上面描绘着南蛮船只驶入港口的情景。

再见了,沃尔甘迪诺!此刻你正和你的伙伴们一起,一边徜徉在日本的海滨,一边眺望着那在金泥的彩霞中高扬着旗帜的南蛮巨船。到底是天主取胜呢?还是大日霎贵取胜呢?——即便是现在,也还无法定夺,但这是一个不久将由我们的事业来作出决断的问题。你就从那往昔的海岸边静静地看着我们吧。即使你和那幅屏风中牵着狗的南蛮船长,还有撑着阳伞的黑人小孩一起沉入了忘却的睡眠中,但那重新出现在水平线上的黑船[①]所发出的炮击声,也总有一天会打破你们的睡梦。而在此之前——就再见了吧,神父沃尔甘迪诺!南蛮寺的沃尔甘神父!

大正十一年(1922)一月

---

① 江户时代,从欧美各国来的船只都被统称为黑船。

斗 车

杨　伟译

　　在小田原与热海之间开工铺设小火车铁道，说来还是在良平八岁那年。他每天都到村头去看工程的进展。说是一项工程，其实，不过就是用斗车搬运泥土而已——良平正是对此兴趣盎然才特意跑去看热闹的。

　　在装好了泥土的斗车上站着两个土方工人。因为斗车是顺着山坡往下滑行的，所以，不用人力来推，它也会自动飞奔起来。斗车晃动着底座朝前奔驰，车上工人那号衣的下摆随风飘曳，而狭长的路轨则曲曲弯弯，逶迤向前——眼望着这样的景色，良平真的好想当一名土方小工。他还巴望着与土方工人一起坐坐那斗车，哪怕是一次也行。斗车一来到村头的平地上，自然就停了下来。与此同时，工人们飞身跳下斗车，很快将车上的泥土全部倾倒在路轨的尽头处，然后又推着斗车，沿着来路开始向上爬行。这时，良平会禁不住想，就算是坐不了斗车，但只要能用手推推它，也就心满意足了。

　　某一天的黄昏——那是在二月的上旬，良平带着小他两岁的弟弟，还有一个和弟弟同龄的邻家小孩，一起来到了停着斗车的村头。几辆斗车粘满了泥土，排列在幽暗的光线中。但除此之外，便再也找不见那些工人的影子了。三个小孩战战兢兢地走上前去推最边上的斗车。他们齐心协力使劲一推，没想到斗车竟发出了咕咚一声，而车轮也随即转动了起来。良平被这响声惊吓得打了个寒战。

但车轮第二次发出响声时,良平就不再害怕了。咕咚,咕咚——伴随着这样的声音,斗车被他们仨用力推着,沿着路轨向上缓缓爬行。

不一会儿,斗车就走出了约一二十米远。这时,路轨的坡度忽地变得陡了起来。无论他们仨怎么用力猛推,斗车都一动也不动。弄不好,很可能三个人也随着斗车一道滚回原来的地方去。良平觉得时机已到,于是,就向两个比他小两岁的孩子发出了信号:

"喂,上车吧!"

他们一齐松开双手,飞身跳上了斗车。一开始,斗车还是缓缓而动,然后势头变得越来越猛,顺着路轨一溜烟滑将下去。与此同时,途中的风景就仿佛拦腰断成了两半似的向两侧分开,在他们眼前铺陈开来。——感受着傍晚扑面而来的凉风,良平几乎高兴得忘记了一切。

不过,两三分钟以后,斗车便回到原来的地方戛然停了下来。

"来,再推一次。"

良平和两个比自己还小的孩子一起,又试图将斗车推上山坡。但不等车轮开始转动,忽然从他们的身后传来了谁的脚步声。不仅如此,那脚步声还顷刻间化作了下面的谩骂声:

"这帮混蛋!谁答应让你们动斗车的?"

只见那儿站着一个高个子的土方工人,他穿着陈旧的号衣,头上戴着一顶不合时令的麦秸草帽。一看见这人,良平便早已和另两个小孩子一道逃出了十来米远。——从那以后,良平有事外出回来时,即便看见斗车停在阒无人影的工地上,也不敢斗胆去坐了。当时那个土方工人大声吼叫的模样,至今仍清晰地镌刻在良平脑海的某个角落里。一顶小小的黄色麦秸草帽总是闪现在傍晚昏暗的光线中——然而,就连这样的记忆也一年一年地褪色淡化了。

那以后又过了十几天。良平兀自一人伫立在午后的工地上,看着斗车行驶过来。只见除了装满泥土的斗车以外，还有一辆运载枕木的斗车，沿着铺设干线用的粗轨往上爬行。推这辆斗车的是两个年轻人。从一看见这两个人的时候起，不知为什么，良平就涌起了一种莫名的亲近感。"这样的人，是决不会斥责我的。"——他就这样思忖着，朝斗车那边跑了过去。

"叔叔，让我来帮你们推吧！"

不出所料，果然其中一个人——身穿条纹衬衫的那个男工，依旧一边低着头推车，一边爽快地回答道：

"喔，来推吧！"

良平钻进两个工人中间，开始拼命地推了起来。

"你这个小鬼还真有力气呢。"另一个人——把烟卷夹在耳朵上的那个男工，也这样称赞着良平。

推了一会儿，铁轨的坡度渐渐变得平缓起来。"已经不用推了。"——他们该不会这样说吧？一想到这儿，良平就感到忐忑不安起来。但两个年轻的工人仍旧一声不吭地继续推车，只是比刚才稍微挺直了腰板而已。良平终于忍耐不住，战战兢兢地问道：

"我可以一直推下去吗？"

"当然可以。"

两个人同时回答道。良平心里直想：这真是两个好心人。

又推了五六百米远，轨道的坡度再次陡了起来。只见附近两侧的柑橘地里，无数橙黄的果实正沐浴着阳光。

"还是上坡路好，因为这样就会一直让我推了。"——良平一边这样想着，一边使出浑身的力气来推着斗车。

从柑橘地中间爬完了上坡，轨道又突然开始变成了下坡路。穿着条纹衬衫的男工对良平说了声："喂，上去吧！"于是，良平一下子跳了上去。就在三个人跳上去的同时，斗车已经一边撩拨起柑橘地的香气，一边在轨道上一溜烟似的滑行开来。"坐车比推车棒多了!"——良平听任自己的外衣鼓满风儿,思忖着一个理所当然的道理。"来的时候推得越多,回去时坐得也就越久。"他甚至还涌起了这样的念头。

一来到长满竹林的地段,斗车便停止了飞奔。三个人又像刚才一样,开始推沉重的斗车。不知什么时候,杂木林已经取代了竹林。在这上坡的途中,随处是积留的落叶,几乎淹没了生满红锈的铁轨。好不容易爬完了这道上坡,只见高高的悬崖对面,延展着寒意轻笼的辽阔大海。与此同时,良平的脑海里蓦然掠过了一个清晰的念头:看来,自己已经走得太远了。

三个人又坐上了斗车。斗车靠着大海的左侧从杂木林的树梢下穿行而过。但良平已经再也不像刚才那样兴趣盎然了。"要是这就回去便好了。"——他甚至这样暗暗祈求道。当然他也知道,如果不抵达目的地,不管是斗车,还是他们仨,都是不可能回去的。

斗车接下来停靠在一家茶馆前面。茶馆背后是一座开凿过的山峦,而屋顶则是用茅草铺葺的。两个工人一走进茶馆,就和背着乳婴的老板娘搭讪着,开始优哉游哉地喝起茶来。良平一个人在斗车旁边焦躁不安地转来转去。他发现,刚才那些飞溅在斗车结实底座上的烂泥也早已干了。

少许之后,走出茶馆时,那个刚才在耳朵上夹着香烟的工人(此刻已经没有香烟夹在上面了)把一包裹在报纸里的粗点心递给了站在斗车旁的良平。良平冷淡地说了声"谢谢",但他马上意识到,如此冷淡显然对不住对方。为了掩饰自己的冷淡,他把一块粗点心塞进了嘴巴里。点心渗透着一股报纸特有的石油气味。

三个人又开始推着斗车,朝舒缓的斜坡往上爬了。良平把手搭在车身上,心不在焉地琢磨着别的事情。

沿着这个山坡往前一直下到山脚,又有一家同样的茶馆。当工人们走进茶馆之后,良平兀自坐在斗车上,脑子里只顾盘算着回去的事情。夕阳的余晖刚才还照射在茶馆前盛开的梅花上，但此刻也渐渐地消失殆尽了。"太阳就要下山了。"——想着想着，他觉得再也不能这样傻傻地坐下去了。他开始用脚踹斗车的车轮了，明明知道自己一个人奈何不了斗车，可还是哼哼唔唔地使劲推着——他想借助这一切来化解心中的焦虑。

可是，工人们走出茶馆之后，一边把手搭在斗车的枕木上，一边不假思索地对良平说道：

"小鬼，你可以回去了。我们今天要住在那边呢。"

"回去太晚的话，你家里人会担心的。"

一瞬间里，良平给吓得愣住了。天就要黑下来了，去年年末尽管和母亲一道来过岩村，但今天的路程已经有那时的三四倍了。而此刻自己却不得不一个人走着回去……良平顿时对事态的严重性恍然大悟了。他几乎快要哭出声来，但又转念一想，哭是无济于事的，而且，现在还远不是哭的时候。他极不自然地朝两个年轻的土方工人行了个鞠躬礼，然后沿着铁轨大步跑了起来。

好一阵子，良平都顺着轨道拼命地奔跑着。不一会儿，他发现怀中的点心包有些碍事，于是把它扔向了路边，并把木底草屐也脱下来一并扔了出去。尽管细碎的石砾直接扎进了他薄薄的布袜子里，但腿脚倒确实是轻松了许多。良平感到大海就在自己的左面，顺着陡急的坡道跑了上去。泪水不时地涌上眼眶，让他的脸庞也不禁变得有些扭曲了。——无论他怎样强忍住泪水，鼻子却还是抽搭个不停。

从竹林旁穿越而过之后，只见日金山天际的晚霞也已经快要消失殆尽了。良平越发感到不安起来。或许是因为来时和去时的情况有所不同吧，景物的殊异也令人不胜忧虑。这时，发现身上的衣服也早已被汗水浸透，而自己还得继续拼命赶路，所以，他把和服外褂也脱下来扔到了路边。

来到柑橘地的时候,周遭已经越来越暗了。"只要能够活命就成——"良平抱着这个念头,不管是滑倒了,还是绊了跤,都继续向前跑着。

当终于在遥远的暮色中看见村头的工地时,良平一咬牙,真想大哭一场。尽管他哭丧着脸,但最终还是没有哭出来,而是继续朝前飞跑。

一进入自己的村庄,只见两边的人家已经亮起了灯光。借助电灯光,良平也能清楚地看见,自己汗淋淋的头上正直冒热气。不管是正在井边取水的妇女们,还是正从农田里种植归来的男人们,看见良平气喘吁吁地跑过来,都不禁问道:"你这是怎么啦?"但良平却一声不吭,从杂货铺、理发店等灯火通明的房屋前默默地一跑而过。

当他跑进自己的家门时,终于忍不住哇的一声哭了出来。那哭声将父母一下子聚集到了他的身边。特别是母亲,一边安慰他,一边抱住了他的身体。但良平却手舞足蹈地挣扎着,还一边不停地抽泣。或许是因为良平的哭声太过尖厉吧,以至于邻近的四五个妇女也一起涌到了良平家昏暗的门口。良平的父母自不用说,就连那些邻居们也异口同声地询问着良平哭泣的缘由。但无论别人说什么,良平都只是一个劲儿地啜泣着。从老远的地方跑回来之后,现在再回想起一路上的惊吓,他不禁觉得,再怎么号啕大哭都是不解气的……

良平二十六岁那年,偕同妻子来到了东京。如今他在某家杂志社的二楼,手执红笔负责校对工作。但是,他时常会毫无理由地回想起小时候的自己。真的是毫无理由吗?——反正,在因尘世的劳作而精疲力竭的他面前,就像当年那样,此刻也同样断断续续地延伸着一条细长的道路,路上还有着幽暗的竹林和山坡……

大正十一年(1922)二月

报 恩 记

艾　莲译

阿妈港甚内的话

我叫甚内。姓么……嗯，很久啦，大家一直叫我阿妈港甚内。阿妈港甚内这名字——您也听说过吧？别这样，用不着惊慌，我就是您知道的那个有名的大盗。不过，今儿晚上登门，不是来行窃的，请尽管放心。

听说，在日本的神甫中，您是位德高望重的人。跟一个强盗待在一起，哪怕就一会儿，想来也是不情愿的。但是，您绝料不到，我也并非只干打家劫舍的营生。想当年，吕宋助左卫门应召到聚乐殿，他手下有名当差，确实名叫甚内。还有，利休居士有只珍爱的水罐，名"红头"，是位连歌师送的，听说本名也叫什么甚内。对了，两三年前，大村那儿有名通译，写了本《阿妈港日记》，不是也叫甚内么？另外，在三条河边斗殴，救了麦克唐纳船长的那个和尚，在堺市妙国寺门前卖南蛮药的商人……那些人，要提名道姓的话，全都叫什么甚内的。对了，比这更要紧的，是去年有个教徒，把装着圣母马利亚指甲的黄金舍利塔献给了圣·弗朗西斯科教堂，依然叫甚内。

至于他的经历，很抱歉，今晚没工夫一一细说。只是请您相信，我阿妈港甚内，跟世上普通人没有两样。是吗？那我就把来意简短说一下吧。我来是求您给一个人的灵魂做弥撒的。不，他不是我的亲人。也不是我的刀下之鬼。名字吗？名字——唉，说出来好不好，我也没谱儿。我想为一个人的灵魂——要不，就算为一个叫"保罗"的日本人，祈求冥福吧。不行吗？——也难怪，阿妈港甚内托您办这种事，哪会一口就答应下来呢。那好吧，我就把事情的来龙去脉说一说吧。不过，您得答应我，不论对死人活人，决不走漏半点口风。凭您胸前挂的十字架，您能保证吗？哎呀——太失礼了，请原谅。（微笑）我一个强盗，竟怀疑起您这位堂堂神甫，真是不自量呀。可是，要是不能信守这一条，（突然严肃地）即便不受地狱的火刑，也要遭现世的报应噢。

那是两年多前的事了。在一个寒风呼啸的半夜里，我化装成一个行脚僧，在京城里转悠。我这么转悠，并非打那夜开始。总共五夜，一过初更，就神不知鬼不觉，偷偷去窥探人家的门户。至于所为何事，当然就不必说了。尤其那时，我正想出洋去马六甲，额外要一笔钱。

当然，街上早已没有行人，天上只有星星闪闪发亮，寒风呼呼狂啸，片刻不停。我沿着黑魆魆的屋檐底下走，来到小川町，在十字路口拐角，忽然看见有座大宅子。那是京城有名的北条屋弥三右卫门的府邸。虽说都是做的海上生意，北条屋到底比不上角仓家。不过，好歹也有一两条船，走暹罗，走吕宋，算得上是家富商。我不是冲着这家来的。既然撞上了，便有意做回买卖。方才我说过，夜已经很深，又刮着风——这对干我们这种营生的，真是天假其便。我把竹笠和禅杖藏在路边消防桶后面，一下子就翻过墙头。

您不妨听听，世人是怎么传的。阿妈港甚内会隐身术——谁都这么说。您当然不会像世人一样，把这当真。我既不会隐身术，也没有魔鬼附体。只不过在阿妈港①时，跟个葡萄牙的船医学过一些

---

① 即澳门的古称。

穷理之学①。要是实地去用，像扭断大铁锁、撬开重门闩之类，不费吹灰之力。（微笑）从前行窃没这种办法——在日本这个没开化的国家里，跟十字架、洋枪洋炮一样，都是舶来品。

不大会儿工夫，我就进了北条屋家里。在黑乎乎的廊子上走到头，想不到半夜三更，有间屋子不仅透出灯光，还有说话声。看周围情形，像一间茶室。难道是"寒夜风吹且饮茶"么？——我不由得苦笑，蹑手蹑脚走了过去。倒不是怕说话声碍我的事，其实，这间精致的茶室里，宾主的风雅情趣，赏心乐事，更引起我的兴趣。

一挨近隔扇，果然听见茶釜里水声沸腾。可是出乎我意料的，是听见有人在边说边哭。谁在哭——用不着再听，我登时就明白，哭的是个女人。在这样一个富商家的茶室里，深更半夜里有女人哭，这事可不寻常。幸好隔扇开了一道缝，我便屏息静气，朝茶室里张望。

灯光下，只见壁龛里，挂着一幅古色古香的色纸②，花瓶里插着秋菊——这茶室，果然有种枯淡闲寂的雅趣。壁龛前——正对着我，坐着一位老人，大概就是主人弥三右卫门吧。他穿了一件细藤蔓花纹的外褂，胳膊抱在胸前，一动不动，从旁看过去，像是在听茶釜的开水声。坐在下手的，是位端庄的老太太，发髻上插着簪子，只见一个侧脸，不时地抹眼泪。

"生活虽说富裕，看来也有本难念的经哩。"——我这样一想，不禁露出了微笑。微笑——我这么说，倒并非对北条屋夫妇有什么恶意。像我这种人，一个背了四十年恶名的人，对别人——尤其是

---

① 推究事物的道理。语出《易经·说卦》：穷理尽性，以至于命。至宋，称为"穷理之学"。
② 日本特有的一种用来书写和歌、俳句和书画的方形纸板，纸面多饰以金银箔与各种彩色花纹图案。

富贵人家的不幸,自然要幸灾乐祸了。(表情残酷)当时,看这对老夫妇相对悲叹,就像看歌舞伎一样开心。(讽刺地笑)不过,要说看小说,不单是我,谁都爱看故事悲惨的,准没错儿。

过了一会儿,弥三右卫门叹了口气说:

"遇上这种倒霉事儿,你哭你喊,也挽回不来。我主意已定,明天就把伙计全辞掉。"

这时,一阵狂风刮得茶室直响,盖过了说话声。老夫人说的什么,没听清楚。主人点了点头,手叉着放在腿上,抬眼望着竹编的顶棚。粗黑的眉毛,高耸的颧骨,尤其那长长的眼梢——这张脸,我越看越觉得面熟,好像以前见过。

"主啊,耶稣基督!请赐勇气予我们夫妇吧……"

弥三右卫门闭着眼睛,喃喃地祷告。老太太也同丈夫一样,在祈求上帝的保佑。这工夫,我一直不眨眼地盯着弥三右卫门的脸。又是一阵狂风吹过,心中忽然一闪,想起二十年前的旧事。凭这段记忆,我清清楚楚认出了弥三右卫门的面容。

提起二十年前的旧事——算了,不去提了,只简单说说事由吧。我到阿妈港的时候,有个日本船长救了我一命。当时彼此也没通姓名,就那么分了手。眼前看到的这个弥三右卫门,准是当年的那位船长。我很惊讶,竟有这种巧遇。我不眨眼地看着这老人的面孔。不错,那宽阔厚实的肩膀,骨节粗大的手指,似乎还透着股珊瑚礁的潮水气和檀香山的香味儿。

弥三右卫门做完长长的祷告,沉静地对老太太说道:

"往后一切照上帝的意旨办吧——正好,茶釜里水也开了,给我倒杯茶吧?"

老太太忍住刚冒出来的眼泪,有气无力地答道:

"好吧——可我不甘心的是……"

"算了,你说的都是傻话。北条丸沉了也罢,贷出的款子全泡汤也罢……"

"不,我说的不是这个。我是想,哪怕儿子弥三郎能留下来也好,可……"

听了两人的话,我又微微一笑。这回可不是因为他北条屋倒霉我觉得高兴,我高兴的是,报恩的机会来了。我这个逃犯阿妈港甚内,终于也能堂堂正正报答恩人了。那种高兴劲儿——除了我自己,没人能够体会。(讥讽地)这世上,行善的人都很可怜。坏事没干过一件,善事也行了不少,却不觉得开心。此中况味,他们哪儿懂得。

"什么?都是那败家子,没他反倒好了呢。"

弥三右卫门把目光移开,言下颇不痛快:

"哪怕手里有他败光的那些钱,没准儿就能渡过这次难关。这么一想,把他赶走……"

弥三郎刚说到这里,便吃惊地望着我。不怪他要吃惊,因为这一刻,我一声不响拉开了隔扇。何况我一身行脚僧打扮,竹笠方才摘掉了,头上包着南蛮巾。

"你是谁?"

弥三右卫门虽然上了年纪,却一下子就跳了起来。

"别慌,我是阿妈港甚内。啊哟,请别出声。我阿妈港是个强盗,不过,今儿晚上突然登门,另有原因……"

我摘掉头巾,坐到弥三卫右门跟前。

后来的事,不说您也猜得到。为了报恩,解救北条屋的急难,我答应他,三天之内筹齐六千贯钱,一天也不耽误。——哎呀,门外好像有人,这不是脚步声么?在下今儿晚上就先告辞,等明后天,再偷偷来一趟吧。那大十字星,在阿妈港的上空,能看到闪闪发亮,在日本的天空里却看不到。我要不像大十字星那样,在日本销声匿迹的话,只怕对"保罗"来说,就是今晚来求您给他做弥撒的那位，就太对不起他的灵魂了。

什么？问我怎么逃走么？这您不用担心。这高高的天窗，那大大的壁炉，我都能够自由出入。为了恩人"保罗"的灵魂，这事您千万不能走漏半点口风。

北条屋弥三右卫门的话

神甫，请听我忏悔。您兴许也知道，近来有个叫阿妈港甚内的大盗，市面上传得沸沸扬扬。听说他栖身在根来寺的塔上，偷过杀生关白①的大刀，还远在海外，劫掠过吕宋的太守，这些全是他的作为。最近终于将他缉拿归案，在一条回头桥边枭首示众。这事想必神甫也听说了。我受过阿妈港甚内天大的恩情，正因为受了他的大恩，我现在才有说不出的惨痛。请神甫听我细说缘由，然后为我祈求上帝，垂怜我这罪人吧。

那是两年多前冬天的事了。我的船北条丸，接连遇到暴风雨，沉到海里，本钱赔个精光——真是祸不单行，一家走投无路的情况下，只好骨肉分离，各奔一方。神甫想必也知道，生意人之间，虽有主顾，却没朋友。这一来，我的全部家业，就同大船沉到海里一样，一头栽进了无底的深渊。于是有天夜里——我至今都忘不了，是个刮大风的夜晚。我同拙荆待在茶室里——那茶室您去过，不知不觉说话说到深夜。这时，忽然进来一个头包南蛮巾的行脚僧，就是那个阿妈港甚内。不用说，我又惊又怒。听他说，他溜进我家，原为打劫来的。因为看见灯光，还听见说话声，就从隔扇缝里偷瞧，认出我是北条屋弥三右卫门，二十年前救过他的命，是他的恩

---

① 日文"摄政关白"的谐音词，有暴戾凶残之意。此处指安土桃山时代的武将丰臣秀次（1568—1595）。

人。

不错,听他一说,记得有过这回事。二十多年前,我在一条商船上当船长,专跑阿妈港。当时船停靠在码头上,我救了一个还没长胡子的日本人。据说是喝醉了酒,同人打架,杀了一个中国人,正给人追杀。这样看来,他就是阿妈港甚内,如今成了有名的强盗。我知道,他没有说谎。好在家里人都睡了,便问他的来意。

甚内说,只要能办到,他一定要救我北条屋的急难,好报答二十年前的救命之恩。便问我,眼下需要多少钱。我不由得苦笑,让一个强盗筹款——那可不是闹着玩儿的。就算他是大盗阿妈港甚内,要真有那么多钱,又何苦上我家来偷。我说了个数目,他歪着脑袋想了想,说今儿晚上不行,三天之内,准把钱凑齐,一口应承下来。当时要偌大一笔钱,六千贯,能不能凑齐,并不指望他。而且,我知道,求人不牢靠,全当没影儿的事。

那天夜里,甚内悠然自得地让拙荆给他点茶,然后在大风里回去了。第二天,答应好的钱,没送来;又过一天,还是没消息;第三天——那天下雪,直到夜里,仍没一点消息。我方才说了,对甚内的许诺,本来就没存指望。可是,我也没把伙计打发走,而是听天由命。看起来,我心里还存有几分侥幸,一直在盼着。就在第三天的夜里,我在茶室里向灯而坐,雪花每每压断枯枝,我都侧耳凝听。

然而,三更过后,突然听见茶室外面,好像有人在院里打架。我心中一动,当然想到甚内,难道给捕快盯住了?——想到这里,一把拉开朝院子的纸门,举起灯看过去。茶室前,积雪很深,大明竹倒伏的旁边,有两个人扭打在一起——其中一个正要扑上去,另一个猛地将他推开,一头钻进树荫里,翻过墙头逃走了。只听见积雪落地和爬墙的声音——过后便没动静了,必是安全地落在墙外什么地方了。被推开的那个,也没去追他,一边掸身上的雪,一边一声不响走到我面前。

"是我，阿妈港甚内呀！"

我一下愣住了，呆呆地瞧着甚内。那晚他仍穿着僧衣，包着南蛮头巾。

"哎呀，没想到会出乱子。幸好没吵醒什么人。"

甚内进了茶室，露出点苦笑。

"哪里，我一溜进来，就看见有人往地板下面①钻。我想逮住他，看是什么人，结果给他跑掉了。"

我仍不放心，怕是来逮他的捕快，便问，是差人不是？甚内说，哪里是什么差人，是个小偷。强盗捉小偷——真是新鲜事啦。这回倒是我苦笑了一下。这且不说，钱究竟凑没凑齐，没问清楚之前，我心里终归不踏实。甚内虽没说话，大概也看出我的心思，慢条斯理地解开藏钱的腰带，掏出一包钱放在火盆前。

"放心吧，六千贯已经筹到了——其实昨天就凑得差不多了，只差两百贯，今儿晚上全齐了。这包钱，请收下吧。昨天凑到的大部分，趁两位没注意，已经藏在地板下面。今晚那个贼，八成嗅到了银子味儿。"

听了他的话，我像做梦一样。接受强盗的施舍——不用您说，我也知道不好。不过当时，我半信半疑，不知他能不能筹到钱的时候，压根儿就没去想好不好；而且，事到这一步，也不好再说不要。何况不收下这笔钱，我一家老小就得流落街头了。请您垂怜我当时的心情吧。不知什么工夫，我两手恭谨地扶在席子上，没说上一句话就哭了起来。

那以后，两年里我没听到甚内的消息。我一家得以保全，安稳度日，多亏了甚内。背地里，我总是向圣母马利亚祈祷，保佑他平

---

① 日式房屋的地板，距地面约一两尺高，故而人可以钻进去。

安无事。不承想,最近在街上听人说,阿妈港甚内给逮住了,砍了头,悬在回头桥旁示众。我大吃一惊,私下里掉了泪。在他是恶有恶报,让人无话可说。其实,多年来没受到上帝惩罚,算他运气。可是,受他大恩,总该报答才是,便想给他祈求冥福。这样,我今儿个没带随从,一个人赶到一条的回头桥,去看示众的首级。

到了回头桥,那前面已经围满了人。告示牌上照例写着罪状,有差人看守,都与平时一样。然而,三根青竹支起的架子上,挂着人头——啊呀呀,血淋淋的,惨不忍睹,我简直不知说什么好。挤在吵吵嚷嚷的人群里,一眼看见那脸色发白的人头,我不由得愣住了。那不是他!不是阿妈港甚内!那双浓眉,轮廓鲜明的脸颊,以及眉心上的刀疤,一点都不像甚内。——猛然间,我惊呆了,那明亮的阳光,周围的人群,和竹竿上的人头,仿佛一时都消失到遥远的世界里去了。这头,不是甚内的。那是我的,是二十年前的我——正是救甚内时的我。"弥三郎!"——要是我的舌头能动,没准就喊出来了。可我非但出不了声,浑身竟像得了疟疾,抖个不停。

弥三郎!我着魔似的望着儿子的头。那头微微仰起,半睁着眼睛,直瞪着我。这是怎么回事?是不是搞错了,把我儿子当成甚内了?可是过了堂,问过口供,是不会出这种错的。莫非阿妈港甚内就是我儿子?那晚到家里来的假和尚,是冒名顶替么?不,哪儿有这种事!三天为期,一天不差,能筹到六千贯钱的,偌大一个日本国,除了甚内,还能有谁办得到?看起来——这时,我心里忽然冒出一个人来:两年前的雪夜里,那个在院子里同甚内打架,谁都不认识的人。他是谁?难道是我儿子么?这么说,虽然只瞥了一眼,那身影果然像他。难道是我心不在焉的缘故?要真是我儿子——我如大梦初醒,不眨眼地看着那个头颅。只见半开着发紫的嘴上,隐约带着微笑。

示众的首级带着微笑——您听了，没准会嗤之以鼻。我当时也以为是看花眼了呢，便一再细看，干枯的嘴上，的确流露出明朗的微笑。这奇怪的微笑，我凝神注视了好久，不知不觉，我也笑了，同时，眼里流下了热泪。

"爸爸，请原谅我……"

无言的微笑，似乎在对我说："爸爸，请原谅我这不孝之子。两年前的雪夜里，我偷偷回家，想向您赔罪。白天怕给伙计瞧见，太难为情，便特意等到夜里。正想去敲您卧室的门，恰巧茶室纸门上映着灯影，我怯生生地走过去，也不知什么人，一声不吭，冷不防从身后一把抱住我。

"爸爸，后来的事您都知道了。因为事情来得突然，我一见到爸爸，赶忙甩掉那个形迹可疑的人，跳墙逃走了。雪光中，看那人像一个行脚僧，有些奇怪。见没人追过来，我便又大着胆子，溜到茶室外面。隔着纸门，你们的话，我一股脑儿全听见了。

"爸爸，甚内救了北条屋，是咱们全家的恩人。我于是打定主意，万一甚内有什么急难，我一定豁出命来，报答他的大恩。只有我，给赶出家门的浪子，才能报他的恩。两年来，我一直在等这个机会。终于，机会来了。请您原谅我这不孝之子吧。我是个败家子，可我已为全家报了大恩，总算让我感到一些安慰……"

回家的路上，我又是哭又是笑，佩服儿子的勇气。您不知道，我儿子弥三郎和我一样，是入了教的，原先还起个教名，叫"保罗"。不过——我儿子，是个不走运的孩子。岂止是他呢，我们全家，要没有阿妈港甚内搭救，我也不会来这儿忏悔了。明知是自己舍不得儿子，可心里就是难过。一家人没有四分五散，能厮守在一起好呢，还是儿子不给杀掉，让他活着好呢？（突然痛苦地）——请救救我吧。我这样活着，没准要恨起大恩人甚内呢……（长时间地哭泣）

"保罗"弥三郎的话

啊,圣母马利亚!等天一亮,我的头就要落地了。一旦落地,我的灵魂,是不是就会像小鸟一样,飞到您身边呢?不,我活着尽干坏事,或许进不了庄严的天国,倒会掉进可怕的地狱之火中。不过,我已心满意足。二十年来,我心里从来没有这样欢乐过。

我是北条屋弥三郎。但我那示众的首级却叫阿妈港甚内。我就是那个阿妈港甚内——哪有这么快意的事!阿妈港甚内……怎么样,这名字不错吧?在暗无天日的牢房里,我嘴里只要念叨这名字,心里就好像有上天的蔷薇和百合花在怒放。

我忘不了两年前的那个冬天,一个大雪之夜。因想弄点赌本,便溜进父亲家里。见茶室门上映着灯光,正想去察看,忽然有个人,一声不响,一把揪住我的后衣领。我甩掉他,他又扑过来——虽不知他是什么人,但力大勇蛮,绝不是一般人。我们扭打了两三回合,茶室门突然开了,掌着灯走到院里来的,正是我父亲弥三右卫门。我拼命挣脱给抓住的胸口,跳过墙头逃走了。

我跑了十六七丈远,躲在人家的屋檐下,向街上来回张望了一下。虽在黑夜,白雪纷飞,如烟似雾,不见有任何动静。那人大概死了心,没追过来。可是,他是谁呢?仓促之间,只见一身行脚僧打扮。但方才,他力气蛮大——尤其精通拳脚,可见绝非等闲之辈。首先,在这样一个大雪之夜,一个和尚跑到我家院子里——岂不是件怪事吗?我想了一想,即便冒险,也决意再次溜到茶室外面看个究竟。

约摸过了一个时辰,雪正巧停了,那个奇怪的行脚僧顺着小川町走了。他就是阿妈港甚内。武士、连歌师、行商、云游和尚——曾扮成各色人物,是京师有名的大盗。我偷偷盯他的梢。当时,心里有说不出的高兴,从来没这么高兴过。阿妈港甚内!阿妈港甚内！我连梦里都崇拜他。偷杀生关白大刀的，是甚内；骗取暹罗店珊瑚树的，也是甚内；刀砍备前宰相沉香木，抢走洋人船长贝莱拉怀表，一夜之间连盗五个仓库，砍死八个三河武士——此外，还干了许多恶名传千古的坏事，全是这个阿妈港甚内。这样一个甚内，此刻就在我前面，斜戴着竹笠，走在微明的雪地上——仅仅瞧着他的身影，就是种福分。可我还想要更大的福分。

到了净严寺后面，我一口气追上甚内。这一带是一溜土墙，没有人家，即使在白天，要想避人耳目，也是最佳之地。甚内见到我，并没显得多惊讶，平静地停下来，拄着禅杖，一言不发，似在等我开口。我战战兢兢地跪伏在甚内面前，可是一见他沉静的面孔，竟讷讷地出不了声。

"请原谅我的冒失。我就是北条屋弥三右卫门的儿子，叫弥三郎……"

我难为情得满脸发红，好不容易才开了口。

"有事想求您，才跟在后面……"

甚内只是点了点头。对我这个小器易盈的人来说，这就足以让我感激不尽了。我仍旧跪在雪地上，鼓起勇气，对他说：我被父亲赶出家门，现在跟一帮无赖混在一起，今晚想回家偷点东西，不料得遇大驾，一句不落地偷听到您和父亲的谈话。我简要地把这些事说了一遍，但是甚内照旧闭着嘴一言不发，冷冷地看着我。我说完，两腿往前蹭了蹭，偷偷瞧着他的脸色。

"北条屋全家受您大恩，我也是其中的一个。大恩不忘，我决心拜在门下，听您使唤。我能偷东西，也会放火。别的坏事，我也都行，不比人差……"

甚内还是不作声。我很兴奋，越说越来劲。

"有事您尽管吩咐，我一定好好干。京城、伏见、堺市、大阪……这些地方没有我不熟悉的。我一天能走一百二十里，一手可举四斗重的草包，人也杀过两三个。我听您使唤，叫我干什么就干什么。说去偷伏见城的白孔雀，我就去偷。要我到圣·弗朗西斯科教堂的钟楼上放火，我就去放。叫我拐右大臣家的千金，我马上拐来。想要奉行官的脑袋……"

我还没说完，一脚给踢倒在雪地上。

"混账！"

甚内一声詈骂，抬脚要走。我发疯似的抓住他的僧袍。

"求您收下我吧。不管怎样我都不会离开您，我可以为您火里来水里去。《伊索寓言》里的狮子王不是还救了区区一只老鼠么？我就当那只老鼠，我……"

"住口！我甚内不受你这号人的报答。"

甚内一把推开，我又倒在雪地上。

"你这个败家子！去孝顺孝顺你爹娘吧！"

我再次给踢倒，忽然心里感到窝火。

"那就走着瞧！此恩非报不可！"

甚内头也不回，急匆匆地在雪地上走掉了。不知什么工夫，月亮出来了，月光下，他的竹笠若隐若现……从那以后，两年来，我再没见到甚内。（蓦地一笑）"我甚内不受你这号人的报答！"他是这么说的。可是等天亮，我就要替他掉脑袋了。

啊，圣母马利亚！两年里，为了报答甚内，我心里不知有多苦。为了报恩？不，其实也是为了雪恨。可是，甚内他在哪儿呢？在干什么？——有谁知道么？——首先，就连他是个什么样的人都没人知道。我见到的那个假和尚，是个四十来岁的小个子。但是，不是有人说，在柳町的妓馆里，是个年纪不到三十，红脸膛上留着胡子的浪人①么？大闹歌舞伎院时，却是个弯腰驼背的红毛番；而

---

① 江户时代，失去主公和封禄，四处流浪的武士，称为浪人。

劫掠妙国寺财宝的，竟变成梳前刘海儿的年轻武士——倘若这些人全是甚内，那么，要想弄清他的真面目，终非人力所及。后来，到了去年年底，我得了吐血的病。

我真想出这口气呀——我一天天瘦下去，一心琢磨这件事。有天晚上，我忽然想出一条妙计。圣母马利亚！圣母马利亚！是您赐予我智慧，开示我这条妙计的。我只要舍弃这个身子，舍弃这个因吐血病成皮包骨的身子——只要我肯豁出去，就能夙愿以偿。那天晚上，我高兴得一个人大笑，一直重复这句话："我替甚内去掉这颗脑袋！我替甚内去掉这颗脑袋！"

替甚内掉脑袋——真是妙极了！这一来，甚内的罪恶，就会随我一起烟消云散了——在广阔的日本，不论到什么地方，他都能趾高气扬、畅行无阻了。相反（又一笑）——相反，我在一夜之内，变成了旷世少有的大盗。在吕宋助左卫门的手下当差，砍备前宰相的沉香木，做利休①居士的朋友，骗暹罗店的珊瑚树，破伏见城的金库，砍倒八个三河武士——甚内的一切荣名，全归我所有了。（第三次笑）我既帮助了甚内，又断送了他的大名。我给全家报了大恩，也给自己雪了恨。一还，一报，无比痛快。那晚，我当然高兴得直笑。即便这会儿——哪怕在牢里，也没法儿不笑不是？

想出这条妙计之后，我便进大内去偷盗。傍晚天黑，月亮还未升起，唯有帘内的灯光明灭，照得松林中的花影一片朦胧——记得当时好像看见这些景物。我从长廊顶上跳到没人的宫院里，当下就有四五个护院的武士把我逮个正着，这倒正中下怀。这时，一个大胡子武士把我按在地上，一边用绳子使劲儿捆，一边气咻咻地说："这回可把甚内给逮住了。"不错，除了阿妈港甚内，有谁敢溜进大内来呢？听了这话，我一边拼命挣扎，一边却忍不住笑了起来。

---

① 本名千宗易（1522—1591），日本茶道的集大成者，因触怒丰臣秀吉，被迫自刎。

他说过："我甚内不受你这号人的恩惠。"等到天一亮，我就要替他去死了。真是绝妙的讽刺呀！我的头给挂出去示众时，我只盼着他来。面对我的脑袋，甚内准能听见无声的大笑："怎么样？我弥三郎报的大恩？"——笑声里将会说："你已经不是甚内啦。这脑袋才是阿妈港甚内，那个天下闻名、日本第一的大盗！"（笑）啊，我好痛快呀！这样痛快的事，一生中唯有一次而已。可是，要是父亲弥三右卫门见了我的头——（痛苦地）原谅我，爸爸！我得了吐血的绝症，即便不给杀头，也活不上三年了。饶恕我这不孝之子吧！虽说我是个败家子，好歹也算替全家报了大恩……

大正十一年（1922）四月

仙 人

唐先容译

诸位。

我现在在大阪,所以呢,就给诸位讲讲大阪的趣闻吧。

很早以前,有个来大阪当帮工的人。至于他叫什么名字,我就不知道了。因为只是一个帮人烧菜做饭的男佣,所以,人们都只管他叫男仆吧。

那天,男仆刚一钻过荐头行的门帘,就径直对叼着烟斗的掌柜这样请求道:

"掌柜的,我想成为一个仙人,所以,就请你给我介绍一个那样的差事,住进那样的人家吧!"

掌柜恍若惊呆了一般,好一阵子都噤口不语。

"掌柜的,你听见了没有?我想成为一个仙人,所以,就让我住进那样的人家吧!"

"实在是对不起……"掌柜终于恢复了常态,一边开始吧嗒起香烟,一边说道,"鄙行还从不曾为顾客斡旋过什么可以修炼成仙的行当,因此,你还是另请高明吧!"

男仆仿佛很不服气,一边向前挪动着穿有葱绿色紧腿裤的膝盖,一边陈述着这样的理由:

"这未免有点蹊跷吧?你想想,贵行的门帘上都写着什么?不是写着'本行负责引荐所有行当'吗?既然号称所有行当,那就应该名副其实才对呀。莫非贵行只是在门帘上乱写一些唬人的噱头而已?"

听男仆这么一说,就觉得他的抱怨也不是毫无道理了。

"不,门帘上的话绝没有弄虚作假的嫌疑。倘若你真的有意让鄙行给你介绍一个修炼成仙的差事,那你就明天再来吧。我们会在今天之内给你找找线索的。"

掌柜只是作为权宜之计,才接受男仆请求的,而并不意味着,对于该把男仆介绍到哪里去帮工才能修炼成仙,已经心中有数了。所以,一旦打发走了男仆,掌柜就马上出门前往附近的医生家里。在讲完男仆的事情以后,他忧心忡忡地问道:

"怎么样,先生?为了修炼成仙,在什么地方帮工才算得上捷径?"

对此,想必医生也颇犯踌躇吧。好一阵子,医生都交叉着双臂,只是怔怔地眺望着庭院里的松树。谁知一听完掌柜的话,医生的老婆——一个诨名叫老狐狸的狡猾女人——就从旁边冲出来插嘴道:

"那就让他上我们家来吧!只要在我们家里待上两三年,保管让他修炼成仙。"

"是吗?这可是一个好消息,那么就拜托你们了。其实,我也一直琢磨着,仙人和医生或许是缘分最近的吧。"

一无所知的掌柜频频地点头致谢,然后兴高采烈地回去了。

医生哭丧着一张脸,目送着掌柜离去的身影。随后他朝着自己的老婆,生气地埋怨道:

"你都说了些什么蠢话呀?如果那个乡巴佬抱怨说,怎么待上好多年,都不见我们教授一点仙术,那该怎么办呢?"

但医生的老婆不仅没有认错,反而冷笑着教训医生道:

"哎,你就不吱声好啦。像你这样傻正经的话,在如今这个艰难的世道上,就会连饭都吃不上的。"

第二天，就像约定的那样，乡巴佬男仆和掌柜一起来到了医生家里。或许是因为想到今天乃是初次见面吧，就连男仆都穿上了一件带有家徽的外褂，乍一看，跟普通的乡下人没什么两样。这或许反倒让人感到意外吧，以至于医生就像是打量来自天竺①的麝香兽一般，目不转睛地凝视着他的脸，审慎地问道：

"据说你想成为仙人，请问，究竟是什么促使你萌生了那样的愿望？"

"也说不出什么特别的原因，只是我在看见了大阪城之后，不禁涌起了这样的念头：就连像太合②这样的伟人也会在某个时辰一命呜呼，由此看来，人无论有多么荣华富贵，最终都不过是虚幻一场。"

"那么，只要能够修炼成仙，你什么事都愿意做了，是吧？"狡黠的医生夫人不失时机地插嘴说道。

"是的，只要能够修炼成仙，我什么都愿意做。"

"那么，从今天起，你就在我们家当二十年的佣人吧。这样一来，在第二十个年头的时候，就教授给你羽化登仙的方术。"

"真的？这可是太让人感激了。"

"作为代价，在这二十年当中，就不发一分工钱了。"

"好啊，好啊，我明白了。"

那以后的二十年间，男仆就一直在医生家里当佣人。又是打水，又是劈柴，又是烧饭，还要抹桌子做清洁。而且，当医生外出就诊的时候，他还要背着药箱陪同前往——不仅如此，他也从来没有要过一分工钱，所以，如此难能可贵的佣人，就是整个日本也找不着第二个吧。

但二十年终于过去了。那天，男仆又像刚来时那样，穿上带有

---

① 印度的古地名。
② 这里指丰臣秀吉（1536—1598），战国时代的武将，1583年修建了大阪城。

家徽的外褂,来到了医生夫妇跟前。并且,对二十年来的关照诚恳地表示了感谢之后,他说道:

"另外,就像我们早先约定的那样,今天我想请你们教给我成为不死之人的仙术。"

听男仆这样一说,作为主人,医生不禁感到不知所措。分文未付,白白使唤了别人二十年,如今才告诉他自己不谙仙术,这种话岂能说出口来。于是,无可奈何的医生只好冷淡地回绝道:

"精通仙术的,其实是我老婆,你就让她教你好啦。"

不料,医生夫人倒是满不在乎,一口应承道:

"好吧,我就教你仙术吧。不过,无论多么困难,你都得按照我说的去做哟。否则,不仅成不了仙人,相反,接下来的二十年也必须得不取报酬地给我们帮工。不然,你马上就会因遭到惩罚而一命呜呼的。"

"是的。无论多么困难的事情,我都一定会坚持到底的。"男仆喜不自禁地等待着医生夫人的吩咐。

"那么,你就爬到院子里的那棵松树上去吧。"

医生夫人吩咐道。她压根儿就不懂什么仙术,所以,只管吩咐着那些男仆很可能无法完成的困难事情。她打的如意算盘是:一旦男仆无法做到,就又可以无偿地使唤他二十年了。谁知一听完她的话,男仆就立刻朝院子里的松树爬了上去。

"爬得再高一点!再高一点!"

医生夫人一边伫立在檐廊边上,一边仰头观察着男仆。只见在宽阔的庭院里,男仆身上那带有家徽的外褂,正在松树最高的枝梢上款款飘舞着。

"现在把右手松开!"

男仆用左手紧紧攀住松树粗大的枝干,慢慢地松开了右手。

"然后再松开左手!"

"喂，喂，如果左手也松开的话，那乡巴佬会摔下来的。一旦真的摔了下来，你瞧，地上到处都是石头，他肯定会没命的。"医生也终于放心不下，把头探到了檐廊边上。

"现在不是你出面的时候，就交给我办好啦——喂，快把左手松开！"

话音未落，男仆已经果断地松开了左手。他人在树上，居然将两只手一起松开，想必不可能不掉下来吧。于是转眼之间，男仆的身体、他身上那带有家徽的外褂，蓦地离开了松树的枝梢。可一离开树梢，他不仅没有掉下地来，反而像木偶人一样神奇地停留在了正午的天空中。

"谢谢了。多亏了你们，我也终于成了一个真正的仙人。"

男仆毕恭毕敬地行了个礼，然后一边静静地踏步在蓝天中，一边朝着高高的云层深处翩然上升。

而那对医生夫妇，后来又怎么样了呢？这可就无人知晓了。不过，医生庭院里的那棵松树却一直保留了下来。据说淀屋辰五郎[①]为了观赏这棵松树的雪景，特意把这棵有着四搂粗的大树移植到了自己的庭院里呢。

大正十一年（1923）三月

---

① 江户时代元禄时期的大阪豪商。

庭　院

杨　伟译

上

　　这是名叫中村的豪门世家的庭院，过去曾经是高官显宦外出巡游时的驿站旅馆。

　　在明治维新后近十年的时间里，这个庭院好歹总算是维持着旧态原貌。葫芦瓢形状的池塘仍然澄静清澈，而石山上的松枝也照旧低垂多姿。栖鹤轩、洗心亭——这些楼台亭榭也依然如故。在池塘尽头的后山崖上，一条银白色的瀑布飞流而下。当年，和宫殿下下巡时不吝题名的石灯笼，如今仍旧伫立在一片棠棣花中。这些棠棣花年复一年地向四周蔓延开来，可是，在这庭院的某个地方却弥漫着一种无法隐藏的荒芜感。特别是初春时节——当庭院内外的树梢上同时萌发娇嫩的新叶时，更是会让人感觉到：在这明媚的人工景色背后，有某种令人不安的野蛮力量正一步步进逼而来。

　　中村家的老头子，乃是一个生性豪爽侠义之人，如今隐居在家，颐养天年。他在面对庭院的正堂里向炉而坐，与头上长着疥疮的老伴忽而下棋，忽而玩牌，过着无忧无虑的生活。尽管如此，有时候当老伴连续赢了五六盘棋之后，他就会较起劲来，甚至勃然大怒。继承家业的长子与表妹才新婚不久，住在一间独立开来但又与走廊相连的狭窄房屋里。这个老大以文室为雅号，是一个性情暴烈之人。体弱多病的妻子和兄弟昆仲自不用说，就连老头子也不得不对他退避三分。唯独当时寄居在这家旅馆里的乞丐师傅井月，经常到他房中来闲玩。奇怪的是，长子也偏偏只对井月又是敬酒，又是央求他挥笔题字，显得好不高兴。"山间尚有花香在，又闻杜鹃声声鸣。井月。无处不是好景致，飞流依稀更撩人。文室。"——这样的吟和之作也还好端端地保留着。说来，老大还有两个弟弟——老二做了一个身为米店老板的姻亲的养子，老三则在一家离镇上有五六里远的大型酒坊里做工。就像是有约在先似的，他们俩都很少回老家来。因为老三不仅住得很远，而且原本就和当家的老大性情不合。老二则因为放荡不羁，落得个身败名裂，以至于连养父母的家也鲜为造访。

在这两三年里，庭院更是愈发荒芜得厉害了。只见池塘里开始漂浮起绿藻，而灌木丛里也夹杂起枯树来了。不久，隐居的老人也在某个久旱无雨的酷夏，因脑出血而猝然死亡。在暴卒的四五天之前，老头子喝着喝着烧酒，竟然看见一位周身白装的古代公卿好几次出入于池塘对面的洗心亭。至少在他眼里，自己是在光天化日之下目睹了那样的幻象。翌年的暮春，老二卷走了养父母家的钱财，与一个小酒馆的女招待一道私奔了。而就在同年的秋天，老大的妻子生下了一个不足月的男婴。

父亲死后，老大与母亲一起住在了正堂里。而老大腾出来的那间下房，则租借给了当地的小学校长。因为校长信奉福泽谕吉①的功利主义学说，所以，不知何时说服了老大，让他在庭院里也种上了果树。如此一来，每当春天来临，在庭院里那些司空见惯的松树和柳枝之间，又有桃花、杏花和李花竞相绽放，显得五颜六色，缤纷耀眼。校长常常和老大一起，一边踯躅在新的果树园里，一边不

---

① 福泽谕吉（1835—1901），明治时代的启蒙思想家、教育家，提倡独立自尊和经济实学。著有《文明论之概略》、《劝学篇》等。

无感慨地说道:"这样一来,还可以好好地赏花呢,真可谓一举两得。"但是也正因为如此,假山和池塘,还有亭榭,与过去相比,就更是显得毫不起眼,大有不久于世的感觉了。换言之,除了自然本身的荒芜之外,人为的破坏也在加剧着它的荒芜。

是年秋天,后山上又发生了近年罕有的山林火灾。从那以后,泻入池塘的瀑布便陡然断绝了水源。谁知祸不单行,在雪花初降的时节,当家的老大又患上了疾病。经大夫诊断,说他染上的是那种从前叫作痨病,而今叫作肺病的疾患。老大每天躺躺坐坐,脾气也变得越来越暴躁了。第二年的正月,他和回家来拜年的老三发生了激烈的口角,以至于把手炉一股脑儿向对方猛掷过去。老三从此一去不返,即使在大哥奄奄一息之时也不曾回来见上一面。一年多以后,老大在妻子的彻夜陪伴中,躺在蚊帐里咽下最后一口气。"但闻青蛙鸣。可井月啊,你又身在何方?"——这就是他临终的最后一句话。然而,或许是对这一带的风景已经看腻了吧,井月甚至连讨饭化缘也不肯再来此地了。

老大的周年忌一过,老三就和东家的小女儿结了婚。所幸的是,恰好原本借住下房的小学校长调任其他地方了,这才让老三得以和新娘住了进来。他们把漆得乌黑发亮的衣橱搬进下房,还装饰了红白二色的锦缎。谁知在正堂里,老大的妻子又犯了病,而且,犯的是和丈夫同样的痨病。老大撇下的独苗——廉一也只好在母亲咯血后,每晚与祖母睡在一起。祖母在上床睡觉之前,必定会把手巾搭在自己的头上。尽管如此,每当夜深人静的时候,那些老鼠就会循着头上疥疮的臭气,悄悄靠近过来。不用说,有时候一旦忘记了罩一层手巾,头部便会遭到老鼠的咬噬。在同年的岁末,老大的妻子就如同一盏耗尽的油灯一般,从这个世上消失了。在出殡下葬后的第二天,假山背后的栖鹤轩就在一场大雪中坍塌了。

当下一个春天再度造访之时,庭院里只有位于浑浊池塘边的杂树林出现了少许的变化：在残留着洗心亭茅草屋顶的杂树丛中，娇嫩的新芽正萌发出来。

中

在一个雪压冬云的阴霾黄昏，离家出走达十年之久的老二又重新回到了父亲的家中。所谓父亲的家，实际上已经无异于老三的家了。对老二的归来，老三既没有流露出特别不快的神情，也没有表现出特别高兴的样子，总之，就像是什么也不曾发生一样，平静地将浪子二哥迎入家门。

从此，染有麻风病的老二就一直守着被炉，躺在正屋的佛堂里了。在佛堂的巨大佛龛里，并排祭放着父亲和长兄的灵牌。他紧紧拉上佛龛的隔扇，以免看见那些灵牌。再说，除了共进三餐，他几乎从不和母亲、弟弟及弟媳见面。唯有身为孤儿的廉一常常到他的起居室里来玩耍。老二总是在廉一的纸制石板上给他画上一些山呀船呀之类的东西。"向岛正值花烂漫，啊，茶房的阿姐，请你出来一会儿吧！"——有时候，老二还会用潦草的字迹写下这样一些从前的小调。

不久，又到了春天。庭院里草木与日俱长，日渐稀疏的桃树和杏树则夹杂在草木当中开起花来。而洗心亭的影子也倒映在了水色黯然的池面上。可老二却依旧兀自蜷缩在佛堂里足不出户，即便在大白天，也是昏昏欲睡，神思恍惚。有一天，他的耳畔隐约传来了三弦琴微弱的乐音。与此同时，还开始听见断断续续的歌声。"此番诹访之战，身为松本之亲信，吉江为加固炮阵，义不容辞奔赴疆场……"老二就那样躺着，微微抬起头来。是的，那歌声和琴声无疑全都来自于身在饭厅的母亲。"那日他一身戎装，光耀四射，侠义豪气，威猛英武。啊，勇士吉江，仪表堂堂……"或许是唱给孙儿听吧,母亲继续吟唱着重新填词的大津绘小调①。说来,这还是二三十年前的流行小曲,是生性风流的老头子从当地某个名妓那儿学来的。"吉江他身饮敌弹,捐躯丰桥,命如草露,倏然消殒,然而英雄美名,万世流芳……"听着听着,老二那张满是胡须的脸上,不知何时竟熠熠闪光。

那以后又过去了两三天,老三在长满款冬的假山背后,看见了正在掘土的哥哥。老二气喘吁吁地挥动着不听使唤的铁锹,那模样让人觉得颇为滑稽,但其中又包含着某种认真的劲头。"哥哥,你在干吗?"——老三嘴里叼着香烟,从背后向老二搭讪道。"是问我吗?"——老二眯缝着眼睛,恍若有些刺眼似的抬头望着弟弟。"想在这儿开挖一条小溪呢。""开挖小溪来干吗?""我想让庭院恢复原来的模样。"——老三只是嗤嗤地笑着,再也没有继续追问了。

老二每天都扛着铁锹,继续拼命地挖掘小溪。对于病魔缠身的他来说,就是这点活儿也够他折腾的了。首先,他很容易疲劳。再则,又是一种生疏的劳作,所以,他的手上磨出了老茧,指甲也发生了断裂,干起活来老是不顺。有时候他甚至撂下铁锹,像死人一般就地横躺着,一动也不动。仿佛无论时间如何流逝,他的周围都一成不变:升腾的阳气笼罩着庭院,红花绿叶交相辉映。但是,当时间在静谧中过去了几分钟之后,他又踉踉跄跄地站起身来,执拗地挥动起铁锹。

然而,数日之后,庭院也并没有出现什么显著的变化。池塘里照旧野草丛生,而灌木林中的杂树也是枝繁叶茂。特别是在果树的花瓣凋零之后,让人觉得比以前更加荒凉。不仅如此,全家老小没

---

① 大津绘是元禄年间(1688—1703)在近江国大津出售的一种以佛教故事为题材的画,根据这种画编成的俗曲就叫做大津绘小调。

有一个人对老二的计划表示同情理解。喜欢投机冒险的老三成天醉心于大米的行情和蚕丝投机。老三的妻子对老二的病情抱着一种出自女人本能的厌恶。母亲也——考虑到老二的身体状况，母亲也害怕，过多地鼓捣泥土会有损他的健康。尽管如此，老二还是一意孤行，不顾人们和自然的冷酷，一点一点地改造着庭院。

不久后一个雨过天晴的早晨，他走到庭院里一看，只见在款冬垂悬着的小溪边上，廉一正朝上面堆砌着石头。"叔叔！"——廉一兴高采烈地仰起头来望着他。"从今天起，就让我也来当个帮手吧！""唔，那就拜托了。"老二的脸上此刻露出了久违的灿烂笑容。从那以后，廉一哪儿也不去，一心一意地给二叔当起了帮手。——为了犒劳侄子，当两个人在树荫下小憩时，老二就会告诉廉一好些他所不知道的新鲜事儿，什么大海呀，东京呀，还有铁路等等。廉一一边啃着青梅，一边就像是被人施了催眠术似的，在一旁听得如痴如醉。

这一年的梅雨期却是一个干旱无雨的季节。他们——日益衰老而又病魔缠身的老二和童子廉一，不顾酷烈的阳光和青草的热气，挖土掘池，砍树伐木，使整个工程大有进展。千方百计总算是克服了外界的障碍，可来自内部的阻碍却让人一筹莫展。老二虽然能够在大脑的幻象中重现往昔庭院的整体轮廓，可是，一旦落实到具体的细节，比如树木的配置、幽径的安排等等，他的记忆就变得依稀模糊了。他常常在工作正酣的时候，突然拄着铁锹，怔怔地环顾着周遭。"怎么啦？"——这种时候，廉一必定会朝二叔的脸上投去不安的目光。"这儿过去是什么样儿的啊？"满身是汗的老二在原地不停地转悠着，嘴里一个劲儿地嘟哝着，"这棵枫树原本好像不是在这儿的呢。"而旁边的廉一则只好用沾满泥土的手来捏死蚂蚁。

内在的阻碍并不仅限于此。渐渐地，随着夏季一天盛似一天，或许是因为过于疲劳吧，老二的神经开始出现了混乱。一度挖好的池塘又被他掩埋了起来，拔掉了松树的地方又被他重新栽上了松树——诸如此类的事件也屡屡发生。尤其让廉一生气的是，为了打池桩，他竟然把水边的一株柳树砍掉了。"这株柳树不是前几天才刚刚栽下的吗？"——廉一瞪大眼睛盯着叔叔说道。"是吗？我不知怎的，就是记不得了。"——老二一副忧郁的眼神，注视着烈日下的池塘。

尽管如此，当秋天到来的时候，一座庭院在草木丛中朦朦胧胧地浮现出来了。与过去相比，不用说，既没有栖鹤轩，也没有瀑布飞泉。不，过去那种出自著名庭院大师之手的优雅情趣，几乎无处可寻。但是，那儿的确出现了一座"庭院"。池塘再次用清澈见底的水面来映照出圆形的假山，而松树也重新在洗心亭前面悠然地舒展起枝叶。可是，就在庭院复兴的同时，老二却卧床不起了，不仅每天高烧不止，而且周身的骨节也阵阵作痛。"这都是因为过于疲劳所致。"——母亲坐在儿子的枕畔，反复唠叨着同样的怨言。但老二却倍感幸福。不用说，庭院里还有许多需要修葺的地方，但这也是无可奈何的事情。总之，没有白干一场——对此他感到心满意足。十年的辛劳让他学会了达观，而这种达观又转而拯救了他。

深秋时节，老二在谁也没有留意的情况下，静悄悄地告别了人世。而发现他已经死去的人，乃是廉一。他一边大声地哭号着，一边朝紧挨走廊的下房飞奔而去。全家人无不带着一张惊愕的面孔，聚集到了死者的周围。"瞧，哥哥他像是在笑着呢。"——老三回过头看着母亲说道。"哇，今天佛像前的隔扇是打开着的呢。"——老三的妻子看也不看死人，而只是留心着佛龛说道。

在埋葬了老二之后，廉一常常独自一人端坐在洗心亭里，一筹莫展似的凝望着晚秋的池水和树木……

下

　　这是一个名叫中村的豪门世家的庭院，曾经是达官显宦们外出巡游的驿站旅馆。它在一度复兴之后，过了不到十年的时间，如今又整个儿遭到了破坏。在倍受毁损的遗迹上，业已建起了一座车站，而在车站的前面，又耸立起了一家小小的餐馆。

　　眼下，中村的老家已经不再有任何人留在那里了。当然，老母亲也早已跻身于死者的行列了，老三在事业遭到重创之后，据说是去了大阪。

　　火车每天都在车站上停靠，然后又离开车站扬长而去。车站上，一个年轻的站长正独自伏案工作着。他在完成闲散事务的间歇里，时而眺望着青青的山脉，时而与当地的站务员进行闲聊。但即便在他们的谈话中，也不曾提到过中村家的逸闻。谁也不曾想到过，如今他们身在的地方曾经有过假山和亭榭。

　　不过，在此期间，廉一却在东京赤坂的一间西洋画研究所里，对着画架挥笔作画。从天窗流泻进来的光线、油画颜料所发出的气味，还有盘成桃髻的模特儿女郎——研究所的氛围和故乡老家的氛围简直是大相径庭。但是，当廉一挥动画笔时，心里却常常浮现出一张老人的面孔。那张面孔一边微笑着，一边对因连续创作而筋疲力尽的廉一说道："当你还是个孩子时，就曾经帮过我，现在轮到我来帮你了。"

　　廉一如今仍旧忍受着贫困，每天坚持绘画，从不辍笔。而至于老三的消息，那就无人知晓了。

大正十一年（1922）六月

一夕谭

杨　伟译

"总之,如今这个年月,对人可千万不能掉以轻心哟。因为就连和田这样的人也和艺妓打过交道呢。"

名叫藤井的律师在喝完一杯老酒之后,有些小题大做地环顾着大家的脸。围坐在圆桌旁边的我们,是曾经寄宿在同一个学生宿舍里的六个中年人。聚会的地点是在日比谷陶陶亭的二楼上,而时间则是在六月的某个雨夜。——不用说,藤井发表这一通言论的时候,我们大家的脸上都已经浮现出了醉意。

"实际上,当我无意中看见那家伙的时候,确实有一种不胜今昔之感……"藤井津津有味地继续说道,"在大伙管他叫'医科生和田'时,他还是一个柔道选手,一名讨伐学校炊事员①的大将,一个崇拜利文斯敦②的狂热分子,一个在数九寒天里也只穿一件单衣的男人——总而言之,堪称典型的英雄豪杰呗。可是,现在就连你,也和艺妓打起了交道。而且还是和柳桥那个名叫小缘的艺妓……"

"莫非这阵子你又改换了码头?"

突然从旁边杀出这声冷枪来的,乃是名叫饭沼的银行支店长。

"改换了码头?为什么?"

---

① 在日本的旧制高中,寄宿的学生用故意捣坏餐具等方法来惩罚炊事员,要求改善待遇等。
② David Livingston (1813—1873),英国传教士,曾到非洲传教和探险。

"和田结识那个艺妓,恐怕就是在你带他去那儿的时候吧?"

"你可不要胡乱猜测。谁会带和田去那种地方呢?"藤井气宇轩昂地扬起眉头,说道,"那是在上个月的几号呢?反正是一个星期一或者星期二吧。与久违的和田碰头之后,他说,我们还是到浅草去吧。虽然我对浅草也没什么兴趣,可既然是老朋友提出的建议,我也就顺从地表示了首肯。于是,两个人在大晌午就出发了六区……"

"然后一起去看了场电影,对吧?"这次是我抢过话头来猜测道。

"如果是看场电影那倒敢情好,可实际上,是去坐了旋转木马呢。说来,当时我们俩还一本正经地骑在了木马上。即便现在想来,也觉得那样怪愚蠢的,可这也不是我的主意呀。只因为和田太想坐了,所以,仅仅是为了奉陪他,我才一起坐了上去的——不过,那玩意儿坐起来倒也并不轻松,特别是像野口那样胃有毛病的人,还是不坐为好啦。"

名叫野口的大学教授正吃着青蓝色的松花皮蛋,所以,只是在脸上露出了一丝轻蔑的笑容。但藤井毫不在乎,不时地用目光扫视着和田,洋洋得意地继续说道:

"和田乘坐的是白色的木马,而我乘坐的乃是红色的木马。当木马伴随着乐队的演奏旋转开来的那一瞬间,我的心里直犯嘀咕,不知会怎么样呢。我只感觉到屁股腾空,两眼昏花,唯一的想法就是千万别在晃荡中被甩下马去。可即便在这样的情况下,我还是发现——在栏杆外面的观众当中,夹杂着一个艺妓模样的女人。一个脸色苍白,眼睛湿润,渗透着某种忧郁感的女人……"

"哪怕只是看清了你所描述的情景,不也说明你是好端端的吗?还说什么两眼昏花,真是奇怪!"饭沼又一次插嘴道。

"所以我不是特意加上了一句'即便在这样的情况下'吗?只

见眼前站着一个楚楚动人的女人，当然是梳着那种银杏叶形状的发型啦，身上穿着淡蓝色的条纹哔叽衣服，还系着一条印花布的腰带，就恍若那些出现在花柳小说插图中的女人一般。这时，你猜那女人怎么着了？只见她瞅了一眼我的脸，然后露出了嫣然一笑。我甚至来不及惊讶，就从她面前一掠而过了，因为我正坐在木马上呗。就在我寻思着她是谁的当口，乐队的那帮人已经赫然出现在了我乘坐的红色木马跟前……"

我们全都笑了起来。

"第二次也一样。那女人又露出了嫣然的微笑，随即便很快消失了。然后就只剩下了木马和马车还在来回旋转着，上腾下跃，要不就只能听见嘟嘟鸣叫的号声，或是咚咚作响的鼓声了。——我不由得感慨万分：这不就是人生的象征吗？我们全都被迫坐在现实生活的木马上，即使偶尔邂逅了'幸福'，可还来不及捕捉住它，便已经与它失之交臂了。倘若试图捕捉住'幸福'，那就索性从木马上跳将下去好啦。"

"你恐怕不会真的翻身下马吧？"带着讥讽口吻说这话的，是一个名叫木村的某电器公司的总工程师。

"玩笑是千万开不得的。哲学归哲学，人生归人生。——不过，就在这样思忖着的时候，我已经是第三次看见那女人的微笑了。这时，我才无意中发现——实际上我也为自己的发现大吃一惊——遗憾的是，那女人的微笑并不是冲着我来的，而是冲着那个讨伐食堂炊事员的大将、崇拜利文斯敦的狂人分子，即医生和田良平的。"

"不过，没有按照哲学翻身下马，或许算是唯一的侥幸吧。"就连沉默寡言的野口也忍不住开了一句玩笑。

但藤井却依旧执拗地继续说道：

"只要木马一转到那女人面前，和田这家伙就会兴高采烈地朝她点头行礼。他躬身坐在白色的木马上,唯有领带在胸前左右翻飞。"

"你胡说!"

和田也终于打破了沉默。他刚才一直苦笑着,大口大口地啜饮着老酒。

"什么?怎么会是胡说呢?——不过,那还算是好的。一旦走出旋转木马的场地,和田就像是忘记了我的存在一样,只顾着和女人一个劲儿地聊天,而那女人也口口声声地管他叫'先生先生'的,唯独我就像是一个多余的角色……"

"哇,这倒的确是个难得的趣闻。"饭沼一边把银匙伸进偌大的鱼翅汤碗里,一边回头看着旁边的和田说道,"喂,你听我说,这样看来,今天晚上的会费就只能请你帮我代付了。"

"说什么蠢话!那女人乃是一个朋友的小妾呢。"

和田挂着两只手肘,态度生硬地说道。他的脸看上去比在座的任何人都更加黝黑。眼睛和鼻子也长得与普通的都市人相去甚远。而且,他那剃成中分发型的脑袋,就如同岩石一般结实。记得过去参加某场校际比赛时,他在左肘骨折的情况下,竟然还打翻了五个对手。——即便现在他穿着黑色的西服和条纹的裤子,一身当今的流行装束,可在某个地方却仍旧栩栩如生地保留着当时的英雄风范。

"饭沼!那是不是你包养的小妾?"

藤井歪着头注视着对方,随即又露出了那种酒醉后的嗤笑。

"或许吧。"饭沼冷冷地搪塞了一句,然后再次回过头瞅了瞅和田,"是谁呀,你所说的那个朋友?"

"一个叫做若槻的实业家——我们当中难道没有人知道他吗?从庆应什么的毕业以后,如今就职于自己的银行。年龄嘛,也和我们相差无几。他有着白净的肤色,一双柔和的眼睛,还留着短短的胡须——总而言之,是一个酷爱风流的好男人吧。"

"就是若槻峰太郎,俳号叫青盖,对吧?"

我从一旁插嘴道。说起那个名叫若槻的实业家,其实四五天之前,我还和他一道看过一场戏呢。

"是的,还出版过一本名叫《青盖句集》的书——而他就是小缘的主人呗。不,准确地说,直到两个月之前,都还是她的主人。不过,眼下倒是已经断绝了关系……"

"嘿——这么说来,那个叫做若槻的人……"

"是我中学时代的同窗。"

"这可是越来越精彩了。"藤井又一次发出了兴奋的声音。

"在我们不知不觉之间,你居然和所谓的中学同窗一起到处拈花惹草。"

"你胡说什么呀!其实,我第一次见到那个女人,还是在进入大学附属医院之后。当时受若槻的拜托,给她帮了点小忙。我记得,好像是蓄脓症之类的手术……"说着,和田一口气喝干了一杯老酒,随即两只眼睛开始闪烁起深邃的光芒,"不过,那女人的确是一个有趣的家伙呢。"

"迷上她了?"木村平静地揶揄道。

"可能是迷上了她吧,也可能一点也没有迷上。不过,此刻我更想讲述的,乃是她和若槻的关系……"

和田在做出了这样的铺垫之后,用他不曾有过的雄辩口吻开始讲道:

"就像藤井说的那样,前不久我的确是偶然地碰到了小缘。但见面后一摆谈才知道,小缘两个月之前已经与若槻分手了。我问了问分手的原因,她也没有做出什么像样的回答,只是凄寂地笑着说了一句:我原本就不是他那样的风流雅士嘛。

"当时我也没有深究,就那样与她告别了。谁知昨天——昨天下午，不是下雨了吗？就在雨下得正酣的时候，我突然接到了若槻的信，邀请我一起外出共进晚餐。恰好我也正闲着，所以，就提前出了门，先到若槻家里去看了看。只见他正待在宽敞的书斋里优哉游哉地看着书。而我呢，尽管是一个野蛮人，对风流之道一窍不通，但一走进若槻的书斋，也不禁感触良深：原来所谓的艺术性，就是这样一种生活啊！首先，无论什么时候去，神龛里都总是悬着挂轴，也从不间断地供奉着鲜花。至于他家里的藏书嘛，除了装满日本书籍的箱子以外，还有总是陈列着西洋书籍的书橱。并且，在豪华的桌子旁边，有时还摆放着一把三弦琴。而若槻自己也身在其中，一副恍若当代浮世绘中那种通达之人的模样。昨天他也穿的是一身奇妙的衣服，所以，我忍不住问了问那是什么，结果他回答说，是什么运动衫。尽管我的朋友很多，但穿所谓运动衫的人，除了若槻，恐怕就再也找不到第二个人了吧。——说起他的生活，大体就是这个样子吧。

"那天吃饭时，我一边和若槻举杯畅饮，一边听他讲述自己与小缘之间的恩恩怨怨。原来是小缘在外面有了别的男人。这或许也没什么值得惊奇的，可是，原以为对方会是怎样一个男人呢，结果据说只是一个摆弄三弦琴的下三流说唱艺人。听到这些，你们也会忍不住嘲笑小缘的愚蠢吧。可实际上，当时的我甚至就连苦笑都做不到。

"你们当然无从知道了，事实上，这三年来，小缘简直是给若槻添尽了麻烦。不光小缘的母亲，还有她的妹妹，都一直承蒙若槻的关照。而且，就说小缘自己吧，若槻不仅教她读书写字，还让她学歌习舞，凡是她喜欢的，全都让她悉数掌握。所以，在舞蹈方面，小缘终于得到师傅的恩准，取上了自己的艺名，而在演唱长谣方面也成了柳桥首屈一指的名角。除此之外，据说她不仅能作俳句，还是千荫流派的书法高手。这些都多亏了若槻。既然你们都觉得荒唐至极,更何况知道这一切的我了,又怎能不瞠目结舌呢?

"若槻这样对我说道:'其实,与那女人分手,我并不觉得有什么。不过,在培养那女人这一点上,我倒确实是尽了自己的所能。我一直抱着这样一个希望,就是要把她培养成一个对所有事物都不乏理解、兴趣广泛的女人。也正因为如此,我这次才更是倍感失望。倘若她真是想找个男人,也不至于找那么一个说唱艺人吧。尽管她在学习琴棋书画上是那么努力,可骨子里的那种粗鄙本性却压根儿没有改变——一想到这儿,我的心里就会涌起一股苦涩的情愫……'

"若槻还这样说道:'近半年来,或许那女人是变得有些歇斯底里了吧。有一阵子,她几乎每天都念叨道,从今以后我再也不要三弦琴了。一边说着,还一边像个孩子似的哭泣着。我问她,这又是为什么呢,谁知她竟罗列出一大通莫名其妙的道理,说我其实并不喜欢她,而之所以强迫她学歌习舞,其原因就在于此。那种时候,无论我说什么,她都没有半点要听的意思,只是不胜委屈地一直重复着一句话,说我冷酷无情。不过,一旦发作完了,这些又都变成了笑话……'

"若槻还这样说道:'据说那弹三弦琴的说唱艺人乃是一个不可救药的粗野之人,以前曾与同一个烤鸡店的女佣相好,当那女佣有了别的男人时,他到处殴打那个女佣,直到把对方打得遍体鳞伤。除此之外,还听说过那男人的种种逸事,比如他故意殉情自杀,还与师傅的女儿一起私奔等等。竟然迷恋上那样的男人,小缘究竟打的是什么主意啊?……'

"我刚才已经说过,我不能不为小缘的堕落而瞠目结舌。但在倾听若槻讲述的过程中,不知为什么,牵动着我心灵的,竟然是对小缘的同情。诚然,作为小缘的主人,若槻或许堪称当世罕见的通达之人。但他不是说了,与那个女人分手,并不觉得有什么吗?即便那只是一种外交辞令,但有一点却是可以肯定的:他对她并没有什么狂烈而执着的爱恋。狂烈而执着的爱恋——比如,那个说唱艺人不是因为憎恨女人的薄情,而把她打得遍体鳞伤吗?比起优雅而冷淡的若槻,倒是虽然粗俗但却狂烈的说唱艺人更让人痴迷——如果站在小缘的立场上设身处地想一想,就会觉得这是顺理成章的。小缘说,若槻让她学歌习舞,乃是对她没有爱情的证据。即使从这句话中,我看到的也不只是歇斯底里。小缘显然知道,在自己与若槻之间毕竟有着一道鸿沟。

"然而,我也无意祝福小缘,祝福她和说唱艺人的结合。或许很难断言他们会幸福还是不幸吧——但倘若真的会不幸,我想,遭到诅咒的,也不该是那个男人,而是迫使小缘走上这条道路的通达之人若槻青盖。若槻——不,准确地说,是当世所有的通达之人,如果仅仅把他们作为一个个人来看,无疑都是值得爱戴的人物吧。他们既熟知芭蕉①,也深谙列奥·托尔斯泰;既了解池大雅②,也懂得武者小路实笃,还懂得卡尔·马克思。但是,这又有什么用呢?他们不知道热烈的爱情,不知道创造所带来的巨大喜悦,也不知道疯狂的道德热情。对狂烈的事物——就是将地球变得庄严肃穆的狂烈事物———无所知。我想,正是在这儿,既有着他们的致命伤,也潜藏着他们的危害性。其危害之一,就是会主动出击,把其他人也变成通达之人;其危害之二,就是恰恰相反,将其他人变得更加粗俗。小缘这样的人不就是例证吗?自古以来,口干舌燥者,即便是看见泥泞之水,不也会张口痛饮吗?倘若小缘没有当过若槻的小妾,或许反倒不会和说唱艺人成为相好吧。

"倘若他们会幸福——不,哪怕仅仅是用说唱艺人来取代了若

---

① 即松尾芭蕉(1644—1694),日本江户时代的俳人。
② 池大雅(1723—1776),江户中期的画家。

槻，其幸福也就应该是确定无疑的吧。刚才藤井不是说了吗？我们全都坐在现实生活的木马上，所以，即使偶尔邂逅了'幸福'，也来不及捕捉住它，便已经与它失之交臂了。倘若真的试图捕捉住那种'幸福'，那就索性翻身下马好啦。——换句话说，小缘就是毅然决然地从现实生活的木马上跳了下来。那种狂烈的喜悦和痛苦，绝不是若槻这样的通达之人所能了解的东西。一想到人生的价值，即便对一百个若槻吐以唾沫，也会对一个小缘表示自己的敬意吧。你们不这么认为吗？"

和田那双带着醉意的眼睛闪烁着熠熠的光芒，环视着周围鸦雀无声的几个人。但藤井不知什么时候，已经把脑袋耷拉在圆桌上，酣然进入了梦乡。

大正十一年（1922）六月

六宫公主

艾 莲译

一

六宫公主的父亲，也是一位公主所生。因为生性古板，不合时宜，所以，官也只做到兵部大辅，再也没能高升。公主跟这样的父母，住在六宫池畔一所庭木森森的府邸里。六宫公主的称呼，便是这么得来的。

父母十分珍爱公主，却守着老礼儿，没想法儿给她许配个人家，只是养在深闺，等人上门求亲。公主也恪守父母的教诲，恭谨地度日。那日子虽说无忧无虑，却也没什么欢乐可言。公主不谙世事，倒也不觉得有什么不称心，心想，"只要父母健在就好"。

古池畔的垂樱，年年岁岁零落地开着花，不知不觉公主也长成一个娴静端庄的美人儿。可是，这相依为命的父亲，因年老酗酒，突然亡故了。而且祸不单行，母亲思念亡夫，哀伤过度，不到半年，最后也追随夫君而去。公主尽管悲伤，却尤感世事茫茫，走投无路。说来，一向娇生惯养的公主，除了一位乳母，便再也没有可依靠的人了。

乳母倒是忠心耿耿，为了公主，不辞辛苦，始终拼命操劳。但是，镶着螺钿的匣子、白金的香炉，这些祖传的东西，慢慢地一件件少了下去。男佣女仆也开始一个个辞工离去。渐渐地，公主终于明白生计的窘迫。可是，要叫她想个法子，却是她力所不及的。在寂寥的厢房里，公主一如往昔，弹弹琴，吟吟诗，单调地一天天打发着日子。

秋天的一个黄昏，乳母走到公主面前，犹犹豫豫，终于说出这样一番话：

"我那个当和尚的侄子说，有位官人，先前在丹波做过国司，提出要见见公主。说是那官人不但相貌俊美，性情也很温和。他父亲虽说只是位地方官，祖上倒当过三品的京官。公主见见他好不好？总比这样过穷日子要强些……"

公主低低地啜泣起来。为了贴补困窘的生活，便将身子交给男人，这不同卖身一样么？当然她也知道，世上这种事很多，但是，一想到现在自己也沦落到这一步，就格外地伤心了。公主当着乳母，在落叶横飞的秋风里，把个面庞儿深深埋在衣袖中……

二

公主终于和那男子夜夜相会了。正像乳母所说，那男子性情温和，相貌也果然俊雅。而且，对公主的美貌，倾心得忘乎所以，这是明摆着的，谁都看得出来。公主对他倒也没有恶感，有时甚至还觉得终身有了依靠。可是，在绘着蝶鸟双双的围屏后，耀眼的灯光下，哪怕同那男子相爱的时候，公主也没有一夜是感到欢愉的。

没多久，宅邸里开始显出了生机，黑漆柜和竹帘子都换了新的，佣人也增加了，乳母操持家务劲头比先前更足了。可是，对于这些变化，公主只是满怀凄凉地瞧着罢了。

有一夜，阵雨初霁，男子和公主对酌，讲了丹波国一个怕人的故事。有个到出云去的旅客，在大江山下的客店投宿。刚好那夜，客店老板娘平安生下一个女婴。旅客忽然看见产房里跑出一个怪汉，嘴上念叨"寿当八岁，命该自刎"，说完便没影了。九年以后，那个旅客进京路过，又上那家客店投宿，想探个究竟。果然，女孩已在八岁那年横死。是从树上掉下来，偏巧喉咙扎到镰刀上。——故事大致如此。公主听了，感到人各有命，没法儿违抗。自己能靠上这个男人活着，比起那个女孩来，算是福气了。"万事只能认命啊。"——公主心里这样想着，脸上装出了笑容。

屋檐下的松树，被大雪几次压断了枝条。白天，公主照旧弹弹琴，玩玩双六；晚上，则同男子同床共寝，听水鸟飞入池塘的声音。日夕晨昏，既没有悲哀，也很少欢乐。不过，公主仍然故我，在这疏懒闲适的生活中，一时倒也自得其乐。

不料，这闲适的日子，突然到了头。初春的一个晚上，那男子见屋里只有他们两人，便开了腔，为难地说："与你相会，今天是最后一夜了。"原来他父亲这次奉调陆奥，当地方官，他得跟着一起到冰天雪地的任所去。当然，离开公主，最叫他痛心不过。可是，他跟公主相好，是瞒着父亲的，现在再来说真话，终究难开这个口。男子一面唉声叹气，一面细说端详。

"五年一过，任期就满了。到时我准回来，你等着我吧。"

公主早已哭倒了。即使没什么爱情，毕竟是一个托付终身的人，一旦要分离，那真有说不尽的悲哀。男子抚摸着公主的后背，百般地劝慰和勉励。可是，不等说上两句，已然泣不成声了。

这时候，不知就里的乳母，同年轻的女佣，端着酒馔食案走了进来，还说，古池畔的垂樱，都长出花骨朵来了……

三

第六年的春天到了。上陆奥去的男子，终于没回京城。这期间，佣人四散投奔到别处，一个都没留下。公主住的东厢房，有一年叫大风刮倒了。从那以后，公主便同乳母一起，挤在下人屋里。说是屋子，却又窄又破，仅避风雨罢了。刚搬过去的时候，乳母一见可怜的公主，就禁不住落泪，但有时又会无端地发火。

生活的困苦，自不用多说。橱柜早已变卖，换了米菜。如今，公主除了身上的夹衣和裙子外，再没有一件多余的了。有时缺柴烧，乳母便到颓败的正房拆木板。而公主仍像从前一样，弹弹琴，吟吟诗，消愁解闷，一心等那男子归来。

于是，那年秋天的一个月夜，乳母走到公主面前，想了又想，说道：

"官人恐怕是不会回来的了。公主就忘了他吧，好不好？前两天，有位典药之助，说要见见公主，一直催着呢……"

公主一边听，一边想起六年前的事来。六年前，自己曾伤心得哭个没完，而今，已经身心交瘁。"只求静静地等死"……此外别无所想。听完乳母的话，公主憔悴的面庞望着苍白的月亮，心灰意懒地摇了摇头，说：

"我什么也不要。活也罢，死也罢，反正都一样……"

就在这同一时刻，那男子远在常陆国的府邸里，正和新娶的娇妻双双对酌，妻子是国守的千金，是乃父给他相中的。

"什么声音？"

男子吃了一惊，抬眼望着月光朗照下的屋檐。这时，不知为何，公主的面影忽然鲜明地浮上心头。

"是栗子掉下来了呀。"

常陆的妻子这样回答，一面笨拙地斟酒。

四

直到第九年,恰逢晚秋时节,那男子才回京城。他是同常陆的妻子一家人一起,在回京的路上,为了避开不吉利的日子,在粟津待了三四天。进京那天,还特意选在傍晚,免得白天惹人注目。在乡下的那几天,男子几次三番派人去给京里妻子报信儿。可是,有的一去不回,有的幸而盼回来了,却没找到公主的宅邸,没得到一点音信。因此,一旦进了京,就越发思念。等把妻子平安送到丈人家,风尘仆仆连件衣服也顾不得换,马上直奔六宫去了。

到了六宫一看,从前有四根大柱的门,屋顶茸着桧皮的正房和厢房,如今统统不见了。只有一堆废墟,还留在院子里。他伫立在荒草中,茫然望着这片遗迹。那里,池塘半掩,浮蓍几株,在新月的微光下,叶子静静地簇拥在一起。

记得原先是账房那里,见到一间快倒的板房。走近一看,屋里好像有人,便摸黑朝那人轻轻叫了一声。月光下,蹒跚走出一个老尼姑来,有点面熟。

听见男子报出姓名,老尼姑还没开口,便先哭了起来。然后,才抽抽搭搭地讲起公主的境况。

"老爷您忘了吧?小女给您当过使女。老爷走后,她还做了五年。后来,要随我丈夫上但马去,我同小女才离开这儿。近来因为惦记公主,我就一个人进京来看看。可您瞧,这不,连房子带什么的全没了,就连公主哪儿去了也不知道……刚才我正没辙呢。老爷您不知道,小女在的那阵儿,公主的日子过得那份苦哇,真是没法儿提……"

男子听她一五一十说完,便脱下一件内衣,送给这位驼背的老尼姑,然后,垂着头,在荒草中默默离去。

五

翌日，男子又跑遍京城，到处去找公主。她在哪儿？怎么样了？始终不知下落。

几天以后的傍晚，为躲阵雨，男子站在朱雀门前西曲殿的檐下。那儿除了他，还有一个叫花子和尚，也不耐烦地在等雨停。朱漆大门顶上，单调的雨声不绝于耳。男子乜斜着眼睛看着和尚，一面心烦意乱地在台阶上走来走去。忽然听见动静，微暗的窗内好像有人，便无心地朝里面瞟了一眼。

窗内有个尼姑，正在服侍一个身披破席的女子，像是个病人。虽说黄昏时分，光线暗淡，也看得出，那女子简直瘦得怕人。而且，一眼就能认出，她正是公主。男子张嘴刚想招呼，可是见她那贫贱的模样，不知怎的，竟又咽了回去。公主不知道男子就在窗外，躺在破席子上，翻过身，不胜痛苦地吟诗道：

曲肱作枕风吹寒，
清秋堪忍愁无眠。

听到这声音，男子忍不住叫了公主的名字。公主果然抬起头来，一见到男子，轻轻地不知喊了句什么，便又倒伏在席子上。尼姑——那位忠实的乳母，同跑进屋的男子一起，慌忙抱起公主。可是，看了她的脸色，不要说乳母，连那男子也着了慌。

乳母发疯似的跑去找叫花子和尚，请他不管怎样，给公主临终念卷经。和尚答应了，走到公主枕边坐下。他没有念经，却对公主说：

"往生净土，不能借助他力，须自己念佛不怠，快念阿弥陀佛吧！"

公主由男子抱着，声音微弱地念起佛号来，忽然，眼睛定定然，恐惧地看着门口的顶棚：

"啊，那儿有辆车子，火在烧它……"

"不要怕，只管念佛！"

和尚厉声地说。于是公主念了一会儿，又梦魇一般嘟哝道：

"我看见金色的莲花了，莲花大得像华盖……"

和尚正要说话，公主抢在头里断断续续地说：

"莲花又不见了，剩下的是一片黑暗，只有风在吹。"

"要一心念佛！为什么不专心念佛？"

和尚斥责道。公主快断气了，只是重复同样的话：

"什……什么都不见了。一片黑暗，只有风……只有冷飕飕的风在吹。"

男子和乳母含着眼泪，口中不断念着佛号。和尚当然也双手合十，帮着公主念佛。雨声交织着佛号，躺在破席上的公主，脸上渐渐露出死相……

六

后来，又过了几天，一个月夜，那个劝公主念佛的和尚，穿着破僧袍，抱着膝盖，照旧坐在朱雀门前的曲殿里。这时，有个武士悠然自得地哼着小曲，在月光照彻的大路上走来。见了和尚，一双穿了草屦的脚便停下来，随口问道：

"说是近来朱雀门一带，常听到女人的哭声，是吗？"

和尚蹲在石阶上，只说了一句：

"你听！"

武士侧起耳朵，但闻隐隐的虫鸣，此外别无声响。周遭只有松树的气息,飘荡在夜空中。武士正要张口,没等说话,突然不知从哪儿送来一声女人幽幽的叹息。

武士手按在刀上。声音在曲殿的上空,拖着长长的尾音,响了一阵,渐渐地又消失在远处。

"念佛吧!"和尚抬头迎着月光,说道,"那是个没出息的女魂,既不知天堂也不知地狱。念佛吧!"

武士没有回答,盯住和尚的面孔,大吃一惊,猛地两手伏地,跪在和尚面前:

"是内记上人吧?怎么会在这种地方……"

俗名庆滋保胤,世称内记上人,在空也上人的弟子中,最是一位德高望重的沙门。

大正十一年(1922)八月

鱼市的河岸

唐先容译

去年春天的一个夜晚——说是春天的夜晚,其实也就是寒风料峭、月色清冷的晚上九点左右。保吉和三个朋友一起,沿着鱼市的河岸踯躅而行。所谓的三个朋友,一个是俳人露柴,一个是西洋画家风中,而另一个则是泥金画师如丹。尽管在此不透露他们的真实姓名,但毋庸置疑,三个人皆是各自行道上的名师高手。特别是露柴,原本在三个人中间就最为年长,更何况作为一个新潮俳人也早已是闻名遐迩的。

几个人全都醉了。不过,风中和保吉本来就酒量很小,喝得也不多,只有如丹堪称有名的酒豪,所以,跟平时相比,他们三个人并没有什么异样。只有露柴不知何故,两只脚下老是险象横生。于是,几人把露柴夹在中间,沿着月光生涩、冷风拂面的街道,朝着日本桥的方向悠然走去。

露柴是那种纯粹的江户男儿,其曾祖父与蜀山、文晁等人都交情笃厚。说起他的家——即"河岸的丸清",在这一带几乎是无人不知。不过,老早以前,露柴就几乎把家业全权托付给了别人打理,而自己则跑到山谷的露地里尽情享受着俳句、书法和篆刻的乐趣。因此,在露柴身上有着某种我们所缺乏的洒脱和俏皮。这种与其说是庶民的气质,不如说是豪爽的侠义禀性,当然与高岗地带的富人阶层相距甚远——即是说,其中潜藏着某种与河岸的金枪鱼寿司一脉相通的东西……

露柴就像是觉得有些碍事似的不时甩动着外套的衣袖,并快活地与其他人侃侃而谈。而如丹则静静地笑着,在一旁随声附和着。不知不觉之间,众人已经来到了河岸的尽头。如果就这样穿过河岸而去,大家都觉得有些意犹未尽。这时,只见旁边正好开着一家洋食餐馆,它在辉映着半爿房屋的月光中垂落着白色的门帘。就连保吉也曾无数次听到过这家餐馆的传闻。"进去吗?""不妨进去看看吧。"——就在这样合计着的时候,他们已经在风中的带领下,一下子涌进了狭窄的店堂里。

店堂里已经有两个顾客坐在狭长的桌子旁了。一个是河岸的年轻人,另一个则像是某个地方的工人。四个人分成两对,面对面地在他们那张桌子旁坐了下来。然后,把油炸的江瑶当作下酒菜,开始一点一点地品尝起正宗酒来了。酒量小的风中和保吉当然只喝了一杯,不过,等一吃完下酒菜,两个人的饭量便顿时大了许多。

在这家店里,不管桌子,还是椅子,全都是没有涂漆的白木。而且,店铺四周围着的,也是江户时期传下来的那种苇帘。因此,即便吃的是所谓洋食,但却几乎没有身在洋食餐馆的感觉。点的牛排刚一上来,风中就忍不住大声叫道:"哇,这哪里是什么牛排呀,分明是牛肉片嘛!"倒是如丹对牛排的刀法表示了最大的敬意。而保吉则对这种地方居然有着如此明亮的灯光,感到不胜亢奋。至于露柴——因为是当地人,所以也就没有什么可以大惊小怪的,只是把鸭舌帽戴在后脑勺上,一边与如丹不停地推杯换盏,一边依旧快活地闲聊着。

正在这时,一个戴着礼帽的顾客一下子掀开门帘闯了进来。只见他把肥胖的脸颊埋进外套的毛皮衣领里,滴溜溜地扫视着店堂。不,与其说是扫视,不如说是恶狠狠地瞪眼打量着。然后,他一言不发,把庞大的身体挪进了如丹和那个年轻人的中间地带。保吉一边吃着咖喱饭,一边琢磨着:这真是个讨厌的家伙呢。如果是在泉镜花①的小说中，这家伙保准会遭到侠义艺妓的惩治吧。不过，他又转念一想，现代的日本桥毕竟再也不可能重现镜花小说中的情景了。

那顾客在点完菜以后，又开始骄横地烧起了香烟。那模样越看越让人觉得，他恰好适合扮演敌人的角色。他那油光发亮的红脸自不用说，就连他身上穿的那用大岛绸做成的短外褂、醒目的戒指等等——这一切都没有逃脱那种固定的模式。保吉越想越恼火，为了忘记这个顾客的存在，他只好跟旁边的露柴搭讪。但露柴只是"嗯嗯唔唔"地敷衍着。不仅如此，就仿佛他也深感恼怒似的，索性背对着灯光，故意把鸭舌帽向前面扣得很低很低。

保吉出于无奈，只好和风中、如丹聊起了食物的话题，但不知为什么总是感到索然无趣。自从这个顾客出现以后，三个人的心情都出现了某种奇妙的变化，俨然失去了控制，这的确是一个无可奈何的事实。

等自己点的油炸菜上来之后，那个顾客很快举起了正宗酒的酒瓶，打算斟进酒杯里。这时，突然有人从旁边清晰地叫了一声："阿幸！"显然，那顾客大吃了一惊。而且，一旦看清那声音的主人，他脸上的震惊便顷刻间化作了困惑和窘迫。"哇，这不是主人吗？"——那顾客脱下礼帽，三番五次地向方才那个声音的主人鞠躬敬礼。原来，那声音乃是出自俳人露柴——即河岸上丸清的主人之口。

"好久不见了！"——露柴一副若无其事的样子，把酒杯凑近自己的嘴边。里面的酒刚一喝完，那个顾客就不失时机地把自己酒瓶里的酒给露柴斟上了。然后，他开始一个劲儿地讨好着露柴，那副模样在旁边人眼里甚至充满了滑稽的色彩……

---

① 泉镜花（1873—1939），日本浪漫主义作家。其作品有《日本桥》等。

镜花的小说并没有作古。至少在这东京的鱼市河岸上，仍旧发生着同样的事件。

但是，当走出那家洋食餐馆之后，保吉的心却异样地沉郁。不用说，保吉对那个"阿幸"并没有丝毫的同情。不仅如此，听露柴说，他原本就不是一个人品好的人。尽管如此，奇怪的是，自己就是没法快活起来。在自己书斋的桌子上，还放着那本没有读完的洛休夫柯①语录呢。——保吉踏着月光，不知何时想到了这个。

大正十一年（1922）七月

---

① La Rochefoucauld（1613—1680），法国道德家、政治家。

阿富的贞操

罗 嘉译

明治元年（1868）五月十四日下午。"明日拂晓，官军行将进攻东睿山彰义队。上野一带居民，务须紧急撤离。"——发布这一通告，已是下午了。下谷町二条的小杂货店，古河屋政兵卫家撤走后，只留下一只大公花猫，静静地趴在厨房的角落里，面对着一只鲍鱼壳。

家中门窗紧闭，一过午后，四处黑黢黢的，听不到一点儿人声，唯有连日不断的雨声。看不见的房檐上，忽而暴雨如注，忽而不知什么工夫，又消失在半空里了。每当雨声一大，那大花猫就睁圆一对琥珀色的眼睛，在这连炉灶都看不清的厨房里，此时便有两道瘆人的磷光。等知道是哗哗的雨声，没有别的动静，猫儿便又一动不动，把眼睛眯缝起来。

这样接连几次，猫儿终于睡着了吧，眼睛连睁都不睁了。雨依旧是紧一阵慢一阵。八点，八点半——时间在雨声中渐渐移到了黄昏。

将近七点时，大花猫忽然被什么惊醒，睁开眼睛，竖起了耳朵。雨比方才小多了，只有轿夫跑过大街的声音——此外，别无动静。但是，沉寂了几秒钟后，原来黑暗的厨房里，不知不觉有了一点蒙蒙亮。狭窄的地板上的灶台，没有盖的水缸里的水光，供灶神的松枝，还有拉天窗的绳子——这些东西一件件都能看清了。大花猫越发不安起来，瞪着开了一条门缝儿的厨房门口，慢慢站起肥大的身躯。

这时，开门的——不但厨房门，连格子拉门也打开了，是一个淋得像落汤鸡似的叫花子。他先把包着旧汗巾的脑袋伸进来，侧耳听了一会儿屋里的动静，认准了屋里静悄悄的没人，才偷偷溜进厨房。只有身上裹的席子是簇新的，雨淋湿的印子还很分明。猫塌下耳朵，倒退了两三步。但叫花子并不惊慌，反手关好拉门，慢慢摘掉头上的汗巾，露出满脸的毛胡子，脸上还贴了两三块膏药，虽说污黢巴黑，长相倒也不凡。

"花花，花花。"

叫花子甩掉头发上的雨水，擦去脸上的水珠，小声叫着猫儿的名字。大花猫像是熟悉这声音，将塌下的耳朵又竖了起来，但仍站在那里，猜疑的目光不时盯住他的脸。叫花子扒掉席子，扑通一下盘腿坐在了猫儿面前，两条泥腿连肉都看不见。

"花花，怎么啦？——这儿一个人都没有，看来是把你丢下不管了。"

叫花子独自笑着，伸出大手摸着猫脑袋。猫要逃，却没有逃，反而坐下来，慢慢眯起了眼睛。叫花子摸完猫，从旧单褂的怀兜里，掏出油光锃亮的手枪，在昏暗的光线下，检查扳机。周遭充满"战争"的气氛，一个叫花子在空荡无人的厨房里摆弄着手枪——这少见的光景倒真像小说的情节。可是，猫儿却像是洞察这一切秘密似的，照旧眯起眼弓着背，冷然坐在那里不动。

"等到明天呀，花花，这一带可就是枪林弹雨喽。挨上一颗，就没命了。明天一天，别管外面多乱，都要藏在地板下面，知道了吗……"

叫花子查看着枪，不时和猫说着话。

"咱们也算是老交情啦。今天就此道别，明天，你可是大难临头啦，我说不定也会送命。要是命大不死，以后也不会同你一起捡垃圾了。这回你高兴了吧?"

这工夫雨又淅沥沥地下了起来,乌云压向屋顶,瓦上雾气溟蒙。厨房里昏暗的光线越发微弱下来,但叫花子头也不抬,只管查看手枪,然后小心翼翼装上子弹。

"要么,你是舍不得同我分手?算啦,都说猫儿不记三年恩,我看你这东西也靠不住哩——"

叫花子忽然闭住了嘴。门外有动静,好像有人走过来。他揣起手枪,同时回过头去。不但如此,厨房的拉门,也同时哗啦一声打开了。霎时间,叫花子拉开架势,同闯进来的人正好四目相对。

开门的人,冷不防看到叫花子,反而吓了一跳,轻轻"啊"了一声。那是个光脚提把大黑伞的年轻女子。她本能地又跑回雨里,好不容易从惊慌之中壮起胆子,透过厨房微弱的光线,死死盯住叫花子的脸。

叫花子也愣住了,旧单褂里,支起一条腿,死死瞪着对方,不过眼神已没有刚才那么紧张了。一时间俩人不出一声,大眼瞪小眼地看着。

"我当是谁呢,这不是老新吗?"

她略微镇定下来,和叫花子搭话道。叫花子咧开嘴笑着,向她再三低头。

"抱歉抱歉。雨太大了,屋里没人也只好进来了——我可不是改行来偷东西的呀。"

"吓死我了,真是的——就是不偷东西,也不该这么厚脸皮呀。"

她甩了甩雨伞上的水,又气呼呼地补上一句:

"快出来!我要进屋啦。"

"好,马上走。你不赶,我也要走的。大姐,你不撤离吗?"

"已经撤了。可是撤了又——这关你什么事儿?"

"是落下了什么东西吧——哎哟,快进来吧,站在那儿要淋雨哩。"

她仍是气呼呼的,对叫花子的话理都不理,坐在门口的地板上,把泥脚伸进水池,用水哗哗地冲起脚来。叫花子若无其事地盘腿坐着,手摩挲着胡子拉碴的下巴,目不转睛地看着她的一举一动。她肤色略黑,鼻梁旁长了几点雀斑,一个地道的乡下姑娘。一身打扮也是女佣常穿的土布单褂,只系了一条小仓布腰带。她长得眉眼生动,身体结实,说不上哪儿有那么一股俏劲儿,会让人想起鲜桃嫩梨之类的。

"时局这么紧,还跑回来取东西,准是落下什么要紧的东西了。落下什么了?哎,大姐——阿富姐。"

老新盯着问道。

"你管呢!你倒是快点给我出去呀!"

阿富没好气地顶了他一句,突然像又改了主意,抬头看看老新,一本正经地问道:

"老新,看见我们家花花了么?"

"花花?花花刚才还在这里——咦,跑到哪儿去了?"

叫花子朝四处看了看。不知什么工夫,猫儿已跑到搁板上,趴在擂钵和铁锅之间。阿富和老新同时发现了这只猫。她一把扔下水勺,好像忘了有老新这么个人,连忙上了地板,开心地笑着,招唤起搁板上的猫来。

老新的目光,从搁板上昏暗的猫身上转了过来,纳闷地看着阿富。

"猫么?阿富姐,落的东西敢情是猫呀!"

"是猫又怎么啦?——花花,花花,来,快下来。"

老新扑哧一声笑起来,那笑声在哗哗的雨声中,听着很瘆人。阿富气得满脸通红,劈头大骂起来。

"有什么好笑的？我们太太把花花落下了，都快急疯了。直念叨，花花要是给打死了，可怎么好，哭个没完没了。我也觉得怪可怜的，就冒着雨特地跑回来——"

"好了好了，我不笑就是。"

可是，老新还是笑个没完，打断阿富的话说：

"我不笑啦。可你想想，明天就要'打仗'了，大不了一两只猫儿罢了——想来想去总觉得好笑。虽说是当着你的面，但你们老板娘小气到这么不懂事儿的地步，真是少有呀。首先，为找这只花猫……"

"闭嘴！我不要听你说我们太太的坏话！"

阿富气得直跺脚。可叫花子并没给吓住，眼睛反而放肆地在她身上溜来溜去。她那时，浑身流露出一种野性的美。淋湿的和服和衬裙——无论往哪儿看，都紧紧贴在身上，清清楚楚勾勒出她的体形，而且一望便知，是充满青春活力的处女之身。老新不眨眼地盯着她，仍是带笑接下去说道：

"首先，她该明白，就算要找这只花猫，也不该把你打发回来，你说是不是？现在，上野一带的人家全撤走了，街上这些房子虽说还在，也等于一座空城。当然喽，狼倒未必有，可是也没准碰到什么危险——这话总不会错吧。"

"与其操那份心，不如趁早给我把猫逮住——再说，这会儿又没打起来，有什么危险的。"

"这可不是闹着玩儿的。年轻轻的姑娘家，单身走在路上，这种时候要不危险，什么时候危险？直说了吧，这儿可就你跟我两个人，万一我对你起了歪心，大姐，我看你怎么办？"

老新的口气又像开玩笑，又像当真，叫人摸不透。可是阿富一双亮晶晶的眼睛，连一丝恐惧的影子也看不到，只是脸上比刚才更红了。

"怎么？老新——你想吓唬我是么？"

倒是阿富自己要吓唬老新似的往前凑上一步。

"吓唬你？要光是吓唬吓唬倒好咧。这年头，带肩章的坏蛋多得是，何况我一个要饭的。并不见得光是吓唬吓唬你，要是我真起了歪心的话……"

老新话没说完，头上就挨了一记。不知什么工夫，阿富已经在他面前挥起了大黑伞。

"看你还敢胡说八道！"

阿富举伞又朝老新头上狠狠揍下去。老新连忙一躲，伞打在旧单褂的肩膀上。这一闹，吓得大花猫碰掉了一只铁锅，蹿到灶神架上，连供灶神的松枝和油灯盘儿，也接连滚落到老新身上。老新又挨了阿富几雨伞，才好不容易站起来。

"你这个畜生！你这个畜生！"

阿富连连挥动着雨伞。老新挨着打，终于夺过伞，一扔，猛地扑向阿富，俩人在狭窄的地板上扭做一团。正打得不可开交，大雨这时又狂击厨房的屋顶，随着雨声加大，光线也眼见着暗了下去。老新给她又打又抓，却不管三七二十一，执意要把她扭住按倒。可是，几次都没有成功，刚要按住，她却突然像弹簧似的跳到了门口。

"这臭丫头……"

老新靠在拉门上，一动不动地盯着阿富。

阿富的头发不知什么时候散开了，精疲力尽地坐到地板上，掏出腰里的剃刀，倒握在手里，脸上带着股杀气，却又说不出的冷艳，像那只端坐在灶神架上的猫儿。俩人一声不响，互相查看对方的眼神。过了一会儿，老新故意冷笑一声，从怀里掏出方才那把枪。

"哼哼，看你老实不老实。"

枪慢慢对准了阿富的胸口。尽管如此，阿富只是气愤地盯着老新的脸，死也不开口。老新看她不吵不闹，像又改了主意，把枪指向了上面。上面黑影里，闪着一双琥珀色的猫眼。

　　"怎么样？阿富……"老新有意逗她着急，含笑说，"这枪砰地一响，那猫儿可就大头朝下滚下来啦。你也跑不了，跟它一样。你说好不好？"

　　扳机眼看要扣了下去。

　　"老新！"阿富忽然大叫一声，"不行，不能开枪。"

　　老新回头看着阿富，枪口却仍对着大花猫。

　　"不行？我就知道嘛。"

　　"打死它多可怜，你就放过花花吧。"

　　阿富的神情一反方才，两眼满是担忧，嘴唇微微颤抖，露出细细白白的牙齿。老新半是嘲讽，半是讶疑，望着她的面庞，呆了半晌才放下枪。这时，阿富脸上露出放心的神色。

　　"好吧，猫我就放过它。代价嘛……"老新竟出言不逊地说，"得用你的身子来换。"

　　阿富避开了他的目光。一时间，她心乱如麻，燃起憎恨、愤怒、厌恶、悲哀以及其他种种感情。老新留神看她情绪的变化，侧身绕到她身后，打开饭厅拉门。饭厅当然比厨房更暗，但主人撤走后，留下的碗橱、长火钵，依然看得分明。老新站在那里一动不动，目光落在阿富微微冒汗的脖子上。阿富像是有所感觉，扭过身，抬头望着身后老新的脸。不知什么工夫，脸上又和方才一模一样，恢复了生气勃勃的神情。老新倒狼狈起来，眨了一下眼，蓦地又把枪口对准猫儿。

　　"不，人家不要你开枪嘛——"

　　阿富拦住他，同时把手里的剃刀扔到地板上。

　　"不开枪，你就过去。"

老新一副皮笑肉不笑的样子。

"讨厌鬼!"

阿富恨得牙痒痒地嘟囔着,突然站起来,豁出去了似的快步走进饭厅。老新见她这样干脆,倒多少有些意外。这时雨声渐歇,云中还露出了晚霞,使昏暗的厨房渐渐亮了起来。老新站在那里,留神倾听饭厅里的动静——解开小仓布腰带的声音,躺到席子上的声音——然后,饭厅里一片寂然。

老新犹疑片刻,走进微明的饭厅。饭厅正中,阿富仰面躺着,一动不动,用袖子遮住了脸。老新一见这场面,便反身逃回厨房,脸上的表情说不出的奇怪,既像是嫌恶,又像是害羞。他回到厨房,仍是背对着饭厅,不由得苦笑起来。

"开玩笑呢,阿富姐。跟你开玩笑呢,快出来吧……"

——几分钟后,阿富怀里揣着猫儿,一手拿着伞,和披着破席子的老新,轻松地说着话。

"阿富姐,有件事儿倒想问问你。"

老新仍旧有些难为情,不敢去看阿富的脸。

"什么呀!"

"不是什么大事儿——一个女人委身于人,这可是终身的大事呀。可是阿富姐,你却用它去换一只猫——你这不太胡来了吗?"

老新停了停。阿富只是笑,摸着怀里的猫。

"这猫,就那么可爱吗?"

"花花当然也可爱啦……"

阿富回答得很暧昧。

"你忠心事主,在这一带是出了名的。花花给打死了,你觉得对不住你们家太太——你是不是担心这个?"

"嗯,花花当然好可爱啦。太太么,也是顶要紧的呀。只是我——"阿富歪着头,眼睛望向远处。"怎么说呢,当时只是觉得,要不那样,心里就过意不去。"

——又过了几分钟,只剩下老新一个人,手抱着包在旧裰子里的膝盖,呆呆地坐在厨房里。在淅淅沥沥的雨声中,暮色渐渐逼近屋内。天窗上的绳子,水池边的水瓶,一一消失不见了。这当儿,上野的钟声,在阴云密布的天空里,一下一下沉重地回荡。老新猛然一惊,向鸦雀无声的四周扫了一眼,摸索着下了地,从水池里满满舀起一勺水。

"村上新三郎呀,源氏门中的繁光①,今天算是栽了。"

他嘴里嘟囔着,痛快地喝着黄昏中的水……

明治二十三年三月二十六日,阿富和丈夫及三个孩子,走在上野的广小路上。

那天正好是竹台举行第三届全国博览会开幕式的日子,黑门一带的樱花也多半都开了。广小路上,人来人往,水泄不通。参加完开幕式的马车、人力车的队列,不断从上野方向涌来——前田正名、田口卯吉、涩泽荣一、辻新次、冈仓觉三、下条正雄②……一干人所乘的马车,也挤在人流里。

阿富的男人,怀里抱着五岁的小儿子,下摆给大儿子手拽着,在眼花缭乱的人行道上,躲闪着来往行人,还不放心地时时回头望一眼身后的阿富。阿富拉着大女儿,每每向丈夫粲然一笑。当然,二十年的岁月,使她有点儿见老,但是一双明媚的眸子,却和从前没什么两样。明治四五年前后,她嫁给了古河屋政兵卫的外甥,现在的男人。男人那时在横滨,而今在银座的某条街里,开一家小小的钟表店……

---

① 表示老新出身名门,村上源氏为历代的阀阅世家。
② 上述人名皆为明治初期的社会名流。

阿富偶然抬起头。一辆双驾马车恰好驶过身边，悠然自得坐在车里的，正是老新。老新——如今的老新，头盔上插着鸵鸟毛，堂皇威严的辫带上垂着金穗，佩戴有大大小小的勋章，身上挂满了各种荣誉的标记。但花白胡子中那张红脸膛，朝这边望了过来，正是当年那个叫花子。阿富不由得放慢了脚步。奇怪的是，她并不觉得意外。老新绝不是一个普通的叫花子——不知为什么，她一直这么认为。是因为他的长相么？他说的话么？还是因为他拿的那把枪？反正她知道。阿富眉毛都不动一动，定定地望着他。不知是故意呢，还是偶然，老新也看着阿富。刹那间，二十年前那个雨天的记忆，痛苦地浮现在阿富眼前。那天，为了救一只猫，她轻率地要委身于老新。是什么动机——她自己也不明白。而老新，在那种窘境之下，对她奉献的身体，连根指头都没碰一碰。他又是怎么想的呢？——她也不知道。不管她知不知道，对阿富来说，这都是理所当然的。马车擦身而过时，她觉得心里轻松起来。

老新的马车过后，阿富的男人在拥挤的人群里，又回过头来看她。看到他的脸，她跟刚才一样，若无其事地向他微笑，仍然那么生气勃勃，快快活活的……

大正十一年（1922）八月

阿　吟

唐先容译

不知是元和还是宽永①，反正是很久远的年代了。

即便到了那个时候，信奉天主教的人，一旦被人发现，也还是逃脱不了火刑或磔刑的处罚。然而，迫害越是变本加厉，万能的上帝就越是加护于这个国家的信徒。在长崎附近的村落里，时常可以看见天使和圣徒伴随着日暮的余晖前来探望信徒们。据说有一次，就连圣约翰·巴蒂斯塔②也曾翩然出现在浦上③一个信徒——米格尔·弥兵卫的水车小屋里。而与此同时，为了阻挠信徒们修行，恶魔也开始摇身变成鲜为所见的黑人，或者是外来的花草，抑或是搭着席篷的牛车，频繁地出没于各个村落。在昼夜难辨的土牢里，那些折磨米格尔·弥兵卫的老鼠，其实也是恶魔的化身。在元和八年的秋天，弥兵卫和另外十一个教徒一起，被处以火刑——而这一切便发生在元和或是宽永那样一个久远的年代。

在浦上深山里的一个村子里，住着一个名叫阿吟的童女。阿吟一家是从大阪千里迢迢流浪到长崎的外来户，但还来不及有所作为，父母就抛下阿吟一个人，去了另一个世界。不用说，像他们这种来自异乡的人，根本不可能知道什么天主的教诲。他们所信奉的，乃是佛教，是禅，或者法经，抑或净土——反正都属于释迦一

---

① 江户初期的年号，元和为 1615 至 1624 年，宽永为 1624 至 1644 年。
② San Joan Bautista，即圣约翰。曾预言天国的临近，在约旦河里为众多的教徒进行洗礼。
③ 日本长崎市北部的一个地名，以天主教信徒众多而闻名。

派的教诲。据法国耶稣会的一个神学家让·克拉塞瑟说，诡计多端的释迦牟尼一边周游中国各地，一边宣扬一种被称为阿弥陀佛的佛道，然后又潜入日本宣传同样的佛道。根据释迦牟尼的说教，我们人的灵魂都将依据罪孽的轻重多寡，要么变成小鸟，要么变成牛羊，要么变成树木。不仅如此，据说释迦牟尼在出生时，还戕害了自己的母亲。不用说，释迦牟尼的教诲是荒诞不经的，其险恶的性质也是显而易见的。但正如前面说过的那样，阿吟的母亲对这些真实情况是不可能了解的，所以，即便在停止呼吸之后，也还虔诚地信仰着释迦牟尼的教导。在墓地那苍凉的松树树荫下，他们甚至不知道自己已经坠入地狱，而只是执着地梦想着虚幻的极乐世界。

　　但幸运的是，阿吟并没有沾染父母的无知。一直住在深山里的农夫——慈悲的约翰·孙七，把洗礼的圣水浇洒在这个童女的额头上，还给她取了个"马利亚"的教名。阿吟不相信，释迦牟尼在出生时，会指着天和地，像狮子般大吼道："天上天下唯我独尊。"相反，她倒是相信"柔顺、哀怜、尤其是甜美的马利亚"处女怀胎的传说，也相信"被钉在十字架上受难，最后被装在石棺里"，埋入大地之下的耶稣，于三天后得到复活的传说。她甚至相信，只要最后审判的喇叭一吹响，那么，"主便会带着荣光和威严从天而降，将布满尘土的人身还原为本初的灵魂，让善人享受天上的快乐，而把恶人与魔鬼一道打入地狱"①。特别是她相信那宝贵的圣典："根据圣旨的圣德，虽然面包和酒的颜色不会改变，但其本体却可以变成主的血肉。"阿吟的心不像她的父母那样，是一片听凭热风吹拂的沙漠，而是一片果实累累的麦田，其中还夹杂着朴实无华的野蔷薇。阿吟在失去双亲之后，就成了约翰·孙七的养女。孙七的妻子乔安娜·小须美也是一个心地善良的女人。阿吟和这对夫

---

① 引自日本16世纪天主教徒的祈祷文。

妇一起，时而追逐牛群，时而收割小麦，享受着幸福的时光。不用说，即使在那样的生活中，他们也避开村里人的目光，从不懈怠地进行禁食祈祷。阿吟常常一边在水井旁的无花果树下，仰望着硕大的月牙儿，一边虔诚地祈祷着。姑娘散垂着头发，嘴里所发出的不过是这样一种简单的祷告：

"大慈大悲的圣母，吾等对您感恩不尽。被流放的夏娃之子，恳求您将慈悲的目光降临于泪水之谷。阿门！"

不料在某一年的圣诞之夜，恶魔和几个官人一起突然闯进了孙七的家里。孙七家的地炉里，正熊熊燃烧着"童话的柴火"。今天夜里，熏得黢黑的墙壁上还特意竖起了十字架。一旦去到后面的牛棚里，还能看见饲料桶里盛着为耶稣准备的初生汤。官人们一边相互点头示意，一边把孙七夫妇捆绑了起来。当然，阿吟也没有例外。但他们三个人都没有流露出半点胆怯的神情。为了灵魂得救，什么样的痛苦都甘愿忍受。他们不约而同地坚信着：主肯定会赐福于我们。想来，恰好在圣诞夜遭到逮捕，这不正是天宠浩大的证据吗？在逮捕他们以后，官吏们把他们押解到了地方官的宅邸里。途中，尽管黑夜的狂风是那么凛冽刺骨，但他们却一刻也没有停止过念诵圣诞节的祷告词。

"出生在伯利恒①的王子，此刻你在哪里？我们赞美你！"

恶魔看见他们被捕，只顾着拍手叫好，但又不能不为他们英勇无畏的精神感到恼羞成怒。恶魔在与官吏们分手之后，怒气冲冲地吐了口唾沫，摇身变成一只石磨，轱辘轱辘地旋转着，消失在了黑暗中。

约翰·孙七、乔安娜·小须美、马利亚·阿吟三个人被投入了地牢，遭受了种种旨在迫使他们放弃天主教的折磨。但不管是

---

① 传说是基督降生的地方。

水刑，还是火刑，都从来没有动摇过他们的决心。纵然皮肉开始溃烂，但只要再稍事忍耐，不就可以进入天国之门了吗？不，只要一想到天主的大慈大悲，这黑暗的地牢甚至与庄严的天国也别无二致。不仅如此，在半梦半醒之间，尊贵的天使和圣徒们还频繁地前来抚慰他们。尤其是阿吟蒙受了最多那样的幸福。阿吟甚至看见圣约翰·巴蒂斯塔把无数的蝗虫捧在巨大的掌心里，催促她赶快下咽充饥。她还看见大天使加布里埃尔叠合起白色的翅膀，用美丽的金色水杯给她斟水解渴。

地方上的官吏不用说对天主教一无所知，就是对佛教也懵然不懂，所以，对他们为何如此顽冥不化，一点也不理解。有时候甚至不免怀疑，这三个人是否全都是疯子。可一旦明白他们并不是疯子，就更是禁不住寻思道：没准这帮人就是蟒蛇或者独角兽吧，反正是与人伦无缘的动物。倘若放掉这些动物，他们不光会违法乱纪，还会危及国家的安全吧。因此，地方官吏决定在关押他们一个月之后，悉数焚之以火。（说实话，或许这个官吏也像世间的普通民众一样，并没有考虑过是否会危及国家安全的大事。首先这个国家拥有法律，其次还有民众的道德，纵然不去考虑，也不会有什么大碍。）

在被带往村头刑场的途中，以约翰·孙七为首的三个教徒也不曾流露出畏惧的神色。刑场恰好坐落在与墓地相邻的一片碎石杂陈的空地上。他们一到达刑场，就被宣读了罪状，然后马上被捆束在粗大的角柱上。右面是乔安娜·小须美，中间是约翰·孙七，而左面是马利亚·阿吟。三个人就这样被暴露在刑场的中央。小须美由于连日的折磨，看起来就像是陡然衰老了很多，而孙七那长满胡须的脸颊上也几乎丧失了血色。与他们俩相比，阿吟倒是与往常没有什么变化。他们站在高高的柴火堆上，三个人都表现得同样地镇静。

从一大早开始,刑场的四周就挤满了众多的围观者。越过那些围观的人群,能看见墓地上有五六棵松树向天空中伸展着枝梢,就恍若是神像上的饰物。

在一切准备就绪之后,一个官吏煞有介事地走到三个人面前,说道:

"你们到底放不放弃天主教?现在再给你们一点时间,好好考虑一下。只要肯声明放弃天主教,就立刻松绑放人。"

但三个人谁都没有回答,而只是凝眸眺望着遥远的天空,嘴角上挂着微笑。

官吏自不用说,就连旁边的围观者也从没有像眼下这几分钟一般鸦雀无声过。无数的眼睛一眨也不眨地注视着三个人的脸庞。然而,没有一个围观者是因为太过悲痛才屏神静气的,相反,全都迫不及待地盼望着烈火赶快熊熊燃起。官吏们也因处刑程序过于烦琐而倍感无聊,不想再开口说话了。

突然,众人的耳朵里清晰地传来了一个意想不到的声音:

"我决定放弃天主教。"

原来这声音来自阿吟。围观者霍地一下沸腾了,但在喧闹了一阵之后,又很快恢复了阒寂。只见孙七回过头看着阿吟,用无力的声音说道:

"阿吟!你是不是中了恶魔的圈套?只要再忍耐一下子,不是就能谒见天主的面容了吗?"

不等他话音落地,小须美也远远地朝阿吟说道:

"阿吟!阿吟!你肯定是被恶魔附体了。赶快祈祷吧!赶快祈祷吧!"

但阿吟没有回答,只是用一双眼睛注视着墓地上那些像神像上的饰物一般伸出枝头的松树。不一会儿,一个官吏下令给阿吟松绑。

见此情景，约翰·孙七近乎绝望般地闭上了眼睛。

"万能的主啊，一切都只能听从您的安排了。"

终于被松绑以后，阿吟好一阵子都茫然地伫立着。刚一转身看见孙七和小须美，她就扑通一声跪倒在他们面前，一言不发，眼泪扑簌簌地流了下来。孙七依旧紧闭着眼睛，而小须美也背过脸去，不看阿吟一眼。

"爸爸，妈妈，请你们饶恕我吧！"阿吟终于开口说道，"我之所以放弃主的教诲，是因为无意中看见了对面那些如同天盖一般的松树枝梢。我那长眠在墓地松树下的亲生父母，因为对天主的教诲一无所知，想必此刻已经坠入了地狱中吧。如果现在只让我一个人踏入天堂之门，不是觉得对不住他们吗？所以，我还是跟随我的亲生父母一起下地狱去吧！爸爸，妈妈，你们一定要去到耶稣和马利亚的身旁！而我，既然已经舍弃了天主的教诲，也就不可能再活下去了……"

阿吟断断续续地说完之后，又开始啜泣起来。此刻，乔安娜·小须美也在伫立着的柴火上泪如泉涌。马上就要进入天堂了，可却陷入了徒劳的悲叹之中，这显然有悖于教徒应有的操守。于是，约翰·孙七一边痛苦地回头看着妻子，一边用高亢的声音斥责道：

"难道你也被恶魔迷住了不成？如果想放弃天主的教诲，那就随你的便好啦。就算只有一个人，我也甘愿被烧死。"

"不，我要跟你做伴。不过，这倒不是——"小须美强咽下泪水，一半像是在喊叫似的说道，"倒不是因为想进入天堂，而只是想跟你做伴罢了。"

孙七陷入了长时间的沉默之中，但他的整个脸庞却忽而变得苍白，忽而涨得通红。与此同时，汗珠也一颗又一颗地不断渗出，积流在了他的脸上。此刻，孙七透过心灵的眼睛，窥见了自己的灵魂，看到了正在争夺他灵魂的天使和恶魔。此刻，倘若脚下的阿吟没有扬起她那埋头哭泣的脸来——不,偏偏阿吟扬起了脸来。而且,她那盈满泪水的眼睛还一边散发出不可思议的光芒,一边凝眸注视着他。在这双眼睛深处所闪现着的,不仅有她那颗天真无邪的童女之心,还有"遭到流放的夏娃之子"——即整个人类的心灵。

"爸爸,我们去地狱吧!还有妈妈、我,以及我的亲生父母,大家都一起让恶魔抓去好啦!"

于是,孙七终于堕落了。

作为在我国众多教徒的受难中最为可耻的变节行为,这个故事一直流传了下来。据说当他们三个人一起舍弃了天主教诲的时候,就连那些不知天主教为何物的男女老少也无不义愤填膺。或许那只是因为痛失良机,没能亲眼目睹到火刑场面而萌生的遗恨吧。还听说,恶魔当时因为大喜过望,而摇身变成一本大书,不顾深更半夜,马不停蹄地赶到了刑场。这是否也能归结为恶魔的胜利,值得他如此兴高采烈呢?对此,身为作者的我不能不抱着怀疑的态度。

大正十一年(1922)八月

百　合

唐先容译

　　良平在某个杂志社里当校对员，不过，这并非他的初衷。所以，只要有一丁点闲暇，他也会出神地阅读日文版的马克思著作。要不，就一边用粗大的指头鼓捣着 Golden Bat 牌的廉价香烟，一边憧憬着俄罗斯。而每当这种时候，关于百合的往事，也会蓦然掠过他的心间，化作无数断断续续回忆中的某一个片段。

　　今年七岁的良平，此刻正在自个儿家的厨房里，大口地吃着有些为时过早的午饭。这时，隔壁家的金三一脸油光闪亮的汗珠，活像发生了什么重大事件一般，突然闯了进来。他径直跑到厨房里的洗碗池旁边，说道：

　　"喂，阿良，刚才——就是在刚才，我发现了一株连体百合呢。"

　　为了强调是一株连体百合，金三还特意把两根食指并在一起，举到上翘着的鼻子尖上给良平看。

　　"是并在一起的连体百合吗？"

　　良平不由得瞠目结舌。要知道，从同一个根部上长出两株百合，这可是很稀奇的。

　　"哎，那可是两株又粗又大的百合呢，长得就像人的小雀雀，而且，颜色还是红的……"

　　金三一边用松开的衣带头子揩拭着脸上的汗水，一边如痴如醉地说道。受到这番话的感染,良平也不知不觉地撂下碗筷,挨着他在洗碗池旁边蹲了下来。

"快把饭吃完吧!管他是连体的也罢,是红色的也罢。"

母亲在隔壁宽敞的客厅里剪切着养蚕的桑叶,对着良平叮嘱了两三次。但他就像是压根儿没有听见一样,连珠炮似的向金三发问道:"百合的芽儿究竟有多粗?两株芽儿是不是一样长?"当然,金三也回答得气宇轩昂:"两株芽儿就跟大拇指一样粗,长度当然也恰好相同。这样的百合就是寻遍整个世界,恐怕也找不着第二株吧……"

"喂,阿良,我们这就去看看吧!"

说着,金三有些狡黠地瞅了瞅良平的母亲,然后悄悄拽了拽良平的衣角。去看那并在一起,颜色又红,而且还像人的小雀雀一样的连体百合——没有比这更大的诱惑了。良平来不及回答,就匆匆地套上了母亲的草鞋。可草鞋不仅很潮润,鞋带也有些太松了。

"良平!——瞧你!饭还没有吃完就……"

母亲发出了又惊又气的声音。不料,这时的良平已经赶在头里,穿过了背后的庭园。走出后院,只见小路的对面有着一片迷蒙的灌木丛,其间长满了初生的嫩芽。良平正要朝那个方向拐过去,谁知金三一边大叫着"不对,是这边呢",一边向有着农田的右前方跑了过去。而良平这时已经跨出了一大步。只见他夸张地掉过头,猫着腰转身回跑。不知为什么,他总觉得,如果不摆出这种架势,就很难涌起那种威风凛凛的感觉。

"什么,原来是在农田的土堤上呀?"

"嗯,是在农田中间呢。就是在这对面的麦田里……"

一说完,金三就躬身钻进了栽满桑树的田埂上。在桑树那纵横交错的枝头上,已经抽满了三厘米大小的、十字纹路的嫩叶。良平也从树枝间一穿而过,紧紧尾随在金三的背后。在他的鼻子尖跟前,是金三那打着补丁的屁股。只见金三那松开的衣带正随风飘荡着。

穿过那片桑田,终于看见了长出秸秆的麦田。金三依旧跑在前面,沿着被桑树和麦秸夹在中间的田埂,再次朝右侧拐了过去。而就在这时,身手敏捷的良平一下子超过了金三。可不等他跑出五六米远,金三便发出怒气冲冲的话音,迫使他停住了脚步。

"你这是干什么呀?明明不知道在什么地方。"

有些扫兴的良平,只好不情愿地让金三走在头里。这时,两个人都已经停止了奔跑,只是默默无言地向前走着,听凭麦秸与自己的身体相互摩挲。但刚一走到麦田角落里那修着土堤的地方,金三突然对着良平露出了笑脸,用手指了指脚下的田埂。

"瞧,就是这儿了。"

听他这么一说,良平也不由得把不快抛在了脑后。

"哪个?哪个?"

他俯身打量着田埂。就像金三所说的那样,两株带着红叶的百合,正高昂着它们富有光泽的头颅。即便已经听人说过,但亲眼目睹这百合的美丽,依旧会惊讶得目瞪口呆。

"喂,该是很粗,对吧?"

金三得意洋洋地看着良平。良平只是点了点头,全神贯注地注视着百合的新芽。

"喂,该是很粗,对吧?"

金三又追问了一次,然后试图伸出手去触摸右面的那株新芽。这时,良平就像是如梦初醒一般,慌忙挡开了金三的手。

"哎,别动它!要不,会碰断的。"

"摸一摸有什么呢?又不是你的百合!"

金三又生气了。可这一次良平也毫不示弱。

"可也不是你的呀。"

"不是我的，摸一摸又有什么呢？"

"我说了叫你住手！因为会碰断的！"

"才不会断呢！我刚才就使劲摸过它了。"

既然说刚才都已经使劲摸过，那良平也就只好默不作声了。金三就那样蹲在那里，比刚才更加粗暴地摆弄着百合的嫩芽。尽管如此，不足三寸长的新芽却岿然不动。

"那么，我也摸摸看吧！"

良平终于放下心来，一边窥探着金三的脸色，一边轻轻地摸了摸左边的新芽。红色的嫩芽给良平的指尖带来了一种奇妙的踏实感，使他从那种触觉中感受到了一种难以言喻的快慰。

"真棒！"

良平兀自微笑了。过了一会儿，金三突然开口说道：

"既然新芽发得这么好，就像人的小雀雀一样，那么，想必下面的球根也很大吧——喂，阿良，要不要挖出来瞧瞧？"

当他这么说的时候，已经将手指插进了田埂的泥土中。这次，良平所受到的惊吓远远超过了刚才。

"快住手吧！我说，让你快住手！"然后，良平又小声地说道，"要是给谁看见了，你准会被骂死的！"

生长在农田里的百合不同于那些荒山野岭里的百合。除了农田的主人，谁也不准擅自掘取——这一点金三也心知肚明。他有些依依不舍地在百合四周的泥土上画了个圆圈，然后老老实实地听从了良平的劝诫。

在晴朗天空的某个地方，一直响彻着云雀的鸣叫。两个小男孩就在这美妙的声音下面，一边爱抚着连体百合，一边郑重其事地相互约定：其一，关于这株百合，决不告诉任何其他伙伴；其二，每天早晨去学校之前，两个人一起来看望百合……

第二天早晨，就像约定的那样，两个人结伴来到了长着百合的麦田边。只见百合那红色的芽尖上还残留着晶莹的露珠。于是，金三负责右侧的新芽，而良平则负责左面的新芽，分别用手指弹掉了上面的露珠。

"真粗啊！"

今天早晨，良平又一次陶醉在百合新芽的壮观中。

"这样看来，它该有五年了吧。"

"你说五年？"金三朝良平的脸上投去充满轻蔑的目光，说道，"才五年？恐怕该有十年左右了吧。"

"十年？如果说有十年，那不是比我年龄还大吗？"

"是呀，当然比你年龄大啦。"

"那么说来，也就该开十朵花吧？"

五年的百合开五朵花，十年的百合开十朵花——曾几何时，他们曾从长辈那儿听说过这样的事情。

"是啊，当然要开十朵花呀。"金三用庄严的口吻说道。

良平内心有些踌躇，嘴上却带着辩解的语气嘟哝道：

"早点开就好了。"

"怎么会开呢？又不是夏天。"金三又一次奚落着良平。

"是夏天开吗？怎么会呢？应该是在下雨的季节吧？"

"下雨的季节，不就是夏天吗？"

"夏天应该是穿白色和服的时候呢。"良平绝不肯轻易服输，说道，"下雨的季节，怎么会是夏天呢？"

"傻瓜！穿白色和服，不就是在伏天吗？"

"胡说！不信，你去问我娘！穿白色的和服，就是在夏天嘛！"

话音未落，良平的左脸颊已经挨了金三的一拳。但就在挨揍的同时，他也给了对方狠狠一击。

"你太自以为是了！"

脸色骤变的金三，用尽力气把良平向后一推，良平顿时仰面跌倒在麦田的田埂上。因为田埂上打着露水，所以，他的脸和衣服全都粘上了烂泥。尽管如此，他还是飞身跳将起来，冷不防抱住了金三。或许是因为遭到突然袭击吧，很少败阵的金三，这时候也跌了个屁股蹲儿。而且他摔倒的地方恰好紧挨着百合。

"如果想打架，那就过来吧！在那儿会伤着百合的，往这边来吧！"

金三高昂着下巴，纵身跳到了长着桑树的田埂上。良平也只好哭丧着脸，跟着转移到那边的田埂上。于是，两个人又开始扭揪在一起。满脸通红的金三抓住良平的前襟，前后左右地推搡着。平时，要是被人这样折腾，良平早就号啕大哭了，但这天早晨，他却没有哭。不仅如此，即使脑袋开始晕眩，他也照样顽强地扭住对方，决不松手。

这时，突然有人从桑树中间探出了头来。

"喂，你们在打架呀？"

两个人终于停止了扭揪。在他们面前，站着一个脸上有着浅浅麻窝的农家妇女。她是一个名叫惣吉的校友的母亲。或许是来采摘桑叶的吧，只见她穿着睡衣，把布手巾罩在头上，怀里抱着一个竹篓。她用审视的目光来回打量着两个男孩。

"是在进行相扑比赛呢，阿姨。"

金三故意装作精神抖擞的样子，说道。但良平却一边战抖着，一边打断了他的话：

"他撒谎！明明是在打架！"

"你才是撒谎呢！"

金三一把抓住了良平的耳朵。但幸运的是，不等他使劲拽拉，惣吉的母亲便带着可怕的表情，走过来一下子扳开了他的手。

"你总是这么粗暴，不讲道理。不久前，把我们家惣吉的额头打了个伤口的,也是你吧。"

看见金三被人训斥,良平真想说一句:"活该!"但不等他说出口来,不知为何,他的眼眶里竟盈满了泪水。就在这时,金三一下子甩开惣吉母亲的手,用单脚蹦跳着,穿过一棵棵桑树,一边朝对面逃跑而去,一边大声喊叫道:

"日金山上天阴了!良平的眼睛下雨了!"

第二天,从拂晓时便下起了春天里罕见的大雨。良平家因为没有给蚕子储备足够的桑叶,所以一到正午,他的父母就掸掉蓑衣上的灰尘,找出很久没用的草帽,开始匆忙地做起了出门采桑的准备。但即便在这种时候,良平也只是一边咀嚼着肉桂皮儿,一边满脑子想着百合的事情。雨下得这么大,没准百合的嫩芽已经被打断了吧?没准和田里的泥土一起,被连根带芽地冲走了吧……

"金三这家伙,也肯定很担心吧?"

良平又转念想到了金三。这想法让他自己也觉得怪可笑的。其实,金三的家就在隔壁,只要沿着屋檐走过去,甚至连雨伞也不用撑呢。但是,一想到昨天的那场风波,他就打消了去找金三的念头。良平琢磨着,即使对方主动来找自己,一开始也千万不要搭理他。如此一来,那家伙也就肯定会垂头丧气的吧。……(未完)

大正十一年(1922)九月

三件珍宝

唐先容译

一

森林中，三个强盗正在争夺珍宝。所谓的珍宝，乃是纵身一跳即能飞越千里的长靴、穿在身上便能隐身的斗篷和即便铁器也能砍成两半的利剑——但乍一看，每一样珍宝都如同陈旧的工具。

第一个强盗 将那件斗篷给我拿过来！

第二个强盗 少说废话！将那把剑给我拿过来！——哇，是谁偷了我的长靴？

第三个强盗 这长靴不是我的吗？你才偷了我的东西呢。

第一个强盗 好吧好吧，那我就先收下这斗篷了。

第二个强盗 你这个畜生！怎么能把斗篷交给你呢？

第一个强盗 居然胆敢来揍我！——怎么，我的剑也被人偷了？

第三个强盗 什么呀，你这个偷窃斗篷的强盗！

　　于是，三个人开始了大声争执。这时，王子独自从林中的路上策马而过。

王子 喂，喂，你们在干吗呀？

（随即从马上纵身跳下）

第一个强盗 什么？还不是怪这家伙不好呗。不仅偷了我的剑，还让我把斗篷交给他，所以才……

第三个强盗 不，都是他不好。那斗篷是他从我这儿偷去的。

第二个强盗 不对,他们两个都是大强盗呢。要知道,这些东西原本都是我的。

第一个强盗 你撒谎!

第二个强盗 你这个信口雌黄的家伙!

　　三个人又开始争执起来。

王子 等等!充其量不就是一件破旧的斗篷和一双开着窟窿的长靴吗?谁拿去不都无所谓吗?

第二个强盗 不,才没那么简单呢。要知道,这可是一旦穿上就可以隐身的斗篷哟。

第一个强盗 无论什么样的钢盔铁甲,只要用这把剑,都可以劈成两半呢。

第三个强盗 只要穿上这双长靴,就能一步千里。

王子 如果真是那样的稀世珍宝,那么,发生争执也就情有可原了。不过,既然如此,那就不要太过贪婪,一人分一件不好吗?

第二个强盗 那你就不妨试试看吧。那样一来,不知道我的脑袋啥时候就断在那把利剑下了。

第一个强盗 不,更让人为难的是,一旦有人披上了那件斗篷,不知道有多少东西会遭殃受害。

第二个强盗 不对,不管他偷了什么,只要不穿上那双长靴,也就不可能逃之夭夭呗。

王子 那倒的确不失为一个理由。我这就和大家合计合计,看你们是不是把东西全都卖给我?因为那样一来,也就没什么可担心的了。

第一个强盗 怎么样,把东西全都卖给这个大人?

第三个强盗 的确,或许这倒不是一个坏主意。

第二个强盗 那就得看价钱如何了。

王子　至于价钱嘛——对了，作为那件斗篷的补偿，我就把身上这件红斗篷送给你们。瞧，上面还镶着刺绣的花边呢。然后，我用这双带有宝石的靴子来换取你们那双长靴，再用这把黄金铸造的利剑来换取你们那把剑。这样一来，你们也就没什么吃亏的了吧。怎么样，这个价钱？

第二个强盗　那我就用这个斗篷来换你的吧。

第一个强盗和第三个强盗　我们也没什么可挑剔的。

王子　那就交换吧。

在交换了斗篷、利剑、长靴之后，王子又翻身上马，准备在林中的路上继续前行了。

王子　这前面有客栈吗？

第一个强盗　只要一走出森林，就有一家店名叫"黄金角笛"的客栈呢。好吧，那你就多加保重了。

王子　是吗？那么，后会有期了。

第三个强盗　真是一笔合算的买卖。我可没想到，那双长靴居然能换到这样的靴子。你们瞧瞧，这马刺上竟然带着金刚石呢。

第二个强盗　我的斗篷不是也很棒吗？穿上它，看起来不就像一个王爷吗？

第一个强盗　这把剑也同样非同小可呢。首先，剑柄和剑鞘都是黄金做的——不过，这么容易就上当受骗了，说来那王子不也够傻的吗？

第二个强盗　嘘！俗话说隔墙有耳，不可不防。我们还是到什么地方去喝一杯吧。

于是，三个人一边讪笑着，一边朝着与王子相反的道路走去。

二

在客栈"黄金角笛"的酒馆里,王子正在角落里嚼着面包。除了王子,另外还有七八个客人——看起来全都是村里的农夫。

客栈主人 据说不久就要举行公主的婚礼了。

第一个农夫 是听说有这么回事。不过,据说驸马乃是一个黑人国王呢。

第二个农夫 但听人说,公主特别讨厌那个国王。

第一个农夫 既然讨厌,那就别结婚得了。

主人 不过,据传那黑人国王拥有三件稀世珍宝呢。第一件是一双一跃千里的长靴,第二件是把铁器也能劈成两半的利剑,而第三件嘛,则是能够隐身的斗篷——据说他将如数奉送这三件珍宝,所以,我们贪婪的国王就一口应承了这门婚事。

第二个农夫 而可怜的,就只有公主一个人了。

第一个农夫 难道没有人肯去拯救公主吗?

主人 不,据说各个国家的王子中也不乏那样的人存在,但无奈都不是黑人国王的对手,所以,也就只好忍气吞声地呗。

第二个农夫 而且,据说贪婪的国王害怕有人掳走公主,还特意派遣了一条巨龙来看守着她。

主人 算了,才不是什么龙呢,不过就是士兵罢了。

第一个农夫 如果我能使魔法的话,肯定会第一个站出来解救公主。

主人 这还有什么可说的。如果我也会使魔法的话,哪里还轮得上你呢?(众人大笑起来)

王子 (突然朝大伙儿中间跑过去)好的,你们不用担心!我一定会去救她的。

众人 （不胜惊讶地）你去？

王子 是的。黑人国王什么的，随他来多少好啦！（他交叉起双手，环视着四周）我会一个一个地制服他们的。

主人 不过，据说那王子拥有三件稀世珍宝呢。第一件是一跃千里的长靴，第二件是……

王子 不就是把铁器也能劈成两半的利剑吗？那种东西我也有呢。你们瞧瞧这长靴，这利剑！再瞧瞧这破旧的斗篷！全都是和黑人国王的东西不相上下的珍宝。

众人 （再次愕然地）就是那双靴子？那把剑？还有那件斗篷？

主人 （颇为怀疑地）但那双长靴不是开着窟窿么？

王子 是的，它是开着窟窿。但即使开着窟窿，也照样能一跃千里。

主人 真的？

王子 （面带怜悯的神情）或许你们会认为我是在撒谎。好吧，那我就飞给你们看看，请把门给我打开吧。准备好了吗？要知道，我一旦跳将起来，转眼间就会消失不见的。

主人 此前，能否请你先结清饭钱呢？

王子 什么呀，我马上就会回来的。给你们带点什么礼物好呢？是意大利的石榴，还是西班牙的香瓜？抑或是更加遥远的阿拉伯无花果？

主人 只要是礼物，什么都行啊。快飞起来让我们瞧瞧吧。

王子 那么，我这就飞了哟。一、二、三！

　　王子纵身一跳，不料还没有跳到门口，就一屁股跌倒在地上。
　　众人齐声捧腹大笑。

主人 我就琢磨着会是这样的。

第一个农夫 还奢谈什么一跃千里,结果还没有跳出两三间① 远呢。

第二个农夫 什么呀,人家就是飞越了千里呗。先飞出一千里,然后又飞回一千里,这样一来,就又回到了原来的地方呗。

第一个农夫 开什么玩笑!怎么会有那种蠢事呢?

众人一齐哄堂大笑。王子悻悻地欠身起来,准备朝酒馆外面走去。

主人 喂,请您先付完账再走!

王子一声不吭地把钱扔给了店主人。

第二个农夫 你带的礼物呢?

王子 (把手搭在剑柄上)你说什么?

第二个农夫 (面带胆怯之色)不,我什么也没说。(就像是自言自语一般)或许只有那把剑还真能砍掉人的脑袋吧。

主人 (就像是安慰人似的)哎,你年纪尚轻,所以,就姑且先回你父王的国度里去吧。无论你怎么拼命折腾,也断然不是那个黑人国王的对手。人,无论干什么都得量力而行呀。谨慎行事,才是上策。

众人 你就听我们的吧,我们都是为你好。

王子 我一直以为自己无所不能,可是(突然泪流满面),却在你们面前丢尽了脸面(用手遮住自己的脸),啊,我真恨不得从你们面前倏然消失。

第一个农夫 那就再披上那件斗篷试试!没准眨眼工夫你就会消失不见的。

王子 畜生!(气恼得直跺脚)好啊,就随你们蔑视我好啦!我一定会从黑人国王手里救出那个可怜的公主。虽然长靴不能飞越

---

① 日本的长度单位,一间约合 1.818 米。

千里，但我手里还握着剑呢。再说，还有斗篷——（咬牙切齿地）不，就算是赤手空拳，我也要救出公主让你们瞧瞧。到时你们可千万别后悔。

主人 真让人担心啊。只要不死在黑人国王手里，就算是万幸了……

三

王宫的庭园。在蔷薇花丛中，只见喷水池迸射出一道道水柱。刚开始这儿阒无人影，片刻之后，出现了穿着斗篷的王子。

王子 看来，一穿上这斗篷，就马上有了隐身的作用。这不，刚才我穿过城门进来之后，不仅遇到了士兵，也遇到了侍女，可谁也没有过来盘问我。只要一穿上这斗篷，就可以像吹拂着眼前这些蔷薇花的清风一般，翩然进入公主的房间吧。——哇，从那边走过来的，不就是传说中的公主吗？赶快躲到什么地方去吧——这是干吗？哪有这样的必要呢？即便我站在这里，公主的眼睛不是也看不见我吗？

公主走到喷水池边，不胜悲凉地叹息着。

公主 我是多么不幸啊！再过不到一周，我就会被那个可恨的黑人国王带到非洲去，就是那狮子和鳄鱼大肆猖獗的非洲。（一边在草坪上席地而坐）我想永远都待在这个城堡里，在蔷薇花丛中倾听这水柱喷发时的优美声音。

王子 多美的公主啊！纵然舍弃生命，我也要拯救她。

公主 （惊讶地凝视着王子）你，是谁呀？

王子 （自言自语似的）哇，糟糕！都怪我自己，我不该说出声来！

公主 我不该说出声来？这该不会是个疯子吧？虽说倒是长着一张

可爱的脸……
王子　脸？莫非你能看见我的脸？
公主　当然能看见。你觉得这有什么不可思议的呢？
王子　也能看见这斗篷吗？
公主　嗯，那不是一件破烂不堪的斗篷吗？
王子　（非常沮丧地）可是，你应该看不见我的呀。
公主　（一副愕然的神情）为什么？
王子　因为这是一件穿上就能隐身的斗篷呗。
公主　你说的是那个黑人国王的斗篷吧？
王子　不，我身上这件斗篷也是一样的。
公主　但是，不是照样能看见你吗？
王子　可刚才碰到那些士兵和侍女时，的确是起到了隐身作用的呀。其证据是——无论碰到谁，都没有一个人过来盘问我呢。
公主　（笑了起来）那有什么奇怪的呢？穿着那么破旧的斗篷，肯定是被当作男佣人了吧。
王子　男佣人？（颓丧地坐在了地上）哎，结果就跟这长靴一个样。
公主　这长靴又怎么啦？
王子　这也是所谓能够一跃千里的长靴呢。
公主　就和那个黑人国王的长靴一样？
王子　是的——可是，不久前我纵身一跳，才跳了不到两三间。瞧，这儿还有一把剑呢。它原本能够把铁器一刀两断，可……
公主　那你何不试试看？
王子　不，在砍掉黑人国王的脑袋之前，我打算什么也不试了。
公主　喔，原来你是来和黑人国王一比高低的呀？
王子　不，不是一比高低，而是来拯救你的。
公主　真的？

王子 当然是真的。

公主 啊,我太高兴了!

突然,黑人国王出现了。王子和公主不禁一阵愕然。

黑人国王 你们好!刚才我纵身一跳,就从非洲赶了过来。怎么样,我这双长靴的魔力?

公主 (表情冷淡地)那你就再跳一次,再回到非洲去吧!

国王 不,今天我想和你好好谈谈。(看着王子)这个男侍是谁?

王子 男侍?(怒气冲冲地站起身来)我是王子,是专门来拯救公主的王子。只要我还在这儿,就决不让你动公主一根指头。

国王 (故作恭敬地)我可是有着三件稀世珍宝呢,这你总该知道吧?

王子 不就是利剑、长靴和斗篷吗?诚然,我的长靴还飞不出一町①,但若是和公主在一起,即便穿的是这同一双靴子,那么,一下子就飞出一千里或两千里,也是不足为奇的。再看看这斗篷!我之所以能够被当作男侍,潜入公主的身边,也是多亏了这件斗篷。不是至少可以说,它隐去了我的王子身份吗?

国王 (面带嘲讽的表情)真是口吐狂言!就让你见识见识我斗篷的魔力吧!

公主 (拍着双手)啊,他不见了。只要他一消失,我就开心得不得了。

王子 有那种斗篷,也真够方便的,就仿佛是特意为我们俩制作的一样。

国王 (突然出现了。恼羞成怒地)是的,就好像是特意为你们制作的一样,而对于我来说,却毫无用处。(一下子扔掉了斗篷)但是,我却拥有这把利剑。(蓦地,用眼睛狠狠地瞪着王

---

① 日本旧时的距离单位,约合 109 米。

子）你想夺走我的幸福，那我们就光明正大地决斗吧。我的利剑连铁器都能劈成两半，当然，你的脑袋更是不在话下了。（随手拔出了利剑）

公主 （迅速站起身来保护着王子）如果是铁器都能劈成两半的利剑，也就理所当然能够戳穿我的胸膛吧。好啊，你就朝我动手呀！

国王 （胆怯地退缩着）不，它不能用来对付你。

公主 （嘲笑着）连这胸膛都无法戳穿，居然还扬言能斩断铁器！

王子 等等！（一边制止住公主）国王说的话不无道理。因为国王乃是我的敌人，所以，就只能我们俩光明正大地决斗。（对着国王）来吧，我们就马上决斗一场吧！（拔出剑来）

国王 年纪虽轻，但却不愧为一个令人佩服的好男儿。准备好了吗？要知道，一旦被我的利剑刺中，你就没命了。
王子和国王两剑对峙。忽然，国王的利剑就如同砍断一根拐杖一般，轻而易举便斩断了王子手中的剑。

国王 怎么样？

王子 没错，我的剑的确是被斩断了，可此刻的我，却像这样站在你面前微笑着。

国王 那么，你还想继续决斗吗？

王子 当然。来吧！过来呀！

国王 已经不用决斗了，（他突然把剑撂在地上）获胜的人是你。看来我的剑毫无用处。

王子 （不可思议地打量着国王）为什么？

国王 为什么？如果我杀了你，就只能越发激起公主的仇恨。这一点你都不明白吗？

王子 不，我明白。不过，我原以为你是不懂这一点的。

国王 （陷入了沉思之中）我原以为，只要有三件珍宝，就能够得到公主。但这种想法看来是一个错误。

王子 （把手搭在国王肩上）我也曾以为，只要有三件珍宝，就能够拯救公主。但现在看来，我的想法也是错误的。

国王 是啊，我们俩都错了。（牵起王子的手）来吧，让我们重归于好吧。请你原谅我的失礼。

王子 也请你原谅我的失礼。事到如今，好像根本就无法判断，究竟是你战胜了我，还是我战胜了你。

国王 不，是你战胜了我。而我又战胜了我自己。（对着公主）我这就回到非洲去，请你放心好了。王子的剑虽然没有斩断铁器，但却刺破了我那比钢铁还要坚硬的心。为庆祝你们的婚礼，我愿意献上利剑、长靴和斗篷这三件珍宝。有了这三件珍宝，我想，这个世界上就不会有敌人来与你们作对了，但倘若还是出现了某个狗胆包天的坏蛋，那就请你们捎信到我的国家来吧。无论什么时候，我都会率领百万黑人骑兵，从非洲赶来讨伐你们的敌人。（面带悲戚的表情）要知道，为了迎候你，我特意在非洲的都城中央修建了大理石的宫殿，宫殿四周到处都盛开着莲花。（对着王子）请你穿上这长靴，经常来做客吧。

王子 我一定会去做客的。

公主 （一边在黑人国王的胸前插上蔷薇花）我做了对不起你的事情。我做梦都没有想到，你是一个如此善良的人。请你宽恕我吧，真的，我对不住你。（她倚靠在国王的胸前，像个孩子似的哭了起来）

国王 （一边抚摸着公主的头发）谢谢，谢谢你肯这么说。我可不是什么恶魔，恶魔般的黑人国王只存在于童话故事之中，（对着王子）难道不是吗？

王子 是的。（面对着观众）诸位！我们三个人都已经恍然大悟：

所谓恶魔般的黑人国王和拥有三件珍宝的王子,其实都只可能存在于童话故事中。既然我们已经幡然醒悟,那就不可能一直驻守在童话故事的国度里。瞧,一个更加辽阔的世界正从雾霭中凸现在我们的面前。让我们一起走出这有着蔷薇花和喷水池的世界,而迈向那辽阔的世界吧!在那个世界里等待着我们的,究竟是痛苦,还是快乐,我们根本无从知道。我们只知道,自己只能像英勇的士兵那样,朝着那个世界不断挺进。

大正十一年(1922)十二月

偶　人

唐先容译

揭开旧木箱，一对偶人两相望，此颜岂能忘？
　　　　　　　　　　　　　　——芜村①

这是一个老妪讲述的往事：

约定把偶人卖给横滨的一个美国人，还是在十一月份左右的事情。起名叫纪之国屋的我们家，祖辈好几代都经营着为各个大名筹集资金的钱庄。特别是我那名叫紫竹的祖父，甚至被誉为精通冶游之道的风流之士。所以，尽管偶人后来传到了像我这样的人手里，但它本身却制作得相当精致和考究。说来，这对做成天皇和皇后模样的偶人，真可谓不同凡响，比如，女偶人头冠上的璎珞里就镶嵌着珊瑚，而男偶人那丝织的衣带上还交错地绣上了家徽和副徽——总之，是一组非同寻常的偶人呗。

可是，就连这样的偶人也要出手卖掉，由此可以大致想见，作为第十二代纪之国屋伊兵卫的父亲，当时手头该有多么拮据。自从德川家族瓦解以后，大名降低所征款项的，说来也就只有加贺藩了，但也只是从原来的三千两中削减了区区一百两而已。而因幡藩

---

① 与谢芜村（1716—1783），江户中期的俳人、画家。此俳句见于几董编《芜村句集》上卷春之部分。

则更有甚之，作为借走四百两的担保，竟然只抵押了一个赤间砚①。再说，我们家又遭遇了两三次火灾，而经营蝙蝠阳伞的生意也有些失算，所以，为了一家人能够糊口，几乎把家里所有值钱的家什都一一变卖了。

正是在这样的当口，有人出面奉劝我父亲卖掉偶人。他就是如今已成故人的丸佐古董店的秃顶主人。没有比这个名叫丸佐的秃头更滑稽可笑的人了。在他脑袋的中央，有着一块像是贴了按摩膏大小的文身。据他说，这是他在年轻时，为了遮掩自己微谢的头顶而专门让人文上的，可恰巧在那以后，整个脑袋都彻底秃掉了，所以，也就只留下了这头顶上的文身……这些都暂且不表，或许是因为父亲怜惜十五岁的我吧，不管丸佐怎样好言相劝，唯独在变卖偶人这件事上，他一直显得犹豫不决。

最终迫使他下定决心卖掉偶人的，乃是我那个名叫英吉的哥哥。尽管如今他也已经作古，但当时的他还是一个只有十八岁的血气方刚的青年。哥哥自诩为开化人士，是一个英语读本从不离手、喜欢政治的热血青年。一提到偶人，他就不无轻蔑地说道，偶人节什么的，不过是陈规陋习罢了，像偶人那种不实用的东西，就算是留下来也没什么意思，为此，不知道在他和有些守旧的母亲之间究竟发生过多少口角。可是，只要一卖掉偶人，至少就可以熬过这个年关，所以，在处境窘迫的父亲面前，母亲也就不便固执己见了吧。反正就像前面说过的那样，已经决定在十一月中旬，把偶人卖给横滨的一个美国人。什么，你是问我吗？我当然也少不了闹腾一阵子，不过，或许因为我是一个大大咧咧的女淘气鬼吧，所以反倒不觉得有什么特别悲伤的。更何况父亲还许诺道，一旦变卖了偶人，就马上给我买一根紫色的缎子腰带呢……

---

① 一种日本名砚。

当这宗买卖谈妥之后的第二天晚上，丸佐在去了横滨回来的路上，特意踅到了我们家里。

说到我们家，在遭遇了第三次火灾之后，就再也没有重新兴建过，而只是把火灾后残存的泥灰墙仓库当作一家人的居所，再在旁边搭建了一个耳房，经过临时修葺后开成了一间店铺。不过，当时我们匆匆开张的乃是一家药铺，所以，药柜上到处都排列着什么正德丸呀、安经汤呀、堕胎散之类药品的金字招牌。对了，那儿还点着一盏无尽灯①——只这么说，或许你们无法知道，那是怎样一种东西吧。所谓无尽灯，就是一种不用煤油而用菜籽油做燃料的旧式洋灯。说来很可笑，只要一闻到药材的气味，比如陈皮、大黄的气味，至今我都不能不联想到那种无尽灯呢。是的，那天晚上，无尽灯也照旧在弥漫着药材气味的空间中释放着昏暗的光芒。

中间夹着那盏无尽灯，秃顶的丸佐先生和蓬散着头发的父亲相对而坐。

"这只是一半的金额……请您清点一下吧。"

在寒暄之后，丸佐先生掏出了用纸包住的钱。或许这一天就交付定金，也是事先就已经谈妥的吧。父亲把手搭在火盆上一边烤着火，一边一言不发地向对方鞠了个躬。恰好这时，我按照母亲的吩咐，前来给他们送水斟茶。可是，就在我递上茶水的当口，听见丸佐先生突然大声地说了一句："这可使不得呀！这可万万使不得呀！"我还以为是茶水有什么使不得的，一下子给愣住了，但用眼睛打量了一下丸佐先生，发现在他面前放着另一个装钱的纸包。

"尽管是区区金额，但就权当我的一点心意吧……"

"不，心意我已经领受过了，这个你还是留在手头吧……"

"哎，你就别让我献丑了。"

---

① 一种随着油碟里的油减少，而自动加油的灯台。

"开什么玩笑!倒是大人您让我献丑了。我们又不是什么外人,再说从前任大人开始,丸佐不是就一直承蒙你们的关照吗?哎,就别说什么见外的话了。这东西你还是收起来吧……喔,小姐,晚上好!嚯,你今天可是梳了个漂亮的蝴蝶发髻呢。"

我一边漫不经心地听着他们俩的对话,一边回到了泥灰墙的仓库里。

泥灰墙的仓库该有十二叠大小吧,原本非常宽敞的,可现在里面既放着衣柜,又摆着长方形的火盆,既搁着长长的大箱子,还竖着一个橱柜,所以不免显得狭窄了许多。即便在这些家具中,最引人注目的,也还是那总共多达三十余个的桐木箱子。或许不说你们也知道,那就是装偶人的箱子。它们被堆放在窗户下面的墙壁边,以便随时都可以搬走。因为无尽灯被拿到店铺那边去了,所以在这泥灰墙的仓库里,只是点着那种光线朦胧的纸灯笼。在这旧式纸灯笼发出的光线里,母亲正缝缀着汤药的口袋,而哥哥则在小小的桌子旁,翻阅着英语读本什么的。这一切都一如既往,没有变化。我无意中瞅了瞅母亲的脸,只见她一边鼓捣着针线,一边低垂着眼睛,而睫毛的深处却早已盈满了泪水。

给父亲他们斟完茶之后,如果说我满心期待着母亲赞许我的乖巧听话,这未免有些夸张,但也不能说一点都没有期待。然而,或许是因为看见了母亲的眼泪吧,我与其说感到一阵悲凉,不如说有些不知所措,因此,为了尽可能避免看到母亲,我坐到了哥哥旁边的位置上。可这时,哥哥却蓦地抬起了头来。他有些诧异地来回端详着母亲和我,先是露出了诡秘的笑容,随即又开始读起英文来了。我从没有像此刻这样痛恨过这个自诩开化的哥哥。他瞧不起母亲呢——我认定。想到这儿,我冷不防使出全身的力气,朝哥哥的脊背揍了过去。

"你干吗?"

哥哥恶狠狠地瞪着我。

"我就是要揍你！就是要揍你！"

我一边哭泣着，一边想再次猛揍哥哥。不知不觉之间，我已经忘记了哥哥是个脾气暴躁的人。但就在我的手还悬在空中的时候，哥哥一下子扬起手，朝我的侧脸打来一巴掌。

"你这个不明事理的家伙！"

不用说，我一下子号啕大哭起来，与此同时，一把尺子也倏然落在了哥哥身上。哥哥马上气势汹汹地扑向母亲，而母亲也毫不示弱，用战抖的声音与哥哥理论起来。

在他们争执不休的过程中，我一直不胜懊恼地哭泣着，直到父亲送走丸佐先生，再拿着无尽灯从店铺那边回到这边来……不，不光是我，一看见父亲的面孔，哥哥也陡然间缄口不语了。对我自不用说，就是对当时的哥哥而言，也没有比沉默寡言的父亲更加可怕的存在了。

那天晚上事情就算是彻底敲定了：在本月末收取剩余的一半金额，与此同时，将偶人交给那个横滨的美国人。什么，你是问到底卖了多少钱吗？现在想来，似乎便宜得难以置信，据说也就是三十日元罢了。尽管如此，按照当时的物价来折算，却无疑是一个相当不菲的价钱。

不久，交出偶人的日子渐渐逼近了。就像前面已经说过的那样，最初我并没有为此感到什么特别的悲伤。然而，随着约定的日子一天天地迫近，不知什么时候，我竟开始对与偶人的别离感到痛苦起来。当然，不管是多么不懂事的孩子，也不至于认为，一旦说好要卖给别人的偶人，还可以就那样永远放在自己家里。我的心愿不过是想在交给别人之前，再好好看看这一组偶人——包括一对天皇和皇后模样的偶人、五个一组在一旁伴奏的偶人、左侧的山樱、右侧的橘树、六角纸灯、屏风和泥金的道具——把它们排列在泥灰墙的仓库里最后观赏一番。但无论怎样央求，生性倔强的父亲就是不肯答应。他说，一旦收下了别人的定金，无论东西放在什么地方，也都是属于别人的了。别人的东西怎么可以随便折腾呢？

那是一个临近月末的日子，天上刮着大风。不知是因为患上了感冒，还是因为下嘴唇上长出了一个谷粒大小的肿疮，反正母亲说她身体不适，连早饭都没有吃。和我拾掇好厨房之后，母亲用一只手捂住额头，在火盆前面一动不动地低伏着头颅。不一会儿就到了正午时分，她无意中抬起头来，我一看，哇，她那长着疔疮的下嘴唇不是红肿得活像一只红薯吗？而且，只要看看她那发出奇怪光泽的眼神就可以知道，她正发着高烧呢。见此情景，别提我被惊吓成了什么样子。我几乎是不顾一切地跑到了父亲所在的店堂里。

"爸爸，爸爸！妈妈情况不妙！"

父亲，还有也在那儿的哥哥，都一起进到了里面的房间。或许是被母亲那可怕的脸色吓住了吧，就连平时不喜欢张扬的父亲这时也变得一片茫然，好一阵子都噤口不语。但即便在这样的时候，母亲还强带微笑地说道：

"什么呀，又没有什么大不了的，不就是用手挠了挠这脸上冒出的疙瘩吗？……我这就给你们做饭去。"

"千万别逞能了。做饭什么的，阿鹤也能行啊。"父亲用半带斥责的口吻阻止了母亲，随后对哥哥说道，"英吉！快去把本间大夫请来！"

说时迟，那时快，只见哥哥已经一溜烟地消失在了店铺外面的寒风中。

当叫做本间的中医大夫——尽管哥哥一直瞧不起他，说他是一个庸医——看见母亲的时候，也困惑地交叉起了双臂。他说，母亲脸上长出的东西就叫做面疔……其实，只要动手术的话，面疔原本也算不上什么可怕的疾病。不过，当时的可悲就在于根本不可能动什么手术，而只能给母亲喝一些煎药，或是让水蛭吮吸疗疮的坏血。父亲每天都守在母亲的枕边，给她熬本间大夫开的煎药，而哥哥也每天出门去买十五分钱的水蛭回来。我呢，则背着哥哥，多次到附近的稻荷神社去求神灵保佑。正因为是这样一种情形，哪里还有心思去顾及什么偶人的事情。一时间里，对于那三十几个堆放在墙壁边上的桐木箱子，我们大家就连瞥上一眼的工夫也没有。

然而，在十一月二十九日那天，也就是即将与偶人离别的前一天，一想到今天就是与偶人在一起的最后日子，我就禁不住想再打开偶人箱子看上一眼。但我知道，无论如何恳求父亲，他也是绝对不会答应的。那么，就让母亲去向父亲求情吧——我的脑海里顿时闪过了这个念头，可是，母亲的病比先前更重了，除了喝点米汤之外，什么都难以下咽。特别是这阵子，还经常有掺和着血丝的脓液流向她的嘴巴。看见母亲的这副模样，尽管我还只是一个十五岁的小姑娘，也断然没有勇气说出自己的请求。我从一大早起就守候在母亲的枕边，观察着她的动静，可直到下午吃点心的时候，我也还是难以启齿。

但是，此刻在我的眼前，也就是在那铺着铁丝网的窗户下面，不是就堆放着那些桐木做成的偶人箱子吗？而且，今夜一旦过去，它们就会被运到遥远的横滨那个异邦人的府上……甚至有可能远走他乡，去到大洋彼岸的美国。一想到这儿，我就越发难以忍受了。趁着母亲睡着了的当口，我悄悄走到了店堂里。店堂里尽管光线昏暗，但与仓库里相比，哪怕是仅凭着能够看见大街上过往的行人，也不由得平添了几分向阳的气氛。只见父亲在那儿核对着账目，而哥哥则全神贯注地往角落上的药碾子里，投放着甘草之类的东西。

"喏，爸爸，我有件事求你……"

我一边观察着父亲的脸色，一边说出了那多时的愿望。但父亲岂止是不肯允诺，甚至压根儿就没有搭理我的意思。

"这件事前不久不是已经对你说过了吗？……喂，英吉！今天你就趁着天色没有黑的时候，去一趟丸佐那儿吧。"

"丸佐？……是叫我去一趟吗？"

"拜托他帮忙买一盏油灯……你回来时带过来好啦。"

"可是，丸佐那儿没有油灯卖吧？"

父亲根本不理睬我，而兀自在脸上露出了难得的微笑。

"只是拜托他帮忙买一盏油灯而已，又不是烛台之类的大东西。因为让他去买，总比我自己去买靠得住吧。"

"那么说来，无尽灯就要废除了吗？"

"或许只能成为闲暇时的一种摆设了吧。"

"古老的东西原本就该一个接一个地废止呗。一旦点上了油灯，其他不说，至少母亲的心情也自然会变得快活一些吧。"

至此，父亲又开始拨弄起他的算盘来了。但越是遭到冷遇，我的心愿反倒变得越是强烈起来。我再次从背后摇晃着父亲的肩膀，说道：

"哎，爸爸，求求你了。"

"你真是讨厌！"

父亲头也不回地厉声斥责道。不仅如此，哥哥也不怀好意地瞪大眼睛，瞅着我的脸。我心灰意冷地悄悄回到了里面的房间。不知什么时候，母亲已经睁开还在发烧的眼睛，呆呆地望着自己搭在脸上的手掌。一看见我的身影，她竟格外清醒地问我道：

"父亲骂你什么了？"

我不知道该如何回答，所以，只管鼓捣着枕头边的药签。

"准是你又提出什么无理的要求了吧？"

母亲凝眸注视着我，然后又煞是为难地继续说道：

"眼下我的身体成了这个样子，害得一切都只能由你父亲一个人来担待，所以，你得听话点才行。听我说，隔壁家的小姐不是总爱去看戏什么的吗？你也……"

"我才不想去看什么戏呢……"

"不，倒不只是限于看戏，瞧舞台上那些簪子、衬领之类的东西，不都是你想要的吗……"

听着听着，不知是出于懊恼，还是出于悲伤，我的眼泪竟扑簌簌地流了下来。

"妈妈，其实我……什么都不想要，只是想在那偶人交给别人之前再……"

"你是说偶人？在交给别人之前？"

母亲瞪大眼睛凝视着我的脸庞。

"在偶人交给别人之前再……"

我的声音一下子给噎住了。此时我才注意到，哥哥英吉不知何时已经站在了我的身后。他俯瞰着我，依旧用那种冷酷的口吻说道：

"你这个不懂事的丫头！又在提偶人的事情吧？刚才才被父亲骂了一顿，这么快就忘了吗？"

"哎，不是也没什么大不了的吗？哪里犯得着那么大动干戈呀……"

母亲就像是有些心烦意乱地闭上了眼睛。但哥哥就恍若没有听见妈妈的话一样，继续呵斥我道：

"都已经十五岁了，还一点都不懂道理！充其量不就是那些偶人吗？有谁稀罕它们？"

"你少管闲事！又不是哥哥的偶人！"

我毫不示弱地回敬道。然后就跟往常一样，在你一言我一语的口角中，哥哥一把拽住我脖子后面的头发，将我猝然摔倒在地。

"你这个淘气的野丫头！"

如果母亲不出来劝阻，哥哥这时候肯定又该猛揍我两下子了吧。但此刻母亲从枕头上抬起头来，喘息着训斥哥哥道：

"阿鹤她又没有做错什么，用得着那么对待她吗？"

"可是这家伙，无论对她怎么说，她就是不听嘛。"

"不，你恨的不光是阿鹤，对吧？你……你……"

母亲泪眼婆娑，一副懊恼的神情，好几次都欲言又止。

"你是恨我吧？要不然，为什么明明知道我病成这个样子，却偏偏主张卖掉偶人，还欺负无辜的阿鹤？……要不，怎么可能呢，对吧？如果是那样，你又凭什么那么记恨我……"

"妈！"

哥哥突然这样大叫了一声，然后便伫立在母亲的枕头边，将整个脸庞藏进了手肘里。后来就是在父母过世时也不曾掉过一滴眼泪的哥哥——就是那个常年从事政治活动，直到最后被送进疯人院为止，都从来没有流露过胆怯之色的哥哥——唯独在这个时候，却开始啜泣起来。这对于处在亢奋状态中的母亲来说，肯定也是颇为意外的吧。只见母亲长长地叹息了一声，咽下了后半句想说的话，重新倚靠在枕头上……

在经历了这场风波之后，大约又过去了一个小时吧，鲜鱼铺那个好久不见的主人德藏突然出现在了店堂里。这个年轻的鲜鱼铺主人，不，不对，他不是鲜鱼铺的主人，而只是曾经是过，因为眼下他已变成了人力车夫。说来，不知他闹过多少笑话，其中至今仍旧记忆犹新的，是关于他姓氏的一段逸事。德藏也是在明治维新之后才有姓氏的。或许是为了表现自己的豪爽和大气吧，他想，既然要取一个姓氏，那就索性叫德川好了。可一到区公所去申报，却被人骂了个狗血喷头。据德藏说，对方气势汹汹的样子就像是要判他斩首之罪似的……还是回头说那天的事吧，德藏轻松地拉着当时那种车身上画着牡丹和狮子图案的人力车，翩然出现在店堂里。当我正琢磨着他来干什么的时候，他说道：

"反正今天又没有顾客，索性载上小姐，带她从会津原到砖房大街一带去逛游逛游吧！"

"怎么样，阿鹤？"

父亲故意装出一本正经的表情，打量着我。我是专门走到店堂这边来看人力车的。说来，如今就是让小孩子去坐人力车玩，他也不会觉得有什么高兴的吧。但对于当时的我们来说，就如同现在搭乘汽车兜风一般欢天喜地。可母亲还身患疾病，再说又闹了刚才那样的风波，所以，我自然不敢明说自己想去了。我依旧一副沮丧的样子，小声地嘟哝了一句：

"我想去。"

"那么，你这就去问问母亲吧。也难得人家德藏一片好心，说愿意搭着你出去。"

就像我预想的那样，母亲连眼睛也没有睁开，就微笑着说道："这可是个好主意。"恰好这时，喜欢捉弄人的哥哥又出门到丸佐那儿去了。于是，我甚至忘记了自己才刚刚哭过，忙不迭地跳上了人力车，就是那种把红毛毯搭在膝盖上，辖辘发出嘎吱响声的人力车。

沿途看见的景色就不必一一赘述了。不过，如今我还常常在话题中，提起德藏当时对我发的那句牢骚。那时，德藏搭着我刚一走近砖房大街，就差点与一辆马车迎面撞在一起。那辆马车上坐着一个西洋女人。尽管总算什么也没有发生，但德藏还是有些气恼地咂着舌头，这样说道：

"看来还真是不行呢。因为小姐体重太轻了，所以，原本很重要的两只脚，也就使不上劲，踩不住呗……小姐，这样看来，搭你的车夫也怪可怜的，所以呀，二十岁以前你就别坐人力车了。"

人力车拐过胡同，从砖房大街绕向回家的道路，不料在路上竟偶然遇见了哥哥英吉。只见他行色匆匆地赶着路，手里还提着一盏被油烟熏成竹子图案的油灯。或许是暗示我等等他吧,一看见我,他就高高地举起了手里的油灯。而德藏的动作则更是神速,只见他早已转动车头,把人力车停在了哥哥跟前。

"辛苦了,德藏。你们去哪儿啦?"

"嘿,今天嘛,我带小姐去游览江户了。"

哥哥一面露出苦涩的微笑,一面走到人力车边上对我说道:

"阿鹤,你先把这个油灯带回去,因为我还得去一趟煤油铺。"

想到刚刚才和他吵过架,所以我故意一声不吭,只是默默地接过了那盏油灯。于是,哥哥开始朝另外一边走去,不料又很快转过身来,把手搭在人力车的挡泥板上,叮嘱我道:

"阿鹤,你呀,可不准再在父亲面前提什么偶人的事情了哟。"

我依旧沉默不语,在心里嘀咕道:刚欺负了我,莫非现在又想来教训我?但是,哥哥却毫不介意,兀自继续小声说道:

"父亲不准你看那些偶人,并不只是因为收下了人家的定金呢。越看那玩意儿,大家不是就越舍不得吗?——父亲肯定是顾忌到了这一点呢。明白了吗?行了吧?如果明白了,就不要再像刚才那样老是唠叨着想看了。"

我从哥哥的声音里,感受到了一种平时所没有的情意。不过,也的确很难找到比哥哥英吉更奇特的人了。这不,一分钟以前才刚刚说了上面那些温柔的话语,转眼之间又像平时那样威胁我道:

"如果你实在想那么说,就随你说好啦。不过,你要做好准备,随时都会被教训的。"

哥哥恶狠狠地说完,也不跟德藏打声招呼,就转身离去了。

那天晚上,我们一家四口人在仓库里围着桌子吃晚饭。说是四口人,可母亲只是从枕头上微微扬起脸来看着我们罢了,所以准确地说,是不能算在吃饭的人中间的。但是,那天的晚饭却让我觉得比往常任何时候都更加奢华和丰盛。这是不言而喻的,因为那天夜里，崭新的油灯取代了以前那盏昏暗的无尽灯，此刻正放射出明亮的光芒。即便在吃饭的过程中，我和哥哥也都不时地端详着那盏油灯。瞧，那可以看见煤油的、壶形的玻璃灯身，还有守护着火苗，以免它随风摇曳的灯罩……啊，如此美丽的油灯让我们看得如痴如醉。

"真亮啊，就跟白天一个样儿。"父亲一边回过头看着母亲，一边心满意足地说道。

"甚至还让人头晕目眩呢。"母亲说道。在她的脸上浮游着一种近于不安的神色。

"那还不是因为习惯了无尽灯的缘故呗……不过，一旦点上了油灯，就再也不可能回头用什么无尽灯了。"

"无论什么东西，最初都会让人觉得头晕目眩吧。不管是油灯也好，还是西洋的学问也好……"哥哥比任何人都闹腾得厉害，"可一旦习以为常，还不是一样的吗？过不了多久，我们甚至会抱怨这油灯也太过昏暗了。那样的时代很快就会来临的。"

"那敢情好，或许是会那样的吧……阿鹤，我问你，妈妈喝的米汤怎么样了？"

"妈说，今夜她喝得够多的了。"我按照母亲说的那样，漫不经心地回答道。

"这可不行啊。我说你呀，就一点食欲也没有吗？"

听父亲这样一问，母亲就像是有些无可奈何似的叹息着，说道：

"哎，总觉得这煤油的气味让人……这证明，我到底还是一个守旧的人吧。"

那以后，大家开始变得有些沉默了，只是一个劲儿地动着筷子。但母亲就像是突发奇想似的，开始不时地赞扬着油灯的亮堂，甚至还一边在她那红肿的嘴唇上露出了微笑。

那天晚上，大家睡下，已经是十一点多了。但不管我怎样紧闭双眼，也很难进入梦乡。哥哥叮嘱我再也不准提起偶人的事了，而我自己也算是绝望了，认为打开箱子看偶人乃是一个不可能被允诺的愿望。不过，想打开看看的心情却与先前毫无变化。一到明天，偶人就要去到遥远的地方了——一想到这儿，紧闭的双眼里就不由得噙满了泪水。干脆趁大家熟睡的时候，悄悄一个人拿出来瞧一瞧吧！——我甚至涌起了这样的念头。抑或从中偷偷取出一个偶人，悄悄藏进某个地方吧！——这样的想法也掠过了我的脑海。但无论是哪种方案，一旦被人发现，那就……一想到这儿，我就禁不住一阵畏葸。说真的，我还从来没有像那天晚上那样，满脑子尽想着一些可怕的事情。比如，要是今夜发生火灾就好了，那么，在卖给别人之前，偶人便已经被焚毁于烈火之中了。要不，就让那个美国人和秃头的丸佐先生害上霍乱病好啦，这样一来，偶人就不用交给任何人，而可以继续被我们珍藏了——如此这般的空想裹挟住了我的整个大脑。不过，再怎么样我也还是一个孩子，所以，不到一个小时，就迷迷糊糊地睡着了。

那以后也不知过去了多久，我猛然睁眼醒来，听见了一阵响声，好像是有人爬起来，在仓库里点上了昏暗的纸灯笼。莫非是老鼠？抑或是强盗？要不，已经迎来了黎明？——我不胜困惑，战战兢兢地眯缝起眼睛一看，原来是父亲穿着睡衣，就那样坐在我的枕头边，让我只能看见他的一张侧脸。啊，父亲！……但让我瞠目结舌的，却并不仅仅是父亲。原来在父亲的面前，竟然摆放着我的偶人——就是那从偶人节以后便久违了的偶人。

所谓怀疑自己是不是在梦中，无非就是在这样的时候吧。我几乎是屏住了呼吸，目不转睛地守望着眼前的一切：在纸灯笼摇曳不定的灯光中，不是有那手里拿着象牙之笏的男偶人、头冠上的璎珞向下悬垂着的女偶人、右侧的橘树、左侧的山樱、扛着长柄阳伞的女佣、把酒杯举至眼睛附近的女官、有着小小泥金画的梳妆台、衣柜、尽是用贝壳来镶嵌而成的偶人屏风、食碗、六角纸灯、彩线扎成的小球，以及父亲的侧影吗？……

所谓怀疑自己是不是在梦中，无非就是在这样的时候吧——啊，这句话我刚才已经说过了。但那天晚上的偶人是不是梦呢？或许是因为太想看到那偶人，以至于在不知不觉之间制造出了那样的梦幻吧？对它的真假和虚实我至今尚难做出回答。

但是，在那天拂晓时，我分明看见了独自端详着偶人的年迈父亲，唯有这一点是千真万确的。如果是那样的话，那么，就算是梦，我也不觉得有什么懊悔的。因为我在自己跟前看见了那个与我没什么两样的父亲，就是那个尽管有些懦弱但却愈显庄严的父亲。

> 动手创作《偶人》这个故事，还是在几年前。现在才完成它，倒非仅仅因为泷田先生①的劝说。还因为四五天之前，我在横滨一个英国人的客厅里，遇见了一个红头发的外国小女孩，她当时正把一个古偶人的脑袋当作玩具随意摆弄着。或许出现在这个故事里的偶人，也和铅做的士兵、橡皮的偶人一起，被装进玩具箱里，遭受着同样的厄运吧。

> 大正十二年（1923）二月

---

① 泷田哲太（1882—1925），著名的编辑。

猿蟹大战

唐先容译

抢走螃蟹饭团的猴子终于被螃蟹报仇雪恨了。说来，螃蟹是和石磨、蜜蜂、蛋卵一起杀死猴子这个宿敌的。——关于这件事，如今已毋庸赘述。倒是有必要讲讲在杀死猴子之后，以螃蟹为首的战友们又遭遇了怎样的命运，因为这恰恰是童话故事所没有涉及的内容。

不，岂止是没有涉及，甚至还强加给我们一种错觉，就仿佛螃蟹还在自己的巢穴中，石磨还在厨房土间的角落里，蜜蜂还在屋檐的蜂窝里，蛋卵还在稻壳的箱子里，各自过着平安无事的生活一样。

但是，这不啻童话故事的一种伪装。事实上，他们在杀害仇敌之后，便遭到了警官的逮捕，被悉数投入监狱里。并且，经过多次审判的结果是，主犯螃蟹被判处了死刑，而石磨、蜜蜂和蛋卵等几个共犯也被宣判了无期徒刑。只知道童话故事的读者或许会对他们的这种命运感到蹊跷和诧异吧，但这的确是事实，是容不得半点怀疑的事实。

据螃蟹自己说，它原本拿饭团和猴子交换柿子，谁知猴子不肯给它成熟的黄柿子，而只给了它没有成熟的青疙瘩。非但如此，还像是企图伤害螃蟹一般，把柿子狠狠地投掷到了螃蟹身上。话又说回来，在螃蟹和猴子之间，压根儿就没有交换过什么契约证书。好吧，就算是对此不加深究吧，可是，即便两人约定互换饭团和柿子，也并没有明文规定，必须是成熟的柿子呀。至于螃蟹说，猴子还把青疙瘩的柿子狠狠扔到了自己身上，这也缺乏充分的证据来表明，猴子此举肯定带有恶意。因此，就连为螃蟹进行辩护的以雄辩著称的某律师，除了乞求法官的同情之外，也似乎找不到任何对策。据说这位律师当时不胜怜悯地一边为螃蟹揩拭气泡，一边劝说道："你就不要再争了。"至于这句"你就不要再争了"，究竟是针对宣判的死刑而言，还是针对螃蟹应该支付给律师的巨额费用而言，那就无人能够断定了。

而且，新闻报纸上也几乎找不到对螃蟹持同情态度的舆论。人们的责难似乎大都集中在这些方面：螃蟹杀死猴子不外乎是发泄私愤的结果。而所谓的私愤，不就是因自己的无知和轻率而吃了猴子的亏所感到的愤懑吗？倘若想在这个优胜劣汰的世间上发泄私愤，那么，他若不是愚者，就肯定是狂人了。身为商会会头的某男爵等人在发表上述意见的同时，也做出了如下的断言：螃蟹之所以杀死猴子，也是因为多少遭受了目下流行的那些危险思想的毒害。据说，或许因为这个原因吧，自从螃蟹报仇以来，某男爵除了雇佣英武剽悍的保镖之外，还特意饲养了十头猛犬。

并且，即使在所谓的有识之士中间，螃蟹的复仇也没有赢得任何好评。一个大学教授——某博士从伦理学的角度分析道，螃蟹杀死猴子纯粹是出于复仇的意志，而复仇是很难称之为善举的。还有某个社会主义的首领说道，既然螃蟹是怜惜柿子和饭团之类的私有财产，那么，想必石磨、蜜蜂和蛋卵等等也有着同样的反动思想吧。而推波助澜的，或许就是国粹会①了吧。除此之外，某宗的管长某师则认为，螃蟹似乎对佛陀的慈悲一无所知，其实，即便被投

---

① 信奉皇室中心主义和国粹主义的思想团体。这里指1919年在西村伊太郎等人的倡议下所成立的大日本国粹会。

掷青柿子，但只要深谙佛陀的慈悲，也就不会憎恨猴子的所作所为了，相反还会抱着怜悯之情吧。啊，哪怕一次也好，真想让它听听我的布道呢。还有——尽管有不少名士从各个角度进行评判，但全都对螃蟹的复仇发出了反对的声音。其中只有一个人为螃蟹大声呐喊，那就是酒豪兼诗人的某众议员。众议员说道，螃蟹的复仇乃是与武士道精神一脉相承的行为。但却没有一个人肯听取这种落伍于时代的陈词滥调。不仅如此，另据报纸上的杂谈说，只因这个众议员几年前参观动物园时，曾经被猴子撒过一泡尿，所以就一直对猴子耿耿于怀。

只知道童话故事的读者，或许会为螃蟹的命运洒下一掬同情的眼泪。不过，螃蟹之死分明是罪有应得，对此感到怜悯和痛惜，不外乎是妇女和儿童的感伤主义。普天之下无不认为螃蟹之死乃是符合情理的。据说在执行了死刑后的那天晚上，法官、检察官、律师、死刑执行者、忏悔师等等都酣睡了长达四十八个小时。而且，所有人都在梦中瞥见了天国之门。据他们说，天国就像是一个酷似封建时代城门的百货店。

接下来我想再说说，在螃蟹死后其家庭所发生的变化：螃蟹夫人变成了一个娼妇。至于其堕落究竟是贫困所致，还是其自身的性情所致，这可就不得而知了。而螃蟹的长子在父亲死后——如果借用报纸上的术语——真可谓达到了"幡然革心"。如今它在某个公司里做掌柜或者别的什么。这只螃蟹有时候会为了捕食同类的血肉而将受伤的伙伴一把拽进自己的巢穴。克鲁泡特金[①]在《互助论》中谈到，螃蟹也是会抚慰同类的，据说援引的就是这只螃蟹的实例。而螃蟹的次子则当上了一名小说家。因为是小说家，所以，除了四处迷恋女人，当然也就无事可做了，而只是把父亲的一生作为

[①] P. A. Kropotkin（1842—1921），俄国无政府主义者。

一个例子，敷衍塞责地奚落一番，说善乃是恶的别名云云。至于三儿子，不外乎是个蠢货，最终也没能变成螃蟹之外的东西。当它横着腿走路的时候，看见地上丢弃着一个饭团。要知道，饭团乃是它的最爱，于是它用硕大的钳子夹起了这个猎物。正好这时，一只猴子在高高的柿子树上抓着虱子，于是——接下来的事情，就不必再一一赘述了吧。

总之，与猴子搏斗以后，螃蟹必定会遭天下杀戮——唯有这一点是千真万确的事实。谨将此言寄予天下的读者。你们也不啻一只螃蟹罢了。

大正十二年（1923）二月

两个小町

唐先容译

一

　　小野小町①正在屏风后面读着草子②,这时,黄泉的使者突然不期而至。黄泉的使者乃是一个肤色黝黑的年轻人,而且有着一对兔子似的耳朵。

小町 (非常惊讶地)你是谁呀?

使者 黄泉的使者。

小町 黄泉的使者?如此说来,我这就要死了吗?莫非这个世界已经没有我的容身之地了?别急,请等等。我才二十一岁,正值青春妙龄呢。求求你,救我一条性命吧!

使者 不行。即便你是一国的国君,也是不得姑息的。

小町 难道你就那么冷酷无情?好吧,我这就死给你看看。可是,深草少将会如何呢?我和少将曾经山盟海誓,在天愿做比翼鸟,在地愿做连理枝——啊,仅仅想到我和他之间的誓约,整个胸口就像要炸裂了一般。一旦听到我的死讯,少将肯定会哀叹而死吧。

使者 (煞是无聊地)如果能够哀叹而死,那还算幸运的,因为

---

① 平安前期的女流歌人,传说中的绝世美人。
② 指日本那些用假名写成的小说、日记、随笔之类的文学作品。

　　　　已经有过一场恋爱了……不过，这种事怎么着都是无所谓的。
　　　　快走，我带你去地狱吧。
小町　　不成不成。难道你还不明白吗？我已远非常人之身，而怀上
　　　　了少将的骨肉。倘若我现在就死了，那么，孩子——我可爱的
　　　　孩子，也必须得一同死去。（一边哭着）就算这样，你也毫不
　　　　动容吗？即使让黑暗中的孩子就那样消失在黑暗之中，你也敢
　　　　说毫不在乎吗？
使者　　（有些畏葸地）孩子的确是挺可怜的。但这是阎王的命令
　　　　呀，所以，你还是跟我一起去吧！其实，地狱也并不像想象
　　　　的那么糟糕。自古以来，有名的美人和才子大都是下了地
　　　　狱的。
小町　　你是恶鬼，是罗刹。我一死，少将也会死的，还有少将的骨
　　　　肉也会死掉的，三个人都会死去。不，不光如此，我那年迈的
　　　　父亲和母亲也肯定会死去。（加大了哭声）我原以为，即便是
　　　　黄泉的使者，也不至于如此冷酷吧。
使者　　（不胜困惑地）我倒不是不想帮你，可……
小町　　（就像是死里逃生似的抬起脸来）那么，你就救救我吧！
　　　　哪怕是五年、十年都行，求你延长我的寿命！即便只有五年、
　　　　十年也行——只要等到孩子长大成人。就算这样，你也不肯答
　　　　应么？
使者　　哎，年限倒不是什么问题，要知道——如果不带你去，就得
　　　　有个替死鬼才行啊，而且是和你年龄相同的……
小町　　（喜不自禁地）那么，你就随便带个人去好啦。就是在我
　　　　的侍女中间，也有两三个与我年龄相仿的人。不管是阿漕也
　　　　好，还是小松也好，谁都行啊。你看上谁就带谁走吧。
使者　　不，名字也得和你一样，要叫小町才行呢。
小町　　小町？有没有人也叫小町呢？喔，有了有了。（近于发作式

地笑了起来）有一个叫玉造小町①的人，你就让她代替我去吧。

使者 年龄也和你相仿吗？

小町 嗯，正好一般大。只是人长得不漂亮而已，不过——漂不漂亮，应该没关系吧。

使者 （乖巧地）长得不漂亮还好些，因为也就不必动恻隐之心了。

小町 （精神抖擞地）那么，你就带她去吧。她说过，与其活在这个世上，还不如到地狱里去好呢，因为她根本就没有可留恋的人。

使者 好的，那我就带她走吧。你可要好好爱护你的孩子！（自鸣得意地）至少黄泉的使者也并非不懂所谓的人情。

倏然间使者消失不见了。

小町 啊，终于得救了！或许这也是我平常信仰的神灵和佛陀在暗中相助吧。（双手合十）八百万神明和十万菩萨，求求你们不要拆穿我的谎言！

二

黄泉的使者背着玉造小町，沿着暗穴道走向黄泉。

小町 （一边发出尖厉的叫声）这是去哪儿？去哪儿呀？

使者 去地狱。

小町 去地狱？怎么可能呢？昨天安倍晴明还告诉我，说我的寿命是八十六岁呢。

---

① 《玉造小町子状衰书》的主人公。描写一个年轻貌美的女人晚年姿色衰退，成为沿街乞讨的乞丐。据说也就是指的小野小町，但作者却假借这个人物，利用其名塑造了两个小町中的一个。

使者 那是阴阳师在信口雌黄。

小町 不，才不是信口雌黄呢，安倍晴明的话没有不应验的。你才是信口胡诌呢。瞧，你回答不上来了吧？

使者 （独白）我这个人呀，好像就是过于诚实了……

小町 你还打算强词夺理呀？喂，你就从实坦白了吧。

使者 说来有些对不住你……

小町 我琢磨着，就是这么一回事吧。你说"对不住我"，这是什么意思？

使者 其实，你是代替小野小町坠入地狱呢。

小町 代替小野小町？此话怎讲？

使者 据说她有了身孕，还是深草少将的骨肉呢……

小町 （义愤填膺地）你就信以为真吗？她分明在说谎。你呀！直到现在，少将也才仅限于连续一百夜上她门外去示爱而已。别说怀上少将的骨肉，没准连面都没有见过呢。撒谎！撒谎！纯属弥天大谎！

使者 弥天大谎？不会有那种事吧？

小町 不信，你就随便找个人问问吧！深草少将连续一百夜去她门外示爱这件事，就连那些卑贱的小孩子都知道，而你却信以为真……竟然用我的性命来换取她的性命……真是过分，真是太过分了，太不讲道理了。（开始哭泣）

使者 别哭别哭，哭又有什么用呢？（从背上卸下玉造小町）与这个世界相比，你不是更渴望到地狱里去吗？如此看来，我的上当受骗，于你而言，岂不反倒是一种幸福吗？

小町 （咬牙切齿地）是谁那么说的？

使者 （战战兢兢地）这也是小野小町刚才……

小町 哇，多么厚颜无耻的家伙！这个造谣的专家！这只九条尾巴的狐狸！这个勾引男人的妖精！这个大骗子！这个母天狗！这

个好吃懒做的女人！要是下次见了面，我一定，一定要咬断她的喉咙！真是憋气！憋气！太憋气了！（来回推搡着黄泉的使者）

使者 哎，请等等。因为我一无所知，所以才……就请你松开手吧！

小町 难道你是傻瓜吗？居然会对她的一派胡言信以为真……

使者 可是，谁都会信以为真的。莫非你有什么地方得罪了小野小町？

小町 （露出了奇妙的微笑）像是有，又像是没有……哎，没准有也说不定。

使者 那么，得罪了她什么呢？

小町 （不无轻蔑地）我们俩不都是女人吗？

使者 说的也是。更何况都是美人。

小町 哇，你还是别说奉承话了吧。

使者 这倒不是奉承话，是我真的觉得你长得美。不，我甚至觉得，你的美丽是难以形容的。

小町 哎，你尽说些让我高兴的话！你呀，才真的是一个与黄泉极不相称的美男子呢。

使者 你是说像我这样黑不溜秋的男人？

小町 就是要黑不溜秋，才算得上英俊呗，才让人觉得充满了阳刚之气。

使者 不过，我这对耳朵够让人恶心的吧？

小町 哪里呀，不是显得很可爱吗？让我摸摸看吧，因为我最喜欢兔子的耳朵了。（开始耍弄使者的耳朵）请再往这边挪一挪吧。不知为什么，我总觉得，为了你，我甚至不惜一死。

使者 （一边搂抱着小町）真的？

小町 （半闭着眼睛）倘若是真的，那你就……

使者　那我就这样呗。（试图亲吻小町）

小町　（推开使者）这可不行。

使者　既然如此，不就说明你刚才是在撒谎吗？

小町　我可不是在撒谎。我只是得弄清楚，你是否是真心的。

使者　那么，有什么你就尽管吩咐我好啦。你想要什么呢？是火狐狸的裘皮呢，还是蓬莱的玉枝？抑或是燕子的安产贝壳①？

小町　请等等。其实，我的愿望就只有一个：请你放我一条人命吧！——作为替死鬼，就把那个小野小町——对，就是那个可恨的小野小町，带到地狱里去吧。

使者　仅仅如此就行了吗？那可太好了，我这就照你说的办。

小町　你敢肯定吗？哇，我太高兴了。如果你敢保证的话……

（把使者拽向自己身边）

使者　啊，这下我才真的是乐得要死了。

三

众神将中有手执长矛者，有携带利剑者，一齐守护在小野小町的屋檐上。正在这时，黄泉使者跟跟跄跄地出现在天空中。

神将　你是谁？

使者　我是黄泉的使者，请让我借个道吧。

神将　此处禁止通行。

使者　我是来带走小町的。

神将　如此说来，更是不能把小町交给你了。

使者　什么，更是不能交给我了？请问，你是何路豪杰？

---

① 火狐狸的裘皮、蓬莱的玉枝、燕子的安产贝壳，均见于《竹取物语》，是稀世珍宝的象征。

神将 我们乃是按照天下阴阳大师安倍晴明的指令,前来保护小町的三十番神①。

使者 三十番神?原来你们此行的目的,便是为了保护那个说谎的骗子——就是那个勾引男人的荡妇?

神将 住口!你不仅欺负人家弱女子,还极尽诬蔑之能事,真是岂有此理!

使者 我诬蔑她?难道小町不是一个谎言连篇,诓骗男人的荡妇吗?

神将 你还在强词夺理呢。好吧,你想说就说个够吧,看我把你的两只耳朵一并砍掉。

使者 可是,小町她确实……

神将 (勃然大怒地)那你就受我长矛一刺,见鬼去吧。(朝使者猛扑上去)

使者 救命啊!救命啊!(随即消失了)

四

几十年以后,两个年迈的女乞丐席地坐在布满枯草的荒原上闲聊着,一个是小野小町,而另一个则是玉造小町。

小野小町 每天都是苦日子呢。

玉造小町 与其如此忍受折磨,还不如索性死了痛快。

小野小町 (自言自语似的)如果那时候当真死了就好啦。就是在碰到那个黄泉使者的时候……

玉造小町 哇,那么说来,你也见过他了?

小野小町 (充满狐疑地)你说"你也见过他了",对吧?也就意

---

① 每月三十天各分担一天来守护法华经的三十个神。

味着,你是见过他的,对吧?

玉造小町　（冷淡地）不,我没有见过。

小野小町　其实我碰上的那个人,乃是唐朝的使者。

　　沉默了良久。这时,黄泉的使者行色匆匆地路过这儿。

玉造小町　｝喂,黄泉的使者!黄泉的使者!
小野小町

黄泉使者　是谁在叫我呀?

玉造小町　（对着小野小町）你不是认识黄泉的使者吗?

小野小町　（对着玉造小町）你总不至于还矢口否认,自己认识他吧?（对着黄泉的使者）这位就是玉造小町。想必你们早就认识吧?

玉造小町　这位就是小野小町。你们也是老相识了吧?

使者　什么?你们是玉造小町和小野小町?就你们这两个瘦骨嶙峋的女乞丐……

小野小町　是啊,反正就是瘦骨嶙峋的女乞丐呗。

玉造小町　难道忘了,你还搂抱过我!

使者　哎,你们别生气!只因变化太大,所以,才忍不住脱口说出了那种话来……不过,你们叫我,有何贵干?

小野小町　当然有啦,当然有啦。求求你,把我带到黄泉去吧!

玉造小町　也把我一起带去吧。

使者　带到黄泉去?开什么玩笑呀!你们又想骗我?

玉造小町　瞧你说的!怎么会骗你呢?

小野小町　真的,求你把我带去吧!

使者　把你们带去?（一边摇着头）这我可没法答应。我不想再引火烧身了,所以,你们还是拜托别的人吧。

小野小町　求求你可怜可怜我们吧。说来,你也是个有情有义的人。

玉造小町 就别说那些了，赶快把我们带走吧！我甘愿做你的妻子。

使者 不行不行。一旦沾惹上你们——不，不仅仅是你们，只要一沾惹上女人，就不知道会遇上什么样的麻烦呢。你们比老虎还强悍，就像俗话说的那样，内心如夜叉。在你们面前，无论谁都会变得软弱而怯懦。（对着小野小町）比如，你的眼泪就够厉害的。

小野小町 你说谎！你说谎！在我的眼泪面前，你从来就没有动过心。

使者 （置若罔闻）其次，只要你们肯委身于人，就必定无所不能。（对着玉造小町）你，就是使用的这一招。

玉造小町 请你不要再说那种卑劣的话了，你才是一个根本不知道恋爱为何物的家伙呢。

使者 （依旧不加理睬）其三，这是最为可怕的，自神代以来，整个世界都处在女人的欺骗之下。一提到女人，人们就会觉得她软弱而善良。骗人的一方全都是男人，而被骗的一方全都是女人——这便是人们根深蒂固的偏见。可事实上，一直都是男人在为女人而烦恼。（对着小野小町）瞧那些三十番神！不就是把一切都怪罪于我的吗？

小野小町 不准你诽谤神明和佛陀！

使者 不，在我看来，你们比神明和佛陀更可怕。你们可以随心所欲地摆弄男人的身心，而且，一旦感到势单力薄，还可以凭借世间的援助。没有比这更强大的了。是的，你们在整个日本国土上，随处扔弃着成为牺牲品的男人遗骸。我们必须小心翼翼，以免中了你们的圈套。

小野小町 （对着玉造小町）哎，这是一些多么耸人听闻的奇谈怪论！

玉造小町 （对着小野小町）真的，对男人的自私和任性，我可是受够了。（对着黄泉的使者）女人才是男人的牺牲品呢。不管你怎么说，女人都无疑是男人的牺牲品，过去是，现在也是，将来也是……

使者 （突然情绪高昂地）不过，未来对于男人来说，是大有希望的。女大政大臣、女钦官大臣、女阎王、女三十番神——这些人一旦出现，或许男人就会多少获得拯救吧。首先是因为，女人除了猎取男人以外，还可以从事其他冠冕堂皇的事业了。其次还因为，女人的社会至少不会像如今这个男人的社会那样，对女人妄加姑息。

小野小町 你就那么憎恨我们吗？

玉造小町 你去恨吧！恨吧！尽情地恨吧！

使者 （神情忧郁地）不过，要彻底憎恨你们，也是不可能的。倘若能够彻底憎恨你们，或许就会变得更加幸福吧。（突然，又恍若高奏起凯歌一般）然而，现在已经无所谓了。你们已经今非昔比，不过是两个骨瘦如柴的女乞丐罢了。我不会再中你们的圈套。

玉造小町 喂，你滚吧，随你滚到哪里去！

小野小町 哎，还是别说那种话了……瞧，我都这样跪下来求你了。

使者 不行不行，还是再见了吧。（消失在干枯的荠草丛里）

小野小町 怎么办呢？

玉造小町 怎么办呢？

　　两个人一起伏在地上哭了起来。

大正十二年（1923）二月

志　野

唐先容译

　　这是在南蛮寺的大殿里面。若是平常的这个时辰，阳光理应还照射在镶有玻璃画的窗户上吧。但今天，因为梅雨季节的阴霾，天色已经灰暗得与日暮时分相差无几了。其中，唯有哥特式的房柱一边让木头的表层释放出朦胧的光芒，一边高高地守卫着教堂里的读书室。而在殿堂深处，长明灯的火焰则照亮了伫立在神龛里的一尊圣者立像。此刻，已经看不到参拜者的人影了。

　　就是在这昏暗的教堂里，一个洋人神父正低头祈祷着。其年龄约摸有四十五六吧，是一个额头不宽，颧骨凸出，脸上长满了络腮胡的男人。拖曳在地上的衣服，似乎就是那种被称之为"habito"的法衣。而被叫做"contas"的念珠则缠绕在他的手腕上，任凭绿色的玉珠微微地下垂着。

　　不用说，教堂里一片阒寂。而神父则一直祈祷着，一动也不动。

　　正在这时，一个日本女人静悄悄地走进教堂。她在染有家徽的麻布单衣上系了一条黑色的腰带，看起来像是某个武士的妻子。或许才三十出头吧，但乍一看，却比实际年龄苍老许多。首先，她的脸色出奇地糟糕，眼圈四周还布满了黑晕。然而，眼睛和鼻子却不妨用"端庄秀丽"来加以形容。不，或许正因为太过端正，毋宁说甚至带着些许的阴险吧。

　　女人一边颇为好奇地打量着用来施洗的圣水器和进行祈祷的桌

子,一边战战兢兢地走向教堂里面。于是,她看见一个神父正屈膝跪拜在昏暗的神坛前面。女人有些惊讶地在那儿停住了脚步,但她很快就意识到,对方正在祈祷。因此,她只是凝望着神父,默默地驻足而立。

教堂里依旧鸦雀无声。神父仍旧保持着原有的姿势,而女人也是纹丝不动。就这样,一段漫长的时间过去了。

不久,神父终于停止了祈祷,从地上欠起身来,看见一个女人伫立在自己跟前,一副欲言又止的神情。诚然,受到好奇心的驱使,前来南蛮寺参观基督受难像的人并不少见,但眼前这个女人的到来,却似乎并非仅仅出于猎奇。于是,神父特意露出微笑,用只言片语的日本话问道:

"请问,您有何贵干?"

"是的,我有一个小小的心愿。"

女人毕恭毕敬地行了个礼。尽管一身装束有些寒碜,但低垂的头上却用簪子挽起了整齐的发髻。神父用微笑的眼睛回应着对方,而一双手则断断续续地搓捻着碧玉的念珠。

"我是一番濑半兵卫的未亡人,名字叫志野。不瞒您说,我的儿子新之丞眼下正害着一场大病……"

女人先是吞吞吐吐了好一阵子,然后就像是在朗读什么一般,忽然一口气讲起了自己此行的目的。儿子新之丞快满十五岁了,但从今年春天开始,却不知为何犯了病。又是咳嗽,又没有食欲,还发起了高烧。志野尽其所能,忽而张罗着请大夫,忽而跑到药铺里买药,可谓想尽了各种办法,但最终都没有半点成效。不仅如此,儿子的身体还日渐衰弱。这阵子由于家境困难,更是没法让他进行像样的治疗了。后来听人说,南蛮寺的神父连白癜风都能治好,所以就琢磨着,是不是能请神父救救新之丞的一条性命……

"您能去看看他吗?能行吗?"

即便在说话的当口,女人也一直目不转睛地注视着神父。她的那双眼睛里,既没有乞求怜悯的神色,也没有那种因为太过担忧而痛苦难耐的痕迹,而只是渗透着某种近于顽迷的冷静。

"好的,就让我先看看吧!"

神父捋着下巴上的胡须,若有所思地点了点头。原来这女人并不是来寻求灵魂救助的。不过,这也无可非议。肉体乃是灵魂的家园,倘若家园没有修缮完备,那么,其主人也就很容易患病染疾。比如,传教士法比安等人,不就是先抱着这个目的,然后才转而信奉十字架的吗?让这个女人到这儿来,或许也是源于神同样的意志吧。

"能把孩子带到这儿来吗?"

"我想,可能有点够呛……"

"那么,你就带我去吧!"

这时,女人的眼睛里倏然掠过了一道喜悦的光芒。

"是吗?如果能劳您大驾,那真是莫大的幸运了。"

神父的心里涌起了一种温柔的感动。毕竟在那一瞬间里,他从女人那恍若能面①一般的脸上,看见了那种真切无疑的母亲形象。站在自己跟前的,已经不再是那个顽固的武士之妻了。不,甚至不是一个日本女人,毋宁说变成了与往昔那个"充满爱怜、无限温柔、无限美丽的天妃"——就是那个给饲料桶里的基督精心喂奶的马利亚——如出一辙的母亲。神父挺起胸脯,欣慰地对女人说道:

"你就放心吧!他的病我也大体知道了,孩子的性命就交给我吧。总之,我会竭尽全力。倘若最终因人的力量有限而……"

女人沉静地说道:

---

① 日本古典戏剧能乐用的面具。这里形容毫无表情。

"不，只要你肯去探望他一次，那么，无论以后结局如何，都别无遗憾了。倘若如此，那就只有仰仗清水寺观世音菩萨的冥护了。"

观世音菩萨！顷刻间，这句话让神父的脸上充满了愠怒。神父把锐利的目光投射在一无所知的女人脸上，摇着头规劝道：

"你可要当心哟。观音、释迦、八幡①、天神②——这些你们的崇拜之物，全都不过是用木头和石块做成的偶像。而真正的天主只有一个。是杀死还是拯救你孩儿的性命，也都取决于主的意志，这远非偶像所能知晓的事情。倘若你怜惜自己的爱子，那就停止向偶像祈祷吧！"

但女人只是用下巴微微抵住麻布衫的衣领，有些诧异地看着神父，让人难以揣度，她对那些充满神圣愤怒的话语到底是明白了，还是没有明白。神父几乎就像是前倾着整个身体似的，探出他那满是胡须的脸庞，拼命地告诫道：

"你要信奉真正的神！真正的神只有一个，那就是出生于犹太国伯利恒的耶稣基督。除此之外，再也没有别的神存在了。有的便只是恶魔，是天使堕落后变成的妖魔了。耶稣为了拯救我们，甚至不惜在十字架上受难。看看吧，就是这个样子！"

神父庄严地伸出手来，指着背后窗户上的玻璃画。恰好微弱的阳光照射在窗户上，使受难的耶稣更加清晰地浮现在笼罩着整个教堂的黑暗中，还有在十字架旁哭泣的马利亚和耶稣的弟子们。女人一边用日本式的作揖双手合十，一边静静地仰望着那扇窗户。

"那就是传说中的南蛮如来吗？只要能够拯救我儿子的性命，就算是一辈子伺候那十字架上的神，我也心甘情愿。你快向他祈祷

---

① 八幡神的简称。
② 指祭祀着菅原道真的天满宫。

吧，求他保佑我的儿子。"

女人的声音在镇静中隐伏着深深的感动。神父就像是炫耀着自己的胜利一般，微微扬起了脖子，比刚才更加雄辩地说道：

"耶稣降生于这个世间，乃是为了替我们赎罪，拯救我们的灵魂。好好听着，他一生饱尝了多少艰辛！"

充满神圣感动的神父来回踱着步子，讲述起了基督的生涯。诸如前来向圣女马利亚通报怀胎消息的天使、降生在马厩中的耶稣、循着星辰前来奉送乳香和没药的东方三博士、因害怕救世主的出现而杀死了所有儿童的希律王，还有耶稣接受约翰施洗，山上垂训将水变成葡萄酒，为盲人治愈失明的眼睛，将附着在玛格达拉那位马利亚身上的七个恶鬼全部赶走，救活了死去的拉撒路，在海面上行走，骑驴进耶路撒冷的故事，以及那悲壮的最后晚餐和在橄榄园中的祈祷①等等……

神父的声音就如同神的话语一般，在昏暗的教堂里经久回荡。女人的眼睛里闪射着熠熠的光辉，默默地倾听着那声音。

"你不妨想想吧。耶稣是和两个强盗一起，被钉在十字架上受难的。他那时的悲伤，那时的痛苦——即便我们现在想来，也禁不住瑟瑟战栗。尤其令人刻骨铭心的，是他从十字架上发出的最后呼唤：以罗伊！以罗伊！马拉撒巴各大尼②——如果翻译出来，就是说：我的神，我的神，你为什么离弃我？"

说到这里，神父不由得缄口不语了。他看见女人脸色苍白，紧咬着下嘴唇，凝眸注视着自己的脸。并且，在她眼睛里闪烁着的，根本不是什么神圣的感动，而唯有冷若冰霜的轻蔑和透彻骨髓的憎恶。神父愣住了，好一阵子都只能像哑巴似的眨巴着眼睛。

---

① 此段内容请参见《圣经·新约全书》中《马太福音》、《约翰福音》、《路加福音》等。
② 见《圣经·新约全书·马太福音》第二十七章。

"所谓真正的天主、南蛮的如来,原来就不过如此呀?"女人一改刚才的矜持和谨慎,一针见血地说道,"我的丈夫,一番獭半兵卫乃是佐佐木家的浪人。他从没有在敌人面前临阵逃脱过。在攻陷长光寺的城堡时,我丈夫因赌博失利而输掉了战马和盔甲。即便这样,到交战的那一天,他还是把写着'南无阿弥陀佛'的纸外褂套在赤裸的身体上,用带枝的竹子代替战旗,用右手挥动着三尺五寸的大刀,用左手打开红纸扇,大声地高喊着'与其偷食少年,不如夺敌狗头',向在织田信长手下也堪称恶鬼的柴田军队冲将上去,把对方杀得个屁滚尿流。而被钉在十字架上的天主,竟然发出了那种可怜的哭声,真让人瞧不起。信奉那种胆小鬼的宗教,会有什么好处呢?而且,当着丈夫的灵牌,我怎么可能让你这个属于那胆小鬼一派的人,去为我儿子看病呢?新之丞毕竟是我丈夫——就是那个'夺敌狗头'之人——的儿子呀。与其让他吃胆小鬼开的药,还不如让他剖腹自杀吧。早知道是这样,我才不会专门跑到这里来呢——唯独这一点让我懊悔不已。"

女人一边无声地抽噎着,一边转身背对着神父,恍若躲避毒风的人一样,匆匆地走出了教堂,而将瞠目结舌的神父抛在了原地……

大正十二年(1923)三月

保吉的手记

唐先容译

汪！

一个冬日的黄昏，保吉在一家算不得干净的餐馆二楼上嚼着油腥臭的烤面包。而在他就座的桌子前面，是一堵业已裂纹的白色墙壁。而且，那儿还贴着一张细长的纸条，上面歪歪斜斜地写着："另有ホット（热）三明治供应。"（保吉的一个同事曾把它读作"呵——热三明治"，一本正经地感到不可思议过。）字条的左侧是一道下楼的阶梯，右侧则紧挨着一扇玻璃窗户。他一边嚼着烤面包，一边不时茫然地眺望着窗户的外面。在窗外的马路对面，有一家白铁皮屋顶的旧衣铺，只见店堂里悬挂着好些蓝色的工作服和黄褐色的斗篷。

那天晚上，从六点半开始，学校里要举行英语演讲会，保吉也自然有义务出席该会。只因不住在这个镇上，所以，从放学后到六点半的这段时间里，哪怕打心眼里不情愿，他也只能蜷缩在这个地方。想来，土歧哀果①就写过这样的和歌——如果记忆有误，就只好敬请包涵了——"千里来此地，牛排乏味如嚼蜡，岂不恋吾妻。"保吉每次来到这儿，就必定会想起这首和歌。只是他还不曾结婚，谈不上有那样一个令他爱恋的妻子。然而，当他望着旧衣铺

---

① 土歧哀果（1885—1980），是日本和歌诗人土歧善麿的别号。

的店堂,嘴里啃着ホット(热)三明治时,那"岂不恋吾妻"的诗句就会不由自主地涌上嘴唇。

这时保吉注意到,在自己身后有两个年轻的海军武官正啜饮着啤酒。其中的一个他也认识,是同一所学校的会计官。保吉平素与武官疏于往来,所以,自然不知道这个人的名字。不,不仅限于名字,就连他的军衔是属于少尉还是属于中尉,也一概不知。他只知道一点,那就是每个月去领月饷时,钱必定会经过这个武官之手。而另一个顾客那就全然不认识了。每当那两个人倾杯而尽,又重新追加啤酒时,嘴上尽是嚷嚷着"来酒啊!""喂!"之类的语句。尽管如此,女侍依旧不厌其烦地用两手捧着酒杯,不亦乐乎地在楼梯上跑上跑下。而对于保吉这边,即便只是要一杯红茶,也老是不肯轻易地送将过来。说来,这也不是此家餐馆特有的现象。在这个镇上,无论去到哪一家咖啡馆和餐馆,无一不是这样一副德行。

那两个人一边呷着啤酒,一边大声地说着什么。当然,保吉并非有意要偷听他们的谈话,但蓦然间,一句话却让保吉大吃了一惊:"叫一声'汪'!"保吉是一个对狗没有好感的人,一想到在不喜欢狗的文学家中间,可以列举出歌德和斯特林堡的名字,他就会感到一阵欣慰。因此,当他听到这句话的时候,脑海里立刻浮现出的,是这种地方惯常豢养的那种大洋犬。与此同时,一种毛骨悚然的感觉攫住了他,就恍若那种狗正在他的身后蹿来蹿去似的。

他不由得偷觑了一下身后。幸好没有看见狗的影子,唯有那个会计官一面望着窗外,一面嗤嗤地笑着。保吉由此推测到,或许狗就在窗户的外面吧,但不知为什么,却又总感到有些蹊跷。这时,会计官又一次开口说道:"叫一声'汪'!喂,快叫啊!"保吉稍微扭过身子,窥探着对面的窗下。首先映入他视线的,是那些兼做正宗名酒广告的门灯,它们悬垂在屋檐下,此刻还没有点亮。然后看见的是卷起来的遮阳帘子。随后是晒在用啤酒桶做的太平水桶上而忘记了拾掇的木屐罩。接着出现的是马路上的水凼。再接下来——直到最后，都没有看见狗的影子。代之而出现的，是一个十二三岁的乞丐。只见他兀自伫立在那儿，抬头仰望着二楼的窗户，一副饥寒交迫的样子。

"叫一声'汪'！莫非你不肯叫？"

会计官又在这样对乞丐呼叫道。在他的这句话语里，似乎有着某种能够控制乞丐心灵的力量。乞丐几乎就像是一个梦游症患者一般，眼睛依旧朝上望着，而身体则向着窗户挪近了一两步。保吉这才终于明白了那个坏心眼的会计官的恶作剧。恶作剧？——或许不是什么恶作剧吧，否则，便堪称一种实验。是对人为了消除口腹之饥，到底肯在多大程度上牺牲自己尊严的实验。在保吉看来，这个问题大可不必像现在这样来进行什么实验。以扫①为了烤肉而放弃了长子的权利，保吉也是为了面包而做了一名教书匠的。只要看看这样一些事实，不就足矣吗？可是，对于那个实验心理学者来说，仅凭这些，是很难满足其研究心理的吧。正如今天自己教授给学生们的那句拉丁文所言："嗜癖无可理喻。"人各有志，仁者见仁，智者见智。倘若想实验一番，那就随其所便好了。——保吉就这样一边思忖着，一边望着窗下的乞丐。

会计官沉默了一阵子。于是，乞丐开始忐忑不安地张望着马路的前后左右。显然，即便对仿效狗叫并没有什么特别的抵触感，但乞丐肯定还是觉得，周遭人们的耳目令人生畏。谁知不等乞丐定下神来，会计官就把一张通红的脸伸出了窗外，这一次只见他手里挥

---

① 参见《圣经·旧约·创世纪》第25章。烤肉疑是红豆汤之讹。以撒和利百加有孪生子以扫和雅各。哥哥以扫好打猎，深得父亲宠爱，而弟弟雅各则生性安静，深受母亲喜欢。有一天，雅各熬汤，以扫从田野回来时已经累昏了，于是，哥哥向弟弟要红豆汤喝，可弟弟却要哥哥把长子的名分卖给自己。以扫说，我即将死去，这长子的名分于我有何意义，遂起誓卖之。于是，雅各把饼和红豆汤给了哥哥，而以扫喝完后随即起身而去。

舞着什么东西,嘴上还说道:

"叫一声'汪'!如果你肯叫,我就给你这个!"

有那么一刹那,乞丐的脸上似乎燃烧起了求食的欲望。保吉时常会对乞丐这种人物萌发一种罗曼蒂克的兴趣,而一次也不曾涌起过类似于怜悯或同情的感觉。倘若有人说他自己有过那种感觉,保吉肯定会认为,说这话的人要么是一个傻瓜,要么就是在撒谎。但此刻,当看见那个小乞丐仰着头,双目生辉的模样,他的心里不免萌生了一丝怜爱。不过,这里所用的"一丝"这个词,的确堪称不折不扣的"一丝"。与其说保吉觉得那小乞丐值得怜爱,不如说他从那乞丐的身影中欣赏到了一种伦勃朗①式的艺术效果。

"不愿叫?喂,快叫一声'汪'啊!"

乞丐紧蹙起眉头,叫了一声:

"汪!"

但声音委实太过微弱。

"再大声一点!"

"汪!汪!"

乞丐终于吠叫了两声。不等声音落地,一只脐橙便戛然向窗外扔了下去——接下来的事情大家肯定不难设想了。不用说,乞丐朝着脐橙来了个饿狼扑食,自然引得会计官哈哈大笑。

那以后过去了一个星期,又到了发饷的日子。保吉到会计部门那里领取月饷,只见那个会计官一副忙碌不堪的样子,忽而翻弄那边的账簿,忽而摊开这边的文件。看见保吉进来,他只说了一句:"是来领月饷的吧?"而保吉也只回答了一声:"是的。"但或许是因为会计官公务太多的缘故吧,迟迟没有把月饷交给保吉。不仅如

---

① Rembrandt(1606—1669),荷兰画家。他的画作多描绘城市贫民、流浪者和农民的形象。

此,最后身着军服的他竟然背对着保吉,一直不停地拨弄着算盘。

"会计官……"

保吉在等了一阵之后,几乎是在哀求似的叫了一声。会计官这才隔着肩膀看了看保吉。从他的嘴里显然就要迸出这样的字眼了:"很快就好啦。"然而,保吉抢在他头里,一字不差地说出了预先准备好的一句话:

"会计官,是不是让我叫一声'汪'?对吗,会计官?"

保吉相信,他说这话时的声音肯定比天使还要柔和。

洋　人

这所学校里有两名洋人,他们是来教授会话课和英语作文课的。一个是叫汤森特的英国人,而另一个则是名叫斯塔雷特的美国人。

汤森特先生乃是一个已经谢顶,而又说得一口流利日语的好心老头子。本来,若论洋人老师,不管他是何等庸俗之辈,一旦说起莎士比亚和歌德来,全都会口若悬河,喋喋不休。但幸运的是,汤森特先生甚至对文艺的子丑寅卯都绝口不提。有时话题中涉及华兹华斯[①]的时候,他如此这般地说道:"所谓诗歌这玩意儿,我可是一窍不通。就说华兹华斯等人吧,真不知道有什么好的。"

保吉曾经和这个汤森特先生在同一个避暑胜地住过,所以,在去学校和从学校回来的路上,都乘坐的是同一辆列车。火车大约要行驶三十分钟,于是,两个人就在车厢里,一边叼着格拉斯哥[②]出产的烟斗,一边交替着谈起香烟的话题、学校的话题,还有幽灵的

---

① W. Wardsworth (1770—1850),英国著名的浪漫主义诗人。
② Glasgow,英国爱尔兰的港口城市。

话题。因为汤森特先生作为一个通神论者，就算对哈姆雷特不感兴趣，至少也对哈姆雷特父亲的幽灵兴趣盎然吧。不过，一旦提到魔法和炼金术以及 Occult Sciences（神秘学）的话题，先生他必定会露出一副不胜悲戚的表情，同时摇晃着脑袋和烟斗，说道："神秘的门扉远不像凡夫俗子们想象的那样难以开启。毋宁说其可怕之处，恰恰就在于很难轻易关闭这一点。对那种东西最好是敬而远之。"

而另一个斯塔雷特先生则是一位年轻许多而又喜好刀尺的人。冬天，他总是在暗绿色的大衣上佩戴一条红色的围巾。与汤森特先生相比，他倒是喜欢不时地浏览一些新近出版的书籍，而且还在学校的英语大会上作过题名《新近的美国小说家》的大型演讲。他竟然在演讲中说，美国新近最伟大的小说家要么是罗伯特·路易斯·斯蒂文森①，要么是欧·亨利②！

斯塔雷特先生所居住的地方，尽管不是同一个避暑胜地，但却也是沿线的某个城镇，所以，也就自然经常同坐一列火车了。至于和他谈论过一些什么话题，在保吉的记忆里已经荡然无存了，但唯一记得的，是那次在候车室的暖炉前等待火车时的情形。当时，保吉打着哈欠，说起了教师这门职业的枯燥乏味。不料戴着无边眼镜、长得仪表堂堂的斯塔雷特先生一边露出微微有些奇妙的表情，一边说道：

"教师可不是什么职业，我想，毋宁说应该称之为天职吧。You know, Socrates and Plato are two great teachers……etc.（您知道，苏格拉底和柏拉图可是两位伟大的教师呀……云云）。"

罗伯特·路易斯·斯蒂文森是不是美国佬，这并无什么大碍，

---

① Robert Louis Stevenson（1850—1894），英国小说家，而不是美国小说家。著有《宝岛》等冒险题材小说。
② O. Henry（1862—1910），美国短篇小说家。

倒是他把苏格拉底和柏拉图称之为教师——这一点促使保吉打定主意,从此要对这个斯塔雷特先生抱以殷殷友情。

午　休
——某种空想

保吉走出了二楼的食堂。教授文科课程的教官们在吃过午饭之后,大都喜欢步入隔壁的吸烟室里。而保吉今天却一反惯例,决定顺着楼梯下到庭院里去。这时,只见一个下士如同蝗虫一般,三步并作一步地从楼梯上跑了上来。一看见保吉,他就突如其来地行了个毕恭毕敬的举手礼,并且飞快地越过了保吉的头顶。保吉一边情不自禁地朝着阒无人迹的空间还以点头之礼,一边慢悠悠地继续拾梯而下。

在庭院里,只见罗汉松与榧子树中间盛开着好多木兰花。不知为什么,木兰树就是不肯把难得的花儿朝向光线明媚的南边。而辛夷树尽管与它非常相似,却必定会把花儿朝向南面。保吉一边点燃香烟,一边为木兰的个性献上自己的祝福。正在这时,就恍如从天投落的石块一般,一只鹡鸰翩然飞了下来。鹡鸰对他毫不认生,一个劲儿地摇晃着尾巴,作为给他带路的信号。

"往这边!往这边!才不是那边呢!往这边来!往这边来!"

他就那样按照鹡鸰的指点,在铺着石砾的小径上漫步前行。但谁又知道鹡鸰是如何作想的,只见它又忽然转身飞上了天空。而取而代之的,是一个高个子轮机兵的出现。只见他兀自沿着小径朝这边走了过来。保吉有一种感觉,似乎曾在哪儿见过这个轮机兵。轮机兵在敬过礼之后,从他身边匆匆地走了过去。保吉一边吧嗒着香烟,一边继续思忖着那个人究竟是谁。两步、三步、五步——当走到第十步的时候,他终于恍然大悟:那个人就是保尔·高庚,抑或是高庚的转世。他手上握着的铁铲无疑马上会变成一支画笔，而且最终还会被疯狂的朋友用手枪从背后射中。尽管令人同情，但也实属无可奈何。

保吉终于沿着小径来到了大门口前面的广场。那儿有两门作为战利品的大炮并排放在松树和细竹丛中。倘若把耳朵贴近炮身，会听到某种气息从中流淌而过的声音。或许大炮也是会打哈欠的吧。他在大炮下席地而坐，然后点燃了第二根香烟。这时，只见前庭中心的沙砾上，有一只蜥蜴正熠熠闪光。人一旦被砍掉了腿脚，是不可能使其再生的。但蜥蜴却不同，即便被切掉了尾巴，又可以马上重新长出一条尾巴。保吉就那样一边叼着香烟，一边想道：与拉马克①相比，蜥蜴无疑更是一个进化论者。可就在他观察了一阵子以后，那只蜥蜴竟不知不觉地化作了垂落在沙砾上的一抹重油。

保吉终于欠起身来。他沿着刷过油漆的校舍再次穿过庭院，来到了面向大海的运动场。在铺着红土的网球场上，几个武官教师正热衷于比赛的胜负。突然，有什么东西在网球场上的空间中发生了爆裂，与此同时，在球网的左右两侧迸射出了一道浅白色的直线。原来，那不是球在飞舞，而是有人打开了香槟酒的瓶盖。并且，身着衬衫的诸神正津津有味地品赏着香槟酒。保吉一面赞美着诸神，一面绕到了校舍的后庭。

后庭里有很多蔷薇树，但还见不着一束绽开的花儿。他信步溜达着，从延伸到路上的蔷薇树枝上发现了一只毛虫，很快又看见邻近的树叶上匍匐着另一只毛虫。毛虫们相互颔首示意，就像是在议论着他或者别的什么一样。保吉决定站在那儿，悄悄聆听它们的对话。

第一只毛虫　这个教官几时才会变成一只蝴蝶呢？从俺们曾曾曾祖

---

① Lamarck（1744—1829），法国生物学家，进化论者。

父那一代起,他就在这地面上四处爬行了。

第二只毛虫 没准人是不会变成蝴蝶的吧?

第一只毛虫 不,变肯定是会变的。瞧,那儿不是也有人正在飞吗?

第二只毛虫 没错,那儿是有人在飞呢,可是,别提有多么丑陋了!看来,人甚至不具备美的意识。

保吉把手搭在额前,抬头眺望着驾临头顶上的飞机。

一个恶魔摇身变成同僚,兴高采烈地走了过来。过去传授炼金术的恶魔如今竟然也在向学生们教授着应用化学。他一边嗤笑着,一边朝保吉搭讪道:

"喂,今天晚上愿不愿意陪我玩玩?"

保吉从恶魔的微笑中清晰地看见了浮士德的两行字迹:"理论是灰色的,而生命之树常绿。"

在告别恶魔以后,他又转而走向校舍里面。所有的教室都空荡荡的。他在路过时朝里张望,唯有一间教室的黑板上还留着一幅没有画完的几何图。发现他在偷窥,那幅几何图认定自己会被他擦掉,于是,马上一伸一缩着,说道:"还要留着下节课时用呢。"

保吉顺着刚才走下的楼梯拾级而上,走进了外语课和数学课的教官室。在教官室里,除了秃顶的汤森特先生之外,不见一个人影。而且,为了消除无聊,这位老教师正一边吹着口哨,一边尝试着跳独脚舞。保吉露出了一丝苦笑,走到化妆台前面洗手。这时,他无意中看了看镜子,令人吃惊的是,汤森特先生不知什么时候已经摇身变成了一个美少年,而保吉自己则变成了一个佝腰驼背的白头老人。

耻　　辱

保吉在去教室上课之前，必定会预习教科书上的内容。这倒并非仅仅出自如下的义务感——认为既然自己领取了月饷，就不应该在课堂上信口开河。由学校本身的性质所决定，教科书上经常出现大量的海外用语，如果不事先好好备课，就很容易谬误连篇。比如说，有 cat's paw 这种说法，乍一看还以为是指猫的脚，结果却是徐徐微风的意思。

有一次，他给二年级的学生讲授了一篇描写航空内容的小品文。那是一篇拙劣得可怕的糟糕文章，就连狂风在桅杆上咆哮，浪涛涌进甲板上的舱口，都没能在文字中体现出来。尽管吩咐学生进行译读，可他自己却率先感到无聊起来。这种时候最容易受到一种冲动的驱使，希望以学生为对象，就思想问题和时事问题侃侃而谈。从事教师这种职业的人，原本就是喜欢教授学科以外的东西。道德、兴趣、人生观——无论取名叫什么都无所谓，总之，较之教科书和黑板上的内容，他更愿意教授某种贴近自己心脏的东西。但不凑巧的是，学生偏偏对学科以外的任何东西都无意学习。不，不是无意学习，而是绝对地讨厌学习。正因为保吉对此深信不疑，所以，即便是在这样百无聊赖的时候，也只能硬着头皮继续进行译读。

不过，不仅要倾听学生的译读，还要严格地矫正其错误，即便在不感到无聊的时候，这么做对于保吉来说，也是一件烦心的事情。在一小时的课程终于熬过了三十分钟以后，他让学生们停止了译读。接下来，由他自己开始逐节进行朗读和翻译。在教科书上航海，也同样枯燥至极。与此同时，他的授课方式也枯燥乏味得毫不逊色。他就像横渡无风带的帆船一样，忽而看漏动词的时态，忽而弄错关系代名词，举步维艰地向前行驶着。

英勇的门卫

究竟是在秋末，还是在冬初，有关的记忆业已模糊了，反正是在需要套上大衣才能去学校的时节。当大家在午餐桌上坐好之后，一个武官教师向邻座上的保吉讲起了最近发生的一件怪事：也就是在两三天前的深夜，有两三个强盗把小船划到学校的背后。正值夜勤的门卫试图只身擒获这帮强盗，谁知经过一番激烈的搏斗，反倒被对方抛进了大海。门卫变成了一只落汤鸡，但最后总算是爬上了岸。不用说，强盗们的小船此时已经消失在了大海的夜幕中。

"就是那个叫做大浦的门卫。说来也真够倒霉的。"

武官一边大口大口地嚼着面包，一边露出了苦涩的微笑。

大浦这个人，保吉也是认识的。几个门卫常常交替着守卫在门口的值班室里。不管是文官还是武官，只要看见是教官从门口进出，他们就必定会行举手之礼。保吉既不喜欢别人对自己敬礼，也不喜欢向别人还礼，所以，当他从值班室前面路过时，总是故意加快脚步，不给门卫敬礼的机会。但唯有这个叫做大浦的门卫绝不肯轻易罢休。首先，他就那样坐在值班室里，一直凝神注视着大门内外十来米远的距离。因此，只要一看见保吉的身影，不等走近，便早已做好了敬礼的架势。既然如此，也就只能当作是宿命来加以接受得了。对此，保吉总算是死心了。不，不光是死心了，相反，近来只要一瞥见大浦，就像遭到响尾蛇觊觎的兔子一般，索性率先摘下自己的帽子。

可从话中得知，就是这样一个人却被强盗抛进了大海。尽管保吉多少有些同情他，但还是忍不住笑了。

过了五六天之后，保吉偶然在车站的候车室里发现了大浦。一看见他的出现，大浦便顾不得此刻身在何地，竟然一下子端正姿势，恭恭敬敬地举起手来，朝保吉行了个礼。保吉顿时陷入了一种错觉，仿佛从他的身后清晰地看见了值班室的门口。

"你不久前……"在沉默了一阵之后，保吉这样搭话道。

"唔，结果没有能够抓住强盗……"

"受了很大的苦吧。"

"幸好身体没有受伤……"大浦一面苦笑着，一面像是自我解嘲似的继续说道，"如果真的想非抓住强盗不可，或许也不是不能逮住个把的。可是，即便就算是逮住了，不也就那个样儿吗……"

"所谓不也就那个样儿吗，这是指……"

"也不可能得到奖赏什么的。因为在门卫守则里，对这种场合该如何处理，并没有明文规定……"

"即便以身殉职也一样吗？"

"是的，即便以身殉职。"

保吉看了一眼大浦。据大浦自己说，其实他那么做，并非就是像勇士那样以命相赌，而是在心里掂量了一番奖赏之后，将本来应该抓住的强盗放走了的。但是——保吉一边取出香烟，一边尽可能装得快活地朝对方点了点头。

"的确，如果是那样的话，也真是太荒唐了。结果只能是越冒险越吃亏。"

大浦说了声"啊"或者别的什么。不过，他脸上的表情却显得出奇抑郁。

"可是，一旦给予奖赏，那么……"保吉有些忧郁地说道，"可是，一旦给予奖赏，那么，是不是所有的人都真的会临危不惧呢？——想来，这也多少有些值得怀疑呢。"

这一次是大浦陷入了沉默之中。然而，保吉刚把香烟叼在嘴上，他就连忙擦燃自己的火柴，递到了保吉面前。保吉一边把摇曳着的红色火苗挪向烟头,一边使劲遏止住浮上嘴角的微笑,以免被对方觉察。

"谢谢。"

"不,哪里哪里。"

在不经意说着的同时,大浦把火柴盒揣回了口袋里。但保吉坚信,自己今天又看穿了这个英勇门卫的一个秘密。那火柴上的火苗绝不仅仅是为了保吉才擦燃的。事实上,是为了那些在冥冥之中审视着大浦之武士道的诸神而点燃的吧。

大正十二年(1923)四月

小　白

艾　莲译

一

春天的一个下午,有只叫小白的狗,在寂静的马路上边走边嗅着土。狭窄的马路,夹着两道长长的树篱,枝条上已绿芽初萌,树篱中间,还稀稀落落开着些樱花之类。小白沿着树篱,不觉拐进一条横街。刚拐过去,就吓得一惊,顿住了脚。

那也难怪。横街前面三四丈远的地方,有个穿号衣的宰狗的,把套索藏在身后,正盯住一只黑狗。而那黑狗却毫无察觉,只顾大嚼屠夫扔来的面包等物。可是,叫小白吃惊的,不光此也。倘是一只不相识的狗倒也罢了,如今让屠夫盯上的,竟是邻居家的阿黑。是那只每天早晨一见面,总要彼此嗅嗅鼻子,跟它顶顶要好的阿黑呀。

小白不禁想大喊一声:"阿黑,当心!"就在这工夫,屠夫朝小白恶狠狠地瞪了一眼,目露凶光,分明在威吓它——"你敢!你告诉,就先套住你!"吓得小白忘了叫。而且,何止是忘了叫!简直是惊魂丧胆,一刻也不敢待了。小白眼睛觑着屠夫,开始一步步往后蹭。等到了树篱背后,屠夫的身影刚隐没,就撇下可怜的阿黑,一溜烟地逃之夭夭。

这工夫,想必套索飞了出去,只听见阿黑凄厉的号叫一迭声传来。可是小白,慢说转回身去,脚下连停都没停。它跳过泥洼,踢开石子，钻过禁止通行的拦路绳，撞翻垃圾箱，头也不回，一个劲儿地逃。你瞧瞧！它跑下了坡道！哎哟，险些叫汽车轧着！小白一心想逃命，八成什么都不顾了。不，阿黑的悲鸣犹自在它耳边呜咽。

"呜，呜，救命呀！呜，呜，救命呀！"

二

小白上气不接下气，好歹回到主人家。钻过黑院墙下的狗洞，绕过仓房，就是狗窝所在的后院。小白像一阵风似的，奔进后院的草坪，跑到这里就不用怕给绳子套住了。尤其幸运的是，绿茸茸的草坪上，小姐和少爷正在扔球玩。看到这光景，小白那份高兴劲儿，就甭提了。它摇着尾巴，一步就蹿了过去。

"小姐！少爷！我今儿遇见宰狗的啦。"小白气都没喘一口，仰头望着他俩说。

（小姐和少爷当然不懂狗话，所以只听见它汪汪叫。）可是，今儿怎么回事？小姐和少爷都愣在那里，连脑袋也不来摸一下。小白觉得奇怪，又告诉他俩说：

"小姐！您知道宰狗的么？那家伙可凶哩。少爷！我倒是逃掉了，邻居家的阿黑却给逮住了。"

尽管如此，小姐和少爷只是面面相觑，而且，旋即说出的话简直莫名其妙：

"是哪儿的狗呀，春夫？"

"是哪儿的狗呢，姐姐？"

哪儿的狗？这回倒叫小白愣住了。（小姐和少爷的话，小白完全听得懂。我们不懂狗话，就以为狗也不懂人话，其实不然。狗能学会耍把戏，就因为懂人话。我们听不懂狗话，所以，像暗中看物啦，辨别气味啦，狗教的这些本事，一样都学不会。）

"哪里是哪儿来的狗呀，就是我小白呀！"

可是，小姐仍然嫌恶地瞅着小白。

"会不会是隔壁阿黑的兄弟呢？"

"也许是阿黑的兄弟吧。"少爷摆弄着球棒，深思熟虑地回答说，"瞧这家伙也浑身黢黑嘛。"

小白顿感毛骨悚然。浑身黢黑！哪儿会呢，小白从小就白如牛奶。然而，此刻一看前爪，不，不止前爪，胸脯、肚子、后爪、修长有致的尾巴，全像锅底一样黢黑。浑身黢黑！浑身黢黑！小白疯了似的，又跳又蹦，兜着圈子拼命狂吠。

"哎呀，这怎么办？春夫，这准是一只疯狗。"

小姐站在那里，几乎要哭出来。但是，少爷倒很勇敢。小白左肩上猛地挨了一球棒。说时迟那时快，第二棒又朝头顶抡将下来。小白棒下逃生，赶紧朝来的方向逃去。这次不像方才那样，只跑了一二百米。草坪尽头，棕榈树下，有个白漆狗窝。小白来到狗窝前，回头看着小主人。

"小姐！少爷！我就是那只小白呀。变得再黑，也还是小白呀。"

小白声音发颤，有说不出的悲愤。而小姐和少爷哪儿会懂得小白的心情。此刻，小姐不胜厌恶地跺着脚嚷道："还在那儿叫呢，真赖皮呀，这条野狗。"至于少爷，他拾起小径上的石子，使劲向小白砍了过来。

"畜生！看你还敢磨蹭不！还不快滚！还不快滚！"

石子接二连三地飞了过来，有的打中小白的耳根，都渗出血来。小白终于夹起尾巴钻出黑院墙。墙外，阳春丽日下，一只遍体银粉的黑纹蝶，正在惬意地翩翩起舞。

"啊，难道从今以后，竟成了丧家之犬么？"

小白叹了口气，在电线杆下茫茫然凝望着天空。

三

小白被小姐和少爷赶出家门，在东京四处转悠。但是无论走到哪儿，浑身变得黢黑，这事儿却怎么也忘不了。小白害怕理发店里给客人照脸的镜子，怕雨后路上映着晴空的水洼，怕那路旁橱窗上映着嫩叶的玻璃。何止这些，甚至连咖啡馆桌上斟满黑啤酒的玻璃杯都怕！——可是怕又有什么用呢？瞧那辆汽车，嗯，就是停在公园外面，那辆又大又黑的汽车。漆黑锃亮的车身，映出小白朝这边走过来的身影——清晰得像照镜子一样。能映出小白身姿的东西，犹如那辆等人的汽车，比比皆是。若是小白看见了，该多害怕呀。喏，你瞧瞧小白的脸。它不胜痛苦地哼了一声，立即跑进公园。

公园里，微风拂过梧桐树的嫩叶。小白耷拉着脑袋，在林子里走着。这里除了池水，幸好没有别的东西能照见小白的身影，唯有白玫瑰上，一只只蜜蜂发出的嗡嗡声。公园里平静的气氛，使小白暂时忘了变成丑陋的黑狗这一悲哀。

可是，这样的福气就连五分钟都不到。小白宛如做梦似的，走到挨着长凳的路边。这时，在路的拐角那头，连连响起一阵犬吠。

"汪，汪，救命呀！汪，汪，救命呀！"

小白不由得浑身发颤。这声音，让小白心中再一次浮现出阿黑那可怕的结局，历历如在眼前。小白闭起眼睛，想朝原路逃去。但是，正如俗话所说，那只是一刹那间的念头，小白一声怒吼，雄猛地转回身去。

"汪，汪，救救我呀！汪，汪，救救我呀！"

这声音在小白听来，犹似变成这样的话：

"汪，汪，别当胆小鬼呀！汪，汪，别当胆小鬼呀！"

小白一低头,便朝着有声音的地方冲去。

跑到那里一看,出现在小白面前的并不是什么屠夫。只是两三个穿着洋服放学回家的孩子,叽叽喳喳,拖着一只颈上套着绳子的茶色小狗。小狗拼命挣扎,不肯让他们拖走,一再喊着:"救救我呀!"可是孩子才不听那一套呢,只顾笑啊嚷的,甚至用鞋踢小狗的肚子。

小白毫不犹豫,冲着几个孩子猛吠起来。小孩子突遭袭击,这一惊可非同小可。小白气势汹汹,神情吓人,那怒火中烧的目光,利刃一般龇出的牙齿,看似当即就会咬上一口。几个孩子四散逃走,有的慌不择路,竟跳到路边的花坛里。小白追了一两丈远,然后一转身,朝着小狗责怪似的说:

"好啦,跟我一道来吧,我送你回家。"

小白旋即又朝来时的树林里猛跑过去。茶色小狗也撒欢儿跑了起来,钻过长凳,踢倒玫瑰,毫不示弱,颈上犹自拖着那条长长的绳子。

两三个小时后,小白和茶色小狗立在一家寒碜蹩脚的咖啡馆门前。白天也一片昏暗的咖啡馆里,早已灯火通明。音质沙哑的留声机,正在放浪花小调一类的曲子。小狗得意地摇着尾巴,对小白说:

"我就住在这儿,在这家叫大正轩的咖啡馆里——叔叔,你住在哪儿呀?"

"我吗?我——在老远的一条街上。"小白凄凉地叹了口气。"行了,叔叔该回家了。"

"再待会儿吧。叔叔家的主人厉不厉害?"

"主人?干吗要打听这个呢?"

"您家主人若是不厉害,今儿晚就住在这儿吧,也好叫我妈妈谢您救命之恩啊。我们家里有很多很多好吃的,像牛奶啦,咖喱饭啦，牛排啦什么的。"

"谢谢，谢谢。不过，叔叔还有事，等下次来再吃吧——那就问你妈妈好。"

小白瞟了一眼天空，然后静静地沿着石板路走去。咖啡馆檐头的上空，一钩新月，正自清辉流荡。

"叔叔，叔叔，我说叔叔呀！"小狗伤心地用鼻音喊道，"那就请把尊姓大名告诉我吧。我叫拿破仑，又叫小拿破，或者是拿破公——叔叔叫什么名字呢？"

"叔叔名叫小白。"

"小白？叫小白多奇怪呀？叔叔浑身不全是黑的吗？"

小白不禁悲从中来。

"那也叫小白。"

"那我就喊您小白叔叔吧。小白叔叔，过几天请务必再来呀。"

"那么，拿破公，再见了。"

"小白叔叔，请多保重！再见，再见！"

四

小白后来怎么样了呢？报上早有许多介绍，这里无须一一赘述。一只勇敢的黑狗，屡屡救人于危难之中；还有，一部叫《义犬》的电影也风靡一时；凡此种种，想必已是众所周知的了。那只黑狗正是小白。倘不巧，还有人不知的话，请看以下摘引的报道：

《东京口日新闻》：昨日（五月）十八日上午八时四十分，奥羽线北上特快列车通过田端站附近一平交道时，因扳道夫之疏忽，田端一二三公司职员柴山铁太郎之长子实彦（四岁），进入列车经过的线路之内，险些为列车碾死。当此千钧一发之际，一只矫健的黑犬，闪电般奔上平交道，从列车轮下，成功地救出实彦。这只勇敢的黑犬，却于众人喧哗骚然中，悄然他去，故而无法加以表彰，当局至感为难。

《东京朝日新闻》：美国富豪爱德华·巴克雷先生之夫人，现避暑于轻井泽，携有一宠爱之波斯猫。该别墅近日出现一七尺余长大蛇，于露台上正欲吞食夫人之爱猫。这时，突然蹿出一只从未见过之黑犬，跑去救出小猫，经过长达二十余分钟之搏斗，终将大蛇死咬。事后，这只大无畏之黑犬却不知去向。夫人悬赏美金五千，以求该犬之下落。

《国民新闻》：在翻越日本阿尔卑斯山时，曾一度失踪的三名第一高等学校学生，（八月）七日已安抵上高地温泉。他们于穗高山与枪岳之间迷路，加之日前一场暴风雨，尽失帐篷与口粮，几不抱生还之念。然而，正当三人彷徨于溪谷，走投无路之际，出现一只黑犬，恰如向导一般在前引路。三人紧随其后，趱行一日多，方得以抵达上高地。据称，该犬一俟温泉旅馆之屋顶展现于眼下，便欢叫一声，随即消失于来时的山白竹之中。三人深信，该犬实乃神明之加护。

《时事新报》：名古屋（九月）十三日大火，烧死十余人，横关市长亦几失爱子。因家人疏忽，公子武矩（三岁）被遗忘在烈火熊熊的二楼，即将葬身于大火之中。此时,有一黑犬将其衔出。市长随即下令,凡属名古屋境内,今后一律禁止捕杀野犬。

《读卖新闻》:宫城巡回动物园于小田原城内公园展出,连日来,观者甚众。(十月)二十五日下午二时许,该动物园一头西伯利亚产大狼,突然捣毁坚固的兽槛,咬伤门卫二人,向箱根方面逃窜。小田原署为此采取紧急行动,于全城范围内实施警戒。下午四时半左右,该狼出现于十字路口,与一只黑犬撕咬起来。黑犬奋力恶战,终将对手咬得匍匐在地。执行警戒之巡警亦赶上前去,当即开枪将狼击毙。该狼学名鲁普斯·吉干蒂克斯,属极其凶猛之一种。再者,宫城动物园主声称,以枪杀狼,实属不该,扬言欲控告小田原署长。云云。

五

秋天的一个午夜,小白身心疲惫,又回到了主人家。当然,小姐和少爷早已入睡。诚然,此刻恐怕无人不在梦乡。阒然无声的后院草坪上,唯见一轮明月悬于高高的棕榈树梢。夜露打湿了小白的身躯,它卧在昔日的狗窝前,对着寂静的月亮,自言自语起来:

"月亮啊,月亮!我对阿黑见死不救,自家全身变黑,想必就是这个缘故吧。可是,自打离开小姐和少爷之后,我甘冒一切危险,一直奋斗拼搏。那是因为,每逢见到自家比炭还黑的身子,就不免对早先的懦夫行为感到无地自容。这一身黑,真让我深恶痛绝——我这黑炭,真想把它结果掉!为此,我往火里跳,与恶狼斗。可奇怪的是,我这条命,任凭多强的对手,都夺不走。恐怕死神一见我这样子，就退避三舍了吧。我痛苦得无以复加，唯求一死了之。只是，即便要死，也想先跟疼爱过我的主人见上一面。不用说，小姐和少爷明天一见到我，准会又当我是条野狗。碰巧，兴许还会给少爷的球棒打死也难说。那倒正是我求之不得的呢。月亮啊，月亮！我除了见见主人之外，没有旁的念头了。所以，我今晚才大老远又跑回这里。等天一亮，就叫我见到小姐和少爷吧！"

小白这么自言自语地说完，将下巴伸到草坪上，不觉呼呼睡去。

"好奇怪呀，春夫！"

"怎么回事，姐姐？"

小白听见主人的声音，遽然惊醒。睁眼一看，是小姐和少爷站在狗窝前，满脸狐疑地面面相觑。小白抬了抬眼睛，复又垂下目光望着草坪。小白变黑的时候，小姐和少爷也是这么惊讶来着。一想起那时的悲愤，自己此刻回来，不免有些后悔。正在这时，少爷突然跳了起来，大声喊着：

"爸爸！妈妈！小白又回来啦！"

小白！小白不禁也跳起来。小姐大概以为它要逃跑，便伸出两手，紧紧按住它的脖子。同时，小白也转眼凝望着小姐。小姐那双漆黑的眸子里，清晰地映着狗窝。不用说，自然是在高高的棕榈树下那间奶白色的小狗窝。可是，狗窝前却坐着一只雪白的狗，有米粒那么一丁点儿大，干干净净，秀秀气气——小白只是出神地望着这只狗的身影。

"哎呀，小白哭啦！"

小姐紧紧抱住小白，抬头看着少爷。至于少爷——你瞧，他那调皮的样子！

"咦，姐姐也哭鼻子啦！"

大正十二年（1923）七月

孩儿的病

——献给一游亭①

唐先容译

夏目先生一看见书法的挂轴，就自言自语似的说道："这是旭窗的书法吧。"不错，落款果真是旭窗外史。我对先生说道："旭窗该是淡窗的孙子吧。而淡窗的儿子又叫什么呢？"先生当即回答道："恐怕就叫梦窗吧。"

——就在这时，我猛然睁开了睡眼。只见客厅套间里点亮的灯光照进了我的蚊帐里，妻子好像正在给快满两岁的儿子换尿布。不用说，孩子一直在哭个不停。我掉转身子，背对着那个方向，试图再次进入梦乡。这时，传来了妻子的声音："真让人心烦呢，小多加。瞧你，又生病了。"于是，我朝妻子那边搭话道："怎么啦？""好像是拉肚子了。"与大儿子相比，这孩子动不动就生病。也正因为如此，让人既感到忐忑不安，又不免有些熟视无睹。"明天你就请S大夫来看看吧。""嗯，我方才也一直寻思着，是不是今天夜里就请他来看看呢。"等孩子停止哭泣之后，我又像先前那样酣然入梦了。

第二天早晨，当我醒来的时候，仍旧清晰地记得梦中的情景。淡窗似乎就是指的广濑淡窗，而旭窗、梦窗什么的，好像全都是虚

---

① 即小穴隆一，画家，芥川的好友。

构的人物了。说来,我倒是想起,说书先生里确实有个名字叫南窗的人呢。而对于孩子的病,我却并没有怎么记挂在心。真正开始介意孩子的病,还是在妻子从S大夫那儿回来,听到了她的一番抱怨之后。"大夫说,仍旧是消化不良,还说,过一会儿他也要来呢。"妻子就那样把孩子夹在腋下抱着,很生气似的说道。"发烧吗?""大约有三十七度六左右——尽管昨天夜里倒是一点也没有发烧。"随即我又蜷缩进二楼的书斋里,开始着手每天的工作。但工作依旧进展不顺,当然,这倒不一定全都归咎于孩子的病。不久,闷热的雨点开始叩打着庭院里的树木,嗒嗒嗒地下了起来。面对刚刚动笔的小说,我接连点燃了好几支敷岛牌香烟。

S大夫下午来诊断了一次,傍晚的时候又来了一次。而且,傍晚这一次还特意为多加志洗了肠。在大夫洗肠的过程中,多加志一直目不转睛地盯着电灯光看。不一会儿,洗肠的药水便导出了黑乎乎的黏液。我感到像是亲眼目睹了病菌一样。"怎么样,大夫?""没什么大不了的,只需不断用冰块来冷敷额头就行了——另外还要注意,不要过分娇惯孩子才是。"说完,大夫便回去了。

夜里我还在继续自己的工作,直到半夜一点,才终于上床休息了。入睡之前,我上洗手间出来,听见有人在漆黑的厨房里发出一阵阵咯吱咯吱的响声。"谁呀?""是我呢。"分明是母亲的声音。"你在干吗呀?""我在捣碎冰块呢。"我一边为自己的疏忽感到有些羞愧,一边说了句:"那点上灯不好吗?""摸黑也能行的。"我打开了电灯,看见只系着一条细腰带的母亲,正笨拙地鼓捣着手中的铁锤。在家里看到她这副邋遢的模样,不免让人觉得有些过于寒碜。只见冰块被水冲洗后的棱角折射出电灯的光线,在那儿忽闪忽闪的。

然而,第二天早晨,多加志的体温却超过了三十九度。S大夫上午又来了一次,与昨天一样给孩子洗了肠。我一边协助他,一边观察着，觉得今天好像只有很少的黏液。不料打开便器一看，却发现黏液远比昨天晚上还多。见此情景，妻子不由得提高嗓门说道："哇，居然有那么多！"她的话并没有针对某个特定的听者，嗓音里还带着一种粗俗而轻佻的口吻，以至于让人误以为，她摇身变成了一个年轻七岁的小女生。我情不自禁地瞅了瞅 S 大夫的脸。"会不会是小儿赤痢？""不，不是的。小儿赤痢只可能发生在断奶之前……"S 大夫显得格外镇静。

在 S 大夫回去之后，我又开始着手每天的工作，那便是在《Sunday 每日》上连载的小说。而且，截稿时间已经迫在眉睫，也就是在明天早晨。我只得挥动笔尖，勉为其难地书写着自己了无兴趣的文字。可是，多加志的哭声动辄便蜇刺着我的神经。非但如此，更讨厌的是——多加志刚一停止哭泣，那个比他大两岁的比吕志又开始放开喉咙，号啕大哭起来。

让人大伤脑筋的，还远远不止这些。下午，又突然冒出一个陌生青年来找我借钱。"我虽然是一个体力劳动者，但从 C 先生那儿带来了给先生您的介绍信。"青年毫不客气地说道。眼下我的口袋里也只剩下两三个日元了，所以，就顺手递给他两三本不用的书籍，让他去变卖成现钱。不料青年一接过书，就立刻翻开底页，开始细心地查找起来。"这上面写着非卖品呢，非卖品也能变卖成现钱吗？"于是，我一下子坠入了又可气又可怜的心境中。但我还是回答道："总之，应该是可以变卖的吧。""是吗？那我就失敬了。"青年有些将信将疑地扬长而去了，甚至没有说一句感谢的话。

S 大夫在傍晚时又给多加志洗了一次肠，这一次黏液减少了很多。这时，母亲端来一盆热水，请大夫洗手。"哇，今天晚上黏液可是少多了。"母亲说道，脸上是一副大功告成的表情。而我也一样，尽管并没有彻底放心，但也至少体会到了一种与放心相类似的轻松感。这除了得益于黏液的减少之外，还因为多加志的脸色和举动都几乎恢复了常态。"明天就会退烧了吧。因为很幸运,好像没有伴随着呕吐。"S大夫一边回答母亲,一边欣慰地洗着手。

第二天早晨,当我睁眼醒来的时候,保姆已经在客厅隔壁的房间里折叠好了自己的蚊帐。她鼓捣着蚊帐上的金属扣,听任它发出一阵响声,还仿佛说了句"小多加"怎么怎么的。当时,我的脑袋还一片空白,只是敷衍了一句:"多加志他怎么啦?""小多加情况不妙呢,说是必须得住院。"我一下子从床上撑了起来。正因为事情就发生在昨天和今天当中,所以,其间的变化更是让我倍感意外。"S大夫呢?""大夫已经来了,您就赶快起来吧!"保姆就像是要藏匿起自己的感情一样,脸上的表情显得出奇地生硬。我连忙去洗脸。依旧是那种令人抑郁的天气,天空被云层覆盖住了。在澡堂的提桶里,胡乱地丢弃着两支天香百合。不知为什么,总觉得那天香百合的气味,还有褐色的花粉等等,很快就要粘附在自己的皮肤上似的。

仅仅才过了一个夜晚,多加志的眼睛已经彻底凹陷了下去。据说今天早晨,妻子试图抱起他来的时候,他就那么朝天耷拉着脑袋,吐出了一大摊白色的东西,而且,还一个劲儿地打着哈欠,这也似乎预示着情况的不妙。蓦地我变得焦灼起来,同时还涌起了某种不祥的预感。S大夫在孩子的枕头边一声不吭地抽着香烟,一看见我,就马上说道:"我有话对你说。"于是,我把S大夫带到二楼上,隔着没有生火的火盆,面对面坐了下来。"虽然我认为生命没有危险,"S大夫就这样开口说道。据他说,多加志因为彻底伤着了肠胃,所以,近两三天只能绝对禁食。他说道,"因此我认为,让孩子住院或许更加方便吧。"我暗自想,没准多加志的病情远比S大夫所说的还要危险吧。脑海里甚至掠过了这样的念头:即便是让他住院治疗,也无异于亡羊补牢了吧。但现在哪里还顾得上思量这些,我当即拜托S大夫准备住院的事宜。"那就住进U医院吧。单凭离家很近这一点，也能带来不少方便呢。"S大夫来不及喝端来的茶水，便急匆匆地跑去给U医院打电话了。而我则叫来妻子，决定让保姆也一同前往医院。

那一天恰好是我的会客日，一大早就来了四个客人。我一边和客人聊着天，一边惦记着忙于住院准备的妻子和保姆。突然我感到舌尖上有什么近乎于沙粒的东西，于是琢磨着，会不会是不久前填充在虫牙里的石灰膏发生了脱落。但掏出来拿在指尖上一看，却是牙齿的残片。我变得稍有些迷信了，但还是一边抽着香烟，一边和客人谈起了抱一①那风闻是出手卖给了别人的三弦琴。

正在这时，昨天那个自称是体力劳动者的青年又大驾光临了。只见他站在大门口，就那样与我交涉起来："昨天给我的书才只换了一日元零两毛钱，所以，能不能再给我四五个日元？"非但如此，无论我怎样回绝，他都不肯表露出轻易撤兵的迹象。我终于再也忍不住了，大声地呵斥道："我可没有闲工夫来听你唠叨，还是请你回去吧！"可是，青年依旧不肯罢休，又说了一大通可怜兮兮的话："那么，至少给我电车费吧！我只要五毛钱就可以了。"看见这一招也不灵验，他就粗暴地拉上大门口的格子门，转身逃走了。这时，我已经打定主意，从今以后再也不做这样的慈善活动了。

不久，四个客人变成了五个客人，第五位客人乃是一位年轻的法国文学研究者。当他进来时，我恰好到茶室里去探听情况了。只见保姆已经做好了出门的准备，一边抱着穿得厚厚的孩子，一边在套廊上来回踱着步子。我悄悄把自己的嘴唇紧贴在多加志的额头上。他的额头烧得滚烫，嘴巴也在微微地抽搐着。"车呢？"我小

---

① 江户末期的画家酒井抱一（1761—1828）。继承了光琳派的画风，在华丽中蕴藏着俳句的情趣。

声地问起别的事情。"您是问车吗？车，已经到了。"不知为什么，保姆竟然像对待外人一样，采用了格外客套的说法。这时，换了和服的妻子也抱着羽绒被和竹篮子走了过来。"那，我们这就去了。"妻子双手拄地，跪在我面前，用格外肃穆的声音说道。我只说了一句："给多加志换一顶新帽子吧。"其实他头上戴的，正是我四五天以前才刚刚给他买回来的夏天用的帽子。"之前已经换成新帽子了。"妻子回答道。然后她对着衣橱上的镜子照了照，稍稍掩紧了衣领。我没有给他们送行，径自回到了二楼上。

我和新来的客人谈论着乔治·桑。这时，透过庭院里那些树木的嫩叶，可以看见两辆车的车篷。车篷顺着墙垣颤颤悠悠地晃动着，很快便从眼前一掠而过。"无论是巴尔扎克，还是乔治·桑，反正，十九世纪前半叶的作家就是比后半叶的作家更加伟大。"——我记得，客人这样热情洋溢地评论道。

下午的客人也同样络绎不绝。我终于在黄昏时分赢得了赶往医院的时间。不知不觉地，阴天已经变成了雨天。我一边更衣，一边吩咐女佣给我准备高齿木屐。正在这时，大阪的 N 君又跑来向我索要文稿了。N 君穿着粘满烂泥的筒靴，外套上到处是亮晶晶的雨痕。我走到大门口，向他解释着事情的原委，告诉他，因为发生了诸多变故，自己一个字也没有写成。N 君对我深表同情，说道："那么，这一次就算了吧。"不知为何，我竟萌生了一种感觉，仿佛自己是强迫 N 君来同情我的。同时，感到自己不过是把濒死的孩子当作了一个体面的借口而已。

N 君刚一回去，保姆也从医院回来了。据保姆说，多加志那以后也吐过两次乳奶，但幸好病情没有扩散到脑部。除此之外，保姆还谈到了医院护士优秀的品性，以及今天夜里岳母将去医院守夜等等。最后保姆还说起了另一件事："小多加一住进医院，那些教会星期日学校的学生就送来了一束鲜花。哎，正因为是鲜花，反倒觉得有些不吉利呢。"听罢，我不由得想起自己今天早晨说话时掉了一颗牙的事。但我却沉默着，什么也没有说。

走出家门的时候，外面已经一片黢黑，天上还下着霏霏细雨。而就在走出家门的当口，我发现——自己脚上穿的竟然是晴天的木屐，而且，左前方的木屐带也是松开的。不知为什么，我突然涌起一种感觉，倘若这木屐带真的断成了两半，那么，孩子的生命也会危在旦夕吧。但如果回去重换一双，我又会急不可耐。我一边咒骂着女佣没有为我备好高齿木屐的疏忽，一边小心翼翼地向前走着，生怕一不小心便会踩翻了木屐。

到达医院，已是九点过了。果然在多加志的病房外面，有五六支山丹和瞿麦浸泡在洗脸盆里。病房里的灯泡上蒙着一层包袱皮之类的东西，所以光线昏暗得甚至看不清人的面孔。妻子和岳母就那样和衣躺在床上，中间夹着多加志。多加志头枕着岳母的手臂，似乎已经酣然入睡了。妻子知道我来了，便一个人在蒲团上坐了起来，小声地说了句："你辛苦了！"岳母也这样说道，但语气中却透着一种远远超出我预期的轻松感。我多少有些如释重负的感觉，在她们的枕头边坐了下来。妻子说，因为给多加志断了奶，不但惹得孩子哭，而且，自己的奶头也胀痛得厉害，所以，感觉是经历了双重的痛苦。"用塑料奶嘴喂他，他就是不肯。最后，只好让他舔舌头了。""他现在就正在吸我的奶头呢。"岳母一边笑着，一边露出了自己干瘪的乳头。"瞧，他吸得多带劲啊，一张小脸涨得通红。"不知不觉地我也笑了。"但似乎远比预想的好呢。刚才我正寻思着，是不是已经绝望了呢。""你是说小多加吗？小多加当然已经没事了。什么呀，不就是寻常的拉肚子吗？明天就会退烧的。""这也是托祖师①保佑，对吧？"妻子揶揄着岳母。但身为法

---

① 通常指宗教的开山鼻祖。在日莲宗里，指日莲上人。

华经信徒的岳母却好像没有听见妻子的揶揄一样，拼命噘起嘴巴，朝多加志的头上吹着冷风，俨然要就此退去多加志的高烧一样……

多加志终于幸免于死了。当我赢得了他的安康之后，曾经想把他住院前后的种种事情缀写成一篇小品文。可是，我有一种近于迷信的想法：一旦把它们写成文字，或许他又会旧病复发吧。为此，我终于没有动笔。此刻，多加志正在悬垂于庭园树木上的吊床里酣睡着。借助有人约稿的契机，我决定姑且把这件事记录下来。而对于读者诸君而言，这毋宁说是一种困扰吧。

大正十二年（1923）七月

鞠　躬

唐先容译

保吉才刚满三十岁，并且像所有的鬻文之徒一样，过着令人眼花缭乱的生活。所以，纵然他的脑子里并非没有装着"明天"，但也很少对"昨日"进行什么反思。不过，当他在大街上徘徊徜徉，或是伏案撰写文稿，抑或乘坐在电车上的时候，脑海里还是偶尔会清晰地浮现出过去的某个场景。根据过往的经验，这似乎大都是由嗅觉的刺激而引发了联想的结果。而且，所谓嗅觉的刺激，也不外乎就是那种作为居住在都市中的可悲之处而被人叫作"恶臭"的气味。比如蒸汽火车的煤烟气味，就不可能有谁会萌发欲望，想去嗅一嗅吧。但如果是关于某位大家闺秀的记忆——哪怕她只是五六年前有过一面之交的小姐，只要一闻到那种特有的气味，记忆也会如同从烟囱里迸发而出的焰火一般，倏然复苏在心间吧。

与那位小姐的邂逅，是在某个避暑地的车站上。说得更严谨一些，则是在那个车站的月台上。当时他住在那个避暑地，无论刮风下雨，都从不改变这样的规律：早晨大步跨上八点出发的下行列车，而午后则从四点二十分抵达的上行列车上准时下来。至于他为什么每天都会乘坐火车来来往往，可就——其实，这种事情不管怎么着，都是无关宏旨的，重要的是，在每天乘坐火车的过程中，他转眼之间就记住了一打左右的熟悉面孔。而那位小姐便是其中之一。不过，从正月初七到三月二十几号为止，在午后的这段时间里，却一次也不曾邂逅过她。即便在上午，那位小姐乘坐的火车也是与保吉根本无缘的上行列车。

那位小姐约莫有十六七岁吧,总是在银灰色的洋服之上戴着一顶银灰色的帽子。或许个头儿并不算很高吧,但乍一看,却显得亭亭玉立。特别是一双腿——依旧是银灰色的袜子上搭配着一双高跟鞋——就恍若鹿子的腿一般颀长而苗条。一张脸尽管称不上美人,然而——无论是东方,还是西方,保吉都尚未从某部近代小说的女主人公中找到那种十全十美的美人。不是吗?一旦进入女性描写,作者大都会附加这样的条件句:"她并不是美人,但……"看来,承认无条件的美人,似乎关系到近代人的脸面。所以,保吉也如法炮制,给这个千金小姐附加了"但是"这样的条件句——为慎重起见再重复一次,虽然一张脸称不上美人,但却属于那种鼻尖微微上翘、显得可爱无比的圆脸。

小姐常常茫然地呆立在喧闹的人群中。有时候则坐在远离人群的长凳上浏览着杂志之类的东西,抑或沿着悠长月台的边缘信步溜达。

即使看到那个姑娘的姿容,保吉也不曾有过恋爱小说中所描述的那种怦然心跳的亢奋。只是如同看到眼熟的镇守府①司令长官,或是店铺的小猫时那样,涌起那种"喔,她还在呢"的念头。但这也仅限于对熟人所抱有的那种亲切感而已。因此,当他在月台上没有找见那个姑娘的身影时,偶尔也会感受到某种近似于失望的情愫。其实,就连这种所谓近似于失望的情愫,他也并非感受得有多么痛切。因为就算是店铺里的小猫失踪个两三天,他也会萌生完全相同的寂寞感。而倘若是镇守府司令长官猝然暴死,那么,感觉是否亦然,或许倒有些值得怀疑了吧。至少他也理应感到两者的情形是不尽相同的,哪怕其间的不同分明逊色于和小猫之间的差异。

---

① 日本旧海军军区的军政机关。

不过,事情却发生在三月二十几号一个不乏暖意的阴天的下午。保吉那天也从供职的地方坐上了四点二十分抵达的上行列车。或许是因为调查工作带来的疲倦吧,他模糊记得,即使在火车上,自己似乎也没有看书什么的,而只是倚靠在窗户边,眺望着春意渐浓的山峦和田畴。在从前读过的某部洋文小说中,作者喜欢把火车疾驶在平地上的响声形容成"tratata tratata tratata",而把火车跨越铁桥的响声形容成"trararach trararach"。仔细地侧耳倾听,似乎也不无相同的感慨——他还记得,自己当时还涌起过上述的念头。

经历了郁闷的三十分钟之后,他终于下到了那个避暑地的车站上。月台上还停靠着稍前抵达的下行列车。他夹杂在拥挤的人群中,漫不经心地看了看走下那趟列车的人流。于是——出人意料地,他发现了那个姑娘。就像前面已经写到的那样,在下午这段时间里,他还从来不曾碰见过这个姑娘。而此刻,她那银灰色的身影——恍若透着阳光的云层一般,或是像细柱柳的花儿一般的身影——竟突如其来地出现在他的眼前。他理所当然地感到了一阵惊讶。而姑娘似乎也在那一瞬间里,瞥见了保吉的脸。与此同时,保吉不由自主地朝着姑娘鞠了个躬。

看见他向自己鞠躬,姑娘无疑大吃了一惊。但不凑巧的是,关于她的脸上浮现出了怎样的表情,如今他已经忘记了。不,或许是因为当时的他也不可能从容地仔细打量对方的表情吧。就在他暗自发现"糟了"的同时,感到自己的耳朵开始变得火辣辣的。不过,唯有一点他清楚地记得——姑娘也向他低头鞠了个躬!

他终于走到了车站外面,为自身的愚蠢感到一阵愤怒。为什么要鞠躬呢?那个鞠躬完全是出于条件反射,就跟闪电划过天空的那一瞬间,人会情不自禁地眨巴眼睛一样,由不得自己的意志。由不得自己意志的行为也就理应可以不负责任。然而,那姑娘心里又是怎么想的呢?的确,那姑娘也回鞠了个躬,但或许也是在惊讶之余，条件反射式地作出的反应吧。很可能现在正把保吉看成是一个小流氓。说来，当发现"糟了"的时候，就该马上为自己的失礼向对方道歉才是的，可自己竟连这一点都没有意识到……

保吉没有径直返回自己住宿的地方，而是迈步走向阒无人迹的沙滩。其实，这并不是什么稀奇的事情。当为每月五日元租金的房间和每餐五毛钱的盒饭而对人世产生痛切的厌倦时，他必定会来到这片沙滩上，掏出格拉斯哥出产的烟斗兀自吧嗒起来。这一天也不例外，他一边眺望着阴霾天空下的大海，一边用火柴点燃了烟卷。今天的事情已经不可挽回了，可到了明天，肯定又会与她不期而遇的。到时，她会露出怎样的表情呢？如果真的把他视为小流氓，当然是不会正眼看他的吧。但倘若没有把他当作是小流氓，那么，没准她明天也会像今天这样对他的鞠躬作出回应吧。对他的鞠躬？可是，他——保吉还会再次恬然地朝那个姑娘鞠躬吗？不，他已经无意再向那个姑娘鞠躬了。不过，既然业已向对方鞠过一次躬，那么，借助某个机会，那姑娘和他很可能还会相互鞠躬的吧。倘若真的彼此鞠躬了，那么……保吉蓦然想起，那姑娘有着两道多么漂亮的娥眉呀。

打那以后过去了七八年的时光。今天，唯有当时那种海的静谧还栩栩如生地保留在记忆里。面对如此阒寂的大海，他只是茫然地将火星已经熄灭的烟斗久久地叼在嘴上，一直舍不得放下。当然并不是说，他的所有心思都完全凝聚在了那个姑娘身上。比如说，他的脑海里还掠过了近期即将着手创作的小说。那篇小说的主人公是一个燃烧着革命激情的英文教师。他以硬汉子形象而闻名遐迩，从不屈服于任何权威。但前后唯有一次例外，一不留神竟然向一个面熟的姑娘鞠了个躬。或许那姑娘个头长得不高吧，但乍一看却颀长而苗条，特别是那套着银灰色袜子和高跟鞋的双腿——总之，他的思绪动辄就情不自禁地游走在那个姑娘身上，这也的确是一个事实。

第二天早晨八点差五分的时候，保吉走在人潮涌动的月台上。他的心因期待着与姑娘的邂逅而不胜紧张，不过，也不排除希望不与姑娘相遇的想法。当然，这种想法也确实并非出自他的真心。即是说，他的心情和即将与强敌交手的拳击家如出一辙。而让他更加耿耿于怀的，乃是一种奇特得达到病态的不安，害怕自己会在与姑娘见面的瞬间里作出某种超越了常识的愚蠢行为。过去，让·黎施潘①就曾旁若无人地冲向路过的萨拉·贝尔纳尔②亲吻了对方。保吉生为日本人，或许绝不至于作出接吻之类的行为，但却保不住会突然伸出舌头，或是作个鬼脸什么的。他一边战战兢兢的，一边似找非找地环顾着四周的人群。

突然间，他的眼睛发现了姑娘朝着这边悠然走来的身影。就恍若迎接宿命一般，他径直向对方走了过去。眼看着两个人渐渐逼近了，十步、五步、三步——此刻，姑娘就站在他的眼前。保吉扬着头，就那样正面凝视着姑娘的脸庞。姑娘也把冷静的目光一动不动地投落在他的脸上。彼此的视线刚一重合，两个人便像什么也没有发生一样，试图转身离开。

恰好就在那一刹那，他从姑娘的眼睛里看到了某种近于动摇的表情。与此同时，他的身体中又涌动起那种想要鞠躬的冲动。但毫不夸张地说，那确实只是发生在一瞬间里。只见姑娘已经悄无声息地走了过去，把瞠目结舌的他抛在了身后。那模样就如同透着阳光的云层，或是结有花儿的细柱柳一般……

在大约二十分钟以后，保吉坐上了摇摇晃晃的火车，嘴上叼着那只格拉斯哥出产的烟斗。那姑娘绝非只有两道美丽的娥眉。一双

---

① Jean Richepin（1849—1926），法国诗人。反抗社会传统和习俗，喜欢新奇之物。
② Sarah Bernahardt（1844—1923），法国演员。擅长演出悲剧。

黑眼仁很大的眼睛，透着一股凉幽幽的感觉；还有那微微上翘的鼻子……可是，既然思绪流淌到了这样的地方，那么，这是否就该叫做恋爱的情感呢？——至于自己对这个问题是如何回答的，他也已经记不清了。保吉唯一记得的，只有不知何时向他侵袭而来的、泛着微光的忧郁。他端详着从烟斗里袅袅上升的青烟，好一阵子都沉浸在那种忧郁中，久久地思虑着那个姑娘的事情。其间，火车仍旧在半爿沐浴着朝阳的山谷之中风驰电掣着。

Tratata　tratata　tratata　trararach……

大正十二年（1923）十月

"小儿乖乖——"

唐先容译

保吉很早以前就认识这个店铺的主人了。

说是很早以前——或许就是始于他到海军学校赴任的当天吧。他突发奇想地走进这家店铺,为的是买一盒火柴。店铺里设有一个小小的橱窗,里面陈列着大将旗帜高高飘扬的三笠军舰①的模型。而在模型的四周,则排列着什么柑桂酒的酒瓶、可可饮料的罐头,还有葡萄干的箱子等等。不过,既然店头竖立着一块招牌,上面用红色颜料涂写着"香烟"的字样,那么,也就不可能不卖火柴吧。他一边探头窥伺着店堂,一边说了声"请给我一盒火柴"。在店堂那高高的收银台后面,伫立着一个年轻的斜眼男人,脸上是一副百无聊赖的表情。看见他走了进来,那男人依旧竖立着算盘,笑也不笑地回答道:

"就把这拿去吧,因为刚好火柴卖完了。"

所谓"就把这拿去吧",乃是指买香烟时搭送的那种最小型的火柴。

"白白送给我,我可担待不起。好吧,那就给我一包朝日牌香烟吧。"

"你说什么呀?没事的,就拿去吧。"

"不,还是给我一包朝日牌香烟吧。"

---

① 日俄战争的日本海战役中联合舰队的旗舰名。

"就拿去好啦,如果不嫌弃这个的话——你可犯不着买自己不需要的东西呀。"

斜眼男人的话无疑充满了善意,但嗓音和脸色却显得非常冷淡和简慢。如果就这样照他说的,把火柴收下,不免让人有些憋气,但若是转身扬长而去,又觉得对不住他似的。无奈,保吉只好掏出一枚面值一分的铜币放到了收银台上。

"那就给我两盒那种火柴吧。"

"两盒也好,三盒也好,你尽管拿去好啦。不过,都是不要钱的。"

幸好这时候,从悬挂在门口的金线汽水广告画的背后,一个小伙计探出了头来。那是一个表情恍惚,脸上长满了粉刺的小伙计。

"老板,火柴放在这儿呢。"

保吉在心里高奏着凯歌,买下了一盒大包的火柴。火柴的价格当然不外乎一分钱,但是,他从没有像此刻这样感到过,火柴竟然可以如此美丽。特别是那三角形波浪上的帆船商标,就算镶嵌在画框里也是绝对相宜的。他把火柴万无一失地揣进了自己裤子的口袋里,然后洋洋自得地离开了这家店铺……

那以后又过去了半年左右,其间,每当他去往学校的路上,都会踅进这家店铺里买点什么。如今,即便是闭上眼睛,他也能清晰地回想起这家店铺的情景。从屋梁上悬垂下来的,肯定是镰仓的火腿。横楣上的彩色玻璃把绿色的阳光映衬在灰泥涂抹的墙壁上。而散落在木板地面上的,想必是炼乳的广告吧。在正面柱子的挂钟下面,则悬挂的是一幅巨大的年历。此外,无论是橱窗里的三笠军舰,还是金线汽水的广告画,也不管是椅子、电话、自行车,还是苏格兰的威士忌、美国的葡萄干,抑或马尼拉的叶子烟、埃及的纸烟卷,以及烟熏的鲱鱼和牛肉大杂煮,几乎没有一样不是他眼熟的东西。特别是在那高高的收银台后面板着面孔的店主人,更是让他眼熟得生厌。不,还不仅限于眼熟,甚至对他的一举一动都早已熟识能详，比如他是如何咳嗽的，又是如何命令小伙计的，还有——即便是仅仅买一罐可可，他也会说出下面的话来让顾客不知所措："与其买 Fry 牌，还不如买这个呢。这是荷兰生产的 Droste 牌子哟。"当然，熟识能详并非什么坏事，不过，让人觉得有些无聊和枯燥倒也是事实。保吉来到这家店铺里，时而会有一种感慨油然而生：原来自己当上老师，也已经有不短的时日了。（其实，正像前面说过的那样，他的教师生活才开始不到一年呢！）

然而，这个店铺里也不可能不发生一种决定性的变化。一个初夏的早晨，保吉又走进这个店里买香烟。店堂和平常没什么两样。在洒过水的地面上，到处散落着炼乳的广告，这一点也一如既往。但坐在收银台后面的，却不再是那个斜眼的主人，而是一个梳着西洋发型的女人，年纪最多不会超过十九吧。那张脸就像一只猫，一只在阳光下一直眯缝着眼睛，身上没有掺和一丝杂毛的白色猫咪。保吉有些惊讶地走到了收银台前面。

"请给我两盒朝日牌香烟。"

"知道了。"

女人的回答显得有些羞答答的。不光如此，递过来的也不是什么朝日牌香烟，而是在烟盒背面画着朝日旗帜的三笠牌香烟。保吉不由自主地将视线从香烟挪到了女人的脸上。与此同时，他的脑海里又想象开来：在那女人的鼻子下面蓄着猫一般的长胡须。

"我要的是朝日牌——这不是朝日牌呢。"

"哇，是吗？——那真是对不起了。"

小猫——不，是那女人涨红了一张脸。这一瞬间的情绪变化，千真万确地属于一个少女。并且不是那种当前的时髦少女，而是近五六年来业已绝迹的砚友社①风格的少女。保吉一边摸索着零钱，

---

① 砚友社乃是明治中期以尾崎红叶为中心结成的文学流派。

一边在脑子里联想起种种其他的东西:《青梅竹马》①、燕子嘴巴式的包袱皮、燕子花、两国②、镝木清方③……当然,其间那个女人还在低头察看着收银台下面的地方,继续寻找着朝日牌香烟。

接着从里面走出一个人来,他就是那个斜眼的店主人。主人一看到三笠牌香烟,似乎便已经大致猜到了事情的原委。今天,他依旧是板着那张脸,把手伸到收银台下面,很快将两盒朝日牌香烟递给了保吉。不过,这一次他的眼睛里却掠过了一丝近于微笑的东西,尽管并不那么明显。

"火柴呢?"

如果把女人的眼睛也比作小猫,那它们显然带着献媚的表情,就仿佛要让喉咙发出娇滴滴的响声一般。主人没有回答,只是轻轻地点了点头。女人马上(!)将一盒微型火柴放到了收银台上,然后——再一次露出了羞涩的笑容。

"真是对不起。"

对不起的,倒不只是把朝日牌香烟错拿成了三笠牌香烟这一点。保吉来回打量着两个人,发现自己不知不觉之间也露出了微笑。

那以后,无论何时造访这个店铺,都是那个女人坐在收银台后面。如今,她已不再像当初那样梳成西洋式的发辫,而是盘成了那种系着发带的、椭圆形的大发髻。只是对顾客的态度还依然带着几分稚嫩,应酬时显得多少有些生疏,还不时弄错商品的种类。而且,一张脸常常涨得绯红。从她身上完全找不到那种所谓女主人的影子。保吉渐渐开始对这个女人怀有好感了。虽然这样,倒也并不意味着他陷入了爱河,他只是从她那种不善交际的笨拙中捕捉了某

---

① 日本女作家樋口一叶的作品。描写少男少女的心理,弥漫着浪漫主义情调。
② 东京墨田区的地名。
③ 日本明治时代的画家。作品多为风俗画和美人画。

种淡淡的怀旧感罢了。

在某个暑气难当的下午,保吉在从学校回家的路上,又折进这家店铺买可可。今天,那个女人也照样坐在收银台的后面,翻阅着《讲谈俱乐部》①之类的东西。于是,保吉对着那个脸上长满粉刺的小伙计问道:

"有没有 Van Houten②?"

"眼下只有这种牌子的。"

小伙计递过来的是 Fry。保吉环顾了一下整个店堂,看见在水果罐头中间,夹杂着一罐贴有西洋修女商标的 Droste。

"那儿不是还有 Droste 吗?"

小伙计只是瞄了瞄那儿,脸上依旧是一副茫然的表情。

"对,那也是可可。"

"那不就是说,并非只有这种牌子的,对吧?"

"嗯。不过,也就只有这些了——老板娘,可可就只有这些了,是吧?"

保吉回头看了看那女人。她微微眯缝着眼睛,脸上透着美丽的绿色。不过,这也没什么奇怪的,显然是下午的阳光透过横楣的彩色玻璃产生了作用。女人把杂志塞到手肘下,像往常一样做出了犹豫不决的含糊回答:

"哈,我想,或许就只有这些了吧,不过……"

"事实上,在这种 Fry 牌的可可里,有时还有虫子出没呢。"

保吉一本正经地说道。其实,他并没有真正遇到过有虫子蠕动的可可。只是因为他相信,一旦这样说了,就会有利于自己去说服对方好好找找,看是否还有库存的 Van Houten。

---

① 明治四十四年创刊的讲谈杂志。
② 最上等的可可。

"而且那些虫子还不小呢，估摸有小拇指这么大吧……"

女人有些吃惊似的把上半身探到了收银台上。

"那边不是还有吗？瞧，就在那后面的货架上。"

"在这儿的，也就只有红色的 Fry 牌呀。"

"那么，这边呢？"

女人连忙穿上木屐，不胜担忧地走到店堂这边找了起来。而一片茫然的小伙计也不得不在罐头堆中间开始了东翻西找。保吉先点燃了香烟，然后为了激将对方，一边想一边说道：

"如果让小孩喝了有虫子的可可，肯定会肚子疼的。（其实，他不过是在某个避暑胜地租了间房子过着单身生活而已。）不，不光是孩子，内人也曾受害过一次呢。（当然，他也从不曾娶过老婆。）无论怎么说，最好是小心为好啦……"

说到这儿，保吉突然噤口不语了。女人一边用围裙擦拭着双手，一边有些困惑地注视着他。

"似乎怎么也找不着……"

女人的目光是那么胆怯不安，嘴角也在勉为其难地微笑着。尤其滑稽的是，她的鼻子上竟然还渗出了一粒粒的汗珠。就在与女人四目交汇的一刹那里，保吉蓦地感到，恶魔正附体于自己的身上。这个女人俨然就是一株含羞草，只要施加一定的刺激，她就必定会呈现出恰如我意的反应。当然，刺激也并非什么难事，只需要凝眸注视她，或者轻轻碰触她的指尖，那么，女人就肯定会从那种刺激中接受到保吉的暗示吧。至于她将怎样处置接受到的暗示，无疑是一个未知数。不过，只要她不反抗，那就……不，养猫也是可以的。但是，倘若为了一个像猫的女人而把自己的灵魂出卖给恶魔，这就不得不让人思量了。保吉将附在自己身上的恶魔与没有抽完的香烟一起扔了出去。于是，遭到突然袭击的恶魔打着空翻，一下子钻进了小伙计的鼻腔里。只见小伙计龟缩着脖子，不停地打起喷嚏来。

"这就没办法了。那就给我一罐 Droste 吧。"

保吉的脸上依旧苦笑着,从口袋里掏出了零钱。

那以后,他也常常和这个女人打着诸如此类的交道,但却再也不曾有被恶魔附体的记忆了。不,甚至有一两次,他还借助某种契机感到了天使的翩然降临。

某个秋意渐浓的下午,保吉来这儿买香烟,顺便借用店里的电话。店主人正在阳光融融的店铺前面一边鼓捣着气泵,一边修理自行车。小伙计今天好像也出门办事去了。女人依旧在收银台前面整理着收据或别的什么。这样的店铺光景,无论何时看来都绝非一幅糟糕的画面,总觉得在某个地方充溢着那种荷兰风俗画式的宁静幸福。保吉站在女人的身后,把电话听筒紧贴在耳朵上,而脑海里竟浮现出了他所珍藏的写真版的 De Hooghe① 画的某幅画。

但无论过了多久,电话都难以接通。不仅如此,也不知怎么搞的,话务员居然在询问了一两次"您拨什么号"之后,就那么一直沉默着,再也没有反应了。保吉多次拨响了电话铃,但听筒只是在他耳畔传出一阵呜呜呜的忙音。如此一来,哪儿还有心思去想什么 De Hooghe 呢?保吉从荷包里掏出了 Spargo 的《社会主义简明手册》。幸好电话旁边有一个像阅览架那样斜立着盖板的箱子。他把书放在那箱子上,一边让眼睛搜索着上面的印刷铅字,一边尽可能缓慢而又执拗地拨电话。这是他针对偷懒的话务员而采取的策略。曾几何时他在银座的尾张町挂自动电话时,也是这样一边不断拨电话,一边读完了一整篇《佐桥甚五郎》② 的。今天也一样,只要话务员不搭理,他就决不肯停止拨号。

在和话务员大吵了一架之后,电话终于挂通了。打完电话,已

---

① De Hooghe (1629—?),荷兰画家。深受伦勃朗的影响,主要描写市民日常生活的风景和肖像画。
② 日本作家森鸥外的短篇历史小说。

是大约二十分钟以后的事情。为了道一声感谢,保吉回头瞅了瞅后面的收银台,可是那儿却一个人也没有了。不知什么时候,女人已经站到了店铺的门口,和店主人闲聊着什么。店主人好像还在秋天的阳光里继续修理着自行车。保吉原本想走过去,但又情不自禁地停下了脚步。只见女人背对着他,正向店主人问道:

"喂,刚才有个顾客说是想买紫萁咖啡,我问你,真有这种咖啡吗?"

"紫萁咖啡?"对内人也和对顾客时一样,主人的声音显得冷淡而简慢,"该不是把玄米咖啡听成了紫萁咖啡吧?①"

"玄米咖啡?喔,就是从玄米中提炼的咖啡呀——难怪我觉得有些蹊跷,心想,紫萁不是该到蔬菜店里去买吗?"

保吉眺望着两个人的背影,与此同时,他感到天使又再度翩然降临了。天使肯定正在悬垂着火腿的天花板附近来回飞旋着,将祝福降临在那两个一无所知的人身上。不过,烟熏鲱鱼的气味却让他不得不微微颦起了眉头。——保吉突然想起,自己忘了买烟熏鲱鱼。而此刻,他的鼻子跟前就叠放着一大串烟熏鲱鱼的形骸。

"喂,我要买这个鲱鱼。"

女人蓦地掉过头来。这个动作正好发生在她察觉到紫萁应该是放在蔬菜店里的时候。不用说,女人肯定认为,自己刚才的那番话已经被人听到了。只见她扬起视线,顷刻间那张恍若猫一般的面孔羞赧得一片绯红。就像前面说过的那样,保吉此前也经常看见这女人因害羞而红脸的情景,但像此刻这样满脸通红,却还是第一次。

"喔,您是要鲱鱼呀?"女人小声地问道。

"嗯,是要鲱鱼。"

前后多少次,唯有这一次保吉回答得特别干脆利落。

---

① 日语中玄米与紫萁的发音相近,遂出现了这种误解。

在发生了诸如此类的事情之后，大约又过去了两个月吧，想来的确是在第二年的正月里。不知为什么，那女人的身影突然从店堂里消失了，而且还不是三五天的事儿。无论什么时候去买东西，在安放着一个陈旧火炉的店铺里，都只有那个斜眼的男主人百无聊赖地坐在那儿。保吉总有一种怅然若失的感觉，而且，还就女人消失的理由展开了种种想象，可又不愿向那个冷淡的男主人打听女主人的下落。再说事实上，除了说一句"把什么什么给我"以外，他还从未跟店主人，当然还有那个害羞的女人，说过别的什么寒暄话。

不久，便迎来了这样的天气——偶尔一两天，也有温暖的阳光开始照射在冬天寒冷的道路上了。但女人却还是没有露面。店堂里，在男主人的周围总是飘漾着一种荒凉的气氛，而保吉也在不知不觉之间渐渐淡忘了那个女人不在的事实……

二月末的一个夜晚，在结束了学校的英语演讲比赛之后，保吉一边任凭温暖的南风吹拂自己的脸庞——尽管无意购买东西，但还是——一边从这家店铺前面徜徉而过。店堂里排列着洋酒的酒瓶、罐头等等，在灯光的照射下粲然生辉。当然，这也没有什么奇怪的。可凝神一看，只见店铺前面有一个女人，她手上抱着婴儿，嘴里则嘟哝着什么无聊的话语。借助从店铺里流泻到街道上的灯光，保吉认出了那个年轻的母亲。

"小儿乖乖，乖乖乖——"

女人在店铺前来回踱着步子，煞是有趣地逗弄着婴儿。就在她把婴儿向上摇荡的瞬间里，与保吉的视线碰到了一起。于是，保吉又马上在脑海里展开了想象：那女人的眼神很快就会变得逡巡而犹豫，尽管是在夜里，却也照样能看见她涨得通红的面孔。可事实上，那女人却一副毫不在乎的样子，眼睛在静静地微笑着，脸上不曾泛起半点娇羞的神情。不仅如此，在刚才那意外的一瞬间之后，

她又把目光回落到摇荡起来的婴儿身上,甚至不顾旁边有人,而兀自反复念叨着同一句话:

"小儿乖乖,乖乖乖——"

保吉走开了,把女人抛在了身后,并不由自主地笑了起来。这个女人已经不再是"那个女人"了,而变成了大胆母亲中的一个。是一旦身为人母,便不惜干出任何恶事的可怕"母亲"中的一个。这种变化足以带给女人所有的祝福,但是,却再也不能从她身上找见一个少女般的主妇,而只能看到一个悍烈的母亲了,这未免又让人……保吉一边继续迈动着脚步,一边茫然地抬头眺望着家家户户顶上的天空。在南风横渡的天空中,依稀悬挂着春天的月亮,圆圆的,透着白色……

大正十二年(1923)十二月

一 块 地

唐先容译

　　阿住的儿子是在采茶刚刚开始的时节离开人世的。儿子仁太郎像个瘫子似的卧床不起,前后足足有八年的时间。这样一个儿子的死去,对于被人说是"来世修好"的阿住而言,倒也并非只有悲伤。当阿住朝仁太郎的灵柩前供上一炷香的时候,心里确实涌起了一种如释重负的感觉。

　　在举行完仁太郎的葬礼之后,首当其冲的就是媳妇阿民的去留问题。阿民膝下有一个男孩,还替卧病的仁太郎承担了几乎所有的农活。如果现在就让媳妇走了,那么,没人照料孩子这一点自不用说,就连家里的生计也都难以维持了。阿住琢磨着,等七七四十九天过去,就给阿民物色个丈夫,让她像儿子在世时那样,担当起家庭的重担。她还打定主意,准备找仁太郎的叔表兄弟与吉过来当赘婿。

　　正因为如此,头七的第二天早晨,看见阿民开始拾掇起东西时,阿住所受到的震惊才更是非同小可。当时,阿民正带着孙子广次在里屋的套廊上玩。给孩子玩的玩具,是从学校偷来的一枝盛开的樱花。

　　"喏,阿民呀,我一直把话窝在心里不说,是我不对。不过,难道你就真的舍得抛下这孩子和我,一走了之吗?"

　　阿住的声音与其说是在责备对方,不如说是在向对方诉苦。但阿民头也不回,只笑着说道:"你在说什么呀,婆婆?"但就是这句话却不知让阿住宽了多少心。

"是呀，我也觉着，你绝不至于做出那种事吧。"

阿住还在没完没了地絮叨着那些夹杂着埋怨的愿望。与此同时，那些话又渐渐引发了她自己的感伤，以至于有几行老泪顺着她满是皱纹的脸颊流淌了下来。

"是啊，只要婆婆愿意，我也想一直待在这个家里呢——再说还有这么个孩子，怎么舍得离开呢？"

不知什么时候，阿民也早已是泪眼婆娑了。她把广次抱到腿上，不料广次露出了不胜害羞的表情，只是惦记着摆在里屋那张旧草席上的樱花……

阿民与仁太郎在世时一样，仍旧勤勤恳恳地干活。但关于招婿入赘的问题，却远非阿住想象的那样一蹴而就。阿民对这件事似乎毫无兴趣。只要一有机会，阿住就会不露声色地打探阿民的心思，抑或开门见山地向对方提出自己的建议。但每当这种时候，阿民总是含糊其词地搪塞道："是呀，就等明年再说吧！"对此，阿住无疑是既喜且忧。最后，她一边顾忌着世上的闲言碎语，一边只好按照儿媳说的那样，等来年再作决定了。

可一旦到了第二年，阿民除了忙于地里的农活儿，却俨然一副什么也不想的样子。于是，阿住就用比去年更加恳切的语气，来劝阿民赶快招一个女婿。若论其中的缘由，或许也是因为她受到了亲戚的责备，听到世间各种风言风语，从而进退两难的缘故。

"可是，我说阿民，瞧你现在还这么年轻，没有个男人怎么过得下去呀！"

"过不下去又能怎么样呢？不信，你试试，看招个外人进家里来会是什么样子。不光广儿会很可怜，您老也会有操不完的心，而我的辛苦就更是不在话下了。"

"所以说，才让你把与吉给招进来呗。他最近不是发誓，再也不赌钱了吗？"

"就算他是婆婆的内亲，可对于我来说，毕竟还是一个外人呢。哎，我琢磨着，只要自己肯忍耐下去，事情总会……"

"但是你要知道，你的这个忍耐可不是一年两年的事情哟。"

"没事儿的，这都是为了广儿呗。眼下我多辛苦一点，那么，这个家的田地就可以免于一分为二，将来也就能够原封不动地交到广儿的手上了。"

"可是，阿民呀（每当说到这儿，阿住就会一本正经地压低嗓音），不管怎么说，人言可畏呢。你今天在我面前说的这些话，不妨也说给其他人听听好啦。"

她们俩的这种对话，也不知进行过多少次了。但是，阿民的决心非但没有动摇，相反变得越来越坚定了。事实上，阿民也果真没有借助男劳力的帮忙，自个儿又是种番薯，又是割麦子，比以前干得更加卖命了。不仅如此，到了夏天她还饲养母牛，即便是下雨的日子，也照样外出割草。这种拼命干活的劲头，本身就是对招人入赘所发出的一种强烈抗议。最后，阿住也不得不放弃了招婿入赘的念头。当然，放弃这个念头，对她来说也不见得就是一件不快的事情。

阿民凭借着女人的一双手，支撑起了一家人的生活。当然，这无疑是出于"为了广儿"这样一种信念。不过，还有另一层因素在内，那就是扎根于她内心深处的那种遗传的力量。阿民是从贫困山区移居到这一带来的所谓"外乡人"的女儿。"你家阿民力气还真大呢，简直和她的外表极不相称。最近我又看到她背着四大捆旱稻子走过去了！"——阿住已经好多次听到隔壁的阿婆这样说了。

阿住试图用忙碌来表达对阿民的感激之情。她又是带着孙子玩,又是照看家里的奶牛,还忙着烧饭洗衣,到邻居家打水——说来,家里的活儿也还真是不少。但阿住却依旧佝偻着腰,煞是快乐地忙活着。

一个深秋的夜晚,阿民抱着松叶捆,疲惫不堪地回到家中。这时,阿住正背着广次,在狭窄的土间①一角里烧木桶里的洗澡水。

"很冷吧?回来得这么晚?"

"今天比平时稍微多干了一点活儿。"

阿民把松叶捆扔到水槽前面,连粘满烂泥的草鞋也没有脱,就一下子走到很大的地炉旁边。地炉里燃烧着一个柞树根,只见红色的火苗在那里跳跃着。阿住想马上欠身站起来,但因为腰上背着广次,所以,不伸手抓住木桶的边缘,就很难站起身来。

"你就马上泡个澡吧!"

"比泡澡更要紧的,是我现在肚子饿得不行,还是先吃点煮番薯什么的吧!——有现成的吗,婆婆?"

阿住颤颤巍巍地走到水槽跟前,连锅端来煮好的番薯,一下子放到了地炉旁边。

"早就煮好了等着你呢,可现在已经凉了吧?"

两个人把番薯穿到竹签子上,一起搁到地炉上去烤。

"广儿睡得好香啊!干脆放到被窝里去睡好啦。"

"那怎么成啊!今天可是冷得出奇,把他放下去,没准就睡不踏实了。"

这样说的时候,阿民已经大口大口地嚼开了番薯。这是一种唯有劳作了一天,业已精疲力竭的农民才熟谙的吃法。只见阿民反着方向把竹签子上的番薯一口吞进了嘴巴里。阿住一边感受着打鼾的

---

① 日本农村的房屋,进门处只铺着土,而没有铺地板,遂叫做土间。进里屋时则需要脱鞋子。

广次在自己背上的那种沉甸甸的重量,一边一个劲儿地把番薯放到火上烤。

"像你这样拼命地干活,当然比别人饿得厉害啦!"

阿住不时地把充满感佩的眼神投落到媳妇的脸上。然而,阿民却一声不吭,只顾着在熏黑的柴火所发出的光亮中,狼吞虎咽地吃着番薯。

阿民越来越拼命地干活,一手承揽了原本属于男人的重活。有时候夜里还手提着马灯,顺着地垄来回间菜。对这个胜于男人的媳妇,阿住总是怀着一种敬意。不,与其说是敬意,不如说是畏惧。除了地里和山上的活儿以外,阿民把其他所有的事务全都推给了阿住,近来甚至连她自己的贴身内裙也很少洗了。尽管如此,阿住还是从不抱怨,硬撑着佝偻的腰身,拼命地干活。不仅如此,只要一碰到邻里的阿婆,她还会一本正经地大肆夸奖自己的儿媳:"瞧,既然阿民那么卖力地干活,所以呀,我就是啥时候死了,家里的事也是不用操心的。"

可是,阿民那种疯狂挣钱的劲头却似乎永无止境。过了一年,这次阿民又提出了朝河对岸的桑田发展的构想。按阿民的说法,近一亩来地只能拿到十来元的地租,无论怎么考虑,都实在是太不划算了。因此,倒不如干脆把那片地改造成桑田,再利用空余时间来养点蚕子。只要蚕茧的行情不至跌落,那么,每年就肯定能够到手一百五十元。然而,不管多么需要钱,一想到因此会忙上加忙,阿住就觉得实在是不堪忍受。特别是吃力不讨好的养蚕提案,更是让阿住难以首肯。最后,阿住终于半带牢骚地反对阿民道:

"这样做行得通吗,阿民?其实,我也绝对没有推脱的意思。尽管不想推脱,可咱家既没有男劳力,再说还有一个缠人的小孩子,就算是维持现状,也已经勉为其难了。可你居然又异想天开,要养什么蚕子,你真能办得到吗?你不妨也为我想一想吧!"

一看见婆婆哭诉的样子,阿民自然也觉得,再继续坚持,实在有些不合情理。尽管养蚕的计划是放弃了,可在栽种桑田的问题上,她却坚持己见。"你就别管了,反正栽种桑田的活儿全由我一个人来干好啦。"——阿民一边不服气地看着阿住,一边不无讽刺意味地咕哝道。

从那以后,阿住又想到了招婿入赘的事情。以前是因为担心生活,顾忌世人的闲言碎语,曾经好多次涌起过招婿入赘的念头。但这一次却不一样,是想哪怕能够片刻间逃脱家务活的劳苦也好,才萌生这个主意的。正因为如此,和从前相比,这一次招婿入赘的愿望也就不知道有多么急迫了。

恰逢背后的柑橘地里开满花朵的时节,阿住坐在油灯前,透过做夜活时戴的大花眼镜,又慢腾腾地说起了招婿入赘的事情。但盘腿坐在炉边的阿民,却一边嚼着咸豌豆,一边不屑搭理地说道:"又是招女婿的事,我才不听呢!"如果是在以前,阿住或许会就此罢休了吧,但唯独这次,阿住却死乞白赖地劝说道:

"不过,话可不能老是这么说呀。明天是宫下下葬的日子,正巧轮到我们家去挖墓穴。这种时候怎么着也得有个男劳力吧……"

"这有什么要紧的,我去挖墓穴好啦!"

"那怎么成呢?你一个女人家……"

阿住本想强打起笑容,但瞅了瞅阿民的脸色,马上就改变了主意,觉得贸然地发笑显然有失妥当。

"婆婆,你是不是琢磨着,想清清静静地待在家里养老了?"

阿民抱着盘腿而坐的膝盖,冷冷地将了对方一军。忽然被人击中了要害,阿住不由得一下子摘下了大花眼镜。但究竟为什么会摘下大花眼镜,就连她自己也懵然不知。

"什么呀?你,怎么会说出这种话来!"

"在广儿他爹死的时候，你都说过些什么，该不会已经忘到了九霄云外吧？你说，如果咱家的土地被分成了两份，那就对不住祖先……"

"是啊，我是这样说过。可是，你也不妨想想看，不是有句话叫作'识时务者为俊杰'吗？说来，这也的确是无可奈何的事情呀……"

阿住为需要一个男劳力而拼命地辩解着。然而，阿住的意见就连她自己听来，也缺乏说服力。这首先是因为她不能和盘托出自己的真心话——即自己想过得轻松一点。阿民看穿了婆婆的心思，一边仍旧嚼着咸豌豆，一边毫不客气地斥责着婆婆。不仅如此，她的能言善辩也帮了她不少的忙。这是阿住第一次见识到，原来儿媳有着一张天生的利嘴。

"那样对你或许是有利吧，因为你会先死——但是，婆婆，你设身处地地为我想想看啊，怎么可以破罐子破摔呢？我可不是因为希求什么贞操或者清高，才肯当一辈子寡妇的。在腰酸背疼得难以入睡的夜晚，我也忍不住好好想过，自己这样固执己见，也实属无可奈何。虽说是无可奈何，但转念一想，这也是为了咱家，为了广儿呀。于是，我又只好咬紧牙关，坚持干了……"

阿住只是怔怔地打量着儿媳的脸庞。不知不觉之间，她彻底弄清了一个事实：不管她如何挣扎，直到闭上眼睛那天为止，她都不可能得到清闲。等儿媳说完之后，她又重新戴上了大花眼镜，然后，就像是一半在自言自语似的结束了自己的谈话："可是，阿民，在这个世上，光讲大道理是行不通的哟！你也该好好想想了！我再也不说什么了！"

过了二十分钟，村里的一个年轻小伙子，用男中音哼着小调，静静地从阿住家门前走了过去。"年轻的阿嫂，今天来割草。草儿啊，乖乖任你采！"——等小调的声音渐渐远去之后，阿住又透过老花眼镜,偷觑着阿民的脸色。然而,阿民只是对着油灯舒展开两条腿,连连打着哈欠。

"喂,那就睡了吧!早上又要早起的。"

阿民刚一这么说完,就伸手抓起一把咸豌豆,然后有些艰难地从炉子旁边站了起来……

以后的三四年中间,阿住都一直默默地忍受着劳累。那种痛苦就如同一匹老骥,不得不与意气用事的烈马套上同样的轭子。阿民一如既往,到外边拼命干地里的活儿。而阿住也照旧辛勤地做着家务,可总是有一根无形的鞭子,在不断地胁迫着她。有时候因为没有烧好洗澡水,或是忘了晒干稻子,抑或被奶牛放了野,阿住总是会受到好强的阿民一顿数落和申斥。但阿住从不还嘴,只是默默地忍受着苦累。这首先是因为她向来就有隐忍服从的精神,其次是因为孙儿广次对奶奶的依恋超过了对母亲阿民的依恋。

事实上,在别人眼里,阿住与从前几乎没有变化。如果说还有点什么变化的话,那就是不再像以前那样夸奖儿媳了。这样一种细微的变化,并没有引起旁人的关注。至少邻里的阿婆还是仍旧说,阿住是个"来世修好"的人。

盛夏一个炎热的正午,阿住在爬满堆房前面的葡萄藤的浓荫里,与邻里的阿婆闲聊着。除了牛棚里那些苍蝇发出的嗡嗡叫声之外,周遭显得格外静谧。邻里的阿婆一边聊着天,一边吧嗒着短短的卷烟。这是她从儿子没有吸完的烟头里精心收集起来的。

"阿民她人呢?喔,又去割干草了吗?年纪轻轻的,倒什么都肯干呢!"

"什么呀,照我看来,一个女人与其到外边去,还是干家里的活儿比较好。"

"才不呢,喜欢干地里的活儿比什么都强。就说咱家的媳妇吧，过门都已经七个年头了，可别说是到地里去，就连薅草也一天没干过呢。每天就只是给孩子洗点衣服呀，缝缝补补自个儿的东西呀，就这样打发着日子。"

"还是那样的好啊！把孩子拾掇得干干净净，让自己也打扮得漂漂亮亮，在世上这才算是体面呢。"

"可是，当今的年轻人不是大都讨厌庄稼活儿吗？——哇，刚才那是什么声音？"

"刚才的声音吗？你也真是的，那是牛在放屁呗。"

"是牛在放屁？这可真是的——不过，年纪轻轻的，肯在大热天头顶太阳，去谷地里薅草什么的，也真够辛苦的呀！"

两个老太太就这样不失和睦地闲聊着。

仁太郎死后过了八年多，阿民硬是凭着女人的一双手，支撑起了一家人的生活。与此同时，阿民的名声也不知不觉地传到了村子之外的地方。阿民已经不再是不分昼夜"疯狂挣钱"的年轻寡妇了，也更不是村里小伙子们的"年轻嫂子"了，相反她成了媳妇们的楷模，今世贞女节妇的典范。"你看看人家河对岸的阿民！"——以至于这样的话语会和斥责一起，从很多人的嘴里脱口而出。阿住并没有把她的苦衷告诉邻里的阿婆，甚至连告诉别人的想法都不曾有过。可在她的内心深处，尽管并非有着什么明确的意识，但她确实虔信着天命。可就是这种虔信最后也化作了泡影。如今除了孙子广次之外，她不再有任何可以指望的东西。阿住对已经十二三岁的孙子，倾注了所有的慈爱。不料就是这最后的指望，也屡屡濒临灰飞烟灭的境地。

在某个连晴的秋日午后，孙子广次怀里抱着书包，慌里慌张地从学校里跑了回来。阿住正好在堆房前面麻利地挥动着菜刀，将蜂屋柿子做成柿饼。只见广次的身子灵巧地一跳，越过了一张晾晒谷

子的草席,将两只脚齐齐整整地并在一起,朝奶奶恭敬地行了个举手礼,随后露出一本正经的神情,劈头盖脸地问道:

"奶奶,我妈真的是个了不起的人吗?"

"你问这干吗?"

阿住不由得停下手中的菜刀,两眼直视着孙子的脸庞。

"是老师上修身课的时候这么说的呗。他说,像广次的母亲那样了不起的人,在这一带是找不到第二个的。"

"是老师那么说的吗?"

"是呀,是老师那么说的。是撒谎吗?"

阿住先是感到一阵惊慌失措。居然学校的老师也对孙子撒这样的大谎——在阿住看来,没有比这更让人感到意外的事了。但短暂的惊慌过去之后,阿住忽然发起火来,像变了个人似的开始大骂阿民:"哎呀,是撒谎啊,简直就是弥天大谎!说起你妈那个人,就只知道在外面干活,让别人觉得她了不起。可是,她分明是个坏透了的人!她把你奶奶折磨得要死,顽固而好强……"

广次被吓了一跳,只是打量着脸色骤变的奶奶。过了一会儿,或许是刚才那种亢奋所带来的反作用吧,阿住蓦然抽噎了起来。

"所以说啊,奶奶我是因为指望你才活下来的哟,你可千万别忘了!转眼你就满十七岁了,到时候你就马上给我娶个媳妇,听见了没有?好让你奶奶享享清福。你妈说,得等征兵以后再说,话倒是说得轻松,可怎么等得了呢?你听见了没有?你应该对你奶奶尽双份的孝心,包括你和你爹的。这样,奶奶我也绝不会亏待你,把什么都给你好啦……"

"这柿子熟了,也肯给我吗?"

广次一副眼馋的样子,用手鼓捣着筐里的柿子。

"当然会给你呢。你年纪不大,但心里什么都明白。你可永远不要变卦哟!"

阿住哭着哭着，突然又破涕为笑了……

在发生了这次小事件之后的第二天晚上，阿住终于因一点小事与阿民爆发了激烈的争吵。所谓的一点小事，不外乎是阿住吃了阿民的番薯罢了。谁知两个人竟越吵越厉害，最后阿民一边冷笑着，一边说道："如果你讨厌干活的话，那就只好去死啦！"听罢此话，阿住一反常态，就仿佛发疯了似的吼叫起来。这时，孙子广次正头枕着奶奶的膝盖，睡得又香又甜。阿住大叫着："广儿，起来！快起来！"她一边摇醒广次，一边不住地谩骂道：

"广儿，起来！广儿，快起来！听听你妈都说了些什么！她诅咒我死呢！你好好听听！到了你妈这一辈，虽说是攒了点钱，但这十几亩地却全都是你爷爷和奶奶开垦出来的哟。可又怎么样呢？你妈居然说，如果我想图轻松享清福，就让我去死！——我说阿民，我是会死的。死有什么可怕的？不，我才不听你使唤呢！是的，我要死！肯定要死的！就是死了也会缠在你身上！……"

阿住大声地詈骂着，和吓哭了的孙子抱成一团。但阿民依旧躺在炉子旁边，装着没有听见的样子。

可是，阿住并没有死掉。相反，倒是自恃强健的阿民，在第二年的立春前染上了伤寒病，并在发病后的第八天便一命呜呼了。当时，在这个小小的村落里，已经说不清有多少伤寒病患者了。而且，阿民在发病之前，为了给同样因伤寒病死去的铁匠举行葬礼，还去帮忙挖了墓穴。铁匠铺里有一个也得了伤寒病的小徒弟，直到葬礼那天才决定把他送进医院隔离起来。"肯定是那时候被传染上的。"——阿住在医生回去之后，半带责备的语气，对烧得满脸通红的阿民这样咕哝道。

为阿民举行葬礼的那天，天上下起了雨来。但村里的人，以村长为首，全都列席了葬礼。参加葬礼的人无不为阿民的早逝而扼腕痛惜，也对丧失了最主要劳力的广次和阿住深表同情。特别是村代表说，郡公所原本已经决定近日将表彰阿民的勤劳。听了这些，阿住只有低下头表示感谢。"哎，也算是命中注定吧！说起对阿民的表彰问题，我们去年就向郡公所提出了申请，村长和我还为此花了火车费，前后五次去求见郡长，也算得上费了不少力气。可是，现在我们已经死心了，想开了，所以，你也想开些吧！"——秃顶的村代表是个好人，还特意加上了这么几句玩笑话，惹得年轻的小学教员面带愠色，睁大眼睛瞪着他看。

在阿民的葬礼结束后的那天晚上，阿住在设有佛龛的里屋角落上，和广次钻进了一顶蚊帐里。不用说，通常两个人都是在黑灯瞎火中进入梦乡的，但今夜佛龛上却点着明灯。而且，用旧的草席上似乎还萦绕着消毒药水的怪味。或许是由于这样那样的原因吧，阿住辗转反侧，难以成眠。阿民的死确实给她带来了莫大的幸福，她已经无需再干活操劳，也不必担心被人训斥了。并且，家里还有三千大洋的储蓄，外加十几亩地。从今以后，她就可以和孙子每天尽兴地享用大米了，也可以随便用草袋去买自己喜欢吃的咸鳟鱼了。阿住一生中还从来没有如此轻松惬意过。真的从没有如此轻松惬意过吗？——记忆把她带回到了九年前的某个夜晚，那天夜里的轻松感和今天夜里几乎如出一辙。那是自己的亲骨肉——儿子的葬礼结束后的夜晚。而今天夜里呢？——又是为生下了孙儿的儿媳举行完葬礼的夜晚。

阿住不由得睁开了眼睛。孙子就在她的身边，露出一张天真的面孔，仰面朝天地睡着。打量着这张熟睡的面庞，阿住渐渐地萌生了一种感觉，发现自己是一个悲惨的人。同时，也觉得跟自己结有孽缘的儿子仁太郎和儿媳阿民，也都是悲惨的人。这种感情的变化将九年间郁积的憎恶和愤怒全都一笔勾销了，以至于曾经给她带来过安慰的关于未来的幸福，也都化为了乌有。他们亲属三个都是悲惨的人,可是,其中又当数忍辱偷生的自己最为悲惨。"阿民,你为什么抛下我们而去?"——阿住情不自禁地对刚刚死去的人这么呼唤着,于是,泪水开始扑簌簌地滴落下来……

阿住听到时钟敲响四点以后,才好不容易在疲倦中睡着了。可是此刻,在这茅草屋顶的上空业已迎来了清冷的拂晓……

大正十二年(1923)十二月

神秘的岛屿

唐先容译

我茫然地躺在藤椅上,看着眼前这带有栏杆的地方,不禁觉得自己确实是身在轮船的甲板上。透过栏杆朝远方望去,只见好些燕鳐鱼或别的什么东西正在浪尖上翻腾着,银光闪烁。然而不可思议的是,对自己为何会乘坐上这条轮船,却早已忘记得一干二净。至于自己是带着旅伴,还是独自旅行,记忆也同样显得依稀而模糊。

倘若说起依稀而模糊,或许是因为雾霭的缘故吧,要数波浪的远方才真的是依稀难辨呢。我就那样一直躺在长椅上,试图看清在烟雾迷蒙的尽头究竟有着什么。这下,就仿佛念力发挥了功效一般,前方转眼之间便浮现出了一座岛屿的影子。那是一个中央耸立着一座山峦,而形状则近似于圆锥的岛屿。但不巧的是,除了大致的轮廓以外,什么都看不清楚。方才我尝到了念力的甜头,所以希望能够借助念力再好好眺望一次。但岛屿浅淡的影子却依旧是那么模糊黯然,这一次,好像连念力也失去了功效。

这时,我突然听见右邻有人发出一阵笑声:"哈哈哈哈哈哈,到底还是行不通啊。这一次,看来念力也帮不上你的忙了。哈哈哈哈哈哈。"

坐在右邻藤椅上的,是一个英国人模样的老头子。尽管脸上堆满了皱纹,但还是堪称仪表堂堂的男子汉。不过,他的一身打扮,乃是那种在贺加斯的绘画里所能看见的,十八世纪的流行服饰。头上戴着镶有银边的帽子——或许就叫作 Cocked Hat(三角帽)吧,穿着带有刺绣的马甲背心,下半身则是一条只掩齐膝盖的裤子。再说,他披散在肩上的,也并非什么天然的头发,而是有些卷曲的浅茶色的假发,上面还撒着某种奇怪的粉末。见状,我不由得怔住了,以至于忘记了回答他。

"就把我的望远镜拿去用吧!有了它,你便能看得一清二楚了。"

老人的脸上依旧带着那种不怀好意的笑容,随即将一个陈旧的望远镜递到了我的手上。那望远镜就好像曾几何时陈列在某个博物馆里的古董一般。

"喔,Thanks。"

我情不自禁地说了句英语。但老人毫不在意地一边用手指着岛屿的影子,一边用日语侃侃而谈。在他那伸出手指的袖口上,也如同气泡般地露出了一道花边。

"那个岛屿就叫做萨珊拉普岛。你问怎么拼写吗?就是SUS-SANRAP[①],是一个值得一看的岛屿呢。这艘船将在这里抛锚,停泊五六天,所以请你无论如何要去见识见识。那儿既有高等学府,也有气势恢弘的伽蓝。特别是举行集市的日子,则更是蔚为壮观,因为有无数的人会从近海的各个岛屿蜂拥而至……"

在老人打开话匣子的当口,我透过望远镜看了看前方。这不,映现在镜头里的,或许就是那个岛屿临海的街市吧。只见小巧玲珑的房屋鳞次栉比,还能看见街树的枝梢上掠过了一阵微风。对了,还有大伽蓝那高高耸立的塔尖。天空中没有一丝半点的雾霭,一切都是那么清晰可见。我一边感慨万分,一边将望远镜的镜头移向街市的上空。可就在那一瞬间,我的嘴巴差一点就发出了"哇"的惊叹之声。

---

① 倒着拼写就成了 Parnassus,即希腊的山名,乃是阿波罗、缪斯的灵地。

镜头里，只见万里无云的天空中耸立着一座像是富士山的峰峦。这倒还不值得大惊小怪，一旦仰面望去，就会发现那座山峰的四周已经被蔬菜严实地覆盖住了。有卷心菜、红茄子、葱子、洋葱、萝卜、芜菁、胡萝卜、牛蒡、南瓜、冬瓜、黄瓜、土豆、莲藕、荸荠、生姜、鸭儿芹——就是被这种种蔬菜覆盖住了。是的，被覆盖住了。是被动态吗？——其实，也并非如此，而只是把蔬菜高高地堆了起来，就俨然是一座令人叹为观止的蔬菜金字塔。

"那——那是怎么回事？"

我手里还拿着望远镜，回过头看了看右邻的老人。但老人已经不见了踪影，唯有长长的藤椅上摊开着一张报纸。我不禁惊讶得发出了"哇"的叫声。而就在这一刹那，或许是因为贫血病的发作吧，我又莫名其妙地陷落在了那种令人窒息的无意识之中……

"怎么样，参观结束了吗？"

老人一边露出令人毛骨悚然的微笑，一边在我身边坐了下来。

这儿或许就是饭店的沙龙吧。是一间陈列着笔直线条的家具，显得格外宽敞的西式房间，但到处都没有人的踪影。尽管靠里的电梯还在不停地上下运行，却不见一个客人从里面出来。看来这是一个萧条而冷清的饭店。

我坐在这个沙龙角隅里的长椅上，嘴里叼着上等的哈瓦那雪茄烟。那藤蔓垂落在我头上的植物，肯定就是栽种在花盆里的南瓜了。能看见蔓延的叶子遮住了花盆，在由此形成的背阴处，绽放着好些黄色的花儿。

"是的，只是粗略看了看——怎么样，这雪茄烟？"

但老人却只是像个孩子似的微微点了点头，便很快掏出了一个用象牙做的旧式鼻烟壶。这玩意儿也和陈列在某个博物馆里的东西相差无几。这样的老人别说在日本，即便在西洋，如今恐怕也早已

绝迹了。倘若把他介绍给佐藤春夫①那样的人,倒肯定会备受敬重的吧。我朝老人搭讪道:

"只要踏出街市一步,再放眼望去,到处都是菜地呢。"

"萨珊拉普岛上的居民大部分都在种植蔬菜,无论是男人还是女人,都无一例外呢。"

"真的需要那么多蔬菜吗?"

"还可以销售到近海的各个岛屿呗。当然,也不可能全部销售一空,于是,剩下的存货便只能囤积起来。这不,从船上不是也能看见,那些蔬菜已经堆积了高达两万英尺吗?"

"全都是没有卖掉的存货吗,那座蔬菜的金字塔?"

我瞅着老人的脸,只能一个劲儿地眨巴着眼睛。但老人依旧煞是有趣地兀自微笑着。

"嗯,全都是滞销的存货,而且仅仅才三年时间,就已经堆了那么高。倘若打一开始就全部收集起来,恐怕连太平洋也会被蔬菜填成平地吧。但萨珊拉普岛的居民至今还在种植蔬菜,而且是不分昼夜地劳作。哈哈哈哈哈哈,即便在我们这样闲聊着的时候,他们也还在拼命地栽种着呢。哈哈哈哈哈哈,哈哈哈哈哈哈——"

老人一边有些苦涩地笑着,一边掏出了散发着茉莉花香的手巾。那可不是普通的笑容,它近似于恶魔的嗤笑,正嘲弄着人类的愚蠢。我紧蹙着眉头,决定转入新的话题。

"集市是在什么时候?"我问道。

"每月的月初必定开市,但那仅仅是普通的集市。临时的大型集市则每年举行三次——一月、四月和九月。特别是一月的集市,更是备受瞩目。"老人回答道。

"那么,在大型集市之前,一定是热闹非凡吧。"

---

① 佐藤春夫(1892—1964),日本的唯美主义高踏派小说家、诗人,喜欢古奇之物。

"当然是热闹非凡啦。为了赶上大型集市,每个人都倾力培育着自己的蔬菜,又是施磷肥,又是施油渣,时而放进温室里,时而还接通电流——简直让人难以评说。其中还有人因急于栽种成功反而弄巧成拙,致使百般爱护的蔬菜惨遭枯萎。"

"那么说来,我今天倒是也在菜地里看见了一个干瘦的男人呢。他脸上的表情简直就像是一个疯子,在地里急得团团转,嘴上则念叨着什么'啊,赶不及了,赶不及了'。"

"那倒是很有可能呀,因为新年的大型集市已经迫在眉睫——没准镇上的商人全都瞪大了血红的眼睛吧。"

"所谓镇上的商人,是指……"我问道。

"就是指那些做蔬菜买卖的商人呗。商人们先是收购乡下男女种植的蔬菜,然后再转手倒卖给来自近海各个岛屿的男男女女——就是按照这样的程序来进行的。"

"那么说来,的确是应该被称作商人吧。我看见一个肥胖的男人,他抱着一个黑色的皮包,嘴上则嚷嚷着'该如何是好,该如何是好'——那么,最畅销的蔬菜是哪一种呢?"

"那可属于神的意志,很难断言哪一种蔬菜最为畅销。再说年年都情况有变,且变化的理由似乎也难以捉摸。"

"不过,如果是好东西,就理应能够畅销吧?"

"这该怎么说呢?大致说来,蔬菜的优劣,是由残疾人来决定的……"

"为什么要由残疾人来决定呢?"

"残疾人没法到菜地里去,对吧?所以,也就没有办法种植蔬菜了。也正因为如此,其辨别蔬菜优劣的目光反倒能够超越个人偏见,采取一种公平的态度——用一句日本的谚语来说,那就叫作'旁观者清'呗。"

"喔,对了,想必就是残疾人中的某一个吧。刚才,一个留着胡须的盲人一边抚摸着沾满泥土的板苔,一边说着:'这蔬菜的颜色简直是无可挑剔,就仿佛将玫瑰花的颜色和天空的颜色融为了一体似的。'"

"或许吧,盲人当然算得上典型的残疾人。不过,最理想的,还是莫过于这样的残疾人:其眼睛看不见,耳朵听不到,鼻子也闻不到,既没有手脚,也没有齿舌。一旦出现这样的人物,他就会成为一代残疾人的 Arbiter Elegantiarum①。眼下人气正旺的残疾人便大致具备了这样的资格,但唯独嗅觉还过于灵敏了一点。不久前专门给他的鼻孔里塞进了熔化后的橡胶,但据说还是能够闻到一些气味呢。"

"可是,就算那个残疾人评定了蔬菜的优劣,结果又能怎么样呢?"

"还不是毫无用处。无论残疾人断言哪种蔬菜如何如何糟糕,可畅销的蔬菜依旧会畅销一市呗。"

"那么,是由商人的喜好来左右市场的吗?"

"商人只管收购有可能畅销的蔬菜,对吧?因而,关于好的蔬菜是否能够畅销,这就……"

"请等等。如此说来,由残疾人定夺的蔬菜优劣,也就值得怀疑了。"

"是的,种植蔬菜的庄稼汉对此大都抱着怀疑的态度。可是,倘若向他们打听蔬菜的优劣,他们也都是各执一词,众说纷纭。比如,有个家伙说,所谓的优劣就在于营养的有无。而另一个家伙则说,所谓的优劣不外乎由味道来决定。如果仅仅是如此,倒也还算简单……"

"嘿,那么说来,还更加复杂不成?"

---

① 拉丁语,即判定事物是否优美的人。

"在所谓味道说和营养说里面,又要细分为各种派别。比如,没有维他命就是没有营养呀,只有富于脂肪才是有营养呀,胡萝卜的味道彻底不行呀,只有萝卜的味道才出类拔萃等等……"

"那么说来,判定标准也就是两个:营养和味道。然后由这两个标准派生出各个变种——大体可以这样来理解吧?"

"才不是那么简单呢。比如说,也有这样一种见解:一帮家伙就这么说道,颜色也是有标准的,就是美学入门书上所说的,所谓色彩的冷暖之分。只要是红黄等暖色的蔬菜,他们就通通判定为合格;而一旦属于青绿等冷色的蔬菜,他们便全部不屑一顾。总之,他们的宗旨就是:'让所有的蔬菜全都变成西红柿,否则,毋宁让我们去死!'"

"怪不得,一个只穿着单衣的好汉就在自己的蔬菜堆前面,发表了那样一通演说呢。"

"那倒不值得大惊小怪吧。据说暖色蔬菜乃是无产阶级的蔬菜。"

"可是,他堆积起来的蔬菜,不外乎是些黄瓜和甜瓜之类的东西呀……"

"那他肯定是一个色盲呗,自认为是红色的。"

"那冷色蔬菜又如何呢?"

"也有些家伙认为,非冷色蔬菜便算不得蔬菜。不过,这帮家伙即便脸上一直挂着冷笑,也绝不肯出来发表演说,尽管内心对暖色蔬菜厌恶到了极点。"

"那么说来,他们很胆怯,是吧?"

"不,与其说是不肯出来发表演说,不如说是没法发表演说。要知道,他们的舌头早已因酒精或梅毒而溃烂了。"

"喔,或许是那样吧。对了,在那个只穿着一件衬衫的好汉对面,就是一个穿着细腿裤的才子。他一边使劲地拔着南瓜,一边说了句：'哼，演说？'"

"他手里拔掉的，恐怕还是发青的南瓜吧。那样一种冷色的蔬菜就叫作资产阶级的蔬菜呗。"

"那又怎么样呢，在那帮种植蔬菜的家伙看来？"

"在他们看来，与自己种植的蔬菜相似的，全都是优秀的蔬菜；而与自己种植的蔬菜不同的，则全都是糟糕的蔬菜。似乎唯有这一点才是千真万确的真理。"

"可这里不是还有高等学府吗？据说大学里的教授还专门开设了蔬菜讲座呢。所以我想，分辨蔬菜的优劣根本就不是什么难题……"

"一谈到萨珊拉普岛的蔬菜，大学教授就连豌豆和蚕豆都分辨不清了。而只有一个世纪之前的蔬菜才会被列入他们的讲义之中。"

"那么，他们对什么地方的蔬菜才了解呢？"

"他们了解英国的蔬菜、法国的蔬菜、德国的蔬菜、意大利的蔬菜、俄罗斯的蔬菜。据说在学生中最受欢迎的，乃是有关俄罗斯蔬菜学的讲义。请你无论如何去大学里参观一次。上次我去参观时，一个鼻子尖架着眼镜的教授一边把装在瓶子里用酒精浸渍着的黄瓜展示给学生们看，一边口若悬河地说道：'请看看萨珊拉普岛上的黄瓜吧，几乎全都是这种泛青的颜色。但大俄罗斯的黄瓜却压根不是这种浅薄的颜色，而是长着如同人生那样不可捉摸的颜色。啊，大俄罗斯的黄瓜……'我当时因过于感动，而连续卧床了两周左右。"

"那么，毕竟就像你所说的那样，我们只能这样认为，所谓蔬菜能否畅销，是由神的意志来决定的，对吧？"

"除此之外，还有什么办法呢？实际上，这个岛屿的居民大都信奉巴布拉布贝艾达呢。"

"所谓巴布拉布贝艾达,是什么呢?"

"就是巴布拉布贝艾达呗。写成拼音的话,就是 BABRABBA-DA。你还没有看见吗?在那座伽蓝中的……"

"喔,就是那长着猪头的巨型蜥蜴像吗?"

"那可不是什么蜥蜴,而是主宰天地的变色龙呢。今天在那座巨型偶像前面,不是又有好多人在顶礼膜拜吗?那帮家伙正在吟诵着祈求蔬菜畅销的祈祷词。因为据最近的报纸报道,纽约的百货店全都是在听到变色龙的神谕之后,才开始着手准备销售旺季的到来呢。怪不得有人说,如今整个世界所信奉的,既不是耶和华,也不是真主。原来所有的人都皈依了变色龙。"

"瞧,在那伽蓝的祭坛前面,不是也堆放着很多蔬菜吗?"

"那全都是贡品呢。人们把去年卖掉的蔬菜全都供奉给了萨珊拉普岛的变色龙。"

"但是在日本……"

"哇,有人在叫你呢。"

我竖起耳朵仔细一听,果然像是有人在叫唤我,并且是外甥的声音,他近来因患蓄脓症而鼻子有些堵塞。我不大情愿地站起身来,把手伸给了老人。

"那么,今天我就告辞了。"

"是吗?那下次再来聊天吧,因为我就是这样一个人呗。"

老人和我握过手以后,悠然地递给我一张名片。只见名片的中央清晰地印刷着"Lemuel Gulliver"的字样!我不由得瞠目结舌,茫然地瞅着老人的脸。在他那被浅茶色的头发所包围着的眼鼻端正的面孔上,浮现着永恒的冷笑。——这个念头掠过我的脑海,也仅仅是一刹那间的事情。因为不知何时,那张面孔已经变成了我那十五岁的外甥——一个淘气鬼的脸。

"说是来取文稿了,你快起来吧。说是来取文稿了哟。"

外甥摇醒了我。原来,我就那样在火炉边烤着火,睡了三十分钟左右的午觉。而放在火炉上的,乃是那本没有读完的《格列弗游记》。

"来取文稿?什么文稿?"

"说是随笔来着。"

"随笔?"我不禁自言自语道,"看来,在萨珊拉普岛的蔬菜集市上,'鹅肠菜'之类的东西也同样会畅销呢。"

大正十二年(1923)十二月

丝女纪事

艾 莲译

秀林院夫人，是越中守细川忠兴①的夫人②，谥号秀林院殿华屋宗玉大姐。夫人去世前的经过现记录如下：

一、石田治部少辅③之乱那年，也就是庆长五年（1600）七月十日，家父鱼屋清左卫门，来大阪玉造街的府邸，晋呈夫人十只金丝雀。凡是西洋货，夫人无不喜欢，所以，她高兴得了不得。不用说，我脸上也风光得很。说起来，夫人的日常家什中，赝品可不少，像金丝雀这种地道的洋货，却是一件都没有。那天父亲乞禀道："秋风渐起，请夫人准假，小女也该出阁了。"我侍奉夫人已有三年多。夫人一点都不和蔼，一副贤德女人的架子，因为她认为，摆架子比什么都要紧。我是她贴身女侍，可夫人从来都不苟言笑，让人只觉得气闷压抑。所以，听了父亲这话，我心里高兴得简直要飞起来。那天又听夫人说什么"日本国的女人不聪明，就因为不看西洋文书籍的缘故"。我心想，夫人来世准得嫁给西洋的王

---

① 细川忠兴（1564—1645），安土桃山时代（1573—1598）武将。关原之战（1600）时，效力东军德川家康。德川家康一统天下后，分封四十万担。1620年皈依佛门。通晓和歌、典籍，嗜茶道。
② 细川忠兴夫人（1564—1600），本名玉，因信奉天主，教名葛拉霞。关原之战时，拒绝归顺西军石田三成，自杀身亡。《霜女纪事》、《日本基督教史》、《基督徒血写遗书》等著作，称她为"才色双全"，"贞烈之女性"。但本篇作者，以揶揄的口吻，带点偶像破坏的意味，挖掘主人公不为人知的另一面。
③ 即石田三成（1560—1600），安土桃山时代丰臣秀吉手下之武将。秀吉殁后，拥戴秀吉之子秀赖，为西军之首。1600年关原一战，与东军德川家康争夺天下，兵败，被斩。

公贵族不可。

二、十一日,有个叫澄见的女尼来见夫人。听说这女尼正在大阪城里巴结上头那些人,相当吃得开。早先是京都一家丝铺的寡妇,说是嫁过六个男人,人不大规矩。我一见澄见的面儿,就讨厌得直想吐。可是夫人却一点儿也不嫌她,有时,留她聊天,一聊就小半天呢。逢上那时,我们这些贴身侍女,没一个不发憷的。这全是因为夫人爱听奉承话的缘故。譬如说吧,澄见夸夫人的容貌:"夫人总是这么漂亮,哪个男人瞧了,准以为才二十刚出头呢。"说得就跟真的似的。可是,夫人长得哪儿像她说的那么漂亮,尤其鼻子忒高,外加几粒雀斑。不仅如此,岁数毕竟三十八了,就算是晚上看,或远处瞧,也绝不会像二十刚出头。

三、那天澄见来,是私下受治部少辅之托,劝夫人搬进大阪城堡里去住。夫人虽然对澄见说:"等考虑好了,再给回话吧。"可看起来,夫人似乎很难打定主意。等澄见走后,夫人就跪在圣母马利亚像前,一心一意地"奥拉消",差不多隔上半个钟点就祈祷一回。顺便提一句,夫人说的"奥拉消",不是咱们日本话,是西洋国的拉丁话,因为只听她念什么"闹事闹事"① 的,那滑稽劲儿,我们得拼命忍住才不至于笑出来。

四、十二日,没什么特别的事。只是夫人打一清早就不痛快。夫人不高兴的时候,甭说我们,就是对与一郎(忠兴之子,名忠隆)少奶奶,也要找茬儿、说怪话儿。逢上这时候,谁都尽量躲着,不到跟前去。今儿个她就数落少奶奶,什么胭脂抹得太浓啦,又提起《伊曾保物语》② 里那段孔雀的故事,说教了半天,都觉得少奶奶好可怜。少奶奶是隔壁浮田忠纳言夫人的妹妹,人说不上机

---

① "奥拉消"与"闹事",均系拉丁文。oratio 为祈祷之意;noster 意为我们的。
② 即《伊索寓言》,早在1593年,日本便有基督教版、罗马字拼音的口语译文。

灵，不过论长相，却不比任何一个名家制作的美人偶差。

五、十三日，小笠原少斋（又名秀清）和河北石见（又名一成）两人跑到厨房来。照细川府的规矩，不要说男人，就是孩子，也不能进后面内宅。不过，前面办事的人，要是有事求我们递个话，就到厨房来，已经成了老规矩。这全因老爷和夫人彼此妒忌的缘故。黑田家的森太兵卫老爷就笑话说："这规矩多不方便呢。"其实呢，规矩归规矩，总有变通的办法，倒没什么不方便的。

六、少斋和石见两人把阿霜叫了出去，跟她嘀咕了好一阵。听说，这回凡是追随东军的诸侯，治部少辅都要留下人质。虽说只是些风闻，届时该如何应付，想讨夫人的示下。当时，阿霜告诉我说："他们几个留守看家的，消息也太不灵了。澄见老尼前儿个就提过这事了。哎，怎么回这个话，真难为死人了。"可不是么，这又不是什么新鲜事，外面的风声，我们总是比他们前面的人先知道。少斋是位循规蹈矩的老人，石见呢又是个只知使剑弄刀的武夫。所以，要是再去向夫人禀报，我们内宅的人就不说"尽人皆知"这个词儿，而改成"连他们留守看家的都知道了"。

七、阿霜当即如此这般回禀夫人。夫人的意思是："治部少辅同老爷一向不和，一旦要人质，没准头一家就会找上咱们。万幸咱们不是头一家，可以照别人家的样儿去办。要是头一家就找上门来，该如何给回话，就让少斋和石见两人拿主意吧。"正因为拿不出主意，少斋和石见才来讨夫人的示下，所以夫人是答非所问。可是，慑于夫人的威严，阿霜只好照原话如实转达二人。阿霜回厨房的工夫，夫人又到圣马利亚像前"闹事闹事"地祷告起来。有个新来的侍女小梅，禁不住笑出声来，想不到竟挨了一顿打。

八、少斋和石见两人来问夫人的意思，尽管不得要领挺为难，当下便对阿霜说："要是治部少辅他们来提这事，便回说：与一郎和五郎（忠兴之子，名兴秋）两位少爷都去了东军一边，内记少爷（忠兴之子，名忠利）现在江户做人质；要人质，本宅无人，无法出人。倘如非要我们出人质不可，便回答：须打发人去田边城（舞鹤），等幽斋（忠兴之父，名藤孝）太老爷的示下。这样办是否妥当？"夫人虽然盼咐要他们拿主意，可是少斋和石见两人的话里，岂不是连一丝一毫的主意都没拿出来么！且不说年老功高的武士，但凡一般有点主见的武士，首先就该请夫人去躲一躲，哪怕就到田边城去；其次，让我们这些下人各自逃命去；最后是他们两位负责看家，决心死守。如果劈头就回人家"要人质，本宅无人，无法出人"，那样一来，二话不说，准得打起来。我们这些人跟着受连累，才真是倒霉透顶。

九、阿霜又把这话禀报，夫人没作声，嘴里只是一个劲儿地念诵"闹事闹事"，过了一会儿，装作若无其事的样子，说："索性就这么办吧。"不论如何，两位留守的人，既然没提请夫人避避风头，夫人自己便很难启齿说"让我躲一躲"这种话。所以，少斋和石见两人这样无能，夫人心里准是恨得牙痒痒的。打这时起，她的脾气就愈来愈坏，事事都要骂我们，一骂人，就念什么《伊曾保物语》，谁是青蛙啦，谁又是狼啦，谁都觉得比去当人质还难受。尤其是我，一会儿像蜗牛，一会儿像乌鸦，一会儿又像什么猪呀，小乌龟呀，棕榈呀，小狗呀，毒蛇呀，野牛呀，病鬼呀，骂得我好窝心，我就是到下辈子也忘不了。

十、十四日，澄见又来提出人质的事。夫人说，"没得到我们三斋老爷许可之前，无论如何也不能同意当人质。"可是澄见说："不错，唯三斋老爷之命是从，诚可谓贤德。不过，这可是细川府上的大事，就算不搬进城堡，先搬到隔壁浮田中纳言府上总可以吧？浮田中纳言夫人可是与一郎少爷的大姨子，冲着这一点，三斋老爷总不至于见怪吧？就这么办吧！"我顶讨厌澄见这个老狐狸精了，但她今儿说的，我觉得倒也在理。若是搬进隔壁浮田中纳言府上,一来名声好听,二来我们的小命也能保住,没有比这主意更妙的了。

十一、可是,夫人却说:"不错,浮田中纳言府算是一门亲戚,但他们与治部少辅可是同党,这老早就有耳闻。我就算搬过去,人质总归是人质,实在不能苟同。"澄见又游说了半天,费了不少口舌,可夫人压根儿不答应,澄见的妙计,终于化为泡影。当时,夫人还提到孔子啦,"伊曾保"啦,弟橘姬①啦,耶稣啦,日本和中国的自不必说,还讲到西洋国的故事,就连这个巧舌如簧的澄见,看样子都得甘拜下风。

十二、这天傍晚,阿霜哭丧着脸告诉我,说她看见金十字架从天上掉到松树枝上,就跟做梦似的。"这可是大难临头的凶兆呀!"阿霜眼睛本来就近视,胆子又小,平日大家常拿她取笑。我想,她准是看花眼,把星星当成十字架,所以,这话没一点准头。

十三、十五这天,澄见又来了。跟昨天一样,又提出那话。夫人说:"不论你说多少遍,我死也不会改变主意。"澄见也生了气,临走时说:"夫人准是忧心忡忡,哎哟,瞧您这副尊容,看上去有四十好几呢。"夫人简直气破了肚皮,说道:"盼咐下去,以后澄见再来,不准通报。"这一天,又每隔半个钟点,就"奥拉消"一次。这私下商量,眼见得是谈崩了,人人心里都忐忑不安,连小梅也绷着脸不笑了。

十四、这一天,河北石见与稻富伊贺(又名裕直)争吵起来,伊贺擅长炮术,各府里有他很多弟子,名声挺大,少斋和石见他们不免有些妒忌,便时有口角。

十五、当天半夜,阿霜梦见敌兵打进来,吓得要死,一边大

---

① 日本神话中的人物,日本武尊的妃子。相传武尊东征时,于相模海上遇到风浪,为平息海神之怒,弟橘姬纵身跳入大海,替武尊献出了生命。

叫，一边在廊下来回跑。

十六、十六日巳时，少斋、石见两人又来对阿霜说："方才治部少辅方面正式派人来，非叫把夫人交出去不可，否则就上门强行拉人。这要求，实在太放肆了。请转告夫人，我们就是剖腹，也绝不交人。不过，也请夫人有所准备，以防不测。"听说，当时少斋偏巧闹牙痛，由石见代他呈述，而石见简直气昏了头，恨不得拔出剑来乱砍一通，连阿霜都给砍死才解气似的。这些阿霜在书里都写着。

十七、阿霜的话夫人仔仔细细听完，当下就和与一郎少奶奶悄悄商量。后来才听说，夫人劝少奶奶也自裁。我觉得这可太惨了。事情闹到这一步，虽说是不得已，可是，第一点，是他们留守的人太没主见，把事情弄糟；其次，是夫人的脾气，等于加速她自蹈死路。夫人既然劝与一郎少奶奶自尽，就难保不想让我们也陪着一起送命。她心里究竟打的什么主意，实在叫人揣摸不透。正在犯难的时候，传令大伙都到夫人那儿去，一个个提心吊胆的，还不知夫人会怎么吩咐下来呢。

十八、不多时，大伙聚到夫人面前，夫人说："去 Paraiso（天国）这个极乐世界的时刻，就快到了，我感到格外高兴。"可是，夫人自己脸色发青，声音发颤，可见压根儿就是口不应心。夫人接着又说："可你们的归宿，却是黄泉路上障碍重重；你们愚昧不觉，也不皈依天主，将来非下那个叫'Inferno'的地狱，让魔鬼给吃掉不可。打今天起，你们要洗心革面，听从主的教诲。要不然，就全陪我自尽，我们一起离开这秽土！那时，我们恳求 Archanjo（大天使），大天使再求主耶稣，让我们瞻仰天国的庄严。"我们一个个呜呜咽咽感激涕零，大伙当下就异口同声，表示皈依天主。夫人高兴地说："这样一来，黄泉路上就没有障碍了，我也能放下心，无需你们陪我了。"

十九、夫人给三斋老爷和与一郎少爷分别写了遗书，两封都交给了阿霜。后来又用一种不知是什么洋文，给京都一个叫葛利高利的神甫也写了一封，交给了我。这封洋文信，才五六行，夫人竟花了半个多钟头。顺便说一句，我送信的时候，有个日本神甫神情庄严地说："通常，自杀这种行为，在天主教里是被禁止的，恐怕秀林院夫人升不了天国。不过，若是做一场弥撒，进行祈祷，弘扬其功德，庶几可免堕入恶道。倘做弥撒，请赐银币一枚。"

二十、敌人闯进来的时候，我想是亥时。照原先的规定，前面正房由河北石见负责，后门让稻富伊贺把守，内宅归小笠原少斋保护。知道敌人已经攻进来，夫人打发小梅去请与一郎少奶奶，而少奶奶早逃走了，只留下一间空屋子，我们听了全松一口气。可是夫人却十分生气，对我们说："我生来，有山崎之战曾与太阁殿下①一争雌雄的惟任将军光秀父亲的呵护，死后，于天国将有圣母马利亚的保佑。临到末日，竟因为这个寻常小诸侯的闺女，蒙受奇耻大辱，实在岂有此理！"夫人说时激愤的样子，至今还历历在目。

二十一、不大会儿工夫，小笠原少斋身着蓝线缝缀的铠甲，提了一把略小的长刀，来到隔壁屋子，等着为夫人断首，随后再剖腹自杀。因为他牙痛得厉害，左半边脸都肿了起来，虽是全身披挂，看上去没一点武士的威严。他说："冒昧进起居室多有不便，所以隔着门槛为夫人断首，随后自己剖腹。"而看着他们临终的差使，则落到阿霜和我两人头上。因为这时节，别人早都已逃之夭夭了，只剩下我们两个。夫人看着少斋说："为我断首的事，就拜托了。"夫人自打坐上花轿进细川家的门，夫妇子女之间且不论，所能见到

---

① 丰臣秀吉（1537—1598），日本战国、安土、桃山时代武将。"本能寺之变"（1582）灭明智光秀，后平定天下，翌年，修建大阪城堡。1585年任关白、太政大臣，1591年让位于养子秀次，称"太阁"。

的别的男人，今天这位少斋是头一个。这是后来听阿霜说的。少斋在隔壁两手扶席说："临终的时辰已到。"因为脸肿，说话口齿不清，夫人没听明白，要他说得大声些。

二十二、就在这节骨眼上，有个年轻武士穿了一件葱绿色的铠甲，拿了一把大刀，跑进隔壁便说："稻富伊贺反了，敌人已拥进后门，请当机立断。"夫人右手麻利地挽起秀发，显示出决心赴死的气概。许是看见了年轻男子的缘故，不免感到羞涩，忽然脸上飞红，一直红到耳根。我这辈子，只有这时，才觉得夫人竟这么美，这是从来都没有过的。

二十三、我们走出大门时，府邸已经起火，火光下，门外聚了很多人。不过，并不是敌人，是来看火烧的。敌人在夫人临终之前，就带着伊贺退了。这些全是后来听说的。总之，秀林院夫人临终的经过，大致如上所述。

大正十二年（1923）十二月

三右卫门的罪过

宋再新译

事情发生在文政四年（1821）的十一月。加贺藩宰相的家臣里有一个享受六百石俸禄的马前护卫，叫细井三右卫门。一个晚上，他把同事衣笠太兵卫的二儿子数马给杀了。他杀数马并不是因为两人决斗。那天晚上戌时初刻（约晚上七点多钟），三右卫门从歌谣会上往回走的时候，等在南边练马场的数马突然向三右卫门偷袭过来，结果却反被三右卫门砍翻了。

宰相治修听说了这个事后，下令把三右卫门叫到自己面前来。他叫三右卫门来其实是有原因的。首先治修是个聪明的主子，正因为聪明，所以他不会什么事都不管，一切都放手让家臣干。他总是自己作判断，自己身体力行。有一回治修对自己的两个养鹰匠分别作出了赏罚，从那件事上也可以看出治修遇事是如何处置的。下面就把那件事的记录抄录如下。

有一次，石川郡市川村的青田落下一群丹顶鹤。专司观察鸟的随从就报告了鹰匠，又由他的上司报告给了宰相。宰相听了很高兴，第二天一早就带着一队随从去了石川村。那天带去的有一只幕府赏下来的官用大鹰，另外还带了两只大鹰和两只隼。负责养官用大鹰的鹰匠本来是相本喜左卫门，但是宰相却要自己带那只官用大鹰。那天刚下过雨，宰相走在田间小道上，不留神脚一滑身子没站稳，那只鹰趁机飞了，远处的丹顶鹤也跑了。相本喜左卫门看见，一下子来了火，他也忘了眼前是谁就破口大骂起来：你这个东西，怎么搞的？刚骂完他猛然回过了神，明白过来是在主子面前，吓得冷汗直冒，跪在地上等主子砍头。宰相看到他这样乐了：这不怪你，是我的错，饶你无罪。宰相被他的忠心所感动，回去后赏给相本喜左卫门新地百石，还让他当了鹰匠头儿。

后来那只官用大鹰由柳濑清八负责管。有一回鹰病了，一天宰相把清八叫来问鹰的病怎么样了，柳濑清八回话说：现在鹰的病已经全好了，而且有时没准儿还要拿爪子抓人呢。宰相听了有点儿不太喜欢清八的小聪明劲儿，就说既然这样，就让鹰练习抓人吧。打这以后，清八没办法，只好在自己儿子清太郎的头顶上放上切碎的肉，早晚让鹰练习抓，于是鹰渐渐学会抓人了。清八先把鹰能抓人这事儿通过小头目报告给宰相，宰相说这倒挺有意思的，那就明天到南边的练马场去，让鹰去抓管茶的家人大场重玄看看。第二天辰时，也就是八点左右，宰相去了练马场。他让大场重玄站在练马场正中间，然后就喊：清八，放鹰吧。清八一听命令，立刻将鹰撒了出去。只见鹰直端端地朝大场重玄飞去，一下子就抓住了大场重玄的头皮。清八看到成了，更来劲儿了，他跑到大场重玄身边，双手拔出给鹰切肉的刀就要刺向大场重玄。宰相一见喝道：柳濑，你要干什么？可是这时清八并不理会宰相的呵斥，嘴里喊着：鹰抓到猎物了，得给它肉吃才行。一边仍然要去杀重玄。宰相大怒，他迅速掏出手铳，以平时练就的功夫，一铳把清八打死了。

第二，治修一直特别看重三右卫门。有一次三右卫门和另外一个武士一起去抓疯子，结果两个人都受了伤。那个武士的眉间和三右卫门的左脸颊被打得青紫，肿得老高。治修把两个人叫来，给了他们丰厚的赏赐。赏过之后，治修就问他们两个：怎么样，伤疼吗？那个武士一听马上答道：谢主子过问，还好，一点儿都不疼。轮到三右卫门回话时，他却苦着脸说：像这么重的伤都不疼的话，那还是活人吗？从那以后，治修就看出三右卫门是个老实人。当然另外那个武士也不能说就是巧言令色，治修觉得那个家伙也很可靠。

治修从来就是这样看待人的，这次他也认为除了仔细询问三右卫门外，没有更好的解决办法了。

听说宰相传自己，三右卫门小心翼翼地来到了宰相面前伺候着，不过脸上倒看不出害怕的表情。在他的肤色浅黑、紧绷绷的脸上显得有些愤怒，有点豁出来的样子。治修开口问道：

"三右卫门，听说数马要杀你，好像对你有什么仇，那么到底有什么仇呢？"

"您说有什么仇？我不知道他对我有什么仇啊。"

治修想了一下，又追问一次：

"你一点都想不起来了吗？"

"我真记不得了。不过，没准儿是因为那件事他恨我也说不定。"

"什么事？"

"大约是四天前的事。在教头山本小左卫门的道场，有今年最后一场剑道比赛，那天我替小左卫门当裁判。本来我只管低级剑道的裁判，可是轮到数马上场时裁判还是我。"

"数马的对手是谁？"

"大名的随从平田喜大夫的大儿子，叫多门。"

"那么说数马比赛输了？"

"就是。多门砍到他的胳膊赢了一刀，脸上又得了两刀，可是数马却一刀也没赢。也就是说在三刀定输赢的比赛里，数马输得很惨。也许就因为这件事他恨上我了。"

"这样说来，数马是觉得你当裁判偏向喽？"

"就是。其实我并没偏向，也没必要偏向，但是可能数马怀疑我不公平。"

"平时你和数马的关系怎么样?和他吵过架吗?"

"架倒是没吵过,不过……"

三右卫门说到这儿迟疑起来,看起来倒不是弄不清楚该继续说还是不该说,而是在考虑该先说什么后说什么。治修仍旧是和颜悦色,等着三右卫门再往下说。过了一会儿,三右卫门又开口道:

"是这么回事。那是比赛的前一天,数马忽然为刚才失礼的事道起歉来了,可是我实在弄不明白刚才他有什么事需要道歉。我问他,他只是苦笑什么也不说。我没办法,只好说我不记得你什么地方得罪过我,我也不能接受你的道歉。我这么一说,数马也好像明白了,说那么可能是我记错了,你也别往心里去。这话他说得很明白。我记得他那时已经不是苦笑,好像还真挺高兴的。"

"那么数马是把什么弄错了呢?"

"这我也搞不清楚,不过,总是一些大不了的事吧?除了这些就没什么了。"

沉默了一会儿,治修又问:

"那么你觉得数马的脾气怎么样?是个疑心很重的人吗?"

"我倒不觉得他的疑心重,总的说起来他显得年轻,不喜欢把什么事都藏在心里,这样就让人感到他的脾气有点儿烈。"

说到这儿三右卫门把话停了一下,等再要说话时却先叹了口气:

"再有就是他和多门的比赛是场很重要的比赛。"

"你说是很重要的比赛,是什么意思?"

"数马是剑道的初级,要是他在这场比赛中赢了的话就会升级。当然这对于多门也是一样,他也被逼到了困境。数马和多门本来是一个师傅教的,而且两个人的技艺也不相上下。"

治修沉默了一会儿,好像在想什么。忽然他像想起了什么,转而打听起三右卫门杀死数马当晚的情况来:

"那时候数马的确是躲在练马场下边等你吗?"

"我觉得是这样的。那天晚上忽然下起雪来,我打着伞走过练马场。当时我正好没带随从,也没穿雨衣。只听到风一下子刮了起来,从左边卷来了一阵雪。我立刻把半撑着的伞往左偏,数马的刀也就是在那一刹那砍过来的。伞被砍了一刀,我倒是一点儿没伤着。"

"他什么都没说就朝你砍吗?"

"我记得他什么都没说。"

"当时你以为是谁砍你?"

"当时也顾不上想什么了。伞被砍着的时候,我不自觉地就朝右边跳了过去,我的木屐好像就是那时掉的。马上第二刀也跟着砍了过来,这一刀把我的外衣袖子砍破了五寸长的口子,我又躲开,同时抽出刀来朝对方砍了一刀。我想大概就是这一刀砍中了数马的肚子。这时对方好像喊了句什么……"

"喊的什么?"

"我也没听清喊的是什么,只觉得他特别激动。这时我才发现是数马。"

"听出是你熟悉的声音来了吗?"

"没有。"

治修直盯盯地看着三右卫门:

"那你怎么知道他是数马的?"

三右卫门默默地什么也不说。

治修又问了一句:"你怎么知道他是数马?"

可是三右卫门仍旧低着头,怎么也不说话。

"三右卫门,怎么回事?"

治修的语气忽然变得威严起来,就像变了一个人一样。突然改变态度是治修惯用的手段之一。这时三右卫门虽然依旧低着头,却张开紧闭的嘴说话了，不过说出的话并不是对治修刚才问题的回答。出乎治修的意料，三右卫门诚惶诚恐地竟是在谢罪：

"把给您效劳的人杀了，是三右卫门的罪过。"

治修稍稍皱了皱眉头，眼睛不失威严地注视着三右卫门。三右卫门接着说：

"数马对我有气也是有道理的。我当裁判的时候，确实有偏向。"

治修的眉头皱得更紧了：

"你刚才不是说没有偏向，而且也不会偏向吗？"

"我现在仍然这样认为。"三右卫门斟词酌句地讲了起来：

"我所说的偏向不是那种意思上的偏向。当然不是什么想让数马输，让多门赢，但是并不是不这样的话就没有偏向了。比起对待多门来，我其实更看重数马。多门的技艺太小气，他觉得无论采用多卑劣的手段，只要能赢就行。这种只计较胜负的技艺其实是邪门歪道。数马的技艺就不是那么邪性，他总是以真心对待对手，这才是光明正大。我觉得再过两三年，多门的技艺恐怕就赶不上数马了……"

"那你为什么又要让数马输呢？"

"是啊，说的就是这个了。我的确更想让数马赢，可是，我是裁判啊，就是我想怎么着，也必须把私心抛在一边。一旦我拿着裁判的扇子站在他们的竹刀之间，我就应该遵循天道。正因为我是这样想的，所以我站在数马和多门之间时，心里想的只有公平。但是就像我说过的一样，我想让数马赢。这样说起来的话，我的心是偏向数马的。于是我为了尽量公平，就自然会看顾多门一些。不过事后再想，可能是对多门看顾多了些，我对多门有失过宽，而对数马却太严厉了。"

说到这儿三右卫门又停了下来，治修仍然默默地偏着头听着。

"他们两个人都瞪着对方,谁都不想先动手。忽然多门好像看出了数马的破绽,朝数马的脸上砍去。可是数马大喊一声,一下子就把多门的竹刀挡了回去。几乎同时,数马的竹刀砍向了多门的胳膊。我的偏向就是在那一刹那开始的。我确实认为是数马赢了一刀,但是当时我马上又觉得那一刀好像太软了一点。这第二点考虑影响了我的决断,结果我到底没把扇子举向本来应该判为赢的数马。两个人又僵持了一会儿以后,这次是数马朝多门的胳膊砍了一刀。多门拨开了数马的竹刀,借势就把刀砍向数马的胳膊。多门这一刀看起来还比不上刚才数马砍向多门的那一刀,至少不如数马那刀漂亮。可是这时我却把扇子举向了多门。这就意味着刚才那刀是多门赢了。我立刻就意识到坏了,可是心里还在念叨:裁判不会出错,我觉得我刚才偏向了是因为我心里偏向数马……"

"后来呢?"

治修的表情有些阴沉,他催着又低头不说话的三右卫门往下说。

"两个人又重新摆开架势,竹刀尖儿对着竹刀尖儿,我觉得这回的对峙时间恐怕要长了。可数马的竹刀刚要碰到多门的竹刀时,突然刀尖儿刺向了多门的喉咙,这一刀非常有力,不过这时多门的竹刀也砍向了数马的脸。我马上举起了扇子,判他们刚才打了个平手。不过那时也许不是平手,或者说也许我当时不好确定谁先谁后。不,也许是数马先刺中多门的喉咙,多门后砍中数马的脸也不一定。反正这时两个人又开始第四回对峙起来。这回开始进攻的还是数马,他的竹刀又一次刺向了多门的喉咙。但是这回数马的竹刀稍稍朝上了些,多门的竹刀就在数马的竹刀下砍向了数马的身体。然后他们又交手了十个回合,打得难分难解。可到了最后多门却一刀砍向了数马的脸。"

"那数马的脸……"

"数马的脸被漂亮地刺中了,这一刀无论由谁说也是多门赢了。数马被砍了一刀后有些着急,我看见他着了急,心里想这回怎么也得把扇子举向他。可是我越是这么想举扇子却越犹豫起来。两个人又对峙了一会儿,大约有七八回合以后,不知数马是怎么想的,他居然要和多门拼命了。我之所以说不知道数马是怎么想的,是因为平时数马绝对不会拼命的,一看到数马要拼命我心里一下子就紧了。我心里当然发紧了,因为多门在抽身躲开的同时,他的竹刀又漂亮地刺中了数马的脸。这决胜的一刀简直无可挑剔,这下子我终于第三次把扇子举向了多门。——我说的偏向就是这么回事。从我心里的这杆秤来说,也就是在两个人半斤八两的一边略加了一毫而已。但是数马就为了这么一点偏向而输掉了这场重要的比赛,我觉得数马怨恨这点也是理所当然的。"

"那么你还手的时候怎么知道对方是数马呢?"

"其实我也不很明白。不过现在回想起来,我心里不知什么地方还是觉得有些对不住数马的,所以一下子明白了偷袭我的是数马。"

"这么说你还是同情数马喽。"

"是。就像刚才我讲的一样,我把侍奉主上的优秀武士给杀了,觉得实在是愧对主上。"

三右卫门说完后头垂得更低了,虽说是冬月,可他的额头上却冒出了汗珠。不知什么时候,治修的态度和缓起来,连连点头。

"好了,好了,你的想法我已经知道了。你干的事可能不太好,可也是没法子的事。只是这以后嘛……"

治修把话顿了顿,朝三右卫门看了一眼。

"那个人朝你砍过来的时候,你已经知道那人是数马了,那你为什么还要还手呢?"

三右卫门听到治修这样问自己,他昂然地抬起了略黑的脸,眼睛里仍然闪着刚才那种果敢的目光：

"当时我不能不还手。三右卫门是家臣，可也是武士。我虽然同情数马，但是我不同情偷袭我的野蛮人。"

大正十二年（1923）十二月

传吉报仇

宋再新译

这是孝子传吉为父报仇的故事。

传吉是信州水内郡笹山村一个农民的独生子。传吉的父亲叫传三，据说他"好酒、嗜赌、爱打架"，惹得全村的人都讨厌他，管他叫无赖。传吉的母亲生下传吉第二年，有人说她病死了，也有人说她有了情人，跟情人私奔了。不过不管事实怎么样，反正这个故事开始的时候，传吉就没有娘了。

这个故事的开始是在传吉刚满十二岁（也有的说是传吉十五岁）那年，也就是天保七年（1836）春天的事。有一天，因为一件小事，传吉惹着了越后浪人服部平四郎，服部平四郎气得直要杀他。这个平四郎是个剑客，给柏原一个叫文藏的赌徒当保镖。至于这件小事却有几个不同的说法。

首先根据田中玄甫写的《旅砚》一书的记载，传吉放风筝把风筝绞在平四郎的发髻上了。

另外葬有传吉墓的笹山村慈照寺（净土宗）曾分发过一本小册子《孝子传吉物语》，据这本小册子记载，其实传吉什么也没干，只是在钓鱼的时候，鱼竿被路过的平四郎抢了。

最后还有一种说法，小泉孤松写的《农家义人传》中的一篇称，平四郎被传吉牵的马踢倒在泥田里了。

不管是哪一种说法，反正平四郎非常生气，为了解气就要拿刀砍传吉。传吉被平四郎追着跑，就逃到他父亲干活的山上去了。他父亲传三当时正一个人在地里照顾桑树，当他一知道儿子有危险，就把传吉藏在了红薯窖里。所谓红薯窖就是一个相当于一铺席子那么大的装红薯的土窝。他把传吉藏在土窝里，上面盖上了草帘子，传吉藏在里边连气都不敢出。

平四郎立刻追了过来，见到传三就喊："老头儿，老头儿，看见一个毛孩子跑哪儿去了吗？"传三也不是一个好对付的主儿，他胡乱指一条路对平四郎说："朝那边跑了。"平四郎刚想往那边追，忽然看见传三在偷偷地吐舌头，不禁大怒："臭乡巴佬儿，胆子也太□□□□□□□□□□（书页被蛀不可辨）"抬脚就要踢传三。传三本来就不怕事，一看到平四郎要踢自己，气更不打一处来。他一把抓住身旁的锄头大声叫道："看我的吧，还就要让你看看臭乡巴佬儿的厉害。"

两个人都互不相让，拼命地打了起来……

到底平四郎的武艺要高得多，他巧妙地耗尽传三的力气，一手去夺传三的锄头，顺手就朝传三的肩头给了一刀……

传三刚要逃命，平四郎两手握刀一下子就砍了下去……

平四郎根本没再找传吉，只是慢慢地擦干刀，然后扬长而去。
（据《旅砚》）

躲在红薯窖里的传吉因为缺氧憋得实在受不了，他好容易钻出红薯窖的时候，只看见传三的尸体倒在刚发芽的桑树下。传吉扑在传三的尸体上，好久好久一动不动。可是很奇怪，他眼里并没有泪水，相反倒是能看出感情的火焰正炙烧着他的心，这是出于他眼睁睁地看着自己的父亲被杀而对自己的愤恨。不管有理没理，只要这个仇不报，他的愤恨就永远不会消失。

可以说打这以后的传吉的生命几乎就是为了这样的愤怒终结的。传吉把父亲安葬之后，就到了在长洼住的叔叔家，像长工一样在叔叔家住了下来。他叔叔叫枡屋善作（一说叫善兵卫），是个精明的旅馆老板。传吉住在佣人住的屋子，一心一意地想着要报仇。关于传吉报仇的事也有几种说法，至于哪种说法准确也只有存疑了。

（一）据《旅砚》、《农家义人传》等记载，传吉已经知道仇人是谁。可是据《孝子传吉物语》说，传吉知道服部平四郎的名字"历时三载"。另外在皆川蜩庵写的《木叶》里的《传吉事》中也作"历经数年"。

（二）据《农家义人传》、《本朝姑妄听》（作者不详）等记载，传吉的剑法师傅是叫做平井左门的浪人。左门在教长洼的小孩子读书、习字的同时，好像有人请教的话也教北辰梦想派的剑法。但是根据《孝子传吉物语》、《旅砚》、《木叶》的说法，传吉的剑法是自学的。传吉或对着树桩喊敌人的名字，或把石头看作是服部平四郎，一心苦练剑法。

到了天保十年，服部平四郎出人意料地销声匿迹了。当然这并不是因为他知道了传吉在找他报仇才躲开的，他只是像所有浪迹天涯的人一样，跑到什么地方去了而已。听了这个消息，传吉当然感到很丧气，连叹难道神佛也在保佑仇人吗？既然这样，要想报仇的话，就必须也出门旅行才行。可是，目前的传吉却不能出门漫无目的地去寻找仇人。传吉深深地感到绝望，结果渐渐染上了赌钱、玩女人的毛病。《农家义人传》讲到传吉这个变化的时候，说他"以赌徒为友，盖欲知仇人之下落耳"，这或也是一种解释。

传吉如此堕落，立刻就被赶出了枥屋家，他只好给号称唐丸之松的赌徒松五郎当喽啰。在以后几乎二十来年里，传吉就这样过着无赖的日子。据《木叶》一书里说，在那段时间里，传吉曾经拐骗枥屋家的姑娘，还敲诈过长洼驿站的人。但是从其他书籍中不载此事来看，这些事很难判其真伪。实际上《农家义人传》里就有"有说传吉与乡间恶少时时横行乡里者，其荒诞不足一辨。传吉乃为父复仇之孝子，岂会有这般无状之事"的文字，否定了《木叶》的记载。不过，传吉在那段时间里也一直没忘记为父报仇的事。就连不太同情传吉的皆川蜩庵都这样说：传吉对朋友也没说过自己有仇人，知道自己有仇的人故意装作不知道仇人名字，实在是有大志者之所为。然而岁月不停地流逝，平四郎的行踪却依然不得而知。

到了安政六年（1859）的秋天，传吉忽然发现平四郎在仓井村。当然，平四郎现在并不像当年那样腰间插着两把刀。不知道他什么时候剃了头发，成了仓井村地藏堂的堂主了。传吉感到这简直是"天助我也"。仓井村是个离长洼不足五里的一个山村，而且就与笹山村相邻，传吉知道那里的每一条小路，他还打听清楚了平四郎现在叫净观。安政六年九月七日，传吉头戴斗笠，穿着出门的衣服，腰里插着长刀，一个人前去报仇。从父亲被杀算起的第二十三个年头，传吉终于要实现自己的夙愿了。

传吉前往仓井村时是戌时刚过，也就是晚上八点多钟。传吉为了减少麻烦，所以故意选在晚上行动。在夜晚的寒气中，传吉沿着乡下的小路来到了山里的地藏堂。他从糊窗纸的破洞往里看，在柴火光亮的映照下，墙壁上映出一个大大的人影，但是，由于角度不对，这个人影到底是谁却怎么也看不清楚，只能看得出这个大大的人影无疑是个光头。再屏息听了一会儿，屋子里除了这个孤独的堂主之外，听不到还有其他人的动静。传吉先轻轻地把斗笠放在屋檐下的石阶上，然后脱下雨衣，把雨衣叠两折塞到斗笠底下。他这时才发现雨衣和斗笠不知什么时候都被打湿了。可就在这个时候，传吉忽然觉得要拉屎。他没办法只好钻进小树丛，在漆树下把事办了。就这件事，田代玄甫这样赞扬传吉：其胆子之大，令人恐惧。小泉孤松则叹道：传吉之沉勇，已臻极至矣。

一切都准备好之后，传吉拔出长刀，一下子拽开了地藏堂的拉门。进门只见和尚正坐在地炉旁，两腿伸着，显得很自在。他背朝着门也没转身,只是问了一声:"谁呀?"传吉一下子感到有些失望。第一,这个和尚的态度不像是自己的仇人;第二,从后面看他的身影,比传吉心目中的形象要憔悴得多。传吉甚至在一瞬间怀疑自己是不是弄错了人。可是,事已至此,当然不允许自己再三心二意了。

传吉回手关上拉门,喊了一声:"服部平四郎!"和尚这时仍然不慌不忙,只是奇怪地回头看了看来人。但是当看到长刀闪着白光时,他把伸长的腿一下子收了回来。在地炉火的映照下,只见这个和尚是个瘦骨嶙峋的老人。不过,传吉从这人的脸上说不出来的地方看出他正是服部平四郎。

"你是谁?"

"我是传三的儿子,我跟你有仇。"

净观什么也没说,只是睁大眼睛抬头看着传吉,脸上的表情现出一种难以言状的恐惧。传吉高举着长刀,冷冷地享受着他脸上的恐惧。

"来吧,我是来为传三报仇的,快站起来和我决一胜负吧。"

"什么?你让我站起来?"

眼看着净观的脸上竟然浮现出了笑容。传吉觉得他的微笑里有一种不得了的东西。

"你以为我还能像过去那样站起来吗?我的腿不行了,腰也不行了。"

传吉不由得后退了一步,手里的刀也在空中抖动了起来。净观看见传吉的样子,张着没牙的嘴,又加上了一句:

"就连站我都站不住了。"

"你撒谎,乱说……"

传吉破口大骂,可是净观却相反开始冷静了下来。

"谁撒谎了?你到村里打听打听就知道了,我去年害了一场大病以后，腰就不听使唤了……"

说到这儿净观把话停了停，眼睛直直地看着传吉：

"我不会说求饶的话，的确像你说的，你爸爸是我杀的。你要是想杀我这个腰不能动的人，就痛痛快快杀吧。"

传吉沉默了一会儿，心里涌出复杂的感情。厌恶、怜悯、蔑视、恐惧，这种种感觉的消长都使他的刀渐渐无力。传吉瞪着净观，犹豫着刀是砍下去还是不砍。

"来呀，砍吧。"

净观傲然地把自己的肩头伸了过来，就在这一刹那，传吉闻到了净观身上发出的酒气，同时过去的愤恨也一起涌上了心头。这是对眼睁睁看着自己的父亲被杀的自己的愤恨，无论是与非，不报这个仇心头之恨就无法消除。传吉怒从心起，举起的刀在微微发抖，一下子朝净观斜劈下去……

传吉圆满地报了杀父之仇，这件事迅速传遍了全乡，并受到了大家的称赞。官府也没对这个孝子的行为做出什么处罚。由于传吉事先忘了向官府报告，好像自然也得不到官府的褒奖。至于传吉后来的情况，已经不是这个故事的主题了。不过，大概的情形是，明治维新以后，传吉经营过木材生意，经过多次失败，最后精神出现了异常。他死于明治十年（1877）秋，享年五十三岁。但是关于他的最后，各书均不载。《孝子传吉物语》是这样结束这个故事的：

"传吉其后家颇富裕，得乐享晚年。积善之堂必有余庆，诚哉此言。南无阿弥陀佛，南无阿弥陀佛。"

大正十二年（1923）十二月

金 将 军

宋再新译

夏天①的一天，两个头戴斗笠的和尚走在朝鲜平安南道龙岗郡桐隅里的乡间小道上。这两个人并不是游方和尚，实际上他们是不远千里从日本前来查探朝鲜国虚实的，其中一个人是肥后国加藤清正，另一个人是摄津国守小西行长。

两个人走在稻田间的小路上，眼睛不住地观察着周围的情况。忽然他们发现一个农家小孩儿在路边枕着一块圆圆的石头当枕头，正呼呼大睡。加藤清正斗笠下的眼睛一动不动地看着这个小孩子：

"这个小孩儿有异相。"

这个浑身霸气的武将二话没说，抬脚就把小孩儿当枕头的石头踢飞了。可是令人惊奇的是，那个小孩儿的头并没落在地上，而仍然保持着刚才的姿势，就像枕在刚才枕头占的空间一样，依然呼呼大睡着。

"我越看越觉得这个小孩儿不是个一般的孩子。"

说着加藤清正的手伸向藏在法衣下的戒刀把儿，想把日后倭国的后患在萌芽时就除掉。然而小西行长却不屑地笑着把加藤清正的手按住了。

"这么个小孩子能干什么？别无谓地杀生了。"

于是两个和尚又往前走了。可是留着胡子的加藤清正还是放不

---

① 丰臣秀吉于1592至1598年侵略朝鲜，此处的夏天系指30年前的一个夏天。

下心，不时地回头看看那个小孩儿……

三十年后，当时的两个和尚——加藤清正和小西行长统帅着千军万马杀进了朝鲜。朝鲜八道①的房子被烧毁了，百姓们妻离子散，流离失所，四处逃难。京城已经陷落，平壤也不再是王土了。宣祖王好不容易才逃到义州，苦苦地等待着大明的援军。如果就这样束手任倭军蹂躏的话，美丽的八道山川便会眼睁睁地化为一片焦土。不过，幸而天道并未舍弃朝鲜，因为天让昔日在田间令人惊奇的小孩子金应瑞出来拯救祖国了。

金应瑞赶到了义州的统军亭，拜见了面容憔悴的宣祖王。

"我已经来了，请大王放心好了。"

宣祖王强打精神微笑着说：

"倭将简直比鬼神还要强悍，如果你能战胜他们的话，就先把倭将的首级斩下。"

倭将之一——小西行长一直在平壤的大同馆宠着艺妓桂月香。桂月香是八千艺妓中无可比肩的佳人。不过，她为自己祖国的担忧之心却像头上插的玫瑰一样不可一日相忘。就连明眸善睐之时，那长长的睫毛下也隐藏着悲伤。

一个冬天的晚上，小西行长和桂月香的哥哥一块儿喝酒，让桂月香在旁斟酒。桂月香的哥哥也是个皮肤白皙的标致男人。今天桂月香比往日更加媚态十足，不断劝小西行长喝酒，还神不知鬼不觉地在行长的酒杯里下了蒙汗药。

过了一会儿，桂月香和她的哥哥把醉倒的小西行长撂在一边儿，偷偷躲起来了。小西行长在自己的翠金帐外挂上了秘藏的宝剑，就晕晕乎乎地睡了。当然也不能说行长这个人特别大意，其实他在帐子外还挂上了宝铃。如果有人想要钻进帐子的话，帐子周围

---

① 当时朝鲜分为八个道。

的宝铃就立刻响个不停,把行长从睡梦中叫醒。不过行长不知道,桂月香为了不让宝铃响,已经偷偷往铃铛里塞上了棉花。

过了一会儿,桂月香和她的哥哥又回来了。这天晚上,桂月香用绣有花样的裙子包了一包灶坑里的柴灰。她的哥哥——不,其实这个人不是她的哥哥,而是奉王命而来的金应瑞。他把袖子撸得高高的,手提青龙刀,和桂月香悄悄地接近小西行长的翠金帐。就在这时,只见行长的宝剑突然离开了剑鞘,就像鸟的翅膀一样飞向了金将军。但见金将军不慌不忙,对准宝剑吐了一口口水。宝剑一粘上口水顿时没有了神通,啪嗒一声掉在了地上。

金应瑞大喝一声,抡起青龙刀,一刀把行长的头砍了下来。可是,这个怕人的头颅愤恨不已,龇牙咧嘴地飘起来又要回到脖腔上去。看到这等怪事,桂月香伸手到腰间,掏出灰来撒到了行长脖腔的刀口上。行长的头飞起来好几次,但是怎么也粘不到满是灰的脖子上了。

即使如此,无头的行长尸体仍然伸着手到处找宝剑,一抓到宝剑捡起来就投向了金将军。没料到行长有这么一手的金将军一手抱着桂月香,一跃跳上了房梁。可是当金将军跳上空中的一刹那,宝剑飞过来把金将军的小脚趾砍掉了。

这时候天还没亮。完成王命的金将军背着桂月香走在荒无人烟的野地里。野地的尽头有一轮残月,正要沉入黑暗的山丘背后。金将军忽然想到:桂月香怀上孩子了。倭将的孩子直如毒蛇一般,如果现在不把他杀掉,将来不知会酿成何等大害。金将军就像三十年前的加藤清正一样,意识到只有把桂月香母子除掉才能免除后患。

英雄自古都是将儿女情长踩在脚下践踏的怪物。金将军马上动手把桂月香杀了,剖开桂月香的肚子把孩子掏了出来。在残月光下,可以看到那孩子还只是一团血糊糊的肉块。不想那肉块抖动了起来,突然像人一样大声喊着:"我再有三个月就能为父报仇了,可惜呀！"

那声音就像水牛叫一般，响彻微明的荒地。与此同时，眼看着一痕残月也沉入了山丘。

这就是在朝鲜流传的小西行长殒命的故事。当然，行长并没有在征伐朝鲜的战争中丧命，但是粉饰历史的并不只是朝鲜一国。其实在日本教育儿童的史书里——或是在教育和儿童差不多的日本男人的历史里，也充满这样的故事。比如说日本的历史教科书里，哪有一次关于打败仗的记载呢？

"大唐之军将，率战舰一百七十艘，列阵于白村江（朝鲜忠清道舒川县）。戊申日本之船师初至，与大唐船师合战。日本不利而退。己酉，更有日本之乱伍率中军之卒进伐大唐之军。大唐便自左右夹船绕战。须臾之际官军败绩。赴水溺死者众。舻舳不得回旋。"（据《日本书纪》）

大正十三年（1924）一月

来自第四丈夫的信

宋再新译

我把这封信装在了寄给印度达吉临的拉玛·查卜金的信里,他会把这封信转寄到日本的。我虽然多少有些担心这封信是不是能顺利地寄到你手里,但是我想即使没交到你手上,你可能也并没想到我会寄信给你。想到这一点,我就略略放心了。

不过,如果你收到了这封信,大概会为我的命运而吃惊吧。第一,我现在住在西藏;第二,我成了中国人;第三,我和另外三个丈夫共同拥有一个妻子。

我在这之前给你写信是在达吉临住的时候,从那时起我就成了一个中国人。其实本来世上并没有什么国籍那么麻烦的负担,正因为只有中国的国籍几乎没人过问你有还是没有,所以很方便就成了中国人。你大概还记得吧,你上高中的时候曾经给我起外号叫"苏醒的犹太人"。实际上我就像你说的那样,可能是生来就是"苏醒的犹太人"。另外,之所以只有拉萨特别让我喜欢,并不是因为我爱这里的什么风景啊气候的,实际上我觉得这里不以懒惰为恶德就是一种好风气。

你学识渊博,大概知道班登·阿阿吉沙送给拉萨的名字吧?其实,拉萨并不见得就是个食粪饿鬼的城市,所以这个城市居住起来可能比东京要舒服些。不过有一条,拉萨市民的懒惰真应该叫作天堂的壮观景色。今天我的妻子照样在满是麦草的门口抱着膝盖,静静地享受着午觉。也并不只是我家这样,无论哪一家的门口,肯定有那么两三个人在打盹儿。你到全世界的任何一个地方还看得到这样的和平景象吗?而且在他们的头上——在喇嘛教寺院的塔上,一个微微发青的太阳正懒懒地照耀着拉萨周围冰雪闪烁的山峰。

我打算至少在拉萨待上几年。除了这里懒惰的美德之外,多少也是因为妻子的美貌吸引我的缘故。妻子叫达娃,邻居们都一致认为她是个大美人儿。她的个儿要比一般人高一点儿。她的脸就像她的名字一样(达娃是月亮的意思),污垢下的皮肤白白的,眼睛总是眯成一条缝,实在是个很温顺的女人。我在前面已经写过了,她有包括我在内共四个丈夫。第一丈夫是个跑买卖的,第二丈夫是步兵班长,第三丈夫是喇嘛教的佛画师,第四丈夫就是我。实际上我现在也不是没有工作,不管怎么说我的手还挺巧,算是个技术不错的剃头匠。

你是个严谨的人,大概会看不起我甘于忍受一妻多夫吧?可是,要让我说的话,所有的婚姻只不过是一种图方便的事罢了。遵循一夫一妻制的基督教徒的道德也并不见得就比我这个异教徒高多少。况且事实上的一妻多夫和事实上的一夫多妻一样,在所有的国家都存在。实际上在西藏也并不是完全没有一夫一妻,只是被冠以不成体统的名声而受到歧视而已,就像我们这种一妻多夫在文明国度里受到歧视一样。

我和她的另外三个丈夫共同拥有一个妻子并没有感到有任何不方便,大概另外三个人也和我有同样感觉吧。妻子对四个丈夫中的每一个人都付出同样的爱。我还在日本的时候,也曾经和三个男人一起养过一个艺妓。比起那个艺妓来,达娃简直就像个女菩萨,那个佛画师就给达娃起了个外号叫莲花夫人。实际上在河边的垂柳下抱着孩子喂奶的妻子看起来就像头上有圆光环似的。那个六岁的孩子是老大,她一共有三个吃奶的孩子。当然这些孩子都不会把她的哪个丈夫认作爸爸,孩子们管第一丈夫叫爸爸,把其他的丈夫都叫叔叔。

可是达娃也是个女人,她也不是一次错都没犯过。算起来两年前,她就曾经和一个卖珊瑚珠商人的伙计一起骗过我们。这个事被第一丈夫发现后,背着她和我们一起商量怎么收拾这个局面。当时最气愤的是第二丈夫,就是那个步兵班长。他当场就说应该把两个人的鼻子割下来。要是温和厚道的你听到这种话肯定会说太残酷了。割掉鼻子只不过是西藏的私刑中的一种而已(就像文明国家的新闻攻忤一样)。第三丈夫,那个佛画师好像真的不知道该怎么办似的光流眼泪。我对那三个丈夫提议说,先割掉那个伙计的鼻子,至于对达娃怎么处置就看大伙想怎么办就怎么办算了。当然没有谁真想把达娃的鼻子割掉。第一丈夫,就是那个跑买卖的立刻就表示赞成我的提议。佛画师好像还挺同情那个可怜伙计的鼻子,可是为了不惹班长生气,也表示同意我的意见。班长也——班长想了一会儿最后长长地叹了口气,说:"也是看在孩子的份儿上。"不情愿地答应照我们说的办。

第二天,我们四个人很容易地把那个伙计捆了起来。然后班长作为我们的代理人,接过我的剃刀一下子就把伙计的鼻子割了下来。那个伙计当然又骂又叫,还咬班长的手。可是鼻子被割掉后,跑买卖的和我给那个伙计涂上止血药,伙计还哭着感谢我们,这也是真的。

凭你的聪明,想必自己也可以推测那以后的事了吧?打那次以后,达娃贤惠地爱着我们每一个人,我们也——这事不说也罢。实际上昨天班长还颇感慨地对我们说:"现在回想起来,没把达娃的鼻子割掉真是不幸中的万幸。"

正好现在刚从午睡醒来的达娃要带我去散步。那么,信就写到这儿吧,我在这里遥祝远隔万里大海的你幸福。现在,拉萨的家家户户院子里都盛开着桃花,今天幸好也没刮风扬起尘土。我们现在要到监狱前边去看热闹,一对表兄妹因犯通奸罪要在那儿被示众……

大正十三年(1924)三月

一篇恋爱小说

——或《恋爱至上》

宋再新译

一个妇女杂志社会客室。

主笔，四十岁左右的绅士，体形肥胖。

堀川保吉，三十岁左右，相对于主笔肥胖的体形，他却显得太瘦——不太好简单形容，反正是不是能称他为绅士很令人为难却是事实。

主笔　您看这次能不能为我们的杂志写一篇小说？现在读者的品位高了，以前的那种小说好像已经不能让读者满意了——所以想请您写写更深刻、更认真，基于人性的恋爱小说。

保吉　这个我能写呀。其实我现在就有想写给妇女杂志的小说。

主笔　真的？这太好了。要是您能写的话，我们可在报纸上大作广告，比如说"特请堀川先生执笔哀婉至极的恋爱小说"什么的。

保吉　"哀婉至极"？可是我的小说是《恋爱至上》啊。

主笔　这么说是赞美恋爱的喽？那就更好了。从厨川博士发表《近代恋爱论》以来，一般的青年男女都倾向恋爱至上主义了——当然，您说的是近代式的恋爱吧？

保吉　是啊，这倒是个问题。什么近代式的怀疑啦，近代式的盗贼啦，近代式的染发啦——这些东西现在确实存在。不过，只有恋爱我觉得自古以来都是一样的。

主笔 这只是理论上这么说而已。比如说，三角恋爱不就是近代式恋爱的一个例子吗？至少日本的现状是这样。

保吉 啊？三角恋爱？我的小说里也有三角恋爱啊——我先把小说的情节大略说一下好吗？

主笔 要是您能讲一下就太好了。

保吉 女主人公是个年轻的太太，是外交官的夫人。当然，她住在东京的高级住宅区。她亭亭玉立，待人接物温文尔雅，头发总是——哎，现在读者要求女主人公梳什么样的发型？

主笔 大概是遮耳发吧。

保吉 那就遮耳发型吧。她总是梳遮耳发型，白白的皮肤、明亮的眼睛，只是嘴唇有点儿缺点——这么说吧，要是拿演电影的演员打比方吧，就像栗岛澄子那个样子。她当外交官的丈夫是个新时代的法学学士，并不是那种不谙世事的悲剧型人物。他在学生时代是棒球运动员，除此之外作为爱好他还爱看小说什么的。他的皮肤略黑，是个漂亮小伙儿。他们俩燕尔新婚，幸福地住在高级住宅区，有时一块儿去听音乐会，有时到银座大街去散步……

主笔 那当然是大地震①前的事喽？

保吉 对，当然是大地震前好久的事了。他们有时一块儿去听音乐会，有时一块儿去银座大街散步，还有时在西式房间的电灯下默默地相视微笑。女主人公把这间西式房间叫作"我们的小窝"。房间的墙壁上挂着雷诺阿和塞尚的绘画复制品，钢琴黑色的琴身闪闪发光，花盆里的椰子树叶片低垂——啊，我还忘了，他们的房租还特别便宜。

---

① 指1923年的关东大地震。

主笔 这个说明就不必了吧？至少在小说的正文里……

保吉 不不，很有必要。谁不知道年轻外交官的收入没多少啊？

主笔 那就得把他写成贵族的儿子了。自然，要是贵族的话就是伯爵或者是子爵了。怎么说呢，小说里好像不太有公爵和侯爵出现。

保吉 那就把他写成伯爵的儿子也不要紧，反正有西式房间就行。我想把这些西式房间、银座大街、音乐会什么的都放在第一章里……不过，妙子——就是那个女主人公的名字，她和音乐家达雄成了好朋友以后，渐渐感到不安。达雄爱妙子……女主人公有这样的直觉。这还不算，这种不安还一天天强烈起来。

主笔 达雄是个什么样的男人？

保吉 达雄是个音乐天才，是能把罗曼·罗兰的约翰·克里斯朵夫和瓦塞尔曼的达尼埃尔·诺特哈夫特揉在一块儿的那种天才。可是，他常常没钱，因为别人都不承认他。我打算把我的一个音乐家朋友当原型，当然我这个朋友是个美男子，达雄不是。达雄的脸像大猩猩，是生在东北的野蛮人，只有他的眼睛有天才的光芒。他的眼睛像炭火一样藏有不断发出的热量。

主笔 天才肯定能受欢迎。

保吉 但是妙子对自己当外交官的丈夫并没有觉得有什么不满意的地方。相反她还更爱自己的丈夫了，她丈夫也相信妙子，这也是不用说的事。这一来，妙子就更加痛苦了。

主笔 我所说近代的，就是这种恋爱嘛。

保吉 只要妙子家的电灯亮着，达雄就肯定会在他们家的西式房间里出现。要是妙子的丈夫在场的时候，那还没什么要紧的，可是妙子一个人在家时达雄也照样去。这时妙子只好让他弹钢琴，当然，她丈夫在的时候达雄也总是坐在钢琴前的。

主笔 这时候他们就恋爱起来了吗？

保吉　不,哪儿那么容易呀。不过,在二月的一个晚上,达雄突然弹起了舒伯特的《寄给西尔维亚的歌》,那可是一首如同流淌着火焰一般热情的歌。妙子坐在那棵大椰子树下倾听,渐渐地开始对达雄有了爱意,同时她也开始感觉到浮现在眼前的金色的诱感。再过五分钟——不,只要再过一分钟,妙子的身体可能就会投入达雄的怀抱。就在这时——刚好是那首曲子要弹完的瞬间,幸好妙子的丈夫回来了。

主笔　后来呢?

保吉　后来过了一个多星期,妙子终于忍受不了痛苦,决心自杀。但是那时她已经怀孕了,她没有真去自杀的勇气。于是她把被达雄所爱的事全向丈夫坦白了。自然,为了不让丈夫受折磨,她并没有告诉丈夫她也爱着达雄。

主笔　下边就是他们两个人要决斗吗?

保吉　不对,她丈夫只是在达雄又到他们家时冷冷地拒绝了他的来访。达雄当时只是默默地咬着嘴唇,眼巴巴地注视着钢琴,妙子站在窗外只能强忍着抽泣。——两个月后,妙子的丈夫突然接到命令,要他到在中国的汉口领事馆赴任。

主笔　妙子也一块儿去了吗?

保吉　那当然一块儿去了。妙子在启程前给达雄写了一封信。"我同情你的心,但是,我一点儿办法都没有。我们各自认命吧。"内容大约就是这么个意思。打那以后,妙子就再也没见过达雄。

主笔　那么小说到这儿就完了吗?

保吉　不,还有点儿。妙子到汉口以后,时时会想起达雄,不仅如此,她还感到比起丈夫来,自己更爱达雄。这个故事怎么样?妙子身边只有武汉寂寞的风景,就是汉诗里所吟唱的"晴川历历汉阳树,芳草萋萋鹦鹉洲"那种风景。大约是在一年后吧，妙子终于又给达雄写了一封信。就是"我曾经爱过你，现在仍然爱你。请一定可怜可怜我这个自欺欺人的人吧"这么一封信。接到信的达雄——

主笔　那肯定立刻就到中国去了。

保吉　那他可是无论如何也做不到。你想啊，他当时为了吃饭，正在浅草的一家电影院里弹钢琴①呢。

主笔　这就有点儿掉价了。

保吉　掉价也没办法呀。达雄在电影院外咖啡店的桌子旁打开了那封信，这时窗外的天空正下着雨。达雄茫然地盯着那封信，似乎看见了妙子家的西式房间，似乎看见了钢琴盖上映照出来的"我们的小窝"……

主笔　虽然我觉得还不是特别够劲儿，不过也算是近来的杰作了。请一定要写出来呀。

保吉　其实后边还有点儿呢。

主笔　哎，还没完吗？

保吉　就是。后来看着看着信，达雄忽然笑了起来，接着气哼哼地骂了一句："他妈的。"

主笔：噢，他发疯了。

保吉　什么呀，他是因为妙子太傻了才有气的。他当然生气了，因为达雄原本就一点儿也不爱妙子……

主笔　可是那……

保吉　达雄只是想弹妙子家的钢琴才去他们家的，就是说他只爱钢琴。因为达雄穷，没钱买钢琴。

主笔　那倒是，堀川先生。

保吉　可是到了达雄能在电影院弹钢琴的时候，他已经觉得很幸福

---

① 当时是无声电影，需有音乐伴奏。

了。大地震后，达雄当上警察了，护宪运动期间他为了善良的东京市民还被围着打过呢。有一回，当他到高级住宅巡查的时候，听见难得遇到的钢琴声，就站在那家窗外听了起来，做起了无常的幸福梦。

主笔　可是，原本挺好的小说……

保吉　嗨，你往下听啊。妙子那时还在汉口住，仍然想着达雄。还不光是汉口，后来他们又到上海啦，北京啦，天津啦什么的都住了一段时间，妙子还在想达雄。当然，大地震的时候，妙子已经有好几个孩子了。我算算看，连着生了两个以后，又生了一对双胞胎，一共有了四个孩子。而她丈夫呢，不知什么时候开始成了酒鬼，这个时候已经变得像猪一样胖了。妙子仍然相信真正和自己相爱的是达雄，这样恋爱实际上就是至上了嘛。如果不是这样的话，像妙子这样的人根本不会幸福的，至少她会憎恨人生的坎坷。——怎么样，我这个小说？

主笔　堀川，你这是当真的吗？

保吉　啊，当然是认真的了。你看看现在的那些恋爱小说，女主人公不是马利亚就是克娄巴特拉①。但是，人生的女主人公不见得就是贞女，也不见得是淫妇。在有教养的读者里，你看有没有一个真欢迎那种小说的？当然了，要是给恋爱写一个圆满的结局，那自当别论。要是万一失恋了，不是作无谓的自我牺牲，就是愚蠢地报复别人。这还不算，当事人还自以为自己的所作所为是一种英雄行为。而我的恋爱小说里没有一点儿普及那种恶劣思想的倾向，更何况我还是赞美女主人公的幸福的。

主笔　你在开玩笑吧——不管怎么说，我们的杂志无论如何也不能发表这样的小说。

---

① 古埃及女王，以美貌著称。

保吉 真的吗？那我只好去找其他的杂志发表了。这么大的世界里，总会有一家妇女杂志愿意接受我的主张的。

为证明保吉所言不虚，这篇对话就登在这儿了。
大正十三年（1924）三月

文　章

宋再新译

"堀川哪，能不能帮着写一篇悼词？星期五给本多少佐开追悼会——到时候校长要拿去念……"

走出食堂的时候藤田大佐对保吉这么说了一句。堀川保吉在这个学校教英语译读。不过在教书之余，他时常还要帮人写个悼词，编编教科书，替学生写写天皇驾到时的发言稿、翻译外国报纸的新闻什么的，一般总是藤田大佐吩咐他做这种事。大佐大概快四十岁了，他皮肤微黑，脸上的肉已经松弛，显得有些神经质。保吉跟在大佐身后走过走廊，听了大佐的话不觉地"哎呀"了一声：

"本多少佐去世了？"

大佐好像也挺意外的样子，回头看了看保吉。保吉昨天偷懒没上班，结果没看见本多少佐猝死的讣告。

"昨天早上去世的，听说是脑出血——这么着吧，请在星期六前写好，正好就是后天一早就要。"

"好吧，写倒是能写……"

藤田大佐的脑子转得挺快，没等保吉开口就说：

"我待会儿就把本多少佐的履历表让人送过来，就当写悼词的参考材料吧。"

"可本多少佐是个什么样的人呢？我只是见过本多少佐……"

"这个嘛，他是个重兄弟感情的人。还有——还有嘛，在班上总是学习成绩拔尖。另外嘛，你就发挥你笔杆子的本事吧。"

这时两个人已经走到黄色的科长室门前停住了脚步。藤田大佐被叫作科长，干的是副校长的差事。说到这份儿上，保吉只好把写悼词应遵循的艺术良心抛在一边了。

"那就只有写他资性颖悟、兄弟情笃什么的，想办法凑合着写喽。"

"那就拜托了。"

和大佐分手后，保吉没去吸烟室，而是回了一个人都没有的教官室。十一月的阳光正好照在窗边保吉的桌上。他在桌前坐下，给一支劣等雪茄点上火。在这以前保吉已经写过两篇悼词了。第一篇悼词是为患盲肠炎的重野少尉写的。当时他刚来学校，不知道重野少尉是个什么样的人，连他长得是什么样都没记住。不过，那对于他来说是写悼词的处女作，多少还有点儿兴趣，所以起草了一篇模仿唐宋八大家的文章，写了什么"悠悠哉白云"之类的句子。第二次是为意外淹死的木村大尉写的悼词，他和木村大尉每天都会在从避暑地到学校的车上见面，所以能很自然地表达哀悼的意思。可是这次对本多少佐，充其量到食堂的时候能看到他那像秃鹰的脸。再说了，保吉现在对写什么悼词一点儿兴趣都没有。要说起来的话，现在的堀川保吉成了专写悼词的殡仪馆了，奉命在某年某月某日某时把龙灯和花圈送上门的精神生活上的殡仪馆。保吉嘴里叼着廉价雪茄，心里越来越不高兴。

"堀川教官。"

听到有人喊，保吉像从梦里醒来了似的，抬头看着站在办公桌旁的田中中尉。田中中尉嘴边留着短短的胡子，长着双下巴，很招人喜欢。

"这是本多少佐的履历表，科长让我交给您。"

田中中尉把几张纸放在了桌上。保吉只是答应了一声"噢"，懒懒地看了看那几张纸。纸上用楷书密密麻麻地罗列着叙任的年月日。这不只是一份履历表，无论文官武官，天下所有官吏都由这样的履历表象征着自己的一生。

"另外，我还有个问题请教请教。不是海上用语，是小说里的一个词。"

在中尉掏出来的纸片上有几行外文，其中一个词下画着蓝铅笔印。Masochism——保吉不由得把眼睛转到中尉泛红的娃娃脸上。

"是这个词吗？这是嗜虐狂的意思。"

"好像一般的《英日词典》里没有这个词。"

保吉向中尉解释了这个词的意思，脸上还是毫无表情。

"噢——原来是这个意思啊。"

田中中尉脸上仍然露着开朗的微笑，看着这样憨厚的微笑还真让人着急不起来。现在保吉看着田中中尉幸福的样子，感动得甚至想把精神病学词典里的所有单词都塞进中尉的脑袋。

"这个词的语源——嗯——叫马佐夫吧？他的小说好看吗？"

"什么呀，全是胡说八道。"

"不过，马佐夫这个人的人格不是挺有意思的吗？"

"你说马佐夫啊？马佐夫那个家伙是个笨蛋。据说他积极主张什么政府应该优先出钱支持私娼，而不是增加国防开支。"

田中知道了马佐夫的毛病后，终于把保吉解放了。其实马佐夫是不是主张政府应该重视保护私娼而不是增加国防开支，保吉也不怎么清楚，没准儿他对国防开支还是很尊重的。但是如果自己不这么说的话，就根本不可能往田中中尉这个乐天派的脑子里灌输变态性欲的可笑来历……

田中中尉走了以后，保吉又点上了一支雪茄，一边抽一边在屋里踱步。刚才已经讲过了，保吉在这里教英语，但是，这并不是他的本职工作。实际上他在当老师以后，仍然会两个月左右发表一篇短篇小说。其中之一——把圣·克利斯托夫的传说改写成旧译

《伊索寓言》风格的小说。一家杂志这个月发表了小说的一半，现在还要为同一家杂志写下个月的另一半。到了这个月的七号就必须交稿子了，现在哪是写悼词的时候啊。每天还有很多工作要做，现在就是不分早晚地用功，小说写得完写不完还说不准呢。保吉想到这儿对悼词更觉得厌烦了。

当柱子上的大钟指针指到十二点半的时候，此时也就相当于牛顿的脚下掉下个苹果的时刻。现在离保吉上课还有三十分钟，要是在这段时间里把悼词写完的话，在辛苦的工作之间就不用再斟酌"悲伤之至"之类的词儿了。当然，在仅仅三十分钟的时间里就要把追悼"资性颖悟、兄弟情笃"的本多少佐的悼词写好，多少还是有些困难。但是如果有点儿这样的困难就害怕了的话，那么自称比上自柿本人麻吕、下至武者小路实笃还丰富的词汇量不是成了吹牛了？保吉立刻坐到桌前，蘸水笔往墨水瓶里蘸了一下，开始在试卷纸上一口气地写下去。

本多少佐的丧事那天是个货真价实的秋日高照的好天。保吉穿着大礼服，戴着高礼帽，跟着十二三个文职教官走在送葬行列的后面。走着走着保吉忽然回头一看，以校长佐佐木中将为首，武官有藤田大佐，文官有栗野教官，他们都比自己更靠后。保吉一下子觉得自己的位置很不合适，连忙跟走在身后的藤田大佐打招呼："前面请，前面请。"可是大佐只是说了声"不了"，怪怪地微笑着。接着正和校长聊天的小胡子栗野教官半开玩笑半认真地提醒着保吉：

"堀川，按海军的礼仪呀，越是大官儿就越走在后头，你可不能落在藤田大佐的后头啊。"

保吉这下子更不好意思了。还真是的，听他这么一说，保吉才发现那个笑眯眯的田中中尉的确走在队伍的前边儿。保吉连忙大步赶到田中中尉的身旁。田中中尉今天不像是参加葬礼，倒像是来参加婚礼的。他兴高采烈地和保吉说上了：

"今天天气不错呀——您刚来吗？"

"不是，我一直在队伍后边的。"

保吉把刚才的经过告诉了田中。中尉听了笑了起来，这笑声甚至让人觉得简直伤害了葬礼的严肃性。

"您是第一回来参加葬礼吗？"

"哪里，中野少尉的时候、木村大尉的时候都来了。"

"那时候您是走在哪儿的呢？"

"当然跟在离校长和科长老远的后头了。"

"这也——您这成了大将级别了。"

这时送葬队伍已经走进离寺院不远的街上了。保吉和中尉聊着，眼睛还没忘记瞟出来看热闹的人群。这条街上的人从小就看过无数的葬礼，所以有准确估计丧葬费用的非凡才能。实际上，暑假前一天给教数学的桐山教官的父亲送葬的时候，一个身穿汗衣的老人就站在房檐下，用扇子遮着太阳说："哈，这丧事得用十五块钱吧。"今天也——今天不巧没有人出来露一手。不过，神道教的神官把好像是自己得白化病的孩子扛在肩膀上，想起来也算是奇观了。保吉忽然想到，什么时候应该把这条街上的事写一篇名叫《丧事》或什么的短篇。

"这个月好像您写了一篇关于基督教的小说吧？"

兴致相当不错的田中中尉不停地活动着自己的舌头：

"报纸上已经有评论喽，今天的《时事新闻》，不，是《读卖新闻》。待会儿我拿给您看，我把报塞到外套口袋里了。"

"不不，这就不用了。"

"您都有人评论了，可我却还只是想写一点评论而已。比如说莎士比亚的《哈姆雷特》。哈姆雷特的性格——"

保吉忽然悟出道理来了：世上之所以充满了评论家也许并不是

偶然的。

送葬队伍终于进了庙门。这座寺庙背靠松树林，俯瞰平静的大海，平时大概相当安静。但是今天庙门里被先于送葬队伍而来的学生们占满了。保吉在僧房外脱下新的漆皮鞋，走过西晒的长廊，来到佛堂参加丧礼人员的席位，佛堂里只有草席是新的。

吊客的对面是亲属席，在上座就座的大概是本多少佐的父亲。他的脸长得也像秃鹰，头发全白了，可是身躯却和他儿子一样壮健。在他下手坐着的像个大学生，肯定是本多少佐的弟弟了。第三位是个姑娘，要是本多少佐的妹妹的话显得风度又太好了一点。第四位是——不过四位以下已经没什么特别突出的了。在参加葬礼的席位中首先是校长，校长的下手是科长，保吉正好在科长的身后。吊客坐成两排，但是没像校长、科长那样坐得规规矩矩，而是盘腿大坐，省得跪得两腿发麻。

和尚立刻开始念经，就像爱好艳情小调一样，保吉也喜欢听念经，不管哪一宗派念经都喜欢听。可惜的是东京，包括东京附近的寺庙就连念经也有了堕落的苗头。听说古时从金峰山的藏王庙到熊野、住吉的菩萨都到法轮寺的院子里来听高僧诵经。可是过去的妙音已经在美国文明传入的同时永久地远离现世秽土了。现在那四个徒弟就不用说了，连戴着近视眼镜的住持念佛经的高品也像小学生背诵国定教科书一样。

念经告一段落，校长佐佐木中将缓慢地走到少佐的棺木前。少佐的棺材上盖着白色的缎子，安放在佛像基座正前方的佛堂门口。在棺材前的小桌上，少佐获得的勋章和人造莲花、摇曳着火苗的蜡烛摆放在一起。校长先对着棺材施了一礼，展开左手拿着的好似贵重文书的悼词。悼词当然是保吉两三天前写的"名文"。"名文"并没有什么让保吉感到羞愧之处。不好意思的神经就像旧磨刀石一样，早就磨薄了。不过有一点，在这场追悼喜剧里，自己也担当了悼词作者的角色。问题还不在这儿,自己不得不被卷到这种事里本身反正让保吉感到不大高兴。保吉在校长故意干咳几声的同时,不自觉地低下头看着自己的膝盖。

校长开始用低沉的声音朗读悼词,声音略显干涩,但是充满了超出文章和语言的沉痛,根本听不出来是在朗读别人代笔的悼词。保吉不由得佩服起校长的演艺本领来了。佛堂里当然鸦雀无声,人们甚至连身子都不动一下。读到"资性颖悟、兄弟情笃"的时候,校长的声音更加沉痛了。突然,从亲属席里传出了吃吃的笑声。这还不算,那笑声好像还越来越大了。保吉心里紧了一下,隔着藤田大佐的肩想在对面亲属席找到那个发笑的人。这时他才发现,他以为那个不分场合发笑的声音其实是哭声。

哭声是少佐的妹妹发出的。她梳着旧式的头发,用绸手绢掩着嘴,显得风度很好。不光她,他弟弟——就是那个也很魁梧的大学生也是泪水涟涟,连老人也难过得不停用纸巾擦着鼻子。保吉面对这样的场面,首先感到特别惊讶。接着他有一种让观众感动得直哭的悲剧作者的满足感。但是他最后感觉到一种比亲属的感情更沉重、更难表达的内疚感,这是不知不觉把泥腿踩进别人有尊严的心灵,难以解脱的负疚感。保吉面对负疚感,在历时一小时的丧礼中第一次诚惶诚恐地低下了头。本多少佐的亲属们不会知道这个英语教师等人的存在。但是,保吉在心里想象着穿着丑角衣服的拉斯科尔尼科夫①一个人时隔七八年以后,仍然跪在泥泞的道路上执着地恳求得到大家宽恕……

丧礼那天的傍晚,保吉下了火车,穿过避暑地竹篱间的小路,朝海边租住的家走去。走在狭窄的路上,保吉鞋底上沾满了沙子。不知什么时候雾气好像也降下来了。篱笆里有很多松树,透过松枝

---

① 陀思妥耶夫斯基的小说《罪与罚》中的主人公。

隐隐约约能看到天空，并且可以微微闻到松脂的清香。保吉低着头，没理会这静谧的环境，缓缓地朝海边溜达过去。

从寺庙回来的途中，他和藤田大佐走在一起。大佐对保吉写的悼词赞扬了一番，并评论说"忽焉玉碎"一句对本多少佐实在是太贴切了。就这么几句好话，已经把看见了死者亲属眼泪的保吉捧得晕晕乎乎的了。上了火车，保吉又和老是和和气气的田中中尉碰在了一起，田中中尉把登了评论保吉小说的《读卖新闻》拿给保吉看。写评论的人是在文坛上颇有盛名的N先生。N先生把保吉的文章骂了个狗血喷头之后，对保吉宣判了死刑：文坛根本不需要海军某某学校教官的雕虫小技！

不用半个小时就写好了的悼词出乎意料地让人感动，但是花了好几个晚上的时间认真推敲的小说却没有得到自己期待得到的感动之什一。当然，保吉对N先生的评论完全可以付之一笑，可是他对自己目前所处的地位却无法不当回事。他写悼词获得了成功，写小说却失败得一塌糊涂。从他的角度想想，肯定会失去信心的。到底命运到什么时候才会为了他把这场令人伤心的喜剧的幕布拉下呢？

保吉忽然抬头看着天空。从交错的松枝缝隙中看上去，能清楚地看到天边挂着暗淡的红铜色月亮。他注视着月亮，不禁有了尿意。路上幸好一个行人也没有，路两边还是竹篱。他在右边的竹篱下痛痛快快地撒了一泡伤心尿。

小便还没完的时候，保吉眼前的竹篱忽然吱的一声向后挪开了。原来保吉以为眼前是竹篱笆墙，其实是别人家的木头门。一看从木头门里出来的人是个留着小胡子的男人，这时候保吉也没有别的办法，只好慢慢把头偏向一边，硬着头皮把这泡尿撒完。

"真够呛啊。"

那个男人含含混混地嘟囔了一句，听那声音就像他自己给别人找了麻烦似的。保吉听到这声音,才突然发现天已经黑得看不见自己在撒尿了。

大正十三年(1924)三月

寒 意

宋再新译

雪后的一个上午,保吉坐在物理教官室的椅子上望着火炉里的火苗。黄色的火苗像喘气一样呼啦呼啦地往上蹿,然后化作黑灰落下来,这正是火焰和屋里的寒气相斗的证据。保吉忽然想起地球外宇宙的寒冷,不禁对烧得通红的煤炭产生了近乎怜悯之情。

"堀川。"

保吉抬起头看着站在炉子前的理工科大学毕业生宫本的脸。戴着近视眼镜的宫本手插在裤子兜里,长着小胡子的嘴上露出老好人的微笑。

"堀川,你知不知道女人也是一种物体?"

"我知道也是一种动物,可是……"

"可不是动物,是物体。这可是我最近苦心研究发现的真理。"

"堀川,宫本说的话你可别当真。"

说这话的是另一个物理教官长谷川,他也是理工科毕业生。保吉回头看看,长谷川正在保吉身后的桌前看试卷,秃顶下的脸上满是怀疑的微笑。

"你这就不对了,我的发现能让你长谷川幸福得多——堀川,你知道热传导的定律吧?"

"热传导?是电的什么热?"

"嗨,你们文学家真够呛。"

宫本趁这会儿工夫把一铲煤倒进了蹿着火苗的火炉里。

"就是让两种不同温度的物体发生接触嘛,热就会从温度高的物体传向温度低的物体,这种热的移动一直到两种物体的温度相同为止。"

"这还用说吗?"

"这就是热传导的定律呀。我们暂且把女人当作物体,怎么样?女人为物体的话,你想想看,男人不用说也是物体喽。这样一来,恋爱就相当于热了。现在让男女接触的话,恋爱的传播也像热传导一样,从特热情的男人那里传到特不热情的女人那里,一直移动到二者的相恋相等为止。长谷川的情况就是这样嘛。"

"你看啊,他又开始了。"

长谷川好像还挺高兴,被逗得笑出了声。

"现在把通过面积 S,在 T 时间内转移的热量当作 E,于是——听得懂吗? H 是温度,X 是在热传导中计算的距离,K 是不同物质相对应的固定热传导率。这样的话,长谷川的情况就是……"

宫本开始在小黑板上写下一些公式之类的东西,忽然他回过身来,像很失望似的把手上的粉笔头儿扔了:"嗨,跟堀川这个外行说这些,我的辛苦发现都显示不出来……不管怎么说,反正像长谷川这样已经有了对象的人听了肯定开始来劲儿了。"

"实际上如果世界上真有这样的公式的话,那有多好。"

保吉伸长了腿,懒洋洋地望着窗外的雪景。这间物理教官室在二楼的一头上,所以能很清楚地看到有体操器械的操场、操场对面的松树和后面的红砖建筑。还能看到海,从房子和房子之间望过去,可以隐隐约约地看到深色的海浪。

"不过,文学家可露脸了。怎么样,你最近出的书好卖吗?"

"还那样,根本卖不出去。作者和读者之间好像不起热传导作用。噢,对了,长谷川还不结婚呢?"

"啊,还有一个月。这里头麻烦事太多了,没法儿学习真要命。"

"等得都没法儿学习啦?"

"我也不是宫本,就是成了家,没有房子也够呛。实际上,上个星期天我几乎把全城走了一圈。看好有一家好像是空着的,可是一打听,原来已经被定出去了。"

"你说要像我这样吗?只要你觉得每天坐火车上学校也无所谓就行。"

"你住得也太远了一点儿。听说那边儿也有房子,我老婆也想住在那边儿。哎哟,堀川,你的鞋烤煳了。"

保吉的鞋不知什么时候挨着了炉子,空气里一股皮子烧煳的味儿,皮鞋还直冒水汽。

宫本一边擦着眼镜,一边瞪着迷迷糊糊的眼睛朝保吉笑着。

四五天以后,一个下霜的阴天,保吉为了赶火车,在靠近避暑地的街上拼命地跑着。路右边是麦地,左边是铁道的路基。在一个人影也没有的麦地里,传来阵阵轻微的声响,听那声响就像是有人在麦地里走,其实只是被翻起的土地里的霜破碎时发出的声音。

这时早上八点的上行火车拉着长长的汽笛,以不太快的速度通过了路基。保吉要坐的下行火车比这辆车要晚半个小时。他掏出表来看了看,可是表不知怎么回事才显示八点十五分。他觉得这个时间的差错完全怪这表。他心里当然觉得"今天绝对不会赶不上车"。路边的麦田渐渐变成了灌木丛,保吉点上了一支朝日牌香烟,心情比刚才好多了。

铺了煤矸石的路面稍稍升高后就是火车道口了。保吉走近道口时发现道口两边站满了人,他马上想到大概是火车轧死人了。正好看到旁边有个他认识的肉店小徒弟在道口栅栏边停了一辆自行车,保吉用拿着雪茄烟的手从后面拍了拍小徒弟的肩膀:

"嘿,这是怎么啦?"

"轧着人了,刚才上行车轧的。"

小徒弟快嘴快舌地说。他耳朵上带着兔皮做的护耳,脸上显得很有朝气。

"谁被轧了?"

"看道口的。眼看一个学生要被轧着了,他去救,结果反被轧着了。八幡宫庙前不是有一家叫永井的书店吗?就是他家的女孩儿差点儿被轧着。"

"那个孩子没被轧着吧?"

"就是,你看在那儿哭的就是她。"

他说的"那儿"是指道口对面有一群人的地方。果然那儿有一个女孩儿,巡警正在向她问着什么。在旁边有个副站长模样的人时时对巡警说几句。那就是守道口的——保吉看见了在守道口小房子前盖着席子的死尸。他感到有点儿恶心,同时确实又觉得有些好奇。从远处好像可以看到席子下露出了两只鞋。

"那几个人在看着尸体呢。"

在这边的信号灯杆下有两三个铁道工人围着一小堆火。燃着黄色火焰的那堆火没有光亮也不冒烟,看起来冷飕飕的。一个工人把身子转过去烤着屁股。

保吉准备穿过道口。铁路靠近停车场,所以有好几条线路通过道口。他走过每条铁轨时都在猜想看守道口的那个人到底是在哪条线路上被轧的。不过他马上就看到是哪条线路了。血还留在铁轨上,似乎在向人们诉说两三分钟前发生的悲剧。保吉几乎是反射性地把眼睛转向了对面,可是,这并没有用。就在看到冷冰冰的铁轨上残留的那摊血的一刻,那光景就深深地印在他的脑子里了。这还不算,他甚至还看到了铁轨上的血迹正冒着丝丝热气。

十分钟后,保吉到了停车场的月台上,但是走起路来仍然是晃晃悠悠的。在他的脑子里,全是刚才看到的可怕情景。特别是那摊血冒起的热气似乎还在他的眼帘里。他想起了前几天聊过的热传导作用，血液里生命的热气正像宫本讲过的定律一样，正被铁轨不差一分一毫地、刻薄地传导着。不管是谁的生命，殉职的守道口工人也好，重罪犯人也好，都会像这样被刻薄地传导着。他当然知道这种想法没有什么意义，孝子必溺于水，节妇必焚于火。他很多次都试图这样自己说服自己，可是刚才看到的事实却给他留下了简单否定这种理论的沉重印象。

但是站台的人们根本不理会他的心情，每个人的脸看来都像很幸福似的。保吉对此感到十分气愤，特别是正在大声说着什么的那些海军军官们更是从让他肉体上感到不快。他点上第二支朝日牌香烟，朝站台尽头走去，在那儿能看到离铁轨两三百米远的那个岔道口。聚集在道口两边的人群好像已经散了。信号杆下铁路工人烧的火仍然摇曳着黄色的火苗。

保吉对那一堆火有了一种同情的感觉。不过，看到那个道口还是让他感到不安。他转过身背对着那边，又回到了站台的人群里。可是还没走几十步，就发现自己的红色皮手套掉了一只。刚才他给香烟点火的时候，摘下右手的手套后拿在手上的。回过头一看，那只手套掉在站台尽头的地上，手掌那边朝上，就像无声地喊住他一样。

保吉在下霜的阴天里，想到了一只被丢下的红皮手套的里子。同时他在寒冷的世界里，感到有微微暖意的阳光洒下来。

大正十三年（1924）四月

少 年

宋再新译

一 圣诞节

去年的圣诞节下午,堀川保吉从须田町街角坐上到新桥的公共汽车。虽然他有座位,但是汽车里仍然是挤得连身体都动不了。大地震后的东京马路,汽车在上边开起来颠簸得非同一般。保吉像平时一样把揣在衣兜里的书拿了出来,可是车还没到锻冶町,他就放弃了看书的念头。在这样的车里还能看书,那简直就像创造奇迹一般,而创造奇迹不是保吉的职业。那是过去头顶上有美丽光环的西洋圣人的——不,他身边的天主教教士就在眼前创造奇迹。

那个教士就像忘记一切似的,专心地看一本排满外文小字的书。教士的年龄好像有五十多岁了,是个戴着铁边儿夹鼻眼镜,脸像鸡冠子一样发红,留着短短胡须的法国人。保吉斜眼瞟了一眼那本书,*Essai sur Les*……(《试论……》)后边是什么没看清楚。不过,不管内容是什么,那么小的字简直不能像看报纸一样阅读。

保吉的心里冒出对那教士的一丝敌意,并开始陷入漠然的遐想……好多小天使在教士的身边守护着,让他能好好看书。当然,在异教徒乘客当中没有谁能看到小天使。五六个小天使在教士宽宽的帽檐上拿大顶、翻跟头,玩着各种各样的把戏。还不光这些,在教士肩膀上挤着五六个小天使,正在一边观察着乘客的脸,一边讲着天国里的笑话。咦,一个小天使从教士的耳朵里探出了脑袋,再一看，教士的鼻子上也有一个小天使，正得意地骑在夹鼻眼镜上。

汽车停下了，这一站是大传马町。有三四个乘客开始下车，那个教士不知是什么时候把书放在了膝上，心不在焉地往车窗外张望。下车的乘客刚下完，一个十一二岁的小女孩儿就最先上了车。小女孩儿穿着粉红色的套装，帽子偏后戴着，看起来很活泼。小女孩儿抓着车中央的黄铜柱，朝两边的座位打量着。但是，不巧哪边儿也没有一个空位子。

"小姐，来这边坐。"

教士抬起重重的身子，他的日语说得很熟练，只是略带点儿鼻音。

"谢谢。"

小女孩儿和教士交换了位置，坐在了保吉的旁边。她又说了声"谢谢"，声音表情也像她的脸一样，显得像个小大人似的富于抑扬。保吉不由得皱紧了眉头。本来，小孩子，特别是女孩子，被看作是像在两千年前的今天出生在伯利恒的婴儿一样清纯无邪。可是，根据他的经验，小孩子里也不是没有坏人，而把所有的孩子都看成是神圣的思想就是现在遍布世界的感伤主义。

"小姐有多大了？"

教士笑眯眯地看着小姑娘的脸，小姑娘已经把毛线团放在膝上，就像大人织毛衣一样开始翻动两根毛衣针。她的眼睛注视着毛衣针尖儿，同时用带着讨好的口气回答着：

"你问我吗？我明年就十二岁了。"

"今天要到哪儿去呀？"

"今天？现在我要回家。"

在他们一问一答的时候，公共汽车开到了银座的大街上。不过与其说汽车是在行驶，还不如说是在路上跳，那样子简直和基督在加大拉湖里遇到风浪差不多。大个子教士把手转到身后抓住黄铜柱，头有好几次都差点儿撞上车顶。但是，他好像把自身的安危都托付给了上帝的旨意一般，脸上仍然露着微笑，接着和小姑娘聊天。

"你知道今天十几号吗？"

"十二月二十五号。"

"对，是十二月二十五号。小姐，你知道十二月二十五号是什么日子吗？"

保吉又把眉头皱了起来，教士巧妙地把话题转移到传教上去了。伊斯兰教利用可兰经和手执刀剑传教，不管怎么说在手执刀剑这一点上还表现出对人的尊敬和热情。可是天主教传教根本不尊重对象，就像告诉你旁边开了一家西装店一样，彬彬有礼地告诉你神的存在。如果你表示不知道的话，他们就会向你推销信仰，以代替学外语的学费。他们还会送给小男孩儿、小女孩儿画册和玩具，然后悄悄地把孩子们的灵魂诱拐到天国去，这只能叫作犯罪。可是，那个小姑娘仍然一边编织着毛衣，一边不慌不忙地答着话：

"哎，我知道。"

"那么，今天是什么日子？你要是知道的话就告诉我。"

小姑娘终于抬起头来用水灵灵的眼睛看着教士：

"今天是我的生日。"

保吉不禁瞪大眼睛看着小姑娘，小姑娘已经又把眼睛转到了毛衣针上去了。但是，她的脸，怎么说呢，已经没了刚才自己想象的那种装腔作势，反而可以从可爱的脸上看出智慧的光芒，比起幼时的马利亚也不逊色。保吉不知什么时候发现自己正在微笑。

"今天是您的生日。"

教士突然笑了。这个法国人笑的样子就像日本古代故事里的好心巨人。小姑娘这回像是很奇怪似的抬起头看着教士的脸。也不光是小姑娘，包括紧挨着的保吉，两边的男女乘客都把目光集中到了教士身上。只是他们的眼睛里既没有疑惑，也没有好奇心，大家的脸上都露出了理解教士大笑含义的微笑。

"小姐，您出生的日子真是太好了。今天是一年里最好的生日，是全世界都庆祝的生日。您将来，我是说您长成大人时，您肯定……"

教士一边说着一边朝周围看，然后和保吉的目光对到了一起。教士夹鼻眼镜后面的眼睛里闪着微笑的泪光，在他那充满幸福的褐色眼睛里，保吉感到了圣诞节所有的美。小姑娘大概也注意到教士笑出来的理由了，她多少有点儿故意似的晃悠起腿来。

"您肯定能成一个聪明的太太，成为一个和蔼的妈妈。再见吧，小姐，我要下车了。再见……"

教士说到这儿，又像刚才那样环视着周围乘客的脸。公共汽车正好停在了行人最多的尾张町路口。"那么各位，再见了。"

几个小时后，保吉在尾张町一家乱搭建的咖啡馆角落里又想起这件小事。那个胖子教士在已经点亮的电灯下干什么呢？那个和基督同一天生日的小姑娘也许在晚饭的时候跟爸爸妈妈讲今天发生的事。二十多年前保吉就像尚不知人间辛苦的小姑娘一样，或像在无罪问答前忘却了人间辛苦的教士一样，曾有过小小的幸福。那个时候在大德院庙会买过葡萄干点心，也是在那个时候曾在二州楼的大厅看过电影……

"本所、深山那边儿还全是砖瓦堆呢。"

"啊？真的？那吉原①那边儿怎么样了？"

"你问吉原怎么样了呀？——我只听说最近浅草一带有名媛出来卖淫了。"

坐在旁边桌子的两个商人在继续聊着。其实那些地方怎么样了

---

① 东京浅草北部的红灯区。

倒无所谓。在咖啡馆中间点缀着棉花的圣诞树枝上，挂着玩具圣诞老人、银色的星星什么的。煤气取暖炉里的火通红通红的，火光映照到了圣诞树干上。今天是让人高兴的圣诞节，是全世界都在庆祝的生日。保吉对着饭后的红茶，懒懒地抽着香烟，想象着二十年前自己在隅田川对岸出生时的幸福……

这几篇小说就是保吉在一支香烟化为灰烬之间记录下来的连续掠过自己心头的回忆之二三。

二 路上的秘密

这是保吉四岁时的事。那天他和叫阿鹤的女佣人一起偶尔走过大河沟的马路。满是黑水的大河沟对面是有名的御竹仓，其实就是一片竹林，后来成了两国停车场。好像听说在这片竹林里能听到所谓的本所七大怪之一的狸子唱小曲儿。不管是听谁说的，反正保吉相信在那儿不但能听到狸子唱小曲儿，还有不让钓鱼人拿走钓上来的鱼的河沟，叶子都长在杆儿一边的苇子。可是现在那片竹林让人觉得瘆得慌，狸子好像被撵走了，只有发黄的竹叶在明亮的阳光下被风吹得摇摇摆摆。

"少爷，你知道那是什么吗？"

鹤姨（保吉那时候就这样称呼她）回头看着保吉，手指着没什么行人的马路。在满是干土的路上，有一根相当粗的线，隐隐约约地连绵不断。保吉觉得过去好像也看到过这样的线，可是今天也像那时候一样不知道那条线是什么。

"是什么呢？少爷，想想看。"

这是鹤姨的老一套。她不管问什么，都不会立刻好好告诉你，总要严格地反复要求："好好想想看。"她虽然严格，但是并没有爸爸妈妈那样大的年纪，也就是刚满十五还是十六岁，还是个眼睛下有个黑痣的小姑娘呢。当然,她之所以这样说,大概是想尽可能地为教育保吉出点力。保吉也很感激鹤姨对自己的关心。不过,如果她那时要是真的知道自己问的是什么意思的话,肯定不会还一个劲儿傻乎乎地说"好好想想看"。打那以后的三十年间,保吉想了很多很多问题。但是在什么都没弄明白这一点上,和那个聪明的鹤姨在大河沟边的马路来回走了那么久的时候,竟然一点也没变。

"哎呀,快看哪,那儿不是还有一条吗?少爷,好好想想看,这条线到底是什么?"

阿鹤还像刚才一样手指着路上问着。的确,一条差不多一样粗的线每隔三尺左右就出现一段在干土路上。保吉认真地想了很久,最后终于自己发明了一个答案:

"大概是哪个小孩儿画的吧,拿棒子还是其他什么东西画的。"

"可是有两条排着的呢。"

"那是因为两个人弄的,就成了两条呗。"

阿鹤笑着,嘴上没说不对,却在摇头。

保吉当然觉得不高兴。可是她无所不知,简直就是个古希腊的巫女,她肯定早就看破路上的秘密了。渐渐地,保吉不再不高兴,而对路上的那两条线感到惊异。

"那这根线是什么呢?"

"是啊,是什么呢?看哪,和刚才的一样,两条线一直连到前面。"

确实像阿鹤说的,一根线起伏出现,对面也还有一根同样起伏着。而且这两根线好像在发白的路上一直延续着,好像一直通到彼岸,直到永恒。这到底是为什么?是什么人画的记号呢?保吉想起了在幻灯上看到的蒙古大沙漠,在那沙漠上也有这么两条线……

"喂,鹤姨,那你说是什么。"

"是啊,好好想想看,你看是两条在一起的吧。是什么?两条在一起?"

阿鹤也像所有的巫女一样,只给你一些模糊的暗示。保吉更来劲儿了,是筷子?手套?还是打鼓的鼓槌?他想起好多两根的东西。可是她对哪个答案都不满意,只是莫名其妙地微笑着,还是一个劲儿地说"不对"。

"喂,快告诉我吧。鹤姨,坏鹤姨。"

保吉终于发脾气了。平时他生气的时候,就连爸爸都不怎么和他顶嘴,这一点天天守在他身边的阿鹤当然知道得很清楚。到这时她才郑重地向保吉解释那是怎么回事:

"那是车轮的印子嘛。"

那是车轮的印子?保吉一下子懵了,他目不转睛地看着路上那两条断断续续的线,同时他脑子里想象的大沙漠就像海市蜃楼一样消失了。现在只有一辆满是泥土的货车在他寂寞的心里转动着车轮。

时至今日,保吉仍然牢牢记着当时的教训。三十年来不管什么时候想起来都会感慨:有一个难解的谜也许是一生的幸福呢。

三 死

这也是那时候的事。晚上总要喝一杯的父亲坐在小饭桌前,手里端着酒杯,不知道为什么,忽然来了这么一句:

"听说终于大喜了,哎,就是槙町的那个二弦琴师傅……"

耀眼的灯光照在黑漆的小饭桌上,小饭桌没有比这时更充满美丽色彩的时候了。到现在保吉还清楚地记着当时的颜色——干鱼子、烤紫菜、醋牡蛎、火葱什么的,他喜欢那些颜色。当然,当时他喜欢的并不是那些东西的色彩,他其实更喜欢那些富于浓厚刺激性的、新鲜的色彩。那天晚上他坐在小饭桌前,就只盯着垫着一点儿紫菜的生金枪鱼片。这时，已经略带醉意的父亲大概把他的艺术感觉理解成了物质欲望，父亲拿起象牙筷子，故意把带有酱油香气的生鱼片凑到了保吉的鼻子底下。保吉当然一口就把鱼片吃了，然后为了表示感谢，他对父亲说：

"刚才是那个师傅，这回该我大喜了。"

不光父亲，就连母亲和姨妈也都一下子笑了出来。但是他们笑好像并不只是因为弄懂了他富于机智的这句话。这种担心使他感到多少有点伤自尊心。不过，保吉相信肯定是自己刚才的表演让父亲发笑了，再加上能让一家人高高兴兴，保吉也觉得非常愉快，于是保吉和父亲一起放声大笑了起来。

笑过之后，父亲脸上带着微笑，用大手拍着保吉的脖子：

"我刚才说的大喜呀，就是死了的意思啊。"

这样的回答并没有像锄头一样从根上锄断保吉所有的问题，只起了苗木剪的作用，让他又产生新问题的萌芽。三十年前的保吉也像三十年后的保吉一样，刚觉得找到问题的答案，这回又在答案里发现了新的问题：

"死了是怎么回事啊？"

"这个死了呀，哎，你踩死过蚂蚁吧？"

父亲也够可怜的，他耐心地对保吉解释起死是怎么回事来了。可是，父亲的解释并没能使坚信自己理论的少年感到满意。当然，被他踩死的蚂蚁的确再也不能爬了，但蚂蚁并不是死了，只是被自己杀了而已。既然叫死了的蚂蚁，就算不是被自己杀的，它也一动不动不能走了。保吉从来不记得在石板路上或桃子树下看到过这样的蚂蚁。可是父亲的解释根本就无视这些差别。

"被杀了的蚂蚁就是死了嘛。"

"被杀了不就是被杀了吗？"

"被杀了和死了是一回事嘛。"

"可是,被杀了就是被杀了。"

"不管怎么说,都是一回事。"

"不一样,就是不一样。被杀了和死了不是一回事。"

"笨呢,怎么什么都不明白呢?"

被父亲一骂,保吉当然就哭了起来。可不管怎么骂,不明白的事还是不明白。他在其后的几个月里就像是了不起的哲学家一样,总是思考着关于死的问题。死是无法解释的,被杀的蚂蚁不是死的蚂蚁。再没有什么比这个问题更富于秘密的魅力,让人捉摸不透了。保吉每次思考关于死的问题的时候,就会想起在日向院那座寺庙的庭院里看到的那两只死狗。那两只狗的脸背着阳光,就像一只狗一样一动不动,另外,看起来表情还很严肃。所谓死,也许和那两只狗有共同之处……

于是,在一个天要擦黑的时候,保吉和从办公室回来的父亲一起在昏暗的浴室里洗澡。虽说是在一起洗澡,但并不是在洗身体,只是哆哆嗦嗦地站在木桶里,玩着张着白三角帆帆船的处女航。这时好像是客人还是什么人来了,一个比阿鹤大一些的保姆推开满是蒸汽的浴室玻璃门,对浑身是肥皂的父亲喊了声"老爷",然后说着什么。父亲答应了一声:"行,我马上来。"又转身对保吉说:"你接着洗,待会儿你妈还要洗。"不用说,父亲不在的话,至少不会影响帆船的处女航。保吉看了父亲一眼,老老实实地答应了一声:"嗯。"

父亲擦干身上的水,把湿毛巾搭在肩上,猛一使劲儿抬起沉重的身子。保吉也不管这些,只顾整理好帆船的三角帆。当他听到开玻璃门的声音,抬眼一看,只见父亲正光着脊背要离开浴室。父亲的头发还没白,背还像年轻人一样挺直。不知是为什么,父亲的身影却让四岁的保吉感到异常孤独。一瞬间,保吉突然忘掉了帆船,不由得想喊一声"爸爸"。可是,又一声关玻璃门的声音静静地遮住了父亲的身影,剩下的只有充满水蒸气的浴室的昏暗灯光。

保吉在安静的浴桶里瞪着茫然的大眼睛。这时他发现了一直不得其解的死是怎么回事——所谓死,就是父亲的身影永远消失了。

四 海

保吉看见海大概是在五岁还是六岁的时候。当然,说是看见海了,但是实际上并不是看见了万里波涛的大洋,而只是在大森海岸看看不大的东京湾而已。但是就是不大的东京湾已经让当时的保吉感到惊讶了。奈良时代(710—784)的歌人在表达自己恋情的时候作歌唱道:"只似大船下石碇,此情不知为谁发。"① 那时候的保吉当然不懂什么恋情,至于《万叶集》的和歌更是一首也没听说过。不过,他当时就奇怪地觉得在太阳照射下,雾腾腾的海上有一种说不出的令人伤心的神秘,这一点却是事实。他在苇子编的伸向海水的茶棚栏杆边一直眺望着大海,一动不动。海面上荡漾着几艘挂着耀眼白帆的船,还有一艘有两根桅杆的汽船往空中喷出长长的烟。一群海鸥就像猫一样叫着,在海面上斜着长长的翅膀飞翔。那些船和海鸥是从哪儿来的?又到哪儿去呢?湛蓝的海只是隔着几层养殖紫菜的藤牌泛起烟波……

不过,当保吉和光着身子的父亲、叔叔下到波浪拍打的岸边的时候,一下子让他切实地感到了大海的神妙之处。保吉开始的时候很害怕悄悄漫过海滩的细浪,这是他和父亲、叔叔一起刚走进海水两三分钟时的感受。这之后保吉就不光是享受细浪,而是享受起大海的一切好处来。刚才在茶棚的栏杆边看到的大海就像不认识的面孔一样,让人感到稀奇的同时又有些让人觉得瘆得慌。可是,站在

---

① 这首和歌系《万叶集》第2346首。

岸边看到的大海就像一个玩具盒子！实际上他像神一样把大海看成了玩具。在强烈的阳光下，螃蟹和寄居蟹在海滩上来来回回地爬行着，波浪把一团海草冲到了保吉的跟前。那个像喇叭一样的也是海螺吧？那些藏在沙子里的肯定是蛤仔了……

保吉的享乐对象实在是太壮观了。不过，这种享乐里却多少带有一丝失望。他一直以为海是蓝色的。无论是在两国叫作"太平"的古书店里卖的月耕和年方的织锦画，还是当时流行的石版印刷画上的海都是深蓝色的。特别是赶庙会时看的西洋景里画的黄海海战的场面，虽说是黄海，但是海里翻腾的仍然是蓝色或白色的波浪。但是，眼前的海只有岸边的水是蓝蓝的，而靠近礁石的海水却一点儿也不蓝。完全是和泥水函没什么两样的泥汤色，不，比泥汤都不如，简直就是赤褐色的。他面对着这赤褐色的海水，心里有一种被欺骗了的失望感。不过与此同时，他也勇敢地承认了这一残酷的现实，以为海水是蓝色的不过是只看到海边的大人们的错误而已。只要也像自己一样洗海水澡的话，任何人都会毫无异议地相信这个真理的。海水实际上是赤褐色的，是像铁皮水桶的锈一样的赤褐色。

保吉三十年前的态度和三十年以后的态度一模一样。承认海水是赤褐色的是当今超越一切的要务，并且要想把赤褐色的海水变成蓝色也是徒劳无功的。与其如此，还不如到赤褐色的海边去找美丽的贝壳。那时，大海没准儿会像神一样，把海水全变成像岸边一样湛蓝湛蓝的。但是，与其期待将来，可能还是满足现在比较好。保吉虽然尊敬两三个有预言才能的朋友，但是在自己内心深处还是这样想着。

从大森海边回来后的一天，母亲不知从什么地方回来时，给保吉买了一本日本古代故事之一的《浦岛太郎》。让母亲给自己读这种传说故事当然是他的一种乐趣，不过他另外还有一个乐趣，这就是用手边的彩色笔给各种各样的插图添颜色。他也立刻就要给这本

《浦岛太郎》加上颜色。一册《浦岛太郎》里有十幅左右的插图，他首先开始给浦岛太郎离开龙宫的图上画颜色。龙宫是有绿色瓦屋顶、红色柱子的宫殿。那龙女呢，保吉想了一下决定只给龙女的衣服全涂成红色。浦岛太郎的颜色就不用想了。渔夫的衣服是深蓝色，短蓑衣是浅黄色。只是要把细细的鱼竿涂成黄色对于保吉来说实在是有点儿难。另外只把绿毛龟的毛涂成绿色也不是一件容易的事。最后，他把海涂成了赤褐色，是像铁皮水桶的锈一样的赤褐色。保吉在对这种色彩的调和上感到了艺术家式的满足，特别是他相信给龙女和浦岛太郎的脸画上浅红色简直是神来之笔。

保吉马上把自己的作品拿给母亲看，正在缝东西的母亲把他的插画拿到太阳光下，从眼镜框外端详着。保吉当然在期待着母亲的夸奖话，可是母亲好像并没有像他那样欣赏画的颜色。

"这个海的颜色有点儿不大对劲儿啊，你怎么把海涂成了赤褐色呢？"

"本来嘛，海就是这样的颜色。"

"有赤褐色的海吗？"

"大森的海不就是吗？"

"就是大森的海也是深蓝色的。"

"嗯，大森的海就是这样的颜色。"

母亲对保吉那种顽固的激情感到惊叹的同时，不禁笑出了声。但是，不管怎么解释，即使生了气把他的画给撕了之后，母亲仍然不相信有本来不容置疑的赤褐色海水。关于海的故事就是这些了。当然，今天的保吉为了故事的完整性，给故事加了一个像结尾的结尾也并不困难。比如说在故事结束前加上这么几行——

"保吉在和母亲的问答中，又有了一个重大的发现：所有的人都容易对赤褐色的海——包括横在人生中的赤褐色的海视而不见。"

然而，这并不是事实。不仅如此，当涨潮的时候，大森的海也会泛起深蓝色的波浪。这样一来，所谓现实，海水到底是赤褐色的，还是深蓝色的？说到底，我们的现实主义实在是非常靠不住的。最后，保吉还是决定就让故事照原样保持缺乏技巧的结尾。不过，故事的体裁——艺术就像各位所言，首先要求有内容，而形式则怎么都行。

五 幻灯

"请这样把灯点上。"

玩具店的老板用火柴黄色的火苗把金属制的灯点上了。接着他把幻灯后面的小门打开，轻轻地把灯放到幻灯盒子里。七岁的保吉连大气也不敢出，眼睛盯着在桌子前猫着腰的玩具店老板的动作，盯着把头发朝左梳得光光的老板那没有血色的手。时间好容易到三点了，在玩具店外边的玻璃门射进来的阳光里，能看到街上来来往往、川流不息的人群。但是，在玩具店里，特别是在乱七八糟地堆着一些包装箱的角落里，光线暗得和黄昏时差不多。保吉到这儿来的时候，不知怎么回事，觉得有点儿吓人。但今天为了看幻灯——玩具店老板要给大家放幻灯，这时保吉把其他的事都忘了。不仅如此，他甚至把在身后站着的父亲的存在都忘了。

"把灯放到幻灯里后，那边就会有那样的月亮出现。"

好容易抬起身的老板手指着对面的白墙，好像对着保吉，其实是对着保吉的父亲说着。幻灯往白墙上照射出一片直径大约有三尺大小的圆光。发黄的圆光还确实像个月亮。不过，白墙上的蜘蛛网和尘土也看得清清楚楚。

"这回我要把这张画放进幻灯里。"

只听得咔嗒一声，圆光里模模糊糊地出现了一个影子。金属被加热后发出的味道一下子把保吉的好奇心刺激得高涨起来，他一动不动地注视着前面的什么东西。什么东西呢？那里照出了什么，是风景还是人物还根本看不清楚，仅仅能分辨出来的是模模糊糊像肥皂泡似的色彩。不，不仅是色彩相似，那片在白墙上映照出来的圆光本身就是个大肥皂泡，是个像梦一样不知从哪儿飘到昏暗当中的肥皂泡。

"影子模模糊糊是因为镜头还没对准。你看，这是镜头，要是对准了的话，马上就会看得很清楚了。"

老板又弯下了腰，与此同时肥皂泡眼看着变成了一幅风景画。自然不是日本的风景画。在水渠两旁耸立着民房，不知是哪个国家的风景。画上的时刻大概是黄昏时分吧，月牙在右边的房子上空发出微光。月牙和房子，还有各家窗前的玫瑰花，都静静地在摇曳的水面上投下清晰的影子。风景里别说人影，就连一只海鸥也看不见，只有水流一直朝对面的桥流去。

"这就是意大利威尼斯的风景了。"

三十年后让保吉了解到威尼斯美丽的是邓南遮的小说。不过在当时的保吉眼里，无论是房子也好，水渠也好，这些只让他感到莫名的孤独。他所喜爱的风景是在涂成红色的观音堂前有鸽子飞舞的浅草，或者是有轨马车在高高的钟塔前通过的银座。比起那些风景来，幻灯里的房子、水渠总让人有充满荒凉的感觉。看不到有轨马车或是鸽子也就算了，至少那桥上要是有一列火车驶过也好啊。就在他正想到这儿的时候，一个系着大蝴蝶结的少女突然从画面右边的窗子里探出小小的脸来。是哪个窗子已经记不大清楚了，只能肯定是月牙下的一个窗子。少女探出了一下头之后，又把脸转向了保吉这边来。接着，虽然隔得很远，但仍然能看得很清楚，少女的脸上浮现出了微笑。可惜这只是一两秒钟间发生的事。当保吉不禁"哎呀"一声，睁大眼睛的时候，不知少女什么时候又从窗子里消失了。每个窗子都一样,不见人影的窗子挂着窗帘……

"怎么样,放幻灯的方法弄明白了吧?"

父亲的话把恍恍惚惚的保吉叫回到现实世界里来。父亲嘴上叼着雪茄,正不耐烦地在保吉的身后站着。玩具店外的路上行人仍然川流不息。老板——把头发分得整整齐齐的老板就像演完小品的魔术师,青白的脸上现出满足的微笑。保吉忽然急切地想把这架幻灯搬到自己的房间里去……

保吉当天晚上和父亲在涂了蜡的布上又映照出了威尼斯的风景。天空上的月牙、一栋栋的房屋,还有留下各家窗前的玫瑰花投影的一条发光的水面——这一切都和刚才看到的一模一样。可是,只有那个可爱的少女不知为什么这回却没现出脸来。窗户上垂下来的窗帘把房间里的秘密都永远地封闭了起来。保吉终于等不及了,朝正在琢磨灯光的父亲哀求起来:

"那个女孩子怎么不出来呢?"

"女孩子?哪儿有女孩子?"

父亲好像连保吉说的是什么事都不明白。

"嗯——不是哪儿有,不是有一个从窗子探出头的吗?"

"你说的是什么时候?"

"就是在玩具店里演的那个呀。"

"那时候也没有女孩子嘛。"

"可是,我看见她的脸了。"

"都胡说什么呀。"

不知为什么,父亲伸手摸了摸保吉的额头,然后他突然用连保吉都明白是装腔作势的大嗓门喊了一声:

"好了,这回我们放点儿别的。"

然而保吉并没听他说什么,仍然注视着威尼斯的风景。暗淡的水面上映照出静静的窗帘,可是,不知什么时候、从哪个窗子会出现一个系着大蝴蝶结的少女,突然从窗子里探出脸来。保吉这样想着,感到一种难以名状的思念,同时他也感到了从未有过的兴奋和悲伤。是不是实际上那个在幻灯的画里瞬间出现的少女,是以超自然的魂灵在他的眼前现身呢?或者说那是否不过是一种少年时代经常容易出现的幻觉呢?这当然不是他自己能够解释的。不过,反正甚至在三十年后的今天,当保吉倦于俗务的时候,就会想起永远也不会回来的威尼斯的少女,就像思念很多年没有见面的初恋情人一样。

六 妈妈

记不清是八岁还是九岁时的事了,反正是那年的秋天。陆军大将川岛站在回向院寺庙露天佛像的石坛前,检阅了自己的军队。当然,虽然说叫军队,其实只有包括保吉在内的四个人。而且除了穿着有金色纽扣制服的保吉之外,其余的人不是穿着蓝印花布衣服,就是穿着蓝粗布的窄袖衣服。

这当然不是坐落在国技馆背后的回向院院内,而是在二十年前的回向院。一个秋风初起的早晨,那个有名大盗鼠小僧的坟墓边已经积起了银杏树枯叶的小山。那时还是很有趣的乡下景象,甚至那里算不上是江户①,而地处远离江户的本所当时的景色早就不见了,不过,只有鸽子还是和过去一样。不,也许鸽子也和过去的不一样了。那天在露天石佛的石坛周围全是鸽子,但是那时的鸽子似乎没有现在的鸽子这么好看。"土鸽当伙伴,门前卖香草。"这首天保时代(1830—1839)的俳人所作的俳句,可能并不见得是描写在回向院卖香草小贩的。不管怎么说,保吉想起这首俳句的时

---

① 东京的旧称。

候，无法不去想聚集在露天石佛的石坛周围的鸽子，那些在嗓子深处的咕咕叫声使微弱的阳光也震荡了起来。

锉刀匠的儿子川岛在慢慢地检阅完之后，从蓝粗布的窄袖衣口袋里掏出小刀、钢珠、橡皮球什么的，还掏出了一副画片，这是小点心店卖的军棋里的画片。川岛发给每人一张画片，任命了四个部下。我在这里公布一下那些任命：桶匠的儿子平松是陆军少将，巡警的儿子田宫是大尉，化妆品店主的儿子小栗却只是个工兵，而堀川保吉是地雷。当地雷并不是个不好的差事，只是不要遇上工兵，就是大将也可能成为你的俘虏。保吉当然觉得很得意了，可是那个胖乎乎的小栗却还没听完任命就表示不愿意当工兵：

"当工兵太没意思了。这么着，川岛，让我也当地雷吧。"

"你反正总会当俘虏的，不是吗？"

川岛认真地数落着。可是小栗满脸涨得通红，一点儿也不怕地回嘴：

"瞎说！上回把大将逮着的不是我呀？"

"是吗？那下回让你当大尉。"

川岛龇牙笑了笑，立刻把小栗笼络住了。保吉到现在还对川岛出起坏主意来那么快感到吃惊。川岛后来在小学还没毕业的时候因为发热病死掉了。要是他那时候没死的话，到现在至少也能当上年轻气盛的市议会议员什么的。

"现在开战！"

喊了这么一嗓子的是在前门摆好了架势的由另外四五个人组成的敌军。敌军今天好像还是由律师的儿子松本当大将，他穿着蓝印花布外衣，胸前露出里面的红衬衫，梳着分头。不知松本是不是为了发出开战命令，他手拿着学生帽使劲儿摇晃着。

"开战！"

手握着画片的保吉随着川岛下的命令，比谁都先呐喊起来。这一下子本来正静静地聚集在一起的鸽子慌乱地拍打着翅膀，盘旋着飞向了天空。后来，后来就开始了从没有过的激烈战斗。硝烟眼看着腾起来，就像小山一样，敌人雨点一样的炮弹在他们的身边爆炸。可是自己一伙的人勇敢地冲向敌人阵地开始了肉搏。当然，敌人的地雷掀起了冲天的火柱，把自己一伙的少将炸得粉身碎骨。不过敌人也失去了大佐，接着又失去了保吉最害怕的工兵。看到了这些的自己一伙人更加猛烈地向敌人发起了冲击。——当然这一切都不是事实，而只是保吉脑子里想象的，在回向院发生激战的场面。不过，他在飘满好看的落叶的寂静寺院里奔跑着，好像真闻到了硝烟味儿，好像真看到了炮弹乱飞的火光。甚至有时他还真像地雷一样，等待着从地底下爆炸的机会。这样自由的空想在他上学以后，不知什么时候渐渐离开了他。今天的他不仅不会玩打仗的游戏时模仿旅顺港的激战，甚至把正在旅顺港的激战也看成是玩打仗的游戏了。不过，幸好追忆把他唤回到了少年时代，他无论如何也要捕捉到回味当时的空想所带来的无上快乐……

　　硝烟眼看着腾起来，就像小山一样，敌人雨点一样的炮弹在他们的身边爆炸。保吉在炮火中勇往直前，朝敌人的大将直扑过去。敌人的大将躲过身子，一下子就逃进了阵地。保吉正要追过去的时候，好像脚下绊到了石头，一下子摔了个仰面朝天。与此同时，他勇敢的空想也像肥皂泡一样消失了。他现在已经不是光荣的一瞬间前的地雷了。他脸上糊满了鼻血，裤子的膝盖处破了一个大洞，成了一个连帽子都没有的少年。他好容易才站起身，不禁一下子哭了出来。敌我双方的孩子由于这么一乱，好容易组织的激战也只好停了下来，大家好像都凑到了保吉的身边。有人说："哎呀，受伤了。"有人说："摔了个仰面朝天喽。"还有人说："这可不赖我们。"这时保吉先顾不上疼，而由于难以用言语表达的悲伤，用双手遮住脸，哭得更来劲儿了。这一来，他耳边传来嘲笑声，发笑的是陆军大将川岛。

"嘿,他哭着喊妈呢。"

川岛这么一说,立刻把敌我双方的话变成了一片笑声。笑得最厉害的是没当上地雷的小栗。

"哎呀,真怪了,居然哭着喊妈。"

保吉心想就算自己哭了,可也没喊过妈妈呀。说自己喊过妈妈完全是川岛在使坏。这样一想,他更加伤心,满肚子委屈,简直哭得浑身发抖。但是,没有一个人对垂头丧气的他表示同情。不但如此,他们还都学着川岛的口气,一边跑一边喊:

"哎哟,还哭着喊妈呢。"

保吉听着他们的喊声渐渐远去,心里恨得咬牙切齿。他看都不看又回到脚边的鸽子,又哭了好久也止不住。

从那以后保吉坚决相信,说他喊了妈完全是川岛的捏造。不过,恰巧在三年前,他到达上海上岸的时候,由于把流行性感冒也从东京带到了上海,只好住进一家医院。可是住院后高烧仍然不肯轻易离开他。他躺在雪白的床上睁开蒙眬的眼睛,注视着把春天从蒙古送来的猛烈黄沙。这时正在闷热的午后看小说的护士突然离开椅子,走到床边纳闷地看着他说:

"啊,您醒了?"

"你说什么?"

"刚才您不是在梦里喊妈妈吗?"

保吉一听这话,想起了回向院的院子,心想川岛没准儿并没起坏心撒谎。

大正十三年(1924)四月

一封旧信

宋再新译

这是一封掉在日比谷公园的椅子下,用几页西洋纸写的旧信。捡起这封旧信时,还以为是从自己的兜里掉出来的。可是后来掏出来一看才知道,是一个女人写给一个女人的信。不用说,我对这封信自然很好奇。不仅如此,在偶然看到的地方,别人不知怎么样,对于我来说有一行字绝对不会看漏:

"至于芥川龙之介,简直是个大笨蛋。"

就像某位批评家所说的那样,我可以说是把"自己当作家的努力全毁了"的怀疑论者。其中我自己最愚蠢之处,是我比任何人都性喜怀疑。那个女人竟说什么"至于芥川龙之介,简直是个大笨蛋",这纯粹是没教养女人的胡说八道。我强压着满腔怒火,决定不管怎么样,先仔细了解一下她的论据再说。下面就是那封旧信的全文,只字未改。

——我的生活之无聊简直无法形容。反正这是九州的小地方嘛,没有戏剧,没有展览会,(你去春阳会①了吗?要是去了就告诉我一下那里的情况。我现在不管怎么说,好像比去年好些了。)没有音乐会,也没有讲演会,根本没有可去的地方。更何况这个城市的知识阶级充其量也就

---

① 由脱离日本美术院的画家组成,每年春秋两季在东京举行画展。

是看看德富芦花的小说的水平。昨天我和女学校时的朋友聚了一下，结果她们说现在才知道有岛武郎这个作家！你想想，这有多让人丧气。所以，我现在也和别人一样，做做衣服、烧烧菜，弹弹妹妹的风琴，然后看看过去看过的书，整天在屋里无所事事地打发日子。唉，借用你的一句话：倦怠的生活，如此而已。

要果真就是这样的话倒也罢了，可是有些亲戚还常来给我提亲。什么县议会议员的大儿子啦，什么矿山主的侄子啦，照片就起码拿来了十几张。哎，对了，那里面还有到东京去了的中川他儿子的照片呢。我好像告诉过你吧，他和那个不知是咖啡店的女招待还是干什么的女人在大学里牵着手到处走——那家伙现在也像个文人似的特得意，还总是看不起人。所以我就这么说来着："我没说我不结婚。但是，我要是结婚的话，不会先注意别人的看法，而是要相信我自己的看法。当然，我将来幸不幸福也由我一个人负责。"

不过，明年我弟弟就要从商科大学毕业，妹妹也要上女学校四年级了。思前想后，我自己还是很难说出不结婚的话。东京就没这些麻烦，但是在这个城市里，没谁会理解我。别人都会觉得我是要故意影响弟弟和妹妹的婚事才不结婚的。让这些人这么说的话，你想想，我受得了吗？

当然，我不像你，能教钢琴，也知道以后只有结婚没别的办法。可是我也不能只要是个男人就和他结婚吧？在这个城市里，只要提起这件事，别人就会说全是因为我理想太高。理想太高！提起理想，说来可怜。在这个城市里，只有嫁人，才可以用理想这个词，还要看嫁的人是不是真的出色。真想让你见识见识这些人。给你举个例子吧。县议会议员的大儿子好像在银行还是什么地方工作,那个人简直是个清教徒。如果只是个清教徒还没什么,他平时连屠苏酒都不能喝,却去当什么禁酒会的干事。酒都不喝的人去参加禁酒会,你说好笑不好笑?可就这么一个人还认认真真地去发表禁酒演说呢。

当然了,我也不是说这些候选人都是低能儿。我爸爸妈妈最中意的一个是在电灯公司当技师的。他的确还是个受过教育的青年,长相看上去就像克莱斯勒①。让人佩服的是,这个叫山本的人还研究社会问题呢。但是,他对艺术、哲学什么的完全没有兴趣。还有,他的兴趣居然是射箭和唱大阪琴书。他也觉得大阪琴书的确不是什么像样的爱好,在我面前从来不提大阪琴书。不过,我用留声机放加利·库尔奇和卡罗索的唱片让他听的时候,他竟莫名其妙地问我:"有没有鳖甲斋虎丸唱的大阪琴书?"一下子露馅儿了。还有更可气的呢。上了我家的二楼不是能看见最胜寺的塔吗?那座塔在彩霞里看上去,只有塔顶发出光芒,这风景是与谢野晶子都想作和歌咏唱的。那个叫山本的到我家来玩儿的时候,我带他到二楼让他看那座塔,问他:"你看见塔了吧?"他认真地偏着头琢磨着说:"啊,看见了,塔的高度是多少啊?"我没说他是低能儿,但是从艺术上来讲,他真的很差劲儿。

懂点儿艺术的,倒是我的表哥,叫文雄。他能看永井荷风、谷崎润一郎的小说。但是你要是和他多说两句的话,就会发现他只是个小地方的文学爱好者。比如说他居然认为像《大菩萨岭》那样的小说也是一世杰作。就算

---

① Fritz Kreisler,奥地利小提琴演奏家。1923 年曾访日演出。

这没有什么，但是他是个谁都知道的浪荡子呀。因为这个，就连我爸爸也说他恐怕会被判禁治产①。所以我爸爸妈妈从来就没觉得他有资格做我的结婚对象候选人。只有我这个表哥的爸爸、就是我的舅舅他想让我当他的儿媳妇。但他也没明说，只是暗地里这么打算。你看他的说法像不像话："要是你能到我们家的话，就能让那家伙不再不务正业了。"难道天下当老人的都是这样的吗？要是这样的话，那简直就太利己主义了。按照舅舅的想法，其实不是要让我当主妇，而是把我当作能让他儿子不再游手好闲的工具用。真让我气得说不出话来。

我考虑了很久之后，觉得我之所以找不到结婚对象，全因为日本小说家太无能了。让像我这样受过教育、一心向上的人选择缺乏教养的男人做丈夫，这也太难了。像这样找不到结婚对象的人肯定不只我一个，肯定全日本到处都有。然而，日本的小说家中却没有一个人为苦恼于找不到结婚对象的女性写点儿什么，也不告诉我们应该怎样解决找不到结婚对象这样的困难。现在我们不想结婚却又没有更好的办法。要是不顾一切就是不结婚的话，就算不会像在这个城市里受到那种不讲道理的责难，总要靠自己活下去吧，可是我们哪里受到过自食其力的教育呀？我们学的那点儿外语，连个家庭教师都当不了。而靠我们学的编织手艺挣钱，恐怕连自己租房的房钱都交不起。像这样的话，我们只有和自己看不起的男人结婚了。我觉得就算这样的事例多极了，这仍然是大悲剧。（实际上要是真的有那么多的话，那不是更可怕了吗？）我认为那样的结婚名

---

① 法律上认为没有财产管理能力，须有人监管的人。

义上叫结婚,实际上和妓女卖身没有什么区别。

不过你和我不一样,你不是能自己独立生活吗?这最让我羡慕了。其实我的要求也没那么高。昨天我和妈妈一起去买东西,看见一个比我还小的女孩子在打日文打字机,比起来她也比我幸福多了呀。对了,你不是最不喜欢伤感吗?我就不再唉声叹气了。

可是我还是要骂日本小说家没本事。我现在正在寻求解决找不到结婚对象的困难,同时我又重读了过去看过的小说。我发现竟没有一个人肯为我们说话。仓田百三、菊池宽、久米正雄、武者小路实笃、里见弴、佐藤春夫、吉田纮二郎、野上弥生子,他们一个不剩全是瞎子。其实这些人还算是好的,至于芥川龙之介,简直是个大笨蛋。你不是说你没看过他的《六宫公主》那篇短篇小说吗?(作者注:愿忠实于京传三马传统的我在此必须打个广告:《六宫公主》收在短篇小说集《春服》里,发行书店是东京春阳堂书店。)作者在这篇小说里居然骂那个懦弱的公主。是啊,没有强烈的独立意识的人似乎比罪犯还被人看不起。可是我们受的教育根本没教怎么去自立,无论我们有多么强烈的独立意识,却都没有去实现的手段呀。作者还自以为得意,足见他是多么无聊。我没有比读他的这个短篇时更看不起他了……

写这封信的那个不知什么地方的女人是个对什么事都一知半解的感伤主义者。她与其这样来抒发感情,还不如尝试着离家出走,到打字学校去学习可能是最好的选择。至于她说我是大笨蛋,当然只能让我更瞧不起她。不过,我心里还有一点对她近乎同情的感觉,这也是事实。她虽然反复发着牢骚,但是她终究会和那个电灯公司的什么技师结婚的。结婚以后,渐渐地她就会变成一个和其他人一样的普通太太。也许她能学会听大阪琴书,也许她就会忘掉最胜寺,像猪一样生很多孩子——我把这封信扔进了抽屉深处。在抽屉里,我自己的梦也和几封旧信一起渐渐发黄……

大正十三年(1924)四月

桃 太 郎

宋再新译

一

很久很久以前,在一座深山里有一棵大桃树。这棵树光说它大恐怕还不够准确,这棵桃树的树枝长到了天边,树根插进了大地最底下的黄泉国。当初开天辟地的时候,伊邪那岐命[①]在黄最津平阪为了击退八雷[②],据说曾用桃核打飞镖来着——那个神代的桃核就成了这棵树的树枝。

这棵树自打世界初创以来,每一万年开一次花,每一万年结一次果。它的花就像穿着大红色的衣裙,垂着黄金的果实串。果实——果实不用说当然很大,不过最奇妙的是在每个果实长核的地方都孕育着一个漂亮的婴儿。

很久很久以前,在这棵树遮蔽山谷的枝头长着累累果实,静静地沐浴着阳光。每一万年结一次的果实要在枝头挂一千年才会掉下来,可是,一个寂寞的早晨,命运化为一只神鸟,轻轻地落在了枝头。刚落下来的神鸟伸嘴就把一个已经带点红色的小果实啄掉了,果实在腾腾雾气中掉在了深深山谷里的河流里。山谷的河流在山峰之间腾起白色水雾,当然流向了有人住的国度。

[①] 日本神话中造国之神。
[②] 即伊邪那美命,日本神话中造国之女神。

这颗孕育着婴儿的果实离开深山之后,究竟让谁捡到了呢?不用说,在溪水的尽头,有一位老奶奶,正如全日本的孩子所知道的,在给上山砍柴的老爷爷洗衣裳……

二

从桃子里生出来的桃太郎要去征讨鬼岛。问他为什么想去征讨鬼岛,他说,因为不想像爷爷奶奶那样到山里、河里、田里去干活儿。听到桃太郎这样说,爷爷奶奶对这个调皮的孩子寒了心,想把他尽快赶出家门,要什么给什么,什么旗帜、大刀和铠甲等打仗用的东西都让他拿走。这还不算,桃太郎还要带路上吃的干粮,爷爷奶奶为他准备了杂粮团子。

桃太郎斗志昂扬地踏上了征伐鬼岛的征程。桃太郎正走着,只见一只狗闪着饥饿的目光朝他打招呼:

"桃太郎,桃太郎,你腰里挂的是什么呀?"

"这是日本第一好吃的杂粮团子。"

桃太郎得意洋洋地回答。

其实,团子是不是日本第一他也没把握。但是狗一听这话,马上凑到他的身边:

"给我一个吃,让我给你当随从吧。"

桃太郎立刻就盘算上了:

"给一个可不行,半个吧。"

狗想了一会儿,反复说着:"给一个,给一个吧。"可是不管狗怎么说,桃太郎就是不松口:"只给半个。"这样僵持着,就像所有的买卖一样,没货的最终要服从有货的。最后狗也只好叹着气,接受了半个团子,当上了桃太郎的随从。

除了狗之外,桃太郎后来又以团子为条件,先后收了猴子和山鸡当喽啰。可惜,他们在一起却总是处不好。长着利齿的狗总是欺负没志气的猴子,而能很快计算出怎样分团子的猴子又老糊弄装得很正经的山鸡,连地震学都懂的山鸡就骗脑袋不太好使的狗。由于他们就这样老是相互争来咬去的,桃太郎收他们当喽啰以后也没觉得特别费事。

另外,猴子的肚子一饱了立刻就开始不服管说怪话,说只给半个团子就当喽啰去征服鬼岛,实在是要考虑值不值得。一听这话,狗狂叫起来,扑上去就要咬死猴子。要不是山鸡拉得快,猴子不用等到螃蟹来报仇,这时可能就先被狗咬死了。山鸡一边安抚着狗,一边给猴子讲主从关系的道理,让猴子听桃太郎的命令。但是这时候猴子为了躲狗爬上了路边的树,根本听不进山鸡的话。而最终能让猴子心服口服的确还是要靠桃太郎的手段。桃太郎抬头看着树上的猴子,用扇子扇着凉,故意冷冷地对猴子说:

"行了行了,既然这样你就别跟我了。不过征讨鬼岛得到的宝贝也就不会分给你了。"

贪心的猴子一听这话立刻瞪圆了眼睛:

"宝贝?咦,鬼岛上还有宝贝呀?"

"岂止是有啊,岛上还有宝锤呢,只要敲一下要什么有什么。"

"这么说来,只要敲那个小锤就能再敲出好多个小锤,一下子想要什么就全能得到了?这可真是个天大的好事。求求你了,带我去吧。"

就这样桃太郎又带着这几个喽啰急匆匆地上路讨伐鬼岛去了。

三

鬼岛是大海里的一个孤岛。说是鬼岛,实际上岛上到处长着高大的椰子树,比翼鸟在婉转地歌唱,完全是一块美丽的天然乐土。

生长在这块乐土上的鬼当然是热爱和平的。不，其实鬼似乎本来就是比我们人还会享乐的种族。在取瘤子的故事里出现的鬼一跳舞就是一个晚上；小矮人和尚的故事里的鬼也是不顾自身的安危，迷上了去寺庙上香的小娘子。的确，一般都认为大江山的酒颠童子和罗生门的茨木童子是历代少有的大坏蛋。可是茨木童子不是也像我们喜欢银座一样喜欢朱雀大路，甚至还经常悄悄地在罗生门现形吗？酒颠童子曾经在大江山的岩洞里喝酒，这可是确有其事。至于据说他还抢过女人——这事的真假姑且不论，因为那不过是那个女人自己说的。能不能把女人自己说的事都当真，这是我二十多年来一直怀疑的。你看那个赖光和四天王不都像是疯子一样的女性崇拜者吗？

鬼在热带风景里弹着琴，跳着舞，咏唱着古代诗人的诗歌，过得舒舒服服的。他的妻子和女儿织布、酿酒、采兰花，过得和普通人的妻子、女儿的生活没什么两样。特别是头发已经白了，牙齿也掉了的鬼妈妈总是照看着孙子，讲我们人是多么可怕的故事给孙子听：

"你们要是淘气的话，就把你们送到人住的岛子上去。送到人住的岛上，鬼就像过去那个酒颠童子一样，肯定会被杀掉的。噢，什么是人哪？人呢就是头上不长角，脸和手脚都长得很白，简直说不出来有多吓人的那种东西。这还不算，女人还要在本来就长得很白的脸和手脚上涂满了铅粉呢。这还算好的呢，不管是男是女，他们都特别爱撒谎，什么都想要，爱嫉妒人，总是自以为得意，同伙还相互杀来杀去的。他们还放火、偷东西，简直就是一群无法无天的野兽啊……"

四

桃太郎对这些无罪的鬼施加了日本开国以来最可怕的打击。这一下子鬼连自己的铁棒都忘了拿,一边叫着"人来了",一边慌慌忙忙地在椰子林里钻来钻去逃跑了。

"快追!快追!只要看见鬼一个不留全杀掉!"

桃太郎一手举着桃旗,一手扇着扇子朝狗、猴子和山鸡下着命令。狗、猴子和山鸡也许不是三个相互要好的喽啰,但是大概再没有比饥饿的动物更忠勇无比的兵士了。他们像狂风暴雨一般,追上了东躲西藏的鬼。狗一口就咬死了一个年轻的鬼,山鸡也用尖锐的嘴啄死了小鬼,猴子——正因为猴子和我们人是亲戚关系,猴子在勒死鬼的女儿前,肯定要对鬼的女儿肆意凌辱一番……

所有的罪行过后,鬼的酋长和几个捡了一条命的鬼在桃太郎的面前投降了。这时桃太郎那副得意的样子可想而知。鬼岛已经不像昨天那样是比翼鸟的乐土了,椰子林里到处都是鬼的尸体。桃太郎仍然一只手拿着旗,旁边站着三个喽啰。鬼酋长匍匐在地,就像一只蜘蛛一样。桃太郎庄严地对鬼说道:

"出于我的宽宏大量,饶你们一条性命。不过,鬼岛所有的宝贝必须全部献出来。"

"是,我们愿意献出来。"

"还有,你们要把你们的孩子交给我当人质。"

"这个也遵命。"

鬼酋长又一次把头点到地后,诚惶诚恐地向桃太郎问道:

"我们知道我们得罪了你们,才遭到了征讨。可是,不光是我们,全鬼岛的鬼都弄不懂我们到底做错了什么。另外能不能告诉我们在什么事上面得罪了你们?"

桃太郎慢悠悠地点着头说：

"日本第一的桃太郎率领着狗、猴子和山鸡这三个忠勇之士征伐鬼岛来了。"

"那么这三位是怎么跟来的呢？"

"这当然是因为他们愿意来参加征讨喽。我给了他们杂粮团子，他们就来了。怎么啦？你们要是连这个都不明白的话，我就把你们都杀了。"

鬼酋长吃了一惊，立刻退后三尺，重又匍匐在地，磕头不止。

五

日本第一的桃太郎让狗、猴子、山鸡和做人质的鬼孩子拉着装上宝贝的车，得意洋洋地凯旋了。这些是日本的小孩儿们早就知道的了。不过，桃太郎一辈子过得并不一定就幸福。鬼的孩子长大了，咬死了看门人养的山鸡后，立刻逃回鬼岛去了。这还不算，鬼岛上活下来的鬼还经常渡海过来，不是给桃太郎的船篷点把火，就是当桃太郎睡着了的时候，搔他脖子。这好像是因为猴子是被杀错了。桃太郎面对这些接二连三的不幸，只有不断地长吁短叹：

"鬼真是太执着了，够麻烦的。"

"这些东西刚捡了条命，就不认救命恩人，真太不像话了。"

狗看着桃太郎那副不高兴的样子，气得嘴里哼哼着。

在冷清的鬼岛海边，鬼岛的五六个年轻鬼在热带月光下为了策划鬼岛的独立，正在往椰子里装炸弹。他们甚至忘记了对温柔的鬼姑娘的恋情，沉默而又兴奋，他们饭碗大的眼睛闪闪发光……

六

在人所不知的深山里,桃树钻破云霄,仍然像过去那样结着累累果实。当然,孕育桃太郎的果实早就顺河谷漂向了远方。但是,不知还有几个未来的天才仍然藏在这些果实里。而那只大鸟不知什么时候还会在树梢上出现。啊,不知还有几个未来的天才仍然藏在这些果实里……

大正十三年(1924)六月

十元纸币

宋再新译

一个阴沉的初夏早晨，堀川保吉无精打采地上了车站月台。他无精打采倒也不是为了什么大不了的事，只是裤兜底只剩下六毛多钱让他不高兴。

当时堀川保吉总是缺钱用。教英语的薪水一个月只有六十块钱，虽说另外写小说能挣点儿外快，但是即使在《中央公论》上发表，稿费也没超过九毛钱。当然了，一个月交五块钱的房租，一顿饭花五毛钱，要是只是这些花销的话钱倒也够用了。可是比起爱打扮来，他更爱摆阔，至少在经济的意义来说这是事实。书是必须要买的，埃及的烟也是必抽的，音乐会的椅子也是要坐的。除了朋友之外，也得和女人见面，至少一星期肯定要到东京去一趟。受这种生活欲望所驱使，他经常要预支稿费，或是靠父母兄弟照应。要是钱还不够花的话，他会抱着大型画册到门口挂着红灯笼，客人很少的土墙当铺去。可是现在已经没有还能预支的稿费，父母兄弟那儿吵过架以后也——这还不算，连纪元节花十八块五刚买的礼帽也出了手……

保吉在拥挤的站台上走着，总觉得有闪着光泽的漂亮礼帽在眼前晃动，礼帽的圆筒上好像还模模糊糊地映现出当铺窗上的灯光，还有窗外盛开的木棉花——这时他的手碰到了兜里那六毛多钱，梦顿时就破灭了。今天才混到十几号，发工资是每月二十八号，所以要收到写着"堀川教官"字样的工资袋，算起来还要等两个礼拜。

可是他迫不及待地盼望着要去东京的日子就是明天。而且他想在东京和长谷、大友一起吃饭，买在当地没得卖的油画笔和画布，还想去听德国演奏家梅伦道鲁普的演奏会。但是面对着六毛多钱他只好断了这些念头。"明天哪，去他的吧。"

保吉为了解愁想抽上一支香烟，可手往兜里一伸，凑巧一支也没有了。他越发感到了坏运气的恶意微笑。他凑到了站在候车室前的小贩面前。小贩戴着绿色的制帽，脸上有几个浅麻子，一副老是无聊似的样子望着挂在脖子上的盒子里的报纸、糖果什么的。他不是一个普通的商人，而是妨碍我们生命的否定性精神象征。保吉对这个小贩的态度，今天也——不，应该说只有今天才感到了坐立不安的焦躁感。

"给我朝日。"

"朝日？"

小贩仍旧耷拉着脑袋，好像谁得罪了他一样反问：

"报纸？还是香烟？"

保吉感到自己的眉头被气得直抖：

"要啤酒！"

小贩好像被吓着了，他直直地看着保吉：

"没有朝日牌的啤酒。"

保吉觉得这口气出了，他转身就要离开小贩。那么，要买的朝日怎么办？算了，朝日香烟抽不抽也无所谓，把可恶的小贩收拾一下比抽了哈瓦那雪茄还舒服。他好像忘了裤兜底里那六毛多钱，抬腿往站台前面走去，那样子就像在瓦格拉姆战役中取得伟大胜利的拿破仑……

也许是石头也许是泥土形成的灰色断崖，高高地耸向阴霾的天空。断崖的最高处看不清是草还是树，隐约看上去一片灰蒙蒙的绿色。保吉一个人在断崖下无精打采地往前走着。在火车上摇晃了半个钟头，然后又不得不在满是沙土的路上走差不多半个钟头，对保吉来说可以说是永久的痛苦。痛苦？——不，其实不是痛苦。惰性的法则不知从什么时候已夺去了自己的痛苦意识，他每天只是机械地在无聊的断崖下走着。受地狱业苦并不见得就是我们的悲剧，我们的悲剧在于我们已经感觉不到地狱业苦是业苦了。他现在就每星期一次从业苦中解脱出来，可是现在裤兜底里只剩下六毛多钱了……

"早啊。"

突然朝保吉打招呼的是首席教官栗野。栗野大概有五十多岁了，是个皮肤黑黑的、戴着近视眼镜、背微驼的绅士。本来在保吉供事的海军学校教官都穿着已经过时的青哔叽西服之外，从没穿过其他什么样式的西装。栗野也同样穿着青哔叽西装，戴一顶新草帽。保吉有礼貌地回着礼：

"您也早。"

"挺闷热的啊。"

"您家小姐怎么样啦？好像听说她生病了。"

"谢谢，昨天已经出院了。"

走到栗野面前的保吉就像换了个人似的，态度很是殷勤。这一点儿也不是假客套，他对栗野的语言天才佩服得是五体投地。年近六十的栗野教官现在正在教拉丁语的《恺撒战记》。他当然会英语，除此之外，他还懂好几种近代语言。保吉不知什么时候开始明白了栗野也许不是个 asino（笨蛋）——不过，反正他正在读这个名字的意大利文的书，对此保吉是惊诧不已。然而保吉之所以对栗野心怀敬意，还不光是因为他的语言天才。栗野的确有那种敦厚的长者风范。每当保吉发现英语教科书上有难解之处，一定会到栗野那儿去求教。所谓难解处，当然是为了节约时间，还有些时候他连字典都懒得查，干脆就直接去找栗野。当然这个时候在栗野面前，礼节上他还要拼命装出自己真弄不懂的样子。栗野总是轻而易举地把保吉的疑问给解决了。但是，当问题太简单的时候，保吉到现在还清楚地记得栗野假装想答案的虚伪样子。栗野把保吉拿来的教科书放在面前，嘴上叼着熄了火的烟斗，总是先沉吟一番，然后宛如忽然得到了上天启示一般，招呼着保吉："大概是这样的吧……"一下子就把问题解决了。保吉为了看这样的表演，为了听与其说是语言天才不如说是伪善者的教导，不知道有多尊敬栗野教官。

"明天就是星期天了。现在还是一到星期天就去东京吗？"

"啊——不，明天不去了。"

"怎么了？"

"其实——这个，没钱哪。"

"又开玩笑了。"

栗野略微发出了几声笑声，从他茶褐色的胡须下可以看到他的犬齿，笑得很矜持。

"不管怎么说，你除了工资之外，还有稿费，收入颇丰嘛。"

"开玩笑了。"这回说这话的是保吉了。而且他觉得自己说的比栗野说的要坚决得多。

"我一个月的工资你是知道的，六十块。一张稿纸的稿费九毛钱，就算我一个月写五十张稿纸，五九四十五，才四十五块钱，更何况给小杂志的稿子其实一张只给六毛钱上下。"

保吉一下子来了精神，拼命地解释卖文糊口是如何不易。他的解释还不只是解释，他那与生俱来的诗人气质更是夸张。日本的戏剧家和小说家，特别是他的朋友只能安于贫困潦倒的生活。长谷正雄不喝日本酒而喝便宜的一种鸡尾酒；大友雄吉和他太太租了一间五平方米多的阁楼住着；松本法城打结婚以来过得可能稍稍顺心了点儿，但是他们夫妇到现在还是经常出入于烤鸡串店。

"真是 appearances are deceitful（外表靠不住啊）。"

栗野的附和让人弄不清他说的话到底是开玩笑还是当真的。

不知不觉他们已经走到房屋拥挤的街道了。扑满灰土的橱窗，贴着破破烂烂广告的电线杆，虽然这里叫作市，可是一点儿城市的感觉也没有。特别是巨大的龙门吊车横跨在瓦屋顶上，黑烟和白色的蒸汽直冲上天空，那种喧闹使人战栗。保吉的眼睛在草帽檐下注视着此种景致，甚至自己都对自己刚才诉说卖文之苦的故意夸张感动了。同时他好像忘记了平时尊崇的装腔作势，竟吹嘘起伸在裤兜的手里攥住的那六毛多钱来：

"其实我还真想到东京去，可是现在我只有六毛多钱了。"

保吉坐在教官室的桌子前开始备课了。可是什么杰特兰海战记事他平时就不愿意好好看，更何况今天为了去不成东京心里正火着呢。他手拿着英语的海上用语词典刚看了一页，就又忧心忡忡地想起兜底那六毛多钱来……

到了十一点半，教官室里已经没有说话声了。十来个教官只剩下栗野一个人，其余的都去上课了。栗野正面对着保吉的桌子坐着，虽说是面对，但两张桌子之间难看的书架把栗野的身影全遮住了。只有像要证明栗野的存在一样，烟斗发出的略微发蓝的烟雾从背对白墙的空间时时升起。窗外仍旧安安静静的，景色毫无变化。在阴天里，长满嫩叶的树梢、对面的灰色校舍，再远就是微微泛光的河水入海口，一切都沉浸在汗漉漉的、慵懒的寂静之中。

保吉想起了雪茄烟，但他立刻就想起来了：自己报复了小贩之后，就把买雪茄的事全忘了。连雪茄都抽不上真是太惨了。惨？这也许还不算惨呢。比起苦于生计的穷苦人的痛苦来，对着六毛钱感叹无疑是一种奢侈了。可是所谓痛苦对于穷人也好对于他自己也好都是一样的。不，也许对于神经比穷人更敏锐的他来说要受更多的痛苦。穷人，也不一定就是穷人。语言天才栗野教官对凡·高①的《向日葵》、沃尔夫的《领袖》，乃至于对维尔哈伦的都会诗都相当冷淡。栗野不懂艺术可能就像狗没有草一样，但是保吉要是没有了艺术的话，那简直就像是驴没有了草。那六毛多钱给堀川保吉带来了极大的精神饥渴的痛苦，却可能无关于栗野廉太郎教官的任何痛痒。

"堀川君。"

不知什么时候叼着烟斗的栗野来到了保吉的跟前。他人过来倒没什么，可是他秃秃的前额、近视眼镜后的眼睛和剪得短短的胡须，要是再夸张一点儿说的话，连油亮油亮的烟斗也都透着一种近于女人羞涩的坏劲儿，这让保吉感到不可思议。保吉一下子不知说什么好，一时竟忘了问有什么事，只是呆呆地看着老教官还带有处子羞涩的脸。

"堀川君，虽然少点儿……"

栗野掩饰着自己的窘态，微笑着递出一张十元纸币：

"这实在太少了，就拿着买张去东京的车票吧。"

保吉这下子可狼狈极了。他曾经不止一次空想过朝洛克菲勒借钱，可是从来不记得自己做过朝栗野借钱的梦。而且现在马上能想起的就是早晨跟栗野诉苦说过卖文的不易。他脸涨得通红，嘴里含含混混地解释着：

"不不，其实我只是零用钱、零用钱的确是缺点儿，但要是想去东京的话还是有办法的。可是现在，首先我已经不想去东京了……"

"算了算了，你就拿着吧，总比没有强点儿嘛。"

"可的确没有这个必要啊。谢谢了……"

---

① Vincent Van Gogh（1853—1890），荷兰后期印象派画家。

栗野好像一下子不知道怎么才好似的，把嘴上的烟斗拿开，视线落在折了两折的那十元纸币上。他又马上把眼睛抬起来，金边眼镜后又浮现出近于媚态的微笑：

"是吗？那么就下回吧——你正忙的时候，打扰了。"

看上去栗野反而像要借钱被拒绝了一样，把那张十元纸币一揣进口袋，转身就退到摆满词典和参考书的书架后面去了。剩下的只有无力的、使人冒汗的沉默。保吉掏出镀镍的怀表，注视着映在表壳上的自己的脸。每次他觉得自己失去了平常心的时候，无论多不愿意，都会掏出表来照照自己，这已是多年来的习惯了。当然，镀镍表壳并不能真实地照出他的脸。在小小的圆形表盖上他的整个脸是模糊的，只有鼻子突出地大。幸好现在他的心情已经渐渐恢复了平静，但同时他又觉得自己拒绝栗野的好意也太过分了些。要是自己欣然接受了的话，栗野可能会比十块钱被退回来更高兴。自己拒绝了栗野实在是太失礼了，不仅如此……

保吉面对这个"不仅如此"，就像遇到了旋风一样感到自己的怯懦，不仅如此，自己哭穷之后，又拒绝别人的好意，真太虚伪了。不顾义理人情还是小事，但是无论如何也不能太虚伪了。可是借钱，至少要是借了钱的话，到了二十八号发工资的时候自己肯定还不上。他不管预支了多少稿费都无所谓，但是要是借了栗野的钱两个星期都还不上的话，心里会比当叫花子还难受。

犹豫了十来分钟后，保吉把怀表放回兜里，那样子像要去找茬打架一样，昂然走向栗野的桌子边。栗野的桌子和平时一样，香烟罐、烟灰缸、点名册、糨糊什么的收拾得整整齐齐。栗野正悠然地抽着烟斗，专心致志地看着莫利斯·卢布兰的侦探小说。一看到保吉，栗野以为又是来问教科书上的问题的，他合上侦探小说，抬起头来默默地看着保吉。

"栗野教官，刚才那十块钱借给我吧。我琢磨了一阵，还是借您的钱好点儿。"

保吉一口气把话说完了。他记得栗野什么都没说,只是站了起来,脸上是什么样的表情都没看见。过了七八年后的今天,保吉只还记得当时栗野把一只大手伸到他的眼前,他还记得那只手的指尖(尼古丁把他的食指的指甲熏得焦黄!)夹着折成两折的十元纸币,很惭愧似的递了过来……

保吉下决心后天星期一一定要把十块钱还给栗野。为了郑重再说一遍,就是还这张十元纸币。他之所以要这样做,并没有其他什么意思。现在自己哪儿也借不着钱,和父母兄弟也吵了架,就算去了东京也不可能弄到钱。那么为了还这十块钱,只有保管好这张票子。为了保管好这张票子,保吉在昏暗的二等车厢角落里等着发车的汽笛声。这时他比早晨更痛切地想着混在六毛多零钱里的那张十块钱纸币。

现在比今天早晨还痛切,但是他并不比今天早晨还忧郁。今天只是为了没有钱不高兴,可是现在除了钱之外,他还感到了必须还那张十块钱票子的道德上的责任。道德上的?保吉想到这儿不禁皱起了眉头。不,这绝不是有关道德的,他只是想在栗野面前保持自己的尊严。当然,想保住自己的尊严并不是除了要把借的钱还上就没有其他办法了。如果,栗野也懂艺术,至少要是喜爱文艺的话,作家堀川保吉可能会尝试着写一篇杰作来保持尊严。要是栗野也像我们一样只是一介语言学家的话,教师堀川保吉也不是不能用自己的语言素养来保持自己的尊严。可是在对艺术没有兴趣的栗野面前,这两种办法都没有用。于是不管保吉高不高兴,只有和普通人一样保住面子,也就是说必须把借的钱还上。无论多麻烦多勉强也要保住面子,这在别人看来可能有些滑稽。他也不知为什么,反正其他人还好说,就是在栗野面前——在那个戴金边近视眼镜、略微驼背的老绅士面前要维护自身的尊严。

这时火车开动了。不知什么时候开始,阴天已经变成雨天了。雨中有几艘军舰在微微发蓝的海上若隐若现。保吉这时感到一阵轻松,他庆幸车厢里只有两三个人,于是伸长了身体仰面躺在了坐椅上。忽然他想起了设在本乡的一家杂志社。这家杂志个把月前来了一封长信约他写稿子。但是保吉讨厌这家杂志社出版的杂志,也看不起这份杂志,到现在他还没回信。把自己的作品卖给那种杂志和把自己的女儿卖给妓院没什么区别。可是如今也许能预支稿费的杂志也只有这家了。要是能多少预支点儿钱的话……

他看着火车穿过一个个隧道时车灯的明暗,想象着预支点儿钱能给自己带来怎样的快乐。所有艺术家的享乐都是自我发展的机会,捕捉自我发展的机会并不是有愧于人有愧于天的事。这列火车是两点三十分开往东京的快车,只要不下车就可以直达东京。只要有五十块钱,至少要是有三十块钱的话,就可以和好久不见的长谷和大友吃顿晚饭,还能去听德国演奏家梅伦道鲁普的演奏会,也能买画布和颜料了。不,还不止这些,自己也不用拼命保存那张十块钱的票子了。可是,万一预支不到钱怎么办呢?到什么时候再说什么话吧。其实,自己到底是为了什么要在一个栗野廉太郎面前保持尊严呢。栗野也许的确是个君子,可是在保吉的精神生活中,也就是对于他的艺术热情来说,栗野只是路旁的行人而已。为了路旁的行人就放弃自我发展的机会?他妈的,这种理论挺危险的。

保吉突然发起抖来,他从坐椅上起了身。火车又在过隧道,机车好像喘不过气来似的喷着浓烟、喷着浓烟——风雨交加中穿行在绿色芒草摇曳的山峡……

第二天也就是星期天的傍晚,保吉在租住房间里的藤椅上悠闲地把火凑向了雪茄。他的心里充满近来少有的满足感。他之所以感到满足并不是偶然的，第一，保存那十块钱获得了成功；第二，刚才收到一家出版社来的信，信里夹着给他的书的版税，一本书卖五毛钱，一共五百本——最让他感到意外的也就是这个事件；第三，房东供应的晚饭里居然添了一条烤香鱼！

初夏的夕阳洒在房檐下垂着的樱树叶上，洒在了院子里落下了颗颗樱桃的沙地上，也洒在了保吉膝盖上那张十元纸币上。他在夕阳里目不转睛地盯着那张带有折痕的十元纸币。在灰色的藤草花纹和菊花图案上盖有朱红印章的十元纸币，实在是难以形容的漂亮纸币。尽管椭圆形背景上的头像看上去有些愚钝，但是远没有原来印象中的粗陋。背面，背面是华丽的绿色配上褐色，显得比正面更好看。如果没脏成这样的话，完全可以装到镜框里挂起来。还不只是脏，这张票子大大的"10"字上还有钢笔写的一行小字。他小心地拿起这张票子，嘴上念出了声：

"去弥助寿司店好吗？"

保吉把票子放回到膝盖上，然后朝院子里的夕阳长长地喷出一股烟。这张十元纸币也只不过让那些字的作者犹豫是不是去寿司店而已。可是在广阔的世间，为了这一张十元纸币也许就发生过悲剧。实际上昨天中午他也在这张票子上费了不少心思，而现在已经怎样都无所谓了。不管怎么说，自己在栗野面前保全了面子。五百本书的版税够用到发工资的时候了。

"去弥助寿司店好吗？"

保吉这么嘟囔着，再一次目不转睛地盯着那张十元纸币，那样子就像回首观望昨天才征服的阿尔卑斯山的拿破仑。

大正十三年（1924）八月

大导寺信辅的半生

宋再新译

一 本所

大导寺信辅出生在本所的回向院附近。在他的记忆里，没有一条好街道，也没有一幢漂亮房子。特别是他家的周围，净是木匠铺、粗点心铺、旧家具店什么的。这些店铺外的路总是泥泞不堪，从来就没干过。再加上那条路的尽头是御竹仓的大水沟，漂浮着浮萍的大水沟老是散发着恶臭。他当然对这个地方感到憋气，可是本所以外的街道更让他受不了。从多为住宅的山手地区，到洁净的店铺轩檐相接的江户老街，都让他有一种说不出的压抑感。比起本乡和日本桥，他更喜欢冷清的本所、回向院、驹止桥、横纲、污水渠、榛木马场和御竹仓的大水沟。这或许不能说是喜爱，也许只是一种怜惜也未可知。但就算是怜惜吧，然而即使是三十年后的今天，也只有那些地方仍然使他魂牵梦绕……

信辅自打懂事以来，就喜爱本所的每条街道。连棵行道树都没有的本所街道总是尘土满地，但是，让年幼的信辅懂得自然之美的还是本所的街道。他是在拥挤的街道上吃着粗点心长大的孩子。乡下——特别是本所东边有好多水田的乡下，并没有让生长在本所这种地方的信辅产生一点儿兴趣。本所让他看到的不是什么自然美，而全是自然的丑陋。不过，即使本所的街道看不见自然风景，但是屋顶上开了花的草、映在水洼里的春天的云，还是显出一种令人生怜之美。因为有了这样的美,他才不知不觉喜爱起自然来。当然,让信辅逐渐学会欣赏自然之美的并不只是本所的街道。还有书,他小学的时候反复看过德富芦花的《自然与人生》和拉伯克①的日文版《论自然美》,这些也启发了他。可是对他欣赏自然影响最大的的确是本所的市街,那些房屋、树木、街道都十分寒酸的市街。

他后来曾常常到本州的各地去作短暂旅行。可是木曾那粗犷的自然时常让他感到心神不宁,而濑户内海的温柔风景又总使他觉得无聊。比起那一类的自然,他绝对更喜欢丑陋寒酸的自然,特别是喜爱在人工的文明中气息奄奄的自然。三十年前的本所还保留有那些自然美景,污水渠旁的柳树、回向院的广场、御竹仓和杂树林。他还不曾像他的朋友一样到过镰仓和日光,但是他每天早晨都会和父亲一起在自家周围散步。这对当时的信辅来说真是莫大的幸福,可是他又不好意思在朋友面前炫耀这样的幸福。

一个云霞即将散尽的早晨,父亲和他像平时那样去百木杭散步。百木杭是大川河岸边钓鱼人最多的地方。但是那天早晨一眼望去,没看见一个钓鱼的,宽阔的河岸上只有海蛆在护堤的石墙缝里蠕动。他刚想问问父亲怎么今天没人钓鱼,但还没开口就一下子发现了答案。原来在朝霞映照下荡漾的河水里,一具光头死尸漂在布满腥臭的水草和垃圾的乱木桩间。时至今日,他还清清楚楚地记着那天早晨的百木杭。三十年前的本所给信辅幼小的心灵留下了无数值得回忆的风景画。不过,那天早晨的百木杭,只有这张风景画也是本所的市街在他心灵上留下精神暗影的全部。

---

① J. Lubbock(1834—1913),英国考古学家、人类学者。

二　牛奶

信辅是个从来没吃过母乳的孩子。本来身体就很虚弱的母亲就是生下他这根独苗儿以后也没喂过他一口奶。这还不算，他家穷得就连给他雇奶妈的钱也没有。就因为这个，他自落地一直是喝牛奶长大的。这种命运使当时的信辅不可能不感到难过，他最看不上每天早晨送到厨房来的牛奶瓶。他很羡慕那些什么都不懂，却懂得吃妈妈奶的伙伴们。实际上上了小学以后，大概是新年过后还是什么时候，年轻的婶婶来他家，乳房涨得难受，可是对着铜漱口杯怎么挤也挤不出奶来。婶婶皱着眉头像逗他似的说："让小信辅喝吧。"可是喝牛奶长大的他根本不知道怎么喝人奶，最后婶婶只好让邻居那家木匠店的小姑娘帮着吸发硬的乳房。婶婶的乳房像半个球一样隆起，上面布满了青色的静脉血管。本来就容易害羞的信辅就算是会吸奶，也肯定不会去吸婶婶的奶的。尽管如此，他仍然恨邻家的那个女孩子，同时他也恨让邻家女孩儿吸奶的婶婶。这件小事在他的心里留下了让他嫉妒得痛苦的记忆，可能此外当时他的 vita sexualis（性欲生活）已经开始萌动了……

信辅对自己只知道瓶装牛奶，从未吃过妈妈的奶而感到难堪。这是他的一个秘密。这是绝对不能向任何人说起的终生秘密。对于他来说这个秘密又和某种迷信搅在一起。他是个只有脑袋大，身子却瘦得可怕的孩子。除此之外，他不仅害羞，甚至连看到肉铺里磨得亮晃晃的刀心都直跳。在这点上，特别是在这点上，他肯定和经历过伏见鸟羽战役的枪林弹雨，平时常为自己的勇敢而自豪的父亲一点儿都不像。不知道究竟从几岁开始，也不知道是根据什么理论，他确信自己不像父亲是因为喝了牛奶的缘故。不，还有，他确信自己身体弱也是因为喝了牛奶的缘故。要是因为喝了牛奶的缘故，只要露出胆小怕事的样子，伙伴们肯定会看穿他的秘密。所以不管什么时候他都会响应伙伴们的挑战。挑战当然不只是一个。有时候他不用撑竹竿就从御竹仓的大河沟跳了过去，有时候是不用梯子就爬回向院的大银杏树，还有的时候是和其中的一个伙伴打架。走到大河沟跟前的时候，信辅的腿都直哆嗦。但是他闭紧双眼，一咬牙就从长满浮萍的水面上跳了过去。无论是在回向院爬银杏树，还是和伙伴中的一个打架，那种恐惧和怯懦都时时向他袭来。可是他每次都勇敢地战胜了恐惧和怯懦。这些行为虽说都是因为迷信的缘故，但对他来说确实是斯巴达式的训练。这种斯巴达式的训练给他的右膝盖留下了一辈子不掉的伤痕。恐怕对他的性格也——信辅现在还记得父亲盛气凌人的训诫："你这家伙胆小，还干什么都爱逞强，那可不行。"

　　幸好他的这种迷信渐渐消失了，而且他还在西洋历史里发现了至少接近于对这个迷信的反证的东西。那是这样一节：据说喂罗马建国者罗慕洛奶的是一只狼。从此以后，他对没喝过妈妈奶这件事也就无所谓了，并且喝牛奶长大这件事毋宁成了他值得夸耀的事。记得信辅进中学的那年春天，他和上了年纪的叔叔一起到当时叔叔经营的牧场去了。他记得自己好容易才把穿制服的胸口贴近栅栏，把干草伸过去喂走过来的白牛。牛抬头看了看他的脸，然后静静地把鼻子伸向了干草。他看着牛，忽然发现这头牛的眼睛里有点儿近乎人性的东西。空想？也许是空想也未可知。至今在他的记忆里，还有一头大白牛在开满杏花的树下抬头看着靠近栏杆的他，那样亲昵，那样依人……

三　贫穷

　　信辅的家很穷。当然他家的穷并不是像在简陋平房里住的下层阶级那种穷，而是为了面子而必须受苦的中下层的穷。他父亲是个退休官吏，除去一点儿储蓄的利息外，包括女佣在内，一家五口人就要靠父亲一年五百块钱的养老金糊口。这样一家人必须节约又节约，他们住在一座带个小院子的独户住宅，连门厅共五间房子。他们家每个人很少能穿上新衣服，父亲的乐趣也就是满足于晚上喝一点不好意思用来待客的劣质酒，母亲也用外套遮盖着自己腰带上的补丁。信辅也一样，他到现在还记着自己书桌那股油漆味儿。那张桌子是买的旧货，桌面上贴着绿绒布，抽屉的拉手闪着银光，看上去还挺漂亮。但是实际上那绒布已经被磨得很薄了，抽屉也很不容易拉开。这张书桌可以说是他家生活的缩影，总是为撑脸面而操心的他家生活的缩影……

信辅恨自己家这么穷，当时的恨至今还留在他的心灵深处难以忘记。他买不起书，也没钱上夏季补习学校，穿不起新外套。可是他的同学都能享用这一切。他当时很羡慕他们，有时甚至嫉妒他们。但是他却不肯承认自己对他们的羡慕和嫉妒，这是因为他看不起他们没本事。然而他对穷的憎恨并没因此而变化。他恨破旧的铺席，恨昏暗的电灯，恨纸拉门上已经残破的常春藤画，他恨家里所有让人丢脸的东西。这还算好的，他甚至为了那些让人丢脸的东西而恨生下他的父母，特别是恨个儿比他还矮、秃头的父亲。父亲经常到学校来参加家长会，他为在同学面前见到这样的父亲而觉得很没面子，同时他也为自己居然看不起自己的生身父亲而感到可耻。他模仿国木田独步写了《不自欺记》，在一张发黄的纸上留下了这样一段话："予不能爱父母，否，非不能爱。予虽爱父母其人，却不能爱其外表。以貌取人，君子之耻也，更遑论父母之貌。然而予无论如何不能爱父母之外表……"

可是比起这些让人丢脸的贫困来，他更恨因贫困带来的虚伪。母亲把蛋糕装在有名的点心店"风月堂"的盒子里送给亲戚，可是盒子里的蛋糕并不是"风月堂"的,而是附近一家点心店的。父亲也一样,总是假惺惺地教训人说要"勤俭尚武",要是让父亲说起来,除了一本古书《玉篇》①之外,就连买《汉和词典》都是"奢侈文弱"。不仅如此,实际上信辅自己也经常说谎,这一点可能并不比父母差。他一个月能得到五毛钱的零用钱,要是哪怕能多得到一分钱,他也会用来买自己早就想得到的书或杂志。他会想出种种理由——比如把找的零钱丢了啦,买了笔记本啦,交学生会会费啦,想出这些理由作为借口,朝父母要钱。要是这样钱还不够用,他就想方设法讨父母的欢心,争取提前拿到下个月的零用钱。他还格外讨好宠爱自己的母亲。当然对他来说,自己撒谎和父母撒谎一个样,都会让他感到不高兴。不过他仍然会撒谎,大胆、狡猾地撒谎,这对他比什么都重要,同时又让他感到一种病态的愉悦——是一种好像把神杀死了似的愉悦。只有在这点上他是有点儿像小流氓。在他的《不自欺记》最后一页有这样几句话:

"国木田独步依恋恋爱,予却厌恶憎恶。比如对贫穷的憎恶,对虚伪的憎恶,予憎恨一切憎恶……"

这是信辅的真情表露。不知从什么时候开始,他憎恨起对贫穷的憎恶来了,这种画了两个圈加以强调的憎恶一直困扰着二十岁前的他。当然他也并不是毫无幸福可言。他每次考试成绩在班上不是第三就是第四名,比他低一级的美少年还主动向他示好。这些对于信辅来说简直就像是阴云中露出的一丝阳光。憎恶比任何一种感情都沉重地压在他的心头,而且还不知不觉地在他的心灵上留下了难以抹消的痕迹。在他脱离贫穷之后也仍然非常憎恨贫穷,同时他还像憎恨贫穷一样非常憎恨奢侈。他也憎恨奢侈——对奢侈的憎恨是贫穷给中下层阶级留下的烙印,或者可以说仅仅是中下层阶级的贫

---

① 中国的字书,南朝梁陈间顾野王著。

穷留下的烙印。至今他仍能感到自己心中的那种憎恶感。那是必须与贫穷作斗争的 Petty Bourgeois（中产阶级、小市民）道德的恐怖……

大学刚毕业的那年秋天，信辅到一个正在法科学习的朋友家去，他们在一间十几平方米的房间里席地聊天，房间的墙和拉门上糊的画纸都很旧了。一会儿一个六十来岁的老人出来了，直觉让信辅从那个老人的脸上——酒精中毒的脸上看出来，他是一个退休官吏。

"这是我爸爸。"

他的朋友简单地介绍了那个老人。老人似乎还有点儿架子，心不在焉地听过信辅的寒暄后，说了句："请慢慢聊，那边还有椅子。"说完就转身进屋了。确实光线暗淡的回廊那里有两把带扶手的椅子，椅子的椅背很高，红色软垫的颜色已经褪掉，大约是半个世纪前的东西了。信辅从这两把椅子上可以想象得到全部中下阶层的生活状况。他也能感觉到，他的朋友和他一样因为有这样的爸爸觉得不好意思。像这样的小事在他的心里留下了苦涩的记忆，至今记得清清楚楚。这种思想也许今后仍会给他心里留下许多杂乱的阴影，可是他首先是退休官吏的儿子，是生活在贫穷之中的人，比起下层阶级来，他尤其要忍受更加虚伪的中下层阶级的贫穷。

四　学校

学校留给信辅的全是阴暗的记忆。要是不算上大学时上课不做笔记的两三门课的话，他从来没对学校的任何一门课产生过兴趣。不过，从初中到高中，从高中到大学，上了几个学校只是摆脱贫穷的自救方法而已。只是信辅在上中学的时候并不承认这一点，至少没痛快地承认过。可是从初中毕业开始，贫穷的威胁就像阴沉沉的天气一样压在信辅的心头。他在读高中和大学的时候，好几次打算退学不念。但是，每当他要退学时，这种威胁就会为他显示出灰暗的将来，简简单单地就让他的计划流产了。他当然恨学校，尤其是恨管束特别多的初中。学校门卫的喇叭声听起来让人不寒而栗，操场上的杨树茂盛得使人感到惆怅。信辅在学校里学习西洋历史的年代，学习没有实验的化学方程式，学习欧美某个城市的人口等等没用的小知识。学习这些只要用点儿功其实也并不是很痛苦的事，可是忘记这些是没用的小知识这一事实本身就不太容易。就像陀思妥耶夫斯基在《死屋手记》中做的比喻：囚犯被迫做无用劳役，把第一个水桶的水倒进第二个水桶，然后又把第二个水桶的水倒回第一个水桶，囚犯最后就会自杀。信辅在灰色的校舍里，在高大杨树的摇曳声中，经历了那个囚徒所经历的精神痛苦。还有……

还有他最恨的老师也是中学老师。老师作为普通人当然不是坏人，但是他们负有"教育上的责任"，特别是拥有处罚学生的权利使他们成了暴君。他们为了把自己的偏见植于学生的心中，不惜采取一切手段。实际上他们中的一个，一个外号叫"达摩"的英语老师觉得信辅"傲气"，于是经常体罚信辅。他之所以"傲气"，只是因为他看了国木田独步和田山花袋的小说而已。老师里还有一个，是左眼安了假眼的语文老师。这个老师对信辅不喜欢武艺和竞技运动很不高兴，就为这个曾几次笑话信辅："你小子是女人吗？"有时候信辅一下子就火了，反问："老师是男人吗？"对他如此不逊，老师当然会毫不留情地加以严厉惩罚。要是重读他写的纸张已经发黄的《不自欺记》，就可以知道他所遭受的屈辱简直不胜枚举。自尊心特强的信辅就是为了争口气也总是反抗这样的侮辱，要不是这样的话，自己也会和所有小流氓一样自轻自贱的。他的自强术都可以从他的《不自欺记》里找到：

"予虽多蒙恶名，究其有三。

"其一，文弱也。文弱乃较之肉体之力更重精神之力之谓也。

"其二，轻佻浅薄也。轻佻浅薄乃爱功利外之美之谓也。

"其三，傲慢也。所谓傲慢者，乃在他人前不屈己志之谓也。"

不过也并不是所有老师都迫害他。他们中的一个曾经招待他参加有家属参加的茶话会，还有一个老师曾经借给他英语小说看。他还记得当他完成四年级学业毕业①的时候，在借给他的那些小说里找到一本屠格涅夫的《猎人日记》英译本，于是兴高采烈地读了起来。可是，"教育上的责任"常常妨碍一般人和他们亲近。因为接受他们的好意，也就证明潜意识里有向他们的权利低头献媚的意思，或者就是因为潜意识里有对他们的同性爱倾向妥协的丑恶一面。他一到他们的面前就感到手足无措。这还不算，有时候还会当着他们别别扭扭地伸手掏香烟，或者故意大声地吹嘘自己站着看过的戏。这些老师当然会把他的这种不懂事的行为理解为这个学生桀骜不驯。他们这样理解也还是有道理的，他原本就不是一个讨人喜欢的学生。从放在他的箱子底的旧照片可以看出，那时候他看上去像个病弱的少年，脑袋大得看上去和身子不协调，只有眼睛显得特别精神。这个面带菜色的少年最大的乐趣就是不断提一些恶毒的问题难为本本分分的老师。

只要是有考试，信辅的成绩就会得高分，只有所谓操行，他从来没上过 6 分。他看到这个阿拉伯数字 6，就能想象到教员室里的冷笑。实际上，事实是那些老师是把操行成绩当作武器来愚弄自己。就因为这个操行成绩，他在班上的成绩从没超过第三名。他恨这样的报复，也恨这样报复的老师，直到今天。不，时至今日，他不知不觉地已经忘记了当时的憎恨。中学对他来说是一场噩梦，不

---

① 当时旧制初中为五年制，旧制高中则回收修完旧制初中四年学业的学生，相当于大学本科。

过当时的噩梦并不见得就是坏事,为此他至少学会了忍受孤独,不然的话他的这半辈子过得可能比现在还痛苦。他像做梦一样成了几本书的作者,可是他最终所得到的只是落寞的孤独。在他忍受孤独的今天,或者说是在他知道了只有忍受孤独别无他法的今天,回首过去的二十年,那曾经给予他痛苦的校舍,在他现在的记忆里,却是处于一片玫瑰色的晨光中。当然只有操场上的杨树仍然郁郁葱葱,树梢上发出寂寥的风声……

五　书

信辅从上小学时就开始喜欢看书了。让他对书产生兴趣的是在他父亲书箱底的帝国文库本《水浒传》。只有脑袋长得大的小学生在昏暗的灯光下把《水浒传》看了好几遍。这还不算,就是不看《水浒传》的时候,他心里也在想象着替天行道的大旗、景阳冈的猛虎、菜园子张青在房梁上挂着的人腿。是想象吗?可那种想象比现实更加现实。他还曾手提木剑在挂着晾干菜的后院里与一丈青扈三娘和花和尚鲁智深拼杀过。这样的热情在三十年间一直支配着他。他还记着那时经常看书熬通宵。不仅如此,他还记得那时候在桌子边、车上、厕所里,有时走路都在专心致志地看书。当然了,那把木剑在看完《水浒传》之后他就没再拿起过。他看书的时候曾经好多次哭过、笑过。这可以说是一种换位,觉得自己就成了书里的人物。他像天竺的佛祖一样,度过了无数的前世。比如卡拉马佐夫、哈姆雷特、安德烈公爵、唐·璜、梅菲斯特、列那狐等等,甚至这些形象中的一部分还不只是一时的换位。有一次,他到上了年纪的叔叔家去想要点儿零花钱。叔叔是明治维新策源地之一的长洲萩的人,于是信辅就在叔叔面前高谈阔论明治维新的大业,上自村田清风,下至山县有朋,对长洲出身的人物大加赞赏。可是,这个满脸虚伪的夸张表情、面色苍白的高中生,不像是大导寺信辅,倒像是于连·索雷尔,就是小说《红与黑》里的主人公。

就像这样,信辅的所有知识当然都是从书里学的,至少可以说他没有哪一样知识是不靠书本的。实际上,他为了了解人生而对街上的行人视而不见,为了观察街上的行人他宁愿去了解书中的人生。用这种方法去了解人生或许是迂腐了一些,不过,对于他来说,街上的行人只是行人而已。他为了了解他们的爱,为了了解他们的憎恶,为了了解他们的虚荣心,除了读书没有其他的方法。看书,特别是看世纪末在欧洲产生的小说、剧本,使他在冷峻的光芒中发现了在他眼前展开的人间喜剧。不,或者可以说还发现了自己善恶不分的灵魂。这并不限于人生,他在本所的街道上发现了自然之美。不过使他欣赏自然之美的眼光多少添加了些敏锐的,还是那几本自己喜爱的书。其中特别是元禄时期的俳谐①,由于他读了这些俳谐,如:"都市近处见山峦"、"郁金田里吹秋风"、"海滩落阵雨,远处大小帆"、"黑夜传来苍鹭鸣"等等,由此而知道了本所没有的自然美。这种"从书本到现实"的方法对于信辅来说经常是真理。在他这半辈子里,曾经对几个女人产生过恋情,但是这几个女人谁也没让他了解女人之美,至少没教给他书本以外的女人之美。他从戈蒂耶、巴尔扎克和托尔斯泰的作品里懂得了女人透过阳光的耳朵和落在脸上的睫毛影,为此女人至今还在向信辅传达着美丽。要是没跟他们学过的话,他也许还不知道女人,而只知道雌性……

因为穷,信辅实在不能随心所欲买自己要看的书,他想方设法要克服这个困难,这就首先要靠图书馆了,其次还得益于租书店,

---

① 俳句的旧称。元禄时期,社会政治安定,文学、艺术繁荣,也是以松尾芭蕉为代表的俳谐兴盛时期。

第三还要靠甚至使他遭受吝啬之讥的节俭。他清楚地记得门朝向大河沟的租书店、租书店和蔼可亲的老太太、老太太当作副业做的头饰。老太太相信刚刚进小学的"小少爷"天真无邪,可是那些"小少爷"却不知什么时候发明了假装找书而实际上却偷看书的方法。他还清楚地记得,二十年前的神保町大街,满街一家挨一家都是旧书店。越过那些旧书店的屋顶看到阳光照射下的九段坡的斜坡。当然,那时候的神保町既不通电车也没有马车。他一个十二岁的小学生为了到大桥图书馆去,经常腋下夹着饭盒和笔记本来往于那条马路。从大桥图书馆到帝国图书馆,来回的距离有十里。他还记得帝国图书馆给他的第一印象,高高的空间让他感到畏惧,大扇的窗户让他感到畏惧,占满了无数座位的无数人也让他感到畏惧。不过,幸好他去了两三回后,那种畏惧感就消失了,他马上就对阅览室、铁楼梯、卡片盒和地下的食堂有了好感。后来他又在大学的图书馆、高中的图书馆借了好几百册书看,在那几百册书里他又喜欢上了其中的好几十册。可是……

可是,他最喜欢的还是那些自己买的书,不管内容如何,反正书的本身就叫他喜欢。信辅为了买书连咖啡店都不进,但是他的零用钱当然老是不够花,为此他一个星期要教亲戚家的中学生三次数学(!)。即使这样钱仍不够用的时候,只好去卖书。但是,旧书从来没有卖到新书价钱的一半。这还不算,对他来说,把保存好多年的书拿到旧书店去简直就是悲剧。在一个下小雪的晚上,他到神保町大街的旧书店一家挨一家看,在一家店里他发现了一本尼采的《查拉图斯拉如是说》。这不只是一本一般的《查拉图斯拉如是说》,而是两个多月前他卖掉的沾着自己手垢的那本《查拉图斯拉如是说》。他在书店呆呆地站着把那本《查拉图斯拉如是说》又从头到尾看了一遍,看着看着,渐渐舍不得再撒手了。

"这本书多少钱?"

他站了十来分钟后,把那本《查拉图斯拉如是说》递给旧书店的女老板。

"一块六毛钱。看您的面子就算一块五毛钱吧。"

信辅想起来了,这本书是七毛钱卖的。没法子,他讲了半天价,总算讲到卖价的两倍,用一块四毛钱又把那本书买了回来。下雪的夜晚,路边的人家和电车里都显得格外安静。他经过这些街道,大老远地赶回本所,一路上总是惦记着揣在怀里的那本铁灰色封面的《查拉图斯拉如是说》。然而同时他嘴里却不住地嘲笑着自己……

六 朋友

信辅找朋友很在乎对方有没有本事。不管这个青年多么有教养,只要除了品行之外别无可取之处的话,对于他来说也是个没用的路人一般。不仅如此,他甚至只要看到那个活宝就一定会揶揄一番。对于操行只得了6分的他,这样的态度是理所当然的。从中学到高中,从高中到大学,在他所上的几个学校,他都曾经嘲笑过那些人。当然那些人中间会有人对他的嘲笑感到气愤,可是那些人中的有些人却因为觉察到了他的嘲笑而成为模范君子。他对自己被人叫作"讨厌的家伙"还觉得挺高兴,但是他也为自己的嘲笑没得到回应而感到气愤不已。实际上就有这样一个君子——高中文科的学生是利文斯通①的崇拜者。信辅在学校里和那位君子住在一个宿舍里,有一次信辅故意一本正经地跟他胡诌说,拜伦也崇拜利文斯通,看了利文斯通传哭得一塌糊涂。打那时候算起已经过了二十年了,到现在那个利文斯通的崇拜者仍然在一个基督教会的刊物上发表文章称赞利文斯通。最绝的是他在文章的开头是这样写的:连恶

---

① D. Livingstone(1813—1873),英国传教士,探险家。

魔诗人拜伦读了利文斯通的传记都掉了眼泪，这件事给了我们什么启示呢？

信辅找朋友很在乎对方有没有本事。就算对方并不是君子，但只要这个青年对知识没有贪婪的追求的话，对于他来说也是个没用的路人一般。他对朋友并不要求要和和气气，他的朋友即使没有青年人应有的胸怀也不要紧。不，毋宁说他对所谓亲密朋友有一种恐惧感，同时他要求自己的朋友一定要有头脑。要有头脑，要有十分聪明的头脑。无论美少年长得多精神，他还是更喜欢有头脑的人。另外，比起君子来，他更憎恨有头脑的人。实际上他的友情总是在爱的热情中含有几分憎恶的。信辅到现在仍相信，在这种热情之外是没有友情的。至少他相信在这种热情之外没有不带 Herr und Knecht（主仆关系）倾向的友情。更何况当时的朋友在另一方面还是他难以兼容的死敌。他以自己的头脑为武器，不断地和他们格斗。惠特曼、自由诗、创造的进化等等，战场几乎无处不在。他在那些战场上打倒朋友，或被朋友所打倒。他完全是为了获得杀戮的喜悦才和他们不断地进行这种精神上的格斗。可是在这期间自然而然地出现了一些新的观念和新的美的形象，这也是事实。凌晨三点的蜡烛光是怎样照亮了他们的论战，武者小路实笃的作品是怎样支配了他们的论战。信辅还清楚地记得九月的一个夜晚，几只扑火的大飞蛾飞到了蜡烛旁。彩色斑斓的扑火飞蛾突然从漆黑的暗处出现了，但是这些飞蛾一碰上火苗便一瞬间扑腾一下死了。这其实也许并不是什么大不了的事，可是信辅直到现在只要想起这个来，只要想起那些漂亮得难以形容的扑火飞蛾的生死来，心里就不由得冒出几丝孤寂之感……

信辅找朋友很在乎对方有没有本事。他的标准只有一个。但是这个标准也并不是完全没有例外，这就是割断他和朋友之间友情的社会上的阶级差别。信辅对与他成长所处的环境相似出身的中流阶层青年并不特别感兴趣。但是他有时对他知之甚少的上流阶层出身的青年却感到格格不入，有些许不可思议的憎恶感。他们中的一些人很懒，一些人很神经质，还有一些人则是性欲的奴隶。不过他之所以恨他们并不一定是为了这些，不，其实是因为他们的那种漠然态度。他最恨的是他们自己并没意识到的那种"什么东西"。因为这个他又对下层阶级，即对与他们这个阶层不同层次的另一个阶层有一种病态的向往，他同情他们。可是他的同情其实也没有什么用。那个"什么东西"在他和人握手的时候总是像针一样刺痛他的手。在四月刮寒风的午后，当时还是高中学生的信辅和那些人中的一个——一个男爵的大儿子一起站在江之岛的石崖边，他们的脚下就是荒凉的岩石海滩。他们把几枚铜钱扔进海水，让几个潜水少年去捞。少年们每看到铜钱掉下就扑通扑通地跳下海去，但是有一个赶海女孩儿却站在一堆干海藻烧的篝火边微笑着看着那几个少年。

"这回让那个家伙也跳下去。"

他的朋友把一枚铜钱包在香烟的铝箔纸里，然后猛一转身使劲儿把铜钱扔了出去。那枚铜钱闪着银光掉进风急浪高的大海里，只见那个女孩儿早已跃身跳进了海里。到现在信辅仍然清楚地记着那个朋友嘴边浮现出的残酷微笑。他的那个朋友的学外语的能力比一般人强得多，另一方面他又确实具有比一般人尖锐得多的牙齿……

> 附记：这篇小说本打算写现在的三倍那么长。现在发表的部分肯定与《大导寺信辅的半生》一题不太相符，但由于没有更好的题目替代，不得已只好仍用原题。读者倘能将此文视为《大导寺信辅的半生》第一篇，则幸甚。
>
> 大正十三年（1924）十二月　作者识

早　春

宋再新译

　　大学生中村感受着春天穿的外套下自己的体温，沿着略显昏暗的石阶上了博物馆的二楼。上了楼往左拐就是爬虫类标本室。中村在往里走之前看了看自己的金壳手表，幸好手表的指针还没指到两点。没想到来得还不算太晚，中村这么想着，非但没有放下心来，反而倒有点儿吃亏了的感觉。

　　爬虫类标本室里安安静静，里面甚至连值班的人都没有，寒冷的房间里只有一股防虫剂的味道。中村环视一下室内，像要做深呼吸一样伸了伸腰，然后在大玻璃橱窗前停下，橱窗里面粗大的枯树上盘着一条南洋巨蟒。这个爬虫类标本室恰巧是他从去年夏天起和三重子约会的地方。在这里约会并不是因为两人都有病态的嗜好，只是为了避人耳目，不得已而选择的地方。对他们两个胆小的人来说，像公园、咖啡馆、车站那些地方都让他们感到紧张。特别是对刚刚成人的三重子来说可能更会感到难堪。他们总是感到有无数人的视线都集中到自己的身后。不仅如此，他们甚至感到自己的心脏都清楚地晾在了别人的眼睛里。不过，来到这个标本室，除了剥制的蛇和蜥蜴外，没谁看到他们。即使偶尔碰到管理员或参观者，顶多被注视几秒钟而已……

　　约好的时间是两点钟，现在手表的指针正好指到了两点。中村心想，今天一定不会让她等了，他一边这么想一边看着爬虫类的标本。可不巧的是，现在他心里没感到丝毫的激动，没有什么希求，满脑子想的只是尽义务。难道自己也像所有的男人一样，对三重子有倦怠感了吗？可是要产生倦怠感就必须面对同一个人。今天的三重子幸福不幸福反正都不是昨日的三重子了。昨日的三重子还是一个在山手线电车上和他只用眼睛相互打招呼，非常娴静的女学生。另外，和他一起去井之头公园玩时的三重子是那么温柔而有些孤独……

中村又看了看手表，现在已经是两点过五分了。他犹豫了一下，进了旁边的鸟类标本室。金丝雀、锦鸡、蜂鸟，他隔着玻璃看着那些剥制的大鸟小鸟是那么漂亮。他觉得三重子也像那些鸟一样，徒有漂亮的形骸而失去了美丽的灵魂。他还清楚地记得，上回见到三重子的时候，她只是一个劲儿地嚼着口香糖。再上回见面的时候她光是唱歌剧里的歌。特别让他吃惊的是大约一个月前见到的三重子的样子：她只顾说笑话、聊足球，一脚就把枕头踢上了天棚……

手表已经到了两点十五分。中村叹着气，又回到了爬虫类标本室，可是还是不见三重子的影子。他这下有了点儿轻松的感觉，对着眼前的大蜥蜴道了声"再见"。大蜥蜴从明治几年以来嘴上就永远叼着一条小蛇。蜥蜴能永远，可是他不能永远都待在那里。手表到了两点半的话，他就准备立刻离开博物馆。樱花还没开，不过两大师①塑像前的樱花树枝探向阴霾的天空，枝头已经缀满了红色的花蕾。能在这个公园散步可以说比和三重子到任何一个地方去都幸福得多……

两点二十分！再等十分钟就行了。他强忍着想回去的念头，在标本室踱着步。失去了热带森林的蜥蜴和蛇的标本很奇怪的有一种让人生怜的感觉。这或许是一种象征也不一定，是他不知什么时候

---

① 上野公园内有两大师堂，前有慈惠和慈眼两大师的塑像。

失去了热情的恋爱的象征。他对三重子很忠实，但是，三重子在半年间却变成了几乎让人完全认不出来的不良少女了。他之所以失去了热情完全是三重子的责任，至少是幻想破灭的结果，而绝不是自己感到倦怠的原因……

刚到两点半，中村就要离开爬虫类标本室。可是他还没走到门口，一下子又转过身来。他想没准儿三重子会刚好和他错过进了这个房间也不一定。要是这样的话就对不起三重子了。对不起？不，也不是对不起。不能说是他同情三重子，而应该说是他自己被义务感所困扰。为了自己的义务感就得再等上十分钟。什么？三重子肯定不会来？管他的呢，不管等不等，反正今天下午自己一个人过得挺高兴……

爬虫类标本室依然静悄悄的，值班的人还没转过来，寒冷的房间里只有一股防虫剂的味道。中村渐渐觉得无法忍受了。三重子毕竟是个水性杨花的女子。不过他的恋爱可能还没有彻底完结，要不然的话他可能早就走到博物馆外去了。当然就算自己已经没有热情了，但是欲望总还存在。欲望？可这又不算是欲望。就是到现在他的确还在爱三重子。三重子确实把枕头踹上了天，不过她的脚可是真白，脚指头也光滑圆润。特别是她那时候的笑声，他想起了三重子偏着头开心大笑的样子。

两点四十分。

两点四十五分。

三点。

三点五分。

到了三点十分的时候，中村感到了薄大衣下的一阵阵寒意。他出了爬虫类标本室，走下了石头台阶，走下了总是阴暗的石头台阶。

那天电灯点亮的时分，中村在一家咖啡馆的角落和一个朋友聊着天。他的朋友叫堀川,是个想当小说家的大学生。他们各自面前有一杯红茶,正谈论着汽车的美学价值,谈着塞尚①的经济价值。但是,当他们聊这些聊累了的时候,中村点上香烟,完全像说别人的事一样说起了今天的事情。

"真笨啊,我。"

说完后中村好像觉得没什么意思,又加上了一句:

"哼,自己笨才是真笨呢。"

堀川漫不经心地冷笑了几声,然后马上又像朗读似的议论了起来:

"你不是已经走了吗?爬虫类标本室空空荡荡的。这时候——其实时间没过多久,才三点十五分。这时候,一个脸色惨白的女学生独自走了进来。当然这时没有值班的,也没有其他人在场。那个女学生一直在蜥蜴和蛇中间孤独地站着。那个地方的天大概特别容易黑,光线暗了下来,已经快到闭馆的时间了。你这么一想象的话不就成了小说了吗?当然了,也不会是很好看的小说。就算你喜欢三重子,要是把你自己当成主人公的时候……"

中村咧着嘴笑了:

"不巧,三重子现在胖了。"

"比你还胖?"

"说什么呢,我有八十八公斤,三重子大概有六十四公斤吧。"

十年的时间很快就过去了。中村现在在柏林的三井还是其他什么公司上班。三重子好像已经结婚了。小说家堀川保吉有一次偶然在一本妇女画报的封面上发现了三重子的照片。在那张照片上三重子站在一架钢琴的后面,和三个孩子一起幸福地微笑着。看样子相貌好像和十年前没什么太大的变化,体重呢,保吉暗暗感到害怕。

---

① P. Cézanne(1839—1906),法国后期印象派画家。

从她的身段看的话,没准儿有七十五公斤还多呢……

大正十四年(1925)一月

马　腿

宋再新译

　　这个故事的主人公是个叫忍野半三郎的男人，不过很遗憾，这个男人不是什么大人物，只是在北京的三菱公司工作的一个三十来岁的职员。半三郎从商科大学毕业后的第二个月就给派到北京。同事和上司对他的评价并不怎么样，但也并没坏到哪里去，就和他的外表一样平平凡凡。要是再加一句的话，那就是也和半三郎的家庭生活一样。

　　半三郎在两年前和一位小姐结了婚，小姐的名字叫常子。他们的婚姻不巧也不是经过恋爱结婚，而是通过亲戚一对老夫妇介绍的。常子算不上漂亮，可也不算丑，圆圆胖胖的脸上老是露着笑容。除了从奉天①到北京的途中被臭虫咬的时候之外，她什么时候都是笑呵呵的。而且现在她并不担心再被臭虫咬了，因为他们所住的公司宿舍里，已经配了两罐蝙蝠牌的除虫菊。

　　我说过半三郎的家庭生活极为平凡，实际上也的确如此。他和常子一起吃饭，一起听唱机，一起去看电影，生活和所有在北京的公司职员一模一样。不过他们的生活也不可能摆脱命运的支配。一天的下午，命运的一击打破了他们单调、平凡的家庭生活。三菱公司的职员忍野半三郎因脑出血突然死了。

　　那天下午，半三郎还和往常一样在东四牌楼的公司办公室里认

---

①　沈阳的旧称。

真翻阅文件。听说和他对着坐的同事也没觉察他有出什么不对劲儿的地方。可是，眼看着他工作了一会儿要抽空抽支烟，正要擦火柴点烟的时候，突然趴在桌子上就死了，死得实在是太突然了。不过幸好社会上的人不大批评人的死法，一般的批评都是针对人的活法的，所以半三郎也就没有遭到特别的谴责。不，岂止没有谴责，无论上司还是同事都对常子表示了深深的同情。

据同仁医院院长长山井博士的诊断，半三郎的死因是脑出血。但是，不幸的是半三郎并不知道自己是脑出血。首先他没觉得自己死了，只是吃惊自己进了原来没见过的办公室……

办公室的窗帘在阳光里被风吹得摇晃着，当然外边的什么都看不见。办公室的正中是一张大办公桌，两个穿着白大褂儿的中国人正在桌子前翻看着账本。其中一个人大概有二十来岁，另一个留着略微发黄的长胡子。

这时那个二十来岁的中国人一边飞快地在账本上写着字，一边头也不抬地问他："Are you Mr. Herny Barret, aren't you?"（你是亨利·布雷特先生吗?）

半三郎吓了一跳。不过他还是尽量故作镇静地用北京官话回答："我是日本三菱公司的忍野半三郎。"

"哎呀，你是日本人哪?"

终于抬起头的那个中国人好像也吓了一跳。另一个中国人一边仍然往账本上写着，一边茫然地看着半三郎：

"怎么办? 我们把人弄错了。"

"麻烦哪，实在是麻烦。这是一次革命以来从没有过的事。"

看样子那个年纪大点儿的中国人生气了，拿着笔的手直哆嗦：

"不管怎么样，快把人还回去吧。"

"你……嗯，是忍野君吧? 请稍等一下。"

二十岁左右的中国人又打开厚厚的账本，嘴里开始嘟囔着什

么。一会儿他合上账本,马上显得更吃惊的样子对那个年纪大的中国人说:

"不行啊,忍野半三郎君三天前已经死了。"

"三天前死的?"

"而且他的脚已经烂了,两只脚都从腿上烂了。"

半三郎又吃了一惊。听他们说的话,首先自己已经死了,第二他已经死了三天了,第三自己的脚已经烂了。这是哪有的事啊?其实他的脚不是还——他想快走几步,可是一下子忽然大叫了起来。他大叫起来也很正常。随着窗外吹来的风,他穿着裤线笔挺的白裤子、白皮鞋的腿和脚的部分都在晃悠着。他看到这般光景的时候,几乎不敢相信自己的眼睛,但是用两手一摸,两只裤筒都像装满了空气一样。半三郎一下子坐在了地上,同时两脚——不,两条裤腿就像撒了气的气球一样软不拉叽地落在地板上。

"行啦行啦,你快想个办法处理一下吧。"

岁数大的中国人这么说了一句后,好像气还没出完似的说:

"这是你的责任,对不对?你的责任。快点儿写份报告来。还有呢,还有那个亨利·布雷特现在到哪儿去了?"

"我刚才查了一下,好像他突然到汉口去了。"

"那么快给汉口发电报,让他们立刻把亨利·布雷特的脚寄过来。"

"不,这可不行。脚从汉口寄到这儿的时候,忍野君的身子都烂了。"

"不好办,实在是不好办。"

年纪大的中国人叹着气,不知为什么他的胡子看起来更往下垂了。

"这是你的责任,马上就把报告写好。现在没落下乘客吧?"

"哎,刚好一个小时前走了。不过马倒是还有一匹。"

"是哪儿的马？"

"德胜门外马市的马，刚才忽然死了。"

"那正好，就把那匹马的腿安上得了，总比连马腿都没有的好。你快去把那马的腿拿来。"

二十来岁的中国人离开大办公桌，一下子不知道哪儿去了。半三郎第三次被吓了一跳。因为按照刚才听到的话，好像他们要把马的腿给自己安上。要是自己的腿成了马腿的话那麻烦可就大了。他仍然坐在地上没起来，朝那个上年纪的中国人求起情来。

"喂，马的腿就别给我安了，我最不喜欢马了。我的下半辈子就求您帮忙了，还是给我安人腿吧，把那个叫亨利什么的腿给我安上也行，腿有点毛也不要紧呢。"

那个年纪大的低头看着半三郎，好像挺可怜他，连连地点着头。

"要是有的话就给你安上了，可是现在没有人的腿啊。算了，这么着，你就当遭了灾吧。不过咱们有马腿呀，你只要经常钉钉掌，就什么样的山路都能走了。"

这时候那个年轻的部下拎着两条马腿不知道又从哪儿回来了，那样子就像是宾馆的招待提着一双长皮靴。半三郎这时想逃了。可是没有了两腿太惨了，他没办法抬起身子。那个部下来到他的身边，开始脱下他的白皮鞋和袜子。

"这可不行，可千万别给我安马腿。首先没有我的许可，不能修理我的腿。"

就在半三郎正在叫唤的时候，那个部下已经把一条马腿插进了半三郎的右边裤腿里。那条马腿就像有牙似的，一下子就咬住了半三郎的右腿。那个部下接着又往左裤腿里插进了另一条马腿，这回也咬合得很好。

"哎呀，这就行了。"

二十来岁的中国人搓着指甲很长的两只手,脸上露出了十分满意的微笑。半三郎茫然地注视着自己的腿,这才发现自己的白裤腿里露出两条马腿,而且半三郎只记着这些,至少再往后的事就没记得这么清楚了。他还记得好像自己和那两个中国人吵了一架,然后自己从很陡的楼梯上滚了下来。不过这些他都不敢肯定。反正在昏昏沉沉中糊里糊涂了一阵之后,当他回过神来时,已经躺在公司宿舍前横着的棺材里了。在棺材的前头还有一个本愿寺派的年轻和尚在做导引。

可是看到半三郎这个样子,当然只好得承认他又活过来了。《顺天时报》为此还特地注销了半三郎的大幅照片,还用大字标题刊出了报道。反正据那篇报道说,穿着丧服的常子的笑容还胜过平时。据说一些上司和同僚还用已经用不上的香奠钱为半三郎办了个复活庆祝会。当然只有医院院长山井博士的信用遭遇到了威胁。不过,博士仍旧悠然地抽着雪茄吐着烟圈,巧妙地恢复了自己的信用。他的办法是极力主张有超越医学的自然神秘之力。他的这个办法其实就是为保住自己的信用而抛弃了医学的信用。

但是,只有半三郎本人即使在出席复活庆祝会的时候,脸上也没有一点儿高兴的样子。当然他不高兴也没什么奇怪的,因为复活以后他的腿就变成马腿了。他现在没有脚,而只有长着蹄子的带栗色毛的马腿了。他一看到那双马腿就感到说不出的伤心。要是哪天自己的马腿被公司的人发现了的话会被开除的,同僚也肯定再也不愿和自己交往了。常子也——唉,"弱者,你的名字是女人"![1] 常子恐怕也会和其他的女人一样,不愿意一个长着马腿的男人当自己的丈夫吧。半三郎每每想到这儿,就下决心一定要藏好自己的双腿,不让人看见。就因为这个,他不再穿和服,总是穿长筒靴子;

---

[1] 莎士比亚的戏剧《哈姆雷特》中的名言。

同样为了这个，他洗澡时总是把门窗关得严严实实的。可是，即使这么小心谨慎，半三郎仍然感到不踏实。他当然有理由感到不踏实了，为什么呢……

半三郎首先要避开的是同僚的怀疑，但这在他的一片苦心里可能还是算比较轻松的了。从他的日记中可以看出他多少总要和各种危险作斗争。

"七月×日　那个年轻的中国小子不由分说就给我安上了不成体统的马腿。现在我的两条腿可以说都成了跳蚤窝，我今天办公的时候两腿也痒得差点儿发疯。反正我现在必须想尽一切办法消灭跳蚤……"

"八月×日　我到经理那儿去谈生意上的事。那个经理在跟我谈话的时候老是抽鼻子，好像是我腿上的臭气从长靴子里透出来了……"

"九月×日　想要自由地操纵马腿确实比练马术还要困难。今天午休前，我突然被派了一件紧急工作，我就小跑着下楼梯。在这个时候无论谁都会在这短暂的时间里只思考工作上的事，我当然不知不觉也就忘了自己的马腿。就在这一瞬间我的脚从七级台阶上踩空了……"

"十月×日　我渐渐觉得能自如地控制马腿了。现在总算学会之后想起来，经验其实就是保持腰的平衡一条。但是，今天我失败了，当然今天的失败也不能完全怪我。今天早上九点左右，我坐人力车去了公司。车钱本来只要一毛二，可是那个车夫硬要我两毛钱。这还不算，他还拉住我的衣服不让我进公司。我一下子火气上来，一脚把车夫踹翻了，踢得车夫就像在空中飞的足球。我当然挺后悔，但一下子又笑坏了。不管怎样，以后用脚的时候一定要加小心……"

比起想办法不让同僚发现来，不让常子产生怀疑可就难多了。

在日记里，半三郎不断哀叹此事之难。

"七月×日　我的大敌是常子。我提出理由说文化生活需要，终于把仅有的一间日式房间改成了洋式房间，这样的话在常子的面前我就可以不脱鞋了。没了铺席子的房间好像让常子特别不高兴。但是，如果还是日式房间的话，就算是穿着袜子，我这样的脚怎么也不能在席子上走啊……"

"九月×日　今天我把双人床卖给家具店了。这床是我通过拍卖从一个美国人那儿买来的。买床的那天，我从拍卖场回来的时候从租界的行道树下经过。那些槐树上开满了花，运河的水也清澈透明，只可惜现在不是迷恋这些事的时候。昨天晚上我又横着踹到了常子的肚子……"

"十一月×日　我今天自己把脏衣服送到洗衣店去了，当然不是过去常去的那家，而是去了东安市场旁边的一家洗衣店。以后洗衣服也得这么坚持才行，因为衬裤、内裤和袜子上总是粘满了马毛……"

"十二月×日　袜子破了可是麻烦透了。为了不让常子知道，实际上光是省下买袜子钱就不是一般的辛苦……"

"二月×日　睡觉的时候我当然没脱过衬裤和袜子，我还得把脚藏在被子下不让常子看见，这种冒险也不是简单的事。常子昨天晚上睡前还说呢，你真是怕冷啊，毛皮都卷到腰上了。弄不好哪天我的马脚没准儿要露馅儿了……"

除了这些，半三郎还遭遇到了很多危险，把这些事一一列举根本不是我所能胜任的。可是，半三郎日记里最让我吃惊的是下面所写的意外事件。

"二月×日　今天午休时间，我到隆福寺的旧书店去翻旧书。有一辆马车停在旧书店前太阳地上，当然那不是西式的马车，而是带蓝色布篷的中式马车，赶车的肯定在车上休息。不过我没注意那车，就要进旧书店，可是事情就出在这个时候。那个赶车的忽然甩着响鞭吆喝着：'哨、哨'。'哨、哨'是中国人赶马向后倒时的吆喝声。吆喝声还没落，马车已经开始往后倒了。就在这时发生的事可把人吓坏了：眼看着我正在旧书店前的两只脚就开始交替着往后退。这时我的心也说不上是觉得恐怖还是感到惊讶，反正那种感觉不是我的笔能形容得了的。我拼命努力，想往前迈腿，可是在一种可怕而不可抗拒力量的作用下，我的腿还是往后倒。这时，赶车的吆喝了一声，这一声不要紧，对我来说就是幸福了。当马车停下来的那瞬间，我也好容易收住脚步不往后倒了。但是奇怪的事还没完，我刚松一口气，不由得朝马车看过去。只见那匹马，那匹拉车的杂色马发出了难以形容的嘶鸣。无法形容？不，那倒也不是。在那尖厉的嘶鸣中我分明听到了笑声。还不光是马，我觉得一种好像嘶叫的声音也要从我的喉咙里冒出来似的。要是我发出了这种声音那可麻烦大了。我用手蒙住耳朵拼命地从那儿跑了。"

然而命运还为半三郎准备好了最后的打击。之所以这么说是有道理的。三月末的一个下午，他突然发现自己的腿又要跳又要蹦。怎么自己的马腿一下子突然不安分起来了呢？为了揭示这个问题还得查阅半三郎的日记才行。可是不幸的是，他的日记正好在遭到最后打击的前一天就没有了。不过根据先后发生的事可以做个大概的推测。在查阅了《马政纪》、《马记》、《元亨疗牛马驼记》、《伯乐相马经》等书之后，我确信半三郎的两条马腿亢奋的原因大致如下：

那天正值黄沙尘铺天盖地而来。所谓黄沙尘是随蒙古的春风被吹到北京的沙土。据《顺天时报》的报道，当天的黄沙尘乃十数年来所未见，"在五步之外仰视即不得见正阳门楼"。可见其程度之凶猛。因为半三郎的马腿是德胜门外马市死马的腿，那匹死马又明显是通过张家口、锦州进来的蒙古产库仑马。于是他的马腿一旦感觉到了来自蒙古的空气,一下子就又跳又蹦起来,这也是很自然的事嘛。再加上塞外的马现在拼命地寻求交尾,正是纵横驰骋的时候,由此想来,让他的马腿不堪老老实实地一动不动也着实是值得同情的了……

我的这个解释是否正确姑且不论,半三郎当天在公司的时候也像跳舞一样,不住地转圈蹦跳。另外听说他在回家的时候,在仅仅三百来米远的路上就踩坏了七辆人力车。最后回到家——听常子讲,他像狗一样喘着气晃晃悠悠地进了客厅,刚坐在沙发上,马上又叫不知所措的太太拿绳子来。常子当然立刻就想象自己的丈夫出什么大事了,因为首先从脸色上看他的样子就很难看。另外他像似焦躁得难受,穿着长筒靴的脚不住地动着。看到丈夫这个样子,常子连平时一直挂在脸上的微笑都忘了,苦苦地求半三郎告诉她到底要绳子干什么。可是丈夫像很痛苦似的,一边擦脸上的汗一边不停地喊:

"快点儿,快!要是不快点儿就不得了了。"

常子不得已只好把一把捆行李用的绳子递给了半三郎。接到绳子他马上就用绳子把自己穿着长筒靴子的双腿捆了起来。这时,常子的心感到恐怖得像要发了疯似的。她颤抖着声音劝丈夫请山井博士出诊来看看,可是他只顾用绳子捆腿,怎么也听不进劝。

"那个江湖医生懂什么呀?那家伙是个小偷!大骗子!你别管那些了,到这儿来先帮我把我的身子按住吧。"

他们两个相互抱着坐在沙发上。遮蔽北京的黄沙尘好像更加猛烈,现在窗外连太阳光都不大看得清了,只能看见一片混浊的朱红色。半三郎的腿这时当然仍旧不停地动弹。两条腿被绳子捆得结结实实的,两脚像在蹬并不存在的自行车脚蹬子一样不停地动着。常子像在慰问丈夫,又像在给丈夫打气,她说:

"当家的,你怎么抖得这么厉害呀?"

"没什么，没什么。"

"可是你看你出的汗，这个夏天我们回日本吧，好不好？我们好久没回日本了。"

"嗯，那就回日本，回日本去过日子。"

五分钟、十分钟、二十分钟——时间在他们两个人身边缓缓地流过。常子后来对《顺天时报》的记者谈起，她那时的感觉就像被锁链锁住的囚犯一般。但是这么过了三十分钟以后，终于等到了锁链断开的时候。当然这并不是常子所谓的锁链断开的时候，而是半三郎挣脱把他束缚在家庭的人间锁链的时候。能看到外边一片混浊的红色的窗户被风吹得咔嗒咔嗒响得不停。与此同时半三郎突然大声喊叫起来，一下子飞起了三尺高。常子后来说她眼看着半三郎身上的绳子断了。半三郎——这话不是常子说的，当看见半三郎飞身跳起来的时候，常子已经在沙发上昏过去了。不过这个公司宿舍的中国人杂役对同一个记者是这么说的：半三郎好像被什么东西追着似的跳出了公司宿舍大门，然后就在那一瞬间，他在大门前站住了。但是他身子抖动了一下之后，就像马的嘶鸣一样，发出一种瘆人的声音，一下子就跑进笼罩着马路的黄沙尘里去了——

后来半三郎怎么样了呢？这到现在都是个谜。不过据《顺天日报》的记者报道，当天晚上八点钟左右，在月下的一片黄沙尘里，有一个没戴帽子的男人在观赏万里长城最著名的八达岭下的铁道上跑着。但是这个报道不见得那么准确。因为还有一个该报社记者报道说，晚上八点钟左右，在沾满黄沙尘的雨里，有一个没戴帽子的男人在十三陵两边有石人石马的甬道上跑。这样看来，应该说半三郎从公司宿舍跑出去以后，谁也不知道他到底去哪儿了。半三郎的失踪不用说和他的复活一样引起了种种议论。不过常子、经理、同事、山井博士和《顺天日报》的主笔都把他失踪的原因解释为是发疯了。当然解释成发疯比解释他长了马腿要容易得多。去难就易常常是天下的公理。代表这一公理的《顺天日报》主笔牟多口先生在半三郎失踪的次日，摇动他那如椽大笔发表了社论：

"昨下午五时十五分，三菱公司职员忍野半三郎先生似乎突然发狂，完全不听常子夫人之劝告，一个人出走不知去向。据同仁医院院长山井博士称，忍野先生去夏突患脑出血，曾三天不省人事，以后精神多少出现些异常状况。又，据常子夫人发现之忍野先生日记，也可知其常有奇怪之被迫害妄想。然而吾人欲问者并非忍野先生之病名如何，而是常子夫人之夫君忍野先生之责任所在。

"夫吾国金瓯无缺之国体乃立之于家族主义之上。而立于家族主义之上者，如一家之主之责任如何重大自不待言。作为此一家之主是否有妄自发狂之权利？在此疑问前吾人断乎以否答之。试以天下为夫者获此发狂之权利，彼等将家族悉抛诸身后，或行吟于道途，或逍遥于山泽，或入精神病院得享衣食无忧之幸福。然夸耀于世界之两千年来之家族主义则难免土崩瓦解。语曰：恶其罪不恶其人。吾人素未苛责忍野先生，然对此轻率发狂之罪吾等应鸣鼓而责之。否，不仅忍野先生之罪，吾等亦要替天责历代政府将发狂禁令付诸等闲之失政之罪。

"据常子夫人谈，夫人至少是一年前入住于××胡同公司宿舍，现正盼夫君归家。吾人在向贞淑之夫人谨表满腔同情之同时，为贤明之三菱公司当事者计，尚切望不吝为夫人考虑便宜。"

可是在半年之后，至少是常子遭遇到了无法对误解无动于衷的新事实。这是在北京的柳树叶和槐树叶已开始发黄、飘落的十月的一个傍晚。常子的嘴边到现在仍然没有浮现出那永远的微笑，她的脸也不知何时变得十分瘦削。她一直在想着诸如失踪的丈夫、卖掉的双人床、臭虫的事。正在这时，听到有人迟疑地按门铃的声音。听到声音她也没在意，随仆役怎样应对，可是仆役不知道哪儿去了老不见人。这时间门铃又响了一回，常子这时才终于起身离开沙发,静静地朝门口走去。

在撒满落叶的门口,一个没戴帽子的男人站在擦黑的微光之中。帽子,不,还不只是没戴帽子,那个男人身上破破烂烂的衣服上还满是尘土。看着这个男人的样子,常子近乎感到恐怖。

"有什么事吗?"

那个男人什么也没说,只是耷拉着头发长长的脑袋。常子仔细地打量着那个人,又战战兢兢地重复了一句:

"有什么——您有什么事吗?"

那个男人终于抬起了头:

"常子……"

他只喊了这么一声。但正是这么一声才像月光一样把那个男人的样子——让常子把那个男人的相貌看清楚了。常子屏住了呼吸,一时好像失声了一样只是注视着那男人的脸。那个男人不仅胡子老长,而且憔悴得像个陌生人。但是,注视着她的眼睛的确就是她朝思暮想的那个人的眼睛。

"当家的!"

常子这么喊了一声,就要朝丈夫扑过去。可是她刚迈出一条腿,就立刻像踩到了烧红的铁块似的马上猛地往后退。她看到丈夫的破烂裤子下面露出了长满毛的马腿。在昏暗之中,可以看见露出来的长着杂毛的马腿。

"当家的!"

常子对那马腿感到一种难以名状的厌恶,但她知道要是失去了这次机会,自己可能就再也看不到丈夫了。丈夫也伤心地看着她,常子再一次想把自己的身体投向丈夫的胸口,可是那种厌恶感再一次战胜了她的勇气。

"当家的!"

她第三次喊出来的时候,丈夫已经忽地转过身去,静静地弯着腰离开了门口。常子鼓足最后的勇气,拼命地想扑向丈夫。可是,她还没来得及迈出脚步,就听到耳边响起一阵马蹄声。常子惨白着脸,似乎失去了把丈夫叫回来的勇气,只是呆呆地望着丈夫的背影,然后,昏昏沉沉地昏倒在了门口的落叶上……

自打那回事以后,常子就相信了丈夫的日记。但是,半三郎的经理、同事、山井博士和牟多口先生等人仍然不相信忍野半三郎的腿变成了马腿。不仅如此,他们还相信常子说看见了马腿是因为她陷入了幻觉。我在北京逗留期间,见到山井博士和牟多口先生,有好几次都想破掉他们心里的妄想。但是,我总是遭到反对的嘲笑。打那以后,不,最近小说家冈田三郎先生好像也从谁那里听说了此事,他给我来了一封信,信里说他怎么也不能相信人腿变成了马腿。冈田先生在信里说:如果这是事实的话,那么他装上的应该是前腿。要是那种能表演西班牙绝妙舞步的好马的话,没准儿他也会用前腿踢东西的绝技。如果不是汤浅少佐骑的那种马的话,那是不是他自己能做这么多事也是个问题。当然我也对这一点不得不多少持怀疑态度,可是仅仅因为这个理由就把半三郎的日记和常子所说的话否定了,那也有失草率吧。现在根据我所了解,报道半三郎复活消息的《顺天时报》在同一版上刊登了这样的文字:

"美国中国禁酒会会长亨利·布雷特先生在行驶在京汉铁路的火车上突然死去。从该先生手中拿着药瓶死去的情况来看,使人怀疑其有自杀的动机。药瓶里的水经化验,结果判定是酒精类的东西……"

大正十四年(1925)一月

春　天

宋再新译

一

　　四月樱花开放时节的一个阴沉的早晨，广子从京都车站坐上开往东京的快车。这次去东京是为了结婚两年后第一次去看望母亲，同时还要参加外公的金婚仪式。不过除了这些，她还有要紧的事。她打算利用这个机会也好解决一下妹妹辰子的恋爱问题。不管最终能不能让妹妹满意，反正得解决这件事。

　　广子知道这件事是在四五天前，看了辰子的来信之后。对正当年的妹妹出了恋爱问题，广子一点儿都不觉得特别意外。虽然不能说是在预料之中，但的确觉得是理所当然的。可是对于妹妹所选的恋爱对象是笃介，却不能不让广子觉得意外。现在广子坐在摇晃着的火车上，一想起笃介来，就感到自己和妹妹之间出现了隔阂。

　　笃介和广子也很熟，他是一个西洋画研究所的学生。在少女时代，她和妹妹一起偷偷给这个浑身沾满颜料的小伙子起了个外号叫"猴子"。笃介的脸红红的，只有眼睛出奇地有神，实在像一只猴子。除了这一点之外，他还特别穷，冬天也在带金属纽扣的制服外穿一件旧的风雨衣。那时广子当然不会对笃介有任何兴趣，辰子也——比起姐姐来，辰子似乎更不喜欢他，甚至别人都说她露骨地讨厌笃介。有一次辰子上了电车，正好坐在笃介的旁边，光是这一点就很让辰子不高兴。这还不算，只见笃介打开膝盖上的报纸包，拿着面包啃了起来。电车里的人一下子相互使着眼色，目光全集中在笃介身上。连辰子都感到被这样看着实在是太残酷了，可是笃介却根本不在乎，还是照样若无其事地吃他的面包。

"那人简直是个野蛮人。"

有了这件事以后，广子更是觉得辰子骂得有道理。辰子怎么会爱上这个笃介呢？广子对此百思不得其解。但是想到妹妹的脾气，只要她一旦爱上笃介，那么不难想象，她其后会有多么投入。辰子的脾气就像死去的父亲一样，干什么都是一条道走到黑。比如画油画，她那股劲头完全超出了家人的想象。她腋下夹着高级画具箱，天天认认真真地去笃介所在的那个研究所。而且在她的房间里每个星期都会挂出一幅新油画。那些油画大多画在六号或八号画布上，画人体的话就只画人脸，画风景的话就画西洋式建筑。在广子结婚的几个月前，一个深秋的夜晚，在挂着那些油画的房间里，广子曾经和妹妹聊过很长时间。辰子总是兴致勃勃地讲着凡·高、塞尚的事，也聊当时正在上演的武者小路实笃的话剧。广子对美术和文艺也并不是完全没有兴趣，但是她的梦想大都是停留在与艺术不沾边儿的未来生活上。她的眼睛有时看着装在画框里的桌子上的洋葱、缠着绷带的少女头像、番薯地对过监狱的墙……

"叫什么流派来着，你的画？"

广子想起了因为问这种问题让辰子发火的事。其实惹妹妹生气是常有的事。当然在生活上，两人也经常意见不一致，有一回为了武者小路实笃的话剧她们还吵了一架。那部戏的内容是妹妹为了双目失明的哥哥而自己作出牺牲勉强结婚的故事。广子自从去看了那个戏之后（她除了实在是无聊的时候，就没看过小说和剧本），就说不喜欢那个有艺术家风度的哥哥。她甚至说，就算是双目失明了，也可以去学按摩或其他什么的，接受妹妹的牺牲完全是利己主义者。辰子和姐姐正相反，她同情哥哥，也同情妹妹。她觉得姐姐故意把严肃的悲剧翻译成了喜剧，是世俗人的游戏。这么吵来吵去两个人都生气了。不过最先生气的总是辰子，广子则总是有优越感，这是她觉得自己比辰子更能看透人心的优越感。或者也可以说是自己没像辰子一样被空洞的理想所俘虏的优越感。

"姐姐，你今天晚上就当一回真正的姐姐吧，别老像平时那么精明。"

广子想起的第三件事是妹妹信中的一行。那封信和过去的信一样，白信纸上密密麻麻写满笔画纤细的钢笔字。但是关于和笃介的关系几乎只字没写，只是小心翼翼地说他们互相爱着云云，全是一些简单的事实。广子当然试图从信的字里行间看出他们的关系。实际上要是以这样的眼光看那封信的话，里面也并不是完全没有可疑之处。但是仔细想想的话，就可以知道那些怀疑差不多都是她的胡乱猜想。广子现在心里仍然有一种无名之火，她又想起了笃介那忧郁的样子。她忽然想起笃介身体的气味——笃介的身体散发出来的气味就像干草的味道嘛。要是她的经验没错的话，有干草味儿的男人都多少富于动物性的本能。广子一把笃介和自己纯洁的妹妹想到一块儿心里就觉得难受。

广子的脑子里浮现出种种猜测，最后陷入了胡思乱想。她坐在火车的窗边，一条腿搭在另一条腿上，不时把目光移向窗外。火车行驶在古代美浓境附近的近江山峡之间，峡谷里的竹丛和杉树林间可以看到一片片白色的樱花。"这边看来还挺冷的呢。"广子忽然想起京都岚山的樱花现在都开始谢了。

二

广子回到东京后因为种种事情很多，两三天都没能和妹妹说上话，晚上十点来钟从外祖父的金婚仪式回来的时候才终于找到说话机会。妹妹房间所有的墙上仍然满是油画，铺席上的圆桌上那盏黄灯罩的台灯灯光和两年前一模一样。广子换上睡衣，然后披上有家徽的和式外褂，坐在圆桌旁的安乐椅上。

辰子在姐姐对面一坐，就显得很客气地说：

"我马上给你倒茶。"

"不用了，还是——真的别倒茶了。"

"那么就来红茶吧？"

"红茶也不用了——你还是说说那件事吧。"

广子看着妹妹的脸，尽量缓和自己的口气。她之所以要这样做，首先是为了不让妹妹看穿自己有复杂心态的好奇心啦，不高兴啦或者同情什么的。另外她还想让像个被告似的妹妹心情放松一点。可是出乎广子的想象，辰子脸上根本没有不高兴的样子。不，要是说她的动作上有什么变化的话，那也只是她略黑的脸上稍微有点儿不容易被人发现的紧张。

"行，我也想说给姐姐听听。"

广子内心里对开场白就这么简单结束了感到很满意。但是辰子这么说了一句后，好大一阵不开口了。广子以为妹妹不说话是因为不好意思说，可是要是催她的话广子觉得有些不忍心，但同时她又有一种想享受看到妹妹羞愧样子的打算。广子把自己烫了发的头靠在安乐椅背上，感叹起和刚才的话题一点儿关系都没有的事来：

"我好像有点儿回到了从前的感觉，就这样坐在这张椅子上。"

广子自己的话让她有了点儿少女似的感慨，不禁打量起房间来。的确，椅子、电灯、圆桌、墙上的油画都和过去一样，但是其间好像又有了什么说不清楚的变化。是什么呢——广子忽然发现这种变化出在油画上。桌子上的洋葱、缠着绷带的少女头像、番薯地对过监狱的墙什么的不知什么时候都不见了。或者说即使没消失，但是现在看到的是两年前所没看见过的柔和与明快的感觉。特别是广子对面墙上挂着的一幅油画,那是画在六号画布上的不知是哪儿的庭园小品。泛白的苔藓覆盖的大树、树枝间开放的藤花、大树间的水塘,画面上只有这些。可是画上有其他画所没有的安定的明快感。

"那张画也是你画的?"

辰子头也没回就知道姐姐说的是哪幅画。

"那幅画呀,那是大村君画的。"

大村是笃介的姓。广子听到她这句"大村君画的",不禁微笑起来。但是,也不可否认,就在这瞬间,她心里还有了一种好像是羡慕的感觉。不过,辰子倒是无所谓的样子,一边扣着和服短外褂的扣子,一边大大方方接着说:

"他说画的是他老家的院子——大村的老家是个大户人家。"

"那现在是干什么的呢?"

"大概是什么县议会的议员吧。好像他家还有银行和公司。"

"那他是老二还是老三?"

"好像是——老大吧?他说他家就他一个。"

广子觉得她们的谈话在不知不觉中已经进入了主题,不,她甚至感觉到一部分问题已经解决了。碰到这件事以来,她最担心的就是笃介的身份问题,特别是他那副穷样子又使这个世俗问题更加严重了。而今天晚上在两个人的谈话间已经很自然地解决了这个问题。忽然注意到这一点,广子一下子觉得现在有开玩笑的工夫了。

"这么说来他还是个很像样的少爷喽。"

"哎,不过他是个浪荡诗人,连找的住处都怪,租了一家绸布店仓库的二楼住着。"

辰子不无狡猾地对姐姐微微一笑。广子在她的微笑中突然发现妹妹已经是个大姑娘了。其实在东京车站看到妹妹来迎接自己的时候,她就时时意识到这一点,只不过那时的意识还没有像现在这样清晰。广子在这种意识开始清晰的同时,又对妹妹和笃介的关系有了新的担心。

"你去过他家吗?"

"哎,常去。"

广子这时忽然想起了她结婚前的一个晚上。那天晚上妈妈一边洗澡一边告诉她,日子已经选定了,说完又半真半假地打听起她身体的情况来。今天恰巧她也像妈妈一样无法完全掩饰自己的担心,只有目不转睛地看着妹妹的脸。但是妹妹仍然大方地微笑着,眼睛落在耀眼的黄灯罩上

"你们这样的话不怕别人说什么吗?"

"你说大村?"

"我说的是你。要是被人说闲话那有多麻烦哪。"

"反正别人要说就让他们说去呗。研究所的那些人嘴可讨厌了。"

广子这时有点生气了。对辰子那一点儿都不在乎的态度,她甚至猜想辰子是不是在演戏。这时辰子扔下手里玩弄的衣服带子,突然发问:

"妈妈会同意吗?"

广子觉得自己又生气了。这不仅是对辰子那种直截了当的提问的不快,同时也是对自己渐渐变为守势的不满。"这个嘛……"她把审视笃介那幅油画的眼睛闪开,含含混混地答应着。

"那麻烦姐姐帮忙说说好话嘛。"

辰子撒娇似的观察着姐姐的眼神。

"你说让我帮你说话?——我根本就不知道你们的事啊。"

"所以想请你听我说呀。可是你一点儿都不想听嘛。"

谈话刚开始的时候,广子还以为辰子不说话是因为不好意思,可现在看来,她不说话不是不好意思,而是先忍着不说,想等姐姐

问自己。广子这时觉得有点儿对不住辰子。

不过片刻间她还是没忘记抓住妹妹的话茬：

"哎呀，明明是你不想说嘛。好嘛，既然你这么说那我就问了，听你说了我再想想看。"

"真的？那我就说说，不过要是笑话我我可不干。"

辰子认真地看着姐姐的脸，讲起了她的恋爱问题。广子微微偏着头听着，时时不作声地点点头代替回答。可是她心里却为了要弄清两个问题直着急。一个问题是他们是怎么开始恋爱的，还有一个是他们的关系已经发展到什么程度了。可是老实的妹妹所说的话根本就没回答第一个问题。辰子只是说在她和笃介每天的接触中，渐渐和笃介亲密起来，不知不觉地就爱上他了。至于第二个问题，广子也没弄明白。辰子说起笃介向她求婚时完全像在说别人的事一样，并且说起来倒不像是在念抒情诗，而更像是在演喜剧。

"大村是用电话求的婚，好笑吧？他说他的画没画好，一倒在席子上，忽然就想起了这事。他是突然提起这个事的，我怎么知道怎么回答他呀？再说，那时正好妈妈过来在电话室外找东西，我没办法，只是用法语回答了一声'oui, oui（是）'……"

后来——后来的事妹妹也说得轻轻松松的。他们一块儿去看展览会，一块儿去动物园写生，一块儿去听德国钢琴家的演奏会。不过，按辰子的话说，他们的关系没有超过朋友的范围。听她这么说广子仍然不敢大意，她目不转睛地观察着妹妹的脸色，琢磨着她说的话，还有两回趁辰子不注意的时候套她多说了几句。可是辰子的眼睛在电灯光下仍然那么沉稳，看不出丝毫怯色。

"算了，我就大概说这么多吧。啊，对了，接着就是我给姐姐写了信。这事我也告诉笃介了。"

听完妹妹的话，广子当然觉得还不够满意。但是，要是让她说得太多，那么第二个问题肯定就没法深谈下去了。想到这里她不得不继续追问第一个问题：

"可是你过去不是说过最讨厌笃介吗？"

广子觉察到自己的声音里不知什么时候有了挑战的味道。然而辰子这时候还是笑呵呵的。

"大村说他也说过最讨厌我。他说看到我就像喝了杜松子鸡尾酒。"

"有人喝那种酒吗？"

"还是有人喝。还有人像男人一样盘腿大坐打牌呢。"

"这就是你们所说的新时代？"

"也许吧……"

辰子的回答远比姐姐想象的认真。她说完后微笑了一下，立刻又把话题岔开了。

"下边该我问了。姐姐说说好不好？"

"我当然可以说了，虽然没什么可说的……"

广子打算像所有的姐姐一样给妹妹一些忠告，可是辰子还没等她说就打断了她的话：

"反正你还不了解笃介，干脆你见见他好不好？大村也想见你呢。"

广子听辰子的话头变了，不禁又端详起笃介的油画来。不知道为什么，在长满苔藓的大树之间的藤花好像比刚才模糊了些。她在一瞬间想起了"猴子"，又含混地答应了一声"这个嘛……"，但是辰子对她的"这个嘛……"的回答并不满意。

"那么你答应见他了？你答应去他租住的地方？"

"可是，不是不用到他那儿去吗？"

"那就让他到这儿来？这也有点儿好笑嘛。"

"他过去来过吗？"

"没有，一回都没来过，所以我才说好笑呢。那——那这么办行不行？大村后天要到表庆馆去看画，到时姐姐也去表庆馆见见他好不好？"

"这个嘛，后天的话我正好要去扫墓，然后顺便倒是可以去……"

广子漫不经心地答应了一句，马上就为自己的轻率后悔了。但是辰子这时却像变了个人似的，脸上充满了兴奋的神情：

"真的？那就这么定了。我马上就打电话给大村。"

广子看着妹妹的脸，忽然发现这回完全是妹妹在高奏自己主张的凯歌。这个发现虽没妨碍她的义务感，倒是让她的自尊心感受到了压力。她盘算着趁妹妹的高兴劲儿，再最后深入打听一下他们的秘密。可是，辰子突然——当姐姐刚刚要张嘴的时候，辰子突然探过身子朝姐姐擦了白粉的脸上亲了一口。广子从不记得自己曾经被妹妹亲过，即使有过，那也肯定是辰子还在上幼儿园时的事。妹妹的吻不是让她感到惊讶，而是使她觉得害羞。这突如其来的一吻就像大浪冲来一样使她不能再保持矜持，她只有半微笑地注视着妹妹。

"什么呀？干什么？"

"我是高兴嘛。"

辰子身子探向圆桌，隔着黄灯罩可以看见她浅黑的脸在闪闪发亮。

"不过我早就想到了。为了我们，姐姐肯定干什么都愿意。其实昨天我就和大村聊了一天姐姐，后来呢……"

"后来？"

辰子像小孩儿一样闪动着顽皮的眼睛：

"后来就没有了。"

三

广子手提着装有化妆品和其他东西的银工艺盒,走过多少年几乎没来过的表庆馆走廊。她的心情比自己预期的还要平静,而且她还知道自己内心的平静里有几分游戏的成分。要是几年前的自己,内心或许会有几分愧疚的。但时至今日,她非但没有什么愧疚的,反而有一种近乎自豪的感觉。她感到自己不知不觉开始发胖的身体,登上走廊尽头的螺旋形楼梯。

爬完螺旋形楼梯就来到了白天光线也略显暗淡的第一展室。她在暗淡的光线中发现了镶有贝壳的古代乐器和古代屏风,但是不巧,在这间展室里却没发现最要紧的笃介的影子。广子对着展柜的玻璃稍稍看了看自己的发型,然后不慌不忙地走进邻近的第二展室。

第二展室是从顶棚采光,是个纵向长的展室。长长的展室两边玻璃展柜里全是什么藤原①和镰仓时代(1192—1333)显得很寂寞的佛画。笃介今天也是在制服外披了一件狐狸色的风衣,正在这间庙堂似的展室里一个人闲步。广子看见他的时候,心里顿时产生了敌意,但这的的确确只是一瞬间的感觉。笃介此时正往广子这边看着。看见笃介的面孔和表情,广子忽然想起了从前的"猴子",同时又有了放松的轻蔑感觉。他朝这边看着,好像弄不清楚到底该不该行个礼,那种显得不知所措的滑稽样实在和什么恋爱啦,浪漫啦不大相称。广子只是用眼睛笑了一下,快步走近妹妹的这样一个恋人。

"您就是大村先生吧?我——您知道了吧?"

---

① 藤原文化,平安时代(785—1184)中后期的贵族文化。

笃介只是答应了一声："哎。"在他这声"哎"里广子明显感到了他的狼狈。在这一瞬间，广子还发现了他难以一一计数的无数事实：长着鹰钩鼻，镶着金牙，左脸上的剃刀伤痕和裤子膝盖上的皱褶等等。不过她像什么也没看见似的脸上没有任何表情。

"今天随便约您到这儿来，实在给您添麻烦了。我觉得这样很不礼貌，但是我妹妹硬要……"

广子把这段话说完后，沉静地朝四周张望着。铺油毡的地板上背靠背摆着几把长椅，但要是坐在长椅上恐怕更显眼。显眼？在他们前后有那么三四个观众，静静地在普贤和文殊前面站着、走动着。

"有很多事情要向您请教——咱们还是边走边聊吧。那么现在就开始谈谈？"

"哎，怎么都行。"

广子稍稍沉默了一会儿，慢慢地移动着脚步。这时的沉默的确等于是对笃介精神上的折磨。他好像要说什么似的咳了咳，但是他的咳嗽声立刻在顶棚上回响起来。他似乎怕咳嗽的回响声太大，于是什么也没说，仍然默默地走着。广子对他的痛苦多少有些同情，但又觉得这并不矛盾，还是一种享受。当然时时有警卫人员或观众瞥来的视线让她感到不舒服，但是他们两个人无论从年龄上，或更进一步从装束上来看都绝不会让人产生误解。广子自己感到心安理得，就居高临下地看着正觉得不自在的笃介。他或许是广子的敌人也未可知，但是，就算是敌人，他和自己不谙世事的妹妹也就是五十步百步之差的敌人。

"我想请教的也不是什么大不了的事……"

她要走出第二展室的时候，也没怎么正视笃介，终于进入了正题：

"我妹妹只有一个妈妈，您也——您父母都健在吗？"

"不，只有父亲在。"

"只有父亲在？那么确实没有兄弟姐妹？"

"对，只有我一个。"

他们走过了第二展室。第二展室外是圆顶棚下有两个阳台的房间，房间当然也是圆形的。这个圆形房间比顶棚多出走廊那么宽，还有白色大理石的栏杆，从这里可以看到下面的大门。他们很自然地沿着大理石栏杆转着，聊了笃介的家族、亲戚和所交的朋友。广子面带微笑巧妙地打听了很难启齿询问的事，可是她却没讲自己和辰子的家庭。其实这也并不是因为最初看不起笃介是个少爷就打算好的。不过要不是看不起这个少爷，广子肯定会多介绍介绍自己家里的事。

"就这样，注意少交点儿朋友，好吧？"

（未完）

大正十四年（1925）四月

温泉来信

宋再新译

……我在这家温泉旅馆已经待了差不多一个月了,但是,最重要的"风景"却还一张也没完成。我大体上整天就泡泡温泉,看看话本小说,在狭窄的街道上散散步,就这么一天天地打发着日子。连我自己也对自己的没出息感到失望。(作者注:在这段里,什么樱花谢了、鹡鸰来到了房顶、打气枪花了七块五、看了乡下艺人的表演、看安来小调的小戏觉得很惊奇、去山上采了蕨菜、看了消防演习、把钱包丢了等等,写了几十行。)下面就顺便按小说的形式报告一下真事吧。不过我是个外行,能不能写成小说就不知道了。只不过我听说这件事的时候有好像看小说似的感觉而已。那就请你也这么读吧。

听说明治(1869—1912)三十年代在这里的山边住着一个叫萩野半之丞的木匠。你听了萩野半之丞这个名字肯定以为他是个多英俊的唱戏小生呢,其实他身高一米九几,体重有二百多斤,是个不比太刀山①逊色的大汉。不然,恐怕太刀山都要略逊他一等。现在和我住在一家旅馆的一个姓"奈"的(在此遵从的是国木田独步的国粹式省略法),是中药批发商的少东家。他说半之丞的童心比大炮②还强,而他的长相简直就和稻川③一模一样。

---

① 明治末期著名相扑力士。
② 明治末期著名力士大炮右万右门。
③ 明治末期的力士。

无论问谁，大家都会说半之丞是个人品极好的人，而且他的技术也相当不错。不过从有关半之丞的传说都有可笑的地方来看，也许他像人家说的那样，所有的大汉智力都有点儿不够用。在进入正题前我先举个例子。据我住的这家旅馆老板说，有一回，一个刮着寒风的下午，这个温泉小镇发生大火，烧毁五十户房子。当时半之丞恰巧到离这儿一里多地的"加"字村，给人家去上梁还是干什么事。听说镇上失了火，立刻就不顾一切地往"于"字街道飞跑。经过一户农家，看见门前拴着一匹栗色的马。半之丞就想，先借来用用，等事后再跟马主人赔礼，于是一下子跨上马背，不管三七二十一就跑上街。要是只看他这段表现还真像个男子汉。可是马一跑起来，一下子进了麦地，然后就在麦地里绕上了圈子，再一拐弯又穿过了萝卜地，猛地冲下了橘子山——等到终于停下来的时候，大汉半之丞被摔在了白薯坑里，马跑得没影了。他遭遇到了这样的灾难，当然也就赶不上救火了。这还不算，半之丞被摔得浑身是伤，连滚带爬回到镇上。等到后来才听说，原来那匹马是谁也不敢骑的瞎马。

刚巧大约在这场大火的两三年后，半之丞把自己的身体卖给了"于"字镇的"太"字医院。当然虽说是卖身体，但并不是像过去那种约好一辈子给人家干活儿，只是说约好当他死了以后，允许医院解剖自己的尸体，代价是五百块钱。不，不是现在就得五百块钱，而是死后可以得二百块钱，当前只能用契约换三百块钱。那么死后才能得的那二百块钱到底给谁呢？反正按照契约的规定，要支付给"遗族或者本人指定的人"。实际上如果不这样写的话，那剩下的二百块钱纯粹是一纸空文。因为半之丞不用说妻子了，就连亲戚都没一个。

当时的三百块钱可是笔大数，至少对乡下的木匠半之丞来说这笔钱肯定是不少。这笔钱一到了半之丞的手，他马上就买手表、做西服，带"蓝房顶"的阿松去逛"于"字街，一下子阔了起来。所谓"蓝房顶"其实就是铁皮屋顶上涂了蓝油漆的私娼馆。听说当时还不像现在的东京样式，房檐上还吊着丝瓜呢。那里的女人好像都是乡下人，不过阿松在"蓝房顶"算是第一美人了。当然到底是什么样的美人，这我可不知道。只是据寿司店兼鳗鱼店字号叫"于"字亭的内掌柜说，阿松是个皮肤浅黑、头发卷卷的小个子女人。

我从那个老太太那儿打听到不少事，其中非常有意思的是说，有一个客人不吃橘子就写不了信，得了所谓橘子中毒症。不过这个故事等什么时候有机会再向你报告吧。在这里我一定要把半之丞迷上的阿松杀猫的事说说。那个阿松养了一只叫"三太"的黑猫。有一天，那只"三太"在"蓝房顶"老鸨的唯一一件像样衣服上撒了泡尿。不巧这位"蓝房顶"的老鸨平时最不喜欢猫，这就不是什么发牢骚不发牢骚的事了。结果听说猫的主人阿松被骂得狗血喷头，于是阿松二话没说，把"三太"揣进怀里去了"加"字河的"几"字桥，把黑猫扔进了湛蓝湛蓝的深水里。后来——说后来可能有点儿夸张，反正我听那个老太太说的，事主老鸨当然让"蓝房顶"的人都吃了顿嘴巴，听说每个人脸上的血痕都像蚯蚓似的。

半之丞顶多阔了一个月半个月。就算是穿西服上街，听说等皮鞋做好了连鞋钱都用光了。下边的话是真是假我也不敢保证，不过听"不"字理发店老板讲，鞋店的老板把皮鞋摆在半之丞面前，低下头恳求："大师傅，就请按成本价买回去吧。要是这双鞋谁都能穿的话，我也就不说这个话了。可是大师傅，你的鞋就像庙前门神穿的鞋。"但是，半之丞当然连成本价也拿不出来。不管问这个镇上的任何人，他们都说谁也没看见过半之丞穿皮鞋。

然而半之丞还不只是付不起鞋钱，不到一个月的时间，好容易买的手表和西服都给卖了。那么他那些钱都到哪儿去了呢？前前后后他一股脑全花在阿松的身上了。不过，阿松也不是光让他花钱。还是"于"字亭内掌柜告诉我的，说本来这里的私娼馆每年祭惠比须财神的晚上不接客，自己圈子的人凑在一起弹三弦、跳舞，但听说阿松有的时候连这时的份子钱都出不起。但是半之丞还真迷上了阿松，有时阿松一发起脾气来，就抓住半之丞的胸口把他拽倒在地，然后抓起啤酒瓶子就扔过去。而半之丞不管受了什么气，仍要去讨好阿松。但是前后只有一回，半之丞听说阿松和一个别墅看门的小伙计一起去了"于"字街的时候，完全像换了一个人似的大发雷霆。这话可能有几分夸张，要是照老太太的原话写的话，半之丞（作者注：虽然作为田园式的嫉妒表白不太合适，但是在这里权且割爱几行。）是这样的人。

前面已经写了，"奈"字先生所知道的大概是这个时候的半之丞。当时还是小学生的"奈"字先生和半之丞一起去钓鱼，或一起去爬"美"字岭。当然半之丞常去阿松那儿去啦，没钱用啦都是这个"奈"字先生所不知道的。"奈"字先生和正题没有任何关系。只是有意思的是，当他回到东京以后，收到了一个署名萩野半之丞寄来的包裹。包裹只有一卷毛边纸的一半大，而且特别轻。他以为是什么呢，打开一看是空的二十支装朝日牌香烟盒，里面塞着洒过水的青草，草上爬着几只红头萤火虫。空盒上还打了几个眼儿，好像是为了通空气用的。烟盒的一面用锥子乱七八糟扎满了眼儿，一看就知道是只有半之丞干得出来的杰作。

据说"奈"字先生打算第二年的夏天还要去找半之丞玩儿，但不幸的是，他的打算完全落空了。因为那年秋天的秋分时节，萩野半之丞给"蓝房顶"的阿松留下一封遗书，突然莫名其妙地自杀了。那么他为什么自杀呢？要问究竟的话，比起我的报告来，还是看看他给阿松的遗书吧。当然我抄的不是遗书的原文，不过我住的那家旅馆老板的剪报册上贴有当时报纸的报道,所以大体上不会错的。

"我的嘱咐:没有钱我和你就成不了夫妇,也无法照顾你肚子里的孩子,我已经厌倦这个社会,所以想死。请把我的尸体送到'太'字医院(如对方来取当然更好),用这张契约交换,可以得到二百元钱。拜托拿这钱去还了我欠'安'字老板(就是我住的旅馆的老板)的账大概够了。我实在、实在对不起'安'字老板。剩下的钱就都是你的了。一人独自离开此社会的半之丞　致阿松"

对半之丞的自杀感到意外的并不只有"奈"字先生一个人。镇上的每个人都说做梦都没想到,要是在这之前能有点儿什么前兆的话……不过这也就是说说而已。不过在秋分前的一个傍晚,"不"字理发店的老板和半之丞在店前的长条凳上聊天。正在这时,"蓝房顶"的一个女人从那儿路过,那个女人一看到两个人的脸,就说刚才有个火团飞到"不"字理发店的房顶了。据说半之丞听到这话就特别认真地说:"那是刚才从我嘴里出去的。"可能那时候他就在盘算自杀的事了。但是"蓝房顶"的那个女人听了半之丞的话也就笑笑算了。"不"字理发店的老板也——不,他也笑了笑之后,心里想:"真不吉利。"

后来没过几天,半之丞就突然自杀了。而他自杀不是上吊,也不是用刀抹脖子。在"加"字河水湾里有一个用木板围起来的叫"金刚杵汤"的公共澡堂,半之丞是在那个温泉的石浴槽里泡了整整一晚上,最后引起心脏麻痹死的。还是"不"字理发店的老板说的,邻家烟店的内掌柜当晚差不多十二点的时候一个人去洗澡。这个烟店的内掌柜有妇女病,所以半夜也去洗澡。半之丞巨大的身躯那时候还泡在温泉里。咦,现在还在洗澡?这让这个平时大晌午身上缠一块手巾就敢到河里洗澡的女中豪杰也吓了一跳。而对烟店内掌柜的问话,半之丞一声也没吭,只是在暗淡夜色中的热气里露出通红的脸来。这还不算,他眼睛一眨也不眨,直勾勾地看着房顶上的电灯,那样子简直太吓人了。因此内掌柜也没敢多泡,慌慌忙忙就出了澡堂子。

公共澡堂的正中央有个巨大的石头金刚杵,"金刚杵汤"由此而得名。听说半之丞在这个金刚杵前把衣裳叠得整整齐齐的,把遗书插在了衣裳旁的木屐鼻绳里。反正尸体是光着身子浮在温泉里的,要是没有遗书的话,恐怕别人还不知道他到底是自杀的还是怎么的。我住的那家旅馆的老板说,半之丞之所以选择这样的死法,是因为既然要把自己的尸体卖给"太"字医院,那么把解剖用的尸体弄伤了觉得对不住人家。当然这种说法在这个镇上并不是定论,嘴损的"不"字理发店老板等几个人就坚持另一种说法:"什么对得起对不起的呀,他那么干是因为弄伤了身体就得不着那二百块钱了。"

半之丞的故事就这么多了。不过昨天下午我和我住的那家旅馆老板,以及"奈"字先生一起在狭窄的街上散步,随便聊的时候又提起半之丞,现在我把那时听到的再添上。当然,对这些故事"奈"字先生比我更感兴趣,他手里提着照相机,兴致勃勃地朝戴着老花眼镜的旅馆老板打听:

"那么那个叫阿松的女人怎么样了?"

"你问阿松啊?阿松生下半之丞的儿子以后……"

"可是阿松生的孩子真是半之丞的吗?"

"确实是半之丞的,简直长得一模一样啊。"

"那么那个叫阿松的女人……"

"阿松嫁到'以'字酒店了。"

刚才兴致勃勃的"奈"字先生多少显得有些失望:

"半之丞的儿子呢?"

"阿松带去了。那孩子又得了伤寒……"

"死了吗?"

"没,孩子是活过来了,可是照顾孩子的阿松病了,已经死了有十年了……"

"也是伤寒吗?"

"不是伤寒,医生说是什么来着,啊,是照顾病人累的。"

正好这个时候我们走到邮局,小小的邮局是座日本式房子,嫩嫩的枫树枝伸到了邮局前。被枫树枝遮掉一半的窗子满是灰尘,隔着窗子可以看到一个穿着土布制服的年轻人正在办公。

"就是他,据说他就是半之丞的儿子。"

"奈"字先生和我都停下脚步,不由自主地往窗子里看。那个年轻人一只手支着脸,一只手动着,好像是在写什么。看着他的样子,我们有说不出的高兴。但是,世事实在让人无可奈何。在离我们两三步远的地方站着的旅馆老板回过头,隔着眼镜看着我们,脸上露出一丝微笑:

"那个家伙已经完了,整天往'蓝房顶'跑。"

我们一直走到"几"字桥都没有人再开口说话……

大正十四年(1925)四月

海　　边

宋再新译

一

……雨还在下着。我们吃完午饭，聊着东京那些朋友的事，把好几支敷岛牌香烟化成了灰。

我们住的是两间十平方米左右的厢房，房外挂着遮阳的苇帘，面对空空荡荡的院子。虽说院子里什么都没有，但是这一带海边有像大麦一样的蒜草，草穗稀稀拉拉垂在沙地上。我们来时，草穗还没出齐，出来的也几乎都是绿的。但是，现在所有的草穗不知不觉已变成了黄褐色，棵棵穗尖上都挂着水滴。

"算了，还是干点活儿吧！"

M躺在榻榻米上，把身子伸得长长的，正用浆得很硬的旅馆浴衣袖子擦眼镜。他说的干点活儿就是我们每个月必须为杂志写点儿什么，也就是指他的创作。

M回到旁边的房间后，我拿坐垫当枕头，开始看《里见八犬传》①。昨天我读的是信乃、现八、小文吾几个去救庄助那一段。"其时延崎照文由怀中取出备好的沙金五袋，先取三袋置于扇上道：三犬士，此金一袋三十两，虽为些少东西，权资旅途之用。此

---

① 江户后期曲亭马琴写的长篇小说，发表于1814至1841年。内容受《水浒传》、《三国演义》的影响。

非吾人为诸位饯行,实乃里见先生之赐,先生嘱务请笑纳勿辞。"我看到这儿,想起前天收到的稿费,一张稿纸才四毛钱。我们两人七月从大学英文专业毕业,所以谋划生计已迫在眼前。我渐渐忘了《八犬传》,考虑起是不是去当老师的事来了。可是想着想着像要睡着了的时候,不知不觉竟南柯一梦。

……似乎天色已晚,我一个人躺在雨窗已经关好了的房间里。这时不知是谁敲窗子,朝我喊着:"喂,喂!"我知道窗子对面有个池塘,但是谁在喊我,一点儿也不知道。

"喂,喂!我有事求你……"

雨窗外传来这样的喊声。我想:"噢,原来是K这个家伙。"K是哲学专业的,比我们低一年,是个谁也惹不起的家伙。我躺着没动,大声答应着:

"声音装得挺可怜,没用。对了,你是想借钱吧?"

"不是,不是钱的事。只是有个女的想见见我的朋友。"

这声音绝不像K的,而且好像有人在惦记着我。我心里直扑腾,一下子就跳起来去开雨窗。实际上这个院子挨着檐廊,完全是一个大池塘。那儿别说K了,连一个人影也没有。

我朝映着月亮的池塘张望了一会儿,发现池塘里有海草在流动,大概是海潮倒灌带进来的。这时,我看见眼前粼粼发光的波浪。波浪涌向我的脚下,渐渐变成一条鲫鱼,在清澈的水里悠然地摆动着尾鳍。

"噢,原来是鲫鱼喊我呢。"

我这么想着,放下心来……

等我醒来,淡淡的夕阳从檐下遮阳的苇帘射了进来。我拿起洗脸盆走下院子,到后边的井边洗脸。可是,洗完脸以后,刚才的梦仍然挥之不去,记得清清楚楚。"原来梦里的那条鲫鱼就是潜意识中的我呀。"……我多少有点儿感觉了。

二

……过了差不多一个小时,我们头上缠着手巾,穿上租来的游泳帽和木屐,走向大约五十米外的海边去游泳。我们走下院子,木屐发出呱嗒呱嗒的声音,院子里有一条路直通向海边。

"能游吗?"

"没准儿今天有点儿冷。"

我们躲开薜草茂密的地方(要是不小心走进沾满露水的薜草丛,腿肚子会痒得受不了),边走边聊着。今天的温度下海肯定是太低了点儿,但是我们对千叶的海——不,是对即将逝去的夏天还有眷恋之情。

昨天去的时候还有七八个男女在试着冲浪,可是今天,不但没有人影,就连指示游泳区的红旗也没插。广阔的海滩上,只有滚滚的浪。用苇帘围成的更衣室——那儿只有一只黄狗在追逐一群细小的羽虱。而且就连这只狗看到我们后也跑到对面去了。

我虽然脱掉木屐,到底不敢下去游。不过 M 不知什么时候已经把浴衣和眼镜搁在更衣室,一边把手巾盖在游泳帽上,一边啪嗒啪嗒地走进浅滩。

"嗨,真要下去?"

"既然都来了,还不下?"

M 站在没膝的海水里稍稍弯着腰,转过晒得黑黑的脸看着我。

"你也下来吧。"

"我不想下。"

"嘿!要是'嫣然'来了,你就会下来了吧?"

"胡说八道。"

"嫣然"是我们在这儿点头认识的一个十五六岁的中学生,也不是什么特别帅的美少年,不过倒是像小树一样透着水灵。大概是十天前的一个下午,我们从海里上来,一下子就倒在热热的沙子上。正好他也被潮水打湿全身,拉着一块木板过来,忽然发现我们倒在他的脚下,一下子露出白白的牙齿笑了。当他走过去以后,M就对我略微苦笑一下:

"那家伙,嫣然一笑啊。"打那以后,在我们之间他就得了个"嫣然"的名号了。

"那你怎么不下来?"

"反正不想。"

"你这个利己主义的家伙。"

M把海水往身上淋了又淋,然后就往那边浅海游去。我没去理会M,到离更衣室不远的小沙包上去了。我把租的木屐垫在屁股底下,打算抽上一支敷岛牌香烟。可是在强劲的海风里,火柴怎么也点不到香烟上。

"喂——"

不知什么时候M回来了,站在对面的浅滩上朝我喊着什么,但是在不绝于耳的浪涛声里,听不清他的喊声。

"怎么回事?"

我还在这么问的时候,M已经披着浴衣在我身边坐下了。

"那个,让海蜇给蜇了。"

这几天海里似乎海蜇突然多了起来,其实前天早上,我从左肩膀到胳膊处也被蜇出像针扎的痕迹。

"蜇了哪儿?"

"脖子周围。我一觉得被蜇了就往周围看,有好几只在水里游着呢。"

"所以我才没下去呀。"

"吹牛——可是这回海水浴算是结束了。"

抬眼望去，除了被捞上来的海草外，海滩在太阳底下亮晃晃的一片，只有云影时时匆匆晃过。我们叼着"敷岛"沉默了一会儿，只是眺望着冲向岸边的海浪。

"你决定去当老师了？"

M突然问了这么一句。

"还没定。你呢？"

"我？我……"

M刚要说什么，我们突然被一阵笑声和脚步声吓了一跳。原来是穿着游泳衣、带着游泳帽的两个年龄和我们相仿的女孩子。她们旁若无人地从我们身边走过，一直朝海滩走去。我们看着她们的背影——一个穿着大红游泳衣，另一个穿着恰似虎皮一样黑黄相间的游泳衣。目送着她们轻快的背影，我们一齐微笑起来。

"她们也还没回去呢。"

M的声音里玩笑中多少又带着感慨。

"怎么样，再下去一次？"

"那家伙要是一个人来的话就好了，可是又跟着一个'金盖基'……"

我们就像前几天给"嫣然"取外号一样，给她们中的一个——就是穿黑黄相间游泳衣的那个女孩子取了个外号叫"金盖基"。之所以管她叫"金盖基"是因为她相貌（gesicht）的肉感（sinnlich）。我们两人对那个女孩子都没有好感，对另一个……M对另一个较有兴趣。他还只顾自己打算："你就要'金盖基'吧，我就来那个。"

"那你就为了她们再下次海嘛。"

"哼，你让我发扬牺牲精神？可是那家伙已经觉察到我们在看她们呢。"

"觉察到不更好吗？"

"不干,反正我有点不高兴。"

她们拉着手,已经走进了海滩。海浪在她们的脚下不断地掀起水花,她们好像害怕海水冲上来似的,海水每次冲过来都会跳起来。在残暑里,她们这么嬉戏让人觉得色彩鲜艳得和静寂的海边有点儿不太协调,似乎不像人的颜色,而更近于蝴蝶的美丽。我们听着海风送来她们的笑声,又看了一会儿她们从海滩渐渐远去的身影。

"倒挺勇敢的啊。"

"还站着呢。"

"哎,已经——不错,是还站着呢。"

她们终于撒开手,分头往海里游了过去。她们中的一个人,穿大红游泳衣的那个女孩子游得特别快。她一边游一边大声喊着什么,招呼还站在没过乳房的海水里的另一个人,在大大的游泳帽下的脸露出活泼的笑容。

"碰到海蜇了吧?"

"没准儿是海蜇。"

可是她们一前一后还在接着往前游。

渐渐地只能看见两个女孩子的游泳帽了,这时我们才慢慢从沙地上站起来,没再说什么(肯定也是因为肚子饿了),慢慢地朝旅馆走去。

三

……太阳落山的时候,气温已经像秋天一样凉。吃了晚饭我们和回到这个镇上的朋友 H,还有这家旅馆的少东家 N 一起又到海边去了。我们四个人出门并不是要一起去散步,H 要到 S 村的伯父家去,而 N 也要到那个村去找鸟笼店定做鸟笼,于是我们就凑到一起出了门。

沿着海岸到 S 村的路上要转过一座高高的沙山，正好和海水浴场区是相反方向，大海当然就被挡在了沙山的后边，海浪的声音也仅隐隐可闻。只有稀稀拉拉的黑草穗儿，被潮风吹得不停地摇曳。

"这儿长的草不是蓢草吧？——N 先生，这叫什么？"

我揪了一把脚下的草，递给只穿了一件麻布衣服的 N。

"这个呀？不是蓼——可是叫什么呢？H 先生知道吧？他和我们不是一个地方的人。"

我们也听说过 H 先生是从东京到这儿当了上门女婿，还听说他的这位当看家闺女的太太去年夏天有了相好的，与人私奔了。

"有关鱼的事他也比我知道的多。"

"真的？H 先生这么有学问？我还以为他懂的大概也就是剑术。"

H 先生虽然被 M 这么捧着，但是他仍然拖着断弓做的拐棍儿，只是微笑着。

"M 先生，你会什么呢？"

"我？我嘛，只会游泳。"

N 先生点上烟，讲起了东京一个炒股票的去年游泳被鲱鱼蜇了的故事。那个炒股票的不管谁说什么，总是犟着说，不会，哪儿有鲱鱼蜇人的道理，肯定是海蛇。

"真有什么海蛇吗？"

能答上这个问题的只有一个人，就是头戴游泳帽、个子高高的 N 先生。

"海蛇？这儿的海里还真有海蛇。"

"现在也有？"

"什么呀，很少有。"

我们四个人都笑了起来。这时有两个捞螺蛳的提着鱼篮走了过来，两人都扎着红兜裆布，长得健壮魁梧。不过，看着他们两个浑身被海水泡得湿漉漉的样子，又觉得他们不但可怜，更是寒酸。N先生和他们对面走过的时候，回应他们的招呼，接着说了一句："去洗个澡吧。"

"这样的营生可真受不了。"

我觉得我自己没准儿会去捞螺蛳。

"就是，的确受不了。不但要游到海里，还要反复潜到海底去呢。"

"这还不算，要是被船卷到深水区的话，十有八九活不成。"

N晃了晃手里断弓做的拐棍儿，聊着深水区。深水区大的有从海滩到海里一里半长。聊着天这些事也聊出来了。

"嘿，N先生，那是什么时候的事来着？说捞螺蛳的人的幽灵出来了。"

"那是去年，不，是前年秋天。"

"真的出来了吗？"

H先生还没答M的问话就先笑出来了。

"幽灵是没有。不过传说出了幽灵的那个臭烘烘的石崖下边有个墓地，那些捞螺蛳的死尸上全爬满了虾。所以最初即使谁也不相信有幽灵，还是觉得怪怕人的。可是有一回一个当过海军士官的人晚上到那个墓地守着，还终于看见了幽灵。他把幽灵抓住一看，发现并不是什么幽灵，原来是一个捞螺蛳的过去的相好，这个镇上私娼馆的女人。一时间又是点火，又是喊人的，闹得一塌糊涂。"

"这么说那个女的并不是要吓唬大家。"

"就是，她只是每晚十二点左右到捞螺蛳的墓前站着，什么也没干。"

N先生的故事在这个海边讲的确是最合适的喜剧。但是听了这个故事没有一个人笑，不知为什么每个人只是默不作声地走着。

"好了，就从这儿往回走吧。"

在 M 这么说的时候，我们不知不觉已经走在了风平浪静、没有人影的海边了。周围大片的沙地很干净，甚至可以隐隐地看到鸟的脚印。一眼望去，海水在岸边形成巨大的弧形，留下一道水沫的痕迹。随着天色渐晚，海面上变得黑黝黝的。

"那么就此别过吧。"

"再见。"

跟 H 先生和 N 先生分手后，我们也不着急，又回到了冷飕飕的海边。海边除了海浪涌来时的喧嚣外，耳边还时时传来清澈的虫鸣。这至少是三里外松林里传来的虫鸣。

"嗨，M。"

"什么？"

"我们也回东京吧。"

"嗯，回去也好。"

说着 M 嘴里吹起了口哨。

大正十四年（1925）八月七日

尼 提

宋再新译

　　舍卫城①是个人口众多的城市。人口那么多，城市的面积却不算大，所以厕所也不多，为此，城里人大多要特地到城外去大小便。不过只有婆罗门和刹帝利阶层使用便器，可以免受劳顿之苦。但是这个便器里的粪尿无论如何是必须处理的，处理这些粪尿的人被叫做除粪人。

　　头发已经开始发黄的尼提就是这除粪人中的一个，是舍卫城里最穷，也是离心身洁净最远的人中的一个。

　　一天下午，尼提和每天一样，把各家的粪尿收集到一个大瓦罐里，然后背着瓦罐走在各种店铺林立、狭窄拥挤的街道上。这时从对面走过来一个托钵和尚。尼提一看这个和尚就发现今天碰到一个不得了的人。这个和尚看上去和其他人没有什么两样，但是从他眉间的白毫和蓝绿色的眼睛可以看出，他肯定是在邸园精舍的释迦如来。

　　释迦如来不用说是三界六道的教主、十方最胜、光明无碍、引导亿亿众生平等的能化②。但是，这一切不是尼提所能懂的，他只知道连这个舍卫国的波斯匿王③在释迦面前都要称臣礼拜。另外颇

---

① 古代印度的城市，释迦牟尼曾在该地传法二十五年之久。
② 能教化者，即释迦。
③ 舍卫国梵授王之子，与释迦同日生。

有名声的给孤独长者①为了造邸园精舍买衹陀童子②的园苑时，也只是用黄金铺地。尼提在如来前背负粪器自己也感到羞愧。他怕万一在如来前失礼，就仓皇拐到其他路走了。

可是如来在这之前已经看到尼提了，而且也看出了尼提拐到其他路上去的动机。当然他的动机让如来不由得在脸上浮起了微笑。微笑？不，并不见得是"微笑"。如来面对无智愚昧的众生有其深如海的怜悯之情，他那蓝绿色的眼睛里甚至还溢出一滴泪水。动了如此慈悲心的如来忽生一念，决心运用平生法力，要把这个上了年纪的除粪人也度为自己的弟子。

尼提拐进的还是像刚才一样狭窄的路。他回头看如来没过来，这才放下心来。如来是摩迦陀国的王子，如来的弟子也大都是身份很高的人，罪业深重的他必须避免妄近。不过今天幸好没让如来看破，没惹出事来——尼提松了口气停下脚步。然而如来不知何时又站到了他的面前，面带微笑，安详地朝他走来。

尼提也不怕粪器沉重，再一次拐到别的路上。可是不可思议的是，如来又站在他的面前。但是，如来也许是要尽快赶回邸园精舍才走的近路也未可知。这回尼提又在转眼间没近如来的金身，这对于他也是一种幸福了。尼提正这么想着，看到如来又从对面朝他走过来，这让他大吃一惊。

第三次如来又走在尼提拐过去的路。

第四次如来像狮子王一样在尼提拐进的路上走着。

第五次尼提拐进的路上也是——尼提在狭窄的路上拐了七次弯，可是七次都遇到了如来从前面走来。特别是第七次，尼提拐进了再也逃不了的死胡同。如来看了他那狼狈的样子，站在路中央，

---

① 波斯匿王主藏吏须达的别称，怜悯施与孤独的人，故有此称。
② 波斯匿王的太子。

缓缓招手让他过去。如来举手，"其手指纤长，甲如赤铜，掌似莲花"，其意为"不要怕"。但是尼提愈加惊恐，最后把瓦罐都掉在了地上。

"实在是对不起，请让我过去行吗？"

进退失据的尼提跪在粪尿里朝如来哀求着。可是如来脸上仍然露着威严的微笑，静静地俯视着尼提的脸。

"尼提啊，你不想像我一样出家吗？"

听到如来发出雷音召唤，尼提实在感到无以应对，只好合掌抬头看着如来：

"我是个下贱的人，无论如何也不能和您的弟子在一起。"

"不不，佛法不分贵贱，就像猛火会烧掉大小美恶一样……"

然后——然后如来所说的偈语就像经文上写的那样。

大约半个月后，到邸园精舍参见的给孤独长者在长满竹子和芭蕉的路上碰到了尼提。虽然他的装束已经成了佛门弟子的模样，但仍然和除粪人没啥区别，不过他的头发已经都剃掉了。尼提看到长者到来，便躲在路旁合掌。

"尼提呀，你是个幸福的人。一旦成为如来的弟子，你就永久地超越生死，得游于常寂光土了。"

尼提听了长者这番话，愈加感动地说：

"长者啊，这并不是因为我这个人坏，坏就坏在我不管拐进哪条路，肯定都能遇到如来。"

不过据经文记载，尼提专心听法以后，终于修得初果。

大正十四年（1925）八月十三日

死　后

宋再新译

　　——我有个习惯,睡下以后要是不看点儿什么书就睡不着。另外不管看多少书还是睡不着的时候也不新鲜,所以我的枕头旁边总是摆着台灯和安眠药。那天晚上我也和平时一样把两三本书拿进蚊帐,打开枕边台灯。

　　"几点了?"

　　这是旁边已经睡了一觉的妻子的声音。妻子把胳膊让吃奶的孩子枕着,侧过身看着我。

　　"三点了。"

　　"都三点啦?我还以为才一点呢。"

　　我随便答应着,不想和她聊下去。

　　"讨厌,讨厌!闭上嘴,睡你的觉。"

　　妻子学着我说的话,小声吃吃地笑了。不一会儿,妻子把鼻子贴在孩子的脸上,不知不觉又静静地睡着了。

　　我仍然侧对着她,看着《说教因缘除睡钞》。这是享保年间(1716—1736)的和尚搜集了和汉、天竺故事的八卷随笔集。可是里面不用说好笑的故事了,就是怪异的故事也很少。我看着君臣、父子、夫妇等五伦部的故事,渐渐有了睡意。于是我关了灯,立刻进入梦乡……

　　梦里的我和 S 一起走在酷热难当的街上,铺了沙子的街道宽只有两三米,而且每家每户都挂着一样的黄褐色遮阳棚。

"没想到你死了。"

S摇着扇子,对我这么说。他大概觉得我很可怜,但又不愿意露骨地表示出可怜我的意思。

"原来看上去你好像能长寿似的。"

"真的?"

"大伙都这么说。这个——你比我小五岁吧?"我看S在扳手指头。"三十四?三十四就死了……"他一下子不说话了。

我对自己死了倒不特别觉得遗憾,可是不知为什么在S面前我还是感到有点儿不好意思。

"你的工作才开始吧?"

S又试探着问。

"嗯,一个长篇才写了一点儿。"

"你太太呢?"

"她活得挺好。孩子最近也没生病。"

"这就比什么都好。像我们这样的人也不知道什么时候会死啊……"

我看了看S的脸。S还在为我已经死了而他自己却还活着高兴呢——我清楚地觉察到了这一点。一瞬间,看起来S也感觉到了我的不快,表情怪怪的不说话了。

谁也没说话,走了一会儿后,S用扇子挡着太阳,在一家挺大的罐头店前站住了。

"那么我就失陪了。"

在光线略暗的罐头店里摆着几盆白菊花。我打量了一下这家店,猛然想起,S的家就是青木堂①的分店嘛。"

"你现在和令尊住在一块儿吗?"

---

① 当时东京大学门口的洋酒店。

"啊，这段时间里……"

"得，再会。"

我和S分手后，马上拐过前边那条横街。那条横街角上的橱窗里摆着一台风琴，风琴的侧板被拆了下来，可以看到里边的构造。另外里边立着几只青竹筒。我看到这个，不禁想到："原来青竹筒也行啊。"然后……不知不觉间我走到了自己家门口。

旧旧的小门还有黑墙和平时没什么区别，就是门上方长了叶的樱花树也和昨天见到的一模一样。可是，门口的新名牌上写的是"栉部寓"。我看到这块名牌时，才感觉到自己确实是死了。但是我走进大门，甚至从玄关走进屋里都没觉得有什么不道德的。

妻子坐在饭厅的窗边，正在用竹皮做孩子玩的铠甲，身边全是干竹皮。她膝盖上的铠甲还只有身子部分和一片腰下的围甲。

我一坐下就问："孩子呢？"

"昨天和婶婶、奶奶一起到鹄沼去了。"

"爷爷呢？"

"爷爷大概去银行了吧。"

"那现在谁也不在呀？"

"嗯，只有我和小静。"

妻子头也没抬，用针缝着竹皮。

不过我马上就发现妻子说的是假话，我有点儿不高兴了：

"可是名牌不都换成'栉部寓'了吗？"

妻子抬头看着我，好像吓了一跳，眼睛里也是挨了骂时无可奈何的表情。

"他出去了，是吧？"

"是。"

"那么，还是有他，对吧？"

"是。"

妻子无话可说了，只是一个劲儿地摆弄着竹皮铠甲。

"其实有他也没什么，反正我也死了……"

我像要自己说服自己一样接着说：

"何况你也还年轻，这些事我也不说什么，只要那个人老老实实的就行……"

妻子又抬头看了看我。我看着她的脸，感觉到一切都不能挽回了，同时也感到我的脸上渐渐没了血色。

"那个人不怎么样吗？"

"我倒不觉得他是个坏人。"

不过我明白了她本人对那个梆部也不怎么佩服。那为什么和那么个东西结婚呢？就算这还可以原谅，但她还不说他的坏处而只说好的——对这一点我没法不从心里生气。

"他是能让孩子喊爸爸的人吗？"

"你怎么问这个……"

"不行，不管你怎么辩解都不行。"

妻子还没等我开始骂就把头垂到了胸口，吓得肩膀直抖。

"看你有多笨！你这样让我能死得放心吗？。"

我觉得控制不住自己了，头也没回就进了书房。一看书房的门上有一根消防钩，消防钩的杆儿上涂着黑朱相间的颜色。有谁动过它。我想起了这事，不知不觉书房和其他的全没了，我正走在两边有枸橘篱笆的路上。

路已渐带暮色，不知是小雨还是露水淋湿了路上铺的煤渣。我的气还没消，大踏步地走着。可是，不管怎么走，我的前面一直是无尽的枸橘篱笆。

我一下子自己醒了。妻子和吃奶的孩子好像仍然睡得很香，但是眼看天已经泛白，静寂中只听得远处不知什么地方的蝉在树上叫着。我听着蝉鸣，担心睡不好明天（实际已经是今天）头疼，想立刻就睡着。谁知不仅睡不着，反而清清楚楚地记起刚才的梦来了。梦里妻子真成了可怜的冤大头，至于S，也许实际上他就是那个样儿。我也……我对于妻子来说成了可怕的利己主义者。特别是一想起现实的我和梦里的我是同一人格，成了更可怕的利己主义者。而且我自己与梦里的我未必就不是一回事。为了再睡一会儿觉，也为了避免病态良心的进一步发现，我咽进肚子里零点五毫克的安眠药，昏昏入睡了……

大正十四年（1925）九月

湖南的扇子

宋再新译

除了广东出生的孙逸仙，了不起的中国革命家——黄兴、蔡锷、宋教仁等人都是在湖南出生的，这大概是因为受了曾国藩、张之洞的感化吧。要想证明这种感化的话，就一定得提到湖南人自身那种不服输的顽强劲儿。我到湖南旅行的时候，偶然遇到如下一件小事，就像小说似的。这件事也许表现出热情的湖南人的一面。

大正十年（1921）五月十六日下午四点左右，我所乘坐的"沅江丸"轮船靠上了趸船。

几分钟前我就在甲板上靠着船栏杆，眺望着渐渐靠近左舷的湖南省会。阴天下高高的山前重叠着白墙和瓦屋顶，长沙比想象的还要破烂。在特别狭窄的码头附近，要是只看一些西洋式的新红砖房和垂柳的话，简直和东京的饭田河岸没什么两样。我对当时长江沿岸的一般城市都已有希望破灭之感，所以我料想在长沙大概也一样，除了猪就没什么看头了。然而这座破烂的城市仍然让我有了近乎失望的感觉。

"沅江丸"就像服从命运一般渐渐接近趸船，同时也一点点地缩窄蓝蓝的湘江水流。这时一个衣服挺脏的中国人提着提篮还是什么东西，突然在我的眼皮底下飞身跳到了趸船上。这与其说是真人的本事还不如说是近乎蝗虫的功夫。就在一瞬间，一个手持扁担的人又隔着水漂亮地跳了过去。接着两个、五个、八个——眼看着我眼底下的趸船被不断跳下去的无数中国人挤满了。这时船不知不觉之间已经威武地耸立在西洋式的新红砖房和垂柳的前面了。

我终于离开了栏杆,去找和我一个公司的 B 先生。在长沙待了六年的 B 先生今天按说应该来接"沅江丸"的,可是我怎么也找不到一个像 B 先生的人。在舷梯上上下下的全是年轻的和老的中国人,他们相互推搡着,嘴里还在嚷嚷着什么。特别是一个老绅士像要下舷梯,但又折了回来殴打身后的一个苦力。这样的场面对从长江溯流而上的我来说根本不是什么好看的热闹。但是,我也不会因为看惯了就要为这样的热闹感谢长江。

我渐渐地觉得不耐烦了,又来到栏杆旁,注视着人头攒动的码头前后。可是那儿别说是最重要的 B 先生了,就连一个日本人影也看不见。不过我在趸船的那一边——在枝叶繁茂的垂柳下发现了一个中国美人。她穿着天蓝色的夏装,胸前挂着一个奖牌似的东西,看上去就像一个小孩儿一样,可能就是因为这一点我的眼睛才被她吸引住了。不过,她正仰头看着高高的甲板,涂了浓浓口红的嘴上浮现出微笑,好像和谁打手势似的用半开着的折扇遮着脸……

"嘿,喊你呢!"

我吃了一惊,回过了头。不知什么时候一个穿灰色大褂儿的中国人满脸堆笑,在我身后站着。我一时弄不清楚这个中国人到底是谁。不过,我一下子从他的脸上——从脸上的眉毛上想起了一个旧时的朋友。

"哎呀,是你?对了对了,你说过是湖南人。"

"嗯,我在这儿开业。"

谭永年是和我同期从第一高等学校升入东京大学的,是留学生里的才子。

"你今天是来接谁呀?"

"嗯,是谁呢?你以为是谁?"

"总不是接我的吧?"

谭瘪了瘪嘴，扮出一副滑稽的笑脸：

"可是我就是来接你的。B 先生不巧得了疟疾。"

"那么是 B 先生托你来的？"

"他就是不托我也准备来的。"

我想起了过去他就对人特好，谭在我们的宿舍生活里从来没让人讨厌过。如果说就算在我们之间多少有点儿不讨人喜欢的话，那也不像我们同寝室那个叫菊池宽的给人印象不好，不管谁说起来都要先想到他……

"但是给你添麻烦可是对不起了。说实话我连找住处的事也全拜托 B 先生了……"

"住处的事已经跟日本人俱乐部说好了，住一个月半个月的都不要紧。"

"一个月也行？别开玩笑了，只要让我住三个晚上就可以了。"

谭虽然不像是感到吃惊，但他的脸上顿时没了喜色。

"只住三个晚上？"

"不过，要是能看到砍土匪头或者其他什么好看的那就……"

我一边回答着，内心猜想着长沙人谭永年会皱起眉头。可是他的脸上又恢复了笑容，一点儿也没介意地答应着：

"哎呀，要是你早来一个星期就好了。你看那儿不是有块空地吗？"

他指的是西洋式的新红砖房的前面——恰巧是枝叶繁茂的垂柳下，但是刚才的那个中国美人不知什么时候不见了。

"前几天在那儿一次就有五个人被砍了脑袋。你看，就是狗正在走的那儿……"

"那太可惜了。"

"只有斩罪在日本看不着。"

谭大声笑过后，一下子表情严肃起来，很自然地把话题一转：

"那么咱们就走吧，车在那儿等着呢。"

第三天也就是十八号下午，我听从谭的热心推荐，去了湘江对面的岳麓山和爱晚亭。

我们坐的汽艇行驶在被当地日本人叫作"中之岛"的三角洲的右边，在湘江上行驶了两个小时。突然放晴的五月天，两岸的风景十分亮丽，我们船右边的长沙的白墙和瓦房顶也明亮了起来，不像昨天那么阴郁了。而围着长长石墙的三角洲上到处都可以看到小巧玲珑的西式建筑，西式家居之间晾晒的衣服也分外鲜明，一切显得生机勃勃。

谭要指挥年轻水手开船，所以站在汽艇前头，可其实他并不指挥，而是不住地跟我聊天。

"那儿是日本领事馆——你用这个小望远镜看吧——它右边是日清汽船公司。"

我嘴里叼着雪茄，一只手搭在汽艇外。我的手指时时能触到湘江的水流玩儿，谭的话成了我耳边唯一连续的噪音。不过按照他手的指示观看两岸的风景当然不会让我觉得不高兴。

"这个三角洲叫橘子洲……"

"啊，有老鹰叫。"

"老鹰？嗯，这儿老鹰也不少。对了，那是张继尧和谭延闿打仗的时候，那时张继尧部下的尸体有好多都从上边冲下来了，有时一具尸首上站着两三只老鹰呢……"

正好谭刚开始说话时，另一艘和我们坐的这艘相隔十来米的汽艇从后面赶了上来。那艘汽艇上除了一个穿中式衣服的青年外，还坐着两三个花枝招展的中国美人。比起那几个美人来，我对那艘汽艇滑过浪花更感兴趣。但是谭话说了一半，一看见那几个人就像遇到了仇人一样，慌慌张张地把小型望远镜递给了我。

"快看那个女的，就是坐在前头的那个。"

我越被人劝还就越不愿意照着办，这是我父亲传给我的犟脾气。那艘汽艇掀起的浪花在冲刷着我们的汽艇，把我的袖口都打湿了。

"为什么？"

"哎呀，你就别问为什么了，快看那个女的。"

"漂亮吗？"

"对，漂亮，漂亮。"

他们的汽艇不觉间已经离开我们有十来米远了，我这时才转过身去，调节望远镜的焦距，一下子有了远去的汽艇又向后退过来似的错觉。在望远镜的圆框里，"那个女人"正侧着脸在听谁说话，还不时微笑着。她的脸略有点儿方，光是眼睛很大，除此之外也看不出有多漂亮。不过，她的刘海和薄薄的夏装随河风飘动，远远看上去还是挺好看的。

"看见了吗？"

"嗯，连睫毛都看清楚了。可是也不怎么漂亮啊。"

我和脸上露出得意神色的谭又脸对脸了。

"那个女人怎么啦？"

谭这时不像刚才喋喋不休那个样子了，他慢腾腾地给香烟点上火，答非所问地问我：

"昨天我不是说了——在趸船那边的空地上五个土匪被砍头了吗？"

"嗯，我记着呢。"

"那一伙的头目叫黄六———对了，那个家伙也被砍了。听说那个家伙能右手拿步枪、左手拿手枪，同时开枪打死两个人，是湖南有名的坏蛋……"

谭忽然讲起黄六一一生的恶迹来。他所讲的可能大多是从报纸上看来的，不过比起血腥味儿来，他讲的传说更富于浪漫色彩。比如黄六一被那些走私的人称作黄老爷啦,他抢了一个湘潭商人的三千块钱啦,背着腿上中枪的副头目樊阿七游过了芦林潭啦,还有他在岳州的一座山上用枪打倒了十二个当兵的什么的。听起来谭简直像很崇拜黄六一似的,兴奋地讲个没完。

"你猜怎么着,那个家伙杀人越货,居然犯了一百一十七件案子。"

他在讲述的过程中常常加上这样的注释。当然我只要自己没什么损失,也并不讨厌土匪。但是老是不得不听这种没有什么太大区别的传奇故事,多少还是让人觉得没劲。

"可是那个女的是怎么回事?"

谭到这个时候才笑嘻嘻地开始讲,回答和我内心猜测的几乎一样。

"那个女的就是黄六一的情妇啊。"

我没能像他期待的那样发出惊叹。不过我叼着雪茄烟,作出无动于衷的样子也不容易。

"嗯,土匪也挺会玩儿的嘛。"

"哼,黄六一那些人可会了。比如说前清末年有个强盗蔡,他一个月能收入不止一万块钱。那家伙在上海租界堂堂皇皇地买了洋房,不要说太太了,连小老婆都……"

"那么那个女的是妓女吗?"

"嗯,叫玉兰,是个妓女。黄六一还活着的时候,她可威风了……"

谭好像想起了什么,一下子闭上了嘴,只是微微笑着。过了一会儿,他把烟一扔,认真地和我商量了起来:

"岳麓山有个学校叫湘南工业学校,先去参观一下怎么样?"

"嗯,看看也行。"

我含含混混地答应着。这是因为昨天到一所女学校参观,我对那里强烈的排日气氛感到不快。可是载着我们的汽艇却不理会我的心情，转个大弯绕过"中之岛"的鼻子，仍然欢快地在水上一直驶向岳麓山……

同一天晚上，我和谭一起登上了一家妓院的楼梯。

我们去的二楼房间里，中间摆放的桌子就不用说了，连椅子、痰盂和衣柜都与上海、汉口的妓院几乎没什么两样。不过，在这间屋子天花板的一个角落上，靠着窗口挂着一个铁丝编的鸟笼。笼子里养着的两只松鼠在里面的木棍上跳上跳下，一点儿动静都没有。这个鸟笼和窗子、门口挂着的红纱帘很少见，可是至少在我看来这些都让人觉得不舒服。在这个房间里迎接我们的是个稍胖的老鸨。谭一看见她就开始滔滔不绝地说着什么，那个女人满脸堆笑，从容地应对着。可是他们说的话我一句也听不懂。（这并不是因为我不懂中国话，可是对于我这双只懂北京官话的耳朵，长沙官话实在难懂。）

谭和老鸨聊完后，他和我相对坐在红木桌旁，开始在老鸨拿来的铅印的局票上写妓女的名字。张湘娥、王巧云、含芳、醉玉楼、爱媛媛——在我这个旅行者看来，都是些正适合中国小说主人公的名字。

"还叫上玉兰吧？"

本来想答应，可是不巧我正在抽老鸨给我点上的香烟。谭隔着桌子看了看我的脸就大大咧咧地接着写了。

这时，一个戴着金边眼镜、气色很好的圆脸妓女大大方方地走了进来。她穿了一件白色的夏装，手上好几粒钻石闪闪发光。另外她还具有像网球或游泳运动选手的身材。这样的女人的美丑、好坏倒还在其次，首先我痛切感到她这种集矛盾于一身的奇特之处。实际上她和这个房间，特别是和鸟笼里的松鼠一点儿都不协调。

她以目示礼之后，像蹦跳一样走到了谭的身边，而且一坐到谭身边就把一只手放在了谭的膝盖上,娇滴滴地说起话来。谭也——当然谭也高兴地连声答应着"是了,是了"。

"这是这家的妓女,叫林大娇。"

我听着谭的介绍,忽然想起了他是长沙为数不多的有钱人的少爷。

又过了十分钟左右,我们还是相对而坐,开始吃晚饭。吃的是蘑菇啦,鸡啦,白菜什么的四川菜。妓女除了林大娇,还有一大帮围着我们。另外她们身后还有五六个戴着便帽的男人在拉着胡琴。妓女们坐着,时时被胡琴带着尖声唱起来。这对我来说也并不完全没意思,不过比起京剧《挡马》、《汾河湾》来,我对在我左边的妓女更有兴趣。

坐在我左边的就是前天在"沅江丸"上只瞟到一眼的那个中国美人。她天蓝色的夏装上还挂着那块奖牌。从近处看上去她虽有些病弱,但是让我感到意外的是,她并没有那种天真无邪的样子。我从旁边看着她,忽然想起了在背阴地上养的小球根来。

"喂,在你旁边坐的是……"

谭被老酒染红了的脸上露出开朗的微笑,隔着盛满虾的盘子,突然对我说:

"那个就是含芳啊。"

我一看谭的脸,不知为什么已没了想和他讲前天之事的心情。

"她说话好听,发起R字音来就像法国人。"

"嗯,她是北京出生的嘛。"

我们的话题好像含芳也明白了。她时时用很快的眼神朝我的脸看看,和谭说话很快。可是和哑巴差不多的我这时还像平时一样,只好来回比较着两个人的脸色。

"她问你什么时候来的长沙,我回答说是前天刚来。她说她前天也到码头上去接人了。"

谭这样给我翻译完以后，又和含芳说上了。含芳面带微笑，像小孩子一样说着"不干，不干"。

"嗯，不管怎么都不说。我在问她去接谁——"

突然林大娇手拿着香烟指指含芳，像讥笑什么似的对含芳大声说着。含芳似乎吓了一跳，手猛地按住我的膝盖。一会儿她复又微笑，马上回了一句。我当然对这场戏——或者是对隐藏在这场戏之后相当深的敌意感到好奇。

"嘿，你们说什么呢！"

"她说没去接谁，只不过是去接妈妈。什么，在这儿的先生？说是去接叫什么×××的长沙唱戏的还是什么人。"（不凑巧我刚好没把名字记在本子上。）

"妈妈？"

"说是妈妈，实际上不是亲的，就是带着什么她呀玉兰呀的老鸨。"

打发完我的问题，谭借着一杯老酒的酒劲儿，忽然滔滔不绝起来。他说的除了"这个这个"之外，我一个字也听不懂。不过，看妓女和老鸨都在热心地提问，可以知道是在说什么有趣的事。再从他们不时地看看我的神情，至少他们说的有些和我有关。

"混蛋！说什么呢？"

"什么呀，我们在说今天去岳麓山的路上碰到玉兰的事。另外……"

谭舔舔上嘴唇又接着解释，兴致比刚才还高。

"另外你不是说过想看砍头吗？"

"什么呀，真没意思。"

我听着他的解释，不但是对还没见面的玉兰，就是对他们的伙伴含芳也没了同情的感觉。但是我看到含芳的脸时，在理智上觉得已经相当了解她的心情了。她抖动着耳环，在桌子底下把手绢系上然后又再解开。

"那这个也没意思吗?"

谭从后边的老鸨手里接过一个小纸包,得意洋洋地打开。又打开一层后,纸包里露出了一块点心大小,像巧克力颜色的干干的、怪怪的东西。

"那个,是什么东西?"

"这个?这就是块饼干嘛——噢,刚才不是说到那个叫黄六一的土匪头子了吗?这就是泡了黄六一脑袋的血的。这在日本可是看不着。"

"那这个东西干什么呢?"

"拿来干什么?吃呗。现在要是吃了这个,可以免病消灾。"

谭兴高采烈地微笑着,和刚好这个时候离开桌子的两三个妓女打招呼。不过,他一看见含芳,就几乎乞怜一般和含芳说着笑着,最后甚至抬起一只手,从正面指着我说些什么。含芳犹豫了一下,然后又终于现出微笑,在桌子前坐了下来。我觉得她可爱极了,避开其他人的视线,悄悄捏了捏她的手。

"这样的迷信简直是国家的耻辱,从我们当医生的职业角度上,都说得让人烦了……"

"这只是因为有斩罪的关系嘛。在日本也有把脑子烤了吃的。"

"不会吧?"

"不,什么不会呀,我都吃过,当然是小的时候了……"

就在我说话的工夫,我发现玉兰来了。她和老鸨站着说了一会儿话后,就在含芳的旁边坐下了。

谭一看到玉兰来了,就把我晾在了一边,开始向她献殷勤去了。玉兰比在外边看的时候显得漂亮了些,至少在笑的时候她的牙齿像珐琅一样发亮,很好看。不过我一看到她的牙齿,一下子就想起了松鼠。松鼠仍然在垂着红纱帘的玻璃窗边鸟笼子里,两只都敏捷地跳上跳下。

"嘿,你来一块怎么样?"

谭把饼干掰开给我看,饼干的断面也是黑的。

"别瞎说了。"

我当然摇头了。谭大声笑过后,这回拿了一片要让林大娇吃。林大娇皱了皱眉头,把他的手推回去了。他又和其他几个妓女开同样的玩笑,这样一来一去的,最后他还是把饼干递给脸上仍旧笑眯眯的坐着没动的玉兰。

我忽然感到想要闻闻饼干香味儿的诱惑。

"喂,拿给我看看。"

"嗯,这儿还有半块。"

谭就像左撇子一样把剩下的半块扔了过来。我从小盘子和筷子之间把那片饼干拿了起来。可是好容易拿了起来,突然却又不想闻了,我没作声,把饼干丢在了桌子底下。

这时玉兰盯住谭的脸,交谈了那么两三句。接着她拿到饼干后,朝围着她看的其他人很快地说着什么。

"怎么样,要不要我给你翻译一下?"

谭的胳膊搁在桌子上,手支着脸,用不大利索的舌头问我。

"嗯,你翻译嘛。"

"那我就翻喽,我要逐字逐句地翻:我高兴地尝我爱的——黄老爷的血……"

我感到我的身子在抖,这是因为按住我膝盖的含芳的手在发抖。

"请你们也像我一样——把你们所爱的人……"

玉兰在谭说话的时候,开始用漂亮的牙齿咬那片饼干……

我照原定计划住了三个晚上,五月十九日的下午五点左右,和上次一样靠在"沅江丸"的甲板栏杆上。重叠着白墙和瓦房顶的长沙不知为什么让我感到恐怖。这大概有渐渐逼近的暮色的影响。我嘴上叼着雪茄，老是想起谭永年笑嘻嘻的脸。可是不知为什么，谭没来送我。

"沅江丸"离开长沙的时间不是七点就是七点半。我吃了饭后，在昏暗的船舱电灯下，算出了我在长沙的食宿费。我的眼前有一把折扇，搁在不足两尺、没有腿儿的桌子上，折扇上垂下了粉红色的流苏。这把扇子是我来以前谁忘在这儿的。我用铅笔写着字，不时地又想起了谭的脸。他到底为什么要折磨玉兰，这我也弄不清楚。不过我的食宿费现在还没忘，换算成日本钱的话，正好十二元五角。

大正十四年（1925）十二月

年末一日

宋再新译

——我在杂木丛生的寂静山崖上走着。崖下紧挨着沼泽，沼泽岸边有两只水鸟在游弋，两只鸟的颜色都近似长了薄薄苔藓的石头。我并不觉得那两只水鸟有多珍奇，但是鸟的翅膀显得那么鲜艳，却有些可怕……

——正在做这样的梦，我被咔嗒咔嗒的声音惊醒了。像是在书房拐角房间的玻璃窗发出的响声。我为了忙新年号杂志的稿件，就搬到书房睡了。我答应三家杂志给他们写稿子，但是对这三篇稿子我都不满意。不管怎么说，最后的工作已经在天亮前完成了。

脚边的纸拉门上已经映出了外边摇曳的竹影。我一狠心爬了起来，先到厕所去撒尿。最近的尿还没有哪天像今天这样冒起这么多的蒸气来。我对着便池想：今天比平时冷啊。

伯母和妻子在客厅的廊前使劲儿地擦玻璃，咔嗒咔嗒的声音原来是这儿发出的。伯母外边穿件没袖的坎肩，里边系着吊袖带，一边在铁桶里洗抹布，一边逗我："小子，都十二点了。"真的，的确到十二点了。穿过走廊一进饭厅，看见不知什么时候旧长火炉上午饭已经做好了，妈妈在给老二喂牛奶和面包。可是我在习惯上还是早晨的感觉，就到厨房里去洗脸。吃了早饭兼午饭，在书房里的火盆旁开始看两三份报纸。报纸上全是关于各公司发奖金和过年时玩的拍毽子板销量的报道，可是我的心里没有一点儿喜庆的感觉。

我经常会在干完工作后出现一种奇怪的倦怠感,就像房事后的疲劳一样,什么事也不想干……

K君来的时候还不到两点钟,我把他让到火盆边上,准备把要紧的事都谈清楚。穿着条纹西服的K君原来是报社驻奉天的特派员,现在是总社的记者……

"怎么样?要是有空,出去走走?"

我把要讲的事说完的时候,感觉到就这样闷在屋子里实在有点儿难受。

"啊,四点前有空——您想好要去的地方了吗?"

K君诚惶诚恐地问我。

"哪里,去哪儿都行。"

"墓地那儿不行吗?"

K君所说的墓地是指夏目先生①的墓地。K君爱读夏目先生的作品,大约半年前,我带他去过夏目先生的墓地。年末拜谒先生的墓地——对我来说也许正合适。

"那就去墓地。"

我立刻披上外套,和K君一起出了家门。

天气虽冷,却是个晴天。在狭窄的动坂的街道上,来往的行人好像也比平时多。过年装饰大门用的松枝、竹子都被摆到了叫作田端青年团集合点的木板房边上了。看到街上的这番景色,多少唤起了我少年时代到年关时的心情。

我们等了片刻,坐上开往护国寺前的电车。电车里还不算挤,K君把外套领子竖起来,跟我聊着前几天好容易才弄到夏目先生的一页手迹的事。

---

① 夏目漱石(1867—1916),日本近代著名作家,代表作有《哥儿》、《我是猫》等,芥川曾师事夏目漱石一年。

一会儿电车过了富士前站的时候，突然车厢中间的一个灯泡掉了下来，摔得粉碎。正好在那儿有一个相貌身材都很丑的二十五六岁的女人，一只手拿了一个大包，另一只手抓着车顶的吊带。电灯泡掉下来的那一瞬间好像正好掠过她前额的头发，她的表情一下子变得很奇怪，转着头把车上所有的人看了一圈。这是想博得人们的同情——至少是想要吸引别人的注意。可是，就像商量好了一样，车里人的态度都很冷淡。我和 K 君说着话，觉得那个讨了没趣的女人脸上的表情不是可笑而可以说是可怜。

我们在终点下了车，经过街上装饰了庆贺新年稻草绳的店铺，朝位于杂司谷的墓地走去。

落满大银杏树叶的墓地今天仍然十分寂静。墓地中央宽阔的沙石路上连个人影都没有。我走在 K 君的前头，朝右边的小路拐去。小路的两边是扇骨木的篱笆和生了红锈的铁栏杆，里面排列着大小坟墓。但是，怎么往前走也找不到先生的墓。

"是不是刚才那一条路啊？"

"也许是。"

我一边从这条路返回来，一边在想，每年十二月九号都因为要赶杂志新年号的稿子，很少来为先生扫墓。可是就算没来几回，我也很难相信自己居然连先生的墓都找不到了。

另一条稍宽的小路那边也同样没有。这回我没往回走，而是从灌木篱笆之间往左拐，可是还是没有，而且我原来记着的另外几块空地也找不着了。

"连个打听的人都没有——这下可糟了。"

我感觉到了 K 君的话里明显有近乎冷笑的意思。可是既然是我带他来的，也就没法生气了。

我们不得不以大银杏树为参照，再一次走另外的小路去找，但是那边也没有先生的墓。

我这下当然着急了，但是奇怪的是我内心里潜在的居然是委屈。我忽然感到了外套下自己的体温，想起了过去也有过这样的感觉。那是我小的时候被坏孩子欺负后，忍气吞声没哭就回家时的心情。

又在同一条小路走了好几个来回后，我向一个正在烧干枯的上供花草的女墓地清洁工打听了路，好容易才带着K君找到了挺大的夏目先生墓。

先生的墓比上次来的时候更旧了，另外墓周围的土也被霜打得很难看，这可能是九号上供的冬菊和南天竹花束之外没有感情的东西。K君郑重地脱下外套，规规矩矩地对着先生的墓行了礼。可是我无论怎么想，现在这个样子实在没有和K君一起若无其事地对着先生的墓行礼的勇气。

"已经几年了？"

"正好九年了。"

我们这么说着，走回了护国寺前终点站。

我和K君上车，我一个人在富士前站下了车。去看望一个在东洋文库的朋友后，天黑的时候回了动坂。

动坂的街道正是繁华的时候，比刚才更加杂乱。不过，一过庚申堂，行人就渐渐少了。我被动地随着人流，只看着自己的脚尖走过起风的道路。

这时我看到墓地后八幡坂下有一个拉运货车的男人，正手搭在车把上休息。这辆车看起来和卖肉的车差不多，但是走近一看，货箱后横着写的字是"东京胎盘公司"。我从后边打了招呼以后，就使劲儿推起车来。多少推一下肯定就会感到很恶心，但是帮忙出点儿力自己也觉得挺好的。

北风一阵阵从长长的坡路上直吹下来，风一吹来墓地里掉光树叶的树梢就发出沙沙的声音。很奇怪，我在昏暗中突然感到兴奋。

就像和我自己战斗一样，一心一意推起车来……

大正十四年（1925）年十二月

卡 门

宋再新译

是革命前还是革命后——不,肯定不是革命前。为什么说不是革命前呢,因为我还记得当时听过的丹青科①讲的笑话。

一个闷热欲雨的晚上,舞台监督T君站在帝国剧场的阳台上,手拿着苏打水杯和丹青科说着话,就是那个有亚麻色头发的盲诗人丹青科。

"这全是因为时局,帝国歌剧团才从遥远的俄国来到东京演出啊。"

"布尔什维克是过激派嘛。"

他们这样一问一答是在首场演出的第五个晚上,也就是《卡门》首演的晚上。我完全被原定扮演卡门的伊娜·布鲁斯卡娅迷住了。伊娜是个眼睛很大、小小的鼻子笔直、很性感的女人。我当然盼望着能看到伊娜扮演的卡门,可是第一场拉开大幕一看,扮演卡门的不是伊娜,而是一个天蓝眼睛、高鼻子、长得很小气的女人。我和T君在一个包厢里穿着晚礼服并肩挺胸,心里却不能不感到失望。

"演卡门的不是我们的伊娜呀?"

---

① 俄国作家、记者。1908年曾到过日本,与上文所提年代不符。而著名俄国盲诗人爱罗先珂曾于1915年赴日,与日本作家多有交往,一度游历缅甸、印度,重又返日,1921年因参加日本社会主义联盟等活动被驱逐出境。1922年经上海来北京,寄住鲁迅家,结下深厚友谊。

"听说伊娜今晚休息,原因嘛可相当罗曼蒂克呢……"

"怎么回事?"

"听说一个叫什么的旧俄侯爵追随伊娜而来,前天到的东京。可是不知从什么时候开始,伊娜跟上一个美国商人了。一看到那个家伙侯爵就彻底绝望,昨天他在饭店的房间里上吊自杀了。"

听着这话我想起一个场景。那是深夜时分,在饭店的一个房间里,伊娜在玩扑克,一群男女围着看。穿着红黑相间衣服的伊娜在玩吉卜赛算卦,她对T君微笑着说:"这回我给你算算运气。"(或者应该说我听人这么说的。除了一个"是"之外,我一句俄语也不会,当然只有请会十二国语言的T君帮我翻译。)伊娜翻开牌看过后说:"你比他还幸福。你能和你所爱的人结婚。"她说的"他"指的是在伊娜旁边和人说话的俄国人。不幸的是我没记住"他"的相貌和穿的衣服,只记得他胸前插的石竹。因为失去了伊娜的爱而上吊自杀的没准儿就是那晚上的那个"他"……

"那今天晚上她是不会出来了。"

"算了,咱们出去喝一杯吧。"

T君自然也是个伊娜迷。

"还是再看一幕吧?"

我们和丹青科聊天大概是这两幕之间的时候。

下一幕对于我们来说还是很没意思。不过我们坐下还没有五分钟,就有五六个外国人进了我们对面的包厢,而且站在他们最前边的不是别人,正是伊娜·布鲁斯卡娅。伊娜坐在包厢最前边,一边扇着孔雀毛的扇子,悠悠然地望着舞台,一边还在和那几个外国同伴(她的那个美国男人肯定也在其中)愉快地说笑着。

"是伊娜吧?"

"嗯,是伊娜。"

我们终于直到最后一幕——抱着卡门尸体的霍赛一边恸哭一边

喊着"卡门！卡门！"才离开包厢。当然比起舞台来，我们更为了看伊娜·布鲁斯卡娅，为了看这个杀了那个男人却无动于衷的俄国女人。

又过了两三天的一个晚上，我和T君坐在一家餐馆的桌旁。

"你注意到没有，伊娜从那天晚上小手指上就缠着绷带呢。"

"照你这么一说，的确缠了绷带。"

"伊娜那天晚上一回饭店……"

"注意，不能喝！"

我提醒着T君，透过微光可以看到他的杯子里有一只金黄色的小虫翻着身挣扎着。T君把白葡萄酒泼到地上，脸上露出奇怪的神色补充了一句：

"把盘子摔在墙上，用碎片代替响板，手指出了血也满不在乎……"

"像卡门一样跳舞？"

就在我们还在兴奋的时候，一个白头发招待脸上现出一副根本不合拍的神色，悄悄地把鲑鱼的盘子递了过来……

大正十五年（1926）四月十日

三个疑问

宋再新译

一 为什么浮士德遇到了恶魔

浮士德曾经侍奉于神,所以对于他来说苹果永远都是"智慧之果"。他每次看到苹果就想起地上的乐园,想起亚当和夏娃。

可是在一个雪霁的午后,浮士德看着苹果,想起一幅油画。画上画的不知是哪个大寺院,是一幅色彩鲜艳的油画。所以自此苹果不仅是从前的"智慧之果",还变成了近代的"静物"。

可能是浮士德出于虔敬的心情吧,他从来没吃过苹果。但是在一个风雨交加的夜晚,他忽然觉得肚子饿了,就烧了一个苹果吃。由此他每次看到苹果就想起摩西十戒,就思考起油画颜料的色彩调和,感觉到自己的胃在叫。

最后在一个微寒的早晨,浮士德看着看着苹果,突然发现对于商人来说苹果又是商品。实际上只要卖掉十二个苹果,就肯定能得到一块银币。苹果当然从那时候起,又变成了金钱。

在一个阴沉沉的午后,浮士德一个人在光线暗淡的书房里思考着苹果。所谓苹果到底是什么呢?——这对于他可不是像过去那样能够轻松解决的问题。他面对桌子,不知不觉把这个问题说了出来:

"苹果到底是什么呢?"

话刚说完,一只身体细长的黑狗不知从什么地方钻进了书房。

只见黑狗把身子一抖,忽然变成一个骑士,并且有礼貌地对浮士德行了一个礼……

为什么浮士德遇到了恶魔?——答案就是前面写的这些。可是遇到恶魔并非在浮士德悲剧的第五幕。在一个非常寒冷的傍晚,浮士德和变成骑士的恶魔一起一边讨论苹果的问题,一边在有很多行人的街上散步。这时看见一个身材细长的孩子满脸泪水,正拉着贫穷的母亲的手。

"给我买那个苹果嘛……"

恶魔停下脚步,手指着孩子给浮士德看:

"你看那个苹果,那就是拷打的刑具。"

浮士德的悲剧这时才终于拉开了第五幕的大幕。

二 为什么所罗门王[①]只见过一次示巴女王[②]

所罗门王在一生里只见过一次示巴女王,这并不是因为示巴女王住在遥远的国度。塔鲁希希的船和希拉姆的船每三年一次把金银、象牙、猴子和孔雀运过来。但是,所罗门王使者的骆驼没去过一次包围耶路撒冷的示巴国的丘陵和沙漠。

所罗门王今天也是一个人坐在宫殿里,所罗门王的内心很孤独。摩阿布人、安莫人、伊多姆人、齐顿人、赫赤人妃子都不能抚慰他的心。他在想着一生里只见过一次的示巴女王。

示巴女王并不漂亮,而且岁数比所罗门王还大,但她是个少有的才女。所罗门王在和她的问答中可以感到自己心灵的飞跃,那是一种和魔术师、占星师谈论秘密的时候所得不到的喜悦。他想两

[①] Solomon(前1010—前974),以色列第三代国王。
[②] 见《圣经·旧约·列王记》第十章。

次、三次或一辈子和那个有威严的示巴女王谈话。

但是，所罗门王同时又怕示巴女王，这是因为他和那个女人见面的时候会失去自己的智慧，至少是因为他所感到自豪的东西分不清到底是自己的智慧还是那个女人的了。所罗门王拥有摩阿布人、安莫人、伊多姆人、齐顿人、赫赤人妃子，但是，她们仅仅是他的精神奴隶。所罗门王在爱抚她们的同时，也在暗暗地蔑视她们。可是只有示巴女王有时反而会把自己当作她的奴隶。

所罗门王肯定害怕自己成为她的奴隶，但另一方面他肯定又很高兴。这种矛盾总是给他带来不可名状的痛苦。他在竖着金狮子的巨大象牙玉座上深深地叹了好几口气，这叹气有时就不知不觉变成了一首抒情诗。

> 我的良人在男子中，
> 如同苹果树在树林中。
> ……
> 以爱为旗在我以上。
> 求你们给我葡萄干增补我力；
> 约我苹果畅快我心，
> 因我思爱成病。①

一天的黄昏，所罗门王在宫殿的阳台上眺望着遥远的西方。当然在这里根本看不见示巴女王居住的遥远国度，但是这样会给所罗门王以心灵上的安慰，不过也会给他的心里带来悲伤。

这时突然幻觉在夕阳中现出一只谁都没见过的野兽。野兽像狮子，有翅膀，长了两个头，而其中一个头是示巴女王的，另一个头

---

① 见《圣经·旧约·雅歌》第二章。

是自己的。两个头相互咬着,还不可思议地流着眼泪。幻觉飘了一会儿,随着大风吹过的声音又消失在空中。此后,只有闪闪发光、如同银锁链般的云彩斜挂在空中。

所罗门王在幻觉消失后还一直伫立在阳台上。幻觉的意思很明显,即使除所罗门王之外谁都不懂。

耶路撒冷的夜深之后,还年轻的所罗门王和众多的妃子、侍从一起喝着葡萄酒,他用的酒杯和盘子都是用纯金做的。可是所罗门王没有心思像平时那样笑、那样说,他只是感到过去不知道的、令人喘不过气的感慨。

　　　　勿咎藏红花之红,
　　　　勿咎桂枝之香,
　　　　然而我悲伤。
　　　　藏红花过于红,
　　　　桂枝又太香。

所罗门王这样唱着,弹着巨大的竖琴,还不住地流着眼泪。他的歌充满不像出自他的激情。妃子和侍从们都面面相觑,可是没有谁去问所罗门王歌里的意思。所罗门王终于唱完,垂下戴着王冠的头,一时紧闭双眼,然后——然后突然抬起笑脸,又和妃子和侍从们像平时一样聊了起来。

塔鲁希希的船和希拉姆的船每三年一次把金银、象牙、猴子和孔雀运过来。但是,所罗门王使者的骆驼没去过一次包围耶路撒冷的示巴国的丘陵和沙漠。

　　　　　　　　大正十五年(1926)四月十二日

三　为什么鲁宾孙喂猴子？

为什么鲁宾孙喂猴子？这是因为他想在眼前看到自己的讽刺画，我知道得太清楚了。拿着枪的鲁宾孙抱着裤子破破烂烂的膝盖，目不转睛地看着猴子，脸上露出了可怕的微笑。他绷紧铅色的脸，忧郁地看着抬头看天的猴子。

大正十五年（1926）七月十五日

春天的夜晚

宋再新译

这是最近从一个护士 N 小姐那里听来的。N 小姐好像不大机灵,是个在干干的嘴唇下总露出尖尖的犬齿的人。

我当时得了肠炎,在我调到外地的弟弟住的寓所二楼上躺着。拉肚子都一个星期了也没有停止的迹象。这样一来我原本为弟弟而来,可现在却给 N 小姐添了麻烦。

一个阵雨还没停的午后,N 小姐用小锅熬着粥,不经意间给我讲起这个故事。

有一年春天,N 小姐要从护士会到一个住在牛込叫野田的家里去。那个叫野田的人家里没有男主人,只有一个剪了短发的太太、一个没出嫁的姑娘,还有一个儿子,再就是一个女仆。N 小姐到野田家的时候,感到一种奇怪的沉闷感觉。这大概也是因为她家的女儿、儿子都得了肺结核的关系吧。但另一个原因是她家有一间八平方米厢房的院子里没有一块垫脚石,却种满了木贼草。实际上据 N 小姐说,太多的木贼草茂盛得都长上了用黑竹编的外窗窄廊。

太太管女儿叫雪儿,只有对儿子直呼清太郎。看上去雪儿是个好强的女人,就是在量体温的时候,她也不信 N 小姐看过的温度,而是自己要一一地对着光看体温计。清太郎和雪儿正相反,从来就没有麻烦过 N 小姐,不管什么事都挺听话的,跟 N 小姐说话的时候还直脸红呢。比起这样的清太郎来太太更心疼雪儿,就因为这个,病情重的不是雪儿,而是清太郎。

"我操了多少心才把孩子养大了。"

太太每次来厢房（清太郎就睡在厢房里）总是这样唠唠叨叨地发着牢骚。但是快二十一岁的清太郎却很少答话，只是紧闭双眼仰面躺着，脸白得像透明的似的。N小姐给他换冰袋，心里总是觉得一院子的木贼草的影子映到了他的脸上。

一天晚上十点不到的时候，N小姐到离这家有两三条街、灯光多的地方去买冰。她往回走时，刚到行人很少两边全是房子的坡路，不知道是谁突然从她的身后把她抱住，就像吊在了她身上一样。N小姐当然吓坏了，不过比这更可怕的是，她胆怯地隔着肩膀回头看了对方一眼，黑夜里她瞟了一眼看到的脸简直和清太郎一模一样。不，一模一样的还不只是脸。短短的头发、蓝白相间花纹的衣服也和清太郎的差不多。可是前天还在咯血的患者清太郎根本不可能出门，更何况清太郎也不会做出这种事。

"大姐，给我点儿钱嘛。"

那个年轻人仍然抱着她，有些撒娇似的说话了。N小姐觉得很奇怪：那声音也像是清太郎的。性子很烈的N小姐使劲儿抓住对方的手喊着："干什么！太不像话了，我就是这家的人，要是乱来的话，我就喊看门的老大爷了。"

但是对方还是反复说："给我点儿钱吧。"N小姐被一点一点地往后拖，她又回头看看对方的鼻眼，的确是那个"爱害羞的"清太郎。N小姐一下子害怕起来，她没松开抓对方的手，尽量大声地喊：

"老大爷，快来呀！"

随着N小姐的喊声，那个年轻人想挣脱被N小姐抓住的手，与此同时N小姐也松开了左手，然后就在对方晃晃悠悠的时候，她拼命地跑了。

N小姐上气不接下气地（她说后来才发现用包袱皮包的冰一

直抱在胸口）跑进了野田家的大门。家里还是那样静悄悄的，N小姐走到客厅一看见正在看晚报的太太，觉得有点不太巧。

"N小姐，你是怎么了。"

一看见N小姐，太太的问话就像在质问。这还不光因为被刚才急促的脚步声吓着了，实际上即使N小姐面露笑容，还是能看出来她的身体在发抖。

"没什么，刚才走到上坡的地方，有个人恶作剧……"

"是对你？"

"是，从后边一下子抓住我说，大姐，给我点儿钱嘛……"

"噢，照你这么说的话，这一带有个叫小堀的小流氓……"

只是从旁边的房间里传来了躺着的雪儿的说话声，这声音不光让N小姐，也让太太感到意外。雪儿的声音冷冰冰的：

"妈妈，请安静点儿。"

N小姐对雪儿这样说话略微有些反感——或许还不止反感，甚至感到了侮辱。借这个机会，她走出客厅。但是那个像清太郎的流氓的相貌好像还在她的眼前。不，那不是流氓的脸，就是哪儿的轮廓有些模糊的清太郎自己的脸。

大约五分钟后，N小姐又转过外窗窄廊，把冰送到厢房去。清太郎没准儿不在那儿呢，是不是已经死了呢？N小姐有点儿担心。但是，到厢房一看，清太郎在昏暗的电灯下一个人静静地睡着了。他的脸仍然白得像透明的似的，正好满院子木贼草的影子映到他的脸上。

"我来给你换冰袋。"

N小姐说着，还是特别担心自己的身后。

听完她的话，我注视着N小姐的脸，说出的话多少带有恶意：

"清太郎——是叫清太郎吧？你喜欢他吧？"

"哎，我喜欢。"

出乎我的意料，N小姐回答得很干脆。

大正十五年（1926）八月十二日

点 鬼 簿

宋再新译

一

我母亲是个疯子。我在母亲那里，从没感受过母爱的温情。母亲用梳子盘起头发，在位于芝的娘家总是一个人坐着，用长烟袋吧嗒吧嗒地抽烟。她的脸小，身子也小，而且她的脸不知什么原因是灰的，毫无生气。有一回我看《西厢记》，读到"土臭气泥滋味"这句话的时候，忽然想起母亲的面庞……想起她那瘦削的侧影。

所以我从来没得到过母亲的照顾。记得有一次，我和养母一起特意上二楼去问候，她却出其不意用长烟袋敲我脑袋。不过总的来说，我母亲是个很安静的疯子。我和我姐姐要是缠着母亲给我们画画的时候，她也会用四开的毛边纸给我们画的。画上不只用墨，还会用我姐姐的水彩给游戏的小孩儿衣服啦，草木啦，花啦什么的涂上颜色。不过，她画的人全是长的狐狸脸。

母亲是在我十一岁那年秋天死的。她死于衰弱而不全是因为病。她死前后的一些事我倒还记得相当清楚。

大概是因为收到病危的电报，在一个没有风的深夜，我和养母坐人力车，从本所赶到了芝。我到现在都没用过围巾，不过，只有那天夜里，我围上了一条画着南画山水一类的薄丝巾。并且我还记得丝巾上阿亚美牌香水的味道。

母亲躺在二楼正下方的大房间里。我和大我四岁的姐姐坐在母亲的枕边，两个人都哇哇地哭个不停。特别是有人在我身后说"临终临终"的时候，我觉得满心的悲伤一下子涌了上来。形同死人的妈妈突然睁开眼睛说了什么。我们尽管都在伤心，可还是忍不住小声笑了起来。

第二天晚上我又在妈妈枕边几乎坐到天亮。可是不知为什么，再也没像昨晚那样流眼泪。在哭声不止的姐姐面前我觉得不好意思，就拼命地装哭。同时我也相信，既然我没哭，母亲也必定就不会死。

到了第三天晚上，我母亲几乎没有痛苦地死去了。死前看上去好像是回光返照，看着我们不住地扑簌簌流泪，但依旧和平时一样什么也没说。

母亲入敛之后，我时时会禁不住哭起来。这时一个被叫作"王子的婶婶"的远亲老太太说："真让我感动啊。"可是我却觉得她是个对怪事感动的人。

出殡那天，姐姐捧着母亲的牌位，我在后边抱着香炉，两人一起上了人力车。我在车上时时打瞌睡，蓦然一惊睁开眼，险些失手把香炉给摔了。但是谷中老也不到，在秋日晴和的天空下，长长的送葬队伍缓缓穿过东京市内。

母亲的忌日是十一月二十八日，戒名是归命院妙乘日进大姐。但是我却不记得父亲的忌日和戒名。这大概是因为十一岁的我能记住忌日和戒名倍感自豪的缘故吧。

二

我有一个姐姐，虽然体弱多病，却已经是两个孩子的母亲了。我想写进"点鬼簿"里的当然不是这个姐姐，而是刚好在我出生之前突然夭折的那个姐姐。在我们三姐弟当中，那个姐姐最聪明了。

那个姐姐叫初子,大概是生为长女之故吧。我家的佛坛上到现在还有一张"初儿"的照片镶在小小的镜框里。"初儿"看起来一点儿也不孱弱,长着小酒窝的脸颊就像熟透的杏子一样圆圆的。

最受父母宠爱的当然是"初儿"了。"初儿"还被特地从芝的新钱座送到筑地的圣玛兹幼儿园学习。不过,星期六、日两天一定要回我母亲的家——本所的芥川家住。"初儿"外出的时候,大概要穿在明治二十年代还很时髦的洋服吧。我上小学的时候,要了几块给"初儿"做和服剩的布头给橡胶娃娃穿,那些布头都是有小碎花和乐器图案的外国细布。

初春的一个星期天下午,"初儿"在院子里走着,问坐在屋子里的大姨(我想象中当时姐姐准是穿着洋装):

"大姨,这叫什么树?"

"哪棵树?"

"有花骨朵的这棵。"

母亲娘家院子里有棵矮木瓜树,树枝向一口老井垂了下去。梳着小辫儿的"初儿"准是睁着大大的眼睛,在看那棵枝干虬结怒突的木瓜树吧?

"那棵树名字和你的一样啊。"

可惜"初儿"不懂大姨的俏皮话。

"噢,是叫傻瓜树啊。"

就是到了今天,大姨只要提起"初儿",肯定要重复这段对话。实际上,"初儿"的事除此之外没再留下什么。后来没过几天"初儿"就躺在棺材里了。我已经不记得"初儿"刻在小牌位上的戒名,但是很奇怪,却清楚地记得她的忌日是四月五日。

为什么我对这个姐姐——这个根本没见过面的姐姐有亲近感呢?如果"初儿"现在还活着的话,也该有四十多了吧?年过四十的"初儿",容貌或许与在芝的娘家二楼上茫然抽烟的母亲很像吧。我常常感到有个四十岁女人的幻影,说不清是母亲还是姐姐在守护着我的一生。这难道是我已倦于咖啡和香烟的神经在作祟?抑或是借某种机缘在现实社会显现出来的超自然现象?

三

因为母亲发疯,我一出生就来到了养父母家(就是我舅舅家),所以我对父亲没感情。父亲开牛奶店,似乎是个小小的成功人士。给我买当时的时新水果和饮料的全是我父亲。香蕉、冰激凌、菠萝、朗姆酒——除了这些之外也许还有其他的什么。我还记得在当时新宿牧场外的橡树树荫下喝朗姆酒的事。朗姆酒是酒精含量非常低的橙黄颜色的饮料。

父亲在我很小的时候给我买这些东西,是想从养父母那里把我领回去。记得有一次晚上在大森的鱼荣店里,一边给我吃冰激凌,一边露骨地劝我逃回家来。父亲说这话时,真是巧言令色之极。但可惜的是,他的劝说没有一次奏效,这是因为我爱养父母……特别是养母。

我父亲性子又特别急,不管是跟谁,动不动就吵架。上初三的时候,我和父亲玩相扑,我用擅长的右外摔把父亲漂亮地摔倒。父亲一爬起来就喊"再来一回",还直朝我扑来,我又轻而易举把他摔倒。我父亲第三次又说"再来一回",脸色都变了,一下子就扑了过来。小姨——就是我母亲的妹妹,我父亲的续弦,看我们这么相扑,便向我使了两三回眼神。我和父亲扭打到一块儿的时候,我故意仰面朝天倒了下去。当时要是不输给他的话,父亲肯定还会抓住我不放的。

在我二十八岁那年,还在当教师的时候,一天收到"父病住院"的电报，于是慌忙从镰仓赶回东京。父亲因为得了流行性感冒住进东京医院，我和养父家的大姨还有自己家的小姨在病房的角落里陪住了差不多三天。这几天里，我渐渐感到有点儿无聊，恰好这时，和我关系颇笃的一个爱尔兰记者打电话来，约我在筑地见个面，吃顿便饭。我便借口那个记者近期要到美国去，把垂死的父亲丢下不管，去筑地赴约会去了。

我们和四五个艺妓一起愉快地吃了日本饭。饭吃到晚上十点钟，我把记者留在那里，自己下了窄窄的楼梯。这时忽然有人在我身后喊："芥先生!"我在楼梯中间停住脚步回过头来，只见刚才在一起的一个艺妓在上面低头直盯着我。我没说话就下了楼梯，坐进了门外的出租汽车。出租车马上开动了。但是，我没想父亲，倒在想着那个梳着西式头发的女孩子水滑柔嫩的面庞，特别是她那双眼睛。

回到医院的时候，父亲等我已经等急了。他还让人全退到屏风后，握住我的手抚摸着，讲起我不知道的往事——当年和我母亲结婚的事。什么和我母亲一起去买衣柜啦，去吃寿司啦，不过是些琐碎的事。可是我在听这些事的时候不禁眼眶湿润了，父亲瘦削的脸上也流下了眼泪。

我父亲在第二天早晨没有太多痛苦地死去了。死前似乎脑筋混乱了，嘴里说着："那艘挂着旗的军舰来了，大家一起喊万岁。"我已记不得父亲的丧事是什么样的了，只记得父亲的遗体从医院往家里搬的时候，一轮春天的大月亮照在父亲的灵柩上。

四

今年三月中旬，我怀里揣着小暖炉，时隔很久才又和妻子一起去扫墓。时隔很久——小小的坟墓不用说，就是墓上伸出枝条的一棵红松也一点儿没变。加进"点鬼簿"的三个人都葬在谷中墓地的一角——而且他们的骨灰都葬在石塔下。我想起了母亲的灵柩被静静地安放到墓穴时的事。"初儿"下葬时也是一样的吧。只是我父亲——我记得父亲细碎的骨灰里还混着他的金牙……

我并不喜欢扫墓。倘如能够忘却,我宁愿忘掉我的父母和姐姐。但是,也许唯独那天我身体特别衰弱的原因,在初春午后的阳光里,我注视着黑黢黢的石塔,心想:他们三个人里,到底谁幸福呢?

蜉蝣啊,也欲离去宿冢外。

实际上,我从没有像此时此际这样,感到丈草①的心情向我逼仄而来。

大正十五年(1926)九月九日

---

① 内藤丈草(1662—1704),江户时代俳人,松尾芭蕉的弟子,"蕉门十哲"之一。

悠 悠 庄

宋再新译

十月的一个午后,我们三个人一边谈话,一边在松林里的小路散步。小路上连个人影也没有,只有松梢上鹎鸟的阵阵鸣叫。

"曾经安放凡·高遗体的台球球台呀,现在还有人在那上面打球呢。"

从西洋回来的 S 先生跟我们聊着这些事。

不知不觉我们走过长了薄薄苔藓的花岗岩的石门前。石头上镶嵌的名牌上写着"悠悠庄"。可是,门内的房子,那茅草葺顶的西式建筑,窗户关着,静悄悄的。我平时就特别喜欢这座房子。首先这座房子看上去很潇洒,另外,也因为房子外边有荒废之极的景色吧——随意生长的草坪和干涸的旧池塘也甚有情调。

"我们进去看看?"

我走在前,先进了门。松树下铺有垫脚石,长出的蘑菇微微发红。

"大地震以后,就没见过这座别墅的主人……"

这时 T 君好像陷入了沉思之中,看了一眼门前的胡枝子花后,提出了反对的看法:

"不,我去年还来过,这儿的草坪去年不精心修剪的话,胡枝子也不会这样开。"

"可是,你看看草地,不是掉下来很多墙土吗?你看,还是大地震时掉下来的,就没再收拾过。"

我其实在想象因大地震遭到无可挽回的打击的年轻实业家的样子。这座缠绕着常春藤的别墅式西洋建筑和——特别是和几株栽在玻璃窗前的棕榈和芭蕉很协调。

可是T君猫着腰，捡着草坪上的土，又反对起我来了：

"这不是从墙上掉下来的土，是园艺用的腐殖土嘛，而且还是上等的腐殖土。"

我们不知不觉在放下了窗帘的窗前站住了。窗帘当然是打过蜡的。

"里头看不见吧？"

我们一边这么说着，一边从几个窗子往里张望。所有的窗帘都严严实实地把"悠悠庄"的内部隐藏了起来。但是，恰巧在一个朝南的窗框上摆着两只瓶子。

"哈哈，他在使用碘。"

S先生回头看着我们说：

"这座别墅的主人得了肺病。"

离开了"悠悠庄"之后，我们看到狗尾草已经出了穗。在那边，有一栋长了红锈的铁皮屋顶库房。库房里有一个炉子和一张西式桌子，还有一座没有头和胳膊的石膏女人雕像。那座女人雕像横倒在炉子旁边，全身都蒙上了尘土。

"看来这个肺病患者为了解闷还在搞雕塑呢。"

"这也是园艺用的东西嘛。可以把兰花什么的栽在雕像的头部，那个桌子和炉子也是。这间库房的窗子上装着玻璃，是当温室用的。"

T君的话是对的。实际上那张小桌子上就有栽种兰科植物用的软木板的碎片。

"哎呀，那桌子脚下还有维多利亚牌月经带的瓶子呢。"

"那是他太太的——对了，可能是佣人的也不一定。"

S先生苦笑了一下说：

"哎呀，只有这个倒的确是那么回事——至于这个别墅的主人得了肺病还玩园艺什么的嘛……"

"还有，去年死了。"

我们又从松林里转回到"悠悠庄"的大门口，出穗的狗尾草在风里摇晃着。

"比我们住的宽多了——可是的确是豪放……"

T君一边上台阶一边像自言自语似的说：

"这个门铃还能响吗？"

门铃只在常春藤里微微露出了按钮。我用手指按了一下门铃的按钮——象牙做的按钮，可惜门铃没有响。但是，万一门铃响了的话——我忽然觉得挺后怕的，没敢再按第二下。

"这座房子叫什么来着？"

S先生在大门前站着，突然不知在问谁。

"悠悠庄？"

"嗯，悠悠庄。"

我们三个人有一会儿谁也没说什么话，只是茫然地站在大门口，看着随意生长的草坪和干涸了的旧池塘。

大正十五年（1926）十月二十六日

他

宋再新译

一

我忽然想起了一个老朋友——他。他的名字在这儿还是不说的好。他从叔叔家出来以后，就在本乡的一家印刷厂楼上租了一间十平方米左右的房子住。楼下的轮转印刷机一开动，他的房间就像小蒸汽船的船舱一样，房子咔嗒咔嗒直晃悠。我还是第一高等学校的学生时，吃过宿舍的晚饭，经常到那家二楼去玩儿。这时我就能看到在玻璃窗下，他总是弯着比别人瘦一圈的脖子玩扑克算命。他的头上吊着一盏黄铜油灯，总是给他投下一圈影子……

二

他在本乡叔叔家住的时候，和我一样上的是本所第三中学。他住在叔叔家是因为他没有父母。虽说是没有父母，但是他母亲好像并没有死。比起父亲来，他对母亲——他对已经在哪儿再婚的母亲还有少年似的感情。有一年的秋天，他曾经有点儿结巴地告诉过我：

"最近我打听到了我妹妹（模模糊糊地记得有个妹妹）嫁人的地方。这个星期天一块儿去好不好？"

我和他立刻就到离龟井户很近的场末街道去了。他妹妹嫁人的地方比预料的好找，就是理发店后面的一栋长房子中的一间。她丈夫似乎到附近的工厂还是什么地方上班不在家，给婴儿吃奶的妻子——他的妹妹，正在质量和陈设都很差的屋里，此外没有其他人。虽说是妹妹，但是比他更像大人。另外除了眼角长之外，他妹妹和他一点儿都不像。

"这孩子是今年生的？"

"不，是去年。"

"结婚不也是去年吗？"

"是前年三月。"

他像遇上什么大事似的拼命地和妹妹说着话，他妹妹只是一边逗着婴儿，一边笑眯眯地答应着。我端着倒有苦涩粗茶的五郎八做的大粗茶碗，看着门外红砖墙上的苔藓，同时听着他们不太投机的谈话，感到有些感伤。

"妹夫他人怎么样？"

"怎么样……是个喜欢看书的人呢。"

"什么书？"

"评书唱本什么的。"

实际上窗户下的确有一张旧桌子，旧桌子上有几本书——可能评书唱本也在上边吧。可惜在我的记忆里没记着有书，倒是在笔筒里插了两根鲜艳的孔雀毛。

"我下回再来玩儿。帮我问候妹夫。"

他妹妹仍然让婴儿含着奶头，沉静地和我们道别：

"要走啊？那记着给大家问好。对不起，就不给你们收拾木屐了。"

太阳已经快落下去了，我们在本所的街上走着。他肯定对第一次见到的妹妹的态度很失望，但是，我们像商量好了似的，谁也没把这样的心思说出来。他——我现在还记得，他只是用手指摸着路

边的竹篱笆墙,跟我说了这样的话:

"就这么往前不停地走,手指会感到奇怪的震动感,真就像过了电一样。"

三

他中学毕业后,就决定考第一高等学校。但是,非常可惜,他落榜了。他到印刷厂的二楼租房子住就是在落榜以后的事。也从那时,他开始迷上了马克思和恩格斯的书。我当然对社会科学的知识一窍不通,但是,对资本、剥削之类的词汇抱有一种尊敬——或者说感到恐怖。他经常利用这种恐怖驳斥我。魏尔兰、兰波、波德莱尔等是当时的我的比偶像还偶像的诗人,但是,这些人对于他来说只是麻药和鸦片的制造者而已。

我们那时的争论到现在看来,都是些不能算作争论的东西,可是那时候我们是动了真格的,互相反驳着对方。只有我们的一个朋友——一个叫 K 的医学生总是对我们冷言冷语:

"与其为了这种辩论生气,倒不如和我到洲崎①去。"

K 看看我们两个人,冷笑着对我们这么说。我内心里当然很想去,管他是洲崎也好,还是什么地方也好。但是看他那超然(实际上他那种态度也只能用超然来形容)地叼着香烟的样子,我可不想理他。不仅如此,我还要占得先机,挫掉他的锐气。

"所谓革命就是社会性的月经嘛……"

在第二年的七月,他考进了在冈山的第六高等学校。那以后的半年左右大概是他最幸福的时光了。他不断地给我写信,报告他的近况(在信里他总是罗列读过的社会科学的书名)。可是,他不在

---

① 当时东京的红灯区。

东京让我感到生活上好像缺了点儿什么似的。我和K见面的时候肯定要聊聊关于他的消息。K也——K对他表现出来的不是友谊，而是某种兴趣，近乎科学的兴趣。

"那家伙怎么看都长不大，可是这么一个美少年，却让人产生不了同性恋的兴趣。这到底是怎么回事呢？"

K背靠宿舍的玻璃窗，非常认真地向我打听他的事，一边还灵巧地把敷岛牌香烟喷出一个个烟圈。

四

他进入第六高等学校不到一年就成了病人，回到他叔叔家，是肾结核病。我经常带着饼干什么的去他住的书生①房间去看他。他总是坐在床上抱着细细的膝盖，说起话来想不到还相当开朗。但是我不能不注意到搁在他房间角落里的便器，透过普通玻璃可以明显地看到血尿。

"我这样的身体已经不行了，不能忍受监狱的生活了。"

他这么说过后自己苦笑着。

"你看巴枯宁②的照片就知道，他的身体多强壮啊。"

不过也不是完全没有安慰他的话题，这就是跟他叔叔的女儿的非常纯粹的恋爱。他从来没跟我提起他的恋爱，不过有一天下午，一个樱花期的阴天下午，他突然对我讲了他的恋爱。突然？不，并不见得突然。我像所有的青年一样，从看到他的堂妹时起，就对他的恋爱有一种期待感。

"小美代和学校的伙伴到小田原去了。我最近不经意看了小美

---

① 住在别人家，一面帮做家务，一面学习的人。
② M. A. Bakunin（1814—1876），俄国无政府主义者。

代的日记……"

我对他这个"不经意"多少有点儿想加以冷笑。但是,我当然什么也没说,等着他接着往下说。

"于是我发现她写了她和在电车上认识的大学生的事。"

"然后呢?"

"然后我就想着要忠告小美代一下……"

我终于忍不住了,给他下了这样的评语:

"你这是自相矛盾嘛。你爱小美代就行,小美代爱别的人就不行——哪儿有这样的道理啊。要是作为你个人的心情的话那又是别的问题了……"

他明显地不高兴了。但是,他对我的话并没有加任何反驳。然后——然后又说什么来着?我只记得我自己也不高兴了。这当然是因让病人的他不高兴而不高兴。

"那么,我走了。"

"那再见。"

他点了点头后,好像故意装得很轻松的样子说:

"帮我借几本书好吗?你下次来的时候带来就行。"

"什么样的书?"

"天才的传记什么的就可以。"

"那我把《约翰·克里斯朵夫》给你拿来。"

"啊,不管什么,只要有活力的就行。"

我怀着近乎绝望的心情回到了弥生町的宿舍,不巧窗玻璃破了的自习室里一个人也没有。我在昏暗的电灯下复习德语语法,但是无论如何我对失恋的他——就算他失恋了吧,反正对有叔叔的女儿的他感到羡慕不已。

五

过了大约半年后,他要转到海岸边气候好的地方去疗养。虽说是到气候好的地方,但是大体上还是每天住在医院里。我利用学校的寒假跑老远的路去看他。他的病房在不向阳又漏风的二楼。他坐在床上,仍然挺精神地笑着,但是,有关文艺和社会科学的事几乎一句也没提。

"我每次看到那棵棕榈树都有一种奇特的同情感。你看,那上边的叶子在动吧……"

在玻璃窗外棕榈树树梢的叶子被风吹动,这些叶子又摇动了全部的叶子,使叶子间微微裂开的尖端神经质似的颤抖着。这些叶子实际上带有近代式的哀愁。我考虑到在这间病房里仅有他一个人,尽可能回答得明朗些:

"确实在动呢,这有什么好担心的,不过是海边的棕榈树罢了……"

"还有呢?"

"这就完了呀。"

"多没劲哪。"

我们这样交谈,渐渐感觉令人窒息。

"《约翰·克里斯朵夫》看了吗?"

"啊,看了一点儿……"

"看不下去吗?"

"这也太有活力了。"

我又拼命地想把话题从沉闷中拉回来。

"听说最近K来看过你?"

"啊,来了当天就回去了。来聊了一阵生体解剖还有其他什么的。"

"那家伙挺让人讨厌的。"

"为什么?"

"不为什么。"

吃过晚饭,正好风停了,我们准备到海边去散步。太阳已经沉下去了,可是周围还是很亮。我们在长着低矮松树的沙丘斜面坐下来,看着两三只海雀飞翔,聊了很多。

"这沙子多冷啊,但是你把手一直插进去试试。"

我照他说的那样把一只手插进长有干枯了的燕麦的沙子里,发现太阳照射的热量还多少残留着。

"嗯,感觉有点儿不舒服。到了晚上还热吗?"

"哪里,立刻就冷了。"

不知道为什么,我还清楚地记着这些对话,还有对面离我们有一百来米的黑沉沉的太平洋……

六

我接到他的死讯恰好是第二年的旧历正月初一。后来听说医院的医生和护士为了庆祝旧历新年,玩歌留多牌①一直玩到深夜。他听着喧闹声睡不着觉就发了脾气,在床上躺着大声把他们骂了一顿。就在同时他一下子大咯血,马上就死了。我注视着带黑框的他的照片时,与其说感到悲伤,毋宁说感到了人生无常。

"又故人所持书籍已与遗骸一并烧却。倘有您所借与书籍厕入其中,还望宽宥。"

这是那张明信片一角用毛笔写的一段话。我看着这段话,想象

---

① 日本的一种和歌纸牌,每张牌上印有一首和歌。

着几本书化为火焰升腾的光景。当然我借给他的《约翰·克里斯朵夫》第一册也肯定在里边,这个事实对于当时感伤的我似乎是一种象征。

又过了五六天以后,我和偶然遇到的K说起了他的事。K依旧是一副冷淡的样子,而且还叼着香烟,向我打听这样的事:

"×懂得女人了吗?"

"这个……怎么说呢……"

K像怀疑我似的盯着我的脸:

"算了,怎么都无所谓……可是×死了,你难道没有那种像胜利者的感觉吗?"

我稍稍犹豫了一会儿,这时K打断了我的话,自己回答了自己的问题:

"至少我有这样的想法。"

从那以后,我对遇到K多少感到有点儿不安。

大正十五年(1926)十一月十三日

他 之二

宋再新译

一

他是个年轻的爱尔兰人，名字还是不说的好。我只是他的朋友，他的妹妹到现在还说我是"my brother's best friend（我哥哥最好的朋友）"。我和他第一次见面的时候，我有一种似曾相识的感觉。不，还不光是他的相貌，那间房子的壁炉里燃烧的火、映照着壁炉火的桃花心木椅子和壁炉上方的柏拉图全集都有一种的确见过的印象。这种感觉在和他说话当中渐渐又强烈起来，我好像在五六年前的梦里梦到过这样的场面。不过这事我当然从来没说过。他抽着敷岛牌香烟，讲起了我们正谈论的关于爱尔兰作家的话题。

"I detest Bernard Shaw（我不喜欢萧伯纳）。"

我还记得他旁若无人地说话的样子。这是我们两个人的虚岁都是二十五岁的那年冬天的事……

二

我们想办法弄到钱就到咖啡馆或日本游乐场去。他比我还多三分雄性的特征。一个粉雪猛烈的晚上，我们坐在鲍里斯塔咖啡馆一个角落的桌子旁。那时鲍里斯塔咖啡馆的中央有一台唱机，那是只要往里塞一个铜板,就可以听到音乐的装置。那天夜里,那台唱机几乎就在不停地为我们的谈话伴奏。

"请帮我跟那个侍者翻译一下——只要有人出五个钱,我就出十个钱,请别让那个唱机再唱了。"

"这种事可不好从命。首先用钱不让别人听想听的音乐,这不是很无聊吗?"

"但是用钱让别人听不想听的音乐也很无聊啊。"

在这时唱机正巧一下子不响了,但是忽然一个戴帽子、像学生一样的人站起来要往唱机里投钱。这时只见他嘴里骂了一句,一起身抄起调料架就要往那边砸。

"算了算了,别干傻事了。"

我拖着他走到了还在下雪的街道上。不过,我内心里有一种说不清的兴奋劲儿。我们胳膊挽着胳膊走着,伞也没打。

"我在这样的雪夜里真想一直走下去,不管到哪儿,只要能走下去……"

这时他就像骂我似的把我的话打断了:

"那你为什么不走呢?要是我们想走到哪里去的话,就会一直这么走下去。"

"那也太罗曼蒂克了。"

"罗曼蒂克有什么不好?想走又不走的话也太没劲了。就是冻死也要走走看……"

他突然又变了口气,把我喊作 brother:

"昨天我给我们国家政府发了一个电报,要求参军。"

"后来呢?"

"还没回信儿呢。"

我们不知不觉经过了教文馆的橱窗前。雪积到了橱窗的一半,电灯光明亮的橱窗里有坦克和毒瓦斯的照片,还有几册有关战争的书籍。我们把胳膊抱在胸口,在橱窗前站立了片刻。

"Above the War ——Romain Rolland……"①

"哼,对于我们不是 above 的问题。"

他脸上露出奇怪的表情,就像公鸡竖起了脖子上的羽毛一样。

"罗兰都懂得什么呀?我们是在战争的 amidst(中心)。"

他对德国的敌意我当然没有切肤之感,所以对他的话多少有点儿反感,同时我又觉得自己酒醒了:

"我要回去了。"

"是吗?那我也……"

"你就在附近的什么地方沉下去吧……"

我们刚好站在京桥的拟宝珠桥前,在深夜阒无一人的大根河岸,只有一株积雪的枯柳向浑黑的河沟垂下枝条。

"日本哪,到底就是这样的景色呀。"

他在和我分手前,深有感触地这么说了一句。

三

他不走运,没能像自己所希望的那样从军。但是,他回了一趟伦敦后,时隔两三年,又准备住在日本了。可是我们——至少我不知何时已经失去了浪漫。特别是这两三年他也有了不少变化。他租了一户人家的二楼住,在屋子里穿着大岛绸的和服和和服外褂,手伸在手炉上取暖,嘴里发着牢骚:

"日本也渐渐地美国化了,我常常在想,比起日本来,我还是住到法国去算了。"

---

① 《超越战争》,系罗曼·罗兰 1914 年发表的政论《超乎混战之上》的英译名。

"不管是谁,外国人总会感到幻灭一回的。拉夫卡迪奥·汉①到了晚年不也是这样吗?"

"不,我不是幻灭。没抱 illusion(幻想)的人是不会 disillusion(幻灭)的。"

"那你这不是空谈吗?就像我这样的至今还抱有 illusion 呢。"

"那倒也是……"

他脸上一副不高兴的样子,隔着窗玻璃,眺望阴霾天空下高台的风景。

"我最近可能要到上海去当通讯员。"

他的话让我在瞬间想到我不经意忘掉了他的职业。我总是把他看成是具有唯艺术者气质的我们一伙中的一个,可是他为了衣食得在一家英文报纸当记者。我想到无论是哪个艺术家都不能摆脱的"生活",就想尽量把谈话气氛弄得轻松一点儿。

"上海比东京好玩儿吧?"

"我也这么想的。可是在这之前我必须要回一趟伦敦……我给你看过这个吧?"

他从抽屉里拿出一个白天鹅绒的盒子,盒子里面是细细的白金戒指。我把那个戒指拿到手里一看,戒指内侧里刻着"给桃子"的字样,我看了这几个字不能不微笑了。

"我其实是要求在'给桃子'的后边刻上我的名字的。"

这可能是哪个匠人弄错了,可也没准儿是哪个匠人考虑到对方的女人的职业,故意没刻外国人的名字。我对不在乎这一点的他不是同情而是感到可怜。

"最近你都到哪儿去了?"

---

① Rafcadio Hearn(1850—1904),父为英国人,母为希腊人。1890 年到日本,与小泉节子结婚,改名为小泉八云。曾在东大等校教授英语、英国文学,对日本文化有较深了解。著有《心》、《怪谈》、《日本之灵魂》等随笔、小说。

"柳桥啊,在那儿能听到水响。"

这话还是让东京人的我感到莫名的尴尬。而他的脸色已经恢复了常态,不住地跟我讲他喜爱的日本文学:

"最近我看了谷崎润一郎的小说《恶魔》,那恐怕是描写了世界上最恶心的东西的小说了。"

(几个月后,在说了什么事后,我对写《恶魔》的作家顺便提起了他说的话。那位作家听了后一边笑一边大方地说,只要是世界第一怎么都行啊。)

"《虞美人草》① 呢?"

"像我的这点儿日语还读不了……今天陪我一起吃顿饭好吗?"

"嗯,我就是为了这个来的呀。"

"那你稍等一下。那儿有几本杂志,你看吧。"

他吹着口哨急忙换西服去了。我背朝着他漫不经心地翻看着《Bookman》杂志。在吹口哨的间歇,他突然用日语对我说:

"我现在已经能跪着坐了,可是裤子就太遭罪了。"

四

我最后见到他是在上海的一个咖啡馆里。(他在那次见面的半年以后,得天花死了。)我们坐在明亮的琉璃灯下,面前摆着威士忌苏打水,看着围在左右桌子边的众多男女。这些人里除了两三个中国人外,大部分都是美国人和俄国人。不过,其中有一个披着青瓷色长大衣的女人比谁都兴奋,不停地说着。她虽然身体很瘦,但长得比谁都漂亮。我看到她的脸时,就想起了玻璃杯。实际上她看

---

① 夏目漱石的小说。

着虽然漂亮,但是总让人觉得什么地方带有病态。

"是什么人,那个女的?"

"她呀?她是法国……好像是演员吧。她说自己叫尼妮——你先别看她,看那个老头儿嘛。"

"那个老头儿"坐在我们旁边,他用双手暖着红葡萄酒杯,随着乐曲的节奏不停地晃动着脑袋,那模样真是悠然自得。我很喜欢热带植物中不断传出的爵士乐,不过当然没像那个看起来很幸福的老头儿那样着迷。

"那个老头儿是个犹太人,他在上海已经生活了三十年了。你说那种家伙到底是想什么呢?"

"他想什么?难道有什么不好吗?"

"不,就是不好。我对中国已经厌倦了。"

"不是对中国,是对上海厌倦了吧?"

"就是对中国。我在北京也待过一阵子……"

这个时候我还非得逗逗他发牢骚不可。

"中国也逐渐美国化了吧?"

他耸了耸肩,沉默了一会儿啥也没说。我觉得有点儿后悔,为了避免尴尬我必须说点儿什么。

"那你想到哪儿去住呢?"

"其实到哪儿都……我已住过不少地方,现在就只想到苏维埃统治下的俄国去住了。"

"那你去俄国不就得了吗,你不是哪儿都能去吗?"

他又不说话了。然后……我到现在还能记得他当时的表情,他眯缝着眼睛,突然背了一首连我都忘了的《万叶集》里的和歌:

"人间行路难,我身轻亦贱。虽欲离此世,奈何无双翅。"

对他的日语语调我实在不能不发笑。但是,奇怪的是我的内心又不能不感动。

"那个老头儿就不用说了,就连尼妮也过得比我幸福。不管怎么说,你也知道……"

我顿时高兴了起来。

"啊,啊,你不说我也知道,你是'浪迹天涯犹太人'。"

他喝了一口威士忌苏打水,又恢复了常态。

"我并不那么单纯。诗人、画家、评论家、报社记者……另外还有儿子、哥哥、单身汉、爱尔兰人……还有在气质上是浪漫主义者,在人生观上是现实主义者,在政治上是共产主义者……"

过了一会儿,我们笑着推开椅子站了起来。

"还有是她的情人吧。"

"嗯,情人……另外还有。我是宗教上的无神论者,哲学上的物质主义者……"

深夜的大街上笼罩着的不太像雾气,倒更像是瘴气。不知是不是因为灯光的关系,看上去又像是黄颜色。我们挽着胳膊像二十五年前一样迈着大步走在沥青路上,像二十五年前一样……可是我不会再像二十五年前那样愿意和他随便走到哪儿了。

"哦,我还没跟你说吧?我去请医生看了我的声带。"

"是在上海吗?"

"不是,回伦敦的时候,我去看了声带。他们说我的声带是世界级的男中音。"

他注视着我的脸,露出像是讥讽的微笑。

"那比起干记者来还……"

"当然了,要是当上了歌剧演员的话,我都像卡鲁索①了。可是现在说什么都晚了。"

"这是你一辈子最大的损失啊。"

---

① Enrico Caruso(1873—1921),世界著名的意大利男高音歌唱家。

"你说什么呀？受损失的不是我，这是世界上所有人的损失。"

我们已经走到能看到很多船灯的黄浦江边了。他稍稍停下脚步，用下巴示意我往那边看。在雾气中，隐约能看到一只小狗的尸体随着缓缓的水波晃动着。不知道谁干的，小狗的脖子上挂着一串带花的草束，看上去既残酷又不能不感到一种美。刚才听他吟诵《万叶集》的和歌后，我也多少被传染上了感伤主义。

"是为了尼妮吗？"

"是为了我没当成声乐家。"

他刚刚说完，就打了个大喷嚏。

五

大概是因为很久没联系的住在尼斯的他妹妹来信的缘故，我终于在梦里和他说上了话。不管怎么回忆，还是跟当初和他第一次见面的时候一样。壁炉里燃烧的火红红的，还有映照着壁炉火的桃花心木桌子和椅子。我不知为什么虽然感到很疲倦，还是说起了我们正谈论的关于爱尔兰作家的话题。但是和渐渐袭来的睡意争斗也不是一件容易的事，朦胧之中，我听见了他说话：

"I detest Bernard Shaw。"

可是我坐着没动，不知不觉睡着了……忽然，我又自己醒了。好像夜色还没褪尽，用包袱皮包起来的电灯泡洒下了昏暗的灯光。我趴在被窝里，为了让莫名的兴奋平静下来，点上一支敷岛牌香烟。但是在睡梦中的我现在醒了过来，这让我感到特别恐怖。

大正十五年（1926）十一月二十九日

玄鹤山房

宋再新译

一

……这幢房子造得小巧玲珑，大门也很雅致。当然，这样的房子在这一带并不稀罕。不过，从门口"玄鹤山房"的匾额和隔着围墙看到的院子里的树木就能知道，这家比哪家都要讲究。

这家的主人堀越玄鹤作为画家小有名气。不过他能挣下产业还是靠获得刻橡皮图章的专利，或者说是靠他获得专利以后搞起了地产买卖。实际上他手里那块郊外的土地原来好像连姜都长不好，但是现在已经变成所谓的"文化村"了，红的蓝的瓦顶房屋鳞次栉比……

不过"玄鹤山房"仍算是一幢小巧玲珑、大门雅致的房子。特别是最近隔着围墙能看到松树上挂着除雪用的绳子，大门前铺着的干松叶上掉下来的紫金牛果红红的，看上去更是风雅别致。这户人家所在的小胡同很少有人过路，连卖豆腐的从这儿经过时也是把车停在路口上，吹几声喇叭就走了。

"玄鹤山房？这玄鹤是什么意思啊？"

一个头发长长的绘画学生胳膊夹着细长的画具箱，偶尔从这家门前路过，问另一个同样穿着金纽扣制服的绘画学生。

"是什么呢？没准儿是'严格'两个字的谐音吧？"

两个人笑了起来，轻快地从门前走过。他们身后冰冻的路上，唯有一截不知他俩谁扔的金蝙蝠牌香烟头，袅袅地冒出一缕青烟。

二

　　重吉还没当玄鹤的女婿之前就在一家银行做事，所以下班回到家里，常常是点灯时分。这几天来，他一进门就立刻闻到一股奇怪的臭味儿，原来玄鹤得了一般老年人很少得的肺结核，这是他躺在病床上呼出的气味。当然，这种气味儿不会飘出门外的。重吉穿着冬大衣，腋下夹着公文包，走过房前的台阶时，不由得怀疑起自己的神经来。

　　玄鹤在厢房里安了一张床铺，不躺着的时候就靠在被褥上。重吉把帽子和外套一脱，必先到厢房去露个面，打一声招呼说"我回来了"，或问候一声"今天怎么样"，但他很少迈进厢房的门槛。这一方面是怕传染上岳父的肺结核，另外也是嫌里边的气味难闻。玄鹤每次看到重吉总是答应一声"啊"，或说一句"回来啦"，他的声音有气无力的，不像是说话倒像是喘气。重吉听见岳父这么说话后，不得不对自己的不近人情而常感内疚，但是他实在是害怕走进厢房。

　　看望过岳父后，重吉又去饭厅旁的房间，看望也是卧病在床的岳母阿鸟。阿鸟在七八年前玄鹤还没病倒时就连厕所都上不了了。玄鹤娶她，是因为她是某大藩家臣总管的女儿，也因看上她的长相好。她虽然偌大的年纪，但眼睛什么的风韵犹存。此刻，她坐在铺上认真地补白袜子，样子和木乃伊没什么两样。重吉对她也同样扔下一声招呼："妈，今天怎么样？"接着就进了有十平方米大小的饭厅。

　　妻子阿铃要是不在饭厅，就是在狭窄的厨房和信州出身的女仆阿松一起干活儿。不要说收拾得干干净净的饭厅，对重吉来说，就连安上了新式炉灶的厨房也远比岳父岳母的房间可亲得多。重吉是一个政治家的次子，这位政治家一度做过知事。但是比起有豪杰气概的父亲来，他更像曾是女和歌诗人的母亲，是个读书人，从他和蔼的目光和细瘦的下巴也能看出来。重吉进了饭厅，脱下西装换上和服，舒舒服服地坐到长火盆旁，点上廉价的雪茄，逗着今年刚上小学的独生儿子武夫玩儿。

重吉总是和阿铃、武夫一起围着矮饭桌吃饭，吃饭的时候一向很热闹。但是最近，"热闹"之中，总是有点儿拘束，这都是因为家中来了一个伺候玄鹤的护士甲野。特别是武夫，即便有"甲野小姐"在旁边，他照样淘气。不，应该说正因为有"甲野小姐"在，他就更淘气了。阿铃常常皱起眉头瞪着淘气的武夫，可是武夫只是装傻，故意作出吃饭的样子给她看。重吉常看小说，知道武夫淘气是表现自己的"男子汉"劲头，所以心里虽有点儿不高兴，但是一般只是在旁边微笑着闷头吃饭。

"玄鹤山房"的夜晚十分安静，不要说一早就要出门的武夫，就是重吉夫妇也是在十点左右就睡了。没睡的就只有九点前后开始值宿的护士甲野了。甲野在玄鹤的枕头边挨着烧得红彤彤的火盆坐着，连瞌睡都不打。玄鹤呢……玄鹤时时把眼睛睁开，但是除了热水袋凉了或者是湿毛巾干了之外，他几乎不开口说话。在这间厢房里能听到的就是竹丛被风吹动的飒飒声。甲野在微寒的静寂里默默地守护着玄鹤，心里想着种种心事，想着这家人每个人的心思和自己的将来……

三

某个雪后初晴的上午，一个二十四五的女人牵着一个瘦弱的男孩，在天窗里露出一角蓝天的堀越家厨房探着头。重吉当然不在家，正在踩缝纫机的阿铃虽然有过预感，但是仍然感到有些意外。可是不管怎样，她还是离开长火盆去接待客人。客人进了厨房后，把自己和男孩的鞋放正。（男孩儿穿着白毛衣。）她感到自卑，从这些举止也看得出。不过这也难怪，这五六年里她住在东京附近，是玄鹤公开纳的小妾阿芳，过去是玄鹤家的女仆。

阿铃看到阿芳时，觉得她比原来老多了。而且还不光是脸，阿芳在四五年前手是圆圆胖胖的，可是现在，年龄让她的手细得能清楚地看见血管。还有她身上戴的也是……从她戴的便宜戒指上，能感觉到她操劳度日的辛苦。

"这是我哥哥叫我送给老爷的。"

阿芳愈加怯生生地拿出一个旧报纸包，在进饭厅前悄悄地把那个包放在了厨房的角落里。正好在洗衣服的阿松干脆麻利地干着活儿，不时用眼角打量着梳着水灵灵的左右两个半圆发髻的阿芳。但是一看见那个旧报纸包，阿松的脸上愈加露出了鄙视的表情，更何况这东西还散发出和新式炉灶、精致餐具不协调的臭味儿。阿芳虽然没看见阿松，但是她至少在阿铃脸色上已经看出了奇怪的表情，她解释着："这是那个，大蒜。"然后她对那个咬着指甲的孩子说："快呀，少爷，快行礼。"不用说，这就是玄鹤跟阿芳生的孩子文太郎。听到阿芳管这孩子叫"少爷"，阿铃真的挺可怜阿芳的。但是她的常识立刻就让她明白，阿芳这样做也是没法子的事。阿铃仍然不动声色，拿出现成的点心招待坐在饭厅一角的母子俩，跟他们讲着玄鹤的病情，逗文太郎高兴……

玄鹤娶了阿芳之后，也不以换乘电车为苦，一个星期总要到妾宅去一两回。最初阿铃对父亲这个样子觉得很反感，心里经常这样想："你也该稍微为母亲想想啊。"当然阿鸟似乎对一切都已灰心，这就更让阿铃觉得母亲可怜了。父亲去了妾宅之后，她还要假装不知道，跟妈妈撒谎说："父亲说今天有诗会，出门了。"她自己也不是不知道，这种谎话骗不了母亲，每当看到母亲脸上近乎冷笑的表情，她就后悔不该撒谎。同时她也常常感到瘫痪的母亲有些无情，不能体谅女儿的用心。

阿铃把爸爸送出门后，常常因为想家里的事而停下手中的缝纫机。其实在玄鹤还没把阿芳收房之前，对阿铃来说他就不是一个"好父亲"。可是温顺的阿铃觉得怎么都无所谓，她只是担心爸爸连古董字画都一个劲儿往妾宅搬。阿芳还在她家当女佣的时候，阿铃就从来没把阿芳当坏人。不，她甚至觉得阿芳比一般人还老实。但是她弄不清楚，阿芳那个在东京郊区开鱼店的哥哥打的是什么主意。实际上在她的眼里，阿芳的哥哥好像是个净打坏主意的家伙。阿铃常常抓着重吉，说出自己的担心，可是重吉根本不愿意照她说的办。"我怎么好跟父亲开这个口呢？"阿铃见重吉这么说，就只好不作声了。

"父亲未必认为阿芳懂得罗两峰①的画吧？"

重吉偶尔若无其事地问过阿鸟，可是阿鸟抬头看看重吉，总是苦笑着说：

"这是他的脾气，他还拿块砚台来问我：'你看怎么样？'他就是这么个人。"

可是这事现在来看，对谁的担心都是多余的。玄鹤从今年冬天以来，由于病重不能再去妾宅之后，出乎意料很爽快地同意了重吉提出的和阿芳分手的建议（当然分手的条件实际上几乎都是阿鸟和阿铃想出来的）。另外阿铃一直担心的阿芳的哥哥也同样很满意。阿芳得到一千元的赡养费，回到上总海边的娘家住，另外每个月再寄若干钱作为文太郎的教育费。阿芳的哥哥对这些条件没提出任何异议，不仅如此，不用催，就主动把玄鹤密藏在妾宅的烹茶器

---

① 中国清代的画家罗聘（1733—1799），扬州八怪之一。

具送了回来。

"另外舍妹说如果府上人手不够,她想来帮忙照顾病人。"

阿铃在答复这个要求之前,先和瘫痪的母亲商量了一下,可以说这是她的失策之处。阿鸟一听阿铃的话,立刻就说那么明天就让阿芳带着文太郎来吧。阿铃除了要考虑母亲的心情之外,也怕扰乱全家的气氛,所以几次让母亲重新考虑一下。(尽管如此,她夹在父亲玄鹤和阿芳的哥哥中间,自己也不能不顾情面,拒绝人家的要求。)可是阿鸟无论如何也听不进她的意见。

"这事要是没进我的耳朵,那又是另外一回事了。但是……阿芳面子上也太难堪了。"

不得已阿铃只好答应阿芳哥哥,让阿芳过来。这也许是不谙世事的她的又一次失策。重吉从银行回来听阿铃说起这事,女人般温和的眉宇间稍稍露出不高兴的表情。"这样多个人手固然好……但是你要是跟父亲商量一下就好了。他要是不同意,也就没你什么责任了。"甚至还说了这些话。阿铃也与平时不同,闷闷不乐地答应了一句"也是啊"。可是要她去和玄鹤商量……让她和不久于人世、对阿芳还旧情难舍的父亲说这个,她实在办不到。

阿铃一边陪着阿芳母子俩,一边回想着其中的曲折过程。阿芳没把手伸向长火盆,只是断断续续地讲着她哥哥和文太郎的事。她还是和四五年前一样,把"这个"的音发成"夹个"的乡下口音一点儿都没改。阿铃听到她的乡下话,心里也开始愿意和她聊聊了。但同时她对母亲却感到一丝担心,阿鸟睡在隔着一层纸拉门的隔壁,连咳嗽都没咳一声。

"那么就请在这儿待一个星期吧。"

"行,只要您不嫌弃就行。"

"不过,你没带换洗衣服怎么办?"

"我哥哥说晚上给我送来。"

阿芳一边这么答应着，一边从怀里掏出糖递给觉得无聊的文太郎。

"那我去告诉父亲一声。他现在身体很虚弱，挨着拉窗门一边的耳朵都冻伤了。"

阿铃在离开长火盆前默然地把铁水壶重新挂在火盆上。

"妈妈。"

阿鸟答应了一声什么，好像是听见喊声才醒来似的，声音含含糊糊的。

"妈，阿芳来了。"

阿铃这下放了心，她尽量不看阿芳，立刻起身离开长火盆。经过隔壁房间时又顺口招呼了一声："阿芳来了。"阿鸟躺着没动，脸埋在睡衣领口里。但是当她仰望阿铃的时候，看起来只有眼睛现出了微笑的神色，答应着："哎呀，真早啊。"阿铃能感到阿芳跟在身后过来了。她急匆匆地穿过面向积雪的院子的走廊朝厢房走去。从明亮的走廊突然走进厢房，阿铃顿时觉得屋里比实际还要昏暗。玄鹤正坐起来，让甲野念报纸给他听，可是一见阿铃进来，立刻张口问："阿芳呢？"像质问似的声音有些沙哑，显得格外急切。阿铃站在纸拉门边，随口应了一声："哎。"然后……谁都没再开口。

"我马上叫她过来。"

"嗯……只有阿芳一个人吗？"

"不……"

玄鹤默默地点了点头。

"那么，甲野小姐，请到这边来一下。"

阿铃比甲野先走一步，在走廊小跑着。刚好在还残留着积雪的棕榈树叶上有一只鹡鸰晃动着尾巴。但是她并没注意到这只鸟，只是感觉到有一种可怕的东西从厢房里跟了过来。

四

自从阿芳住进来，家里的气氛眼见着险恶了起来。气氛紧张首先是从武夫欺负文太郎开始的。文太郎这孩子不像他的爸爸玄鹤，倒像他妈妈阿芳，而且这孩子连软弱这点都像阿芳。阿铃好像有点儿同情这个孩子，但有的时候也觉得文太郎太没出息。

护士甲野由于本身职业的关系，在一旁冷眼看着这种司空见惯的家庭悲剧——说她冷眼观看还不如说是在欣赏这样的家庭悲剧。她过去的经历很不幸，因为在和病人家主人的关系上、和医院医生的关系上发生冲突，不知有多少次想吞氰化钾自杀。这样的经历不知不觉让她有一种病态兴趣，拿他人的痛苦当作自己的享受。她进堀越家的时候，发现瘫痪的阿鸟每次大小便以后都不洗手。她想："这家的媳妇咋那么能干，把水端来端去竟无人觉察。"这件事还在疑心很重的她心里落下了阴影。但是过了四五天以后，她才发现这居然是这家的小姐阿铃的过错。她对这个发现感到了一种满足，于是阿鸟每次大小便以后她就用脸盆给阿鸟端水了。

"甲野小姐，多亏了你，我才能跟别人一样洗手了。"

阿鸟把两手合在一起，眼泪都下来了。甲野一点也不为阿鸟的感激所动，但是当她看到三回里能有一回阿铃要给阿鸟端水的时候，她觉得特别开心。所以当她看见小孩子吵架的时候也没什么不高兴的。她在玄鹤面前表现出似乎同情阿芳母子的样子，但同时在阿鸟跟前她又做出好像对阿芳他们没有好感的模样。就算这样做很费事，但的确是有了效果。

阿芳住下大约一个星期以后，武夫又和文太郎打了一架。他们打架只是为了争吵猪尾巴到底是比牛尾巴细还是粗开始的。武夫把瘦弱的文太郎推到自己学习房间的角落拳打脚踢了一顿。他的房间在大门旁,有十来平方米大。刚好这时阿芳来了,她抱起连哭都哭不出来的文太郎,去教育武夫。

"少爷,欺负弱小的人可不行啊。"

这对老实巴交的阿芳来说就是很少有的带刺的话了。武夫被阿芳的脾气吓住了,这回是他哭着逃到阿铃所在的饭厅去了。可是阿铃也发了火,扔下手摇缝纫机上的活儿,硬是把武夫拖到阿芳母子面前:

"你这家伙也太放肆了,快点儿,向阿芳阿姨认错!要把两手挨地跪下认错!"

阿芳在生气的阿铃面前只有和文太郎一起流着眼泪,一个劲儿地赔不是。出来当说合人的当然是护士甲野,甲野一边拼命把满脸通红的阿铃推回去,一边想象着另一个人……想象着一直听这边吵架的玄鹤心里是怎么想的。不过,她的这些想法绝对不会流露在脸上。

不过,让一家不得安宁的不一定仅仅是孩子们吵架。阿芳不知什么时候又把似乎已经万念俱灰的阿鸟的醋劲儿给煽了起来,当然阿鸟对阿芳从来就没说过什么难听的。(这一点和五六年前阿芳还在女佣房间住的时候一样。)可是和这事毫无关系的重吉成了出气筒,重吉当然不和她一般见识。阿铃挺同情重吉的,经常替她母亲向重吉道歉。不过他只是常常苦笑着把话反着说:"要是你也歇斯底里就麻烦了。"

甲野对阿鸟的嫉妒也很感兴趣。阿鸟的嫉妒就不用说了,就是阿鸟拿重吉撒气的事甲野也知道得很清楚。这还不算,不知从什么时候开始,她自己也对重吉夫妇有些嫉妒起来。阿铃对于她是"小姐",而重吉……重吉是社会上普普通通的男人,也是她所蔑视的一只雄性动物而已。他们的幸福在甲野的眼里几乎就是不正经,她为了矫正(!)这种不正经就对重吉表现出特别温顺的样子。这对重吉也许并没有什么,但是这可是让阿鸟生气的绝好机会。阿鸟的膝盖都露了出来,恨恨地说:"重吉,你有了我的女儿……有了瘫子的女儿还嫌不够吗?"

不过好像只有阿铃没因为这事而怀疑重吉,不,实际上她好像还同情甲野。而甲野对此更加不满,甚至更看不起好人阿铃了。但是,她对重吉开始躲着自己感到高兴。重吉在躲避她的时候,反而对她有了男人的好奇心,这也让甲野很满足。过去就是甲野在旁边,重吉也会光着身子去厨房旁的浴室洗澡,但是最近甲野再也没看见过重吉光身子。这肯定是因为他为自己像拔了毛的公鸡一样的身子感到害臊。甲野看着他(他也满脸雀斑),心里暗暗好笑:他还以为除了阿铃有谁看上他了呢!

一个下霜的阴天早晨,甲野在她靠门口的小房间里摆上镜子,开始梳头,照例把头发全都拢到了后面。这天恰好是阿芳要回乡下的前一天。阿芳离开这个家对重吉夫妇来说似乎是件令人高兴的事,但是,这好像反而更让阿鸟生气着急了。甲野梳着头发,听着阿鸟大声喊叫,不由得想起了过去听朋友说的一个女人的故事。据说这个女人在巴黎住着住着越来越想家,得了严重的思乡病。幸亏她丈夫的朋友要回国,她就一起坐上了回国的船,而且长时间的海上旅行好像也不觉得辛苦。当船到了纪州海边的时候,不知为什么,她突然兴奋起来,一下子跳进了大海。这叫越是接近日本,思乡病反而就越强烈……甲野静静地擦去手上的油,心想,不用说对瘫子阿鸟的嫉妒,这种神秘力量对她自己的嫉妒心也起了作用。

"哎呀,妈,您这是怎么了?怎么爬到这儿来了?妈妈她……甲野小姐,快来呀!"

阿铃的喊声是从离厢房不远的走廊传过来的。甲野听到喊声的时候,脸对着明亮的镜子,第一次冷笑了出来。然后她作出特别吃惊的样子答应了一声:"马上就来。"

五

　　玄鹤越来越衰竭了。不消说他长年的疾病，就是从后背到腰上的褥疮也让他苦不堪言。他时时大声地呻吟，好稍稍忘掉些许疼痛。让他感到痛苦的还不只是肉体上的折磨，他在阿芳住在家里的这段时间多少得到些安慰，不过阿鸟的嫉妒和孩子们吵架也总是让他感到痛苦。但这些还算是好的了，他现在感受到了阿芳走后可怕的孤独，同时也不可能不回首他这漫长的一生。

　　玄鹤的一生对他自己来说是微不足道的。当然，他获得橡皮图章专利的时候……整天不是打牌就是喝酒度日的时候，的确是他这辈子相对来说比较得意的一段时间。可也就是在那时候，什么同行的嫉妒，为了不失去自己的利益而焦虑不安，这种焦虑不安又不断地折磨着他。到了他包下阿芳后，除了和家里人吵吵闹闹之外，还得背着他们想办法弄钱，这也一直成为他沉重的负担。而更可耻的是他虽然被阿芳的年轻所吸引，但是至少在这一两年里，他内心里不知有多少次盼着阿芳母子死掉……

　　"微不足道……可是想想看，也并不仅我一个人这样啊。"

　　他在晚上这么想着，仔细地想着他一个个亲戚、朋友的事。他女婿的父亲只是为了"拥护宪政"就把几个手腕比他差的对手从社会上给抹杀了。另外他最好的伙伴——一个古董商和自己前妻的女儿私通。有一个律师把为别人保存的钱给花光了。还有一个篆刻家……可是令人费解的是，他们所犯下的罪并没给他的痛苦带来什么变化。不仅没有带来变化，反而只把他生活上的阴影扩大了。

　　"管他的呢，这样的苦日子也快要到头了，只要这口气一咽就……"

　　这大概就是留给玄鹤最后的一点安慰了。为了排解身心上的种种痛苦，他尽量回忆着那些曾让他高兴的往事。但是刚才也说过了，他的一生是微不足道的一生。假如他的一生还有比较辉煌的一面的话，那可能就是他什么事都不懂的幼年时代的记忆了。他时时会在梦幻和现实之间想起他父母住过的信州的一个山村……特别是压上石头的木板房顶、散发着蚕茧味的桑树枝。不过那些记忆也没持续多久。他常常在呻吟的时候念观音经，或者唱过去的流行小调。而且当他念了"妙音观世音，梵音观世音，胜彼观世音"之后，又唱"卡帕嘞，卡帕嘞"①，总觉得很滑稽，而对于他又有点儿可惜了。

"睡觉就是极乐，睡觉就是极乐。"

玄鹤为了忘掉所有的一切，一心想早点儿熟睡过去。实际上甲野不仅给他吃了安眠药，还给他注射了海洛因，但是他并不见得总能睡得安稳。他常常在梦里和阿芳、文太郎见面，这让他……让梦中的他心情舒畅。（他在一天晚上的梦里又和新花牌"樱花二十点"谈了起来，而且那个"樱花二十点"的脸就是四五年前阿芳的脸。）可是正因为做了这样的梦，才让醒过来的他更惨。玄鹤不知从什么时候开始，甚至对睡觉都感到近乎恐怖的不安。

快要到除夕的一个下午，玄鹤仰面躺着，招呼在枕边的甲野说：

"甲野小姐，我好久没扎过兜裆布了，让他们给我买六尺白布来吧。"

要买白布其实不用专门让阿松到附近的绸布庄去买。

"扎兜裆布我可以自己来，把布叠好放在这儿就行了。"

接着玄鹤就一直盘算着这块兜裆布……盘算着用这块兜裆布吊死，这才好容易熬过了半天时间。可是，连坐起来都要靠别人帮忙

---

① 当时流行俗曲的第一句。

的他,就是想上吊也不是那么容易得到机会。再说,真要是死的话,玄鹤毕竟还是怕死。他在昏暗的电灯光下一边注视着黄檗流派写的一行书法,一边嘲笑自己到现在还贪生怕死。

"甲野小姐,请帮我坐起来。"

这时是晚上十点钟左右。

"现在我就一个人睡,你也别客气,去休息吧。"

甲野奇怪地看着玄鹤,冷冷地答应着:

"不,我不睡。这是我的工作。"

玄鹤觉得自己的计划被甲野看穿了。但是他只是点了点头,什么都没说就装着睡着了。甲野在他的枕边打开一本妇女杂志的新年号,好像看得很投入。玄鹤还在想着被子边上兜裆布的事,把眼睛睁开一条缝儿盯着甲野看。这时……他忽然觉得很好笑。

"甲野小姐。"

甲野一看玄鹤的脸,好像吓了一跳。玄鹤靠在被子上不知什么时候在不住地笑着。

"有什么事?"

"没,什么事也没有,没什么可笑的……"

玄鹤一边笑着,一边还伸出细瘦的手晃着。

"刚才……不知道为什么忽然觉得想笑……现在扶我睡下来得了。"

过了大约一个钟头,玄鹤不知不觉睡着了。那天晚上做的梦很吓人。他在繁茂的树林里站着,从很高的纸拉窗的缝隙往屋里看。屋里有一个光溜溜什么都没穿的小孩儿,脸朝这边儿躺着。虽说是个小孩儿,但是他的脸像老人一样全是皱纹。正当玄鹤想大声喊他的时候,惊出一身汗醒了……

厢房里谁也没来。天暗下来了,还没?……可是玄鹤看看座钟,知道现在已经要到午夜十二点了。他的心一瞬间感到特别明亮，但是又像平时一样，立刻就又变得忧郁起来。他仰面躺着，数着自己的呼吸次数。这时好像有什么在催促他："是时候了。"

玄鹤轻轻地拉过兜裆布，把兜裆布套在自己的脖子上，然后两手使劲儿一勒……

正在这时，穿得鼓鼓囊囊的武夫在门外探头：

"哎呀，爷爷怎么这样了！"

武夫一边喊着一边往饭厅里跑。

六

过了大约一个星期，玄鹤在家人的簇拥下，因患肺结核死去了。他的告别仪式很盛大（？）。（只有瘫痪的阿鸟没法参加仪式。）聚集在他家的人们向重吉夫妇道恼后，就走到用白缎子包围着的他的灵柩前为他烧香行礼。不过，当他们走出他家大门的时候大都把他给忘了，当然他的旧友是例外。

"那个老头子也该满意了，有个年轻小老婆，还攒下了点儿钱……"他们几乎都异口同声地这样说。

拉着他的灵柩的丧葬用马车跟在一辆马车后面，经过十一月份太阳还没落下的街道，朝火葬场走去。坐在后面有些脏的马车上的是重吉和他的表弟。他的这个大学生表弟很在意马车的晃动，也不太和重吉说话，只是看着一本小开本的书。那是 Liebknecht[①] 写的《回忆录》英译本。重吉因守了一夜的灵很疲倦，不是昏昏沉沉地打瞌睡，就是看着窗外新开通的街道，一个人有气无力地自言自语："这边也全变了。"

两辆马车走过化了霜的路，好容易才到了火葬场。尽管事先已

---

① 李卜克内西（1826—1900），德国社会主义者，马克思的学生。

经打电话预约好了,火葬场的人却说一等焚化炉已经满员,只剩下二等的。对于他们来说,其实几等都无所谓。但是重吉倒不是顾虑老丈人,而是怕阿铃说什么。他隔着半圆形的窗口卖力地和办事员交涉着:

"这是个治晚了的病人,作为亲属的心情就是想至少火葬时给他用一等的。"

……居然撒了这种谎,不过这个谎似乎比他预想的要有效。

"那么这样吧,一等的已经满员了,我们就特例,收一等的费用,用特等的焚烧炉烧。"

重吉觉得不大好意思,连声向办事员道谢。办事员是个戴黄铜边眼镜的老大爷,看样子是个好人。

"不,不用谢。"

他们等焚化炉上了封后,又坐上有些脏的马车准备出火葬场的大门。这时他们意外地发现阿芳站在砖墙前注视着他们的马车行着礼。重吉一下子感到很狼狈,想把帽子抬抬,可是这时马车已经偏着走上了两边杨树已经落叶的马路。

"是那个人吧?"

"嗯……我们来的时候好像就站在那儿了。"

"是啊,我还以为是要饭的呢……那个女的以后怎么办呢?"

重吉点上一支敷岛牌香烟,尽量冷淡地说:

"是啊,谁知道会怎样呢。"

表弟不说话了,但是他在想象着上总海岸边的一个渔村,还有必须在那个渔村里生活下去的阿芳母子……他的脸色一下子变得严肃起来,在不知什么时候射进来的阳光下,又看起李卜克内西来。

昭和二年(1927)一月

海市蜃楼

——或名《续海边》

宋再新译

一

一个秋天的中午时分,我和从东京来玩儿的大学生K一起去看海市蜃楼。鹄沼的海岸能看到海市蜃楼想必是尽人皆知的,实际上我们家的女佣人就看到过船的倒影,她感叹地说:"简直就和前几天报上登的照片一模一样。"

我们拐进东家旅馆旁的路,顺便去邀O君。仍然穿着红衬衫的O君现在好像在准备午饭,隔着篱笆墙能看到他在水井边用压水泵使劲儿压水。我举起桦木手杖,和O君打着招呼。

"从那边儿上来嘛。哎呀,你也来啦?"

O君还以为我和K是来玩儿的。

"我们要去看海市蜃楼,你也一起去好不好?"

"海市蜃楼?"

O君一下子笑了出来:

"不错,最近是时兴看海市蜃楼。"

五分钟以后,我们已经和O君一起走在沙很厚的路上了。路的左边是沙丘,上边有牛车的两道车辙,黑乎乎地斜穿过沙丘。这两道车辙让我有一种受到压迫的感觉。这是强壮的天才工作过的痕迹……我觉得受到了这种感受的压抑。

"我的身体不行了,就是看到这样的车辙印不知为什么也觉得不服不行。"

O君皱着眉头,对我的话没应声。但我心里明白,我的心情和他是相通的。

我们走过松树林——稀疏低矮的松树林,走上了引地河的河岸。在广阔的沙滩对面,深蓝色的大海一望无际,但是江之岛上的房屋和树木却让人感到忧郁阴沉。

"现在是新时代呀。"

K君的话颇突然,而且脸上露出了微笑。新时代?……不过一瞬间我也发现了K君所说的"新时代"。原来在防沙的竹篱笆后面有一对正在眺望大海的男女。当然穿着薄外套戴着礼帽的男的算不上"新时代",但是那个女的不仅头发剪得短,打的阳伞和脚上的矮跟皮鞋的确算是"新时代"了。

"看上去挺幸福的嘛。"

O君拿K君开着玩笑:

"你这样的自己就是让人羡慕的一个。"

能看到海市蜃楼的地方大约离他们有一百米远。我们都趴在地上,隔着河水透过蒸腾的热气注视着沙滩。沙滩上有一条缎带宽的蓝色在飘动,怎么看都像是大海的颜色在沙滩上蒸腾的热气中折射出来的。除此之外,沙滩上并没看见船影什么的。

"这就叫海市蜃楼啊?"

K君的下巴上沾满了沙子,像是很失望地说。这时,不知从哪儿飞来一只乌鸦,掠过两三百米远的沙滩,掠过飘动的蓝缎带似的东西,然后又朝对面飞下去。与此同时,乌鸦的影子在游丝一般的缎带上映出了倒影。

"今天这就算好的了。"

我们随着 O 君的话，同时从沙滩上站起来。这时在我们后面的那两个"新时代"，不知什么时候从前面朝我们走了过来。

我们吓了一跳，回身往后看。可是他们好像仍然在离我们大约一百米左右的那道竹篱笆后聊着。我们——特别是 O 君，败兴地笑了出来：

"这边的不更是海市蜃楼吗？"

在我们前面的"新时代"当然不是那一对儿。但是女人剪的短发和男人戴的礼帽，却和那一对儿几乎一模一样。

"我怎么觉得毛骨悚然。"

"我在想，他们是什么时候来的。"

我们这么聊着，这回没有沿着引地河岸而是穿过了矮沙丘往前走。在防沙的竹篱笆边也有发黄的小松树。O 君走过那里的时候，就像喊号子似的弯下腰，从沙子上捡起了什么东西。那是块木头牌子，像沥青似的黑边上写着西洋文字。

"那是什么？Sr. H. Tsuji ……Unua. ……Aprilo……jaro……1906……（达氏，1906 年 4 月 1 日）"

"是什么呀？是 Dua……Majesta（5 月 2 日）？是 1926 吧？"

"这个呀，大概是水葬尸体上的吧？"

O 君作出了这样的推断。

"可是水葬时，尸体总要拿帆布什么的包起来呀。"

"所以要拴上木牌子呢。你看，这儿钉了钉子，本来是十字架的形状。"

我们这时已经走在了好像是别墅的灌木篱笆和松树林之间了。木牌子的来历大致上和 O 君的判断比较接近。我又一次感到了一种在阳光下不该有的恐惧。

"捡到一个不吉利的玩意儿。"

"有什么呀，我要拿来当吉祥物。可是要是从 1906 到 1926 的话，那二十来岁就死了，二十来岁……"

"是男的还是女的？"

"不好说，没准是个混血儿呢。"

我回答K君的问话，心里想象着死在船上的那个混血儿青年的样子。照我的想象，他的母亲应该是日本人。

"是海市蜃楼吧？"

O君眼看着正前方，突然这么自言自语。这话可能是他无意之中说的，但却微微触动了我的心绪。

"去喝杯红茶怎么样？"

我们不知不觉已经站在有很多房屋的大街街角上了，可是在沙子已经干燥了的路上几乎不见行人。

"K君怎么样？"

"我怎么都行……"

这时，一只雪白的狗耷拉着尾巴，有气无力地从对面走来。

二

K君回东京后，我又和O君还有我妻子一起走过引地河的桥。这回是晚上七点来钟……刚刚吃过晚饭。

那天晚上，天上没有星星。我们没怎么说话，只是在没有人影的沙滩上走着。沙滩上引地河入海口附近有一点灯光在闪动，好像是为出海捕鱼的船当航标用的。

波浪声当然不绝于耳，越走近水边，海腥味儿越浓。不过这气味不仅仅来自海水，恐怕更多是发自我们脚边被海水冲上来的海草和水里的浮木。不知为什么除了鼻子外，我的皮肤也感觉到了这种气息。

我们在水边站了一会儿，眺望着浪头的消长。放眼望去，海上一片漆黑。我想起了大约十年前在上总的一处海岸逗留时的事来，同时还想起了那时和我在一起的一个朋友。他除了自己的学习外，还帮忙看了我的短篇小说《山药粥》的校样……

这时我看见O君已经蹲在水边，擦着了一根火柴。

"干什么呢？"

"没干什么，擦根火柴看看而已。能看到好多东西吧？"

O君抬头看着我们，有一半话是对着我妻子说的。的确在一根火柴的火光下，能看见沙滩上散乱的水松和石花菜里有各种各样的贝壳。等火柴的火光一灭，O君又重新擦着一根，一步步沿着水边走着。

"哎呀，真吓人，我还以为是土左卫门①的脚丫子呢。"

原来是一只一半被埋在沙子里的游泳鞋，那儿的海草里还有一大团海绵。可是火柴一灭，周围比刚才还黑。

"比白天的收获少啊。"

"收获？噢，你是说那块木牌子呀，那种东西可不是到处都有。"

我们把永无休止的浪涛声留在身后，走回广阔的沙滩。除了沙子我们还时时踩到海草。

"这边儿可能也有不少东西呢。"

"再擦根火柴看看？"

"行啊……哎呀，有铃铛的声音。"

我侧耳听了一下，因为我觉得自己最近有过很多错觉。但是，这回的确从什么地方发出了铃铛声。我想再问问O君他听见没有，这时比我们落后两三步的妻子笑着对我们说：

"大概是我木屐上的铃铛响吧……"

---

① 江户时期一个力士，身材肥大，后人将溺死者戏称为土左卫门。

可是我不用回头看就知道,她穿的是草编鞋。

"我今天晚上当一回孩子,穿着木屐走走。"

"是太太的袖子里响呢……噢,是小Y的玩具呀,带铃铛的赛璐珞玩具。"

O君这么说着,也笑了出来。这时妻子已经从后面追了上来,我们三个人并排走着。我们借着妻子开的这个玩笑,聊得比刚才更热闹了。

我跟O君讲了昨晚做的梦,是个在一栋新式住宅前和卡车司机聊天儿的梦。我觉得我在那个梦里确实是遇到了那个司机,但是到底是在哪儿碰上的?醒了以后就弄不清了。

"后来一下子想起来了,那个人原来是三四年前为谈话笔记来过的一个女记者。"

"那么那个司机是女的喽。"

"不,当然是男的了,只不过脸是她的。大概见过一面的人还是在脑子的哪一部分里留下了印象。"

"有可能啊,特别是脸印象深的人……"

"可是我对那个人的脸没兴趣呀,这样的话反而更可怕了。总觉得在意识之外还有各种各样的东西。"

"就是说擦火柴一看,就可以看到很多东西。"

我讲着这些,偶然发现此时能清楚地看到我们的脸。可是天上仍然和刚才一样,连星光都看不见。我又觉得有点瘆人,好几次往天上看。这时好像妻子也发现了,还没等我说话呢,就回答了我的疑问。

"是沙子的关系吧?对不对?"

妻子把两只袖子合在一起,回头看着广阔的沙滩。

"是有点儿像那么回事啊。"

"沙子这玩意儿就是爱捉弄人,海市蜃楼不也是沙子弄的吗?

太太还没见过海市蜃楼吧?"

"不,上次看到过一回……就看到蓝色的东西……"

"就是那个嘛,今天我们也看见了。"

我们过了引地河桥,走在东家旅馆的土堤外,松树树枝被不知什么时候起的风吹得沙沙响。这时好像有个矮个子男人脚步很快地朝我们走来。我忽然想起了这个夏天的一次错觉。那也是一个晚上,我把挂在杨树上的纸看成了遮阳帽。但是现在这个人不是错觉,而且当我们相互接近的时候,都能看见他穿的衬衫的胸口。

"那是啥,是领带夹?"

我小声嘀咕着,忽然发现我刚才以为是领带夹的东西原来是香烟的火光。这时妻子嘴叨着袖子,忍不住最先笑了出来。但是,那个男的目不斜视,快步从我们身边走了过去。

"那么晚安。"

"晚安。"

我们很随便地和 O 君道了别,走在松风里,而松风里又夹杂着几声虫鸣。

"爷爷的金婚纪念日是什么时候来着?"

"爷爷"指的是我父亲。

"什么时候呢?……东京寄的黄油到了吧?"

"黄油还没到,到的是香肠。"

这时我们来到了门前……来到了半开的门前。

昭和二年(1927)二月四日

河 童[①]

请读作 Kappa

宋再新译

序

  这是一个精神病院的患者——第二十三号病人逢人就讲的故事。他大概三十多岁了，但是乍看上去，显得特别年轻。他半辈子的经历——算了，这些现在已经无所谓了。他整天只是一动不动地抱着两个膝盖，时时看看窗外（安了铁栏杆的窗外有一棵连枯叶都掉光了的橡树，枝干直指欲雪的天空），对院长 S 博士和我不停地讲着这个故事。当然在讲话时他还会有一些动作，比如讲到"吓一跳"的时候，就会突然把头向后仰……

  我认为，我相当准确地记录了他的话。如果有哪位对我的笔记还不满意的话，可到东京市外××村的 S 精神病院去打听一下。看上去比实际年龄年轻的第二十三号首先会向你恭敬地低头行礼，指着没有椅垫的椅子请你坐。然后脸上露出忧郁的微笑，安静地重复这个故事。最后……我还记得他结束这个故事时的表情。他刚一站起来，突然就抡起拳头，对谁都破口大骂：

  "滚出去！坏蛋！你小子也是混蛋！你是小人！卑鄙、无耻、

[①] 日本传说中的动物，体似小儿，面似虎。

自大、残酷、自私的动物。滚！你这个坏蛋！"

一

那是三年前夏天的事。我像其他人一样背着背囊，从上高地的温泉旅馆出发，要去爬穗高山。大家知道，爬穗高山只能沿着梓川河溯流而上。我过去不消说穗高山，连枪岳山也爬过，所以我没有请向导，一个人进了朝雾弥漫的梓川河谷。进了朝雾弥漫的梓川河谷——可是那雾却总是不见散去，反而越来越浓了。我走了一个来小时，曾一度打算折回上高地的温泉旅馆。但是，要折回上高地，总得等到雾散才成，而雾却眼看着一刻不停地变浓。"算啦，索性就接着爬吧。"——我心里这么想着，便顺着梓川河谷，在山白竹丛里继续穿行。

可是遮在眼前的还是浓雾。当然，浓雾里依然能时时看见粗大的山毛榉和枞树垂下的绿绿枝叶。另外，放牧的牛马也会突然出现在眼前，但是刚看见一眼，立刻又都隐藏在蒙蒙雾中了。走着走着我的腿酸了，肚子也开始饿了——再加上被雾水打湿的登山服和毯子变得非常重，我终于屈服了，便借着迸溅在岩石上的溪水声，往梓川河谷走下去。

我在水边的石头上坐下，准备先吃饭。打开牛肉罐头，又捡来枯枝点着火——干这些事差不多用了十来分钟的时间。这时，总是和人作对的雾不知什么时候渐渐消散了。我一边啃着面包，一边瞧了瞧手表，已经一点二十多了。可是更让我吃惊的是，手表的圆玻璃表盖上映出一张可怕的脸。我大吃一惊，回头一看，于是——说实话，我这是生平第一回看到河童。在我身后的一块石头上，有一个和画上一模一样的河童，一只手抱着白桦树干，另一只手遮在眼睛上，好不稀奇似的俯视着我。

我一下子目瞪口呆,一时身体连动都没动一下。看起来河童好像也吓了一跳,眼睛上的手都没动。过了一会儿,我一下子跳了起来,朝石头上的河童扑了过去。与此同时,河童也跑掉了。不,恐怕是逃走了。实际上它一转身,一下子就不见了。我更加吃惊,朝四周的山白竹巡视。原来河童做出一副逃跑的样子,却在离我两三米远的地方正回头看我呢。这没什么可奇怪的,让我觉得意外的是河童身上的颜色。河童在石头上看着我时全身发灰,但是现在却全身变成绿的了。我大喝一声:"畜生!"又朝河童扑了过去。河童当然逃跑了。我穿出山白竹,越过岩石,不顾一切地去追河童,大约追了半个来钟头。

河童跑起来快得绝不逊于猴子。我一心只顾追河童,河童却好几次跑得无影无踪。这还不算,我的脚踩滑了还摔了好几跤。不过我追到一棵伸出粗大树枝的大橡树底下时,幸好有一头被放养的牛挡住了河童的去路,而且这是一头角很粗、眼睛里布满了血丝的母牛。河童一看见这头牛,一边惊叫,一边就像翻了个跟头似的钻到较高的山白竹里去了。我——我心想,这下好了,猛地跟着穷追了过去。可是,我不知道那儿有一个洞,我的指尖刚碰到河童滑溜溜的后背,突然一头栽进了黑暗之中。不过,我们人心也会在千钧一发的时刻想一些不着边际的事。我"哎呀"叫了一声,一下子想起上高地的温泉旅馆旁有一座"河童桥"。后来——后来的事我就不记得了,只觉得眼前像打闪电似的,不知怎的就失去了知觉。

二

好容易醒过来,睁眼一看,我正仰面躺着,周围围着一大群河童。有一只大嘴巴上面戴着夹鼻眼镜的河童跪在我的身边,正将听诊器放在我胸脯上。那只河童一见我睁开眼睛,就打手势叫我

"不要动",然后对身后的河童打招呼:"Quax,quax。"这时有两只河童不知从哪儿抬来一副担架。我被抬上担架,在大群河童簇拥下静悄悄地走过了几条街。两旁的街道一点儿也不比银座大街差。在山毛榉的树荫里,各种各样的商店撑着遮阳棚,还有几辆汽车在林荫路上奔驰。

不一会儿,抬我的担架拐进一条小胡同,抬到一户人家里。后来我才知道,这儿就是戴夹鼻眼镜的河童——叫查克的医生的家。查克让我躺在一张很精致的床上,然后给我喝了一杯不知名的透明药水。我躺在床上,只有听任查克的摆布。实际上我浑身每个关节都特别疼,根本就动不了。

查克每天肯定会来看我两三次,又差不多每三天,那个最先发现我的河童——叫巴古的河童渔夫一定会来看我一次。比起我们人了解河童来,河童了解我们人类要多得多。这大概是因为河童捕获的人类远比我们人类捕获的河童多。虽然用捕获这个词不太恰当,但是我们人类在我之前,也常有人到河童国来,而且这些人里有不少一辈子就住在河童国里。要说为什么?就凭我们不是河童而是人,就有特权,可以不劳而获。实际上我听巴古说,一个年轻的修路工人也是偶然来到这个国家后,娶了雌河童为妻,一直到死都住在这里。当然,那只雌河童在这个国家是最漂亮的,但另外雌河童哄那个修路工人丈夫的功夫也妙不可言。

一个来星期后,根据这个国家的法律规定,我作为"特别保护居民",在查克家的隔壁住了下来。我的房子虽然小,却盖得很别致。当然,这个国家的文明和我们人类的文明——至少是和日本的文明并没有什么大的差别。我家临街的客厅一角有一台小钢琴,墙上还挂着镶上框的铜板腐蚀画。只是最要紧的,从房子到桌子、椅子的尺寸都是按河童的身材做的,我就像给送进小孩儿的房间里一样,只有这点不大方便。

一到傍晚时分，我就在这间客厅里招待查克和巴古，跟他们学习河童的语言。不，还不只是他们，我作为"特别保护居民"，谁对我都抱有好奇心。每天特地请查克给他量血压的玻璃公司的老板盖鲁都到我这里来过。不过，头半个来月，和我最好的还是那个叫巴古的渔夫。

一个暖融融的黄昏，我和渔夫巴古在这个房间隔着桌子相对而坐。不知巴古想到什么，突然不说话了，而且瞪着一双大眼，一动不动地盯着我。我当然觉得很奇怪，就说："Quax, Bag, quo quel quan?"把这句话翻译成日语就是："喂，巴古，怎么啦？"可是巴古不但不回答，还突然站起身来，一下子吐出舌头，那样子就像青蛙要跳过来似的。我更害怕了，悄悄地从椅子上站起身，打算一步就跳到门外去。幸好这时医生查克来了。

"嘿，巴古，要干什么？"

查克戴着夹鼻眼镜瞪着巴古，这时巴古看起来像很不好意思，好几次摸着脑袋，对查克赔礼说：

"实在是对不起。其实我看这位老爷害怕的样子挺好玩儿的，就逗着性子捉弄捉弄他，请老爷宽恕。"

三

在往下讲之前，我得先说明一下河童是什么玩意儿。河童这种动物是否存在，至今还是个问题。但是，既然我本人在他们当中生活过，自是毫无怀疑的余地。那么要说起这是一种什么样的动物的话，头上有短毛就不用说了，手脚有蹼，这一点也和《水虎考略》的记载没有太大的不同。身长有一米左右。据医生查克讲，体重大约有二十磅到三十磅——偶尔也有五十磅的大河童。另外脑顶中间有个椭圆形的窝，随着年龄增长会越来越硬。实际上，上年纪的巴古的窝摸上去和年轻的查克的手感完全不一样。不过最不可思议的应该是河童皮肤的颜色了。河童不像我们人类的皮肤颜色是一定的,而是随着环境而变化——比如在草里就变成草绿色,在岩石上就变成像岩石一样的灰色。不只限于河童,变色龙也这样。或许河童的皮肤组织上有和变色龙相近的东西。我发现这个事实的时候,想起了民俗学的记载,说西国河童的颜色是绿的,而东北的河童是红的。我还想起我追巴古的时候,突然不知巴古跑到哪儿去了,看不见了。而且河童皮下似有较厚的脂肪,尽管这个地下的国家温度比较低(华氏五十度左右),他们却不知道穿衣服。当然河童都戴眼镜,带香烟盒,有钱包。河童就像袋鼠一样,肚子上有个口袋,装那些东西没什么不方便的。只是让我好笑的是河童腰间也不遮一下。有一次我问巴古,河童为什么有这样的习惯。巴古把头往后一仰,哈哈大笑起来,最后给我的回答是:"我觉得你遮起来才叫可笑呢。"

四

我渐渐学会了河童的日常用语,所以也能够理解河童的风俗习惯了。其中有个最荒唐无稽的习惯令我不解:有的事我们人类很当真,河童却觉得好笑;而我们人类觉得可笑的,河童却又很当真。比如说,我们人认真地思考正义啦人道啦这些事,可是河童一听到这些后就捧腹大笑。就是说,他们对滑稽的观念,和我们是截然不同的。我有一回和医生查克聊起节制生育的问题。查克听了张开大嘴,差点儿把夹鼻眼镜笑掉了。我当然很生气,就质问他有什么可笑的。我记得查克的回答大体上是这样的——当然在细节上多少会有些出入,因为我那时还不能完全理解河童的话。

"只考虑父母的方便就很好笑,实在太自私了。"

与此相反,从我们人的角度来看,没有比河童生孩子更好笑的了。过了几天，我到巴古的小屋去看巴古太太分娩的情况。河童分娩也要请医生和助产士帮忙。不过到了临产的时候，父亲像打电话一样，嘴对着母亲的阴部大声问："你要不要生到这个世界上来？好好考虑一下再回答。"巴古跪在地上，这样反复问了好几遍，然后用桌子上的药水漱了漱口。这时太太肚子里的孩子好像多少有点儿顾虑，小声回答说：

"我不想生出来，首先父亲的精神病遗传下来，就不得了。而且我认为，河童的存在就是不对的。"

巴古听了回答，不好意思地直搔脑袋。而这时，在场的助产士突然往巴古太太的阴部插了一根粗玻璃管，注射了液体。过了一会儿，巴古太太如释重负，重重地叹了一口气。与此同时，原来的大肚子就像漏了气的氢气球一样，瘪了下去。

河童的孩子能这样回答问题，所以一生下来当然就能走路说话。据查克说，有个孩子出生二十六天就以"有没有神"为题讲演，当然那个孩子第二个月就死了。

说到生孩子的事儿，我顺便讲讲我来到这个国家第三个月，偶然在街角上看见的一幅大招贴画吧。那张大招贴画的下方画着十二三只吹喇叭的河童和手持刀剑的河童。上方写了一大片河童用的一种如钟表发条似的螺旋文字。翻译过来，大体上是这样的意思。当然有些细微的地方难免也会有错。总之，这是和我一起走路的河童学生拉普大声念给我听的，我呢，就一一记在本子上。

> 招募遗传义勇军！！！
> 健全的男女河童们！！！
> 为了消灭不好的遗传，
> 去和不健全的男女河童结婚吧！！！

那时，我当然跟拉普说，那是办不到的。一听我这话，不光是拉普，在招贴画附近的河童全都哈哈大笑起来。

"办不到？照你这么说，你们还不是也和我们一样办！你知道少爷为什么看上了女仆，小姐迷上了司机吗？那就是大家在无意之中要消灭不好的遗传啊。第一，比起你原来讲过的你们人类的义勇军——为了争夺一条铁路就相互残杀的义勇军吧——比起那种义勇军来，我们的义勇军不是要高尚得多吗？"

拉普认真地这么说着，他那个大肚子也在可笑地不住起伏波动。不过，我却顾不上笑，慌忙要去抓一只河童。因为我发现，趁我不注意，那只河童偷了我的钢笔。可是，皮肤溜滑的河童轻易抓不到。那只河童也吱溜一下子就挣脱跑掉了，他那像蚊子一样瘦的身体就像要倒了似的摇摇晃晃……

五

这个叫拉普的河童对我的照顾不亚于巴古，尤其难忘的是给我介绍了叫特库的河童。特库是河童中的诗人。诗人就要把头发留长，这一点和我们人类一样。为了解闷，我常到特库家去玩儿。特库总是在狭窄的房间里摆一些盆养的高山植物，写写诗，抽抽烟，过得好像很不错。在他房间的角落里，一只雌河童（特库是个自由恋爱家，所以没有太太）在织着毛衣什么的。特库一看见我就微笑着这么说（当然河童的微笑不太好看，至少当初让我感到恐怖）：

"啊，来得正好。来，就坐这把椅子吧。"

特库常常讲河童的生活和艺术。据特库的主张，没有比河童的一般生活更莫名其妙的了。父母、子女、夫妇、兄弟等等都以互相折磨为生活的唯一乐趣。特别是他们的家族制度简直是荒唐之极。

有一次特库指着窗外愤愤地说:"你瞧,那个蠢劲儿。"

窗外,路上有一只年轻的河童,脖子上吊着连父母在内的七八只河童,上气不接下气地走着。不过我对年轻河童的牺牲精神佩服之至,于是反而夸奖起他的健壮来。

"哼,你也可以在这个国家取得市民资格了……对了,你是社会主义者吧?"

我当然回答说:"Qua。(这在河童使用的语言里就是表示'是'的意思。)"

"那么为了一百个平凡人,就甘愿牺牲一个天才喽?"

"那么你是什么主义者呢?有人说特库君的信条是无政府主义呢……"

特库昂然放言道:

"我?我是超人(直译的话应为超河童)。"

这个特库在艺术上自有独特的见解。特库认为,艺术不受任何支配,应是为艺术而艺术。所以艺术家首先必须成为摒弃善恶的超人。当然这并不仅是特库一只河童的见解,特库一伙的诗人们大多持相同看法。实际上,我常和特库一起去超人俱乐部玩儿。聚集在那里的都是些诗人、小说家、戏曲家、批评家、画家、音乐家、雕刻家、艺术上的业余爱好者等等,不过他们都是超人。他们在电灯明亮的沙龙里总是愉快地交谈着。有时候他们还满脸得意地表演他们的超人本领。比如一个雕刻家在大盆栽羊齿间抓住一个年轻河童,不住地玩弄同性之爱。另外有一个雌小说家站在桌子上喝了六十瓶苦艾酒,当然喝到第六十瓶的时候,她一下子摔到了桌子底下,突然就往生他界了。

在一个皓月之夜,我和诗人特库挽着胳膊从超人俱乐部回来。特库和往常不同,闷闷不乐,一声不响。我们经过一个透出灯光的小窗子,窗内是夫妇模样的两只河童和他们的孩子两三只小河童,

正围着桌子吃晚饭。这时,特库叹口气,突然对我说:

"我自以为是个超人恋爱家,可是看到那种家庭的情景,终究感到羡慕。"

"可是不管怎么说,你不觉得这很矛盾吗?"

但是月光下,特库一直抱着胳膊,盯着那小窗子——盯着其乐融融的五只河童的餐桌。过了一会儿,他答道:

"不管怎么说,那盘炒鸡蛋总归比恋爱更有益于健康。"

六

其实河童的恋爱和我们人类的恋爱大呈异趣。雌河童一旦发现了自己要找的雄河童,立刻不惜采用一切手段去捉那只雄河童。就连最老实的雌河童也会不顾一切地追求雄河童。实际上我就看到过一只雌河童,发疯似的追雄河童。不,这还不算,年轻的雌河童不用说,连她的父母兄弟也一起帮着追。雄河童可就惨了,拼命地到处逃,就算运气好没被抓住,起码也得累得在床上躺两三个月。有一回我在家里读特库的诗集,突然那个叫拉普的学生跑了进来。拉普跌跌撞撞进了我家,一下子倒在我床上,气喘吁吁地说:

"不得了……到底给人抱住了!"

我一下子扔下诗集,把门上了锁。可是从锁眼往外一看,一只脸上涂了硫黄粉的矮个子雌河童还在门外转悠呢。从那天起,拉普在我床上睡了几个星期。这还不算,不知不觉他的嘴巴全烂掉了。

当然雄河童拼命追雌河童的时候也不是没有,可是那也几乎都是雌河童设的圈套,让雄河童不追不行。我也看见过像疯子一样去追雌河童的一只雄河童。雌河童就是在逃跑的时候也会故意停下来,四脚趴在地上。另外,雌河童还会在最佳时机故意装得像是筋疲力尽、无计可施的样子,高高兴兴地束手就擒。我看到的雄河童一抱住雌河童,就会在地上打一会儿滚。等到好容易起来一看,脸上却露出不知是失望还是后悔,反正是形容不出来的可怜表情。不过这还算是好的呢,我看见过一只小雄河童追雌河童,雌河童照例诱惑性地逃跑。这时,一只大雄河童打着响鼻,从街对面走了过来。雌河童一眼看到大雄河童,就尖声叫唤起来:"不好了,救命啊!那个河童要杀我呀!"当然大雄河童一下子就抓住了小雄河童,把他按倒在大街正当中。小雄河童长着蹼的手在空中空抓了两三下就死了。而这时,雌河童眉开眼笑,使劲儿搂住了大雄河童的脖子。

我所认识的雄河童都异口同声地说,自己被雌河童追过。当然,就连有妻子的巴古也被追过,而且还被抓到过两三回。只有一个叫马古的哲学家(是诗人特库的邻居)一次都没被抓住过。其中一个原因,大概是因为他奇丑无比;还有一个原因,就是马古一直待在家里,很少上街。我也经常到马古的家里去聊天。马古总是在昏暗的屋子里点着彩色玻璃的方提灯,面对高腿桌子净读些厚厚的书。有一回,我和马古讨论河童的恋爱:

"为什么政府不更加严厉地取缔雌河童追雄河童呢?"

"一个原因是官吏里雌河童少啊。雌河童的嫉妒心比雄河童强得多,所以要是雌河童官吏增加了的话,肯定雄河童就不会被追得那么惨了。你说为什么?因为官吏同事之间也是雌河童追雄河童呀。"

"那么说,像你这样生活是最幸福的了。"

一听这话,马古离开椅子,抓住我两手,叹着气说:

"你不是我们河童,不明白也很自然。可是有时,我心里倒也盼着让可怕的雌河童追呢。"

七

我还经常和诗人特库一起去听音乐会,不过至今仍忘不了的是第三次去听的音乐会。会场的样子和日本的没什么两样。同样是阶梯式座位,有三四百只雌雄河童,手里都拿着节目单,一心洗耳恭听。我第三次去音乐会时,除了特库和特库的雌河童外,还有哲学家马古,我们坐在最前排。大提琴独奏结束后,一个眼睛小得出奇的河童大大方方地抱着乐谱走上舞台。正如节目单上介绍的,是著名作曲家库拉巴库。正如节目单上介绍的——不,根本就不用看节目单,库拉巴库是特库所属的超人俱乐部的会员,我见过他。"Lide——Crback(歌曲——库拉巴库)"。(这个国家的节目单大体上都是用德语。)

在热烈的掌声中,库拉巴库朝我们略施一礼,缓步走向钢琴,接着很自然地弹起了自作的歌曲。据特库说,库拉巴库是这个国家出生的空前绝后的天才音乐家。我不仅喜欢他的音乐,也喜欢他的余技——抒情诗,所以热心地倾听着台式钢琴奏出的音乐。特库和马古的陶醉劲儿大约更胜我一筹。但是,只有那个漂亮的(至少在河童们看来)雌河童紧紧地攥着节目单,经常好像很焦躁似的吐出长舌头。据马古说,这是因为她十来年前没能抓住库拉巴库的缘故,到现在还把这个音乐家当成眼中钉呢。

库拉巴库全身热情洋溢,就像战栗似的继续弹着钢琴。这时会场里突然霹雳般响起一声:"禁止演奏!"这声音吓了我一跳,不由得回过头去。发出喊声的不是别人,就是坐在最后一排的大个子警察。我回头的时候,那个警察依旧悠然自得地坐在位子上,又吼了一声:"禁止演奏!"声音比刚才还大,然后……

然后全场大乱。"警察无礼!""库拉巴库,接着弹,接着弹!"

"混蛋！""畜生！""滚出去！""别认输！"各种声音轰然而起，椅子倒地，节目单乱飞，也不知是谁扔的空汽水瓶和石头、啃过的黄瓜也从天而降。我目瞪口呆，想问问特库是怎么回事。可是特库看起来也非常激动，站在椅子上连声喊着："库拉巴库，接着弹，接着弹！"而特库的雌河童这时好像忘记了敌意，也喊起"警察不讲理"，劲头儿一点也不比特库差。我只好问马古："怎么回事？"

"你说这个吗？这是这个国家常发生的事。本来绘画啦，文艺啦……"

马古一看见有东西飞过来就一边缩头，一边仍然平静地解释着：

"本来绘画啦，文艺啦究竟表现了什么，谁都一目了然，这些在这个国家里是绝对不会禁止出售或禁止展览的。但是只有音乐，却要禁止演奏，因为无论怎样败坏风俗的乐曲，没有耳朵的河童也是听不懂的。"

"可是那个警察有耳朵吗？"

"是啊，这可是个问题呀。大概听这首乐曲旋律的时候，想起了和太太睡觉时心脏的跳动吧。"

说话的工夫，场子里乱得愈发不可收拾。库拉巴库在钢琴前傲然地把头转向了我们。但是，不管他有多傲然，各种东西飞过来的时候，终究不得不躲一下。所以，每隔两三秒钟，他的姿势就得变一次。不过库拉巴库大体上还能保持大音乐家的威严，小眼睛炯炯有神。我——为了躲避危险，当然就把特库当成了挡箭牌。但是，我仍然被好奇心所驱使，兴致勃勃地和马古聊着。

"这种检查不是太粗暴了吗？"

"哪儿的话，这比哪个国家的检查都先进得多呢。比如就说××吧，实际上在一个月前……"

刚要说下去，偏巧一个空瓶子掉在马古的头顶上，他只叫了一声"quack（这只是个惊叹词）"，就昏了过去。

八

我对玻璃公司的老板盖鲁很有好感，真是奇怪。盖鲁是资本家中的资本家。恐怕这个国家的河童里，没有哪只河童的肚子像盖鲁的那么大。不过，貌似荔枝的太太和形如黄瓜的孩子伴在他的左右，他坐在安乐椅上几乎就是幸福的化身。法官佩普和医生查克常带我到盖鲁家去吃晚饭。我还拿着盖鲁的介绍信，去参观过与盖鲁和盖鲁的朋友多少有点儿关系的各种工厂。其中我觉得特别有意思的是书籍制造公司的工厂。我和年轻的河童技师一起走进工厂，看到以水力发电为动力的巨大机械时，不禁惊叹河童国机械工业的进步。听说在这座工厂里一年可以印刷七百万册书。不过更让我吃惊的是制造这么多的书并不需要多少人手。在这个国家里制造书籍只要往机械的漏斗形进口里加进纸、油墨和灰色的粉末就行了。原料进入机械后，不需五分钟就变成大三十二开、三十二开和大六十四开各种开本的无数本书出来。我看着像瀑布一样从机器里流出来的书，向挺着胸脯的河童技师打听那灰色的粉末是什么。这个河童技师站在黑亮的机器前不屑地这样回答：

"你问这个呀？这是驴的脑髓①。嗯，干燥后弄成粉末就成了。时价是一吨两三分钱。"

不用说这种工业上的奇迹不仅出现在书籍制造公司，同样也出现在绘画制造公司和音乐制造公司。实际上据盖鲁说，这个国家平均每个月发明七八百种机器，任何方面都可以不用人工而迅速大量生产，因此，解雇的河童职工不下四五万只。虽说如此，每天早上

---

① 喻为愚蠢。

看报却从来没看见过罢工这个字眼。我觉得奇怪，一次我借应邀和佩普、查克一道到盖鲁家去吃晚饭的机会，向他们打听是怎么回事。

"全给吃掉了。"

饭后，盖鲁嘴上叼着雪茄烟，毫无顾忌地说。他说的"吃掉了"是什么意思，我不明白。戴夹鼻眼镜的查克似乎觉察到了我的疑惑，从旁解释道：

"把这些职工都杀了，肉就用于食品。你看这张报纸，这个月有六万四千七百六十九只河童给解雇了，所以肉价也就相应地降了。"

"那些职工就啥也不说，任人杀吗？"

"闹也没用，因为有职工屠杀法呀。"

说这话的是坐在盆栽杨梅后面表情沉重的佩普。我当然也感到不快。可是，不用说主人盖鲁，就是佩普和查克似乎也都觉得这是理所当然的事。这时，查克笑着像嘲弄似的对我说：

"这就是说国家给免去了饿死或自杀这些麻烦。只不过让他们闻闻毒气而已，没多大痛苦。"

"可是所说的吃那些肉……"

"别开玩笑了，要是让马古听到的话，准会哈哈大笑。在你的国家里，第四阶级①的姑娘不是也去当妓女吗？你听说吃职工的肉就愤慨，这是感伤主义呀。"

听了这些问答的盖鲁把身边桌子上的三明治盘子推向我们，满不在乎地说：

"怎么样，来一块吧？这也是职工的肉做的。"

我当然拒绝了。不，这还不算，我飞跑出客厅，把佩普和查克

---

① 指贫民、工人阶级等。

甩在了身后。这时正好是在各家的上空连星星都看不到的荒凉的晚上。我在一片黑暗中回到住处,不住地呕吐起来。即便是在黑夜也能看得出,吐出的东西白花花的。

九

不过,玻璃公司的老板盖鲁的确是个讨人喜欢的河童。我经常和盖鲁一起去盖鲁所属的俱乐部,过个愉快的夜晚。在这个俱乐部,远比那个超人俱乐部感觉舒服。另外盖鲁说的话虽然不像哲学家马古的话那样有深意,但是却能让我窥探一个崭新的世界——广阔的世界。盖鲁总是用纯金的勺子搅动杯子里的咖啡,快活地聊着各种各样的话题。

一个大雾的晚上,隔着插有冬蔷薇的花瓶,我听着盖鲁谈天。记得盖鲁的房间整体上就不用说了,椅子和桌子全漆成白色,镶着细金边,房间是直线风格的。盖鲁比平时显得更得意,脸上堆满了微笑,正讲着目前取得天下的 Quorax 党内阁的事。这个"库奥拉库斯"是个没有意思的语气词,只能译成"哎呀"。不管怎么说,这个党首先是个标榜代表"全体河童利益"的政党。

"主宰库奥拉库斯党的是著名的政治家劳佩。'诚信是最好的外交'这句话是俾斯麦说的吧?不过劳佩把诚信也用于国家内政上了……"

"但是劳佩的演说……"

"好,你听我说。那个演说当然全是假话,不过,既然人人知道是假话,其结果和诚信也是一样的。把那些话一概都当作假话是你们才有的偏见。我们河童像你们……不过这也无所谓,我想说的是劳佩的事。劳佩主宰着库奥拉库斯党,而支配劳佩的是 Pou-Fou 报社('普·夫'这个词也是一个语气词,如果硬要翻译的话,就只能译成'啊啊'了）的社长库伊库伊。不过，库伊库伊也并不是自己的主人，指挥库伊库伊的是坐在你眼前的盖鲁。"

"可是——我这样问可能很不礼貌，《普·夫报》不是为工人说话的报纸吗？你说它的社长库伊库伊受你的指挥……"

"《普·夫报》的记者当然是为工人说话的。可是指挥记者的却只有库伊库伊，而且库伊库伊又不能不接受我盖鲁的援助。"

盖鲁仍然微笑着，手里玩弄着纯金的勺子。现在看着盖鲁，比起憎恨他来，我心里更同情《普·夫报》的记者。这时盖鲁看我不作声，看样子明白了我的同情，他挺起大肚子说：

"其实《普·夫报》的记者也不是全都为工人说话的，至少我们河童在为他人说话前，首先要保护好自己……而且更糟糕的是，我盖鲁本人还是要受到他人的支配呢。你以为那是谁？就是我太太呀，就是漂亮的盖鲁夫人啊。"

接着盖鲁大笑了起来。

"这应该说很幸福吧。"

"反正我挺满意。不，这只是在你面前——只在不是河童的你面前，我才能毫不顾忌地说说大话。"

"那就是说盖鲁太太支配着库奥拉库斯内阁喽？"

"这个嘛，也可以这么说……但是七年前的战争确实是为了一只雌河童引起的。"

"战争？这个国家也打过仗吗？"

"当然打过。将来也不知道什么时候还会发生战争，只要有邻国……"

实际上我到现在才第一次知道河童国并不是一个孤立的国家。听盖鲁介绍，河童国一直在以水獭为假想敌，而且水獭也拥有不劣于河童国的军事装备。我对河童国以水獭为敌的战争非常感兴趣。（因为河童有强敌水獭这事是一个新发现，不仅《水虎考略》的作者不知道,就是《山鸟民谭集》的作者柳田国男①可能也不知道。)

"那场战争爆发前,两国当然都毫不松懈,窥伺对方,因为两国彼此都怕对方。可是就在这时,一只住在这个国家的水獭,去访问一对河童夫妇。而这只雌河童原打算把自己的丈夫杀了,因为这个丈夫只知道吃喝玩乐。另外他还买了人寿保险,这一点大概是很有诱惑力的。"

"你认识这对夫妇吗?"

"啊——不,只认识那只雄河童。我太太说那雄河童是个坏蛋。可是要是让我说的话,与其说他是坏蛋,还不如说他是个被害妄想型疯子,就怕被雌河童抓住……于是那只雌河童在她丈夫的可可杯子里放了氰化钾,可是不知怎么弄错了,竟叫客人水獭喝了下去,当然水獭死了。然后……"

"然后就打仗了?"

"对,因为不巧那只水獭是得过勋章的。"

"哪边儿赢了呢?"

"当然是我们国家赢了。三十六万九千五百只河童为了那场战争英勇地战死了。不过,比起敌国来,这点儿损失算不了什么。这个国家里的毛皮基本上都是水獭皮。在战争期间,除了造玻璃之外,我还往战场上运煤渣。"

"运煤渣干什么?"

"当然是当粮食了。我们河童只要饿了,什么都能吃。"

"可是——我这么说请别生气,给在战场上的河童们……这要是在我们国家里,可是件丑闻呢。"

"在我们国家肯定也是丑闻。可是只要我们自己说出来,谁都

---

① 柳田国男(1875—1962),日本文学家、民俗学家。所作《山鸟民谭集》内,记录诸多有关河童的传说。

不当成丑闻。哲学家马古不是说过吗：'汝之恶，汝自言之，恶自灭之。'……而且我除了谋利之外，还有拳拳爱国之心呀。"

这时刚好俱乐部的侍者进来了。侍者对盖鲁行了礼后，就像朗读一样说：

"尊府的邻居家失火了。"

"失……失火了？"

盖鲁吃惊地站了起来，当然我也站起来了。但是，侍者不慌不忙又补充道：

"不过已经扑灭了。"

盖鲁目送着侍者，脸上露出一副又哭又笑的表情。看着这张脸，我才发现，不知从什么时候开始，已经恨起这个玻璃公司的老板来了。但是，盖鲁现在站在这里，既不是大资本家也不是其他的什么，只是普通一河童而已。我抽出花瓶里的冬蔷薇，递给盖鲁。

"虽说火灭了，尊夫人大概吓坏了吧。来，拿着这个回去吧。"

"谢谢。"

盖鲁握了握我的手，然后突然一咧嘴笑了，他小声对我说：

"邻居是借的我的房子，我至少可以得到火灾保险赔偿金了。"

我到现在还清清楚楚地记得那个时候盖鲁的微笑——那无法让我轻蔑也无法让我愤怒的微笑。

十

"怎么啦？怎么今天又闷闷不乐的？"

那是火灾的第二天。我叼着香烟问坐在客厅椅子上的学生拉普。拉普把左腿放在右腿上，无精打采地低头朝地板上看，连那张烂嘴都看不见了。

"拉普君，我问你怎么啦？"

"没什么。算了,都是些无聊的事……"

拉普好容易抬起头,说起话来带着伤心的鼻音。

"今天我一边往窗外看,一边漫不经心地嘴里嘟囔着'哎呀,捕虫堇开花了'。我妹妹一听就变了脸色,对我发了一通脾气:'我就是捕虫堇,怎么啦!'这还不算,我妈又老向着我妹妹,也把我骂了一顿。"

"你说了句'捕虫堇开花了'怎么就让你妹妹不高兴了呢?"

"嗨,大概是领会成抓着雄河童的意思吧。这还不算,一直和我妈关系不好的婶婶也来蹚浑水,这下闹得更凶了。一年到头喝得醉醺醺的爸爸听到吵架,不由分说,逮着谁打谁。正闹得不可开交的时候,我弟弟又趁机偷了我妈的钱包去看电影了。我……我实在是……"

拉普两只手捂着脸,不再言语,哭了起来。我当然很同情他,同时自然而然想起诗人特库对家族制度的轻蔑来。我拍着拉普的肩膀说:

"这种事到哪儿都多的是。算了,还是打起精神来。"

"可是……可是要是我的嘴没烂……"

"你只好想开些。走,咱们到特库君家去吧。"

"特库看不起我,因为我不能像他那样大胆地把家庭抛掉。"

"那就去库拉巴库家吧。"

从那场音乐会以后,我和库拉巴库也成了朋友,于是就带着拉普到库拉巴库家去了。库拉巴库比起特库来日子过得奢侈多了,但是这并不是说他过得像资本家盖鲁一样。他的屋子里全是古董——塔那格拉①的陶俑和波斯的陶器。屋里摆着土耳其式的躺椅,库拉巴库总是在自己的肖像画下和孩子们一起玩耍。可是,今天不知为

---

① 古希腊的城市,所发掘的陶俑颇出名。

什么,库拉巴库两只胳膊抱在胸前,阴沉着脸坐着,脚下撒满纸屑。拉普好像和诗人特库经常到这儿来见库拉巴库,可是这回一看见这个样子,他恭恭敬敬地打了招呼后,就悄悄地到墙角坐下了。

"怎么啦,库拉巴库君?"

我用这句问话代替了对大音乐家的问候。

"怎么啦?你看这些笨蛋批评家!居然说我的抒情诗比不上特库的抒情诗!"

"可你是音乐家呀,再说⋯⋯"

"要是只说这个我也就忍了。他们还说我和劳库比,根本不配音乐家这个称号。"

劳库是常常被拿来和库拉巴库相比的音乐家。因为他不是超人俱乐部的会员,我从来没和他说过话。当然从照片上倒是经常看到他那嘴唇上翻、很有特色的脸。

"劳库当然也是天才。可是劳库的音乐,不像你的音乐那样,充满现代热情。"

"你真这样认为?"

"当然是这样想的了。"

于是,库拉巴库猛地站起来,顺手抓起塔那格拉陶俑就摔到地板上。拉普看上去吓得够呛,喊了一声就要逃跑。但是库拉巴库朝我和拉普作了一个"不要怕"的手势,冷冷地说:

"这是因为你也像那些俗人一样没长耳朵。我怕劳库⋯⋯"

"你?别装谦虚了。"

"谁装谦虚了?第一,要是我在你们面前装谦虚的话,还不如在批评家面前装谦虚呢。我——库拉巴库是天才。在这点上我不怕劳库。"

"那你怕什么呢?"

"怕那不可知的东西——就是说怕支配劳库的星星。"

"我实在不懂。"

"我这么说你就该懂了。劳库没受我的影响,可我却不知从什么时候起受到他的影响。"

"那是你的感受力……"

"好,你听着。不是感受力的问题。劳库总能静下心来做只有他才能做的工作,可是我,老是坐立不安。这在劳库看来也许只是一步之差,但在我,却觉得有十里之遥。"

"但是你的《英雄曲》……"

库拉巴库的小眼睛眯得更小了,怒气冲冲地瞪着拉普。

"住嘴,你懂什么?我了解劳库,比对劳库俯首帖耳的那些狗奴才更了解劳库。"

"算了,稍微冷静一点。"

"要是能冷静的话……我常这样想……我们所不知道的什么东西为了嘲弄我——为了嘲弄库拉巴库,把劳库摆到我面前。哲学家马古对这种事了如指掌,别看他总是在彩色玻璃方提灯下看旧书。"

"为什么?"

"你看看马古最近写的《傻子的话》吧。"

库拉巴库递给我一本书——应该说是扔给我一本书,然后又抱起胳膊,没好气地说:

"那么今天就失陪了。"

我和垂头丧气的拉普一起又走在大街上。拥挤的大街两侧,山毛榉树下仍有很多店铺。我们什么也没说,只是默默地走着,这时忽然碰上了头发长长的诗人特库。特库一看到我们,就从腰上的口袋掏出手绢来,擦了好几遍脸。

"呀,久违了。今天我想去看看好久没见的库拉巴库……"

我心里想,让两个艺术家吵架不太好,就婉转地把库拉巴库非常不高兴的事讲了。

"是吗？那就算了吧。库拉巴库是因为神经衰弱……其实我也两三个星期没睡好，真是受不了。"

"怎么样，和我们一起散散步吧？"

"不，今天算了。哎呀！"

特库喊了一声，突然使劲攥住我的手腕子，而且浑身冒着冷汗。

"怎么啦？"

"您怎么啦？"

"我好像看见一只绿色的猴子从那辆汽车的窗子里伸出脑袋。"

我有点儿不放心，就劝他到查克医生那儿去看看。可是不管怎么劝，特库非但毫无听劝的意思，而且还怀疑地来回打量我们，竟然说出这样的话：

"我绝对不是无政府主义者，这一点请一定不要忘记。——再见吧，查克那儿我绝对不去。"

我们呆呆地站在那里，看着特库的背影。我们——不，不是"我们"了。那个学生拉普不知什么时候跑到了大街中间，叉着两腿低着头，从两腿间往身后看。我心想，这只河童也疯了，吓得把拉普拉了起来。

"别胡闹！你要干什么？"

可是想不到拉普揉着眼睛，特别沉稳地回答着：

"没什么，只是太闷得慌了，想倒着看看这个社会，结果还是一个样。"

十一

下面是哲学家马古写的《傻子的话》里的几段：

傻子总以为除他以外，人人都是傻子。

我们之所以爱大自然，或许是因为大自然既不憎恨也不嫉妒我们。

最聪明的生活乃是蔑视一个时代的习俗，生活中却又毫不破坏习俗。

我们最想引以为自豪的东西，恰恰是我们所没有的。

并非人人都对破坏偶像持有异议。亦非人人对成为偶像持有异议。然而，能安坐于偶像台座上的，乃是最受神之恩惠者——傻瓜、坏蛋或者英雄。（库拉巴库在这页上留下了指甲印儿。）

我们生活所必需之思想，或许三千年前即已枯竭。我们现在唯有予旧柴添新焰而已。

我们的特色是经常超越我们自身的意识。

如果幸福伴随痛苦，平和伴随怠倦的话……

为自己辩护比为别人辩护更难。有怀疑者，请看律师……

虚骄、爱欲、疑惑——三千年来一切罪恶都源自这三者。同时，一切德行恐怕也皆源于此。

减少对物质的欲望未必会带来和平。为了获得和平，我们亦应减少精神上的欲望。（库拉巴库在这页上也留下了指甲印儿。）

我们比人类更加不幸。人类不如河童这样进化。（我看到这章的时候不禁笑了出来。）

欲成一事，必能成之；能成之事，必将成之。吾人之生活终究无法脱离此循环法则——即在不合理中往复始终。

波德莱尔成为白痴之后，仅用一词表达其人生观——女阴。但仅此一词却未能表现其自身。毋宁说他自恃其天才——足以维持其生活的诗才，使他忘记了胃囊一词。（这章也有库拉巴库留下的指甲印儿。）

理性贯彻始终，我们必当否定自我的存在。视理性为神明的伏尔泰幸福地终其一生，即说明了人不如河童进化。

十二

一个较冷的下午，《傻子的话》我已看得厌倦，便出门探望哲学家马古。在一个冷清的街角，我看见一只瘦得像蚊子一样的河童无精打采地靠在墙上。没错儿，就是上次偷我钢笔的那只河童。我想这下可好了，就叫住刚好从这儿过路的一个魁梧的巡警。

"请您盘问一下那只河童，一个月前他偷了我的钢笔。"

巡警举起右手拿的棍子（这个国家的巡警不带刀，只拿水松木做的棍子。）对那只河童喊道："嘿，喊你呢。"我以为那只河童或许会逃跑，但是，没想到他竟沉着地走到巡警跟前，而且还把胳膊抱在胸前，傲慢地紧盯着我和巡警。可是巡警并不生气，从口袋里掏出本子，马上就盘问起来：

"你的名字？"

"古鲁克。"

"职业？"

"直到两三天前还在干邮递员。"

"好了。现在根据这个人的申诉，你是不是偷了他的钢笔？"

"是，一个月前偷的。"

"为什么？"

"我想给孩子当玩具。"

巡警这时目光严厉地看着那只河童。

"孩子呢？"

"一个星期前死了。"

"你带着死亡证明书吗？"

瘦河童从口袋里掏出一张纸，巡警看了看那张纸，忽然笑眯眯

地拍着瘦河童的肩膀说:

"行了,你辛苦了。"

我看得目瞪口呆,直盯着巡警的脸。而那只瘦河童这时嘴里嘟囔着什么,已经把我们甩在身后走了。我好容易回过神来,就问那个巡警:

"你为什么不抓住那只河童呢?"

"他没有罪……"

"可是他偷了我的钢笔……"

"他不是为了给孩子当玩具吗?而那孩子死了。要是有什么不明白的,请查刑法第一千二百八十五条。"

巡警说完后,就快步走掉了。我没有办法,只好嘴里反复念叨着"刑法第一千二百八十五条",急急忙忙到马古家去了。哲学家马古很好客,今天在昏暗的客厅里聚集了法官佩普、医生查克、玻璃公司的老板盖鲁等,彩色玻璃方提灯下腾起了香烟的烟雾。这时法官佩普在场对我来说实在是再好不过了。我一坐在椅子上,也来不及查刑法第一千二百八十五条,就迫不及待地朝法官佩普打听:

"佩普君,请原谅我的问题很失礼,难道贵国不处罚犯人吗?"

佩普先悠然吸了一口带金色烟嘴的香烟,然后像是很不以为然的样子回答说:

"当然要处罚了,还有死刑呢。"

"可是我一个月前……"

我详细讲了原委后,才问起了刑法第一千二百八十五条。

"嗯,这条是这么回事——'无论犯何种罪行,使之犯罪之事情消失后,便不得再处罚该犯罪者。'就你的事情来说,那只河童虽然曾经是父亲,但是现在已经不是父亲了,所以所犯的罪自然也就消失了。"

"这个实在有点儿不合理。"

"别开玩笑了,把曾经是父亲看作现在是父亲才不合理呢。就是就是,日本的法律上是看作一样的,这在我们看来实在是滑稽。哈哈哈哈哈……"

佩普把香烟扔下,有气无力地笑着。这时候和法律不太沾边儿的查克说话了。查克先推了推夹鼻眼镜,然后问我:

"日本也有死刑吗?"

"当然有了,在日本是判绞刑。"

我对态度傲慢的佩普有些反感,就借机想挖苦他一下:

"这个国家的死刑比日本的要文明吗?"

"那当然文明了。"

佩普仍然很沉着。

"在这个国家里不用绞刑,有时也用电刑,但是大体上不用。我们只是把罪名念给罪犯听就行了。"

"这样河童就死了吗?"

"当然死了。因为我们河童的神经作用比你们的微妙多了。"

"不光是死刑,杀人时也用这一手……"

老板盖鲁在彩色玻璃灯的光线里脸成了紫色,露出亲切和蔼的笑容。

"最近一个社会主义者说我,'你这个家伙是小偷',结果被说得心脏都麻痹了。"

"这种事没想到还挺多的,我认识的一个律师也是为了这个死的。"

我回头看了看插话的河童——哲学家马古。马古仍然像平时一样脸上露出讽刺的微笑,眼睛谁也不看,只顾自己说。

"有个河童不知被谁说是青蛙——当然这可能你也知道,在这个国家里,被说是青蛙就等于你们说的不是人的意思。——我是青蛙？不是青蛙？每天就想这个，最后就死了。"

"这其实是自杀呀。"

"说那只河童是青蛙当然是打算杀死他才说的了。在你们看来，这也叫自杀……"

就在马古说到这儿的时候，突然这间房间的墙那边——就是诗人特库的家里响起了一声尖锐的枪声，响声震得空气都颤抖了起来。

十三

我们急忙冲进了特库的家里，只见特库右手拿着手枪，从头上的窝里冒出了血，仰面倒在了栽高山植物的花盆中间。他身边一只雌河童把脸埋在特库的胸口，大声哭着。我抱起雌河童（其实我实在不喜欢用手碰河童那滑溜溜的皮肤），问："怎么回事？""我也不知道怎么了。他正在写什么东西，突然抄起手枪就朝自己的头开了一枪。qur-r-r-r，qur-r-r-r（这是河童的哭声）。"

"这个特库君也太任性了。"

玻璃公司老板盖鲁悲伤地摇着头，对法官佩普说。但是佩普没有应声，只是给金嘴香烟点着火。这时一直跪在地下察看特库伤口的查克完全是一副医生的派头，向我们五个人宣布（实际上只有一个人和四只河童）：

"已经不行了。特库君原来就有胃病，只这个病也很容易导致忧郁症。"

"听说他在写什么……"

哲学家马古像在辩解似的自言自语着，把桌子上那张纸拿了起来。我们都伸着脖子（当然我是例外），隔着马古的宽肩膀看着那张纸。

> 别了，我走了！
> 走向那隔绝尘世的山谷，
> 走向那岩石陡峭，溪水清澈，
> 药草花香的山谷。

马古回头看看我们，微微苦笑着说：

"这是剽窃歌德的《迷娘之歌》。这么说来，特库自杀是因为作为诗人已经疲倦了。"

这时音乐家库拉巴库偶然坐着汽车过来了。库拉巴库一看见这种光景，在门口站了一会儿之后，走到我们面前，怒气冲冲地对马古说：

"这是特库的遗书吗？"

"不是，是他最后写的诗。"

"诗？"

仍然不动声色的马古把特库的诗稿递给了怒气冲冲的库拉巴库。库拉巴库目不旁视地认真看了那篇诗稿，而且几乎不回答马古。

"别了……我亦不知何时死亡。走向那隔绝尘世的山谷……"

"不过你也是特库的生前好友吧？"

"好友？特库任何时候都是孤独的。走向隔绝尘世的山谷……只是特库太不幸了……岩石陡峭……"

"太不幸了？"

"溪水清澈……你们是幸福的……岩石陡峭……"

我特别同情哭声不绝的雌河童，就轻轻抱着雌河童的肩膀，把她带到房间角落的沙发上坐好。有一只两三岁的小河童什么都不知道，还在那里笑着，我就替雌河童哄着那只小河童。我在河童国里居住,要说流泪,前后也只有这一回。

"可是和这样任性的河童在一起,家属可是真够呛啊。"

"因为他也不考虑将来的事啊。"

法官佩普一边又点上了一支新香烟,一边回答着资本家盖鲁。这时音乐家库拉巴库的大声喊叫让我们吃了一惊。库拉巴库手里攥着诗稿,也不知道是对谁喊叫着:

"这下可好了,了不起的送葬曲完成了。"

库拉巴库细小的眼睛闪耀着光,轻轻握了一下马古的手,突然朝门口飞奔而去。当然这时一大群邻近的河童都聚集到了特库家门前,很稀奇似的往房子里面张望。但是库拉巴库不顾一切地把这些河童往左右两边推开,一下子跳上了汽车。差不多是同时,汽车发出轰鸣,一溜烟儿就开得不见踪影了。

"嘿,嘿,别在这儿东张西望的。"

法官佩普代替巡查把一大群河童推出去之后,把特库家的大门关上了。大概是因为这个原因,房间里一下子变得静悄悄的。我们在这种安静里——在混合着高山植物的花香和特库的血腥气当中,商量着后事的安排。可是只有那个哲学家马古一直盯着特库的尸体,呆呆地在思考着什么。我拍拍马古的肩膀问他:"在想什么呢?"

"我在想河童的生活呀。"

"河童的生活怎么啦?"

"我们河童无论如何为了维持生活……"

马古好像不太好意思地小声补充了一句:

"总之,还要相信我们河童以外的某种力量。"

十四

让我想起宗教的就是马古的这番话。我当然是个物质主义者,所以从来没有认真地想过宗教的问题。这时因特库的死受到某种感动,于是就考虑起河童的宗教是怎么一回事来了。我马上向学生拉普打听这个问题。

"我们也信仰基督教、佛教、伊斯兰教、拜火教,但是其中势力最大的要数近代教了。近代教也叫作生活教。"("生活教"这个译法也许不准确。这个词的原文是 Quemoo cha。cha 大约相当于英语的 ism〔主义〕吧。Quemoo 是 Quemal 的译语,比"生活"意思要广,有吃饭、喝酒、性交的意思。)

"那么这个国家里也有教堂啦,寺院什么的喽?"

"别开玩笑了,近代教的大寺院可是这个国家的第一大建筑啊。怎么样,去看看?"

在一个暖洋洋的阴天午后,拉普得意地和我一起去大寺院。这的确是有尼古拉伊教堂①十倍大的大建筑,而且还是把所有的建筑样式结合在一起的大建筑。我站在这座大寺院前看高塔和圆屋顶的时候,体会到了一种可怕的感觉。实际上这些东西看上去就像无数伸向天空的触手一样。我们站在大门前(比起大门来我们不知有多渺小),抬头仰望着这座稀世少有的大寺院,与其说这是建筑其实更像是大得怕人的怪物。

大寺院的内部也相当大。那耸立着科林斯式的圆柱大厅里有几个来拜谒的人在走着,可是他们看上去和我们一样都十分渺小。这时碰见了一只弯腰河童,于是拉普对这只河童低了低头,然后恭敬

---

① 俄国东正教传教士尼古拉伊于 1891 年在东京修建的教堂。

地说：

"长老，您还是那么健康，真太好了。"

那只河童也施了礼后，同样客气地回答：

"这不是拉普先生吗？你也照样——（他刚说到这儿话就接不上了，大概这时才注意到拉普的嘴烂了。）啊，反正身体还挺结实的嘛。可是，今天怎么……"

"我今天是陪这位来的，这位大概您也知道……"

接着拉普就滔滔不绝地介绍起我来。这大概也算是拉普对不常来大寺院的一种辩解吧。

"那么顺便还想请您帮忙当当向导。"

长老宽宏大量地笑着和我打了招呼，然后手指着正面的祭坛说：

"其实我当向导对你也不会有多少帮助。我们的信徒礼拜的是正面祭坛上的'生命之树'。正如你看到的，'生命之树'上有金色和绿色的果实。那个金色的果实叫'善果'，那个绿色的果实叫'恶果'……"

在介绍的过程中我已经感到不耐烦了，因为长老热心的介绍听起来就像是陈腐的比喻。我当然要装出认真听的样子，但是也没忘记不时地朝大寺院的内部偷偷瞧一眼。

科林斯式的圆柱、哥特式的穹窿、阿拉伯式的方格花纹、仿直线式的祈祷桌——这些东西所形成的协调性具有一种奇妙的野性美。但是牵动我视线的是两边壁龛上的大理石半身像。我好像觉得认识这些像，这也没什么不可思议的。那个弯腰河童讲完"生命之树"后，跟我和拉普一起走近右侧的壁龛，这样介绍着壁龛里的半身像：

"这是我们的圣徒之一……是反叛一切的圣徒斯特林堡。这个圣徒受了很多苦，最后据说为斯韦登堡的哲学所拯救。但是,实际上他并没被拯救。这个圣徒同我们一样,只信仰生活教——应该说他只有信仰生活教别无他法。请读一下这个圣徒为我们留下的《传说》这本书。他自己也承认,他是个自杀未遂者。"

我感到抑郁,眼睛转向下一座壁龛。壁龛里的半身像是个留着胡子的德国人。"这是《查拉图斯特拉》的作者诗人尼采,这个圣徒向自己创造出来的超人求救,却没获救而成了疯子。要是他没成疯子,或许也就不能加入圣徒之列了……"

长老沉默了一下,把我们带到第三座壁龛前:

"第三位是托尔斯泰。这个圣徒比任何人都要坚持苦行,因为他原来是贵族,不愿意让公众看到他受苦。这个圣徒努力去相信事实上难以为人相信的基督,他甚至还公开宣布自己相信基督。可是到了晚年,他终于无法忍受做一个悲壮的撒谎者。这个圣徒经常对书房的房梁感到恐惧,这个故事很有名。不过他既然入了圣徒之列,当然不是自杀的。"

第四个壁龛里的半身像是我们日本人中的一个。看到这个日本人的脸时,我确实感到亲切。

"这是国木田独步,一位诗人,很了解被轧死的搬运工的心情。不过你恐怕并不需要更详细的说明了。那么就请看第五个壁龛——"

"这不是瓦格纳吗?"

"对,他是革命家,曾经是国王的朋友。圣徒瓦格纳在晚年的时候甚至吃饭前还要祈祷。不过比起基督教来他当然更是个生活教徒。从瓦格纳留下的信来看,人间的痛苦不知有多少次把他赶向死神。"

我们这时已经站在第六座壁龛前了。

"这是圣徒斯特林堡的朋友,是从商人改行的法国画家。他抛弃了和他生育有很多孩子的太太,却娶了一个十三四岁的塔希提①女孩儿。这个圣徒的粗血管里流淌着水手的血液,不过,请看他的厚嘴唇,还留着砒霜还是其他什么东西的痕迹。第七个壁龛里的是……你大概累了吧?那么请到那边去。"

实际上我真累了,就和拉普一起跟着长老顺着散发着焚香气味的走廊,进了一个房间。小房间的角落里,一座黑色维纳斯像下供着一串山葡萄。在我想象的僧房里不会有任何装饰,所以略感意外。长老从我的表情上大概看出我的心思,还没让坐就半同情似的解释说:

"请不要忘记,我们信奉的是生活教,我们的神——'生命之树'的教诲是'生机勃勃地生活',所以……拉普先生,你让这位先生看我们的圣经了吗?"

"没有……其实我自己也没怎么看过。"

拉普搔着自己头上的窝,如实地回答。不过,长老仍然平静地笑着说:

"那你就不会明白了。我们的神在一天之内创造了这个世界。('生命之树'虽说是树,但却无所不能。)另外还创造出了雌河童。可是雌河童觉得太寂寞了,于是就希望有雄河童出现。我们的神很能理解雌河童的这个愿望,就取出雌河童的脑浆造出了雄河童。我们的神对两只河童祝福说:'吃吧,交欢吧,生机勃勃地生活吧。'……"

我听着长老的话,想起诗人特库。很不幸,他和我一样同为无神论者。我不是河童,所以不知道生活教也情有可原,但是生在河童国家的特库当然应该知道"生命之树"。我对没有遵从这种宗教教义的特库的结局感到怜惜,所以就岔开了长老的话,谈起特库

---

① 塞舌尔群岛中的一个岛。

的事。

"啊,是那个可怜的诗人啊?"

长老听了我的话,长长地叹了一口气。

"决定我们命运的是信仰、境遇和偶然。(当然,你们除此之外或许还要加上遗传。)很不幸特库先生没有自己的信仰。"

"特库很羡慕你吧?我也很羡慕。拉普君还年轻……"

"我的嘴要是好好的话,也许会很乐观。"

给我们这样一说,长老又深深叹了一口气,而且热泪盈眶,盯着黑色的维纳斯像一动不动。

"我实际上——这是我的秘密,请对谁都不要讲——我实际上也并不相信我们的神,总有一天,我的祈祷……"

就在长老说到这儿的时候,突然房间的门开了,一只大雌河童猛地扑向长老。我们当然想把雌河童抱住,可是雌河童转眼间就把长老摔在地上。

"你这个老东西,今天又从我的钱包里偷了一杯酒钱!"

十分钟后,我们把长老夫妇留在房间里,逃也似的出了大寺院的大门。

"看起来,那个长老也不会信仰'生命之树'啊。"

默默地走了一会儿后,拉普跟我这样说了一句。我没回答,不由得回头看着大寺院。在阴沉的天空下,这座大寺院的高塔和圆屋顶看上去还是像无数触手一样伸向天空,笼罩着一种恐怖的气氛,如同沙漠的天空中出现的海市蜃楼一般。

十五

差不多过了一个星期,我忽然从医生查克那里听到一件稀奇事,说是特库家里在闹鬼。雌河童这时已经躲到外头去了,我们这位诗人朋友的家已变成照相师的摄影室了。听查克说,在这间摄影室照相的话,特库朦朦胧胧的影子总会出现在客人的背后。当然,查克是物质主义者,并不相信什么死后的生命。实际上他讲这件事的时候,脸上还露出恶意的微笑,并加以解释:"看来鬼魂也是物质的存在呀。"我虽然不相信鬼魂,这一点和查克差不多,但是我对诗人特库有好感,所以马上跑到书店,买来一些刊有关于特库幽灵报道和幽灵照片的报纸和杂志。那些照片上确有一只像特库的河童,隐隐约约出现在男男女女老老少少的河童身后,不过最让我感到惊奇的不是特库幽灵的照片,而是有关的报道——特别是心灵学协会的报告。我把那份报告逐字逐句地翻译了出来,其大略如下,括号内的是我自加的注解。

《关于诗人特库君幽灵的报告》
(发表于《心灵学协会杂志》第八千二百七十四号)

我心灵学协会在此前自杀的诗人特库君旧居、现××照相师的摄影室××街二百五十一号召开了临时调查会,出席的会员如下。(姓名从略)

九月十七日上午十时三十分,我等十七名会员与心灵协会会长贝克先生,连同我们最信任的灵媒豪普夫人集会于该摄影室。豪普夫人刚进该室,即已感到鬼气,全身痉挛,呕吐数次。据夫人称,此乃诗人特库君酷爱香烟之故,其鬼气中亦含有尼古丁云云。

我等会员与豪普夫人围在圆桌旁静默而坐,三分二十五秒后,夫人急剧陷入梦游状态,为诗人特库之灵魂所附。我等会员以年龄为序,与特库君附着于夫人身上的灵魂开始对话,内容如下:

问:你为什么以魂灵出现?

答：为了解我死后的名声如何。

问：你——或者是各位魂灵还想要死后之名吗？

答：至少我不能不想。然而我所邂逅的一位日本诗人却轻蔑死后之名。

问：你知道那位诗人的姓名吗？

答：非常不幸，我忘记了。只记得他爱作的十七字诗①中的一首。

问：是首什么诗？

答："古池啊，青蛙跳入闻水声。"

问：你认为这是一首佳作吗？

答：我不认为是一首坏诗，只是如把"青蛙"改为"河童"则会更加精彩了。

问：理由呢？

答：我等河童在任何艺术中都迫切要求表现河童的形象。

此时会长贝克提醒我等十七名会员，现在是心灵学协会临时调查会，不是文学评论会。

问：各位魂灵的生活怎样？

答：和各位的生活一样。

问：那么你对自杀感到后悔吗？

答：那倒未必，如果我厌倦了魂灵生活，还可以拿起手枪"自活"。

问："自活"是容易的事吗？

特库君的魂灵回答这个问题时仍以反问作答。了解特库君者当会知道，此回答方式颇为自然。

---

① 即日本的传统诗歌俳句，由17个音组成。下文所引俳句系松尾芭蕉的名句。

答：自杀是容易的事吗？

问：各位的生命是永恒的吗？

答：有关我等的生命诸说纷纭，均不可信。但切勿忘记，幸而我等之中也有基督教、佛教、伊斯兰教、拜火教等各种宗教。

问：你信仰什么？

答：我经常是怀疑论者。

问：可是你至少不怀疑魂灵的存在吧？

答：我不能像各位这样确信。

问：你有多少朋友？

答：我的朋友遍及古今东西，应该不下三百人。如举出其中著名者，有克莱斯特①、迈兰德②、魏宁格③……

问：你的朋友全是自杀的？

答：未必，为自杀辩护的蒙田④也是我的畏友之一，只是我不和没自杀的厌世主义者——叔本华⑤之辈交朋友。

问：叔本华还健在吗？

答：目前他创立了魂灵厌世主义，正在讨论是否应该"自活"。然而他听说霍乱也是霉菌病，就放心了。

我等会员依次询问拿破仑、孔子、陀思妥耶夫斯基、达尔文、克娄巴特拉⑥、释迦牟尼、德摩斯梯尼⑦、但丁、

---

① H. von Kleist (1777—1811)，德国戏剧家，后自杀。
② P. Mainlander (1841—1876)，德国哲学家，受叔本华影响，赞美自杀并自杀。
③ Otto Weininger (1880—1903)，奥地利思想家。
④ Michel de Montaigne (1533—1592)，法国思想家。
⑤ Schopenhauer (1788—1860)，德国哲学家，唯意志论者。
⑥ Cleoptra (前69—前30)，埃及女王，以美貌统一国家，后自杀。
⑦ Demosthens (前384—前322)，古希腊雄辩家，后自杀。

千利休①等魂灵的消息,遗憾的是特库君未作详细回答,反提问种种有关自己的传闻。

问:我死后的名声如何?

答:有个评论家说你是"群小诗人之一"。

问:他肯定是没得到我赠送的诗集而心生怨恨。我的全集出版了吗?

答:你的全集已经出版了,但卖得不怎么好。

问:我的全集到了三百年后——也就是著作权失效后,将会万人争购。另外和我同居的女友怎么样了?

答:她已经是书商拉克君的夫人了。

问:太不幸了,她竟然不知道拉克的眼睛是假的。我的孩子怎么样了?

答:听说在国立孤儿院呢。

特库君沉默了一会儿后,又开始了新的提问。

问:我的房子呢?

答:成了一个照相师的摄影室了。

问:我的桌子呢?

答:不知道怎么样了。

问:我在桌子抽屉里藏了一束信件——幸好这与事务繁忙的各位毫无瓜葛。现在我们灵界已渐入黄昏,我要和各位诀别了。再见,诸位,再见,善良的诸位。

霍普夫人说完最后的话随即苏醒过来。我等十七名会员向上天的神祇发誓,保证上述问答的真实性。(又,对我等所信赖的霍普夫人的报酬,已按照夫人当年做演员时的日薪支付。)

---

① 千利休(1522—1591),日本茶道之集大成者,因触怒丰臣秀吉,被迫自杀。

十六

我读完这篇报道后,渐渐地感到自己待在这个国家有些让人忧郁,所以开始考虑怎样能够回到我们人的国家。可是无论怎么找也找不到当初我掉下来的洞穴。这时我听河童渔夫巴古说,在这个国家的城市边上有一只老河童,据说整天就是看看书,吹吹笛子,静静地过着日子。我想,要是去问这只河童的话,没准儿能知道逃出这个国家的路,于是立刻就到城市边上去了。可是到了那儿一看,在一座很小的房子里,哪儿有什么老河童啊,只有一只连脑袋上的窝都没长好,最多有十二三岁的小河童,正在悠然自得地吹着笛子。我当然以为是走错路了。不过,我还是不放心,就问了问他的名字,这才知道这只河童果然就是巴古告诉我的那只老河童。

"可是你怎么像个孩子……"

"你还不知道啊?我也不知道是什么命,从妈妈肚子里出来的时候我就一脑袋白头发,后来渐渐地变得年轻,现在就成了这样的小孩子了。不过要是检测年龄的话,就算出生时是六十岁,我现在没准儿也有一百一十五六岁了。"

我打量了一下房间的四周,不知是不是我的感觉,看起来朴素的桌椅间有一种幸福的气息。

"看起来你生活得比其他河童幸福啊。"

"怎么说呢,也许可以这么说吧。我年轻的时候上岁数了,等到老了的时候变年轻了。所以就像上了岁数的一样,没有欲望,也不像年轻的那样迷恋色情。反正就算我的生活不幸福,但我的心情很平静。"

"那当然会很平静了。"

"不,要光是这样还不算是平静。我身体很结实,财产能保证我一辈子不缺吃的。不过我想最幸福的一点还是我生下来的时候就上了岁数。"

我跟这个河童讲了一阵自杀了的特库和每天请医生看病的盖鲁的事。但是，不知为什么，老河童的脸上露出了对我说的事不太感兴趣的神色。

"那么你不像其他河童那样对活着有一种执着吗？"

老河童一边看着我的脸，一边静静地回答：

"我是不是愿意像其他河童那样出生在这个国家，这些我父亲都问过后，我才离开母亲的胎内的。"

"可是我不知怎么回事，一下子掉进了这个国家里。能不能请你告诉我离开这个国家的路呢？"

"离开的路只有一条。"

"这条路……"

"就是你到这儿来时的那条路。"

我听了这话身上的汗毛都竖起来了。

"但是我不知怎么找不到那条路了。"

老河童那水灵灵的眼睛盯住我的脸，然后终于抬起身子，走到房间的一角，拉出一根从天花板垂下来的绳子。这时我一直没注意到的天窗打开了，圆形天窗的外边有松树和桧树伸出的枝干，再往上能看到湛蓝的天空。就像一支巨大箭头的枪岳山的山峰巍然耸立着。我就像看到飞机的小孩子一样高兴得真的跳了起来。

"怎么样？只要从那儿出去就行了。"

老河童这样说着，指着刚才那根绳子。我原来以为是一根绳子，现在才看出来是一副绳梯。

"那就让我从那儿出去吧。"

"不过我要事前说好，出去了就不要后悔。"

"没问题，我不后悔。"

我这么回答着,身子已经爬上了绳梯,从上面我可以远远地看到老河童脑袋上的窝。

十七

我从河童的国家回来后,有一阵真受不了人皮肤上发出的味道。比起我们人来,河童其实干净得多。另外我看惯了河童的头,总觉得我们人的头看上去很可怕。这也许是你所不能理解的,可是先不说眼睛和嘴,就是这个鼻子不知为什么也让我感到恐惧。我当然打算尽量不见任何人,但是看起来不知不觉也会逐渐习惯我们人,过了大约半年的时间,我就什么地方都去了。但是就这样还是有麻烦事,就是我说话时一不小心嘴里就冒出河童国的话来了。

"你明天在家吗?"

"Qua。"

"什么?"

"不,我是说在家。"

大体上就是这个样子。

可是从河童国回来以后,正好过了一年,我因为在一项事业上失败了……(在他说到这儿的时候,S博士马上提醒他:"那件事就别提了。"据博士说,他每次说这件事的时候都会闹得不可开交,让看护人非常头疼。)

那就不说那件事了。可是因为那项事业的失败,我又想回河童国了。对了,不是想"去",而是想"回去"。河童国对我来说感觉就像是自己的故乡一样。

我悄悄地离开家,想坐上中央线的火车,可是不巧被巡警抓住了,送进了精神病院。我进这家医院的时候还在想着河童国的事。医生查克怎么样了?也许哲学家马古还在彩色玻璃方提灯下思考着什么。特别是我的好朋友,烂嘴学生拉普——在一个像今天这样阴天的下午,沉浸在这些回忆中的我不由得要喊叫出来。不知是什么时候进来的,那只叫巴古的渔夫河童在我前面站着,鞠了好几个躬。我回过神来后——是哭还是笑我已经记不清了。总之,久别后,我的确因为又能使用河童的语言而感动不已。

"喂,巴古,你怎么来了?"

"咦?我来看望你呀,听说你病了。"

"你怎么知道这事的呢?"

"听收音机的新闻知道的。"

巴古似乎很得意似的笑了。

"不管怎么说,你是怎么来的?"

"嗨.这有什么呀。东京的河和壕沟对河童来说就像大街一样。"

这时我才想起来,河童和青蛙一样都是水陆两栖动物。

"可是这边没有河呀。"

"不,我是通过水道的铁管到这儿来的,把消火栓打开……"

"打开消火栓?"

"老爷你忘了?河童里也有会机械的呀。"

后来每隔两三天就会有不同的河童来看望我。我的病据S博士说是早发性痴呆症,可是医生查克(我这么说对你也很失礼)说我不是早发性痴呆症,早发性痴呆症患者首先是S博士,还有你们自己。医生查克都会来,所以学生拉普和哲学家马古来看我自然是理所当然的了。但是,除了那个渔夫巴古,白天谁都不会来。特别是两三只河童一起来的时候肯定在夜里——而且是月夜里。昨天晚上月亮很亮的时候,我和玻璃公司的老板盖鲁、哲学家马古一起聊了天。另外音乐家库拉巴库还拉了一首小提琴曲。看到对面桌子上的黑百合花束了吧?那也是昨晚库拉巴库带来的礼物。

（我回头看了看，可是桌子上当然没有花束和其他的什么东西。）

还有这书也是哲学家马古专门带来给我的。请念念最前面的诗。算了，你不会懂得河童国的语言。那我就替你念吧。这是最近出版的《特库全集》里的一册——

（他打开旧电话号码簿，开始大声朗读着下面的诗：）

> 在椰花与竹丛里，
> 佛陀早已安睡。
>
> 路边，无花果已经枯萎，
> 基督似乎也一起死去。
>
> 可是我们也应休息，
> 即使是在舞台的背景之前。

（再看看背景的后面，唯有打满补丁的画布？）

但是我不像诗人那样厌世，只要河童们常来看我——啊，我把这个事忘了，你还记得我得好朋友，那个法官佩普吧？那个河童失业后，真的发疯了，据说现在在河童国的精神病院里呢。要是 S 博士准许的话，我真想去看望他……

昭和二年（1927）二月十一日

诱　惑

——一个剧本

宋再新译

1

在一张天主教徒的旧日历上，可以看到这样的字句——
出生于一千六百三十四年。塞巴斯蒂安　奉记
　　二月小。
二十六日。圣马利亚通告节。
二十七日。安息日。
　　三月大。
五日。安息日。弗兰西斯科。
十二日……

2

日本南部的一条山路。在树枝张开的大樟木的对面，可以看到一个洞口。过了一会儿，两个打柴的人从山路走下来，一人手指洞口对另一人说着什么。接着两个人在胸前画着十字，从远处对洞穴礼拜。

3

在大樟木树梢上,一只长尾猴坐在树枝上,一动不动地望着大海。海上有一艘西洋式帆船好像正朝这边驶来。

4

一艘正在海上行驶的帆船。

5

这艘船内,两个红毛人①水手正在船桅下玩骰子。这时他们因为输赢发生了争吵,只见一个水手跳过去就把匕首刺进了另一个水手的肚子。好多水手一下子从四面八方聚集起来,围住了这两个水手。

6

仰面朝天的水手的死容。突然从他鼻孔里钻出一只长尾猴,爬到下巴上。猴子朝四周张望一下,忽然又钻进了鼻孔。

7

从上面斜着朝下面看去的海面。突然从空中掉下一具水手的尸

---

① 指西洋人。

体。尸体在掀起的浪花里转眼就不见了，后来只能看到一只猴子在水面上挣扎。

8

大海的对面可以看到有一座半岛。

9

前面出现过的山路上那棵大樟木树梢上，猴子还在执着地眺望着海上的帆船。不一会儿，猴子举起双手，脸上充满了兴奋的表情。这时另外一只猴子不知什么时候轻巧地坐在同一根树枝上。两只猴子用手比画着，好像讲了一阵什么。接着后来的那只猴子把长长的尾巴卷在树枝上，身子轻盈地吊在半空，手搭在眼睛上眺望着被樟木树枝和树叶遮住的远方。

10

前面出现过的洞外。除了繁茂的芭蕉和竹子没有其他的东西在摇动。这时天色渐黑，一只蝙蝠扑打着翅膀从洞穴里飞上天空。

11

洞内。"圣·塞巴斯蒂安"孤身一人面对挂在岩壁上的十字架祈祷着。"圣·塞巴斯蒂安"穿着黑色的法衣，是个年近四十的日本人。一支点着的蜡烛照亮了桌子和水瓶等。

12

蜡烛光映照下的岩壁。岩壁上当然映出"圣·塞巴斯蒂安"的侧影。侧影的脖颈上,有一只尾巴长长的猴子的身影开始静静地往头上爬。接着又有一只猴子的影子。

13

"圣·塞巴斯蒂安"合在一起的双手。他的两手上不知什么时候攥着一只红毛人的烟斗,本来烟斗没有火,可是眼看着烟叶的烟就开始朝空中飘去……

14

前面出现过的洞内。"圣·塞巴斯蒂安"蓦地站了起来,把烟斗扔向岩壁。可是烟斗仍然冒着烟。他觉得很吃惊,再也没凑近烟斗。

15

掉在岩石上的烟斗。烟斗慢慢地变成装了酒的长颈圆肚的西洋酒瓶。接着又变成一块裱花蛋糕。最后那块裱花蛋糕已不是食物,那儿出现了一个年轻妓女,妖艳地屈膝施礼,歪着头看着谁的脸……

16

"圣·塞巴斯蒂安"的上半身。他突然画起十字,然后脸上浮现出放心的表情。

17

一只长尾猴蹲在一支蜡烛下。两只猴都皱着眉头。

18

前面出现过的洞穴内。"圣·塞巴斯蒂安"又一次在十字架前祈祷。这时突然不知从哪儿悄然飞来一只大猫头鹰,一扇翅膀就把蜡烛扇灭了。一缕月光微微照在十字架上。

19

挂在岩壁上的十字架。十字架又开始变成镶着十字的长方形窗子。长方形窗子的外边可以看到一座草顶房子,房子的周围没有人。这时这座房子自己开始往窗前靠近,渐渐能看到房子内部。房里有一个像"圣·塞巴斯蒂安"的老太太,一只手摇着纺车,另一只手拿着长了果实的樱花树枝逗着一个两三岁的小孩子。那个小孩子肯定是他的孩子。但是,房子的内部不用说了,就连他们人也像雾一样穿过了窗子。这时能看到的是房子后面的田地,地里有个近四十岁的妇女在勤快地割麦晾晒……

20

往长方形的窗子里张望的"圣·塞巴斯蒂安"的上半身。不过能看到的是斜着的背影。只有窗外很明亮,窗外已经没有了田地,能看到一大片男女老少的头在那儿动着。在这一大群男女老少的头上,有三个被挂在十字架上的男女高高地张开手臂。挂在十字架正中间的男人和他一模一样。他想离开窗子,却没想到晃晃悠悠地倒了下去……

21

前面出现过的洞内。"圣·塞巴斯蒂安"倒在十字架下的岩石上。他好容易抬起头,仰望着月光下的十字架。十字架不知什么时候变成了纯真的刚出生的释迦牟尼像。"圣·塞巴斯蒂安"惊讶地望着这个释迦牟尼,然后又突然起身画着十字。一只大猫头鹰的影子掠过月光。刚诞生的释迦牟尼又一次变成了十字架。

22

前面出现过的山路。月光洒在山路上,山路变成了桌子,桌子上有一副扑克牌。这时出现两只男人的手,静静地洗牌后,开始向左右两边发牌。

23

前面出现过的洞内。"圣·塞巴斯蒂安"低着头,在洞里踱步。这时，一束圆光在他头上闪烁，洞里也渐渐亮了起来。他突然意识到这个奇迹，在洞中央停下脚步。开始是惊讶的表情，然后渐渐地变成欢喜的表情，他倒伏在十字架前，再一次虔诚地祈祷。

24

"圣·塞巴斯蒂安"的右耳。耳垂中有一棵树，树上长着无数圆圆的果实。耳朵眼儿里是开有红花的草地，草在微风里摇曳着。

25

前面出现过的洞内。不过这次面向外部。头上顶着圆光的"圣·塞巴斯蒂安"从十字架前站了起来，静静地朝洞外走去。不见他的身影之后，十字架自己从岩石上掉了下来。与此同时一只猴子从水瓶里跳出来，胆小地打算接近十字架，接着又来了一只。

26

洞外。"圣·塞巴斯蒂安"在月光中渐渐朝这边走来。他的身影在左边当然有一个，而且右边还投下一个。右边的影子戴着宽檐帽，穿着长外套。等到他的上半身在洞外几乎挡住洞口时，他停住脚步看了看天。

27

天空只有点点繁星在闪烁。突然一个大量角器从上面分开两脚降了下来。随着渐渐下降，两脚逐渐收拢，一旦收拢，就渐渐变得模糊,最后消失。

28

在广阔的黑暗中挂着几个太阳,这些太阳的周围有好几个地球在转动。

29

前面出现过的山路。头上顶着圆光的"圣·塞巴斯蒂安"向地上投下两个影子,静静地走下山路。然后他在樟树的树根处站住,直直地看着他的脚下。

30

从上面斜着朝下面看去的山路。月光下的山路上有一块石头在滚动。石头渐渐变成石斧,然后又变成短剑,最后变成手枪。可是又不是手枪了,不知什么时候又变得同原来一样,仅是一块石头而已。

31

前面出现过的山路。"圣·塞巴斯蒂安"停住脚步,仍然盯着脚下。影子仍旧有两个。这回他抬起头,望着樟木树干。

32

月光下的樟木树干。粗糙的树皮包裹的树干最初什么也没显现出来。但是上面逐渐鲜明地浮现出一个个君临世界的众神像,最后是受难的基督像。最后?不,并不是"在最后",他也眼看着变成了四折的东京××报。

33

前面出现过的山路旁。戴着宽帽檐的帽子、穿着风衣的影子,自己直挺挺地立了起来。当然,立起来时已经不是影子了,是留着山羊胡子、眼光锐利的红毛人船长。

34

这条山路。"圣·塞巴斯蒂安"在樟木树下和船长说着什么。他的脸色很严肃,船长的嘴唇上不断地浮现出冷笑。他们说了一会儿后,一起走上了岔路。

35

俯瞰大海的海角上。他们在那里站住,兴致勃勃地聊着。这时船长从风衣里掏出望远镜,对"圣·塞巴斯蒂安"作着"你看"的手势。他略微犹豫了一下后,用望远镜观察着海上。由于海风的关系,不用说他们周围的草木,连他的法衣也不断地飘动。但是船长的风衣没动。

36

　望远镜里出现的第一景。在挂着好几幅画的房间里，男女两个红毛人隔着桌子在谈话。蜡烛光下的桌子上有酒杯、吉他和玫瑰花等等。正在这时，又有一个红毛男人推开房间的门，拔剑进来。另一个红毛男人迅速离开桌子，拔剑准备迎击对方。这时，他的心脏已经中了对方一剑，仰面朝天倒在地板上。红毛女人逃向房间的角落，两手按住脸。一动不动地看着这场悲剧。

37

　望远镜里出现的第二景。在排列着巨大书架的房间里，一个红毛男人呆呆地面对着桌子。电灯光下的桌子上有文件、账本和杂志，这时一个红毛人小孩儿猛地推门进来。红毛人抱起这个孩子，吻了几次他的脸后，作出个手势让孩子"到那边去"，孩子乖乖地出去了。接着，红毛人在桌子前，从抽屉里取出什么东西，突然他的头周围冒出了烟。

38

　望远镜里出现的第三景。安放着一个俄罗斯人半身像的房间里，一个红毛女人正在努力地用打字机打字。这时一个红毛人老太太悄悄地开门走近女人，她取出一封信，作出"读读看"的手势。女人在电灯光下看完这封信，立刻歇斯底里起来，老太太没弄清是怎么回事，后退到门口。

39

　　望远镜里出现的第四景。就像表现派的画一样的房间里,男女两个红毛人隔着桌子在谈话。怪光之下的桌上有试管、漏斗和风箱。这时比他们个子都高的一个红毛男偶人令人恐怖地轻轻推开门,拿着一束人造花走了进来。可是,花还没有递出去的时候,看起来好像是机械出了故障,偶人突然扑向了男人,轻松地把他按在了地板上。红毛女人逃向房间的角落,两手按住脸,忽然笑个不止……

40

　　望远镜里出现的第五景。仍是前面出现的房间,所不同的只是没有一个人。突然整个房间在可怕的烟尘中爆炸了,之后就成了一片焚烧过的废墟。但是,顷刻之间,变成长草丛生的原野,河边长出一棵柳树。原野上一群白鹭翩翩飞舞,不知有多少只……

41

　　前面出现过的海角。"圣·塞巴斯蒂安"拿着望远镜,和船长说着什么。船长摇了摇头,摘下一颗星星给他看。"圣·塞巴斯蒂安"向后退着,慌忙要画十字,但是这回好像不能画似的。船长把星星放在手掌上,作出让他看的手势。

42

　　船长放着星星的手掌。星星渐渐变成石头,石头又变成马铃薯,第三回马铃薯又变成蝴蝶,最后蝴蝶变成特别小的穿军服的拿破仑。拿破仑站在手掌心,看了一下周围,然后一转身,背着这边朝手掌外撒尿。

43

　　前面出现过的山路。"圣·塞巴斯蒂安"跟在船长的身后,垂头丧气地又回到这里。船长站了一下,就像摘下铁圈一样取下了"圣·塞巴斯蒂安"头上的圆光。然后他们在樟树下又开始说着什么。落在地上的圆光慢慢变成了一只大怀表,表针指在两点三十分。

44

　　这条山路转弯的地方。不过这回不用说树和岩石了,连站在山路上的他们也斜着身子从上往下看。月光里的风景不知什么时候变成了坐满无数男女的现代咖啡馆。他们的后面全是乐器。特别以站在中间的他们为首,一切都像鱼鳞一样小。

45

　　这个咖啡馆的内部。"圣·塞巴斯蒂安"被一大群舞女包围着,似乎不知所措地看着周围。还有时时掉下来的花束。舞女们对他劝酒，吊在他的脖子上。但是皱着眉头的他似乎无可奈何。红毛人船长站在他身后，脸上仍然浮现出冷笑，恰巧能看到他的半边脸。

46

前面出现过的咖啡馆的地板上。地板上脱下鞋的脚不停地动着。这些脚又不知什么时候变成了马脚、鹤脚和鹿脚。

47

前面出现过的咖啡馆的角落。穿着金纽扣制服的一个黑人正打着大鼓。这个黑人也不知什么时候变成了一棵樟树。

48

前面出现过的山路。船长抱着胳膊，低头看着在樟树下失去了知觉的"圣·塞巴斯蒂安"。接着把他抱起来，半拖着他往对面的洞穴走。

49

前面出现过的洞内。不过这次面向外。已经没有月光洒下，但是，他们回来的时候周围自然地稍稍亮了一点。"圣·塞巴斯蒂安"抓着船长，又开始兴致勃勃地讲了起来。好像船长仍在冷笑，对他的话不作回答。不过，终于说了两三句，手指着昏暗的岩石，作了个"快看"的手势。

50

洞内的一角。一具留着络腮胡子的尸体靠在岩壁上。

51

他们的上半身。"圣·塞巴斯蒂安"表现出吃惊、恐怖的表情，跟船长说着什么。船长回答了一句。"圣·塞巴斯蒂安"要画十字，但是，这回还是没画成。

52

Judas（犹大）……

53

前面出现过的尸体。——犹大的侧脸。不知谁的手抓住这张脸，像按摩一样抚摸着。于是，这张脸变得透明了，就像一张解剖图一样可以清清楚楚地看到脑子里。脑里起初只隐约映出三十枚银币，但不知什么时候带有嘲弄和怜悯表情的众门徒的脸显现在上面。还不止这些，在他们的对面，房子、湖泊、十字架、做出猥亵动作的手、橄榄枝、老人——似乎各种各样的东西都显现了出来……

54

前面出现过的洞内一角。靠在岩壁上的尸体开始渐渐变得年轻,最后变成一个婴儿。可是只有络腮胡子还留在婴儿的下巴上。

55

婴儿尸体的脚心。两只脚的脚心都画有一朵玫瑰花,但是这些玫瑰花的花瓣儿眼看着纷纷落在岩石上。

56

他们的上半身。"圣·塞巴斯蒂安"越来越兴奋,又对船长讲着什么。船长什么都不回答,但是,相当严肃地注视着"圣·塞巴斯蒂安"的脸。

57

一半脸在帽子阴影下、目光锐利的船长。船长慢慢伸出舌头,舌头上有一个狮身人面像。

58

前面出现过的洞内一角。靠在岩壁上的婴儿尸体又开始渐渐地变。

最后终于变成两只猴子,一只骑在另一只的肩上。

59

前面出现过的洞内。船长兴致勃勃地对"圣·塞巴斯蒂安"讲着什么。但是,"圣·塞巴斯蒂安"低着头,好像没听船长讲话。船长突然抓住他的手腕,一边指着洞外,对他作出"看看"的手势。

60

月光下的山中风景。这种风景本身变成了长满了"海葵"的陡峭岩石。空中飘着水母群。可是这些也消失了,剩下的只有小小的地球在无边的黑暗中转动。

61

在无边的黑暗中转动的地球。随着地球的转动变慢,不知什么时候变成了橙子。这时出现一把刀,把橙子切成两半。白色的橙子断面上出现一枚磁针。

62

他们的上半身。"圣·塞巴斯蒂安"靠在船长身上直直地注视着空中,那表情就像是疯子。船长仍然冷笑着,连睫毛都不动一下。这还不算,他又从风衣里掏出一个骷髅来。

63

　　船长手上的骷髅。从骷髅的眼睛里飞出一只灯蛾,轻盈地飞向空中,接着又是三只、两只、五只。

64

　　前面出现过的洞内的上空。空中前后左右满是飞来飞去的无数灯蛾。

65

　　这些灯蛾中的一只。灯蛾在空中飞舞时变成一只老鹰。

66

　　前面出现过的洞内。"圣·塞巴斯蒂安"还依靠着船长,不知什么时候闭上了眼睛。一旦离开船长的手臂,就倒在了岩石上。可是他抬起上半身,又一次抬头看着船长的脸。

67

　　倒在岩石上的"圣·塞巴斯蒂安"的下半身。他用手支撑着身体,偶然抓住岩壁上的十字架。开始他还很害怕,后来就猛地抓紧了。

68

抓着十字架的"圣·塞巴斯蒂安"的手。

69

望着后面的船长的上半身。船长隔着肩膀看着什么,脸上现出失望的苦笑。然后静静抚摸着络腮胡子。

70

前面出现过的洞内。船长快步走出洞口,走下微明的山路。山路的风景也渐渐往下移。船长的身后跟着两只猴子。船长来到樟树下,略停片刻,摘下帽子,对一个看不清是谁的人行礼。

71

前面出现过的洞内。不过这回也面向外。使劲儿握着十字架倒在岩石上的"圣·塞巴斯蒂安"。洞外渐渐晨光熹微。

72

从上面斜着朝下看的岩石上,"圣·塞巴斯蒂安"的脸。脸上慢慢流下眼泪,在熹微的晨光中。

73

前面出现过的山路。洒满朝阳的山路又像原来一样自己变成一张黑色的桌子。桌子左边摆的全是黑桃 A 和花牌。

74

朝阳照射进来的房间。主人刚开门送人出去。房间角落的桌上有酒瓶、酒杯和扑克牌等等。主人坐在桌旁,点上一支香烟,然后打了个大哈欠。主人长着络腮胡子的脸和船长一模一样。

后记:"圣·塞巴斯蒂安"是唯一的一个日本天主教徒,带有传奇色彩。请参阅浦川和三郎著《公教会在日本的复活》一书第十八章。

昭和二年(1927)三月九日

浅草公园

——一个剧本

宋再新译

1

挂在浅草①的山门下不点亮的大灯笼渐渐地往上吊，就像在俯瞰杂乱的商店街。不过只有大灯笼的下部还露在外边。门前无数的鸽子飞来飞去。

2

从雷门直着看过去的商店街。从正面能远远地看到山门。树木全是枯树。

3

商店街的一边。一个穿外套的男人和一个十二三岁的男孩一起在商店街闲逛。男孩时时挣开父亲的手，在玩具店前站住。父亲当

---

① 东京地名。以历史悠久的浅草寺为中心，周边有许多大众娱乐场所，颇似老北京的天桥。

然会时时骂这个孩子,但是,有很少的几回他也像忘了孩子一样站在帽子店前注视着橱窗。

4

这对父子的上半身。父亲实在像个乡巴佬,胡子拉碴的。男孩不能说可爱只能说挺可怜。他们身后是杂乱的商店街。他们往这边走来。

5

斜着看过去的一家玩具店。男孩站在这家店前,看顺着绳子爬上爬下的玩具猴子。玩具店里一个人都看不见。能看到男孩子膝盖以上的部分。

6

顺着绳子爬上爬下的玩具猴子。猴子穿着燕尾服,礼帽朝后戴着。这根绳子和猴子的背后是一片暗色。

7

商店街这家玩具店的一侧。看猴子的男孩忽然发现父亲不见了,他开始睁大眼睛往四处看。接着他好像找到了什么,一溜烟地往那边跑了。

8

从背影看像父亲,但是也只看得到膝盖以上。男孩子追上这个男人,使劲儿抓住他的外套。男人吃了一惊回过脸来,却不是他的乡巴佬父亲。这是一个胡子修饰得很漂亮的城里人打扮的绅士。男孩的脸上满是失望和迷惑的神情。绅士丢下男孩快步朝对面走去。男孩背对着远远的雷门,一个人呆呆地站着。

9

又看到一个像父亲的背影,但是这回只看到上半身。男孩追上这个男人,胆怯地抬头看他的脸。他的对面是山门。

10

这个男人朝前看的脸。他戴着口罩,比起人脸更近似动物的脸,露出一种让人感到恶意的微笑。

11

商店街的一侧。男孩目送着这个男人,似乎走投无路,站着发呆。不管往哪边看好像也没有父亲的影子进入他的眼帘。男孩寻思片刻,开始漫无目的地走着。两个穿洋装的少女回头看他,他好像也没注意。

12

眼镜店的橱窗。在陈列出来的近视眼镜、远视眼镜、望远镜、放大镜、显微镜、风镜中间,有个西洋偶人头戴着眼镜微笑着。站在眼镜店橱窗前的男孩的背影。但是只能在后面斜着看到他的上半身。偶人的头自动变成真人的头,并和男孩说话……

13

"买眼镜吧,要想找到父亲只有戴上眼镜才行。"
"我的眼睛没有毛病。"

14

斜着看到的假花店的橱窗。假花都插在竹篓或瓷钵里,其中最大的是左边的卷丹花。橱窗玻璃映出男孩的上半身,模模糊糊有点儿像幽灵。

15

透过橱窗玻璃隔着假花的男孩的上半身。男孩把手贴在玻璃上。这时大概是因为哈上了水汽,玻璃上只有他的脸模糊了。

16

橱窗里的卷丹花。但是背后很暗。卷丹花低垂的花蕾也一朵朵地开了。

17

"瞧我多美。"
"可你是假花呀。"

18

从街角看去的香烟店的橱窗。香烟罐、雪茄盒、烟斗等，中间有一张卡片。卡片上写着——"香烟的烟直通天国之门"。冉冉地从烟斗里冒出的烟。

19

满是烟的橱窗正面。男孩在右边站着。但是在这儿也只看到膝盖以上。在烟雾里模模糊糊地能看到三座城堡开始飘了起来。城堡把 Three Castles（三城堡）① 的商标弄得就像立体商标。

20

这些城堡之一。这座城堡的门前有一个士兵拿着枪站着。另外铁栅栏门的对面有几棵棕榈树在摇曳着。

---

① 英国一种高级香烟品牌。

21

这座城门上。旁边不知何时浮起这样的词句——
"走进这座门的当是英雄。"①

22

往这边走的男孩的身影。前文提到的香烟店的橱窗斜立在男孩的身后。男孩回头看了一眼,又快步往前走去。

23

只看得见吊钟的钟楼内。有人拉动了撞钟木的绳子,钟声缓缓地响起。一下、两下、三下——钟楼外唯有松树。

24

斜着看到的射击店。靶子后面堆着香烟箱,前面摆着博多泥人。这边排列着一排气枪,一个泥人穿着裙子,手拿扇子,是个西洋女人。男孩怯生生地走进这家店,拿起一支气枪完全没有瞄准就乱打一气。店里一个人也没有,只能看见男孩的膝盖以上。

---

① 戏仿但丁《神曲》地狱之门上的诗句。

25

　　西洋女泥人。泥人静静地打开扇子，把脸全遮住了。还有击中这个泥人的软木子弹。泥人当然仰面倒了下去。泥人后面一片黑暗。

26

　　前文提到的射击店。男孩又拿起气枪，这回他认真地瞄着靶子。三发、四发、五发……可是靶子一个也没掉。男孩不情愿地掏出钱，然后出了店门。

27

　　开始的时候只是在昏暗中看见一个方东西。突然这个方东西里的电灯开了。横写的字在上面现了出来——上边的字是"公园六区"，下边是"夜间警察岗亭"。上边是黑底白字，下边是白底红字。

28

　　剧场后台的上方。可以看到一个点上灯的窗子。有一根笔直的落水管的墙上有各种已经剥落的海报的痕迹。

29

这个剧场后台的下方。男孩站在那里,暂时好像不想去哪儿。然后他抬头看着高高的窗子,但是,窗子里一个人也看不见。只有一只凶猛的狗走过男孩的脚边,还一边闻着男孩的气味。

30

同一座剧场后台的上方。一个点上灯的窗子里出现一个舞女,冷眼看着眼下的街道。因为逆光的原因,看不清她的脸。但是她脸上忽然现出和男孩相似的可怜神色。舞女静静地打开窗子,把一束小小的花束扔了下去。

31

站在街上的男孩脚边掉下一束小小的花束。男孩伸手捡了起来。就在花束将要离开地面时,忽然变成一把荆棘。

32

一块黑色的告示牌。告示牌上面用粉笔写着"北风,晴"。可是字迹已经模糊,变成"南风增强,可能有雨"。

33

斜着看见的名牌店的露天摊位。遮阳篷下摆着的样品有德川家康①、二宫尊德②、渡边华山③、近藤勇④、近松门左卫门⑤等人的名字。这些名字不觉间变成一些普普通通的名字。而且这些标牌的后面隐隐浮现出了番瓜地……

34

池塘的对面有几家相邻的电影院。池塘里当然有几盏电灯的倒影。站在池塘左边的男孩的上半身。男孩的帽子突然被风刮落到池塘里。男孩着了一会儿急后，开始朝这边走，脸上是近于绝望的表情。

35

咖啡店的橱窗。砂糖做的塔、西式点心、插上麦秆吸管的苏打水杯等，后面有几个人影在晃动。男孩经过这个橱窗的时候，在橱窗的左边停住脚步。能看到男孩的膝盖以上。

---

① 德川家康（1543—1616），江户幕府的创立者，任第一代将军。
② 二宫尊德（1787—1856），江户末期农业改良家。
③ 渡边华山（1793—1841），江户时代画家。
④ 近藤勇（1834—1868），江户末期武士，为维护幕府统治，专门暗杀倒幕维新志士。
⑤ 近松门左卫门（1653—1725），江户时代前期的剧作家。

36

  这家咖啡店外。像是一对夫妇的中年男女进了玻璃门。女人穿着风衣抱着孩子。这时咖啡店自己转了起来,现出了工作间的内部。工作间里有一根烟囱,还有几个工人在紧张地挥动铲子。点着一盏便携式灯……

37

  桌前的儿童椅上可以看到刚才那个小孩子的上半身。孩子甜甜地笑着,举着手晃着脑袋。小孩子的后面什么也看不见。这时玫瑰花开始一朵朵凋落。

38

  斜着看上去的自动计算器。计算器前有两只手在不停地动着。当然是女人的手。然后是不断被打开的抽屉,抽屉里全是钱。

39

  前面提到的咖啡店橱窗。男孩的样子一点儿没变。过了一会儿,男孩慢慢地回过头,快步朝这边走来。但是,只看到他的脸时,他停了一下,在看什么东西,脸上露出近乎吃惊的表情。

40

　　人群中间站着一个招揽生意的商人。他站在摊开的和服里，挥动着一条衣带，热情地朝人群吆喝着。

41

　　他手里拿着一条衣带。衣带在前后左右飞舞着，一头能露出二三尺长。衣带上的花纹是扩大了的雪花，雪片逐渐旋转，开始飘落到衣带外去了。

42

　　一家针织品店的露天摊位。在挂着的衬衫和内裤的下面，一个老太太正在烤着手炉。老太太的面前也是针织品，不过也有几件毛线织的东西。手炉边上有一只黑猫，不时地舔舔前爪。

43

　　蹲在手炉边的黑猫。在猫的左边能看到男孩子的下半身。黑猫本和原来一样，但是不知何时头上戴了一顶带流苏的土耳其帽。

44

　　"小少爷，买一件背心吧。"
　　"我连帽子都不买。"

45

　　针织品店的露天摊位已经在身后。好像疲倦了的男孩的上半身。男孩开始流眼泪,勉强平静下来,仰望高高的天空,又开始往这边走来。

46

　　星星微闪的夜空。一张大脸模模糊糊浮现出来,好像是男孩父亲的脸。尽管脸上显出既慈爱又悲伤的表情。不过这张脸片刻之后,便如雾一般不知消失到何方。

47

　　纵看的街道。男孩背朝着这边,走在这条街道上。街上少有行人。从男孩身后走过一男子。男子略一回头,可见一戴口罩的面孔。男孩一次都没回头。

48

　　斜看有格子窗的房子外。房前有三辆人力车朝后停着。行人仍旧不多。有一个戴着白头罩的新娘子和好几个人一起出了格子门,静静地坐上人力车。三辆人力车都坐上人后,新娘子的那辆先走。后面是男孩的身影。站在格子门前的人们当然谁都没理会男孩。

49

　　写着"XYZ公司的特制品。走失的孩子、艺术电影"字样的长方形广告牌。这也变成了身体前后挂着广告牌的活人广告。做广告的人已经上了年纪，但俨然是个城里的绅士，行走在商店街上。后边的街道比刚才行人多，各种商店鳞次栉比。男孩子经过这里，去要了一份活人广告分发的宣传品。

50

　　纵看前文提到的街道。一个拄着拐的伤兵慢慢朝对面走着。伤兵不知什么时候变成了鸵鸟，但是走了一会儿又变成了伤兵。胡同的角落有个邮筒。

51

　　"快点儿，快点儿，不知什么时候就会死的。"

52

　　街角上的邮筒。邮筒忽然变得透明，可以看到圆筒里有无数重叠的信件。但是眼看着又变成原来的邮筒。邮筒后面是一片黑色。

53

　　斜看的艺妓街。出去应酬的两个艺妓从点着吉利灯笼的格子门里出来，静悄悄地朝这边走来。两人的脸上看不出任何表情。两个艺妓走过后，看见往对面走的男孩的身影。男孩朝后看了一眼，脸上的表情比刚才更加难过。男孩渐渐变小。这时一个模仿歌舞伎嗓子的矮个艺人从对面走来。走到眼前，看上去不知什么地方有点儿像那个男孩子。

54

在一个大铁圈上挂着几绺假发。假发里挂一块写着"少发者加发用"的牌子。这几绺假发忽然变成了理发店的棒子。棒子的后面是一片黑暗。

55

理发店的外部。大玻璃窗里有几个男女在活动。男孩往那边走，朝里看了看。

56

正在理发的男人的侧面。过了一会儿，他也变成大铁圈上挂着的几绺假发。假发里挂着一块牌子，牌子上这回写着"添加用"字样。

57

按照西洋直线风格修建的医院。男孩从这边走过去，走上石头台阶。可是刚进门，又立刻从台阶上下来了。男孩往左边走后，医院静静地朝这边移动，最后只剩下一个大门。一个护士推开玻璃门走了出来，站在门前，眺望着远处的某物。

58

护士交叉放在膝盖上的双手。前边的左手上戴着一只订婚戒指。可是，戒指突然自己掉下来了。

59

仅仅留下框的水泥墙。墙自然变得透明，可以看到铁栅栏里有几只聚在一起的猴子。然后整个墙变成木偶的舞台。舞台设计成西式房间的室内。室内有一个西洋木偶胆怯地窥视着周围。从蒙着脸看好像是小偷，房间的角落有个保险柜。

60

撬保险柜的西洋木偶。不过，这个木偶的手脚上装的几根细线都看得清清楚楚……

61

斜看前面出现的水泥墙。墙上什么也没有。男孩走过这里的身影。接着是个驼背的身影。

62

　　斜着往下看的街道。街道上的一片落叶被风吹得旋转着。这时又飘落下来一片较小的落叶。最后又飘下杂志广告似的一张纸。那张纸不巧好像已经被撕破了。不过,上面可以清楚地看到大号字印的《生活　正月号》。

63

　　大常绿树下的长椅。树后可以看到前面说过的池子的一角。男孩走到那边,失望似的坐了下来,然后开始擦眼泪。这时刚才那个驼背也一个人过来坐在长椅上。背后的常绿树时时被风吹动。男孩子回过头盯着那个驼背,可是驼背根本不回头。他还从怀里掏出烤红薯,大口大口地吃了起来。

64

　　正在吃烤红薯的驼背的脸。

65

　　前面出现过的常绿树树荫下的长椅。驼背还在吃着烤红薯。男孩子站起身来,低着头不知往哪儿走去。

66

　　斜着从上往下看的长椅。木条长椅上留下一个小钱包。这时不知是谁的一只手悄悄伸过来拿走了那个小钱包。

67

　　前面出现过的常绿树树荫下的长椅。只是这回长椅是斜着的了。长椅上驼背正翻看小钱包里的东西。不知什么时候在驼背的左右又开始出现了几个驼背。最后长椅上全是驼背了,而且他们还都同样聚精会神地翻看着小钱包,相互还说着什么。

68

　　照相馆的橱窗。几张男女的照片分别装在镜框里挂着。可是这些男女的脸也忽然变成老人了。但是其中只有一个穿着黑礼服、戴着勋章、留着络腮胡子的老人的半身没变。不过那张脸不知什么时候变成了刚才那个驼背的脸。

69

　　从旁边看过去的观音堂。男孩走过那下边。观音堂上方有一弯新月。

70

观音堂正面的一部分。但门是关着的。前面有几个前来朝拜的人。男孩走过去,把背朝向这边,抬头看了看观音堂。这时他突然斜着朝这边走了过来。

71

斜着从上往下看,一个长方形的大洗手盆上漂着几只带把儿的水瓢,水面上映照着摇曳的灯火。这时又映照出男孩非常憔悴的脸。

72

一个大石灯笼的下部。男孩在这儿坐下来,两手捂住脸哭了起来。

73

前面出现过的石灯笼的下部的后边。一个男人站在那里,侧耳听着什么。

74

这个男人的上半身。当然只有他的脸没朝向这边。但是,他静静地一回头时可以看出是前面那个戴口罩的男人。而且他的脸过了一会儿变成了男孩父亲的脸。

75

前面出现过的石灯笼的上部。石灯笼残留着柱子,自己变成火焰燃烧了起来。火焰烧过了之后,那里出现一朵刚开的菊花,菊花比石灯笼上面的石檐还大。

76

前面出现过的石灯笼的下部。男孩子和原来一样。这时一个把帽子戴得很低的巡警走过来,手搭在了男孩子的肩膀上。男孩子吃惊地站起来,对巡警说着什么。然后他就被巡警拉着手,默默地走向了对面。

77

前面出现过的石灯笼的下部的后边。这回没有一个人。

78

前面出现过的山门上挂的大灯笼。大灯笼渐渐地往上升,像原来一样俯瞰着商店街。只是灯笼的下部还能看得见。

昭和二年(1927)三月十四日

胤子的烦心事

宋再新译

胤子收到一份邀请去赴丈夫长辈的一个实业家千金的婚宴,她兴致勃勃地跟刚好要上班去的丈夫说:
"我不去不好吧?"
"那不好。"
丈夫一边打领带,一边对着镜子里的胤子答应着。当然因为对着衣柜上镜子的关系,可以说他不是对着胤子,而是对着胤子的眉毛——近于对着眉毛回答的。
"婚宴可是在帝国饭店呢。"
"是——在帝国饭店?"
"哎呀,你不知道呀?"
"嗯……嘿,我的背心!"
胤子急忙抓起背心,接着又问起了婚宴的事:
"在帝国饭店是吃西餐吧?"
"这不是废话吗?"
"那我就麻烦了。"
"怎么呢?"
"怎么……没人教过我西餐的吃法呀。"
"那你说谁学过……"
丈夫刚一把上衣披上,顺手就戴上了春天用的礼帽,又把衣柜上的婚宴通知看了一遍,说:

"怎么？不是四月十六号吗？"

"十六号也罢十七号也罢……"

"不是还有三天吗？我说你，这两天里学学。"

"那，明天是星期天，你就带我找个地方去学嘛。"

可是丈夫什么也没说，匆匆忙忙地上班去了。胤子送走丈夫，心里不由得有些烦闷。当然这的确和她身体不舒服也有关系。她没有孩子，只剩她一个人后，她在长火盆旁边拿起报纸，把每个栏目浏览了一遍，看有没有这方面的内容。可是，有"今日菜谱"，却没有什么西餐的吃法之类的文章。西餐的吃法？……她忽然想到，在女学校学过的教科书里好像有这样的内容，于是她立刻从小柜子的抽屉里找出两本旧家政读本。这两本书手多次翻过的地方不知什么时候已经发黑了，而且还明显地散发出一股霉味儿。胤子在自己细瘦的膝盖上把书翻开，比看任何小说的时候都要投入，拼命查找着目录。

棉及麻织物的洗涤。手绢、围裙、和式袜子、桌布、餐巾、花边……

铺垫物品。榻榻米、地毯、油布、垫毯……

厨房用具。陶瓷器皿、玻璃器皿、金银器皿……

胤子对一本书失望了，她又拿起另一本找起来。

绷带法。绷带卷、绷带巾……

生产。初生儿的衣服、产室、产具……

收入及支出。工资、利息、企业所得……

一家的管理。家庭风格、主妇须知、勤劳和节俭、交往、兴趣……

胤子绝望地把书丢下，在大枞木梳妆台前站着扎头发。可是，西餐的吃法却始终让她放心不下……

第二天的下午，丈夫看胤子着急的样子实在不忍心，就专门带她到银座大街里侧街道上的一家餐厅去了。胤子坐在餐桌前，看餐厅里除了他们之外没有一个人，她这就放心了。但是，她想是不是这家店经营不好，又不能不担心起影响丈夫奖金的不景气来了。

"真够呛啊，客人这么少。"

"别乱说了，我是专门挑没客人的时间来的。"

接着丈夫开始教胤子刀叉的用法和西餐的吃法，其实他教的也未必就对。他把芦笋用刀切成几段，为了教胤子用尽了他所有的知识。胤子当然非常用功，可是最后当橙子和香蕉上来的时候，她不由得计算起水果的价钱来。

他们离开餐厅走在银座大街里侧的街道。丈夫终于有了完成任务后的满足感，但是胤子心里还在反复回忆叉子的用法和喝咖啡的方法。而且她还病态地感到不安：万一自己弄错了的话……银座的里侧街道很安静，洒在柏油马路上的阳光静静地使人感到春意。胤子随口答应着丈夫的话，脚步总要比丈夫慢几步……

走进帝国饭店对她来说当然是第一回。胤子跟在穿着带家徽图案和服的丈夫身后，爬上窄窄的楼梯，总觉得用大谷石和砖装饰的楼内有些怕人。而且她沿着墙走还觉得看见了一只大耗子。觉得？——这是实际的"感觉"。她拉拉丈夫的衣袖："哎呀，有耗子。"可是丈夫回头一看，脸上露出迷惑的神色，只回答了一声："在哪儿啊……是你的错觉吧。"胤子在丈夫没说前已经知道是自己的错觉，可是只要有了这个感觉就越发紧张了。

他们在餐桌的一角坐下，开始用起刀叉来。胤子也时时看上一眼蒙上蒙头巾的新娘，但是更让她操心的是盘子里的东西。她连把面包送到嘴里都会感到体内的神经在颤抖。把叉子掉在了地上更让她手足无措。幸好晚餐渐渐要接近尾声了,胤子一看到盘子里的沙拉,就想起了丈夫的话:"沙拉上来的时候你就要知道这顿饭要完了。"可是她刚觉得缓过点儿气来的时候,又必须要举起香槟酒杯站起来。这是这次晚餐里最难受的几分钟。她胆怯地离开座椅,把杯子举到自己眼睛那么高,不由得感到自己的骨头都在发抖。

他们从电车的终点站拐进了小胡同。丈夫好像醉得不轻,胤子一边注意着别踩着丈夫的脚,一边还兴奋地说着。这时他们经过一家电灯明亮的饭馆前,看见里边有一个只穿着一件衬衫的男人正和饭馆的女招待开着玩笑,用烤章鱼当下酒菜喝着酒。当然这情景只在她的眼前晃了一下,但是,她心里却不能不对那个胡子乱七八糟也不刮的男人感到轻蔑。可同时她又不能不羡慕他的自由。走过那家饭馆之后,其他的房屋都是居民住家,所以灯光也就开始暗了下来。胤子在这样的夜里好像闻到了树木发芽的香味儿,不知不觉地想起了自己出生的乡下,也想起妈妈买了两三张五十元一张的债券,就得意地说:"就是这样的不动产也能增值呢。"

第二天早晨,格外没精神的胤子对丈夫说着话,丈夫还是在对着镜子系领带。"你看今天的报纸了吗?"

"嗯。"

"你看报道了吗?说是本所还是哪儿的盒饭店的姑娘疯了。"

"疯了?为什么?"

丈夫穿着背心,眼睛转向了镜子里的胤子。不是对着胤子而是对着胤子的眉毛。

"好像是因为被工人还是被谁亲了一口。"

"因为这种事就疯了?"

"是有这样的事啊,我觉得有。昨天晚上我也做了怕人的梦呢。"

"什么梦?……这条领带也只能用这一年了。"

"好像我出了什么大错,忘了是怎么回事了。反正是弄错了什么,跑到火车道上去的梦。这时火车开过来了……"

"以为被轧着了,一下子就惊醒了,是吧?"

丈夫披上外衣,戴上春天戴的礼帽。他又看着镜子,检查着领带打好没有。

"不对,我被轧着了,可在梦里还是活着的。只是身体被轧得乱七八糟的,只有眉毛剩在了铁道上……大概还是因为这两三天只注意西餐的吃法了。"

"也许。"

胤子送着丈夫,像自言自语地说:

"昨天晚上要是出了大洋相的话,真不知道我会出什么事呢。"

可是丈夫什么也没说,急匆匆地上班去了。终于只剩下胤子一个人后,她还是坐在长火盆边,喝着沏好在茶壶里已经不热的粗茶。但是她的心已经失去了平静。她眼前的报纸上登着樱花盛开的上野公园的照片。她漫不经心地看着照片,又要喝一口粗茶。可是不知什么时候粗茶上漂着像云母一样的油。而且大概是心情的关系,那油看上去就和自己的眉毛一模一样。

"……"

胤子手支着脸,连梳头发的精神都没有,只是呆呆地看着粗茶。

昭和二年(1927)三月二十八日

古 千 屋

宋再新译

一

樫井之战发生在元和元年（1615）四月二十九日。在大阪势力里甚有名声的塙团右卫门直之、淡轮六郎兵卫重政等人都在这场战斗里被杀。特别是塙团右卫门直之背插着金箔做的小旗，手舞着矛尖下镶十字的长矛，搏杀时甚至把长矛都打断了，最后在樫井被杀。

四月三十日末刻①，击败他们军队的浅野但马守长晟向大御所②德川家康报告战斗的胜利，还献上了直之的首级。（家康从四月十七号以来，一直在二条城。这是因为他在等将军秀忠从江户到京都，然后进攻大阪城。）派去报告的使臣是长晟的家臣关宗兵卫和寺川左马助两个人。

家康命令本多佐渡守正纯去查验直之的首级。正纯退到正堂旁的侧房，轻轻地打开装首级的桶盖，大概看了一下直之的首级，然后在盖子上写上卐字③，又附上箭头后，这样回复家康：

"直之的首级在暑热中肉已腐烂，因此臭甚。是否还需查验？"

可是家康并不采纳此建议。

---

① 约在下午二时。
② 德川家康1603年让位于三子秀忠，被尊称为"大御所"。
③ 梵文中，卐字符意为功德圆满。

"死后人皆如此,务必把此首级献上。"

正纯又退回侧房,一动不动地坐在盖上了背后铠甲的首级桶旁。

"怎么不快点?"

家康朝侧房喊着。曾在远州横须贺当过步卒的塙团右卫门直之不知何时成了闻名天下的武将。不仅如此,家康的姜阿万也曾为了她生的孩子赖宣,在一段时间里每年送给直之二百两金子。最后,直之不仅武艺精湛,还拜在大龙和尚的门下,学习不立文字之道①。所以家康要查验这么一个人的首级也许并非出于偶然……

可是正纯却不回答,仍然在侧房对成濑隼人正正成和土井大炊头利胜不待人问而主动说着话。

"听说反正这个人哪,随着上了年纪心肠就会更可怕。像大御所那样弓法娴熟的武士也和一般庶民没什么差别。正纯我自己觉得对武士道的规矩还略知一二。直之的首级还只是第一个首级②,只要直之的眼睛还睁着,就断不能送首级给主将查验。主将有强要把首级交去查验的意思不就是最好的证据吗?"

家康隔着画有花鸟的纸拉门听到这话后,就再也没提查验首级的事了。

二

同一个月的三十号,井伊扫部头直孝的军帐里当使唤人的一个女人突然发疯似的叫喊了起来。这个女人叫古千屋,刚满三十岁。

"像塙团右卫门这样武士的首级都不能得到大御所的查验吗?

---

① 指禅宗。
② 按规矩,须再有一首级方可查验。

我也是一个堂堂的大将,既然蒙受此种羞辱,我定要作祟。"

古千屋一直这样一边大喊大叫,一边还往上跳跃,左右的男女怎么也制止不了她。古千屋凄厉的叫喊声就够呛了,再加上他们制止古千屋时发出的喧闹声更非同一般。

井伊军帐里的喧闹声自然会传进德川家康的耳朵里。这时直孝晋见家康,报告说直之的恶灵附在了古千屋身上,大家都十分惧怕。

"直之有怨气也不是没有道理,那么就快快查验吧。"

家康在大蜡烛光下,斩钉截铁地下了命令。

在深夜的二条城大厅里查验直之的首级反而比白天更隆重。家康披着茶色的披风,穿下边扣着的裙裤,按照规定的仪式查验直之的首级。在左右两侧站着身着甲胄的武官,两个人都手握刀柄,目不转睛地注视着家康查验。直之的首级并没有腐烂,不过脸上带红铜色,两眼的确如本多正纯说的那样是张开的。

"这也满足了塙团右卫门的愿望了。"旁边的一个武官横田甚右卫门对家康施了一礼。

可是家康仅点了点头,一句都没回答。他又唤过直孝来,把嘴凑近直孝的耳边小声命令道:"去调查一下那个女人的来历。"

三

家康已经查验过首级的消息当然不会不传到井伊的军帐里。古千屋听了这话后,连说"正是我的本愿,正是我的本愿",脸上露出了微笑。然后她就像多疲倦似的沉睡了,井伊军帐里的男女们这时才终于放下心来。实际上古千屋男人似的叫骂声实在是可怕。

这时天已经亮了,直孝立刻把古千屋叫来打听她的身世。她在这样的军帐里显得很瘦小,特别是被吓的那个样子还不光是细弱,简直是可怜。

"你是在哪儿出生的?"

"在艺州广岛的领地。"

直孝一直盯着古千屋,问完这些话之后,慢慢地问最后一个问题:

"你和塙团右卫门有关系吗?"

古千屋好像吓了一跳,她犹豫了一下后,居然很干脆地回答:"是,实在不好意思说……"

直之听古千屋说,塙团右卫门让她生过一个孩子。

"大概是因为这个原因,昨天晚上在还没查验的时候,我是个女人,太伤心了就不知什么时候昏过去了。我也可能乱说了些什么,但是我已经全记不得了……"

古千屋两手贴在地上,看样子很激动。她那憔悴的样子就像在早晨的阳光下闪光的薄冰一样。

"好了,好了,你下去休息吧。"

在古千屋退下后,直孝又去见了家康,把这个女人的事一一报告。

"她的确和塙团右卫门有关系。"

家康第一次微笑了。人生对于他就像东海道的地图一样明确,家康从古千屋发疯这件事也不由得体会到了人生教给他的经验,无论什么事情都有表里两面。这回自己的推测又一次证明了已过七十岁的他的经验……

"是这样……"

"把那个女人怎么办?"

"算了,你继续留着用吧。"

直孝有点儿着急了:

"可是她蒙骗主上的罪……"

家康沉默了一会儿。但是他心里的眼睛正看着人生底下的黑暗之处——看着那黑暗处的各种各样的怪物。

"让我说说我的一点意见,行吗?"

"嗯,蒙骗主上……"

这是并不需要直孝怀疑的事实。可是家康却不知什么时候瞪大了比一般人大一倍的眼睛,就像面对敌阵一样回答道:

"不,我并没被蒙骗。"

昭和二年(1927)五月七日

冬　天

宋再新译

　　我穿着厚重的外套，戴着俄国羔皮帽，走向位于市谷的监狱。四五天前我的表姐夫进了那里的监狱。为了安慰表姐夫，我只是作为全体亲戚的代表去的，当然我内心里也的确有对监狱的好奇心。
　　尽管临近二月的街道上大甩卖的旗帜还没撤，但是不管是哪条街都已进入了冬季的不景气。我爬上坡路，自己也切身地感到了疲惫。我的叔叔去年十一月因为得喉头癌去世了，过了没多久，我这个表姐夫正月里就离家出走。然后——但是表姐夫被关进监狱，对我却是个很大的打击。我必须和表姐夫一起办我最不擅长的交涉，而且和这些事交织在一起会引起和亲戚们感情上的纠葛，也常会引起一些不在东京生活的人的难以沟通的抵触情绪。我确实打算见过表姐夫后，至少到哪儿去静养一个星期……
　　市谷监狱外围着高高的土堤，土堤上的草已经枯黄了。而有中世纪遗风的大门上，粗木格子门扇里，可以看到霜打蔫了的桧树、铺上沙石的院子。我站在这座门前，朝一个留着半白的长胡子，看起来面善的看守递上名片，然后被带到离门不远，房檐上有厚厚的干苔藓的探视人休息室。那里除我之外，还有几个人坐在铺有一层薄布的椅子上。而其中最惹人注意的是一个披着黑色绉绸披风，正在看杂志的三四十岁的女人。
　　一个莫名其妙哭丧着脸的看守时时到这间屋子里来，用没有一点抑扬顿挫的声音按顺序叫着轮到探视的号。但我等了很久却怎么也不叫我的号。等了很久——我进监狱的门时刚到十点,可是现在我的手表已经是差十分下午一点了。

我的肚子当然开始饿了,可是最让我受不了的是屋子里冷得要命,连个火星都没有。我不断地跺着脚,强压着不耐烦的脾气。可是大多数来面会的人都好像无所谓的样子。特别是一个两件和服外套叠着穿,像是个搞赌博的男人也不看报,光是慢悠悠地吃着橘子。

可是随着一个个被看守叫到,一大堆来探视的人渐渐少了。我终于走到探视人休息室前,开始在铺了沙石的院子里走了起来。那儿能晒到冬天的太阳,但是不知什么时候刮起来的风也薄薄地吹了我一脸土。我赌气,决心不到四点绝不进屋。

可是到了四点还没叫到我。不仅如此,眼看比我后来的都叫到了,人都快走光了。我最后还是进了探视人休息室,和那个像是搞赌博的人打了招呼,就打听起是怎么回事。那个男人也不笑,用像唱大阪琴书一样的语调只回了我这么一句:

"一天只准见一个人,在你之前没准儿有谁来过了吧。"

他的这番话当然让我担心起来。我又去问那个来喊号的看守,到底我能不能见到表姐夫,可是看守不但不回答我的问话,而且连看都不看我一眼就走了。而就在这时那个像搞赌博的男人和其他几个人跟在看守身后走了。我在房子的中间机械地给烟点着火。随着时间的逝去,我心里越来越恨那个哭丧脸的看守。(自己受了这样的耻辱却突然不生气了,我总是对这点感到不可思议。)

看守又出来喊号了,这时刚到五点。我又一次摘下俄国羔皮帽,想问看守同样的问题,可是这时看守摇摇头,还没听我说呢就急匆匆朝对面走了。"要说过分也太过分了。"这句话正好用来形容我当时瞬间的心情。我把抽了一半的香烟扔下,走到了探视人休息室对面的监狱内门。

上了内门的石头台阶往左拐，从玻璃窗可以看到里面有几个穿和服的人正在办公。我打开玻璃窗，尽量用平静的口气对那个穿带家徽黑捻线绸衣的男人说话。但是我自己都能明显地意识到我那时的脸色已经变了。

"我是要见T的探视人。我能不能见到T？"

"请等叫你的号吧。"

"我从十点钟就等起了。"

"总会来叫你的吧？"

"不来叫我也得等着吗？要等到天黑吗？"

"哎呀，请再等一会儿嘛，反正只有请你等着。"

对方好像有点怕我闹起来，我在生气的同时又有点儿同情那个人。我是亲戚的总代表，这家伙就是监狱的总代表——我不由得觉得很好笑。

"已经五点过了，请想个办法让我见上一面吧。"

我扔下这么一句话就先回探视人休息室了。天已经快黑了，探视人休息室里那个头上盘着发髻的女人把杂志摊在膝盖上，把头抬了起来。认真看看她的脸，觉得她有什么地方像哥特式的雕刻。我在那个女人前面坐下，心里还在对整个监狱感到弱者的反感。

当我终于被叫到的时候，已经快六点了。这回我被一个眼睛滴溜溜直转，显得很精干的看守带着，终于进了会见室。名曰会见室，其实房间最多有两三尺见方。除了我进的门外，一排还有好几扇涂漆的门，就像公共厕所。会见室的正面隔着窄廊有一扇半月形的窗子，要探视的人就从这扇窗子对面露出脸来。

表姐夫从那扇窗子的另一边——缺少光亮的窗子对面伸出了圆圆胖胖的脸。没想到他的样子没什么变化，这让我放下了心。我们都不相信感伤主义，就简短地把要紧的事说了。但是在我右边一个十六七岁的女孩儿好像是看望她哥哥，一个人在没完没了地哭着。

我和表姐夫说着话,还总要因为右边的哭声分心。

"这回的事我全是冤枉的,请你一定和大伙说说。"

表姐夫一字一顿严肃地说着。我盯着表姐夫,对他的话没作回答。可是什么都不回答这本身却让我感到窒息。实际上我的左邻,一个头发有斑秃的老人也在对着半月窗和像他儿子的男人说着:

"没见到你的时候,我一个人想起了好多好多,可是一见了面就给忘了。"

我走出会见室的时候,感觉到有什么地方有点儿对不住表姐夫,但是我也感到了作为亲属的连带责任。我又被看守带着大步穿过寒冷刺骨的监狱走廊走向内门。

住在山手地区的表姐夫家里,我那有血缘关系的表姐一个人应该等了我一天了。我穿过杂乱的街道,好容易才走到四谷见附车站,坐上了满员的电车。"没见到你的时候我一个人……"那个有气无力的老人的话现在还留在我的耳边。我觉得这句话比那个女孩子的哭声还有人情味儿。我手抓着电车厢里的皮带环,眺望着在天尚未全黑时便点上了电灯的麹町的家家户户。于是这时候不由得更想起了"什么人都有"这句话。

三十来分钟后,我在表姐夫的家门口站着,按着水泥墙上的门铃。在门外隐隐约约听得见里边的铃声,从门玻璃上看到门口的灯亮了,接着一个老保姆把门打开一条缝看了看后,"哎呀……"嘴里冒出个感叹词,马上就把我让到了二楼朝街的房间。我把外套和帽子扔到桌子上的时候,一下子感到已经忘记了的疲倦。保姆给煤气取暖炉点上火之后出去了,把我一个人留在房间里。多少有点儿收藏癖的表姐夫在这间屋子里也挂了两三幅油画和水彩画。我漫不经心地比较着这几幅画,才第一回想起了变幻无常这句老话。

这时表姐和表姐夫的弟弟一前一后走了进来。表姐好像比我想象的从容得多。我尽可能准确地给他们转达了表姐夫说的话,并商量以后该怎么办。表姐并没有特别积极地表示出着急该怎么办的样子，反而在谈话的间歇拿起我的俄国羔皮帽，和我这么说着话：

"好奇怪的帽子，这在日本做不出来吧？"

"你说这个？这是俄国人戴的帽子。"

可是表姐夫的弟弟却是个比他哥哥还善于策划的精明人，他对事情的种种不利因素作了估计。

"最近哥哥的朋友让××报社会部的记者把他的名片拿来了。那张名片上写着：'堵嘴的钱里他自己已经出一半儿，请把剩下的交给他。'我查了一下，和报社记者说话的是我哥哥的朋友本人。当然他并没交那一半儿的钱，只是让记者来拿另一半的钱。那个记者也是的……"

"我可也算是个记者呢，那些难听的就请别说了。"

我为了抬高自己，就不能不开点儿玩笑。但是，表姐夫的弟弟带着醉意的眼睛瞪得通红，说话就像演讲一样。这大概是因为平时连玩笑都不能随便开的爆发。

"再说还有为了要把预审法官惹生气，故意去找法官为我哥哥辩护的家伙呢。"

"要是你能出面说说的话……"

"不，我当然说了。我一边低头行礼一边说，非常非常感谢大家的好意，但是要是让法官不高兴的话，结果反而会辜负大家的一片好心的。"

表姐坐在煤气取暖炉前，拿我的俄国羔皮帽当玩具玩儿。坦白地说，我和表姐夫的弟弟说着话，心里边就担心这顶帽子。我时时在想着——要是掉到火里的话那就惨了。这顶帽子是我的朋友到柏林的犹太人街找过之后，偶然在莫斯科才好容易弄到手的。

"你这么说也没用吗？"

"岂止是没用，他们还说我们为了你哥哥费尽了力气，你这么说简直太失礼了。"

"原来是这样。那就什么也不能说了。"

"什么也不能说。因为这当然不是法律上的问题,也不会成为道德上的什么问题。在外人眼里,他们为了朋友又花时间又费力,但实际上他们是在为朋友挖陷阱——我就算是个奋斗主义者了,可是碰到那帮家伙简直一动也不能动。"

就在我们说话的时候,外边"T君万岁"的喊声让我们吃了一惊。我一只手掀起窗帘,眼睛隔着玻璃往下边的街上看。只见一大群人把窄窄的街道挤得满满的,另外还有几个写有"××街道青年团"字样的灯笼在晃动。我和表姐他们相互看看,忽然想起了表姐夫还有个"××街道青年团团长"的头衔。

"不出去道个谢不太好吧?"

表姐终于露出"受不了了"的表情,眼睛来回看着我们两个人的脸。

"怎么回事,我去看看。"

表姐夫的弟弟大模大样地冲出了房门。我对他的那种奋斗主义感到有些羡慕,眼睛尽量不去看表姐而看着墙上的画。可是什么话也不说,我自己也觉得很痛苦。但是,要是为了说点儿什么,结果两个人都很感伤的话,那我就更痛苦了。我默默地点上烟,注意到墙上的那幅——表姐夫的肖像画的远近法有些不对。

"我们哪儿是什么万岁的时候啊。这么喊真是没办法……"

表姐终于跟我说话了,只是她的声音很假。

"街上的人还不知道啊?"

"有可能……可是究竟是怎么回事?"

"你说什么?"

"T的事啊,孩子他爹的事。"

"这事要是从他的角度上来看的话,可能有不少内情呢。"

"真的吗?"

我不由得有点儿急了,转身背对着表姐,走到了窗前。窗子下的人群仍然在喊着万岁,而且还是一次连喊三声万岁。表姐夫的弟弟走到大门前,对每个人手里都拿着灯笼的那一大群人行了个礼。表姐夫的两个小女儿被他左右牵着,时时把梳着小辫儿的头低下去……

后来不知又过了几年,在一个寒冷的夜晚,我在表姐夫的客厅里叼着近来才开始吸的薄荷烟,和表姐面对面地说着话。过了头七,家里静得让人觉着害怕。在表姐夫的白木牌位前的一盏油灯亮亮的。在摆着牌位的桌子前,两个女孩儿披着被子。我看着明显老了的表姐的脸,忽然想起了那时苦了我一天的事。可是我嘴里说出来的却是不疼不痒的话:

"一抽薄荷烟,凉气就像往身子里渗似的。"

"是吗?我的手脚也是冰凉的。"

表姐无精打采地整理着长火盆里的炭……

昭和二年(1927)六月四日

信

宋再新译

我现在住在温泉旅馆。我并不是来避暑的，不过，倒是的确想在这儿安静地看看书写写东西。据这儿的旅行指南广告说，这里对神经衰弱的人很好。可能是因为这个原因，这里还住了两个疯子。其中一个是二十七八岁的女人，这个女人什么也不说，整天就是拉手风琴。不过，这女人的打扮还很得体，大概是哪个富裕人家的太太吧。我见过她两三次，总觉得她什么地方像个混血儿，脸长得轮廓分明。另外一个疯子是个头顶又红又秃的四十来岁的男人。这个男人的左手腕上刺有松树叶的刺青，从这点上看起来，他在没疯之前可能是干什么霸道买卖的。当然在澡堂里我和他经常碰到。有一回K君（他是住在这家旅馆的大学生）手指着他的刺青突然问他："你的太太是叫阿松吧？"一听这话，那个男人泡在水里，脸像小孩子一样红了……

K君是个比我小十岁的年轻人，他和同样住在这家旅馆的M子母女的关系相当好。M子用过去的话来说长了张娃娃脸。我听说她上女学校时在梳辫子的头上缠上白布带练习木刀，当时心想，她那时肯定像牛若丸①或是其他什么人。另外S君和这个M子母女也有来往，S君是K君的朋友。只是和K君不同的是——我总是看小说，小说里为了要区别开两个男人的时候，就把一个说成是胖

---

① 平安时代末期武将源义经的小名，历史上有关他的传说甚多。

子，另一个写成瘦子，实在有点儿滑稽。然后如果一个人豪放的话，那么另一个人就会纤弱，这也让人忍俊不止。实际上K君和S君两个人都不胖，而且两个人生来神经都很易受伤害。不过，K君不像S君那样轻易把自己的弱点暴露出来，实际上他好像正在锻炼自己不暴露出弱点。

　　K君、S君、M子母女——我来往的就是他们这几个人。不过虽说是来往，其实唯一在一起的时候也就是一块儿散散步、聊聊天儿。因为这儿除了温泉旅馆（也只有这一家）外，连咖啡店都没有。我对这样的清静倒没什么不满意的，可是K君和S君却常常感到所谓"我等对城市的怀念"之类。M子母女也——M子母女的情况有点儿复杂。M子母女是贵族主义者，所以她们在这里是不会感到满意的。可是在不满之中又感到了满足，至少算起来，她们前后满意了一个月。

　　我的房间在二楼的一角。我面对这间屋子角落的桌子，只有上午能够好好用功。下午，铁皮屋顶正当太阳暴晒，在那种热如火烤的时候根本没法看书。那么这个时候干什么呢？请K君和S君到我这儿来玩扑克或者日本将棋来打发时间，再就是枕着组合式的木枕头（是这儿的名产）睡午觉。五六天前的一个下午，我还是枕着木枕头，在看厚厚的皮纸封面的《大久保武藏镫》。这时，我房间的拉门一下子被推开了，伸进头的是住在楼下的M子。我这下子可狼狈了，傻乎乎地爬起来坐端正了。

　　"哎呀，他们不在这儿啊？"

　　M子把拉门开着，站在檐廊上。

　　"这间屋子这么热呀？"

　　背光站着的M子耳朵看上去红亮红亮的。我感到了一种近似义务的感觉，就站到了M子的身旁。

　　"你的房间凉快吧？"

"哎……可是,整天是手风琴的声音。"

"啊,是那个疯子的对面哪。"

我们这么聊着,就在走廊上站了一会儿。正当西晒的铁皮屋顶波浪似的闪着光。这时,从长了叶子的樱树上掉下一只毛毛虫。毛毛虫在铁皮屋顶上发出轻微的声响,一下子就死了。死得实在是难看,同时死得也实在无奈——

"就像掉进了油锅一样。"

"我最讨厌虫子了。"

"我都敢用手捉。"

"S君也这么说来着。"

M子认真地看着我的脸。

"S君也敢呢。"

大概M子觉得我的回答没她希望的热情(其实我对M子——应该说对M子这样的少女的心理很感兴趣),于是带几分赌气似的离开走廊栏杆:

"那就再见。"

M子走了以后,我还是枕着木枕头,接着看《大久保武藏镫》。但是,眼睛虽然看着铅字,心里却老想着刚才那只毛虫……

我散步大体总在晚饭前,这个时候M子母女、K君和S君也都一块儿出来了。散步的地方只有这个村子前后两三百米的松林。这大概是看见毛虫之后或之前的事。我们仍是一边说笑一边在松树林里走着。我们?——当然M子的母亲是例外。这位太太看起来至少比她实际的年龄要大十岁。我是对M子一家完全不了解的人,可是据不知什么时候看的报上报道,这位太太不是M子哥哥的生母。M子的哥哥因为考大学没考上,用他父亲的手枪自杀了。要是我的记忆可信的话,报上报道说,哥哥自杀与这位来当继母的太太有关系。那么这位太太这么苍老或许就是因为这件事吧。我每当看到这个年纪还没过五十,但是头发已经白了的太太时,就常想起这件事。不过我们还是聊起来没个完。这时 M 子好像看见了什么,喊了一声"哎呀,我怕",一下子抓住了 K 君的手。

"什么呀?我还以为是蛇呢。"

实际上什么都不是,只是沙子上有几只小蚂蚁要拽一只半死不活的赤蜂。赤蜂仰面朝天,不时扇响要被撕裂的翅膀,要赶走蚂蚁群。但是,刚以为蚂蚁群被赶跑了,可转眼间蚂蚁又爬到了赤峰的翅膀和腿上。我们站在那里,看了一会儿赤峰挣扎的样子。这时 M 子也不像刚才了,她脸上认真的表情看上去很怪,还站在 K 君的身旁。

"老伸出刺来呢。"

"蜜蜂的刺是带钩的。"

我看大家都没说话,就对 M 子这么说了一句。

"算了,走吧。我最不喜欢看这种东西了。"

M 子的母亲一个人先走了,我们当然也跟着走了。松林里只留下一条路,其余的地方全长着挺长的草。我们的说话声在松林里回声格外响,特别是 K 君的笑声——K 君在跟 S 君和 M 子讲着自己妹妹的事。他说在老家的妹妹好像刚从女学校毕业,对未来丈夫的要求是必须是不抽烟也不喝酒、品行方正的绅士。

"那我们都不及格喽?"

S 君对着我说,可是在我看来,他脸上却是一副很无辜、很不好意思的样子。

"烟不抽酒也不喝……那是拿来挖苦我这个当哥哥的。"

K 君又突然加了这么一句。我只好随口应付着,渐渐地觉得这次散步成了苦差事。所以当 M 子说了一声"回去吧"的时候,我轻松地喘了一口气。M 子还是满脸天真的表情,没等我们说什么就一转身往回走了。可是在回温泉旅馆的路上,她只和她母亲一个人说话。我们回去当然还是走松林里的路,但是那只赤蜂已经不知哪儿去了。

半个来月后,大概是因为天气阴沉沉的关系,干什么都没劲儿。我下楼,到有池塘的院子里。这时看见 M 子的母亲一个人坐在椅子上看东京的报纸。M 子应该是和 K 君、S 君一起爬温泉旅馆后面的 Y 山去了。那位太太一看见我,就摘下老花眼镜和我打招呼。

"把这把椅子让给您吧?"

"不必客气,我坐这儿挺好。"

我坐在了正好放在那儿的一把旧藤椅上。

"昨天晚上您没睡好吧?"

"不……出什么事了吗?"

"那位疯男士突然冲到走廊里了。"

"有这事?"

"就是,听说是因为看了报上登的哪家银行发生了挤兑开始的。"

我想象着那个刺了松树叶刺青的男人是怎样的一生。接着——让你见笑了,我又想起了我弟弟手里的股票。

"S 先生也发了牢骚呢。"

M 子的母亲总是婉转地向我打听 S 君的事情。我不管什么样的回答都要加上"可能吧"、"我想……"之类的话。(我总是觉得看一个人只能看这个人本人,自然就对什么家族、财产、社会地位之类的不感兴趣。我觉得特别恶劣的就是即使是看这个人本人,也总是在这个人身上找和自己相似之处,随意地决定好恶。)另外我还觉得这位夫人的想法——想打听 S 君身世的想法很可笑。

"S 先生好像有点儿神经质吧。"

"噢,怎么说呢,有点儿神经质吧。"

"他真是一点儿都没沾染上社会上的坏习惯呢。"

"要不怎么说是大户人家的少爷呢……不过我觉得社会上基本的东西他已经懂了。"

在说话的时候,我发现水池边有一只小螃蟹在爬,而且这只螃蟹正把另一只螃蟹——一只壳已经快碎了的螃蟹一点儿一点儿地拽走。我忽然想起什么时候看过的克鲁泡特金的《相互扶助论》里讲的螃蟹的故事。据克鲁泡特金讲,螃蟹总是去帮助受伤的螃蟹伙伴。可是又有一个动物学家根据自己观察的实例说,螃蟹是为了吃受伤的伙伴才去拽它们的。我一边看着两只螃蟹渐渐爬进菖蒲的阴凉不见了,一边还在和 M 子的母亲聊着天。可是不知不觉我已经对我们的谈话兴趣索然了。

"他们要天黑才回来吧?"

我这么说着站了起来,同时感到了 M 子的母亲脸上的一种表情。那是一种有点儿惊讶同时又闪现出一种本能的憎恨的表情。但是这位夫人立刻就沉稳地回答:

"是,M 子也是这么说的。"

我回到房间,手抓着檐廊的栏杆,眺望着在松林中隆起的 Y 山山顶。快要落山的太阳斜照在山顶的岩石堆上。我看着这景色,心里忽然涌出对我等人类的怜悯之意来……

M 子母子和 S 君两三天前一起回东京去了。K 君要在温泉旅馆等她妹妹来会合(大概要比我晚回去一个星期左右),正在收拾东西准备回去。只剩下我和 K 君两个人的时候,我才感到几分放松。当然我想安慰 K 君,但反过来又怕无法回答 K 君。不过和 K 君在一起过得还是比较轻松的,特别是昨天晚上和 K 君一起一边洗澡,一边还讨论了一个小时的弗兰克[①]。

[①] César Franck (1822—1890),法国作曲家,原籍比利时。

我现在我的房间里给你写信。这里已经入秋了。今天早晨醒来时，发现我房间的纸拉门上倒映着小小的 Y 山和松林。我趴着点上一支烟，看着这清爽的、小小的初秋景致，感到了不常有的宁静……

那就写到这儿，再见。东京的早晚大概已经好过多了吧？请代向孩子们问好。

昭和二年（1927）六月七日

三扇窗子

宋再新译

一 老鼠

一级战舰××驶进横须贺军港的时候刚进六月。由于下雨，围绕着军港的群山都笼罩在雾气中。本来就没有过军舰进港停泊后老鼠就不繁殖的先例——××舰也一样。在连绵的雨中，舰旗低垂的两万吨级的××舰甲板下，老鼠也不知什么时候开始钻进了箱子和衣囊。

为了逮这些老鼠，停泊还没到三天，副舰长就下了命令，谁抓住一只老鼠就可以放假上岸一天。当然水兵和机械兵在这个命令之下都积极地开始逮老鼠。在他们的努力下，老鼠眼看着少了，这样他们为了抓到一只老鼠不能不你争我夺。

"最近大家拿来的老鼠几乎都被撕碎了，因为大家都挤在一块儿又抢又夺的。"

聚在士官舱里的军官们讲着这些事，讲得大家都笑了起来。脸上还带孩子气的 A 中尉也是他们中的一个。A 中尉的人生近似梅雨天空悠闲而过，所以他确是什么都不懂。但是他很清楚地知道，水兵和机械兵都想上岸。A 中尉点上一支香烟，在他们说话中间插嘴时总是这样说：

"也许吧，我没准儿也会被撕碎呢。"

这种话也只有他这样的单身汉说。他的朋友 Y 中尉在大约一年前有了太太,而为了这个,他受到水兵和机械兵们的嘲笑。这又确实和他平时遇到什么事都不服输的性格不合。留着褐色短胡须的他就连喝一杯啤酒就醉了的时候,仍是胳膊支在桌上,手托着脸,不时对 A 中尉这么说一句:

"怎么样,我们也抓老鼠去?"

一个雨后晴天的早晨,甲板士官 A 中尉准许一个叫 S 的水兵上岸,这是因为这个水兵抓到了一只小老鼠——而且是一只四肢完整的小老鼠。比一般人强壮一倍的 S 晒着难得的阳光,走下窄窄的舷梯。这时候,他的一个水兵同伴敏捷地登上舷梯,正好和他擦肩而过的工夫,开玩笑似的跟他打着招呼:

"嘿,是进口吗?"

"嗯,是进口。"

他们的一问一答当然传进了 A 中尉的耳朵里。他把 S 叫了回来,让他在甲板上站好,问他们说的话是什么意思。

"进口是什么意思?"

S 站得笔直,眼睛虽然看着 A 中尉,但是似乎已经明显地绝望了。

"进口就是从外面弄进来的意思。"

"为什么要从外边弄进来?"

A 中尉其实知道为什么要从外边弄进来。但是,他看见 S 不回答,一下子火就上来了,使劲儿抽了 S 一个大嘴巴。S 晃了晃身子,马上又保持着站立不动的姿势。

"是谁从外边弄进来的?"

S 又什么都没说。A 中尉眼睛盯着他,想象着又抽他一个嘴巴的情形。

"是谁?"

"是我老婆。"

"是来见面的时候拿进来的吗?"

"是。"

A中尉心里憋不住想笑。

"装在哪里拿进来的?"

"装在点心盒子里拿进来的。"

"你家在哪儿?"

"在平坂下。"

"父母还好吗?"

"不,只有我和我老婆两个人过日子。"

"没孩子吗?"

"是。"

S在问答时仍然是一副惊恐不安的样子。A中尉就让他在那儿站着,眼睛往横须贺市的街道看了一下。横须贺市的街道在群山中杂乱地堆积着屋顶,虽然在阳光的照射下,但是看起来景色还是很寒酸。

"你上岸的许可取消了。"

"是。"

S见A中尉不说话,好像很犹豫,不知道自己该怎么办。其实A中尉是在心里准备下面命令的措辞。不过他什么都没说,先在甲板上走了起来。"这家伙是怕受罚呢。"——念及于此,所有的长官感觉愉快,A中尉也不会例外。

"行了,往那边走。"

A中尉终于说话了。S行了举手礼后,转身朝后,往甲板上的楼梯走去。A中尉强忍着微笑,在S走出五六步后,忽然喊了一声:"嘿,等等。"

"是。"

S猛地转过了身,但是,好像惶恐不安又充满了他全身。

"我有事要你办。平坂下有卖盐味儿饼干的商店吗?"

"有。"

"你去给我买一包来。"

"现在吗?"

"对,现在马上去。"

S被太阳晒黑的脸上淌下的泪水没逃过A中尉的眼睛。

过了两三天,A中尉在士官舱的桌子旁看署名是个女人的信。信纸是粉红色的,钢笔字写得不怎么样。他看了一遍后,给一支烟点上火,把这封信扔给了正在眼前的Y中尉。

"这是什么?'……昨日我夫之罪,皆因我浅薄之心而起。然承蒙宽恕……大德将永志不忘……'"

Y中尉拿着信,脸上渐渐露出了轻蔑的神色。接着他阴沉着脸,看着A中尉带着挖苦的口气说:

"我看你是要积德呀。"

"嗯,多少有点儿这个意思。"

A中尉大度地听着,也没计较,眼睛看着圆窗外。圆窗外能看到的就是雨里的大海。不过,过了一会儿后,他忽然像有些不好意思似的对Y中尉说:

"可是我总觉得有点儿没意思。我打那个家伙嘴巴的时候,可根本没觉得他有什么可怜的……"

Y中尉的脸上毫无表情,然后他什么也没回答就拿起了桌子上的报纸看起来。士官舱里除了他们两个外没有其他人。桌子上的杯子里插着几支根芹菜。A中尉看着水灵灵的根芹菜,还是一个劲儿地抽着烟。很不可理解的是,他对这个不客气的Y中尉却有了一种亲近感……

二 三个人

一级战舰××在结束一场海战后,率领五艘军舰静静地朝镇海湾①驶去。海上不知不觉已是夜晚,左舷的水平线上有一弯发红的镰刀似的月亮挂在天空。

两万吨级的××舰内当然还没静下来,不过这是在胜利之后,所以气氛确实非常活跃。在这种气氛里,只有很细心的K中尉露出极为疲倦的面容,仍然到处走动,看有没有什么事要处理。

这场海战开始的前夜,他在甲板走动的时候,发现有微弱的方提灯的灯光。他轻轻走了过去,一看是一个年轻的军乐队乐手,为防止敌军觉察,正兀自趴在甲板上昏暗的方提灯下读《圣经》。K中尉有些感动,轻声细语地跟这个乐手打招呼。乐手好像吓了一跳,但是后来发现这个长官并没训斥他,他脸上忽然露出女人似的微笑,怯生生地回答问话……可是这个年轻的乐手已经在主桅下中炮弹死了。K中尉看到他的尸体时,突然想起了题为《死使人安静》的文章。如果K中尉自己也中了炮弹在一瞬间死去,他会觉得比任何一种死都幸福。

但是,这场海战里发生的事到现在还清楚地留在容易伤感的K中尉的心里。完成了战斗准备的一级战舰××仍然率领五艘军舰在浪涛汹涌的海上向前行驶。这时,右舷的一门大炮不知为什么还没打开盖子,而在水平线上已经能隐隐约约地看到敌军舰队冒出的几缕烟在飘动。发现了这个错误的一个水兵一下子跨上炮身,身体轻盈地爬到了炮口。他用两脚想把盖子蹬开,可是好像盖子还不那么

---

① 朝鲜南部海湾,曾是日本的海军基地。

容易蹬开。那个水兵在海水上方像在挣扎似的反复用脚蹬，就在这时，××舰猛地向右转了个大急弯，同时巨浪打向了右舷。不用说巨浪的力量在刹那间足以掠走那个跨在炮身上的水兵。掉到海里的水兵拼命地举起一只手大声喊叫着什么，救生圈随着水兵们的一片骂声被抛向了大海。但是，××舰在敌人的舰队前当然不可能放下救生艇。水兵虽然抓住了救生圈，但是眼看着离军舰越来越远。他的命运或早或晚肯定是被淹死，况且这一带海里鲨鱼肯定少不了……

对于年轻乐手的战死，在K中尉的心里不能不和对战前之事的记忆作对比。他虽然进的是海军学校，但是曾经有一阵幻想着当个自然主义作家。而且从海军学校毕业后，他仍然爱读莫泊桑的小说。人生对于这样的K中尉经常显示出灰暗的一面。他被编入××舰后，想起了写在埃及石棺上的话"人生——战斗"，觉得不要说××舰上的军官和下士官，就是××舰本身也名副其实地把埃及人的格言和钢铁交织在了一起。所以他感到了一种在乐手的尸体前所有的战斗都结束了的静寂。可是像那个水兵那样无论如何都要活下去的苦苦挣扎真让他受不了。

K中尉擦擦额头上的汗水，为了能让海风吹吹，就从后甲板的梯子爬了上去。这时他看到十二英寸大炮的炮塔前，一个把胡子剃得精光的甲板士官两手背在背后，正在甲板上溜达。另外前面还有一个颧骨高高的下士半低着头，背朝炮塔站得笔直。K中尉稍稍有些不高兴，急匆匆地走到那个甲板士官的身边：

"怎么回事？"

"那什么，因为我在副舰长检查前进了厕所……"

这在军舰上不是什么稀奇事。K中尉在甲板上坐下来，眺望着取下支柱的左舷外的大海和发红的镰刀似的月亮。K中尉觉得心里轻松多了，这时才想到今天海战时的心情。

"我再一次恳求，就是把我的表现奖取消了我也没有意见。"

下士忽然抬起头来对甲板士官这样说。K中尉不由得抬头看着他，只见昏暗中，他的脸上有一种让人觉得很认真的表情。可是心情很好的甲板士官仍然倒背着两手，静静地在甲板上走着。

"别说傻话了。"

"可是我在这儿站着没脸见我的部下，就是不能晋升我也认了。"

"晋升晚了可是件大事。不过你还是得在这儿站着。"

甲板士官这么说过后，又在甲板上轻快地走起来。K中尉从理智上很同意甲板士官的意见，但是他又对下士的名誉感到很惋惜。可是，一直低着头的下士让K中尉心里有些不安。

"在这里站着是耻辱。"

下士仍然低声地恳求着。

"这是你自找的。"

"我甘愿受罚，不过能不能别让我罚站……"

"要是从耻辱这个角度上看的话，怎么罚不都差不多吗？"

"可是在部下面前失去威信对我来说非常痛苦。"

甲板士官什么都没回答。下士——下士看来也豁出去了，他最后说的语尾用尽了全力，然后就站在那里再也不说话了。K中尉渐渐担心起来（但内心里又告诫自己不要被下士的可怜相迷惑了），心里想为他说点儿什么吗？可是那个"说点儿什么"到了嘴边就变成了不咸不淡的废话了。

"真挺安静的呀。"

"嗯。"

甲板士官这么答应着，一边走一边摸着特意认真刮过胡子的下巴。海战前夜，甲板士官对 K 中尉说起"从前木村重成①……"

这个下士在处罚结束后就不知去向了。因为有值班员，跳海是绝不可能的。最容易自杀的煤炭库里也没找到他，但不知去向，显然是死了。他给母亲和弟弟分别留下了遗书。谁都能看出来，对他施加惩罚的甲板士官很不安。K 中尉是个细心的人，所以比别人更加同情他，硬要把自己没喝的啤酒给甲板士官喝，但同时又怕他喝醉了。

"不管怎么说，那家伙太好强了，可是也犯不上死啊……"

甲板士官一下子坐偏了，差点儿从椅子上掉下来，反复地说着这几句牢骚话。

"我只是命令他站着，这用不着死……"

××舰在镇海湾停泊后，进烟囱里扫除的机械兵偶然发现了这个下士。他是在烟囱里的一根铁链上吊死的，不用说水手服了，连皮肉都被烤得掉了下来，剩下的只是一副骸骨了。这件事当然会传到在士官舱里的 K 中尉的耳朵里。他想起了这个下士站在炮塔前的样子，又觉得像似挂在哪儿的镰刀似的红月亮。

这三个人的死在 K 中尉的心里留下了永远的阴影，他不知不觉地在他们身上感受到了人生的全部。可是岁月让这个厌世主义者成了在军内口碑甚佳的海军少将之一。当有人请他题字时，他很少拿起笔来。但是实在迫不得已的情况下，他一定会在画册上这样写：

　　　　君看双眼色，
　　　　不语似无愁。

---

① 日本古代武将，他出征前在头盔里烧香的故事很有名。

三　一级战舰××

一级战舰××进了横须贺军港的船坞。维修工程很难有进展，在两万吨级的××舰高高的两舷内外，动员了无数工人，几次让人感到前所未有的焦躁不安。可是，要是想到浮在海上会长满牡蛎的话，肯定你会觉得浑身痒痒。

××舰的姊妹舰△△舰也停泊在横须贺军港里。一万二千吨的△△舰是一艘比××舰年轻的军舰。两艘军舰在越洋航行的时候，会经常进行无言的对话。△△舰对××舰在年龄上就不用说了，对因为造船技师的失误，××舰的舵容易乱动也非常同情。但是，为了照顾××舰的情绪，△△舰从来没提起过这样的问题。不但如此，因为××舰参加过好几次海战，△△舰为了对××舰表示尊敬总是使用敬语。

一个阴天的下午，△△舰由于弹药库里窜进了火星，突然发出了可怕的爆炸声，军舰的一半沉入了海里。××舰当然吓坏了。（当然大群的工人对××舰的震动只是作了物理方面的解释。）没参加海战的△△舰一下子就成了残废，这情景简直让××舰不敢相信。他努力掩饰自己的惊慌，还在远处激励△△舰。但是，△△舰歪着身子，只是在火焰和浓烟中发出喊叫。

三四天之后，两万吨级的××舰两舷因为失去了水压而导致甲板开裂。看到这个情况，工人们更加拼命地赶维修工程的进度。但是，××舰不知何时已经对自己失去了信心。△△舰虽然年纪还轻，却沉没在自己面前的大海里。想想△△舰的命运，他的一生真是尝遍了酸甜苦辣。××舰想起了已成为历史的某场海战，那是一场舰旗被撕裂、桅杆也被打断的恶战……

两万吨级的××舰在白花花的船坞里高高地翘起舰首。几艘巡洋舰和驱逐舰在他前面进进出出。还能看见新型潜水艇和水上飞机。可是这些只能使××舰感到无奈。××舰环视着阴阴晴晴的横须贺军港，一动不动地等待着他的命运。在这期间，甲板对自己还在一点点地翘起来感到几分不安……

昭和二年（1927）六月十日

齿　轮

宋再新译

一　雨衣

为了赴一熟人的婚礼,我拎着皮包从避暑地乘汽车赶往东海道的一个车站。汽车行驶的路两旁几乎全是繁茂的松树。能不能赶上上行列车实在说不准。汽车里除了我之外还坐着一个理发店的老板。他的脸像枣子一样圆圆胖胖的,留着短短的络腮胡。我心里惦记着时间,嘴上还和他搭讪。

"现在的事真怪,听说××先生的府上白天也在闹鬼。"

"白天也闹?"

我远眺对面冬日夕阳下山坡上的松树林,嘴里漫不经心地应对着。

"据说天气好的时候不闹,最厉害的时候是下雨天。"

"那下雨天不是要被淋湿吗?"

"您真会开玩笑……不过据说是个穿雨衣的鬼呢。"

汽车响着喇叭直接停在车站口。我和理发店老板道了别,走进车站。但是果然上行列车在两三分钟前刚开走。候车室的长椅子上,坐着一个穿雨衣的男人,正心不在焉地往外边看。我想起刚听说闹鬼的事,微微苦笑一下。只好等下一趟火车,于是我进了车站前的咖啡馆。

这家咖啡馆能不能叫作咖啡馆倒值得考虑。我坐在角落的桌子边，要了一杯可可。桌上铺的桌布是白地细蓝线的粗格子布，但是角上露出有点儿脏的麻地儿。我喝着有股胶臭味儿的可可，观察着没有客人的咖啡馆。在满是灰尘的墙上贴着几张什么鸡肉鸡蛋盖浇饭、炸猪排之类的纸条。

本地鸡蛋、煎蛋卷

看着这些纸条，我感觉到靠近东海道铁路的乡村气息。这是电气机车在麦地和洋白菜地之间穿过的乡下……
坐上下一趟上行列车的时候天已经快黑了。我总是坐二等车，偶尔因故也坐三等。
火车里相当挤，而且在我前后都是去大矶那边远足的小女学生。我点上香烟，看着这群小学生。她们都显得特别快活，而且几乎都在不停地说着话。
"摄影师，什么叫爱情镜头啊？"
在我面前的摄影师看来是跟小女学生远足的。这个摄影师在我跟前含含混混地应付着小女生的问题，可是一个十四五岁的小女生还在提各种各样的问题。我忽然发现这个小女生的鼻子有个脓包，不禁觉得有点儿好笑。我旁边一个十二三岁的小学生坐在年轻女老师的腿上，一只手搂着老师的脖子，另一只手摸着她的脸。而且和别人说话的工夫，还要时时对老师说一句：
"老师真好看，老师的眼睛真好看。"
她们给我的印象不像是女学生，而像是成年的女人了，要是不看她们啃带皮的苹果、剥糖纸的话……可是，我看到一个年龄大点的女学生从我身边走过，踩到别人的脚，立刻说声"对不起"，我反而觉得她倒像个地道的女学生了。我嘴上叼着香烟，意识到这种矛盾，自己发出冷笑。不知什么时候，车里的灯亮了，火车终于到了郊外的一个车站。我来到寒风刺骨的月台上,过了一座桥,等候省线电车①。这时偶然碰上了在一家公司工作的T君。等车的时候我们聊起了不景气的事,T君当然比我懂这方面的问题。可是,他粗大的手上却戴着与不景气"相差甚远"的土耳其宝石戒指。

"你戴的这东西不得了啊。"

"你说这个?这是一个去哈尔滨做买卖的朋友硬卖给我的戒指。那家伙现在正要命呢,因为跟合作社的买卖做不下来。"

幸好我们坐的省线电车不像火车那么挤,我们并排坐着,天南地北地聊着。T君原在巴黎供职,今年春天才回到东京。所以我们也总是会聊到巴黎的话题,什么凯劳夫人,什么吃螃蟹,什么在外国访问的某殿下……

"法国没想象的那么难生活。只不过这些法国佬本来就不愿纳税,所以内阁老是倒台……"

"可是法郎不是暴跌了吗?"

"那是报纸上报的。可是你到那边去看看,报纸上的日本不是大地震就是大洪水。"

这时候一个穿着雨衣的男人走过来坐在我们的对面。我觉得有点儿瘆人,心里直想告诉T君刚才听说闹鬼的事。但是,T君一下子把他的手杖把儿转向了左边,脸朝前,小声对我说:

"你看那边儿有个女的吧?披灰披肩的……"

"那个梳西洋发型的?"

"嗯,那个抱着包袱的女的。那家伙这个夏天在轻井泽来着,穿着有点儿时髦的西式衣服……"

可是不管谁看都会觉得那个女人穿得很寒酸。我和T君聊着,偷偷瞧着那女人。那女人不知怎的眉宇间让人觉得有点像疯子,而

---

① 当时属于铁道省、运输省管辖的铁路。

且她抱着的包袱里，露出像豹子一样的海绵。

"在轻井泽的时候，她和一个美国人跳舞来着。叫什么……摩登……还是什么。"

我和T君分手的时候，穿雨衣的男人不知什么时候已经不在那儿了。我从省线电车的一个车站拎着皮包朝一家饭店走去。街道的两侧耸立着高大的楼房，我走在这条路上，忽然想起了松树林。另外在我的视野里还发现了奇怪的东西。奇怪的东西？——那是一个不断旋转的半透明齿轮。我过去也有过好几次这样的经历。齿轮的数目不断地增加，占了我一半的视野。不过，这段时间并不长，过了一会儿那些齿轮就消失了，但随之而来的是我开始感到头痛——每次总是这样。眼科医生经常命令我，为消除错觉（？）节制吸烟。可是，我二十岁之前没喜欢上烟的时候就已看见过这样的齿轮。我想，齿轮又来了，为了测试左眼的视力，我就用一只手挡上右眼试试看。果然左眼什么事都没有，可是右眼的眼睑里还是有几个齿轮在旋转。我觉得右边的大楼渐渐地看不见了，同时还是匆匆地往前走。

走进饭店大门的时候齿轮已经不见了，但是，头痛却是依旧。我存好外套和帽子，顺便订了一间房间。然后我就打电话给一家杂志社商量钱的事。

婚宴好像已经早开始了。我坐在桌子的一角，开始动刀叉吃起来。前面的新郎和新娘为中心，在白色的凹字形桌子旁边坐着五十来人，不用说个个都是喜气洋洋的。可是，只有我在明亮的电灯下，心情渐渐变得忧郁起来。为了摆脱这种心情，我就和邻座的客人搭讪起来。他恰好是个留着狮子般胡须的老人，而且还是个我也有所耳闻的著名汉学家，所以我们的谈话不觉之中就集中在了古典上。

"麒麟其实就是独角兽，而凤凰也就是叫不死鸟的鸟……"

这位著名的汉学家似乎对我的这番话很感兴趣，我在机械地聊着的时候，渐渐地有了病态的破坏欲，把尧舜说成是杜撰的就不提了，我甚至还说《春秋》的作者是再往后很久的汉代的人物。这一来那位汉学家的脸上明显地露出了不高兴的神色。他根本不看我，就像老虎哼哼似的把我的话打断了：

"要是说没有尧舜的话，那么就等于说是孔子撒谎了，可圣人是绝对不会撒谎的。"

我当然不说话了。接着我拿起刀叉准备切肉，这时看到一只小蛆静静地在肉边上蠕动。蛆唤起了我头脑里的 worm（蛆，虫）这个英文单词，这肯定也像麒麟和凤凰一样，意味着某种传说中的动物。我把刀叉放下，望着不知什么时候斟上的香槟酒。

婚宴终于结束之后，我打算躲在订好的房间里，就往走廊走。这走廊不像饭店的走廊，倒是给我了一种监狱的感觉。不过幸好我的头痛好多了。

皮包和外套、帽子都已经送到我的房间。我看见挂在墙上的外套，觉得像我自己站在那儿一样，于是急忙把外套收进房间角落的衣柜里。然后我走近镜子，一动不动地照着镜子。在镜子里，我的脸露出皮肤下骨骼的形状。忽然蛆清晰地出现在我的记忆里。

我开门走到走廊，漫无目的地往前走。这时，我看见在通向前厅的一角有一盏台灯，绿色的灯罩，高高的灯柱，清晰地映照在玻璃门上。这盏灯似乎给了我一种宁静的感觉，我在台灯前的椅子上坐下来，思考起各种事来。但是，我在那儿没能坐上五分钟。这回穿雨衣的人又坐在我旁边的长沙发上，正有气无力地开始脱衣服。

"这么天寒地冻的还……"

我这么想着，又从走廊折了回来。走廊角落的接待处一个人也没有，可是他们说的话却隐隐传进我的耳朵，是一句被问到什么时回答的英语"all right（可以）"。"all right"？我一时为了能把这两句对话弄懂直着急。"all right"？到底是什么"all right"？

我的房间当然静悄悄的，但是我开门要进去的时候，却不知为什么感到有些害怕。我迟疑了一下，然后大着胆子进了房间。我尽量不看镜子，在桌子前的椅子上坐了下来。椅子是接近蜥蜴皮的山羊皮面的安乐椅，我打开皮包拿出稿纸，想接着写一个短篇小说。但是蘸上墨水的钢笔却过了很长时间一动也没动，而且刚要开始写了，连续写出来的却全是一样的字：all right……all right……all right……all right……

这时，床边的电话突然响了起来。我吓了一跳，站起来拿起话筒答应着：

"哪位？"

"是我，我……"

对方是我姐姐的女儿。

"怎么啦？出什么事了吗？"

"是的，出大事了。反正……出大事了，刚才我给婶婶也打了电话。"

"大事？"

"是的，您马上回来吧，马上啊。"

电话挂断了，我把话筒挂回原处，条件反射似的按铃。可是我自己清楚地感觉到，我的手在颤抖。侍者老不来，比起焦急来我更感到痛苦。我按了好多次铃，虽然这时我终于弄懂了命运告诉我的"all right"这个词。

我姐夫那天在离东京不远的乡下被轧死了，而且还披着不合季节的雨衣。我现在还在那家饭店的房间里写短篇小说，深夜里走廊上没有一个人走动。但是，门外常常能听见翅膀的扇动声，也许什么地方养着鸟。

二 复仇

早上八点，我在这家饭店的房间里醒了。但是，我要下床的时候，发现拖鞋莫名其妙地只剩一只了。这是在这十二年里经常让我恐怖、让我不安的现象，而且这还让我联想起希腊神话里一只脚穿着凉鞋的王子的形象。我按铃叫侍者来，让他帮我找另一只拖鞋。侍者一脸的不高兴，在狭窄的房间里到处找。

"在这儿呢，在浴室里呢。"

"怎么又跑到那儿去了？"

"谁知道呢，也许是耗子拖的。"

我让侍者走后，喝着没加牛奶的咖啡，开始润色刚写的小说。四边镶成岩石框的窗子朝向积雪的庭院，我每次停下笔就呆呆地望着庭院。积雪在长了花蕾的瑞香花下被城市的煤灰弄得很脏，这是给我的心里带来某种伤害的风景。我抽着香烟，心里想还是该动笔了，写妻子的事、孩子的事，特别是姐夫的事……

姐夫在自杀前曾经蒙受纵火的罪名，其实这也是有口莫辩的事。他在房子失火前，以房价的两倍保了火险，而且他还是犯伪证罪被判缓刑的人。但是，让我不安的不光是他的自杀，而是我每次回东京都肯定会看见失火。或在火车上看见山林失火，或在汽车里看见（当时和妻子在一起）常盘桥附近失火。在他家被烧之前，我就已有预感，我家要有火灾。

"今年我们家没准儿要失火呢。"

"你怎么说这么不吉利的话……要是被火烧了那就惨了，咱们又没上保险……"

我们曾经聊过这些事，可是我们家倒是没着火——我尽量不去胡思乱想，又想动笔写下去，但是钢笔却不能顺利地写下一行。我终于离开桌子倒在床上,开始看托尔斯泰的《波里库什卡》。小说的主人公具有虚荣心、病态倾向和名誉心交织在一起的复杂性格。要是把他一生的悲喜剧多少加以修正的话,就成了我这一生的讽刺画。特别是在他的悲喜剧里我感到了命运的嘲弄,这渐渐让我感到不寒而栗。还不到一个小时,我就从床上跳了起来,使劲儿把书扔到了垂着窗帘的房间角落。

"你死去吧。!"

这时一只大耗子从窗帘下斜着跑过地板钻到浴室里去了。我大步跨到浴室打开门找,可是,在白色浴室的角落里也没看见什么耗子。我一下子害怕了,慌忙脱下拖鞋换上鞋,走到没有人影的走廊。走廊今天还是像监狱一样令人忧郁。我低着头,沿着楼梯走上去又走下来,不知不觉走进了厨房。厨房的光线非常明亮,是一排灶在烧着火。我经过那里时,感觉到几个戴白帽子的厨师冷眼看着我,同时我也感到了我所堕入的地狱。"神啊,惩罚我吧,请勿生怒,恐怕我将灭亡。"——这样的祈祷也在这一瞬间自然而然浮上了我的嘴唇。

一走到这家饭店的外边,我就匆忙走过雪融化后映出蓝天倒影的道路,朝姐姐家走去。路边公园的树木枝叶都已变黑,而且就像我们人类一样,每棵树皆有前脸、后背。这不仅让我不舒服,更带给了我近乎恐怖的感觉,让我想起但丁描写的在地狱里变成树木的灵魂。我往高楼林立的电车路对面走去,可是在那儿也没顺顺当当地走上一百米远。

"正巧路过这里,真对不起……"

是个穿金色纽扣制服的二十二三岁的年轻人。我默默地注视着这个青年,发现他鼻子左边有一颗黑痣。他脱下帽子,怯生生地对我说:

"对不起,请问是 A 先生吗?"

"是。"

"我就觉得是您……"

"有什么事吗?"

"不,只是想看看您。我也是爱看您的书……"

这时我已经摘了一下帽子,离开他走了。先生、A 先生——这是最近最让我不高兴的话。我相信我犯了所有的罪恶,而且他们在寻找着机会连续管我叫先生。我不能不感到这里有某种嘲弄我的意思。是什么呢?——可是我的物质主义不能不拒绝神秘主义。两三个月前我曾在一家小同人杂志上发表过这样的话:"以艺术上的良心为首,我没有什么良心,有的只是神经……"①

姐姐带着三个孩子住在搭在空地上的临时房屋里避难,贴着褐色纸的屋子里比外边还冷。我在烤火盆上烤着手,聊着各种事情。身体强壮的姐夫本能地看不起比他细瘦一半的我,而且还公开说我的作品不道德。我总是很冷淡地对待他,从来没促膝谈过心。可是我在和姐姐说话的时候渐渐地悟出了道理:他也和我一样堕入地狱了。他就是我在火车卧铺车厢里见到的那个幽灵。我给香烟点上火,尽量只继续谈钱的事。

"反正都这个时候了,我想把东西全卖了。"

"也只能这样了。打字机还能换几个钱吧?"

"嗯,另外还有画。"

"那么 N(姐夫)的肖像画也卖吗?可是那个……"

我一看见挂在临时房子墙上没有框的那张蜡笔画,就感到不能再说迂腐的笑话了。由于他是被火车轧死的,脸全成肉块了,只剩下了点儿胡子。这话说起来本身都有点儿吓人。不过,他的肖像画无论什么地方都画得很完整,就是胡子不知为什么模模糊糊的。我

---

① 参见芥川的小品《我》、格言集《侏儒的广告》、遗稿《暗中问答》。

以为是光线的关系,于是从各个角度看着这幅蜡笔画。

"干什么呢?"

"没什么……只是那幅画的嘴边……"

姐姐稍稍回头看了看,好像没注意到什么似的回答说:

"只有胡子好像薄了点儿。"

我看到的不是错觉。可是如果不是错觉的话……我没等到午饭时间就要离开姐姐家。

"哎呀,这合适吗?"

"等我明天再……今天要到青山去。"

"啊,去那儿啊?身体不舒服吗?"

"还是老吃药。光是安眠药就不得了,什么弗洛纳、诺洛纳、特里奥纳、诺玛尔……"

过了三十来分钟后,我走进一座大楼,坐电梯上了三楼。我想推餐厅的玻璃门进去,可是玻璃门推不动。这还不算,门上还挂着一块写着"休息日"的黑漆木头牌儿。我更不高兴了,只好隔着玻璃门看了看里边桌子上堆着的苹果和香蕉,就又回到街上。

这时两个公司职员模样的男人兴高采烈地聊着什么,要进这座楼的时候和我擦着肩过去了。我听见其中一个人好像说了一声"真让人着急啊"。

我站在大街上等出租汽车,可是出租汽车却老也不来,即使来一辆也一定是黄颜色的出租汽车。(不知道为什么,黄色的出租汽车总让我惹上交通麻烦。)又等了一会儿,等到一辆我觉得能带来好运的绿色出租车,我决定无论如何先到离青山墓地很近的精神病院去。

"真让人着急啊——tantalizing(焦急)——Tantalus①——infer-

---

① 坦塔罗斯,希腊神话中宙斯之子。因泄漏天机被罚站在上有果树的水中,渴时要喝水,水则退separation;饥时要吃果子,则树枝升高,处于永恒的痛苦之中。

no（地狱）……"

坦塔罗斯其实就是隔着玻璃门看里边桌上堆着苹果和香蕉的我自己。我诅咒了浮现在我眼前的但丁地狱两次，眼睛直盯着出租车司机的后背。这时我又感到世界上的一切都是谎言。政治、实业、艺术、科学——对于我来说，这些都不过是掩盖令人恐惧的人生的杂色汽车亮漆。我渐渐感到呼吸困难，于是摇下了车窗，可是心脏被揪紧似的感觉仍然没有消失。

绿色出租车终于开到神宫前，那里应该有一条拐向那家精神病院的小巷。可是今天不知为什么就连那条小巷我也找不着了。我让出租车沿着电车的轨道来回转了好几趟之后，终于泄气地下了车。

我在坑坑洼洼的路上走着，好不容易发现了那条小胡同。可是我又弄错了路，走到了青山殡仪馆的前面。算起来十年前参加了夏目先生的告别式之后，我就再也没从殡仪馆门前经过过。十年前的我过得并不幸福，不过至少还算是生活得比较安稳。我朝铺着沙石的院子里张望，想起了"漱石山房"的芭蕉，不能不感到我的这一生也已经告一个段落了。而且我也明白了到底是什么让我在第十个年头的今天又来到墓地前。

从那家精神病院出来后，我又坐上汽车，准备回原来那家宾馆。可是在那家宾馆前一下车，却看见一个穿雨衣的人在和茶房吵架。和茶房？不，其实那不是个茶房，是个穿绿衣的司机。这让我对进这家宾馆有种不大吉利的感觉，于是我转身按原路踅回去了。

这么来回折腾，等我走到银座大街已近黄昏时分了。我看着路两边的店铺和熙熙攘攘的人流，感到心里很憋闷。特别是看见街上的人们都好像不知道什么是罪过似的迈着轻快的脚步，这更让我不高兴。我在暗淡的天色和电灯的光线中一直朝北走，走着走着一家堆满杂志的书店吸引了我的视线。我走进书店，漫无目的地抬头看着不知有几层的书架，然后找到一本《希腊神话》翻看着。黄色封面的《希腊神话》好像是写给小孩子看的，可是看着看着，其中的一行竟给了我很强的刺激。

"就连最伟大的宙斯神也敌不过复仇之神……"

我离开这家书店，走进了人流。不知不觉之中我感到复仇之神正不住地盯着我已微驼的后背……

三　夜晚

我在丸善书店的二楼书架上发现了一本斯特林堡的《传记》，并翻看了两三页，书里写的和我的经验并没有大的出入，并且书的封面是黄色的。我把这本《传记》放回书架，这回几乎就是顺手随意取下一本厚厚的书。可是这本书里的一幅插图也画满了和我们人一样长着鼻子眼睛的齿轮。（这是一个德国人搜集的精神病人的画集。）我觉得心里不知不觉在忧郁中有了反抗的情绪，就像输得红了眼的赌徒一样翻开一本本的书。但是，不知为什么每一本书的文字和插图里都多少隐藏着一些针。每一本书？……就连我拿起已经看过好几遍的《包法利夫人》的时候，都觉得自己也成了中产阶级的姆茨修·包法利了……

黄昏里的丸善书店二楼上，除了我没有第二个顾客。我在电灯光里穿行在书架之间，最后在挂有"宗教"标牌的书架前停住脚步，挑了一本绿色封面的书翻看着。书的目录里有一章的题目是"四个可怕的敌人——猜疑、恐怖、傲慢、性欲"。我一看见这些词汇，立刻就觉得心里冒出了对立的情绪。那些被看作敌人的东西至少是我的敏感和理智的别名。可是，传统的精神仍旧像近代精神一样让我不幸，这让我更感到难以忍受。我手里拿着这本书，不由得想起我曾经用过的一个笔名"寿陵余子"。这个笔名出自《韩非子》，说的是一个叫寿陵余子的年轻人没学会邯郸人走路，却把寿陵的走法忘了，最后只有匍匐蛇行归乡。我今天的样子，无论在谁看来肯定都像寿陵余子。可是还没堕入地狱的我却把这个用来当笔名——我想尽量离开书架远一点以摆脱胡思乱想，就走进了对面的招贴画展室。那里有一张招贴画画的好像是圣·乔治骑士，正在刺杀一条长着翅膀的龙。可是骑士的头盔下露出半张像是我的敌人苦脸。我又想起了《韩非子》里屠龙之技的故事，于是没看完展览就转身走下宽阔的台阶。

天已经黑了，我走在日本桥大街上，心里还在想着屠龙这个词，屠龙这个词也是我砚台上的铭文。那块砚台是一个年轻实业家送给我的，他在种种事业上屡屡失败，最后终于破产了。我打算抬头仰望高高的天空，想想在无数的星辰中地球是多么渺小，接着再想想我自己是多么渺小。可是白天还晴得好好的天不知什么时候全阴了，我突然感到有什么东西在故意和我过不去，就跑到电车轨道对面的一家咖啡馆里"避难"去了。

的确是"避难"。咖啡馆里玫瑰色的墙壁让我有近似和平的感觉，我终于舒舒服服地在最靠里的桌子前坐了下来。非常幸运，咖啡馆里除了我之外只有两三个客人。我要了一杯可可，小口啜着，和平时一样抽起了烟，微蓝色的烟雾升上了玫瑰色的墙壁。这种温柔协调的色调也让我心情舒畅。可是过了一会儿，我注意到挂在我左边墙上的拿破仑画像，于是心里又不安起来。拿破仑还是学生的时候，曾在地理教科书的背面写上了"圣赫勒拿，小小的海岛"。这也许像我们所说的是一种偶然，但是这却让拿破仑本人都感到了恐怖……

我注视着拿破仑，想起了自己的作品。于是首先想起来的是《侏儒的话》里的警句。（特别是"人生比地狱还地狱"一句。）还有《地狱图》里的主人公——良秀画师的命运。还有……我吸着香烟，为了摆脱这种回忆，开始打量起这家咖啡馆来。我跑到这儿来避难是不到五分钟前的事,可是就在这短短的时间里,这家咖啡馆完全变了样。其中最让我不高兴的,是仿桃花心木的桌椅跟玫瑰色的墙壁一点儿也不协调。我唯恐陷入别人看不见的苦痛之中,于是掏出一枚银币就匆匆地要离开咖啡馆。

"喂,要两毛钱……"

原来我给的是一枚铜币。

我感到很屈辱,一个人在大街上走着,不由得想起了在远处树林里的我家。我说的不是在郊区的养父母家,而是以我为中心给家小租的房子。算起来我从十年前就住在那里。但为了一件事,我轻率地决定和父母住在一起,同时变成了奴隶、暴君、无力的利己主义者……

回到原来那家旅馆时已经十点了。走了长路后,我连回到自己房间的力气都没有了,一下子坐在烧着粗木头的火炉前的椅子上,接着就思考起我计划要写的长篇来。主人公是从推古①到明治时代的老百姓,这个长篇大体由三十篇短篇构成,以时代为顺序。我看着炉子里的火星朝上蹿,忽然想起了宫城前的一座铜像。那座铜像身穿甲胄,心怀忠义之心跨在马上。可是他的敌人……

"撒谎!"

我的眼睛又从遥远的过去回落到了眼前的现时。这时幸亏一个比我年长的雕刻家来了。他仍然穿着天鹅绒的外套,留着短短的山羊胡子。我从椅子上站起来,握着他伸出来的手。(这不是我的习惯,而是尊重在巴黎和柏林生活了半辈子的他的习惯。)可是,他的手像爬虫类的皮肤一样湿漉漉的,让人觉得不可思议。

"你住在这儿啊?"

"啊……"

---

① 日本古代女天皇,554年至628年在位。

"是为了工作?"

"噢,也是为了工作。"

他直直地看着我,我觉得他的眼神像个侦探。

"怎么样,到我的房里聊聊?"

我挑战似的说着。(我平时就没这种胆子,所以用这种挑战的口吻成了我的恶习。)听了我的话,他微笑着反问:"你的房间在哪儿?"

我们像好朋友一样肩并肩穿过一些正在悄声说话的外国人,回到我的房间。他一进我的房间就背对镜子坐下,天南海北地和我聊了起来。天南海北?其实聊的大多都是关于女人的事。

我准是犯了罪堕入地狱的人。正因为如此,有关犯罪的事更让我心情忧郁。我有时成了清教徒,去嘲笑那些女人:

"你看S子的嘴唇,不知和几个男人接吻才成了那样……"

我忽然闭上了嘴,从镜子里注视着他的背影。他的耳朵后面正好贴了一块膏药。

"你这是因为和好几个人接吻才这样的?"

"你就会像那些人那么想。"

他微笑着点了点头。我感觉到他心里已经知道我的秘密,正在不停地注视着我。不过我们的话题还是离不开女人。比起恨他来,我倒是对自己的软弱感到羞愧,于是心情更加郁闷了。

好容易等他走了,我倒在床上开始看《暗夜行路》,小说主人公的种种精神抗争让我感同身受。我觉得比起小说的主人公来,我简直就是个傻子,不知不觉竟流下眼泪。与此同时眼泪也让我的心情平和下来。但是没过多长时间,我的右眼又出现了半透明的齿轮。这回齿轮仍然是越转越多。我生怕头痛,于是把书放在枕边,咽下零点八克安眠药,准备不管怎么样先好好睡一觉。

可是我在睡梦中却在看一个游泳池。游泳池里有几个男女小孩儿在游泳、潜水。我转身背对游泳池朝对面的松林走去。这时,不知谁在背后喊我:"他爸爸!"我略微回了一下头,看见了站在游泳池边的妻子。与此同时我又感到后悔得不得了。

"他爸爸,毛巾呢?"

"毛巾不能带进来。你好好看着孩子。"

我又继续往前走,可是不知怎么回事,我走到车站月台上。看起来那是一个乡下车站,月台边种着长长的灌木篱笆。月台上还站着一个叫 H 的大学生和一个上了年纪的女人。他们一看见我就凑到我跟前,抢着和我说话。

"是不是着大火了?"

"我也是好容易才逃到这儿来。"

那个女的我好像在哪儿见过,而且和她说话我还感到有一种兴奋的感觉。正在这时,火车喷着烟静静地停在月台边。我一个人上了车,在两边垂着白布的卧铺车厢里走着。这时我看见在一个卧铺上有一个像木乃伊似的裸体女人躺在那儿。这肯定又是我的复仇之神——一个疯子的女儿……

我刚一醒过来,就不由自主地一骨碌跳下床。我的房间在电灯光里还是那么亮,可是不知从哪儿还传出了拍打翅膀和耗子撕咬的声音。我开门沿着走廊急匆匆走到炉子前,然后就坐在椅子上,注视着摇曳不定的火苗。这时一个穿白工作服的茶房走过来给炉子加劈柴。

"几点了?"

"三点半左右了。"

在我对面大厅的一角,一个像是美国人的女人正在看着什么书。她穿的衣服就是从远处也能看出来是一件绿色的连衣裙。不知为什么,我觉得我有救了,于是打算就这样等到天亮。就像熬过长年的病痛之后,静静等死的老人一样……

四 还没完

我在这家宾馆里终于完成手头这篇短篇小说,准备寄给一家杂志。当然那点儿稿费还不够我在这儿住一个星期的房钱。不过,我对能完成这件工作感到挺满意。为了找点儿精神上的强壮剂,我决定去银座的一家书店。

在冬天阳光照射下的沥青路上有几张纸屑,那几张纸屑因光线照射的不同,看上去就像玫瑰花一样。不知怎的,我心里感到一种安慰,就走进那家书店。那家书店也比平时要干净许多,只是看见一个戴眼镜的女孩儿正在和店员说话,这不能不让我感到不舒服。不过我一想起掉在路上像玫瑰花的纸屑,就决定买下《阿·法朗士[①]对话集》和《梅里美[②]书信集》。

我抱着两本书进了一家咖啡馆,坐在最靠里的桌子边等咖啡。我对面坐着一女一男,好像是母亲和儿子。儿子比我还年轻,和我长得像极了。他们就像一对恋人一样脸凑脸说着话。我看着他们,觉得那个儿子至少意识到了自己在性的方面也给了母亲安慰。这其实也是我曾有过经验的一种亲和力的例证,而同时,这肯定也是把现世化为地狱的某种意志的一例。于是,我怕自己又陷入痛苦之中——正在这时,幸好咖啡来了,我开始看起《梅里美书信集》来。梅里美的书信也和他的小说一样,充满尖锐的格言警句的魅力。那些格言警句让我的心变得像铁一样坚硬(容易受到这种影响也是我的缺点之一)。我喝完一杯咖啡后,心想,"管他的呢,

---

[①] Anatole France(1844—1924),法国小说家、评论家,代表作有《苔依丝》(1890)等。

[②] Prosper Mérimée(1803—1870),法国小说家、学者,代表作为《高龙巴》(1840)、《嘉尔曼》(1847)等,国内已有傅雷的著名译本。

我什么都不怕"，快步把那家咖啡馆甩在了身后。

我在大街上走着，看着商店各种各样的橱窗。一家相框商店的橱窗里挂着一幅贝多芬的肖像，那是一幅头发倒立的真正的天才的画像，可是我却不由得觉得画像里的贝多芬很滑稽……

这时，忽然碰上一个高等学校时代的老朋友。这位大学的应用化学教授手里抱着一个折叠式皮包，一只眼睛红红的还流着血。

"你的眼睛怎么啦？"

"这个呀，只是结膜炎而已。"

我忽然想到这十四五年来，只要是我想起亲和力来，眼睛就会像他一样得结膜炎。不过我什么也没说。我们聊起朋友们的事，聊着聊着他又把我带进了一家咖啡馆。

"真是好久不见了，大概从朱舜水碑的建碑仪式后就没见过吧？"

他给雪茄点上火，隔着大理石桌子朝我说道。

"就是，那个朱舜……"

不知为什么我总也不能准确地发出朱舜水的发音，这就是日语本身给我带来的些许不安。可是他对这个并不在意，还是天南地北地聊着，说着小说家K、他买的英国狗、毒瓦斯……

"你一点都没写呀？你的《点鬼簿》我看了，可是……那是你的自传吗？"

"嗯，是我的自传。"

"有点病态呀。这一向身体怎么样？"

"还那样，一直吃药。"

"我最近也老失眠。"

"也？——你怎么说也呢？"

"你不是说老失眠吗？失眠症可危险啊……"

他只有左眼充血的眼睛里现出了近乎微笑的表情。我在回答前注意到我发不好失眠症的症字的音。

"对于疯子的儿子来说这很平常。"

没过十分钟我就又一个人走在大街上。沥青路面上的纸屑时时看上去像人的脸一样。这时从对面走过来一个剪短发的女人。从远处看那个女人长得挺漂亮,可是等走到眼前一看,不仅长得很丑,脸上还有很多小皱纹,而且看起来还怀了孕。我不禁转过脸去,走进旁边宽阔的街道。可是没走多远,我的痔疮又疼了起来,这种疼痛除了坐浴之外没法止住。

"坐浴——贝多芬也曾经坐浴来着……"

坐浴时使用的硫黄味儿直冲我的鼻子,当然现在街上哪儿也没看见硫黄。我又想起路上纸屑上的玫瑰花,强忍着疼痛继续走着。

过了差不多一个钟头以后,我把自己关在房间里,坐在窗边的桌子前,开始动手写新的小说。笔在稿纸上不停地移动,这让我都感到吃惊。但是过了两三个小时后,我的眼睛就像被人蒙住了一样停滞了。我不得不离开桌子,在房间里到处转圈。我的妄想症状在这个时候是最明显的。我在野蛮的兴奋中觉得我没有父母,也没有妻小,只有从笔下流淌出来的生命。

可是过了四五分钟之后,我想到一定要打个电话。电话里的几次回答都只是重复几句听不明白的话,反正我听起来就像是说"莫尔"。我终于离开电话,又在屋子里来回走起来,心里无论如何还是惦记着那个"莫尔"。

"莫尔——mole……"

莫尔就是英语里鼹鼠的意思,这个联想也让我不高兴。但是,两三秒后,我把 mole 改拼成了 la mort。la mort 这个词在法语里是死亡的意思,忽然让我不安起来。就像死亡曾逼迫过我姐夫一样,现在好像也来逼迫我了。可是我在不安中又感觉到某种可笑的东西,不仅如此,我还不知不觉地微笑了起来。这种可笑的东西是因何而起的呢——这我自己也弄不明白。我站在久违的镜子前,端正地和自己的映像重合在一起。我自己的映像当然在微笑。我注视着自己的映像,想起了第二个我。第二个我——居然幸运地没在我身上看到德国人的所谓 doppelganger（双重人格。）。可是成为美国电影演员的 K 君的夫人在帝国剧场的走廊看到了第二个我。（K 君的夫人突然对我说:"你这个前辈也不和我们打个招呼……我记得当时真是有些困惑。"）另外就是如今已成故人的某独脚翻译家在银座的一家香烟店里看见过第二个我。死可能已经来到了第二个我的身上,或者就算是到了我身上——我背对着镜子,又回到窗前的桌旁。

从四周是石灰岩框的窗子可以看到枯草和水池。看着这个院子,我想起在远处松林里烧掉的几个笔记本和没写完的剧本。接着我拿起笔,又开始写新小说。

五 赤光①

阳光开始折磨我了。我就像只鼹鼠一样把窗帘拉上,大白天也开着灯,不停地接着写已经开了头的小说。写累了的时候我就翻开泰纳②写的《英国文学史》,看看诗人们的一生。他们都非常不幸,就连伊丽莎白时代的巨人们———代学者本·琼森③也曾陷入精神疲劳之中,他甚至在自己的大脚趾上观察罗马和迦太基开战的形势。对于他们的这等不幸,我心里竟没法不感到充满残酷恶意的喜悦。

---

① 著名和歌诗人斋藤茂吉的诗集,表现现代人的悲哀、孤独,讴歌朴素而强烈的生命意识,影响颇大,其中有吟咏疯子的诗歌。
② H. Taine (1828—1893),法国文学评论家,国内有傅雷译《艺术哲学》。
③ Ben Jonson (1572—1637),英国剧作家、诗人。

在刮着猛烈东风的一个晚上（这对我是个好兆头），我走出地下室来到大街上，去看望一个老人。他在一家圣经公司里当差，同时认真地祈祷和读书。我们在火盆上烤着手，在挂着十字架的墙边聊着天。我母亲为什么疯了？我父亲的事业为什么失败了？我为什么受到了惩罚？——知道这些秘密的他，脸上露出奇怪而稳重的微笑，总是陪着我，还时时用短短的话描绘出人生的漫画。我在这间屋子里没法不尊敬这位隐士。可是在和他的谈话中，我发现他也被亲和力所左右着。

"那个花木店的姑娘长相好，脾气也好——而且对我也热情。"

"多大了？"

"今年十八。"

这也许是一种父亲般的爱，可是我从他眼神里感到了热情。不知不觉中，我从他递给我的发黄的苹果皮上看出独角兽的模样。（我还常常从木头花纹和咖啡杯的龟裂上发现神话中的动物。）独角兽就是麒麟。我想起了一个对我抱有敌意的批评家说，我是"九百一十年代的麒麟儿"的话，觉得挂着十字架的房檐底下也不是安全地带。

"怎么样，你最近？"

"精神仍然总是觉得焦躁不安。"

"你这个病吃药也不管用。你不打算信教吗？"

"要是我这样的人也能的话……"

"一点儿也不难。只要你相信神，相信神的儿子基督，相信基督所作的奇迹就成……"

"我能相信恶魔，可……"

"那你为什么不信神呢？如果你相信影子的话，那么你也应该相信光啊。"

"不是也有没有光的黑暗吗？"

"你说的没有光的黑暗是?"

我只有不说话了。他也像我一样在黑暗里走着,但是,我相信既然有黑暗就会有光明。我们的理论之不同就仅仅在这点上。可是这对我来说,至少是不可逾越的鸿沟……

"光肯定是有的,证据就是有奇迹发生……奇迹大概现在也会常常出现呢。"

"那是恶魔制造的奇迹……"

"你怎么又提恶魔之类的呢?"

在这一两年间,我心里总有一种想把自己经历的事告诉他的冲动。可是要是他把我说的告诉妻子的话,我也怕像我妈妈一样进精神病院。

"那是什么?"

这位身躯魁梧的老人回过身看着旧书架,脸上露出一种像牧羊神似的表情。

"是陀思妥耶夫斯基全集。你看《罪与罚》吗?"

十年前我就看过四五本陀思妥耶夫斯基的书了。不过,我被他说的话所感动,就借了这本《罪与罚》之后回了饭店。在电灯光的照耀下,众多行人来来往往的大街仍然让我觉得不舒服,特别是碰到熟人更是让我受不了。我尽量挑街灯不亮的地方走,就像小偷一样。

可是过了一会儿,我觉得胃疼,要止住疼只有喝一杯威士忌。我找到一家酒吧,推门想进去。可是一看,狭窄的酒吧里烟雾腾腾,几个艺术家模样的青年正围在一起喝酒。他们中间还有一个梳着遮耳发型的女人一个人起劲儿地弹着曼陀铃。我忽然觉得很犹豫,于是没进屋,转身走了。这时,我才发现我的影子在左右摇晃,而照射我的是有些瘆人的红光。我在街上站住了,可是我的影子却仍然在我的面前不停地晃动。我大着胆子往身后看,终于发现了酒吧房檐下的彩色玻璃吊灯。原来是吊灯在大风里缓缓地摇晃着……

我这回进去的是一家在地下室开的餐馆。我站在这家餐馆的酒吧前，要了一杯威士忌。

"要威士忌吗？这儿只有 Black and White（英国高级威士忌）……"

我往苏打水里倒进威士忌，什么也没说，只是开始一小口一小口地喝着。我身边有两个三十多岁像报社记者的男人正在悄悄聊着什么，他们说的是法语。我背对着他们，全身都感到了他们的视线。那声音其实就像电波一样辐射到我的身体上。他们其实知道我的名字，好像就在说有关我的事。

"Bien……très mauvais……pourquoi……（真的是……太坏了……为什么……）"

"Pourquoi? le diable est mort!……（为什么呢？魔鬼死了……）"

"Oui，oui……d'enfer……（哦，是吗？……地狱的……）"

我丢下一块银币（我身上最后一块银币），转身就逃到了地下室外。大街上晚风吹过，胃痛多少缓解，让我的神经坚强了许多。我想起拉斯科尔尼科夫①，感到有种想要忏悔一切的欲望。但是，这会使我自己之外——不，在我家之外也肯定会发生悲剧。这还不说，我的这个欲望是真是假也还值得怀疑。要是我的神经和别人同样坚强的话——为了这一点我必须到什么地方去旅行，到马德里、里约热内卢、塔什干去……

这时，吊在一家店铺屋檐下的一块白色小招牌突然让我紧张起来。那是画着汽车轮胎、有翅膀的商标。看到这个商标我想起了依

---

① 《罪与罚》的主人公。

靠人工翅膀飞行的古代希腊人。他虽飞上天空,但翅膀被太阳光烤化,终于掉进大海淹死了。去马德里,去里约热内卢,去塔什干——我不能不暗自嘲笑我的这些梦想。同时也自然而然地想起被复仇之神追赶的俄瑞斯忒斯①。

我沿着运河在灯光暗淡的街上走着,忽然想起住在郊区的养父母。养父母一定天天盼着我回去,大概我的孩子们也——可是要是回去的话,我又惧怕某种力量会不由自主地束缚我。在波浪翻腾的运河上横着一艘大船,从船的底部露出了微弱的灯光。大概船里有几个男人女人在一起生活吧。他们大概也在互相爱着或恨着……这时我心里又重新有了战斗的激情,感觉到了威士忌的醉意,便往饭店走去。

我又坐在桌前接着看《梅里美书信集》,在不知不觉当中又给了我生活的力量。但是,当我知道了梅里美在晚年成了新教徒时,顿时想象出他戴着面具的模样。他也是一个像我们一样在黑暗中行走的人而已。在黑暗中?——对于我来说《暗夜行路》开始变成了一本可怕的书。我为了忘掉忧郁,拿起《阿·法朗士对话集》看了起来。可是,这位近代的牧羊神也背负着十字架……

过了大约一个钟头后,茶房来到我的房间递给我一叠邮件。其中有一封信是莱比锡的一家书店来的,要我写一篇题为《近代日本的女人》的小论文。他们为什么专门找我写这篇论文呢?而且在这封英语写的信上还添了手写的一句:"您的论文即使像日本画里的除了黑白没有其他颜色的女人肖像画,我们也会非常满意。"我看着这行字,想起了 Black and White 这个威士忌酒的名字,我一下子把信撕得粉碎。接着我又顺手打开另一封信,拿着黄色的信纸看了起来。写这封信的是一个不认识的年轻人,才看了两三行,

---

① 希腊神话中的人物。他杀死了谋害亲夫的母亲及其奸夫。

他写的"您的小说《地狱图》"这句话就让我气不打一处来。第三封信打开后,发现是我外甥写来的。我这才定了定神,看他写的家事,但最后几句话还是一下子把我击垮了。

"给您寄上再版的歌集《赤光》……"

赤光!我觉得我在冷笑,只好跑到房间外去避难了。走廊里一个人影也没有,我用一只手扶着墙壁,好容易走到楼下大厅。我在椅子上坐下,给香烟点上火。香烟不知为什么是 airship 牌的(我在这家饭店住下后,一直抽的是 star 牌),人工翅膀又一次在我的眼前浮现。我招呼对面的茶房过来,让他给我去买两盒 star 牌香烟。可是要是茶房的话能信得过的话,偏巧只有 star 牌香烟卖完了。

"您要 airship 牌的话倒还有。"

我摇摇头,眼睛巡视着宽阔的大厅。我的对面有四五个外国人围坐在桌子旁聊天,他们中间的一个人——一个穿着红色连衣裙的女人小声地和其余的人说着话,好像还时时朝我这边看看。

"Mrs. Townshead……"

一个看不见的东西在我耳边小声说了一句就走开了。就算这是坐在对面的女人的名字,我当然还是不认识什么唐斯海德夫人。——我从椅子上站起来,唯恐自己发了疯,马上回到自己的房间。

一回到房间,我就准备给精神病院打电话。但是,要是进了精神病院我也就和死差不多了。我思前想后犹豫了很久,为了稳定一下情绪,我翻开了《罪与罚》。可是偶然翻开的一页就是《卡拉马佐夫兄弟》里的一节。我以为拿错了书,就翻回书的封面看。《罪与罚》——没错,书就是《罪与罚》呀。我觉得是印刷厂装订错了——而我又打开了装错的一页,这完全是命运的手指所为,我也不得不看下去。可是还没看完一页,我就感到身子发起抖来了。我看的是描写伊万①被恶魔折磨的一节。描写伊万,描写斯特林堡,描写莫泊桑,或者是描写在这间房间里的我……

能拯救现在的我的唯有睡觉,可是安眠药却一包也没有了。睡不成觉只有继续受煎熬。然而,这时我心里产生了绝望的勇气,叫来了咖啡后,拼了命发疯似的写着。两页、五页、七页、十页,眼看着稿纸就堆了起来。我在这部小说里写的全是超自然的动物,而且我还把其中的一只动物描写成了我的自画像。可是这时疲劳渐渐使我头昏起来,我终于离开桌子,仰面朝天躺在床上。接着我好像睡了四五十分钟,又觉得有人在我耳边悄声说话,我一下子睁开眼睛站了起来。

"Le diable est mort(恶魔死了)。"

石灰岩窗框的窗外不知什么时候已经亮了,看上去冷冰冰的。我站在门前,看着没有一个人的房间。这时,我发现对面窗玻璃上呈现出水汽形成的斑斑驳驳的小风景图案,好像是发黄的松林对面海岸的风景。我怯生生地凑近窗边,发现形成这种风景的其实是庭院里的枯树枝和池塘。不过这种错觉却似乎在不知不觉中使我心里涌起了对家的思念。

等到九点钟的时候,我给一家杂志社打了电话,向他们要了点儿钱。我一边朝皮包里装桌子上的几本书,一边作出决定,回家去。

六 飞机

我在东海道线的一个车站坐上了一辆开往山里避暑地的汽车。不知为什么,这么冷司机却穿了一件旧雨衣。我对这种巧合感到害

---

① 《卡拉马佐夫兄弟》中的老二,是个无神论者。

怕，就尽量不去看他而把头转向窗外。这时我看到在长着低矮松树的对面——恐怕是古老的街道上，正有一队送葬的队伍走过。好像队伍里还有人提着糊上白纸的灯笼和佛前用的灯笼。金银纸做的莲花静静地在灵柩前摇晃着……

好容易才到家后，我靠着妻子和安眠药的力量，相当安稳地过了两三天。在我家的二楼能隐隐约约看到松林对面的大海。我只有上午在二楼的桌子前一边听着鸽子的叫声，一边工作。除了鸽子和乌鸦之外，麻雀也会飞到走廊来，这也让我心情很舒畅。"喜鹊入堂。"——我拿着笔，每每想起这句话。

一个暖洋洋的阴天下午，我到一家杂货店去买墨水。可是店里摆的墨水全是暗褐色的，暗褐色的墨水平时就比其他任何一种墨水都让我讨厌。我不得不离开这家店，一个人慢慢腾腾地在行人很少的街上走着。正在这时有一个好像是近视眼的四十岁左右的外国人，耸着肩膀从对面走过来。他是住在这里的一个患迫害妄想狂的瑞典人，而且名字就叫斯特林堡。我和他擦肩而过的时候，觉得身上有一种感应。

这儿只有两三条街道。可是就在走过这两三条街道的时候，我就四次碰见了一只只有半边脸是黑色的狗。我往小巷里拐，想起了Black and White 这种威士忌酒。不但如此，我还想起了斯特林堡那黑白相间的领带。对我来说，绝对不是偶然的，如果不是偶然的话——我感到只有我的脑袋在走，就在街道上站住了。路边铁栅栏里一只彩色玻璃碗被扔在那里，碗底周围有凸起的翅膀样的花纹。这时，几只麻雀从松树枝头飞了下来，可是它们好像是商量好了似的，一接近那只碗就又逃到空中。我去了妻子的娘家，在院子里的藤椅上坐了下来。院子一角的铁丝网里有几只白色的来杭鸡在静静地走着，一只黑狗趴在我的脚边。我急于弄清楚谁也不懂的疑问，所以在别人看来可能像很冷淡地和妻子的妈妈和弟弟聊着天。

"到这儿来真安静啊。"

"这儿确是比东京静点儿。"

"这儿也有让人烦的事吗?"

"那当然了,这儿也是社会呀。"

妻子的妈妈说着笑了起来。实际上这个避暑地也是"世上",我非常清楚仅仅在这一年左右的时间里这儿就发生了多少罪恶和悲剧。打算慢慢毒杀患者的医生、放火把养子夫妇房子烧掉的老太太、要抢夺妹妹财产的律师——看到这些人的房子时,我总觉得在人生中看到了地狱,毫无区别。

"这儿的街上有个疯子吧?"

"你是说 H 吧?他不是疯子,是变傻了。"

"是叫早发性痴呆症,我每次看见他都觉得很吓人。那家伙最近也不知是怎么想的,老是在马面观世音前施礼。"

"什么吓人啊,你胆子得大点儿才行……"

"大哥倒是比我这样的胆儿大……"

妻子的弟弟胡子也没刮,刚起床也没收拾,仍然和过去一样小心地参加我们的谈话。

"胆儿大也有软弱的一面……"

"唉哟,这就麻烦了……"

我看看说话的妻子的妈妈,只有苦笑。这时妻子的弟弟也微笑着朝远处篱笆外的松林张望,一边专心地和我们说着话。(这个病后的弟弟,我时时觉得是个脱离了躯壳的精神。)

"我还奇怪你过着脱离社会的生活呢,结果你人的欲望还挺强的……"

"你要以为我是好人,结果却是个坏人。"

"不,有没有比善恶更相反的……"

"那么就是大人里的小孩儿吧。"

"也不对,我说不太清楚,但是……大概就像电的两极吧。反正是相反的东西在一起。"

这时让我吃惊的是天上传来巨大的飞机声。我不由得往天上看,发现了一架低得快要擦到松树梢的飞机。飞机的翅膀漆成了黄色,是一架很少见的单翼飞机。鸡和狗听了飞机的声音都受到了惊吓,纷纷四处逃窜。特别是狗,一边叫着一边夹着尾巴往走廊下钻。

"这飞机不会掉下来吗?"

"不要紧的——大哥你知不知道有飞机病?"

我给香烟点上火,摇了摇头代替了"不"的回答。

"据说那些坐飞机的人在天上只能呼吸高空的空气,就渐渐受不了地面上的空气了……"

出了妻子的娘家,我在树枝一动不动的松林里走着,感到自己越加忧郁了。那架飞机为什么不往别处飞而偏偏从我头上飞过呢?又为什么饭店里只卖 airship 牌香烟呢?我苦苦思索着这些疑问,专找没有人的路走。

在阴沉的天气里,海在低矮的沙山那边显出一片灰色。在沙山上有一架没了秋千坐板的秋千架子。我看着秋千架,忽然联想起了绞刑台。实际上秋千架上还站着两三只乌鸦,那些乌鸦看见我也没有要飞走的意思。这还不算,站在中间那只乌鸦还把大大的嘴伸向天空,的的确确叫了四声。

我沿着草已枯黄的土堤转到通向很多别墅的小路。这条小路的右边仍旧是高高的松树,应该有一栋西洋式的两层木造楼独立在树林里。(我的好朋友把这座小楼叫作"春天的房子"。)可是走近一看,那里的混凝土房基上只有一个浴室水龙头。失火了——我立刻这么想着离开了那里,尽量不再往那边看。这时一个骑自行车的男人从对面一直朝我骑过来。他戴着深褐色的礼帽,奇怪的眼神直勾勾的，身子伏在车把上。忽然我仿佛从他的脸上看到了姐夫的脸，我在还没到他跟前时拐到了旁边的另一条小路上。可是竟然有一只腐烂了的死鼹鼠，翻着肚子躺在这条小路的正中。

总有什么在算计我，让我每走一步都感到不安。就在这时，一个个齿轮挡住了我的视线。我越发害怕最后时刻的来临，直直地挺着脖子走着。随着齿轮增多，渐渐地，这些齿轮忽然转了起来，同时又和右边的松树枝静静地交织在一起，看上去就像隔着玻璃一样。我感觉到我的心跳加速，好几次都想在路边站住，可是就像有人推着我走一样怎么也站不住……

过了大约半个钟头，我在二楼仰面躺着，紧闭着眼睛，强忍着头痛。这时我的眼睛里出现一个银色羽毛的像鱼鳞重叠在一起形成的翅膀，它清楚地映在我的视网膜上。我睁开眼睛看着天花板，在确认了天花板上什么也没有之后，又一次闭上眼睛。可是银色的翅膀又在黑暗中清楚地出现了。我忽然想起我最近坐的汽车引擎盖上也带有翅膀……

这时我听见有人慌慌张张地上了楼梯，接着又脚步慌乱地跑了下去。我听出来是谁的太太，就慌忙起身，正好来到梯子前昏暗的客厅。只见妻子伏着身子，拼命喘着气，肩膀还不住地颤抖着。

"怎么了？"

"不，没什么……"

妻子终于抬起头，强装笑脸说：

"没出什么事，只是觉得你要死了似的……"

这是我一生里最恐怖的经历。——我已再没有力气往下写了，生活在这样的心境里，只有无法言说的痛苦。有谁能在我熟睡中把我掐死呢？

昭和二年（1927）遗稿

暗中问答

宋再新译

一

一个声音：你是一个和我的想法完全不一样的人。
我：这不是我的责任。
一个声音：但是你自己加深了这种误解。
我：我从来就没去加深误解。
一个声音：可是你爱风流——或者是假装爱。
我：我是爱风流。
一个声音：你到底爱什么，是爱风流？还是爱女人？
我：两个我都爱。
一个声音：（冷笑）这看上去很矛盾呢。
我：有谁觉得矛盾？爱女人的人也许并不喜欢一件古瓷碗，可这是因为他没有爱古瓷碗的感觉。
一个声音：风流人必须选择其中之一。
我：我恰恰生就的比风流人更加多愁善感。不过也许有一天我会选择古瓷碗，而不去选择女人。
一个声音：那你可就不彻底了。
我：如果你觉得这是不彻底的话，那么得了流行性感冒用冷水擦身，我比任何人都彻底。
一个声音：你不要嘴硬。你的内心其实很虚弱，你是为了反驳你所受的社会的谴责才这样说的。

我：我当然是这么打算的，首先，想想看就知道这样很好，你不反驳最后就会被压迫死。

一个声音：你真是个脸皮厚的家伙。

我：我脸皮一点儿也不厚。我的心里只要稍稍有点什么事，就会像冰一样凉透了。

一个声音：你觉得自己是一个有能力的人吗？

我：我当然是有能力的人之一，可还算不上是最有能力的人。如果我是最有能力的人的话，我也许会像歌德一样很容易地成为偶像。

一个声音：歌德的恋爱是很纯洁的。

我：那是胡说，是文艺史家的谎话。歌德在刚好三十五岁的时候逃到意大利去了。是的，只能说是逃走的。知道这个秘密的除了歌德自己之外，大概就只有斯泰因夫人①了。

一个声音：你说的完全是给自己辩护。世上没有什么比自我辩护更容易了。

我：自我辩护也不那么容易。要是那么容易的话，律师这个职业就没法干了。

一个声音：简直是个善于诡辩的家伙。没人会愿意理你。

我：我有给我激情的树木和水，另外还有三百多本和汉东西的书呢。

一个声音：可是你会永远失去你的读者。

我：我将来会有读者。

一个声音：将来的读者会给你面包吗？

我：就连现在的读者也没怎么给呀。我得到的最高的稿费才一

---

① 魏玛大公母亲的侍从，冯·斯泰因男爵的夫人，一直是歌德的支持者。

张稿纸十块钱。

一个声音：可是你有资产吧。

我：我的资产就是在本所的那块巴掌大的地。我的月收入就算最高的时候也没超过三百块。

一个声音：可是你有房子，还有《近代文艺读本》……

我：房子的梁太重了，至于《近代文艺读本》的版税钱可以借给你，我得了四五百块钱。

一个声音：可你是那本书的编者，光这一点你就应该感到羞耻。

我：你说我什么地方应该感到羞耻？

一个声音：你要当教育家。

我：那是瞎说。是教育家想跑到我们的圈子里来，我只是把那份工作要回来而已。

一个声音：你这样还像是夏目先生的弟子吗？

我：我当然是夏目先生的弟子。因为你可能知道亲近文墨的漱石先生，但是却不了解近于痴痴的天才夏目先生。

一个声音：你这个人没有思想，偶尔有的也只是充满矛盾的思想。

我：这正是我进步的证据。傻子总以为太阳比脸盆小。

一个声音：你的傲慢会毁了你的。

我：我经常这么想——或者说我可能是个不能寿终正寝的人。

一个声音：看起来你是不怕死啊。是不是？

我：我怕死。但是，死并不困难，我已经上过两三次吊了，不过大约挣扎了二十秒后我甚至有了一种快感。要是我遇到了比死还让我不高兴的事的话，不管什么时候我都会毫不犹豫地去死的。

一个声音：那你为什么不死呢？不管让谁看，你都是法律上的罪人。

我：这我也承认。像魏尔兰一样，像瓦格纳一样，或往大了说，像斯特林堡一样。

一个声音：但是你却没赎罪。

我：不，我在赎罪。没有什么痛苦比赎罪更甚。

一个声音：你实在是无可救药了。

我：我毋宁说是个善男子。如果我是坏人的话，我就不会如此痛苦，不仅如此，可能还会利用恋爱去骗取女人的钱财。

一个声音：那你也许是个傻瓜。

我：就是，我也许是个傻瓜。那篇《一个傻瓜的一生》写的就是近似于我的傻瓜。

一个声音：而且你还是个不通世事的人。

我：如果熟谙世事算是最高等的话，那么实业家就比什么都高等喽。

一个声音：你看不起恋爱，可是今天看来，你竟还是个恋爱至上主义者呢。

我：不，我到今天也绝不是恋爱至上主义者。我是诗人，是艺术家。

一个声音：但你不是为了恋爱把父母妻子都抛弃了吗？

我：瞎说！我只是为了自己把父母妻子抛弃的。

一个声音：那你就是个利己主义者。

我：我恰恰不是利己主义者。但是我倒想成为利己主义者。

一个声音：你非常不幸，竟然沉溺于近代自我崇拜。

我：正因如此我才是个近代人。

一个声音：近代人还不如古代人。

我：古代人也曾经是近代人。

一个声音：你就不可怜你妻子吗？

我：有谁能不可怜人？你读高更的信看看。

一个声音：你不管什么时候都认可自己所做的一切吗？

我：我要是认可自己做的一切，就不在这儿和你说话了。

一个声音：那你还是不认可喽？

我：我只是绝望了。

一个声音：那么你怎么承担你的责任呢？

我：四分之一是出于我的遗传，四分之一缘于我的境遇，四分之一因为我的偶然——我的责任只有四分之一。

一个声音：你这个人简直是太卑鄙了。

我：任何人都像我一样卑鄙吧。

一个声音：那你就是恶魔主义者。

我：我恰恰不是恶魔主义者。特别是我还常常看不起处于安全地带的恶魔主义者。

一个声音：（沉默片刻）反正你现在很痛苦，这一点我可以断定。

我：不，你可别轻易抬举我，我还没准儿以痛苦为荣也不一定。不仅如此，"得不惧失"也是有能力者所为呀。

一个声音：你也许是个老实人，可也许是个幽默家。

我：我也正在想我算哪一类呢。

一个声音：你总是以为自己是现实主义者吗？

我：我正是这么一个理想主义者。

一个声音：你或许会毁灭的。

我：但是制造出我的会造出第二个我。

一个声音：那你就随便痛苦好了，反正我要离开你了。

我：等等，在你走之前让我问问你。你一直不住地在问我——不见天日的你到底是什么？

一个声音：我？我是在世界的黎明时和雅各布①角力的天使。

二

一个声音：我很佩服你的勇气。

我：不，我没有勇气。要是我有勇气的话，就不会跳进狮子的嘴里，而会等着狮子来吃我，和它搏斗。

一个声音：可是你以前做的事很有人情味儿。

我：最有人情味儿的又是最有动物味儿的。

一个声音：你做的事并不坏，你只是因现代的社会制度而痛苦罢了。

我：就算是社会制度改变了，我的行为也肯定会让几个人不幸。

一个声音：可是你并没自杀。你的确有力量。

我：我时常想自杀，特别是想自然死去，为了这个我曾经每天吃十只苍蝇。把苍蝇撕碎后吞下去倒是没什么，就是嚼的时候觉得有点儿恶心。

一个声音：这样一来相应的你就很伟大了。

我：我并没追求什么伟大，希望的只是和平而已。你看看王尔德的信，他写道：只要有够用的钱，能和妻子与两三个孩子一起生活，即使写不出什么伟大的艺术也很满意。王尔德尚且如此，我那了不起的王尔德尚且……

一个声音：反正你很痛苦。你也不是没有良心的人。

我：我没有什么良心，有的只是神经。

一个声音：你的家庭生活很不幸。

---

① 据《圣经·旧约·创世纪》，雅各布是犹太人的族长。

我：不过我老婆始终非常忠实于我。

一个声音：你的悲剧在于你有比别人更了不起的理智。

我：胡说！我的喜剧在于我比别人缺乏处理俗务的智慧。

一个声音：但你很老实。你在任何事情都还没暴露的时候，就把一切对你所爱的女人的丈夫讲了。

我：这是瞎说。我在觉得不讲不行之前什么都没说。

一个声音：你是个诗人，是艺术家。对你来说任何事都是允许的。

我：我是个诗人，是艺术家，可我又是社会的一分子。我背负着十字架并不是不可思议的事，即使这样也还是过于轻了。

一个声音：你忘了你的自我，你尊重你的个性，蔑视丑陋的民众吧。

我：我不用你说也在尊重自己的个性，但我不蔑视民众。我曾经这么说过——"玉碎瓦不碎"。莎士比亚、歌德和近松门左卫门总会消失的，但是他们的母体——广大的民众却不会灭亡。所有的艺术就是改变了形态，气候也会再生的。

一个声音：你写的东西很有独创性。

我：不，绝不是独创的。首先，谁是独创性的？就算古今的天才写的东西，其原型也随处可见。我就经常偷着用。

一个声音：可你也在教别人呢。

我：我所教的只是我不会的。要是我会的，在教之前我就自己做了。

一个声音：我确信你是超人。

我：不，我不是超人，我们都不是超人。超人只有查拉图斯特拉一个人。而且这个查拉图斯特拉到底怎样迎接死亡的，连尼采自己也不知道。

一个声音：连你也害怕社会吗？

我：有谁不怕社会？

一个声音：你看在监狱住了三年的王尔德，他说妄自杀有负于社会。

我：王尔德在监狱里曾经企图自杀过好几次，而且没自杀只是因为没有自杀的办法。

一个声音：你就蹂躏善恶吧。

我：我今后就是不情愿也还是要当好人。

一个声音：你也太单纯了。

我：不，我太复杂了。

一个声音：不过你就放心吧，你的读者不会少的。

我：那要等版权终止以后了。

一个声音：你为了爱吃了不少苦啊。

我：为了爱？你就少说点儿文学青年式的恭维话吧，我只是在性事上摔了跟头而已。

一个声音：任何人在性事上都容易跌跟头。

我：别人只是说任何人都容易在金钱上跌跟头。

一个声音：你是挂在人生的十字架上了。

我：这并不是值得我骄傲的事。杀情妇的和诈骗犯也都被钉在十字架上了。

一个声音：人生并不是那么阴暗的。

我：我知道除了"被选出来的少数"之外，人生对任何人都是阴暗的。而且所谓"被选出来的少数"只是傻子和坏人的代名词。

一个声音：那你就去痛苦吧。你知道我吗？你知道专门来安慰你的我吗？

我：你是狗，是从前变成狗进了浮士德房间的恶魔。

三

一个声音：你在干什么？

我：我只是在写作而已。

一个声音：你为什么要写作呢？

我：因为不写不行。

一个声音：那你就写吧，一直写到死。

我：那当然了——首先我没办法不写。

一个声音：你倒是很沉得住气呀。

我：不，我一点儿都沉不住气。要是了解我的人，就会知道我的痛苦。

一个声音：你的微笑到什么地方去了？

我：回到天上的神那里去了。为了能给人生送去微笑，首先就要有能平衡心理的性格，第二要有钱，第三必须有比我还结实的神经。

一个声音：不过你很放松嘛。

我：嗯，我很放松。不过为此我裸露的肩膀要承受一生的重负。

一个声音：你只有按照你的方式生活，或者按照你的方式……

我：就是，按照我的方式去死。

一个声音：你和过去的你不一样了，变成另一个你了。

我：我什么时候都只是自己。大概是皮变了吧，像蛇蜕了皮一样。

一个声音：你什么都明明白白的。

我：不，我什么都不明白。我意识到的只是我灵魂的一部分，我没意识到的那一部分——我灵魂的非洲还茫茫的一望无际。我害怕这一点。怪物不停留在光亮里，可是在无边无际的黑暗里就有什么还在睡着。

一个声音：你也曾经是我的孩子。

我：谁？和我接过吻的你？不，我知道你。

一个声音：那你以为我是谁？

我：是夺走我的和平的东西。是破坏我的伊壁鸠鲁主义①的东西。是让我失去——不，并不只是我，失去从前中国圣人教训的中庸精神的东西。你所牺牲的东西到处都是，在文学史上有，在报纸报道上也有。

一个声音：你把这个叫作什么呢？

我：我——我不知道叫什么。但要是借别人话来说的话，你是超越我们的力量，是支配我们的daimôn（恶魔）。

一个声音：你自己祝福自己吧。我再也不来和任何人说话了。

我：不，我觉得我比谁都需要防范你的到来。你到过的地方就没有和平，而且你像X光一样能渗透到所有地方。

一个声音：那你以后就多加小心吧。

我：我以后当然要加小心了，不过当我拿起笔的时候嘛……

一个声音：你是说让我在你拿笔的时候来吗？

我：谁说让你来了？我只是想成为一群小作家中的一个，除此就无法得到和平。但是当我拿起笔的时候，也许会成为你的俘虏。

一个声音：那么你就多留神吧。首先我也许会把你所说的话一一实现的。那就再见了，我还会来和你见面的。

我：（剩下自己）芥川龙之介！芥川龙之介！你把根扎得深一点。你是被风吹的芦苇。天有不测风云，你好好站稳吧。这是为了你自己，同时也是为了你的孩子们。别自我陶醉了，同时你也不要

---

① 古希腊学者伊壁鸠鲁提倡的愉悦主义。

卑躬屈膝。从今往后你要重新开始。

昭和二年（1927）遗稿

梦

宋再新译

我实在是太疲倦了。肩膀和脖子都已僵直就不用说了，失眠也相当厉害。这还不算，即使偶尔睡着了也会做各种各样的梦。不知是谁在哪儿说过："做带颜色的梦是不健康的证据。"可是大概跟我是画家也有关系吧，我基本上就没做过没有颜色的梦。我和朋友们一起走进郊区一家咖啡馆的玻璃门，那扇满是灰尘的玻璃门外是铁路道口，道口边的柳树刚吐新芽。我们坐在角落里的桌子边，吃着碗里面盛着的什么东西。可是吃完了一看，剩在碗底的是一寸来长的蛇头——这种梦也色彩鲜艳。

我租的房子在寒冷的东京郊外。我心情一忧郁，就从租的房子后边爬上土堤，俯视下面的省线电车轨道。在沾满油和铁锈的碎石上几条轨道发着亮光，而在对面的土堤上有一棵树斜着伸出树枝，好像是榉树。说这种景色本身就是忧郁的话，一点也不过分，可是比起银座和浅草来，还是这儿的风景适合我的心情。"以毒攻毒"——我一个人在土堤上蹲着，一边抽着香烟，一边想着这些事。

我并不是没有朋友。我的朋友是个年轻的西洋画家，是财主的儿子。他看见我无精打采的样子，就劝我出去旅行。"钱总会有办法的。"——他就这么热情地对我说。可是即使去旅行，我自己也比谁都清楚，这并不能治好我的忧郁症。实际上三四年前我也陷入过忧郁状态，为了能暂时缓解症状，我特地大老远的到长崎去旅行。可是到长崎一看，哪个旅馆都不称心。这还不算，好容易住下之后，晚上有几只扑火飞蛾飞了进来。我最后受够了罪，没过一个星期就跑回了东京……

  一个地上还有残霜的下午，我去取钱回来时忽然来了创作欲。其中也有因为身上有了钱可以找模特儿的关系，但除此之外，我的创作欲也确实是发作式地强烈。我没回我租的房子，而是先去了一家叫 M 的地方，雇了一个可以画十号画布的模特儿。这样的决心让陷入忧郁的我打起了精神，这实在是很久没有的事了。"要是这张画能画成，死也值了。"——我实际上就是这么想的。

  从那家 M 请来的模特儿脸长得并不漂亮，但是她的身体——特别是胸部很好看，全朝后梳的头发很密。我对她很满意，让她坐在藤椅上后，立刻就着手画起来。光着身子的她拿着代替花束的英文报纸卷，两腿稍稍靠拢，偏着头摆了一个姿势。可是我一面对画架，就感到身体非常疲倦。我的房子朝北，屋里又只有一个火盆。尽管我把火烧得火盆架都要煳了，但是屋里还是不怎么暖和。她坐在藤椅上，略叠在一起的两腿肌肉时时反射似的抽搐着。我在拿刷子画着的同时，一阵阵觉得气不打一处来。这不是对她，而是对我自己再买不起一个炉子而感到气愤。同时我又为自己对这种事要着急上火而更加不满。

  "你住在哪儿？"

  "你问我的住处？我住在谷中三崎町。"

  "你一个人住吗？"

  "不是，和朋友一块儿住。"

  我一边这么聊着，一边在原来画了静物的旧画布上慢慢地加上颜料。她偏着头，脸上一点儿表情也没有。不仅如此，她的话和声调也很呆板，我只能以为她生来就是这个样子。等我觉得她不紧张了的时候，就常常在规定的时间外也让她摆姿势。不过，不知什么原因，我在她眼睛都不转一下的姿态中感到了一种异样的压迫感。

我的画作进展不大。我完成一天的工作后，基本上就倒在地毯上，揉揉脖子和肩膀，或呆呆地打量着房间。房间里除了画架之外只有一把藤椅。藤椅因空气里的湿度不同，有时就是没人坐也会发出声音。这时我会觉得很吓人，立刻会出去到哪儿散步。说是散步，其实也就是沿着房后的土堤，到有很多寺庙的乡镇街道去。

我一天也不休息，不断地面对画架画着，模特儿也天天都来。但是这期间，我还是在她的身体前觉得有压迫感，当然同时也对她健康的身体感到羡慕。她仍然是面无表情，眼睛盯着房间的一角，在粉红的地毯上躺着。

"这个女人比起人来倒更像是动物。"——我拿着刷子往画布上涂着，时时这么想着。

在一个风略带暖意的下午，我仍然面向画架，一个劲儿地画着。模特儿好像比平时更沉默，这愈发让我觉得她的体内有种野蛮的力量。我还觉得她的腋下有一种气味，那气味有点儿像黑人皮肤的那种臭味儿。

"你是什么地方出生的？"

"群马县××町。"

"××町？那儿织布的多啊。"

"是。"

"你不会织布吗？我小时候织过。"

说话当中，我忽然注意到她的乳头长得很大，恰好像洋白菜的芽将绽未绽一样。我当然还是像平常一样用刷子画着，但是，她的乳头——奇怪的是我又不能不去注意她那既可怕又好看的乳头。

到了晚上风还没停。我一下子睁开了眼睛，想去租住的房子的厕所。但是脑子清醒了一看，虽然纸拉门开着，但我还在屋里打着转。我不由得停下脚步，呆呆地看着房间，眼睛最后落在脚边粉红色的地毯。接着我光着脚用脚趾轻轻擦着地毯,地毯给我的感觉就像皮毛一般。"这块地毯的背面是什么颜色的?"——这让我产生了兴趣。但是奇怪的是我又怕把地毯翻过来看。我去了厕所后,就匆匆钻进了被窝。

第二天我一干完活就觉得比平时更失落,这是因为我在自己的房间里反而觉得很不踏实。于是我又到房后的土堤上去。周围已经黑了下来,但是,奇怪的是在暗淡的光线里,树和电线杆还看得清清楚楚。我沿着土堤走着,一心想要大声叫喊,不过我当然要压抑这念头才行。我觉得只有我的脑袋在走,沿着土堤下到不像样的乡镇街道。

这里的乡镇街道仍然几乎见不到行人,不过路边的一根电线杆上拴了一头朝鲜种牛。朝鲜牛伸着脖子,很奇怪,它的眼睛像女人的眼睛一样直直地盯着我看,那眼神就像是等着我到来的表情一样。我看出牛的表情里明显有一种挑战的意思。"这家伙对着屠夫肯定也是这样的眼神。"——这样的想法也让我感到不安,我渐渐地又忧郁起来,终于没经过牛旁边而拐进了胡同。

两三天后的一个下午,我还在画架前不停地挥舞着刷子。躺在粉红色地毯上的模特儿仍然是连眉毛都不动一下。算起来在前后半个月里,我在这个模特儿前持续画着老完不成的画,而我们也始终没有互相交心。不,应该说我自身受到她的威压越来越强烈了。她在休息时间里连一件衬裙都不穿,对我的问话也只郁闷地答一句。不过今天不知是怎么了,她背对着我(我忽然发现她的右肩上长着一颗痣),脚伸在地毯上,对我这样说:

"老师,朝你的房子走的路上铺着几条细石条吧?"

"嗯……"

"那是胞衣坟呢。"

"胞衣坟?"

"哎,是表示埋了胞衣的标志。"
"为什么?"
"那上面不是写得清清楚楚的吗?"
她隔着肩膀看着我,脸上露出近乎冷笑的表情。
"任何人都是裹着胞衣出生的吧?"
"这话真没意思。"
"可是一想到是裹着胞衣出生的……"
"?"
"就觉得自己像是狗的孩子。"

我又开始挥动在她的前面没有进展的刷子。没有进展?——可是这并不等于说我没有激情。我总是觉得她的身上有一种需要粗野表现的东西,但是要想表现这种东西却是我力所不及的。更何况我的内心里还有一种想躲避这种表现的想法。那么说起来使用什么的话——我继续挥动着刷子,心里老想起在哪个博物馆看到的石棒和石剑。

她回去以后,我在昏暗的电灯下翻开高更的大型画册,看着一张张泰提的画。看着看着我忽然发现自己嘴里在反复地说着文言文:"吾思理应如此。"为什么要反复说这句话,我也不知道。我觉得挺吓人的,让女佣人铺好被褥,我吃了安眠药就睡了。

我睁开眼睛的时候已经快到十点了。大概是因为昨天晚上暖和,我躺在了地毯上。可比这更让我惦记着的是我睡醒前做的梦。我站在这间房子的中间,想用一只手把她勒死。(我清楚地知道这是梦。)她把脸略向后仰,眼睛闭着,脸上仍然毫无表情。她的乳房鼓得圆圆的很好看,乳房上隐隐看得到鼓起的蓝色血管。想要勒死她,我心里没有一点障碍。不,可以说心里有一种快感,好像是做了该做的事。她终于闭上眼睛,就像死了一样。——我从这样的梦里醒来,洗过脸后,又喝了两三杯浓茶。我的心情越发忧郁了。

我心里其实并没有要杀她的想法，可是在我的意识之外——我抽着香烟，控制住自己的惴惴不安，专等着模特儿来。可是到了一点钟她还没有到我的房间来。在等待她的这段时间里，我心里很痛苦。我实在等不及了就想出去散步，但是散步对我来说也是很可怕的事。我房间的纸拉门外——这么简单的事我都觉得受不了。

　　天终于黑了。我在房间里转着圈子，还在等着不可能来的模特儿。在这段时间里我想起了十二三年前的事。我——当时还是孩子的我，也是在这样的黑天里点花火。那当然不是在东京，是在我父母住的乡下的走廊外。这时忽然有人大声喊："嘿，小心点儿。"还有人使劲儿摇晃我的肩膀。我当然以为自己坐在走廊上，可是恍恍惚惚地一看，我不知什么时候蹲在房后的大葱地里，正一个劲儿往大葱上点火呢，而火柴盒也不知什么时候差不多空了。——我不能不想到我的生活里还有自己所不知道的时间。这种想法不仅让我不安，而且更让我害怕。我在昨晚的梦里用一只手勒死了她，但是如果这不是梦的话……

　　第二天模特儿还是没来。我终于去了 M，准备打听她的下落，可是 M 的主人也不知道她的事。我越发感到不安，就打听她的住处。据她自己说应该住在谷中三崎町，可是据 M 的主人说她住在本乡东片町。我在电灯刚亮的时候走到本乡东片町她的住处。她住的地方在一条小胡同，是一家涂着粉红漆的洋式洗衣店。在有玻璃门的洗衣店里两个只穿一件衬衫的工人正在使劲儿用熨斗熨烫衣服。我不慌不忙地要推开这家店的玻璃门，这时门却突然撞了我的头。这声音不但让工人吓了一跳，我自己也受惊不小。

　　我怯生生地进了店里，问其中一个工人：

　　"一个叫……的是住在这儿吗？"

　　"叫……的还没回来。"

　　这句话更让我不放心了，但是不是要接着问我还拿不准。我也防着要是万一出了什么事不能让他们怀疑上我。

"她常常一走就一个星期都不回来。"

一个面相难看的工人手没停下熨烫，又这么加了一句。我听得出他的话里明显带着轻蔑的口吻，我也生了气，匆匆离开了这家店。我在这个有很多店都关了门的东片町街上走着，忽然想起好像什么时候做梦遇到过这样的事。涂了油漆的洋洗衣店、面相难看的工人、里面烧着火的熨斗——不，连寻找她也的确和在几个月前（或者在几年前）做的梦里看见的一个样。另外，在那个梦里好像我离开洗衣店后也是一个人在没人的街上走着。然后……然后我就一点儿也不记得那个梦的后来怎样了。但是我想，要是现在出了什么事的话，很可能立刻就会成为梦里的事……

昭和二年（1927）

一个傻瓜的一生

郑民钦译

久米正雄君：

我的这篇稿子是否发表，以及发表的时间和刊物，完全委托给你。

你大概知道稿子中的人物指的是谁，但我希望在发表的时候，你不要注释。

我现在生活在最不幸的幸福之中，然而奇怪的是，我没有后悔，只是觉得有我如此恶夫、恶子、恶父的人们是何等地可怜。再见吧。我在这篇稿子里至少没有打算有意识地自我辩护。

最后，我想说的是，我之所以把这篇稿子委托给你，是因为我认为你大概比别人更了解我（如果剥去城市人这层外皮）。那就请你笑话我在稿子里的傻样儿吧。

芥川龙之介
昭和二年（1927）六月二十日①

---

① 作者于这一年的七月二十四日自杀。

一 时代

一家书店①的二楼。他，二十岁，正站在搭于书架上的西式梯子上寻找新书。莫泊桑、波德莱尔、斯特林堡、易卜生、萧伯纳、托尔斯泰……

天色渐暮，但他依然专心致志地看着书脊上的文字。排列在书架上的，与其说是书籍，不如说是世纪末本身。尼采、魏尔伦、龚古尔兄弟、豪普特曼、福楼拜……

他与昏暗搏斗着，历数这些人的名字，但是书籍渐渐沉浸在忧郁的暗影里。他也终于失去耐心，正打算从梯子上下来，突然头顶上一盏没有灯罩的灯亮了起来。他伫立在梯子上，俯视着在书籍间走来走去的店员和顾客。他们显得那么瘦小，而且一副寒酸苦相。

"人生不过是一行波德莱尔。"

他从梯子上静静地注视着他们……

二 母亲

疯子们都一律身穿深灰色的衣服。宽大的房间因此显得更加忧郁。一个疯子坐在风琴前面，一直热情地弹奏赞美歌。另一个疯子站在房间的正中间，与其说在跳舞，不如说在狂热地转圈跳动。

他和一个面色红润的医生一起观看这个景象。他的母亲在十年前和这些人毫无二致。毫无二致——实际上，他已经从这些人的气味中感觉到母亲的气味。

"走吗？"

---

① 东京都中央区日本桥的丸善书店。

医生先往前走，沿着走廊走进一间房间。房间的角落里摆着一个装满酒精的大玻璃罐，里面浸泡着几个脑髓。他在一个脑髓上发现一点白色的东西，好像蛋清滴落在上面。他一边和医生谈话，一边又想起自己的母亲。

"这是××电灯公司工程师的脑髓，他一直认为自己是黑亮的大发电机。"

他为了躲避医生的目光，看着玻璃窗外面。外面除了插有玻璃瓶碎片的砖墙外，没有别的东西。但是稀疏斑驳的地衣显出淡淡的白。

三　家

他原先居住在郊外一座二楼的房间里。由于地盘松软，楼房奇怪地倾斜着。

他的伯母在这二楼房间里经常和他吵架，也因此接受过他养父母的仲裁。但他从他的伯母身上感受到最大的爱。伯母一生独身，在他二十岁的时候，伯母已近六十。

他在二楼的房间里经常思考这样的问题：相爱的人就要相互使对方痛苦吗？这时，他总是感觉到令人恐怖的二楼的倾斜……

四　东京

隅田川浑浊阴霾。他从行驶的小汽艇的窗户眺望着向岛的樱花。在他看来，鲜花盛开的樱树如一排破布般忧郁。但是，他总是从这樱花——江户时代开始著名的向岛樱花中发现自我。

五　我

他和他的前辈①在一家咖啡店里面相对而坐。他不停地吸烟,很少说话,但热心倾听对方的谈话。

"今天坐了半天的汽车。"

"是因为有什么事吗?"

前辈用双手支着下巴,极其随意地回答:"没有,只是想坐而已。"

这句话把他解放到一个陌生的世界——与诸神接近的"我"的世界。他感觉到一种疼痛,却同时也感觉到欢喜。

这家咖啡店非常小,但是在镶嵌着牧羊神的镜框底下,摆着一个深红色的花盆,橡胶树低垂着肉质厚厚的树叶。

六　疾病

他在不停吹拂的海风里翻开大英语辞典,手指头寻找着词语。

Talaria　带翅膀的鞋或者凉鞋。

Tale　话。

Talipot　产于东印度的椰子。树干高达五十至一百英尺,叶子用以制作伞、扇子、帽子等,七十年开花一次……

他的想象力清晰地描绘出这椰子花,于是,他的喉咙感觉到从未有过的奇痒,不由得把一口痰吐在辞典上。痰?——但是,那不是痰。他想到生命的短暂,又一次想象那椰子花,那在遥远的大海彼岸高耸入云的椰子树的花朵……

---

① 指谷崎润一郎。

七　绘画

他突然——其实就是突然，他站在一家书店前，看着高更的画集的时候，突然对绘画产生理解。当然，高更画集是照片版本，但从中也能够感受到鲜明深刻的大自然。

对这些绘画的热情更新了他的视野。他不知不觉地开始注意观察树枝的弯曲形状和女性丰腴的脸颊。

一个秋雨过后的黄昏，他从郊外的铁路护栏下走过。护栏对面的堤坝下面停着一辆马车。他走过去的时候，觉得有人先前走过这条路。是谁呢？——现在没有必要问他本人。在他二十三岁的心里，有一个割掉自己耳朵的荷兰人正叼着大烟斗聚精会神地凝视这忧郁的风景……

八　火花

他冒雨走在柏油路上。雨相当大，他在雨水里闻到刷在雨衣上的橡胶味道。

这时，眼前一条架空电线发出紫色的火花。他莫名其妙地激动起来。他的上衣口袋里装着他们同人杂志上发表的稿件。他一边冒雨前行，一边回头又看一眼那条电线。

电线还在发出激烈的火花。他环视人生，没有特别想要的东西。但是，唯有这紫色的火花——这在空中凌厉爆发的火花，哪怕付出生命也想换取。

九　尸体

　　所有尸体的大拇指上都用铁丝拴着一个名牌，名牌上写着姓名和年龄。他的朋友弯着腰，正用手术刀非常熟练地开始剥下一具尸体的脸皮。皮肤下面是美丽的黄色脂肪。

　　他凝视着尸体，这对于他完成一篇短篇——一篇以王朝时代为背景的短篇小说是完全必要的。但尸体发出烂杏般的臭味，使他心情不快。他的朋友紧皱眉头，沉着地动着手术刀。

　　"这一阵子连尸体都不够。"

　　他的朋友这样说。他早已准备好答案："要是尸体不够，我就会没有恶意地去杀人。"当然，他只是在心里这样回答。

十　先生[①]

　　他在巨大的橡树下阅读先生的书。在秋天的阳光里，橡树的叶子纹丝不动。遥远的天空上，一杆垂着玻璃秤盘的秤在保持着平衡。——他一边阅读先生的书，一边感觉到这样的景象……

十一　黎明

　　天色逐渐破晓。他眺望过城市街角的一个规模很大的早市。熙熙攘攘的人群和车辆都映染着蔷薇色的微光。

　　他点燃一支香烟，慢慢走进市场。这时，一条瘦小的黑狗突然对他吠叫起来。而他毫不吃惊，甚至喜欢这条狗。

---

① 指夏目漱石。

市场的正中间有一棵法国梧桐,树枝向四面伸展。他站在树根下,透过树枝仰望高高的天空。在他的头顶上,亮着一颗星星。

那时他二十五岁——见过先生的第三个月。

十二　军港

潜水艇舱内很是昏暗,前后左右全是机器。他弯腰看着小小的窥望镜,映现在窥望镜里的是明亮的军港景象。

"能看见那边的'金刚号'。"

一个海军军官对他这样说。他透过四方形镜片眺望显得很小的军舰,突然莫名其妙地想起了荷兰芹。配放在一份三十钱的牛排上,散发出淡淡味道的荷兰芹……

十三　先生之死①

他在雨后的风中走在一个新的停车场站台上。天空仍然昏暗。三四个铁路工人在站台对面一起挥动铁镐,高声唱着什么。

雨后的风把他们的歌声和感情吹得四分五裂。他把香烟叼在嘴里,却没有点火,感觉到一种近乎愉悦的痛苦。口袋里还塞着"先生病危"的电报……

这时,一列早晨六点上行的火车从长满松树的山包背后拖着淡淡的白烟扭曲似的朝这边驶来。

---

① 夏目漱石死于大正五年(1916)十二月九日。

十四　结婚①

他在婚后的第二天,就抱怨妻子:"你一来就这样大手大脚地花钱,这怎么行?"其实,与其说这是他的不满,不如说这是他的伯母逼他说的抱怨的话。于是,他的妻子不仅对他,也对他的伯母道歉。面前摆着妻子为他买的黄水仙花盆……

十五　他们

他们和睦地生活着,在宽大的芭蕉叶下——因为他们住在从东京坐火车也需要整整一个小时才能到的海边城镇里……

十六　枕头

他枕在散发着蔷薇叶气味的怀疑主义上,阅读阿那托尔·法朗士的书籍。但是,他没有意识到这枕头里也有人头马神。

十七　蝴蝶

一只蝴蝶在弥漫着海藻气味的风中翩翩飞舞。他在瞬间感觉到蝴蝶的翅膀接触到自己干燥的嘴唇。但是,抹在他嘴唇上的翅膀的粉在几年后依然闪亮。

---

① 芥川龙之介于大正七年与塚本文子结婚。

十八　月亮

他在一家饭店的楼梯上与她邂逅。她的脸在白天也仿佛沐浴着月光。他目送她走去（他们素不相识），感受到从未有过的寂寞……

十九　人造翅膀

他从阿那托尔·法朗士转向十八世纪的哲学家，但他无法接近卢梭。这也许因为他自身的一面与容易感情冲动的卢梭的这一面接近的缘故。于是走近他自身的另一面——与富有冷静理智的一面接近的哲学家"戆弟"①。

他二十九岁，人生却毫无光明。但伏尔泰给予他人造翅膀。

他展开这人造翅膀，轻易地飞上天空，同时，沐浴着理智之光的人生悲欢沉入眼睛下面。他把冷嘲热讽扔在破破烂烂的城市上，在无边无际的天空径直向太阳攀登，忘记了古代希腊人也这样展开人造翅膀向太阳飞去，结果翅膀被太阳烧毁坠海而死的故事……

二十　枷锁

他们夫妻决定和他的养父母住在一起。这是因为他已经决定要去一家报社工作。一份写在黄纸上的合同使他充满信心。但是，后来仔细一看这份合同，发现报社没有承担任何义务，只有他必须承担义务。

---

① 法国伏尔泰的哲理小说，现译为《老实人》。

二十一　疯子的女儿

两辆人力车在阴天下静悄悄的田间道路上奔跑。从吹来的海风也可以知道这条路通往海边。他坐在后面一辆人力车上，奇怪自己对这个约会地点毫无兴趣，同时思考究竟是什么东西把自己引到这个地方来。这绝不是恋爱。如果不是恋爱的话——他为了回避回答，只好思考"总之，我们是平等的"。

坐在前面一辆人力车上的是一个疯子的女儿。她的妹妹也因嫉妒而自杀。

"已经没有办法了。"

他对这个疯子的女儿——只有强烈的动物本能的她，感到一种憎恶。

两辆人力车从散发着大海腥味的墓地外跑过。粘着牡蛎壳的木头围墙里面，立着几座黑黢黢的石塔。他眺望着石塔那头泛着微光的大海，突然对她的丈夫——没能抓住她的心的丈夫——产生轻蔑的感觉……

二十二　某画家[①]

这是某杂志上的一幅插画。这幅描绘一只公鸡的水墨画具有鲜明的个性。他向一位朋友打听这位画家。

一周以后，这位画家前来拜访。这在他的人生中是一件特别重要的事情。他从画家身上发现谁也不知道的诗歌，而且还发现了连他自己都不知道的他的灵魂。

---

① 指小穴隆一。

一个微寒的秋日黄昏,他从一棵玉米上忽然想起这个画家。高高的玉米包裹着粗糙的叶子,神经一样的细根裸露在鼓起的土地上。这当然无疑也是容易受到伤害的他的自画像。然而,这个发现只能使他忧伤。

"已经晚了,但是,一旦关键的时候……"

二十三　她

暮色初降,他拖着低烧的身体,在广场上行走。在略显银色的澄净天空下,几幢高楼大厦的窗户亮起耀眼的灯光。

他在路边停下脚步,等待她的来临。大约五分钟以后,她向他走来,脸色显得疲惫憔悴。一看见他,说一句"我累了",脸上却绽开笑容。他们并肩在微暗的广场上走着。那是他们的第一次。为了能和她在一起,他觉得似乎什么都可以抛弃。

他们坐进车子以后,她凝视他的脸,问道:"你不后悔吗?"他斩钉截铁地回答:"不后悔。"她按住他的手,接着说道:"我不后悔……"这个时候,她的脸也如沐浴着月光。

二十四　分娩[①]

他伫立在屏风旁边,看着一个身穿白色手术服的助产妇正给婴儿洗澡。每当肥皂沫沁入眼睛的时候,婴儿总是更加皱紧眉头,而且不停地高声啼哭。他感觉到婴儿的如同小耗子般的气味,的确是这种感觉。

"这小家伙为什么要生出来?生到这充满苦难的俗世上来——

---

① 大正九年(1920)三月长子出生。

这小家伙怎么命中注定选择我这个人作为自己的父亲?"

这是他的妻子生的第一个男孩。

二十五　斯特林堡

他站在房门口,看着几个脏兮兮的中国人在石榴花盛开的月光下玩麻将。然后转身回到屋里,在矮矮的煤油灯下,开始阅读《痴人的告白》。还没读两页,就禁不住苦笑起来——斯特林堡在给他的情人伯爵夫人的信中,编造和他差不多的谎言……

二十六　古代

色彩剥落的佛像、天仙、马、莲花几乎压得他喘不过气来。他仰望着这些,忘记了一切,甚至忘了摆脱疯子的女儿手心的自身的幸运……

二十七　斯巴达式的训练

他和朋友在一个胡同里走着。一辆带车篷的人力车迎面而来,没想到上面坐的正是昨夜那个女人。她的脸色在这白天也如沐浴着月光。在朋友面前,他们自然没有打招呼。

"这女人真漂亮。"他的朋友说。

他看着道路尽头的春天里的山岭,毫不犹豫地回答:"噢,是很漂亮。"

二十八　杀人

　　田间道路在阳光照耀下飘荡着牛粪的臭味。他一边擦汗一边登上缓缓的坡路。道路两旁的田地散发着麦熟的芳香。
　　"杀死他！杀死他！"
　　他的嘴里不停地重复这句话。要杀谁？——他心里明白。他想起那个理着平头，显得唯唯诺诺的男人。
　　这时，金黄色麦地对面那座罗马天主教堂露出了圆顶……

二十九　形式

　　这是一把铁制酒壶。他从这把刻有细纹的酒壶上发现了"形式美"。

三十　雨

　　他躺在一张大床上和她聊各种各样的话题。寝室的窗外下着雨，文殊兰花在雨中似乎将会腐烂。她的脸依然似乎沐浴着月光，但是和她聊天，他开始感到无聊。他趴在床上，平静地点燃一支香烟，想起和她一起生活已有七个年头。
　　"我爱这个女人吗？"
　　他问自己。答案使注视自己的自我本身都感到意外。
　　"我还爱她。"

三十一　大地震①

一种类似熟透的杏子的味道。他在烧毁的废墟上走着，淡淡地闻到这种气味，心想酷暑里腐烂尸体的气味并不像想象的那么坏。但是，当他站在尸体累累的池塘边上时，才发现"酸鼻"这个词语给人的感觉绝不是夸大其词。尤其使他怆然伤悲的是十二三岁小孩的尸体。他凝视着这具尸体，产生一种类似羡慕的感觉。他想起这样一句话："诸神所爱的多夭折。"他的姐姐和同父异母的弟弟的家都被烧毁，但是，他的姐夫因犯伪证罪被判徒刑，缓期执行。

"所有的人都死去才好哩。"

他伫立在废墟上，的确打心眼里这么认为。

三十二　打架

他和他的同父异母的弟弟扭打起来。这个弟弟因为他肯定容易受到压迫，他因为这个弟弟肯定失去自由。他的亲戚喋喋不休地对弟弟说："向他学习！"但这无异于把他自己的手脚捆绑起来。他们互相揪着对方扭打，最后滚到廊沿上。他还记得，走廊前面的院子里有一棵百日红——在雨后的天空下盛开着明亮的红花。

三十三　英雄

他记得曾经从伏尔泰家的窗户仰望高山。在悬挂着冰河的山

---

① 大正十二年（1923）九月一日关东发生大地震。

上，甚至连秃鹰的影子都看不见。但是，一个小个子的俄罗斯人①一直顽强地在山路上攀登。

入夜以后，伏尔泰在明亮的灯光下，一边回忆那个在山路上攀登的俄罗斯人的姿势，一边创作这种倾向的诗歌……

    你比任何人都信守十戒，
    你比任何人都破坏十戒。

    你比任何人都热爱民众，
    你比任何人都轻蔑民众。

    你比任何人都富有理想，
    你比任何人都了解现实。

    你是我们东方诞生的
    散发着花草气息的电气机车。

三十四 色彩

他三十岁，不知道什么时候喜欢上一块空地。空地上只是散放着一些长着苔藓的破砖烂瓦，但是在他眼里，这如同塞尚的风景画。

他忽然想起自己在七八年前的满腔热情，同时也发现自己在七八年前对色彩一无所知。

---

① 指列宁。

三十五　小丑偶人

他曾经打算过一种死而无憾的激烈生活,却一直和养父母、伯母一起过着谨小慎微的生活。这造成他生活的明暗两面。他看见一家西服店的橱窗里站着一个小丑偶人,心想自己与这个小丑偶人是多么相似。但是,意识以外的他——即第二个他本人,早已把这种心情写进一篇短篇小说里。

三十六　倦怠

他和一个大学生在长满芒草的原野上走着。
"你们对生活还具有旺盛的欲望吧?"
"噢,你不也是……"
"其实,我没有。我只有创作欲望。"
这是他的真实心情。他在不知不觉中失去了对生活的兴趣。
"创作欲望也是生活欲望吧?"
他没有回答。从芒草红红的穗头上逐渐清晰地露出火山。他觉得火山有一种类似羡慕的东西,但是他也不知道为什么……

三十七　越人

他遇到一个可以在才学上与自己颉颃的女人。但是,由于他创作《越人》等抒情诗,才勉强摆脱危机。这种郁郁不乐的心情如同把冻结在树干上的闪亮雪块剥落下来。

在风中飞舞的菅草斗笠

不会落到路上
应该如何珍惜我的名字
珍惜的只有你的姓名

三十八　复仇

　　这是一家饭店的阳台，周围的树木正在萌芽。他在阳台上绘画，一个少年在旁边玩耍。这是七年前分手的那个疯子女儿的独生子。

　　疯子的女儿点燃一支香烟，看着他们玩耍。他心情沉重地继续描画着火车、飞机。幸亏这少年不是他的孩子。但是，少年叫他"叔叔"，这使他无比痛苦。

　　不知少年到哪里玩去了，疯子的女儿一边吸着香烟，一边献媚似的和他搭话。

　　"这孩子不像你吗？"

　　"不像，首先……"

　　"可是，胎教总有吧？"

　　他默不作声，翻动眼皮。但是，他的心底深藏着恨不得把她绞死的残酷欲望……

三十九　镜子

　　他在一家咖啡店的角落里与朋友聊天。他的朋友一边吃烤苹果边说最近天气很冷。他突然从这些话题中发现矛盾。

　　"你还是单身吧？"

　　"不，下个月结婚。"

　　他不由得沉默下来。镶嵌在咖啡店墙壁上的镜子映照出无数他的影子，如阴森森的威胁……

四十　问答

你为什么攻击现代社会制度？

因为我看到资本主义产生的恶。

恶？我认为你没有承认善恶的差别。那么你的生活呢？

——他与天使这样一问一答。这位无愧于任何人的天使头戴丝绒礼帽……

四十一　疾病

他患了失眠症，而且身体也开始衰弱。几个医生对他的疾病作出两三种不同的诊断——胃酸过多、胃下垂、干形肋膜炎、神经衰弱、慢性结膜炎、大脑疲劳……

但是，他明白自己的病源，就是自我羞愧和害怕他们的心情。他们——他所蔑视的社会！

一个天空阴霾欲雪的午后，他坐在一家咖啡店的角落里，叼着烟卷，听着留声机播放的音乐。这音乐的旋律神奇地流过他的心田。等音乐播放完毕以后，他走到留声机旁，看着唱片上的标签。

Magic Flute – Mozart（《魔笛—莫扎特》）

他一下子明白了。打破十戒的莫扎特肯定十分痛苦，但是，也未必像他这样……他垂着脑袋，慢慢回到自己的桌旁。

四十二　诸神的笑声

他三十五岁，在春意融融的松树林中散步。想起两三年前他自己写的一句话："诸神十分不幸，因为不能像我们这样可以自杀。"

四十三　夜

夜又一次逼来。惊涛骇浪的大海在微光中不停地飞溅水花。他在这个天空下，与他的妻子第二次结婚。他们高兴，同时也痛苦。三个孩子和他们一起眺望着海天的闪电。他的妻子抱着一个孩子，似乎拼命忍住泪水。

"那边有一条船。"

"嗯。"

"是一条桅杆折断的船。"

四十四　死

他想趁一个人睡觉的机会，用带子吊死在窗格子上。但是，当把脑袋钻进带子圈里的时候，突然害怕起来。其实，他并非害怕死亡瞬间的痛苦。他第二次拿起怀表，决定试着计算吊死的时间。在一阵痛苦过后，他开始意识模糊。只要经过这个阶段，肯定就要进入死亡。他看着秒针，发现自己感觉痛苦的时间是一分二十几秒。窗外一片漆黑，但是，从黑暗中传来粗壮的鸡叫声。

四十五　Divan

Divan（《东西诗集》）又一次给予他心灵新的力量。那是他未曾知道的"东方式的歌德"。他看着悠然自得站在一切善恶彼岸的歌德，感觉到类似绝望的羡慕。在他的眼里，诗人歌德比诗人基督更伟大。这位诗人的心灵盛开着卫城、加尔各答乃至阿拉伯的蔷薇花。如果具有踏着他的足迹前行的一些力量——他看完 Divan，在强烈的激动平静下来以后，不禁对生为生活宦官的自己表示极大的轻蔑。

四十六　谎言

他姐夫的自杀一下子把他打垮。今后他必须照顾姐姐一家人。他的未来至少也如黄昏一样暗淡。他感觉到类似对精神破产的冷笑（他对自己的恶劣品质和弱点了如指掌），却依然阅读各种各样的书籍。然而，连卢梭的《忏悔录》也充满英雄式的谎言。尤其是《新生》[①]——他还从来没有遇见过像《新生》的主人公那样老奸巨猾和伪善的人。只有弗兰索瓦·维庸[②]渗透进他的心灵。他在几篇诗中发现"美丽的雌性"。

他还梦见等待绞刑的维龙。他有好几次几乎坠入维龙那样的人生地狱。但是，他的境遇和肉体的能量不允许他这样做。他开始逐渐衰弱，正如过去斯威夫特[③]所看见的从枝梢开始干枯的树木……

四十七　玩火

她满面红光，正如朝阳照射在薄冰上的亮光。他对她怀有好感，但是没有感觉过恋爱，而且从来没有碰过她一只手指头。

"听说您想死？"

"嗯……不，与其说想死，不如说活腻了。"

---

① 岛崎藤村的小说。
② Francois Villon（1431—1463 以后），法国诗人。贫民出身，一生颠沛流离，著有《小遗言集》、《大遗言集》等。
③ Swift（1667—1745），英国讽刺作家。作品有《格列佛游记》等。

他们这样一问一答以后,约定一起死去。
"精神自杀。"
"双人精神自杀。"
他对自己的沉着冷静感到不可思议。

四十八 死

他和她没有死成。只是对至今还没有碰她一只手指头感到满足。她经常若无其事地和他聊天,而且她把自己的一瓶氰化钾交给他,说道:"有了这个,大家都好办了。"

实际上,这使他增强了信心。他坐在藤椅上,看着柯树的嫩叶,一遍又一遍地想象死亡赋予他的宁静。

四十九 制成标本的天鹅

他打算尽最后的力量写自传,但这件事并非他预想的那么容易。因为他至今还残留着自尊心、怀疑主义以及对利害得失的计较。因此他蔑视自我,但同时又觉得"不论什么人,只要剥去虚伪的表面,其实本质都是一样的"。他想过所有自传的名字,但想得最多的还是《诗与真》①。他明白,文艺作品未必能打动所有的读者。他还觉得,只有与他的生涯、境遇相近的人们才能理解他在作品中的倾诉。为此,他决定简单地写出他的《诗与真》。

他写完《一个傻瓜的一生》后,偶然在一家旧货店看见一只制成标本的天鹅。虽然天鹅昂首直立,可是连发黄的羽毛都已虫蛀。他想起自己的一生,情不自禁地涌上泪水和冷笑。他的面前只

---

① 歌德自传。

有两条路：发疯或者自杀。他在暮色苍茫的街道上踽踽独行，决心等待渐渐前来毁灭他的命运。

五十　俘虏

他的一个朋友①发疯了。他一直对这个朋友有一种亲切感，因为他比任何人更理解这个朋友的孤独——在愉快的假面掩盖下的孤独。在朋友发疯以后，他曾去探望过两三次。

"你和我都已经被恶魔缠身，世纪末的恶魔……"

朋友压低声音对他这样说，又说两三天后去温泉旅馆的途中，还吃了蔷薇花。他想起这个朋友住院后送给他的那尊陶器半身像，那是朋友喜欢的《检察官》的作者的半身像。他想起果戈里也是发疯而死，于是感觉到一种控制他们的力量的存在。

他已经筋疲力尽，忽然看到拉迪盖②的临终遗言，于是又一次听到诸神的笑声。拉迪盖说的话是："神派兵前来抓我。"他想与他的迷信和感伤主义进行斗争。但是，不论什么样的斗争，他的肉体都已经无法支持。他无疑正受到"世纪末的恶魔"的肆虐折磨。他对相信神的力量的中世纪的人们表示羡慕，但是，他无论如何无法相信神——即相信神的爱。甚至那个科克托③所相信的神！

五十一　败北

他拿笔的手也开始颤抖，而且不由自主地流出口水。他的脑

---

① 指宇野浩二。
② Raymond Radiguet（1903—1923），法国小说家。作品有《肉体的魔鬼》等。
③ Jeam Cocteau（1889—1963），法国作家。创作领域涉及诗歌、小说、戏剧、绘画、电影、音乐、舞蹈等。

子，除了使用零点八佛罗那才能清醒之外，一直都是迷迷糊糊的。而且清醒的时间也只有半个小时或者一个小时。他只是在昏暗中度日，以缺刃的细剑作为拐杖……

昭和二年（1927）六月遗稿

图书在版编目（CIP）数据

芥川龙之介全集.第2卷/〔日〕芥川龙之介著;宋再新,杨伟译.—济南:山东文艺出版社,2005.3
ISBN 978-7-5329-2367-0

Ⅰ.①芥… Ⅱ.①日…②宋…③杨… Ⅲ.①芥川龙之介—全集②短篇小说—作品集—日本—现代 Ⅳ.①I313.15

中国版本图书馆CIP数据核字(2004)第101388号